U0436968

魅丽文化　花火工作室

潇湘冬儿 著

楚乔传
特工皇妃
CHU QIAO ZHUAN
中册

江苏凤凰文艺出版社

图书在版编目（CIP）数据

特工皇妃楚乔传：全3册 / 潇湘冬儿著. -- 南京：江苏凤凰文艺出版社，2017.5
ISBN 978-7-5594-0056-7

Ⅰ.①特… Ⅱ.①潇… Ⅲ.①长篇小说－中国－当代 Ⅳ.①I247.5

中国版本图书馆CIP数据核字(2017)第059518号

书　　　名	特工皇妃楚乔传：全3册
作　　　者	潇湘冬儿
出 版 统 筹	黄小初　邹立勋
选 题 策 划	林玉婷　喻　戎
责 任 编 辑	胡小河　姚　丽
特 约 编 辑	喻　戎
责 任 监 制	刘　巍　江伟明
出 版 发 行	凤凰出版传媒股份有限公司
	江苏凤凰文艺出版社
经　　　销	江苏省新华发行集团有限公司
印　　　刷	湖南凌宇纸品有限公司
开　　　本	710×1000毫米 1/16
字　　　数	1000千字
印　　　张	63
版　　　次	2017年5月第1版，2017年5月第1次印刷
标 准 书 号	ISBN 978-7-5594-0056-7
定　　　价	108.00元

（江苏凤凰文艺版图书凡印刷、装订错误可随时向承印厂调换）

目录

CONTENTS

中册

★ 第三卷　卞唐卷 ★

002 · 第一章　　擦肩而过
009 · 第二章　　阴错阳差
017 · 第三章　　浴房春潮
025 · 第四章　　月下画眉
038 · 第五章　　贤阳风雨
047 · 第六章　　风雨同舟
054 · 第七章　　一路同行
063 · 第八章　　冷夜温情
073 · 第九章　　血色秋风
085 · 第十章　　卞唐花开
098 · 第十一章　寒湖夜话
107 · 第十二章　梧桐深深
115 · 第十三章　荷塘秋色
124 · 第十四章　李策舌战
135 · 第十五章　绝地反击
145 · 第十六章　此情可待

★ 第四卷　燕北卷 ★

152 · 第一章　　北朔之风
159 · 第二章　　回到燕北
169 · 第三章　　北伐伊始

目录
CONTENTS

中册

176 ·	第四章	踏上征途
186 ·	第五章	再掌刀锋
196 ·	第六章	落日之战
203 ·	第七章	战地圣光
210 ·	第八章	惊天骗局
220 ·	第九章	独木擎天
227 ·	第十章	北伐结束
237 ·	第十一章	我回来了
247 ·	第十二章	悦君不知
259 ·	第十三章	你怎么了
268 ·	第十四章	仇人见面
274 ·	第十五章	良人安在
284 ·	第十六章	你多保重
290 ·	第十七章	心如桑陌
303 ·	第十八章	大战将至
310 ·	第十九章	心字成灰
321 ·	第二十章	咫尺黄泉
327 ·	第二十一章	爆竹声声
334 ·	第二十二章	千帆过尽

第三卷

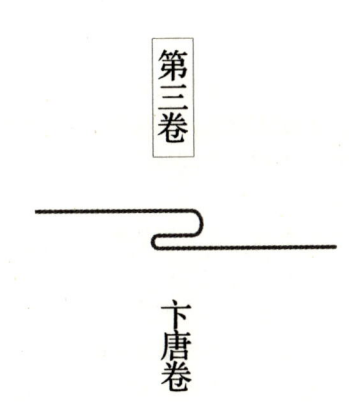

下唐卷

第一章

擦肩而过

刺眼的阳光突然照射进来，让楚乔的眉头紧紧皱起，她缓缓地睁开眼睛，入目就看到一条热闹的街市，商旅行人在长街上行走，人头攒动，一派繁华热闹之色。她低下头，只见自己披着一条麻布，麻布的中间掏了个洞当作领子，两边在腰间一掖，用草绳一系，胸前背后，都有斗大的一个"奴"字。

真是久违了的装束，楚乔无奈地一笑，却不想，扯动了下巴上的瘀伤，生生地疼。

不必去仔细回想，她也记得分明。

果然是小瞧了赵淳儿对她的仇恨，也小瞧了赵彻的智慧，所以，她便注定要吃上这一记大亏。真煌帝都的通文发布之后，原本分崩离析的大夏帝国，顿时呈现出了空前团结的情景，各地的镇守藩主们纷纷响应。在剿杀燕北叛军失败之后，这些人将建功立业的全部希望都寄托在了她的身上。于是，在一轮又一轮的围剿之下，她终于还是受重伤倒下了。若不是最后关头她灵机一动混进这队贩卖奴隶的队伍之中，恐怕现在已经被押往真煌城了。

"进去！"

身后的大汉用力一推，就将她推进了笼子。此时，铁笼里已经有了七八十个奴隶，有男有女，有老有少。年纪大的，有四五十岁，须发花白。年纪小的，大概只有七八岁，怯生生地坐在角落里，像是受惊的兔子，正用惊恐的眼神打量着四周。

"都给我老实点！待会儿有大主顾来挑人，要是有人敢生事，看我怎么收拾你们！"

男人冷哼一声，大摇大摆地转身离去。

人群缓缓散开，有挨了鞭子的人在小声地哼哼，有气无力。

楚乔浑身发烫，失血过多加上高烧不退，让她的精神状态差到了一个可怕的地步，她靠在木栏杆上，将头脸用麻布掩住，昏昏沉沉地睡了过去。

贤阳街头车水马龙，人头攒动，就在这时，一队人马从长街上经过。为首的男人骑在一匹雪白的骏马之上，面容俊美，隐隐带着几丝邪魅的味道，眼角微微上挑，剑眉斜飞入鬓，鼻梁较常人更为挺拔，双唇殷红，眼神深邃。他的身后跟着大批彪悍的护卫，正缓缓地走过长街。

"少爷，"朱成骑马靠上前来，小声说道，"前面就是水运衙门，朱挺已经提前一步去安排好了，卞唐有使者在那里迎接，我们只要赶到那里，就可以转水路入关了。"

朝阳升起，驱散清晨的薄雾，诸葛玥穿着一身深蓝色长袍，点头道："走吧。"

隆隆的鸣锣声响了起来，奴隶市集开市之后，整个市集顿时热闹了起来。木老板今日的生意极好，除了有一单事先定好的大买卖，零散的小户也是源源不断。他笑眯眯地看着自己的钱袋子，一双豆眼眯成了一条细缝，满口黄牙也都露了出来。

　　人群纷乱，大批想要围观的百姓聚集在木老板的摊位之前，看着台上不断被展出的或是身强体壮或是俊美俏丽的奴隶，众多的买家也都围着笼子指指点点，像是买牲口一样，查看着奴隶们的体格、长相、牙齿，甚至还有买女奴的男人要求当场验货。木老板做生意服务到家，右侧一片矮矮的小房子，正是为这些大老爷准备的销魂之所。

　　诸葛玥经过这里的时候，一名六十多岁的老头刚刚买了十多个十一二岁的小女奴，引来围观民众的一通议论。木老板生意兴隆，叫卖声更加卖力。前方被围得水泄不通，一时之间，诸葛玥家的马队竟然无法通过。

　　"少爷，属下到前面去看看。"月七如今已经长大，体格健壮，眼神宁静，只看一眼就知道是位剑法大成的合格剑客。

　　诸葛玥点了点头，月七便带着几名下属赶往前方去疏通道路。诸葛玥眼神淡淡地瞥过市集，突然听到奴隶台上小女奴们嘤嘤的哭泣声，他转头看去，只见那些孩子都不过十一二岁的样子，还有更小的不过八九岁，人人破衣烂衫，衣不遮体，像是一群乞丐。买了十多个女奴的那个老头，六十多岁，穿了一身大红衣裳，衣服上绣着俗气的金元宝，一看就是个暴发户。此时，他正龇着一口黄牙，一边恶心地大笑，一边猥琐地去摸小女奴们娇嫩的小脸。

　　诸葛玥的眉头缓缓皱起，满眼都是掩饰不住的厌恶，他轻轻地招手，朱成连忙凑上前来，诸葛玥面容冷然，沉声说道："去，把那几个孩子买回来。"

　　"少爷？"朱成一愣，年轻精明的眼睛眨巴着，问道，"买奴隶干什么？我们路上也不方便啊。"

　　"叫你买你就去买，哪来的这么多废话？"

　　朱成挨骂，缩了缩脖子，端着肩膀就走上前去，没一会儿就领着十多个十一二岁的少女一路小跑回来。可以不用去伺候那个色名远播的老鬼了，这些小女奴都暗自松了口气，继而怯生生地望着自己的新主子。

　　笼子里的其他奴隶羡慕地望着她们，期待着这位富家公子能大发善心，将他们也买了去。

　　"少爷，一共买了十二个，有一个看起来好像生了重病，蓬头垢面的，我退还给那老板了。"朱成说道。

　　"走吧。"诸葛玥转过身来，带着下人离开了木老板的摊位。

　　睡梦中的楚乔眉头一皱，便睁开眼睛，只见一位年迈的老先生正拿着箭头对木老板说着什么："看看，这么长的箭头，要是再在肩膀里放一天，大罗金仙也救不回来啊！"

　　木老板不耐烦地说道："能保命就行了，本想混在刚才那拨人里一起卖了，她偏偏那会儿晕倒，真他娘的晦气。老六，待会儿有大买家来，想办法将她混在人群里卖出去，出了手的，我才不管她是死是活呢！"

　　人声鼎沸，天空万里无云，加之此时已是六月间，东南气候炎热，漫天鸟雀齐飞，所以各处都呈现出一派热闹繁华之色。

"少爷，"朱成说道，"奴才去买几匹马，再买一辆马车，这些孩子，总不能一路跟着我们跑去唐京啊。"

诸葛玥回过头去，只见那群小女奴正拼命地跟在马后大步奔跑着，她们衣衫破烂，面色绯红，小脸上满是汗水。看到他回头，她们纷纷用乌溜溜的黑眼珠望着他，目光中带着几分害怕，又带着几分期许讨好的样子。

"嗯，"他点了点头，"再去买些衣服给她们换上吧。"

"知道了，奴才这就去。"

朱成刚去，众人就继续前行，身后有下属小声地议论道："少爷对奴隶真好啊。"

"你不知道吗？少爷对奴隶向来很和善。"

"都闭嘴！"月七回过头去，呵斥窃窃私语的下人。

马队一路前行，远离了喧闹的市集，大街上渐渐安静下来，远远地，河运衙门也已经隐约可见。

"少爷！"

一阵急促的马蹄声在身后响起，朱成身后跟着两辆马车，还有新买的几匹马，赶上前来说道："都办好了。"

诸葛玥满意地点了点头，眼神轻轻地从马匹身上掠过，突然，他的眉头皱了起来，眼睛里显露出精悍的光芒，像是一只凶猛的豹子看到猎物一样。

诸葛玥打马上前，最后停在了那匹通体漆黑的骏马身边。那马儿不同于别的马，见他过来十分警惕，虽然被拴着，但是仍旧谨慎地退后了两步，并用怀疑的眼神望着他，不安地用蹄子刨着地面。马儿身上伤痕累累，明显在此之前遭到过毒打。

"流星？"

低沉的嗓音轻轻响起，骏马耳朵顿时竖了起来，惊喜地向他望来。诸葛玥面色大变，继续低声叫道："流星，真的是你？"

马儿欢鸣一声，亲热地靠上前来，用鼻子蹭着诸葛玥的手掌，还不时开心地打着响鼻，一副见到熟人的模样。

"这马你是在哪儿买的？"

"就在前面的马市。"

"带我去。"

朱成说道："少爷，时间不早了，我们是不是……"

"带我去！"

诸葛玥冷喝一声，面容严峻，朱成一惊，扑通一声跪在地上，忙不迭道："奴才遵命。"

一路疾驰到了马市，卖马的马贩子还以为自己的马出了什么问题，急忙上前来询问。

"这匹马，你是从哪儿弄来的？"诸葛玥大声问道。

马贩子面色一变，笑着说道："这位公子说笑了，这是小人自家的马，我从小养大的。"

诸葛玥沉下脸来，沉声说道："我再问你一遍，你从哪里弄的？"

"小人，小人没撒谎啊！"

"快说！"月七一把抽出宝剑，架在男人的脖颈上，厉声喝道。

"大公子饶命！真的不关小人的事啊！"那人扑通一声跪在地上，大声叫道，"这是东市木老板托我卖的，他说是他刚抓来的一个奴隶的马，小的万万不知道这是大公子您的马啊，小的要是知道，给我十个胆子我也不敢啊！"

"驾！"诸葛玥掉转马头，就朝原路飞驰而去。

朱成一愣，上前问道："少爷，这是去哪儿？"

诸葛玥剑眉竖起，面色冷然，可是眼神却带着一丝难掩的炙热，"去买奴隶。"

当诸葛玥带着大队人马风风火火赶到木老板的奴隶摊位的时候，木老板已经和一众手下收拾好了摊子，正准备离开。月七上前一步，沉声说道："请留步。"

木老板一生识人无数，一双眼睛何其毒辣，谁有钱，谁没钱，只一眼就能看出端倪，尤其是刚才这个男人还不问价钱地从别人手上买走了十多名自己刚刚卖出去的小女奴，这铁定是个有钱的主。于是，他连忙点头哈腰，一路小跑上前，笑眯眯地说道："这位大公子，有什么能为您效劳的？"

诸葛玥也不说话，面色冰冷，驱马走到他身后被绳索捆着的一群奴隶身边。

木老板一愣，急忙迎上前去，叫道："哎，公子您……"

猛然，月七的剑鞘一下架在了木老板的脖颈上，月七阴沉着脸，缓声说道："站住，让你靠前了吗？"

木老板紧张地搓了搓手，谨慎地赔着小心，多年的经验告诉他，眼前的这批人绝对不是自己能招惹的。

过了一会儿，诸葛玥猛然跳下马来，走到木老板身前，沉声说道："你的奴隶全都在这里吗？"

"对，全都在这里了，我要收摊了，后面两个窝棚里的也刚刚带了出来。这位大公子，可有合您心意的吗？"

诸葛玥眉头缓缓皱起，嘴唇冰冷，久久无言，过了一会儿，方才一字一顿地问道："你确定，所有人都在这里吗？"

只是短短的一句话，却让木老板额头上淌下汗水来，他紧张地回头点了一遍，然后道："回禀大公子，都在这里呢，小的就是有天大的胆子也不敢欺骗您啊。"

朱成此刻已经想通了事情的前因后果，小心地靠上前来，对着诸葛玥说道："少爷，是不是看错了，以星儿姑娘的本事，他们哪有抓她的能耐？"

诸葛玥没有说话，沉默半晌，抬脚就向外走去，此刻，他的眼神冰冷，再也没了往日的神采。可是就在他离去的这一刻，一名黑脸大汉从后面破旧的窝棚里跑了出来，仓促间也没看清外面的来人，兴高采烈地大声叫道："当家的！那丫头随身有一把好剑，我看能值不少钱呢。"

所有人的目光一时间都凝聚了过去，诸葛玥也不例外。

剑眉竖起，诸葛玥大步上前，一把夺下那把剑，然后刷的一声拔剑出鞘！

刹那间，璀璨的光芒随剑而出，所有人都大惊失色，瞠目结舌地望着那把锋利的宝剑。只见那把宝剑剑身青古，隐隐有血痕浪纹，上方以古篆小楷写着两个字——破月！

诸葛玥的脸色霎时间有如寒冰，他径直走上前来，平举宝剑，沉声说道："这剑，你是从哪里得来的？"

"这、这、是、是小人捡的。"

刷的一声，长剑挥过，长风陡然卷起诸葛玥深蓝的袍袖，等众人回过神，剑锋已经横在了木老板的咽喉上，诸葛玥语调低沉，寒声问道："你说不说？"

"饶命！大公子饶命！这、这剑是一名奴隶的。"

"那奴隶人呢？"

木老板被吓得魂飞魄散，颤声回道："刚刚被人买走了。"

"买走了？"诸葛玥冷哼一声，"我看你是不见棺材不落泪！"

"大公子！小人所言句句属实，没有半句虚假啊，您若是不信，可以去问问周围的这些店家商铺，刚刚的确有人来买了一批奴隶，其中就有带剑的那个。"

木老板砰的一声跪在地上，吓得肝胆俱裂，磕磕巴巴地大声叫道。

诸葛玥的目光在众人脸上扫视了一圈，随即沉声说道："被什么人买走了？走了多长时间？"

"刚刚才走，还没一炷香的时辰，至于买家是何人，小的不知，小的实在不知啊！"

一阵风突然从长街的尽头吹来，一路打着转，吹起满地的烟尘。诸葛玥长袍舞动，墨发如夜，双唇更显殷红，他站在人群中央，一时间，眼神中竟透出几分少见的迷茫。他望着那滚滚的人流，眉目间情绪百结，有迟来的怨愤，有深深的悔恨，有茫然的无措，更多的，则是浓浓的失望。

"她，受伤了吧，可严重？"

木老板何其精明，连忙说道："很严重，左肋有刀伤，肩头有箭伤，我是昨晚在城郊的城隍庙附近将她捡回来的，找了名医医治才救了她一条性命。大公子，小的愚鲁，有眼不识泰山，万万不知道那名姑娘是您的朋友，竟将她当奴隶卖了出去，小的罪该万死，小的罪该万死！"

诸葛玥微微皱眉，低头看向木老板，一字一顿地沉声说道："你的确该死！"诸葛玥声音低沉，却带着巨大的杀伐和浓浓的血腥之气。木老板一惊，顿时就没了言语。

诸葛玥继续说道："她在这世上，只有我一个主人，凭你，也敢将她如货物般售卖？"

"大公子，小的、小的……"

"月七，这里交给你处置，我不希望他日回来的路上，还看到他在这里碍眼。"

月七上前一步，沉声说道："是。"

不再理会木老板的苦苦哀求，诸葛玥策马而去，转眼就消失在了热闹的街市上。

马蹄滚滚，热闹的街市上，杀猪般的惨叫乍然传来，在众人的叫好声中，木老板这个恶贯满盈的"暴发户"终于死在了月七的剑下。

"朱成，去水运衙门吩咐一声，我们不走水路，改走旱路。"

朱成一愣，尽管早有思想准备，可还是忍不住劝阻道："少爷，老爷吩咐我们要提前赶到唐京，旱路耗时，况且此次入关的各大世家藩主都是走水路的，只我们一家特立独行，怕是要出流言。"

诸葛玥没有回话，只是转过头来冷冷地望着他，意思却是再明白不过。

朱成被他看得脊背发凉，他怎会不知诸葛玥的念头，此次唐京盛事，水路被封，除了受邀氏族无人敢行，一般的行人小族必是走旱路入关，而能在这样低档的奴隶贩子手中购买下人的人家，必不会是氏族大户。少爷执意走旱路，其目的显而易见。只是就算让他找到了，以他们二人目前这样的身份，又有何意义？毕竟，少爷已不再是九年前的懵懂少年，而她，也不再是当年一无所有的小女奴。

少爷，就算你找到了，你又能怎么样呢？那是一只老虎，就算暂时受伤被困，也是养不得的。朱成摇头叹息一声，转头向河运衙门走去。

骄阳如火，耀眼的光芒洒在诸葛玥深蓝色的袍袖上，让他看起来更有一种别样的风采。

远处柳枝繁茂，只见一棵又粗又高的大榆树上面缠满了红色的布条和各色剪纸，那是乡下百姓们的迷信。他们相信榆树里面住着神仙，只要诚心叩拜，就能遇难成祥，万事顺利。而且越是年头久远的树，神通越大。

诸葛玥驱马上前，探手解下腰间的玉佩，顺手就向着榆树抛了上去。叮的一声，价值连城的玉佩一下挂在了高高的树枝上，摇摇晃晃，在阳光下发出璀璨的光芒。

"驾！"诸葛玥转身策马，带着下属们轰然离去。

夏蝉尖鸣，热风袭来，玉佩在枝叶间摇摇晃晃，煞是显眼。

待楚乔醒来的时候，已经是黄昏，河面上金光满布，耀眼万分。

那木老板也算有能耐，她只剩下半条命，竟然也给卖出去了。好在买她的这户人家心肠不错，不但没有折磨她，还找来了大夫为她治伤。此刻，她的伤口已经全都包扎过了，一个十八九岁的小姑娘正在喂她吃药。

大难不死啊，看来，运气还不算太坏，楚乔自嘲地笑了一下。

"这位姐姐，能不能告诉我，我这是在哪儿？我们又要往哪儿去？"楚乔开口问道。

那女孩有些腼腆，笑了一下，随即开始介绍起来。

女孩说她叫明素，是这家的丫环，买下楚乔的这户人家姓詹，从夏唐边境的秀水省而来，要前往卞唐京都。主人是个二十多岁的年轻人，名叫詹子喻。另外，这人家还有两位小姐，都还没出嫁。詹家一共有三艘大船，仆人上百，护院壮丁也有四十多人。

只是一次出行就带这么多人，这户姓詹的人家，看来也是一方大户了。只是楚乔搜肠刮肚地想了半响，也着实没想起大夏境内有姓詹的氏族。

既然这队人马是往唐京去的，她反而不急着走了，这样一来可以好好养伤，二来也可以躲避大夏方面的追捕，一举两得。

想到这里，楚乔随意问道："要去卞唐吗？可是去省亲？"

名叫明素的丫环甜甜一笑道："卞唐太子要大婚了，整个卞唐世家和大夏怀宋都要派人前往唐京参加婚典。大少爷这次赶往唐都，就是为了这件事。"

"大婚？"楚乔顿时一愣，就在这时，船身突然一动，两岸的梢夫大声吆喝，大船缓缓地动了起来。

"总算走了，"明素说道，"听说有一名大夏的贵族迟迟不肯上船，大少爷不敢抢先，足足等了一整天，看来那人还是有事，被我们的船抢先走在前面了。"

"你说卞唐太子娶太子妃，所娶何人？可是大夏公主？"

"我听屋子里的姐姐说，原本是有太子妃的，"明素说道，"可是后来因为大夏内乱，原本的太子妃就成了侧妃，只因为这是太子第一次纳妃，难免搞得隆重些，况且所娶之人是大夏的公主，更显盛大。"

楚乔低着头，久久没有说话，明素忙问道："你怎么了？不舒服吗？"

"没有，"楚乔摇了摇头，缓缓地靠在床榻上，低声说道，"我累了，想歇一会儿。"

明素点头道："那你休息吧，我出去了。"

楚乔靠在床头，皱着眉喃喃道："大夏终于还是与卞唐联姻了，燕洵，怎么办啊？"

天空湛蓝如洗，这时，船首方向突然传来响亮的号子声，船夫大声吆喝，卖力地甩着膀子，张开船帆，大船吃风，迅速地开动起来。

此时，远远的岸边，有一队人马正静静地望着这远去的船只。

朱成小心地上前，说道："少爷，一切都安排好了，卞唐前来迎接您的船只也撤去了，办好了通关文书，我们可以从白芷关进入卞唐。"

诸葛玥摇了摇头，漫无目的地望着那一片洁白的江面，缓缓说道："不急，我们先在贤阳城待两天。"

朱成无声地叹了一口气，少爷这是不放心，害怕当地人会将那女子买走啊。他点了点头，说道："奴才遵命。"

江面清风徐徐，诸葛玥望着那渐行渐远的船只，若有所思，片刻之后突然转身，向着贤阳城的方向策马而去。

也许命运就是如此，诸葛玥并不知道，他苦苦寻觅的人，此刻就在原本为他准备的大船上安静地待着。世间就是有那么一个字叫作"巧"，世事巧到离谱，又无缘到离谱。就在男人策马离去的那一刻，楚乔也撩开了唯一一扇小窗的帘子，探出头来向外望去，却也只能看到薄雾中马蹄翻滚起的滚滚尘埃。

那一天，是六月初九，卞唐太子李策大婚的消息早在七日前就传遍了整个西蒙大陆，各方势力都在暗中揣测，思量着这一次和亲之后所能带来的政治利益。

目前，除了已经和大夏皇朝彻底决裂的燕北政权，整个西蒙大陆的各方势力霎时间都齐齐赶往卞唐京都，各大世家、部族、镇属藩王都派出了家族的重量级使者，这不仅代表本族势力要和卞唐修好，也可趁机打探这个西蒙大陆上最为稳定的政权对大夏内乱的态度。

于是，原本因为内乱不欢而散的真煌夜宴，再一次在唐京街头重现，古老而神秘的卞唐国土上，人群熙攘，热闹非凡。

两日之后，诸葛玥整顿人马，离开了贤阳城，进入了白芷关，踏上了卞唐的土地。

与此同时，有一队人马也正悄悄离开燕北，向着西蒙大陆的东南方迅速而来。

第二章

阴错阳差

夜幕降临，船上点起了灯火，远远望去满船通明。两岸崖山有如刀削，峭壁巍巍，偶尔有伸展着巨大翅膀的苍鹰从夜幕下飞掠而去，发出尖锐的清啸，响彻夜空。

一连躺了十多日，楚乔身上的伤势也好得差不多了，她走出船舱，来到船尾，抱膝坐在空荡的甲板上。此刻万籁俱寂，只有徐徐的江风吹过，江风拂过面颊，还带着潮湿的水汽。这静谧安详的夜色，渐渐平复了楚乔连日来的焦虑和担忧，她深吸一口气，将下巴搁在膝盖上，静静地望着江水。

"你刚刚在唱什么？"

一个醇厚清雅的声音突然在身后响起，楚乔一惊，回过头去，只见一名男子坐在一辆木质的轮椅上，竹簪束发，青布长衫，背对着月光停在暗影里，静静地望着她。

楚乔一愣，问道："你是谁？"

那人似乎觉得有些好笑，牵起嘴角反问道："你又是谁？"

他的手一动，轮椅的木辊辘就滚过甲板，缓缓上前，待他走出那片暗影，楚乔才得以看清楚，只见他衣衫的下摆被夜风吹得微微卷起，额前的几缕墨发也随之飘荡，月光临水，照在他的脸上，越发衬出一种透明般的苍白，好似白玉，又如芝兰，乌黑的眉，刀裁似的鬓，挺拔的鼻，微薄的唇，在这夜风习习幽月似水的船尾，背风静坐，衣衫飘飞，竟好似画中人一般，没有半点烟火之气。

"我是刚来的下人，我叫小乔。"

"小乔吗？"那人低声重复，许久，突然展颜一笑，"很好记。"

他的笑容很舒缓，好似三月春湖上的暖风。

"我是詹子喻。"

楚乔不禁一愣，没想到这家的主人竟是个残废，她闻言急忙后退一步，行礼道："原来是大少爷，失礼了。"

詹子喻淡淡地点了点头，随即便转过头去，静静地看着江面。他布衣素服，并不如何显贵，苍白而略显病态，可是却有一双比山泉还清寒的眼睛，这双眼睛里仿佛蕴涵着化不去的暮色，让人觉得沉重。

楚乔站在原地，有些尴尬，不知道是该走还是该留，正踌躇不定的时候，詹子喻突然说道："这曲子很好听，叫什么名字？"

楚乔这才想起，自己刚才好像不自觉地哼了曲子，不由得面颊有些绯红，说道："胡乱唱的，是我家乡的曲子。"

"家乡吗？"詹子喻轻声问道，"你的家乡在哪里？"

"我的家乡很远的，可能这辈子也回不去了。"

"哦。"

詹子喻微微一笑，却并未追问。

"大少爷，江上风大，我推你回去吧？"

詹子喻抬起头来，自嘲地一笑，"我费了好大的劲才出来，还没坐上一会儿，你就把我推回去？"

船尾处光线柔和的脚灯，照在詹子喻的头上，楚乔这才发现，他乌黑的鬓角在这灯火下竟有一丝淡淡的灰白，楚乔突然就不知道该如何接话了，只得静静地站在一旁。

"你会骑马吗？"

过了一会儿，詹子喻突然转过头来问道，楚乔被他问得莫名其妙，点头道："会呀，我骑得好着呢。"

詹子喻一笑，说道："我早年也有一匹好马，是我妻子当年送给我的。"

楚乔随口奉承道："那一定是一匹好马。"

詹子喻道："应该算是吧，只是性子烈，脾气大。"

"哦，"楚乔点头道，"一般好马都这样，需要时间驯服的。现在那匹马可听话了？"

"它死了。"

楚乔一呆，就听詹子喻说道："它不愿被人拴着，最后撞柱而死。"

楚乔愣愣地看着他，一时之间不知道该说什么才好。

詹子喻笑道："走吧，明日会在坞彭城靠岸，你趁机离开吧。"

楚乔缓缓皱起眉来，小声说道："你到底是何人？"

詹子喻静静地仰起头来，清冷的月光洒在他的脸上，细密的一层，像是海边银白色的沙。

"我在秀水省督府看过你的画像，再联系一下近期以来各地的兵马调动敕令，你的身份不难猜出。"

"你为何放我走？"

"我暂居秀水，却不是夏人。"詹子喻转动轮椅，向船舱行去，"况且，我也不想惹麻烦。"

楚乔紧追两步，一把握住他轮椅的椅背，沉声说道："那你为何救我？"

詹子喻回过头来，淡淡地看着她，过了许久才缓缓说道："大夏十三皇子送信给我，嘱咐我寻找你，我曾欠他一个人情。"

楚乔一愣，不禁松开了手。

"我只是一名落魄氏族子弟，从明日起，会有更多的夏人同行，我不能再带着你。该做的我已经都做了，你自己好自为之。"

轮椅的辊辘滚过甲板，发出淡淡的声响，楚乔在夜风之中，默默地站了许久，直到天光有些发白。

江水呜咽，缓缓东流，不知何时，天空中竟飘起了细碎的小雨，淅淅沥沥，和江水连成一片。楚乔摊开双手，默默望天。

远处，只见一叶扁舟缓缓而过，对岸的河堤上，几匹骏马急速奔驰。

她默默地站着，只觉得寒气顺着万千飘零的雨丝渗入她的脊背。她缓缓地闭上双眼，似乎仍可见那人苍白的面容和染血的唇角，还有那一只空空荡荡的衣袖，孤孤单单地飘在冷风里。

思索之间，河堤上奔驰的马队却突然停了下来，其中一人还转过身来，望向她站立的方向。一夜未眠，楚乔无力再去思想，转身回了船舱。

此时，策马站在河对岸的男子不是别人，正是诸葛玥。

"少爷，前面就是桦树郡，是个小镇，我们可以在那里稍事休息，然后赶路，再往前，就是坞彭城了。"

雨丝顺着诸葛玥的脸颊落了下来，他望着江上的几艘大船，问道："朱成，那几艘船是不是随我们一起从贤阳城出发的？"

朱成极目望去，随即点头道："少爷好眼力，那原本是贤阳河运衙门为我们准备的船只，我们走旱路之后让了出去，现在乘坐的，应该是卞唐詹家。"

"西执岭的詹家？"

"正是。"

诸葛玥眼神幽然如古井，淡淡地说道："连这些陈芝麻烂谷子的世家都跳出来了，看来唐京这次真的会很热闹。"

朱成接口道："詹家这一次全家返唐，看样子很不一般。"

诸葛玥道："他们自然是有这个想法，不过能不能成事就另当别论了。"

"不过奴才听说，这一代詹府的家主是个很有能耐的人，交友广阔，颇有江湖势力，又与十三殿下交好，想来不是个简单的人。"

诸葛玥眉头一皱，默想片刻，随即问道："你说的可是那个娶了自己妹妹的詹子喻？"

"就是他。"朱成说道，"詹子喻自幼被送上苍山学艺，师承点苍真人，化名苍雪。十七岁下山游历之时，遇上了逃婚离家隐姓埋名的詹府二小姐詹子锦。两人私定终身，并有了孩子，直到詹家的人追上之后才知道了对方的身份。詹老太爷一气之下打断了詹子喻的腿，詹子锦也被活活烧死。詹家就是因为这件事，在卞唐氏族中的地位一落千丈，不得不举家迁到我大夏，听说还是十三殿下居中安排的。"

"活活烧死？"诸葛玥眉梢一挑，冷哼一声道，"这个詹子喻也实在没用，做事之前不调查清楚，做过之后又不敢承担，断他一双腿也是轻了。"

朱成笑道："那是，少爷英明。"

诸葛玥一笑，说道："少拍马屁了，走吧，后天清晨之前一定要赶到坞彭。"

众人闻声齐声应是，齐齐挥鞭抽马，意欲离去。这时，一直跟在诸葛玥身边的黑色战马突然对着河面长嘶了起来，任凭别人怎样拉扯，也不肯停歇，像是发了疯一样。

"流星！"诸葛玥沉声叫道，"怎么了？"

战马扬起两只前蹄，对着江面上的船只发出响亮的长嘶，诸葛玥眉头一皱，挥鞭抽在战马的脖颈上，沉声说道："你干什么？"

"少爷，流星可能是受惊了。"

"受惊？"

诸葛玥皱起眉来，再一次向那江面遥遥望去。

腾的一声，船舱内楚乔一下坐起身来。

"小乔，你怎么了？"明素被她吓了一跳，忙问道。

楚乔坐起身来，愣愣地说道："我好像听到流星在叫我。"

"谁？"明素问道，"谁叫你？"

楚乔答道："流星，我的马。"

明素笑了起来，打趣道："怎么可能？这是在水上，你的马会游泳吗？"

楚乔皱起眉来，一把拉开窗子，外面的风雨登时灌了进来，楚乔探出头去仔细观望，可是这会儿雨势渐大，而且江面上起了大雾，根本就看不清楚。她皱着眉听了半晌，突然跳下床榻，披上衣服就要往外冲。

明素一惊，连忙拉住她，大叫道："你干什么去？"

"我出去看看，我真的听到流星在叫我。"

明素摇着头，"外面这么大的雨，出去要生病的。"

楚乔皱着眉，披起一件外衣就冲了出去。

雨较刚才那会儿大了许多，此刻天地间一片银白，根本看不清楚。大船横在江上，船夫水手都跑出来稳定船只，并急着往外舀水，生怕会出乱子。

楚乔站在一片混乱的人群之中，茫然四顾，哪里还有流星的影子。她将手合拢在嘴边，大声叫道："流星！"

可是很快，她的声音就被淹没在了隆隆的雷声之中。

船老大急着往船舱跑，一边跑一边对副手吼道："跟少主人说，必须靠岸，这雨是越下越大了！"

副手问道："往哪边靠？"

"左岸虽近，但是水浅，撑不起船，靠右岸！"

此时，左岸岸边上，因为大雨的突然加剧，马队也不得不停下来躲到一处破亭子里避雨。流星仍旧在原地着急地奔走着，几乎要将那根捆绑它的绳索挣断。

诸葛玥站在亭子里，看着流星，耳朵微微一动，缓缓皱起眉来。

"朱成，你听到了吗？"

朱成一愣，问道："少爷，听什么？"

诸葛玥没有回话，而是继续皱眉听着。可惜雨越下越大，天边还响起了滚滚的闷雷，那若有若无的声音最终没有了踪迹。

诸葛玥不再说话，负手而立，极目望去，却只能看到天地间一片白亮，而那几艘船舶，隐没在倾盆大雨中，早已不见了踪影。

楚乔放下了手，船只也已经在右岸停泊安稳。她浑身上下都被雨水浸湿了，嗓子也喊哑了，明素不知从哪里弄来一把伞，遮在她的头顶上，急忙说道："快进去吧，你这样会生病的。"

楚乔不再说话，久久地望着江对面。

楚乔坚信自己没有听错，第二天船靠岸之后，她偷偷地返回了昨夜听到马叫的地方，果不其然，她捡到了挂在流星脖颈上的铃铛，当初，这只铃铛还是她亲手为流星挂上的。

流星为何会在这，难道它没回真煌城？

当日楚乔被赵淳儿追杀，不得已才折道前往卞唐，打算从卞唐程州转走西南水路返回燕北，可是这需要燕北方面的接应，而她却苦于无法传递消息给燕洵，不得已，写了一封信，藏在流星镂空的马蹄里。流星是羽姑娘送给她的，一直养在真煌大同行会的马场里。这马极具灵性，这几年来一直充当着她和羽姑娘的信差，虽然现在羽姑娘很可能已经不在真煌，但是只要它能找到大同的人，就能将消息传回去。

如今流星出现在这里，难道她的消息也被截下了？那她还要不要赶往程州？如果去了，那里会不会已经埋伏了大批的大夏杀手？如果不去，此时回头返回燕北，就要穿越半个大夏国境，那岂不是更为凶险？

思来想去，楚乔决定暂不回燕北。沿着马队留下的印迹，一路追踪打听，最后她来到了坞彭城城守府，望着面前这座富丽堂皇的府邸，她知道，今天晚上，无论如何也要进去查探一番了。

圆月被乌云遮住，天地间一片漆黑，几个起落之间，楚乔已经神不知鬼不觉地进入田城守的府邸。她泥鳅般从一棵树上滑落下来，然后身形灵敏地靠在一座假山之后，耳郭微动，只听得远处有脚步声渐近，似乎正朝自己而来。

楚乔眼睛微微眯起，脚下猛然发力，向着右侧一片回形长廊的廊柱猛跑过去，眼看就要撞在柱子上，她登时抬脚，猛地蹬在柱子上，身体随着惯性向上瞬间蹿高，三步跨出，就在渐渐失力之时，她双手一伸，一把抓住了上面的瓦顶，吊臂，双腿夹住柱子，迅速上蹿。就在拐角的灯火要转过来的时候，楚乔身体迅速一跃，顿时像一只壁虎一样紧紧地趴在回廊的瓦片之上！

"这边走。"

一个尖细的声音突然响起，声音里带着谄媚和小心，奴才气十足。随即，杂乱的脚步声响起，听声音大约有二十多人，楚乔眉头紧锁，静静蛰伏，一动不动。

"素闻公子风采照人，智勇双全，乃人中之龙，今日得见，果然是闻名不如见面，市井传言不足表公子风采之万一哪。"

男人突然哈哈大笑，似乎很以自己这番言辞为喜，然而那名被他夸赞的公子却一言未发，花园里只回荡着男人夸张的大笑，显得尴尬至极。

笑了一会儿，见无人响应，男人又干笑两声，方才止住。随即他好像猛然想起什么事情一样，表情猥琐地说道："这边走，就要到了，就要到了，本官刚刚从贤阳城买回的女奴，姿容无双，娇媚动人，已经梳洗打扮好了，嘿嘿，就等公子享用了。"

原本行走的脚步突然一顿，正好走到楚乔的下方，楚乔顿时全身肌肉绷紧，握住手里的匕首，屏住呼吸，眉头紧紧地皱了起来。

一个低沉的声音缓缓传来，这声音的主人似乎患了伤风，声音有些哑，还有厚重的鼻音。

"贤阳城？"

"是，"男人一笑，"嘿嘿，这公子也知道，你们大夏对奴隶的管制宽松一些，价钱嘛，呵呵，也较卞唐便宜。前阵子书记局的崔司马去贤阳城办事，顺便给我捎来的，公子，您要不要？"

公子沉默半晌，终于沉声说道："去看看。"

那名官员顿时一喜，笑着带着众人离去。

楚乔缓缓松了一口气，看来今晚这府中有贵客前来，自己来得正是时候。只是不知道是什么客人能享受这样的礼待，而且还是来自大夏。

不再多想，她缓缓起身，向相反的方向走去。

黑暗中，楚乔好似一只狸猫，步伐轻巧，行动轻盈，可是就在她将要走过这片回廊的时候，脚下突然一滑，她眉头一皱，灵敏地下蹲稳势，用手指一摸，竟是踩到了青苔。

应该不会有人听到吧？楚乔心跳加速，正暗自猜想，突然一声冷语传来："什么人？"

来人声音低沉，转瞬就已经来到回廊下方，正是那名少言寡语的公子！

楚乔握紧匕首，深吸一口气，眉头紧锁，一言不发。

那公子见她不说话，冷笑一声，纵身一跃，两步蹬在廊柱上，反手单臂钩住檐角，竟然只凭一臂之力，纵身跃上屋顶！

乌云遮月，一片漆黑，黑暗中，只能看到男人身姿修长，身形挺拔，衣角飘飞，长风吹来，隐隐有凌厉的锋芒突显。

楚乔眼角微跳，怒从心起，知道等下去只会让对方的援兵赶到，当下也不啰唆，凌空跃起，挥动匕首。对方也不废话，顿时出手，猛地架住楚乔的手臂，骤然一拖，另一只手则迅速地向楚乔的脖颈袭来，快！超级快！快至巅峰！

楚乔见势，身体向后一仰，躲过对方的攻势，然后一个后空翻，利落而去。翻身的瞬间，她的手掌好似泥鳅一般滑入对方的怀里，与此同时，一股掌风也向她的肩膀袭来。只听嘶的一声，楚乔的肩膀便传来一阵火辣辣的疼痛，她用力一拽，抬脚向对方踢去，没有踢到要害，却正中对方反踢过来的腿上，两人小腿腿骨硬碰硬，顿时都觉腿部发麻，齐齐后退，眼神冷冽地向对方望去。

下方脚步声渐近，显然那些护卫已经迅速回转，楚乔在心下暗骂了一句，没想到在这座城守府中竟然遇到这样的高手。若是让他们合围，今晚自己岂不是要死在这里。

她凤眼带煞，霎时又开始发动进攻。她的动作极其狠辣，迅猛凌厉，一招致命！

然而对方也不是善类，冷笑一声，突然将手中一物抛了上来。

楚乔攻势顿时一缓，来不及叫出一声卑鄙，就见对方迅猛靠前，双手一绞，竟将她的双手手腕握住，身子顿时贴了上来。

楚乔眼神一寒，身形瞬时一个诡异的弯折，左腿从身后翻上来，跃过自己的头顶狠狠地踢在对方肩膀上，男人闷哼一声，满口浓重的酒气扑面而来，全部喷在楚乔的鼻息脸颊之间。

然而男人却没有被这一脚逼退，一个跨步，一把紧扣住楚乔的腰，这房顶上处处有青苔，两人竟然同时倒在房檐上，顿时一起向下滚去！

这回廊说高不高，说低也不低，足足有三米多，若是这样摔下去，不死也伤。

两人很有默契地同时松开一只手，齐齐攀住瓦顶，就在这时，男人的腿突然横踢过来，一下压制住楚乔的美腿，楚乔正要还击，却见男人一个翻身就压了上来，接着手肘重重地向她的胸口撞来！

楚乔一惊，一下屈起另一只腿，眼神狠辣，若是这男人这样攻击下来，定叫他这辈子做不成男人！

果然，男人瞧出了楚乔的意图，竟然凌空收势，拧身变位！

两声闷哼同时响起，剧痛瞬时袭来！

男人的手肘狠狠地砸在楚乔的肩膀上，而楚乔的腿，也有力地踢在了男人的大腿上。

楚乔跌落！如遭锤击，手中的匕首发出叮当脆响，顺着倾斜的回廊顶一路落了下去，掉在地上。

楚乔狠狈地起身，还没站稳，一阵风声顿时袭来，楚乔眉梢一挑，一脚转身踢，本以为对手会躲避，没想到他竟然以后背甘受这一下，哼都没哼一声。然后男人贴身上前，单手而上，一个利落的擒拿手招式，一把抓住了楚乔的胸口！

刹那间，两人同时愣住！

软软的，虽然不是十分高耸，却弹性惊人，手感出奇地好！

这男人总算知道了眼前刺客的性别，他猛然一惊，不但忘记了下面隐藏的招式，更忘了该缩回手。

楚乔冷哼一声，手一拎一提，一下抓住了男人的腰带，一个爆炸般的旋风侧踢，正中男人的腰侧。

男人闷哼一声，踉跄后退。楚乔正要再接再厉，却听下面脚步已然密集，她冷眼望了男人一眼，随即灵敏地转过身，几个起落，就跳下回廊，趁着追兵还没到，很快地隐没在了黑暗之中。

城守府的护卫们架着梯子爬上回廊，田城守一边颤颤巍巍地走上前，一边擦着额头上的冷汗，小心翼翼地问道："公子？是什么人？"

四周的士兵也纷纷爬上了回廊，火把林立，男子面容俊美，眼眸漆黑，一身深紫华服，胸前却缺少了一块布料，不用问，在打斗中，这块布料被楚乔撕扯了去。

"刺客。"

他缓缓沉声说道，田城守一惊，顿时大声叫道："啊！有刺客！通知全府，追拿刺客！"

巨大的鸣锣声响彻整个城守府，火把四处点亮，整座府邸瞬时亮如白昼！

"田城守，"男子转过头来，望着他说道，"可否通知您的部署，一定要抓活的，不需射箭动刀枪。"

田城守一愣，随即连忙答道："就听公子之言。"

夜风撩起男人华丽的衣角，他望着楚乔消失的方向，回想起她的动作身手，静静地皱起眉来。

楚乔十分头痛，外面灯火通明，全是行走的兵马，就算她身手再了得，也插翅难飞了。

想起那个万恶的什么公子，她狠狠地咬紧了牙关。

"不要让我再碰到你！"

楚乔喃喃说道，手握着一块菱形的玉佩，这是刚刚打斗的时候从那男人腰间拽下来的，虽然没有看清他的长相，但是凭着这块玉佩，她早晚能查得到他的身份。

想起他在自己胸上抓的那一把，楚乔就气得面孔发青。

这个梁子，算是结下了。

这时，躲在一间华丽房间屏风之后的楚乔，突然听到一个娇媚的声音传来，很显然，这间房间的女主人醒来了。

女人穿着十分暴露，白花花的胸脯露了一半，她慵懒地伸了个腰，就向着屏风后走来。

楚乔顿时头皮发麻，根本来不及躲避，那女人已经和她大眼对小眼了。

女人的嘴顿时大张，可是还没叫上一声，楚乔就一掌劈在她的脖颈上。女人眼睛一翻，就软软地倒在地上，昏了过去。

看来，要在这里躲上一晚了。

刚将女人捆绑好，就听外面传来一阵脚步声，楚乔一愣，就听到那个田城守令人厌恶的声音在外面响起，"公子，这就是我新买的女奴的房间，还是个清倌，没人碰过，您好好享用吧。"

楚乔目瞪口呆，顿时傻了眼。

第二章

浴房春潮

　　房门被打了松香，开门间有好闻的松香味随着外面清凉的夜风吹了进来。那名公子显然换了一件衣服，宽襟窄袖的乌金长袍，衣衫的下摆处是一双藏青色的靴子，靴子表面有暗青的蟒龙图纹，这图纹绣得极尽精细，又以同色暗纹为掩，乍一看平淡无奇，含蓄内敛，细细打量，却隐隐有一丝别样的豪气呼之欲出。

　　室内灯火幽暗，只在南北两角点了两盏宫灯，宫灯用粉红色灯罩罩住，使得整个室内笼罩在一片暧昧的暗影之下。一名一身桃红色罗纱宽胸裙的女子跪在地上，见人进来，深深地叩首，十分恭顺，从上面看去，只能看到她一截天鹅般优美洁白的脖颈。

　　田城守面色仍旧有些发白，但还是强自镇定地道："公子，您先歇息，本官先下去了。"

　　公子点头，沉声说道："多谢田大人盛情。"

　　田城守又点头哈腰地奉承几声，临走前对着跪在地上的女子说道："要好好服侍公子，知道吗？"

　　女子连忙压低身子，越发恭谦小心，一副柔顺的样子，声音细柔地说道："是。"

　　她的声音很好听，温柔如水，只是好像刚刚睡醒一般，带着点微重的鼻音。那名公子没在意，田城守显然也没有放在心上，和公子打了声招呼，就退了出去，并小心地关上了门。

　　脚步声渐渐离去，但是听得出，房间的外面，最少还有二十个护卫在小心地把守，而且个个身手了得，不是寻常之辈。

　　灯火摇曳，室内一片朦胧，房间的正面，是一张大到离谱的床，之所以说它大，是因为那简直不是一张床，而像是一块高出地面的地席，即便并肩躺上五六个人，想必也不会拥挤。床上面铺着猩红的锦缎，软被高枕，红绡华幔。大床的前面是一串璀璨的东珠幕帘，外罩红色纱帘，室内本无风，可是不知为何那些纱帘却无风自舞，轻飘飘地摇动着，在暖色系的灯火之下，流泻出水一样的奢华暧昧。

　　乌金长袍的公子淡然地撩起纱帘，坐在大床上，身子随意向后一歪，看着仍旧跪在门口的女子，声音平淡地说道："还不过来？"

　　女子闻言，如蚊蝇般"嗯"了一声，然后低着头跪行而来，行至公子身旁，伸出一双素白的小手，抬起年轻公子的一只腿，放在小脚踏上，然后轻柔地为他脱下靴子。

　　突然传来砰的一声，年轻公子一脚踢在女子的肩膀上，力道并不大，却将她的手踢开了。女子一愣，身子顿时瑟瑟发抖，一下伏在地上，不敢抬起头来。

年轻公子坐在床上，皱眉向女子看去，面容阴沉，似乎有些愤怒，有些失望，可是隐隐约约间，又夹杂着一丝莫名其妙的庆幸。

不必再看了，男人缓缓抬起头来，眼望着屋顶。

本就过于异想天开，若是她，怎会这样轻而易举地被人擒住？即便在受伤时被擒，事后也定会逃走，哪会这般温顺恭谦地伺候别人？

倒是刚才的那个女刺客，最后那个声音，还有那灵敏高超的搏击身手……

此时此刻，他几乎有八成把握可以肯定那个人的身份！

想到这里，他不禁有些懊恼，淋了一场大雨，竟淋坏了自己的脑子吗？不过尽管如此，他还是没有派出手下的追踪高手和城守府的侍卫一起去捉拿刺客，这个心理很微妙，让他一时都有些抓不住自己的心意，是不想多生事端？是因为那两成不确定的犹疑？抑或是，不希望她落到别人手上？

不去多想了，他一下站起身来，大步走向屏风后的浴池，边走边解开自己的外袍，随手扔在地上。此时，他只着棉白的内衫，满头墨发散开，不羁地散在身后，面孔白皙，嘴唇殷红，眼神邪魅，整个人都透着一丝俊美的邪气。

不过是一个女人罢了！

他这样想着，我只是想将自己的东西拿回来而已。

灯火摇曳中，年轻公子已经脱下内衫，露出健美的臂膀，走向屏风后的另一个房间，打开房门，顿时蒸汽四溢，暖意袭人。

楚乔一直低着头，始终没敢抬头看男人一眼，是的，这名身着桃红色轻纱的女子就是楚乔。刚刚外面聚集了大批城守府的士兵，她清楚地知道，即便现在自己拿着一把AK607冲锋枪，也不可能活着出去。

仓促之下，她只能出此下策，将那名昏迷的女子藏起来，换上她的衣服，以图蒙混过关。果然，她赌赢了，田城守被她蒙骗了过去，而眼前这个身手了得的男人，很显然，对她没什么兴趣。

楚乔嘴角一牵，心下志得意满，最好这个道貌岸然屡次坏自己好事的男人不好女色，破口大骂一顿，然后将自己赶出去，这样她就可以大摇大摆地出去了。

"你，过来。"乐极生悲，就在楚乔暗自开心的时候，澡房的门口突然传来一个低沉的声音，"给我擦背。"

楚乔的表情瞬间变得十分丰富，她皱着眉，考虑着要不要现在悄悄摸进去，趁他不备一刀结果了他。但是随后，里面男人说的一句话让她紧绷的神经瞬间放松了下来。

"然后你就可以出去了。"

多一事不如少一事，楚乔顿时乐滋滋地站起身来，带着一个女奴应有的谦卑和恭顺迈着碎步迅速地跟了上去。

刚一打开澡房的门，一股热气便扑面而来，到处都是白花花的蒸汽，令人睁目如盲，连呼吸都有些困难。楚乔皱着眉头，刚要进去，就听里面的男人沉声说道："脱了鞋子。"

楚乔这才发觉，一股温热的感觉正从脚下传来，鞋子也已经湿了大半。楚乔连忙收回脚，脱下湿淋淋的鞋子，光着脚丫就走了进去。

这间澡房极大，比外面的卧房有过之而无不及，但单从外面来看，常人根本不会想到一扇屏风之后竟然藏有这么大的空间。澡房的正中，是一个足以媲美游泳池的大浴池，浴池的三面墙壁上各有四个白玉雕刻的美女石像，这些石像无不衣衫半裸，姿势诱人，热气腾腾的水正是从这十二个石像后面喷涌而出，流进浴池，然后从浴池边蔓延开来，顺着地面向四周的水槽流去，再顺着管道流出澡房。

楚乔估计，若是用人工来烧水，大概很难支持这样的消耗，况且这里的水温极高，以现在的工艺技术，可能水还没流进来就已经凉了，根本不会有这么多的蒸汽冒出来。显然，这座城守府定是建造在地下温泉之上，至于是自然温泉还是人造温泉就不得而知了。

澡房的四周，点着几盏宫灯，无不是幽幽暗暗，暧昧微弱。澡房的墙壁上，刻着一些浮雕，楚乔仔细看去，竟都是一些妖媚女子的裸体画像，她们用各种撩人的姿势羞答答地遮住身体的几个关键部位，极尽魅惑。

也不知道是房间里温度太高，还是别的什么原因，楚乔脸蛋一红，顿时垂下眼帘，不敢再看。

浴池的上方，有一方高高的平台，平台下面炉火熊熊，炙烤着上面的一方暖炕，暖炕上有一整块的白熊皮草，两侧还摆放着一些水果酒肉，楚乔只看一眼，就知道那是做什么用的了。有了这火炕，即便是在这样的澡房内，那些皮草也不会潮湿，这样，很方便男人们在泡澡之后，和这些千娇百媚的小女奴做一些有益身心健康的激烈运动。

"你死了吗？"低沉的声音缓缓传来。

楚乔冷冷地翻了个白眼，擦背，看我不擦下你一层皮！

随后，她迈步走了进去。

越接近浴池，蒸汽越大，越看不清东西，浴池边缘更是伸手不见五指。

楚乔摸索着向前，脚下不断地试探着，到处都是水雾，让她不知道是否到了浴池的边缘，突然只听噗的一声，楚乔一个踉跄，脚下一滑，身子顿时失去平衡，对着池子就栽了下去。原本一个横步分踏式就能够站稳，但是考虑到在池子里的是一个搏击高手，她只能忍气吞声地任自己向巨大的水池跌倒下去。

然而，就在这时，一只修长的手突然伸出，一把托住了楚乔的腰，一股大力传来，两个利落的推扶，一下就让楚乔半跪在了浴池边。

"我只是叫你来为我擦背，别搞那么多事。"

低沉的声音在雾气腾腾的澡房里缓缓响起，那声音分明带着几分冷酷和一丝不屑。显然，他已经认定刚刚楚乔的举动是一种变相的献媚了。

楚乔深吸一口气，抑制住心里的怒火，摸索着跪在水池边，左右看了一会儿，却根本看不到擦背的毛巾在哪里。她的额头微微冒出汗来，眉头也缓缓地皱了起来。

一阵呼啦啦的水声传来，尽管楚乔看不到，但是仍旧可以感觉到那个臭男人已经回过头来了。水雾朦胧中，楚乔甚至能感觉到对方那锐利且不耐的眼神。

因为在打斗结束的时候自己曾说过话，为防对方从她的声音里将她认出来，她故意改变了声线，用尖细柔软且小心翼翼的声音说道："奴婢先为公子推拿按摩一番如何？"

前面的男人没有说话，只是转过头去，似乎已经默许。

楚乔撸起袖子，伸出一双素白的小手，为他按摩了起来。

一个优秀的特工，必须能在不同的环境下完美地诠释出各种不同的身份，尤其是女特工，为了完成任务，难免会有一些色相上的牺牲。对于推拿按摩之术，楚乔在现代就曾受到过专业的训练，这么多年没用，还好没有荒废。很快，她专业的按摩手法就赢得了面前男人的满意，最起码，通过男人逐渐放松的肌肉，楚乔知道，他已经渐渐平静下来。

尽管看不到脸孔，可是不可否认，这男人的身材很好。或者，不能用一个"很"字来形容。他的肌肉十分结实，却并不像一般的武夫那样狰狞纠结，他的肌肉线条非常完美，一分不多，一寸不少，既有文人的儒雅之气，也有男人的阳刚之美。

楚乔用旁边的水舀舀起热水，顺着男人的肩膀浇了下去，水流沿着男人的背阔肌缓缓流下，没入热气腾腾的池水之中。楚乔嫩白的手指在他身上卖力地推拿，手腕上力道十足，认穴准确，手法也十分专业。男人缓缓地深吸了一口气，然后微微向后仰头，似乎打算就这样靠在楚乔的大腿上舒服地睡去。

楚乔眉头紧锁，却无可奈何，她深知这男人身手不凡，即便自己全力应对，也未必有全身而退的机会。而就算自己能趁他不备杀了他，也很难逃出门外那些侍卫的围攻。按捺下心中的怒火，她按住男人的肩膀，缓缓推拿。一会儿工夫，就已经是满头大汗，竟比打上一回合七合拳还要疲累。

啪的一声，一滴香汗从额头滑落，竟然打在男人的鼻梁上。年轻公子眼也没睁，淡淡地说道："把衣服脱了。"

"啊？"楚乔顿时一愣，却猛然意识到自己失态，连忙收敛情绪说道，"公子，想做什么？"

"你现在是巴不得我对你做什么吧。"年轻公子轻笑一声，声音里带着淡淡的嘲讽，"可惜我现在没这个兴致，我只是没见过什么人在澡房里还穿着衣服的，好意提醒你一下，免得你热死。"

"多谢公子好意，奴婢不热。"

尽管明知道这话是在撒谎，但是想起田城守的话，这男人还是不以为意，继续沉默。毕竟，还是个未开苞的清倌，虽然有点小手段，面皮却还嫩了点。

楚乔面色很难看，此处水汽大，双目如盲，她也不必再装模作样。这男人简直欺人太甚，想起刚刚在回廊顶上被摸的那一把，楚乔顿时嘴角冷笑一下，眉梢一挑，计上心来。她的手指顺着他的肩膀缓缓向下，指尖如蝶，带着几丝调情的味道，一点点地划过男人的肩膀、脖颈、健硕的胸肌，然后上下画着圈。

男人的嘴角带着一抹笑，却并没有出声，他居然默许了这样的挑逗。

楚乔压低声音，声音娇媚地说道："公子，这是前云穴，是最缓解疲劳的穴位。"说罢，她将五指合成拳，骤然以指关节狠狠地撞击他的胸口。

不出所料，男子顿时闷哼一声，身子整个弓起，再无刚才的慵懒之气。

楚乔故作惊慌，连忙垂头跪下，惊慌失措地说道："是奴婢下手重了吗？"

男人闷哼几声，急促地喘息，过了好久，方才哑着声音挺爷们儿地说道："没你的事。"然后他气喘吁吁地坐回池边，沉声说道："死丫头，下手还真狠。"

"公子是在说我吗？"

"不是你。"

楚乔自然知道他在说谁，因为那个地方，正是刚刚打斗中他挨了自己一拳的部位。只是听他说话的口气有些奇怪，好似认识自己一般。楚乔缓缓皱起眉头，一双眼睛微微地眯了起来。

"你是田大人前几天从贤阳城买来的？"男人兴致忽来，竟大开恩德地想要同她聊聊天。

看来柜子里昏迷的那个女人是从贤阳城买来的，倒是跟自己颇有缘分。楚乔仍旧用甜到发腻的声音说道："回公子的话，奴婢是。"

"嗯。"男人继续问道，"从哪家买来的？"

贤阳城的奴隶贩子楚乔只认识一个，顿时说道："西市的木老板。"

"西市？"此言一出，浴池里的男人顿时来了兴致，整个人转了过来，沉声问道，"那你见没见过一个女子，大约跟你一样高，武艺很好。"

楚乔皱着眉说道："武艺好？武艺好会被抓去做奴隶吗？"

"她受了伤，好像还很重。"

楚乔越听越惊，眉头紧锁，试探地问道："这样的人有很多的，公子知不知道那人的名字？"

"她叫……"男子一愣，默想了半响，随即说道，"算了，她应该会用假名字的。"

"那奴婢就不知道了，"楚乔故作轻松地说道，说罢还轻笑了一声，随即小心地问道，"公子在找什么人吗？对了，以公子这样的身份是不会有奴隶朋友的，那是公子的家奴吗？"

男人顿时泄了气，转过头去不再说话。美女石像后面不断有热气腾腾的水注入，发出咕嘟咕嘟的声响。过了好久，楚乔突然听那公子轻声说道："我在抓她。"

楚乔心下顿时一凉，暗道十有八九是大夏的追兵赶来了，他们果然了得，这样都能找到，抢先在坞彭城围堵自己，还找到了木老板的摊位，看来若不是自己混进了詹府大船，可能真的会出事。早知如此，与其被大夏追兵抓到，还不如暂时留在船上。

正在出神，前面的男人却突然站了起来，这让没有防备的楚乔全身顿时失控，只听扑通一声巨响，连挣扎都来不及，楚乔便大头朝下，猛地栽进了水池里，几下就沉了底，紧跟着脑袋狠狠地撞向了池底，若不是水深浮力大，只这一下就足以让她头破血流。

楚乔觉得头晕眼花，忽然，她身子一轻，被人拔蒜一般提溜了上去。

"咳……咳……咳……"

两侧的水龙这时骤然放大，巨大的水花喷起，白雾水汽轰然升腾，在整个澡房弥漫开来。楚乔被男人扶起，靠在他的手臂上，毫无形象地大声咳嗽起来。呛了水的特工和正常人一样，脸红脖子粗，喉咙像被热炭烧过一样，热得难受。

男人只感觉怀里的女子身子在剧烈地颤抖，仿佛要将肺都咳出来，她的身材很是高挑，却极瘦，手臂几乎没什么肉，可是手感很好，肌肤充满弹性，光洁温润。

抬眼看去，只见朦胧的白雾中，女子衣衫尽湿，紧紧地贴在身上，越发衬出她的身姿窈窕曼妙，凹凸有致。两条修长的腿，此时正紧紧地贴在自己身上，浑圆健美，只是轻轻一碰，就知道不是养在深闺的大家闺秀可以比拟的。

不知为何，男人的心底竟然生出几丝柔和，他伸出手来，轻轻拍打楚乔的背，想帮她缓解咳嗽。却不想手刚刚落下去，那薄薄的轻纱便脱落下去，自己的手一下子贴在了她光滑柔软的脊背上，她的肌肤好似上好的羊脂白玉，触手滑腻，手感好得惊人。

楚乔身体一僵，一时间竟连咳嗽都忘了。

男人的眼神中划过一丝阴郁，他手抓着楚乔的手臂，猛然低下头，狠狠地吻住了楚乔的双唇。

刹那间，楚乔整个人都呆住了，又骇又怒。男人强壮的手臂一把将她紧紧地拥入怀里，来不及紧咬的牙关也被他灵巧的舌头瞬间撬开，激烈狂野的气息骤然袭来。男人一只手将她紧箍在怀里，另一只手死死地按着她的后脑，霸道到让她无可回避。

巨大的惊恐一时间让楚乔的脑子一片空白，可是转瞬间，她顿时反应过来，抬起脚就狠狠地向男人踢去。可是悲催的是，她忘记了自己现在是在水中，阻力之下，不但没踢到对方，整个人还向后仰去。

男人邪邪一笑，抱着她顺势就倒进水池，只听砰的一声，巨大的水花轰然溅起！

温热的水从四面八方涌来，霎时灌进了两人的耳中，两人乌黑的长发凌乱地飞舞在水中，遮住了他们的视线。男人压在楚乔身上，两人在一米多深的水中缓缓下沉，水中的花瓣也四散开来，眼看就要沉底的时候，男人一只手托着楚乔的后脑，另一只手托着她的腰，再一次狠吻上去。

他的吻技熟练且疯狂，仿佛是在发泄释放什么，狂野的舌头在她的口腔内来回游走，吸取着她的甜美和力量。楚乔眉头紧锁，再也顾不得隐藏什么，挥拳就要去阻挡。可是所有的动作在水中都大打折扣，男人抽出她头下的手掌，身手熟练地将她的两只手在背后反握，两腿更是紧紧地夹住了她的双腿，然后另一只手继续上攀，滑过她柔软的腰肢、平坦的小腹、高耸的酥胸……

"嗯……"楚乔闷哼一声，整个人剧烈地抗拒了起来，张开嘴狠狠地咬在了男人的嘴唇上，浓烈的血腥味霎时间在唇舌间回荡，可是对方并没有退缩。她的反抗反而激发了他的欲火，他伸出手来一把撕开了她衣衫的前襟，顿时，大片晶莹的肌肤裸露出来。

楚乔顿时睁大双眼，怒哼一声。不等她反抗，对方温热的手掌已经触碰到了她胸前滑腻的肌肤。楚乔急中生智，使了一招灵巧的小擒拿手，快速从男人的手中挣脱了出来，并用后肘狠狠地撞击在男人胸前，然后轻巧一跃，冲出了水面。

"呼！"长久的憋闷让楚乔双颊通红，她剧烈地喘息着，片刻之后，只听噗的一声，男人也从水下探出头来。

"过来！"低沉沙哑的嗓音缓缓响起，"别跟我玩这种欲迎还拒的把戏！"

"嗯，好。"楚乔怒极反笑，冷冷地牵起嘴角，眯起眼睛，就好像是猎手看见猎物一般，充满了置之死地的决然。

可惜，雾气太大，男人根本就看不到她的表情，所以当她在水中缓步走来的时候，他还以为她是回心转意乖乖听话了呢。

可是就在这时，楚乔的身体好似猎豹一般，猛地凌空跃起，原地起跳，即便是在水中，也足足有半米多高，然后，只见她胳膊一挥，右腿旋风般猛踢向上！

砰！水里顿时溅起比刚才更大的水花，男人呆愣之间，被楚乔一脚正中胸口，整个人瞬时倒飞出去！

紧随其后，暴怒中的母狮子猛扑上来，跟着被踢中的男人一起落入水中，然后她抡起拳头，毫不容情地狠揍在男人俊秀的脸颊上！

一切都发生在刹那间，尽管男人的身手丝毫不输于她，但是在这样爆裂般的袭击下，他还是来不及做出任何反应。砰砰的巨响连续而起，男人的脸上已经挨了好几拳，若不是在水中，就这几拳足以将他的鼻梁打断！

男人一时间被打蒙了，根本找不到机会还手，无奈之下，他迅速做出一个很不符合自己身份的举动，一把推开楚乔，狼狈地向水池边爬去。

"想跑？"楚乔吐掉嘴里的水，好像发怒的豹子一样，再一次跳了上去！

在速度、突击技术还有强大怒火达成完美结合的这一刻，这男人已经没有任何还手的机会了。再一次被强悍的女人按住，死死地揍了一顿之后，他终于爬上了水池，然后向澡房外跑去。

楚乔不想给他这个机会，既然已经暴露，就必须斩草除根，不然等他跑出去，死的人就换成自己了。

她飞身而上，一下抱住男人的腰，两人同时扑通一声倒在地上。

已经上了岸，行动方便，男人就不再处于完全被动挨打的局面了。不退反进，只见浓浓的白雾之中，两道身影同时暴起，迅速发动了一系列的快攻，硬碰硬地贴身肉搏，手肘相撞，膝盖前顶，拳拳相击，速度之快，力量之猛，堪称一绝。

楚乔此时已经暴露，一旦他成功逃离，自己必定毫无生机，自然用了拼命的打法。

而男人此刻也不会天真到仍把她当作一个普通的女奴了，他全神戒备，绝招尽出，毫不保留！

没有武器，没有刺杀，没有偷袭，玩的都是名副其实的真功夫，所以转眼之间，这已是一场以命搏命的对决了。

乒乒乓乓，几十下的交锋，两人的手肘、膝盖、腿脚都已经发麻，两只手也疼得失去了知觉。但他们都死命地支持着，不说话，也不试图喊叫。快攻对决快攻，容不得一丝分心。

两人都已经打红了眼，骤然间，两道影子在白雾中好似两道闪电般冲向对方，一轮快至巅峰的对决之后，两人的手指，同时捏向了对方的咽喉！

死神降临，势均力敌，两人的动作出奇一致，五指成爪，捏住了对方的喉管，只要一个人稍有动作，定会毫不容情地掐断对方的喉咙。

此刻，两人却出奇默契，瞬间都没有了动作，只是同时缓缓举起另一只手，轻轻一挥，示意休战。同归于尽？那是傻！

然后，他们同时松开了掐在对方喉咙上的手指，缓缓退后。

这时，只听一阵巨大的水声响起，就在这个要命的关头，泉水再一次被猛烈地注入池中。

而就在这一瞬间，原本退后的两人再一次齐齐上前，将手指掐在对方的脖子上。

"卑鄙！"话音同时出口，整齐无比。

他们不约而同地同时向对方冷冷地翻了个白眼，不得不再次放下掐在彼此喉咙上的手。

就在这时，那男人却突然一脚踹在池边的一个木桶上，然后整个身体迅速向后滑去，也不顾身后的楚乔，转身狂奔而去。

这女人实在是个近身搏击的超级高手，和她硬拼完全没有必要，只要自己走出澡房，外面就会听到里面的打斗，如此，他就能立于不败之地！

然而楚乔的反应何其之快，计算何其之准，她猛地跳起来，身形如鬼魅一般追击而上！

眼光一致！步伐一致！动作一致！甚至连选择的逃跑路线都一致！

随着砰的一声，澡房大门发出轰隆一声闷响。男人受了楚乔一记侧腿，拼尽力气一脚踹开了大门！

霎时间，楚乔头皮一麻，她知道，这一声必然惊动了外面的护卫，最多三秒，外面的人肯定会破门而入，那时候弓箭齐发，自己插翅难飞！

唯一的机会，就是在三秒钟之内解决这男人，然后两人爬上那张超豪华的大床，做出暧昧的姿势，蒙混过关！

来不及细想这个计划里到底有多少漏洞，楚乔飞身上前，一边跑一边扯下身上的纱裙，最后只剩下短小的布衣小褂和香艳的短裤。

她别无他法，硬冲上去一脚蹬在墙壁上，整个人飞身而起，借着巨大的惯性，轰然扑在男人身上，两个翻滚，一拳正中男人的后心，然后两人一同扑倒在了豪华柔软的大床上！

此时，外面的脚步声已经逼近，楚乔要么制伏他蒙混过关，要么制伏他当作人质，所有的出路都指向同一个前提。那就是，必须制伏他，绑架他！

这一瞬间，楚乔甚至觉得自己疯了。

手腕娴熟翻动，刹那间，两人再次交击二十多下，终于，就在脚步声在门口响起的那一刹那，楚乔完成了这个壮举。

她成功地绑架了对方，再一次掐住了男人的脖子，但是她付出的代价是，自己的脖子也被男人死死地掐住了！

情况和之前出奇相同，同归于尽？同归于尽！

门外传来了一阵猛烈的敲门声，还有护卫们焦急的呼喊。

室内灯火摇曳，一片朦胧，到了此时，这对已经折腾了半个晚上的男女，终于有机会抬起头来，看清对方究竟是何方神圣。

就在这一看之下，他们却齐齐张大了嘴巴，像是一对傻子一样，瞪大了眼睛。

砰的一声，巨大的撞门声突然响起，轰隆一声，门外的士兵们齐齐挤进房间，为首的年轻武士大声叫道："四少爷！四少爷！出了什么事？"

然后，所有人顿时向床上的两人看去，又一同保持了瞠目结舌的可怕表情。

此时，整个房间一片混乱，好像刚被贼洗劫了一般，满地水渍，地毯凌乱，被子一半拖在地上，两人的衣服也被扔得到处都是。在那张奢华的大床上，一男一女正以极度暧昧的姿势纠缠在一起，并齐齐瞪大了眼睛看着对方，然后，又齐齐向门口看来。

"谁让你们进来的？"

刹那间，好似十级台风席卷大地，月七等人直感觉整个人几乎被掀了出去，是的，这个人正是诸葛玥。众人顿时面如土色，有几个甚至砰的一声摔在地上。

然后，不出三秒钟，房门再一次被小心地关了起来。

呆愣半晌之后，室内剩下的两人齐齐转过头来，对着对方厉声怒吼道："怎么是你？"

第四章
月下画眉

此时，房间里安静极了。墙角的宫灯静静地燃着，不时爆出一丝噼里啪啦的火花。外面如水的月光，倾泻在一角窗缝上，夜里的坞彭城凉风习习，很是舒爽。

习武的人，耳力都是极好的，尤其是在这静谧的夜里。不一会儿，外面男人故意压低的声音缓缓地传了进来，是护卫们聚在一起，醒醒小心地在说主子的八卦。

"少爷平时看起来挺严肃的，没想到竟然喜欢这样的调调儿。"

"谁说不是，搞那么大声，衣服扔得遍地都是，场面好激烈啊！"

"那女人时来运转了，竟然能攀上咱们少爷。"

"不过那女人身段真不错，那两条腿，又长又白……"

"你昏头了吧！那是少爷的女人，小心少爷挖了你那双狗眼！"

"啊，张大哥说的是，咱们一定得彻底忘了这事，就当自己是瞎子。"

"我在府里待了多少年了，你们别看少爷现在脾气好了很多，想当年，那也是相当暴虐的人物，府里上下谁人不惧？大家听我的，准没错！不过话说回来，这小女奴素质真不错，那身段、那模样，不过……我怎么觉得有点眼熟呢？"

"天下美人你都眼熟。"

众人低低地贼笑了两声，然后就没了声音，估计是走远了。

房间里，两人仍旧保持着原来的动作，互相掐着对方的喉咙，四条腿更是紧紧地缠绕在一起。四目相对，里面涌动着太多复杂的东西。

窗外突然刮起了风，顺着微敞的窗子吹了进来，大床上的红色纱帐随风轻舞，几十条纱帘齐齐摇摆，在两人之间穿过，柔软的纱帘扫过两人的眼睛，透过透明的纱帐，对方的模样都变得有几分朦胧。

时间缓缓过去，更夫的更鼓穿透了浓浓的夜色，回荡在偌大的府邸之中。

他们的眼神，终究还是一寸一寸冷了下去。从最初的震惊、羞涩、气恼、敌视，渐渐地转化成平静。然后，他们很默契地同时松开了掐在对方咽喉上的手指，一点一点，缓缓退后。

楚乔拉起丝绸被子，抱在胸口，挡住自己光洁的肌肤，双眼定定地看着对面的男人，一眨不眨。此时，所有的情绪都被她压了下去，剩下的，只是浓浓的戒备和小心。

暴怒的男人也渐渐安静了下来。此刻，他眉毛斜斜地挑着，眼神很冷，却没有什么明显的敌意，而是恢复了他一贯的样子，慵懒中透着几分阴寒。

片刻之后，男人毫不顾忌地走下大床，大大方方地走到屋子中央，捡起自己之前脱下来的那件乌金长袍，随意套上，腰间的带子斜斜一拉，露出大片古铜色的胸膛。

然后，他出乎意料地大发善心，挑挑拣拣，将楚乔那件已经全湿的外袍捡了起来，随后走过来，一只手举着湿淋淋的衣服，另一只手平举到楚乔面前，语调淡淡地说道："拿来。"

"拿？"楚乔眉梢一挑，"拿什么？"

诸葛玥轻挑眼梢，斜睨她一眼，那模样似乎在说让她少装糊涂。

"燕洵跟着大同行会那群乞丐逃回老巢之后，竟然拮据到这种程度了吗？逼得你不得不出来做贼行窃？"

"你说什么？"楚乔眼神一寒，怒道，"你说话小心点！"

诸葛玥淡淡地瞥了她一眼，不屑地说道："都是砧板上的肉了，还敢这么嚣张。"

楚乔坐在床上，面色寒冷，却没有还口。一着不慎，满盘皆输，今晚的这一趟，还真是失败得彻底。她心底的懊恼无以复加，暗道自己这阵子的运气实在太坏了。

不过尽管她不想承认，但是刚刚看到诸葛玥的那一刻，她心里真的骤然间生出了一丝难言的庆幸。也许，落到他的手上总比落在别人手上要好吧！最起码，不会马上被割下脑袋。她知道，帝都悬赏的是她的头，而不是她这个人。

"拿来。"诸葛玥不依不饶，继续说道。

"拿什么？"

"你少跟我装糊涂！"男人冷哼一声，冷冷地看着她，"刚刚在回廊上，也是你吧，你从我这里偷了什么东西，还要我来说吗？"

楚乔恍然大悟，却仍嘴硬地说道："谁稀罕你的东西，我不过是顺手拽来的，早就扔了。你若是想要，就派人去这狗官家里的湖里捞吧。"

诸葛玥眉头轻轻蹙起，眼神阴郁，楚乔毫不畏惧地看着他，眼神明亮而倔强。

噗的一声，诸葛玥将湿淋淋的衣服一把扔在了楚乔的脸上，然后转身走到门口。刚一打开房门，就有侍卫小跑上前。诸葛玥简单地吩咐了两句，声音不大，内容也很简单，无非让人下湖去捞一块玉佩。然而众人听了，却顿时绿了脸，那湖是不大，驾着一只小船顶多半个时辰就能划一圈，但是足足有四丈多深，这么大的地方，去哪里找一块小小的玉佩……

一名护卫苦着脸抬起头来，为难地说道："少爷，这个……"

砰的一声猛然传来，还没等护卫的话说完，诸葛玥突然伸出手来对着护卫的脑袋猛打了一巴掌，登时将护卫打得眼冒金星，脑袋不由自主地低了下去。

"谁让你抬头的？"

那名护卫顿时点头如捣蒜，再也不敢抬起头来。

坐在床上的楚乔闻言，微微一愣，因为房门正巧对着床，而此时此刻，她还没有穿上衣服。

护卫很快就退了下去，一会儿工夫，外面就亮起了很多火把，所有的护卫都被从睡梦中叫醒，浩浩荡荡地往后花园的碧湖去了。

诸葛玥回过头来的时候，楚乔已经将那件全湿的衣服穿在了身上，可是这衣服本就是以薄纱制成，此刻全贴在身上，跟没穿一样，反而更添了几丝妖娆的诱惑。

诸葛玥看着楚乔，然后缓缓地皱起眉来，楚乔见他眼神不对，也难免多了几分尴尬。

诸葛玥径直走到一排衣柜旁边，随意打开其中一个。突然，楚乔面色一变，还没叫出声来，只听砰的一声，一个被五花大绑的女子就从柜子里掉了出来，正好倒在诸葛玥的脚下。

诸葛玥反应倒也快，不过很明显，仓促间他将这名女子当成躲在柜子里的刺客了，于是诸葛家四少爷毫不容情地飞起一脚，可怜了那名女奴，身子还没着地，就挨了这一下，顿时像皮球一样飞了出去。

好在诸葛玥没有下狠手，看到躺在地上衣裳被剥了大半的妖媚女人，顿时就愣住了，眉头紧紧地皱着，一副努力思考的模样。

那名女子早已成了惊弓之鸟，无缘无故被人一拳打昏，醒来之后还被关在柜子里，好不容易被放出来，还没大喊一声有刺客就又被狠狠地踢了一脚。此时此刻，面对着这个煞气很重的男人，她顿时两眼一翻，很干脆地昏了过去。

"喂！你别伤害她。"

诸葛玥转过头去，看到楚乔的脸上明显带着几丝尴尬，他顿时了悟。既然这房里的女奴是楚乔假扮的，那么地上的这位，想必就是田城守为自己准备的正主了。

想通关节，诸葛玥看也没看地上的女人，回身从柜子里拿出一件衣服，转身回到楚乔身边，将衣服一把扔过去，嘴角轻轻牵起，淡淡地说道："星儿，你出手还是这么狠啊！"

"别叫我星儿！"楚乔也不脱里面湿漉漉的衣服，径直就将干净的外袍往身上套，语调冷冷地说道。

然而话音刚落，突然听得一声怒哼传来，诸葛玥好似猛虎一般，纵身扑上，健硕的身体登时将楚乔紧紧地压在身下，双腿如铁钳般夹住她的两条长腿，一只手狠狠地掐住她的下巴，面色阴沉，语调阴狠地说道："那叫你什么？荆月儿？还是什么……楚乔？"

诸葛玥面色阴沉，双眼里好像有巨大的龙卷风暴在酝酿，他手上的力度不断加大，声音沙哑，一字一顿地说道："怎么？投靠了燕洵，就连自己的祖宗都不认了，连姓氏都跟着改了，那为什么不直接入了燕姓？"

楚乔冷冷地和诸葛玥对视，寒声说道："放开我！"

"放开你？"诸葛玥冷笑一声，"你想去哪儿？你来卞唐是为了你那个将要大婚的老情人，还是为了绕道去燕北？我当初怎么没有看出来，我们的小星儿还是个一笑倾城的红颜祸水？"

"诸葛玥，我警告你，放开我！"

"警告？"诸葛玥嘴角牵起，邪邪一笑，眼睛好似苍鹰般寒冷地眯起，沉声说道，"星儿，你是第一天认识我吗？我诸葛玥什么时候害怕过别人的警告？"

楚乔想也不想，五指成爪，猛地就向诸葛玥的脖颈间拿来！

诸葛玥动作也不慢，身子向后一仰，楚乔掐脖子的手一滑，抓住了诸葛玥的衣领。那衣服本就是松松一系，此刻竟生生被扯开大半。诸葛玥掐着楚乔下巴的手指登时下滑，划过她白皙的脖颈和玲珑的锁骨，邪笑道："怎么？迫不及待了吗？"

楚乔面色不变，眼睛却缓缓眯起，带着几丝恼怒的神色。她猛然间抽出一条腿，对着诸葛玥的胯下猛踢过去！

诸葛玥何等人物，此番正面交锋，怎会落得下风？只见他双手一撑，整个人凌空一个后空翻，落下来时，双手撑住身子，蓦然紧贴上来，又以一个和方才一模一样的姿势伏在楚乔身上，脸对着脸，鼻息可闻。

"哼！"楚乔怒哼一声，眼里闪过一丝怒色，双手一绞，一拳打在诸葛玥的肩膀上。

诸葛玥肩膀一沉，浑然卸力，身子往外一侧，楚乔的身体不由自主地跟着他打了个转。诸葛玥一把环抱住她的腰，猛然向里翻去，满床的锦缎被褥随着两人翻起，片刻之间就将两人的身体紧紧地卷了起来，好像一颗大粽子一样。诸葛玥趁机一手将楚乔的双手按住，再用一个剪刀腿，再一次将楚乔的腿死死地夹住。

楚乔大力挣扎，可是两人被被子卷了起来，她越动，被子卷得就越紧，再加上诸葛玥力气比她大，片刻之后，她就浑身无力地倒在床上大口大口地喘着气。见挣扎不过，她仰起头来想要张嘴咬他。

一番打斗，楚乔身上的衣服已经被扯开，大片雪白的肌肤裸露在外，楚乔脸孔通红，两眼狠狠地盯着诸葛玥，胸脯气得上下起伏。

"还不服气吗？"

楚乔冷冷说道："浑蛋！"

诸葛玥趴在楚乔的身上，听着她剧烈的喘息、快速的心跳，还有她身上不断传来的阵阵幽香，面色突然变得缓和了起来，男人得意一笑，缓缓说道："还打不打了？"

楚乔抿紧嘴唇。这些年来，在打斗中她很少吃亏，她突然觉得有几丝说不上来的惊慌。不知为何，此时此刻她只想马上离开这个地方，并且再也不想见到眼前这个男人。

"放开我！"

"星儿，你总说这一句话，不觉得烦吗？"

楚乔的衣衫下摆敞开，露出两条雪白的腿，诸葛玥的双腿紧紧地缠绕着她，肌肤相亲下，空气变得微妙起来。

楚乔狠狠地看着诸葛玥，咬着牙说道："真想插你两刀！"

诸葛玥哈哈一笑，眼神邪魅，嘴唇殷红，有着别样的放荡不羁，"不如打我两拳吧！"

"哼！"楚乔怒气冲冲地转过头去，再也不看他一眼。打又打不过，逃也逃不掉，自己跟他在身手上不过是半斤八两，但是长久斗下来，体力怎么也赶不上一个男人，更何况外面还围着他的大批护卫。想到这里，楚乔的眼睛顿时被红，怒声说道："你杀了我吧！"

诸葛玥笑着看她，"星儿，你不是打不过我就想哭吧？这可不像是你的性格。"

紧张的气氛松弛下来，两人的姿势却极尽暧昧，这时，床下面昏迷的女人忽然发出一声短促的声音，显然是就要醒了。

楚乔一愣，却见诸葛玥面色一变，登时松开楚乔的手，拿起一床锦被，凌空一抛，就盖在了下面女人的脸上！

然而，就在他松开手的这一刻，楚乔冷喝一声，脚下一蹬，顿时好似泥鳅一般从被子里钻了出去，半跪在床上就要跑下去！

诸葛玥顿时冷笑，笑意还没滑到眼底，便一把抱出一方锦被，那锦被极薄，霎时间好似灵蛇一般，缠住了楚乔的脚腕。楚乔心下顿时暗叫一声不好，紧随其后，诸葛玥蓦然发力回拽，楚乔顿时倒下，和诸葛玥滚成一团。

说时迟，那时快，只听一声巨响，整座大床倒塌，那些纱帘、珠帘、无数红色络纱和明亮的东珠齐齐掉落，将楚乔和诸葛玥两人深深地掩埋在下面！

这声音极大，外面的人听得清清楚楚。

站岗的护卫此时只剩下一半，另一半全去湖里捞玉佩了。

一名年轻的护卫对着姓张的护卫小心地问道："张哥，里面，是什么声音啊？"

姓张的护卫也是竖着耳朵在小心地听着，闻言点了点头，神秘兮兮地说道："我看，八成是床塌了吧。"

"床塌了？"年轻护卫暗暗咋舌，"我的天，这么激烈啊！"

诸葛玥被一堆丝绸团团捆住，费了好大的劲才从里面爬出来。可是刚刚露出头来，他的脸色就变了。

只见楚乔半跪在他面前，面色冷冽，眼神阴寒，手里握着一根刚刚断裂的床梁木头，木头的一端又尖又细，死死地抵在诸葛玥的咽喉之上。

"不许动！"楚乔冷然喝道。

诸葛玥淡淡一笑，瞥了一眼楚乔的前胸，淡淡地说道："以后对着别人这么干的时候，先把衣服穿好，不然没有气势。"

"少废话！马上放我走！"

诸葛玥笑道："星儿，你搞错了吧，现在是你在劫持我，怎么还让我放你走呢？"

"诸葛玥，你别以为除了求你，我没有别的办法。我若是杀了你，照样有机会逃走，我只是不想走到那一步，你我虽然有仇，但是我不想这样杀了你。"

"那就可惜了，"诸葛玥一耸肩，"在我活着的情况下，我是不会放你走的。"

楚乔缓缓地眯起眼睛，"你不要逼我！"

"我就是要逼你。"

就在这时，外面突然传来一阵脚步声，两人同时一愣，外面脚步声杂乱，一听就不是诸葛玥的护卫。

就在楚乔分神的这一刻，诸葛玥突然身子一侧，想要躲开楚乔手中的利器。

可是几乎在同时，楚乔注意到了诸葛玥的动作，不自觉地，她一把刺出了手里的木头，只听噗的一声，一道血红色的光芒喷射而出。楚乔心下一寒，瞳孔瞬间扩大，也就在这时，门外响起了田城守恭恭敬敬的声音，"公子，您还醒着吗？"

诸葛玥和楚乔各自坐在大床的一角，诸葛玥肩膀上插着一根木头，那木头有拇指粗细，已经完全刺穿了诸葛玥的肩膀，鲜血流了半张大床。

所有的一切都发生在一瞬间，木头刺入诸葛玥身体的那一刻，楚乔甚至看到了诸葛玥微张的嘴，这样强烈的疼痛下，他定然要惨哼出声。可也是在同时，田城守稳稳地站在了门外！

田汝成是武官出身，年轻的时候跟随父亲一同参加了卞唐的征讨军，一路杀到了大夏内陆。若不是遇到了燕北狮子燕世城，可能如今卞唐已经取大夏而代之，成为红川大地的主人。而田汝成的父亲，也是死在那一战中。所以，他对燕北的厌恶，可想而知。

这个时候，只要诸葛玥发出一星半点不同寻常的声音，他定会毫不犹豫地破门而入，而楚乔一旦落在他手上，结果就无须多想了！

此时，楚乔的第一个念头就是摸向自己的小腿，若是在平时，那里无论什么时候都有一把匕首，以她的身手，在这么近的距离下，射杀一个已经受伤的人绝对没有问题。

可是，她忘了，在回廊上，她的匕首就已经丢失了。

就在这千钧一发之际，楚乔的耳边响起了诸葛玥的声音，而且那语调平静得毫无波澜，"是田大人吗？深夜到此，有何要事？"

楚乔一愣，抬起头来。

"是这样的，本官听说公子的一件很重要的东西掉到湖里了。侍卫们折腾了半个晚上也没找到，本官来问一下，用不用本官挖一条沟渠，将湖水引出去，这样找起来比较方便。"

诸葛玥深深地吸了一口气，紧紧地捂着血流如泉涌的肩膀，沉声说道："如此，就多谢田大人好意了。"

田城守呵呵一笑，说道："能为公子分忧，是下官的荣幸。"

"如果没有事的话，大人还请回去休息吧。"

"那本官告退，公子好睡。"

脚步声渐渐离去，外面又恢复了平静。

诸葛玥长吁一口气，浑身无力地靠在床上，然后手握住外面的一段木头，咬紧牙关，唰的一声就狠狠地将木棍拔了出来！

此时诸葛玥眉头紧锁，面部扭曲，嗓子里发出一声痛苦的闷哼，不过他还是竭力压制了自己的音量。

霎时间，鲜血喷射而出！

楚乔一愣，随即猛地扑上前去，一把捂住了他那个狰狞的创口！

巨大的疼痛让诸葛玥眼前一黑，险些昏过去，楚乔一把扶住他的肩，着急地说道："你怎么样？"

诸葛玥脸色苍白，咬着牙恶狠狠地说道："好得很。"

"你先别动，我给你包扎。"

楚乔站起身，迅速跑进澡房，不一会儿就提着一只木桶跑了进来，然后灵巧地跳上大床，手脚麻利地为诸葛玥清洗伤口。

"里面……有很多木刺，需要挑出来。"

楚乔一愣，抬起头来，看向诸葛玥苍白的脸孔，缓缓地问道："你忍得住吗？"

诸葛玥冷哼一声，"婆婆妈妈！"

楚乔在屋子里找到一把匕首，桌子上有酒，点火消毒之后，她拿着一块手巾送到诸葛玥的手上，说道："咬着，以免疼的时候咬到舌头。"

诸葛玥接过，却并没有用，而是握在另一只没有受伤的手里。

楚乔不再说话，开始专心地为他处理伤口。

木条刺出的伤口比匕首更严重，伤口大不说，还凹凸不齐地带出了大片的血肉，更夹杂了无数根木刺在身体里，若是不彻底清除，定会在身体里腐烂。

面对这样的伤势，楚乔的手忍不住颤抖了起来。

"还是，还是找大夫来吧？"楚乔抬起头来，说完话就轻咬着下唇。她知道，大夫一来，她必然暴露，等待她的，就是死路一条。但是，或许她可以在大夫来的这段混乱时间中见机逃走，虽然这个可能性很小。

诸葛玥一把抢下匕首，面色阴沉地说道："你不行就我来。"说着，就要自己去剜自己的血肉。

"我来！我来！"楚乔连忙抢下匕首，抬起头来深深地看了他一眼。

诸葛玥半闭着眼睛，一副事不关己的样子，若不是他面色已经苍白若纸，楚乔几乎怀疑受伤的人不是他。

然后，她深吸一口气，开始为诸葛玥治伤。

三个时辰之后，天边已经初见鱼肚白，楚乔全身上下的布料都被冷汗湿透了。她找到自己最初在这屋子里换下的衣服，取出里面随身携带的金创药。上好药之后，用一块干净的白绢为他包扎好伤口，一切终于完成。

整个过程中，诸葛玥一声没吭，楚乔也没敢抬起头来看他。此时抬头望去，却见他已经昏睡过去，额头上满是汗珠，眉心紧锁成一个川字，那块握在他手心的手巾已经被汗浸湿，头发也是湿的，像是浸了水一样。

楚乔扶他躺在床上，用洗好的毛巾为他擦拭身上的污血和脸上的汗水，然后又找出一块干爽的棉布，一下一下地为他擦干头发。

远处，雄鸡鸣啼的声音穿破晨雾，外面一片白亮，门口有下人前来叫门。楚乔紧张地掐着嗓子说诸葛玥还没醒，登时引来那些年轻护卫一阵小声哄笑。

是啊，那么激烈地折腾了一个晚上，恐怕要睡上一整天吧。

反正也要在坞彭城逗留两天，于是护卫就吩咐了田城守府上的丫鬟，不许再来打扰少爷。

回到床边，诸葛玥还在沉睡，楚乔低着头，面色也有些疲倦。她望着这个男人，望着他硬挺的眉、邪气的眼、殷红的唇，还有那张总是会吐出冷言冷语的嘴。

"我们是敌人，"楚乔喃喃地说道，也不知道是说给诸葛玥听，还是说给她自己听，"于公，我是叛国的奴隶，你是帝国的贵族。于私，你杀了临惜，杀了汁湘，杀了小七、小八，杀了很多荆家的孩子，害得我和燕洵在帝都过了八年猪狗不如的日子。我也杀了你的爷爷、你的仆人，叛逃出诸葛府。你和我的矛盾不可调和，你杀我无可厚非，我杀你天经地义，我们毫无情意，不必手下留情。你死我活，你活我死，本就是应该的……"

就如她自己所说，这些本该是天经地义的，没有任何逻辑上的漏洞，没有任何道义上的不妥，在这以前，楚乔也是从未有过一丝一毫的动摇。

可是不知为何，这一刻，她的声音却越来越小，小到连她自己都听不清。

她看着男人昏迷中皱起的眉心，忍不住伸出手轻轻抚上他肩膀上的伤口。

"不管怎么样，我欠了你一条命。"楚乔缓缓说道，"诸葛玥，对不起。"

房间里一片死寂，窗外朝阳升起，阳光温暖，透过窗上的窗纸，洒下斑驳的光影。

楚乔半坐在地上，趴在诸葛玥的身边，排山倒海般的疲倦席卷而来，她就这样沉沉地睡了过去。

一直到深夜，诸葛玥还在昏睡，楚乔正在为他换药，伤口没有发炎，处理得也很干净，可以看得出她包扎的手段十分专业。

外面已经漆黑一片，不知道过了多长时间，诸葛玥终于迷迷糊糊地睁开了眼睛，觉得饥肠辘辘，浑身酸疼。在他昏迷的时候，楚乔已经为他换上了一件干净的黑色绸缎长衫，是室内穿的那种，面料很柔软，触感光滑，上面还绣了几朵暗金色图纹的兰花。

楚乔瞥了他一眼，见他坐在那里，睡眼蒙眬，带着几丝困顿，然后缓缓地皱起眉来，不耐烦地嘟囔了一声："茶。"

楚乔拿了杯水，递到他的手边。

可能是真渴了，他看也没看就仰头喝了下去，随即舔了舔发干的嘴唇，砰的一声将茶杯一把摔了出去，转过头来怒声说道："参茶！"然而话音刚落，诸葛玥顿时一愣，看着楚乔反应了半天，才恍然大悟，登时明白了自己的处境。

"睡迷糊了吧？"楚乔毫不在意地说道，一边说一边跳下床将破碎的杯子捡起来，漫不经心地指了指桌子上的食盒，说道，"那里面有吃的，自己拿。"

诸葛玥很少这样失态，强自镇定，深吸一口气，感觉到肩头的伤口丝丝地疼痛，眉头仍旧紧锁着，出声问道："你为什么不趁机逃走？"

"我倒是想，"楚乔撇了撇嘴，回过头来，"你的人将这屋子围得水泄不通，昼夜不歇地瞪大眼睛盯着，我跑得了吗？"

诸葛玥冷哼道："你倒是坦白。"

楚乔略略耸肩，"跟你，没有拐弯抹角的必要。"

收拾好地上的残局，楚乔走到床边，盘膝坐下，双眼直视诸葛玥，面容平静地说道："说吧，你想怎么样？"

诸葛玥斜斜地看了她一眼，随即下床，一声没吭，拿起桌上的食盒，想要将里面的饭菜拿出来，却苦于肩膀受伤行动不方便。于是他回过头来，很自然地随意吩咐道："过来，伺候我吃饭。"

楚乔眉头顿时紧紧地皱起，动也没动。

男人很无赖地往桌子旁边一坐，"我饿的时候精神不好，不愿意跟别人交流，你想问什么，最好等我吃饱了再说。"

呼的一声，楚乔一下从床上跳了下来，貌似平静地打开食盒。然后她砰的一下就将一碗汤拿了出来，使劲地放在桌子上。只听哗啦一声，厚瓷碗底登时碎裂，整碗汤水倾泻而出。诸葛玥惊呼一声，一下跳了起来，汤汤水水全部洒在了他的身上，那些银耳桂圆像是展览一样挂满了他的前胸，还往外冒着热气。

诸葛玥面色阴沉，看着一身的狼藉，眼睛好像要喷火一样。终于，他转身向澡房走去，边走边沉声说道："过来，给我擦身！"

澡房？又是澡房！

诸葛玥穿着一条黑缎长裤，赤裸着上身，很是坦然地站在屋子中间，斜睨着站在门口的楚乔，淡淡地轻哼道："站着干吗？过来！"

楚乔的胸口急速地起伏着，她深深地呼吸，拳头握紧了松开，松开了再握紧，如此反复几次，终于抬脚走了过去。她一边走一边顺手提起一只巨大的木桶，然后顺便从浴池里装满了一桶热水，气势汹汹地走了进来。

楚乔眼神阴狠，面容冰冷，此时任诸葛玥再有胆量也不由得有几分胆寒，连忙退后一步，甚至不自觉地做了一个防御的姿势，谨慎地问道："你要干什么？"

楚乔一只手提起装满水的木桶，另一只手托着桶底，随意地说道："你不是让我给你擦身吗？不浇湿怎么擦？"

"我受伤啦！"年轻的男人眉头紧锁，指着自己的胸口大声强调。

"对，"楚乔点头，"我看到了，伤口还是我刺的。"

"那你还就这么浇上来？"

"不浇湿怎么擦？"

对话正在复制，"可是我受伤了。"

"对，我看到了，伤口还是我刺的。"

"好了，"诸葛玥面色很差，说道，"你出去吧。"

楚乔举着木桶示意了一下，"真的不用了？"

男人顿时发火，"我让你出去！"

随后，楚乔转过身去，一边吹着口哨一边走出澡房，很是悠闲。

身上很脏，除了血就是汗，现在还多了一堆甜汤，诸葛玥郁闷地站在水池边，磨磨蹭蹭地脱着裤子，只有下去了，小心一点别沾到水就好，不然会感染，感染会发炎，发炎会留疤，留疤很难看的。

"喂，这是干净衣服，我刚叫人送来的。"

澡房的门被人一脚踢开，诸葛玥扑通一声跳进池子里，暴怒地厉喝道："你给我滚出去！"

诸葛玥似乎忘了，这澡房里水雾极大，楚乔只能看到一个影子扑通一声跳进水里，其他的根本看不清楚。

楚乔幸灾乐祸地一笑，好心地提醒道："小心点，别淹死啊。"然后转身就出了澡房。

水已经将伤口全部浸湿，诸葛玥气恼地扯下肩头的白绢，愤怒地一掌拍在水面上！

一天一夜没吃东西了，楚乔肚子里空空的，收拾好桌子，她就一样一样地将食盒里的饭菜拿了出来。田汝成对诸葛玥也的确是尽心，这几样菜做得十分精致，而且闻起来味道也不俗。食盒分三层，一层炭火，一层清水，一层饭菜，所以尽管放了大半个晚上，仍旧是热的。

楚乔长吁一口气，放宽了心，坐下来大吃起来。

诸葛玥走出澡房的时候，看到的就是这一幕。他眼角跳了跳，强压下怒火，径直走到楚乔身边，面色铁青地冷哼道："你倒是好兴致。"

楚乔转过头来甜蜜一笑，"没您的兴致好。"

诸葛玥斜斜地打量她一眼，"死到临头，还敢这么嚣张。"

楚乔笑容不变，"不知道吗，囚犯临死前都是要吃一顿饱饭的。"

诸葛玥探身上前，眼神阴郁，一字一顿地缓缓说道："你就这么确定我不会拿你怎么样？"

"我不确定，"楚乔笑道，"但是既然你要装糊涂，我又何必着急？"

诸葛玥靠在椅背上，冷冷一笑，"看来这几年你在燕洵身边没少学东西。"

"托你的福，我别的没有，唯独耐性有一大把。"

灯火闪烁，夜色凄迷，两人相对而坐，冷冷对视，谁也没有半点示弱。

楚乔脸上的笑容渐渐消失，轻松的表情一点一点地退去，她冷然注视着面前男人这张邪魅的脸孔，冷冷说道："诸葛玥，究竟想要如何，指条道来吧！"

年轻的诸葛家四少爷淡淡一笑，邪气地眨了眨眼睛，"你猜呢？"

砰的一声闷响突然响起，原本静静而坐的两人瞬间同时出手，电光石火间，只见两条手臂迅速相交，锋利的寒芒在半空之中晃下道道白亮的痕迹，不退反进，寒光闪耀，双方的身体迅速暴起，相撞！紧贴！又是硬碰硬的贴身搏击！

手中的利器在手腕之间灵巧地翻飞，一寸短，一寸险，招招致命，寸寸封喉！

手腕以迅雷不及掩耳之势旋飞互拿、撞击，快如闪电，迅猛如雷，就在彼此的手腕都被对方控制住的那一刻，他们迅速地换手，利器在那一瞬间光芒大盛，同归于尽般抹向了对方的咽喉！

时间骤然定格，一秒、两秒……

没有人挥刀刺下去，转瞬之后，他们已经互相取代了原本的位置，仍旧保持着刚刚的表情和神态，静静对视。

看吧，他们对对方都充满了浓浓的戒备和深深的敌意，所以，他在澡房里找到了一把装饰的小刀，她则在室内握住了那把削水果的匕首。然后，悄悄地藏在身上，以备不时之需。

"诸葛玥，放我走，不然……"楚乔眼睛微眯，沉声说道，"就杀了我。"

诸葛玥邪邪地牵起嘴角，淡淡道："星儿，这个世界上并不是只有黑与白，有些地方，是灰色的。而选择，也并非只有两种。"

"你我之间，只有两条路可走。"

楚乔看着诸葛玥的双眼，面色凝重地说道："我感激你屡次的不杀之恩和援手之惠，但是，这并不代表你我之间可以坐下来和睦相处。诸葛玥，你也是豪门重臣，也是权倾一方的枭雄，何以会有这样天真的想法，这样轻信于人，你就不怕我会反咬你一口吗？"

诸葛玥哈哈大笑，说道："星儿，你真的以为是我妇人之仁，不舍得下手吗？"男人的面色顿时狠辣起来，他冷冷地望着楚乔，淡淡地说道，"我是看穿了你的为人，燕洵当初不过对你稍有恩惠，你就不顾生死，在那种情况下陪了他八年。那么现在，你如何对一个屡次对你有不杀之恩的人痛下杀手？星儿，我并非大意轻率，而是太过了解你！"

阴郁的风在空气里来回流动，两人的目光在风中交会，几乎爆出细密的火花。

"你就不怕看走了眼？"

"我信你，更信我自己。"

楚乔抿嘴轻轻舔了下干涩的唇皮，缓缓说道："你现在想怎么样？"

诸葛玥理所应当地说道："抓住你，带你走。"

"你控制不了我。"

"我喜欢有挑战的事情。"诸葛玥轻轻一笑，说道，"控制不了你，我可以驾驭你。驾驭不得，我可以囚禁你，若是最后连囚禁都不行，那我还有最后一条路。而现在，还没到最后一步。"

楚乔抬起头来，凝视着诸葛玥的双眼，沉声说道："诸葛玥，你犯了什么错，到现在还不明白吗？"

诸葛玥闻言，眉梢一挑，冷冷笑道："错？不过是几个小奴隶罢了，我诸葛玥杀便杀了，何错之有！"

"我说的不是这个，"楚乔眉心轻轻皱起，看向诸葛玥，终于沉重地叹息一声，说道，"好吧，我承认，我并不想杀你，也暂时不想与你为敌。你我之间的确有仇，但你对我又有恩，诸葛家老太爷死后，全城通缉，你明知我在何处，却没有揭发我，这一点，我不能不记你的情。但是你应该很清楚，如今，你是大夏诸葛阀的黄金贵族，我却是领头造反的燕北余孽，大夏和燕北之战势在必行，你我立场不同，身份对立，早晚会沙场交锋。所以，你我之间还是不要有太多牵扯。如今我落入你手里，你要杀要砍，我无话可说，但是你也应该明白，只要这扇门一时没有打开，我就有在你的人冲进门前和你同归于尽的机会！绝不会束手就擒，乖乖伏诛。我喜欢把一切说明白，讲清楚，不喜欢拖泥带水。燕北和大夏对抗，对你诸葛一脉并非全无好处，我希望你从家族和利益上考虑清楚，要放要杀，给个痛快话吧！"

诸葛玥闻言微微挑眉，笑容冷冷的，淡淡地说道："星儿，你还真是让我越来越感兴趣了。"

此话刚一说完，楚乔的面容顿时冷冽起来，她沉声道："诸葛玥，我以前没对你下杀手，这并不表示我被逼到绝境，也会继续保持这样的心态！以前，只是因为你没有威胁到我的生活，如果现在你强行干扰我，我不介意杀死一个和我不相干的男人！"

诸葛玥冷冷一笑，"那你大可以试试！"

砰的一声巨响，两人勃然起身，双眼冷冷对视，对话到此已经破裂，他们都明白，很多事情无法调和，那么结局就只有一个！

然而就在这时，门外突然传来一阵脚步声，楚乔一愣，眉头顿时皱起，脚步微动，做出一个随时要暴起的姿势，准备背水一战。

"少爷！"月七低沉的声音在外面响起，"田大人请你去方厅一叙。"

诸葛玥眉头轻皱，沉声说道："现在？"

"是。"

"不许去！"楚乔的匕首还在诸葛玥的脖颈间，很是警惕地低声喝道。

开玩笑，只要在这间屋子里，自己多少还有点谈判的筹码，一旦让他出去，自己顿时就会陷入重围，怎能如此麻痹大意。

"我若是不去，定会引起他们怀疑，田汝成必会前来查看。"

楚乔不为所动，"找借口拒绝他！"

诸葛玥冷冷一笑，看了眼关那名女奴的大衣柜，说道："你已经用我和女人胡搞这个借口拖了一整天，现在还想找什么借口？"

"我不管！"楚乔冷冷地说道，"我不知道你若是不去，会不会引来人查看，我只知道你只要一出这间屋子，我顿时就会全无优势。诸葛玥，我不是傻子！"

诸葛玥不耐烦地挑了挑眉，"要不你就跟我一起去。"

楚乔一愣，只听诸葛玥继续说道："你和那女人身高差不多，卞唐女子出门都戴面纱，没人能看到你的脸，况且……"诸葛玥的眼神在楚乔那小小的胸部上扫了一眼，"这里的女服大衣宽袖，也没人能看出你的身段和人家差了几个档次。"

楚乔面色登时一变，神情颇为恼怒。

诸葛玥也没理会她，一把推开她的手，伸了个懒腰，漫不经心地说道："以你的身手跟在我身边还有什么怕的，赶紧梳妆打扮，好好换身衣服。"

这是这么多年来，楚乔第一次这样认真打扮自己。

不能怪她作为一个女人太失败，而是她实在搞不懂这些古代的化妆工具，一个头发梳了老半天，仍旧是乱七八糟。

诸葛玥正在喝茶，猛地回过头来见她手忙脚乱的样子，顿时笑出声来，拍了拍手缓步上前，接过她手里的梳子，撇嘴说道："是不是女人？"

准确来说，无论一个女人有多么冷静睿智，都不会不注重自己的外貌长相，这就跟无论这女人美丑，她都不会完全不在意自己的胸围一样。

楚乔顿时仰起脸来，怒声说道："你最好给我闭嘴！"

诸葛玥冷哼一声，手上的梳子顿时用力。

楚乔轻呼一声，一把捂住头发，怒声叫道："你轻点！"

"再吵！再吵我把你的头发拽下来！"

"你敢？"

"哼！"

"啊！你个浑蛋，你给我轻点！"

绸缎一般的墨发划过指缝，流水一般倾泻在诸葛玥的手臂上，隆起，绾住，转圈在后面用缎带系紧，他眼睛随便扫过梳妆盒，眼尖地选出一支青兰珠花，插入，套住，只露出一朵颤巍巍的娇兰。两侧有整齐的流苏，额前是细密的刘海，云鬟高绾，额点朱砂，眉笔轻画，柳叶如丝，胭脂殷红，面白如雪，小小的棉纱轻扫过柔软的脸颊，腮红点点，眼眸如星，转眼间，就连楚乔都有些不认得镜中的人儿。

诸葛玥打开衣柜，慵懒地说道："挑一件吧。"

楚乔看也没看，随便拿出一件白衣。却被诸葛玥一把夺了下来，不屑地说道："整天不是白的就是黑的，出殡吗？"

手指在众多彩衣上一一划过，他终于挑出一件湖绿色的轻衫，上面绣有五层繁复的鸾图，裙底蓬松，缎带一层一层叠起，好似如烟的层云。高高的束腰托起她高挑的身姿，外罩一件宽大的鸾裙外袍，衣袖深深，纤肩窄窄，步履盈盈，竟是如梦般奢华。

楚乔看着镜中的自己，有些呆住了，镜中的女子娇媚动人，眼眸如星，明艳四射，眼神中还透着几分锐利的神采。

一时间，诸葛玥也有几分呆愣，不过转瞬，他就不屑地轻轻一撇嘴，淡淡地说道："好好打扮一下，也倒像个女人。"

楚乔冷冷地反唇相讥，"你这手法倒是熟练。"

诸葛玥微微一愣，只冷哼一声，没有反唇相讥，然后一把扔掉了手中原本准备的同色薄纱丝巾，挑挑拣拣了半天，最后拿出一块几乎可以当袜子的厚方巾，几下就挂在楚乔额头上的小冠之上，将楚乔的脸全部挡住。

楚乔顿时睁眼如盲，只能看到影影绰绰的影子，当场不乐意地说道："你干什么？这是挡风沙用的盖巾，戴上这个我就看不到路了。"

诸葛玥不由分说地挥开她要扯面纱的手，说道："看不着就跟着我走。"

楚乔心下恼怒，既然要戴这么厚的纱巾，还化什么妆？

她小心地走了一步，却险些撞在桌子上。

"笨死了！"诸葛玥走上前来，一把拉住她的手，怒声说道，"跟上！"

楚乔使劲挣扎起来，"你放开我！"

诸葛玥蓦然回头，一把掐住了她的下巴，楚乔一惊，还以为他要跟自己动手，顿时出手，转瞬之间就将袖子下面的匕首抵在诸葛玥的脖颈上，动作倒是快得惊人。

谁知诸葛玥却好像没看到那把匕首一样，冷冷地看着她，语调阴沉地说道："你若是再这么多话，我真的不介意和你同归于尽。"说罢，他冷冷地放下手，拉着她的手，转身就向外面走去。

"看好房门，不许任何人踏进一步！"

"是！"

"走啊，想什么呢？"诸葛玥不耐烦地训斥一声，拉着她走出了房门。

月七连忙带人跟在后面，只留下看守房间的几名士兵，摇头晃脑地望着众人的背影，一名护卫感叹道："少爷真喜欢这女人啊，走哪儿都带着。"

"没准儿这次从卞唐回去，咱们府里就有喜事了，就算不是正夫人，也可以纳个妾，少爷早到了纳妾的年纪。"

夜风清凉，一片静谧。

第五章
贤阳风雨

花红柳绿,百草芬芳,宽敞的长街上人来人往,商贾穿梭,店铺林立,一派热闹繁荣之象。

贤阳城,又是贤阳城。

经过多日的奔波,一队人马终于风尘仆仆地走进了贤阳城的大门。随行的侍卫缴纳了入城费,二十多匹战马护卫着一辆青布马车,缓缓地走进了贤阳城的街头。

贤阳虽是边城,商业却极为繁荣,所以城内的建筑物都修建得气势恢宏。

城内又分内城和外城,内城主要由赤水以南的蒙人宫和赤水以东的洛丽宫组成,两宫横跨赤水支流,由一座长达四百多米的石桥连接,石桥厚重宽大,可并行二十余辆车马。蒙人宫和洛丽宫虽以宫殿为名,却不是真正的宫殿,而是由一座连一座的豪宅组成。

众所周知,贤阳富庶甲天下,比之怀宋港口几大重城也毫不逊色,这座尚不及真煌城五分之一大的城市,在大夏和卞唐、怀宋自由通商之后,凭借超强的地理优势,在短短三十年间飞速发展,迅速屹立于西蒙大陆商贸繁荣重城之中,每年向帝都输送的税收足以供三分之一的帝国军队一年内的全部开销。据说这座不大的城市囊括了整个西蒙大陆的所有富豪,那些一掷千金的富家翁,纷纷在贤阳内城购买地皮,修建豪宅。放眼望去,宏伟的建筑群气势磅礴、连绵起伏,一片富丽堂皇之色。

外城占地极广,比内城大了十多倍,是平民和行走的商贾聚集的地方。这里商业发达,交通便利,各种酒肆、钱庄、当铺、车马行、商号、客栈、酒楼应有尽有。赤水边的一条红粉翠绿的楼阁更是香飘四方,即便是在白日,也隐隐有女子的娇笑声传来。

马车一路行走,进了贤阳城,也不再多加掩饰,毕竟这里是举世闻名的商贸之都,富人众多,区区二十名护卫并不是特别显眼。

这一队人,正是燕北的人马,而马车里的男人,自然就是刚刚带领燕北独立的燕北世子燕洵了。燕洵面色有些苍白,眼神却不乏凌厉之色,他眉头紧锁,似乎正在思考什么令人困扰的问题。

"少主,已经到了。"

燕洵穿着一身简单的青色衣袍,眉目疏朗,面色平静,跳下马车,向一座金碧辉煌的府邸走去。

这座府邸坐落在洛丽宫内,由十八个院落组成,虽然不比真煌城内的豪宅,但是贤阳人多地少,公卿高官和富商大贾的居住范围能有这样广阔的面积,足见这房子的主人在贤阳的地位。

燕洵一路前行，沿途一个人也没有，阿精等护卫迅速散开，将整府都控制下来，严密防范。半晌之后，燕洵在阿精等十多名护卫的陪同下，来到正庭中，只见一袭碧色衣袍的男人带着上百名下人跪在地上，头也没抬地朗声说道："属下恭迎世子，世子千秋，福禄千寿。"

一路上眉头紧锁的燕洵突然笑了，上前两步一把搭在对方的肩膀上，笑骂道："兔崽子，起来吧！"

年轻人不过二十岁左右，长得眉清目秀，肤白胜雪，两条眉毛很细，隐隐约约间竟有几分女气，只有那一双眼睛精明地转着，一看就是个心机如狐的家伙。

"嘿嘿，"年轻人呵呵一笑，说道，"世子，一路辛苦了，我备下了佳肴美酒，先进去休息一下吧。"

燕洵点了点头，当先向前走去，一边走还一边扯了扯年轻人的衣服，撇嘴道："织锦绣？臭小子，混得不错啊。"

"世子，"年轻人一脸苦涩，瘪着嘴很委屈地说道，"这已经是我最破的一件衣服了，就怕您说我奢侈，翻箱倒柜找出这么一件衣服，我现在穿着身上还感觉痒呢。"

"哈哈，"燕洵大笑起来，一边笑一边回头对阿精说道，"看到没有，所谓蹬鼻子上脸这句话，就是为他这样的人量身打造的。"

阿精嘿嘿一声，对着年轻人一笑，一拳打在他的肩膀上，说道："这么嚣张，小心少主抄了你的家。"

几人一边说笑，一边进了房间，正厅内准备了丰盛的佳肴美食，众人也不谈正事，围着桌子就开始吃饭，边吃边说些一路行来的趣事。燕洵今日的心情似乎很好，就连阿精将他在路上救了赫连氏小姐的事情当笑话说出来，他也没有生气。

吃完饭之后，阿精识趣地退了下去，燕洵和年轻人一起走进了书房，关好门之后，两人的面色再无半点嬉笑之色。年轻人一撩衣衫下摆，跪伏在地，面色激动地沉声说道："世子，您可算是来了。"

燕洵蹲下身子将他扶起，面容有难得的柔和之色，嘴角温软眼神沉静地说道："风眠，我们有多长时间没见了？"

果然，这名年轻人就是当初跟在燕洵身边，屡次给楚乔送信的小书童风眠。当日在真煌城外，燕洵的侍从大部分被杀死，风眠年纪小，虽然受了重伤，却逃得一条性命。

随后，燕北一系被帝国连根拔除，燕洵失势，风眠过了两年猪狗不如的日子。直到第三年，燕洵方以重金收买了看守的狱卒，将这个被关在暗无天日的水牢下两年的孩子救出生天。

风眠不能留在帝都，就独自一人南下，来到贤阳城内。在大同行会和燕北中坚派的帮扶下，六年之后，他已经是贤阳城内首屈一指的黑道枭雄，势力遍及镖行、车马行、漕运、海盐等诸多行业，拥有青楼、酒肆、当铺、钱庄等八十多家铺子，控制帝国东南赤水一带二十多个渡口船舶厂，创建了威震大江南北的水上霸王漕帮。如今，在东南一带，提起风眠也许无人能识，但是提起风四爷，恐怕就连三岁的孩子都能如数家珍地报出他的一些传奇事迹。

"世子，已经六年了，奴才总算是等到了这一天。"风眠眼睛通红，水雾盈盈，激动地握着燕洵的手，沉声说道。

"是啊，一晃眼，你都已经长成大人了。"燕洵笑道，"大名鼎鼎的凤四爷自称奴才，怕是有点不妥吧。我听说就连景老王爷和灵王都是你这府上的常客，去年灵王的儿子赵钟言欠了你漕帮的银钱，你竟然公开烧了灵王的船队，灵王损失了几千匹锦缎，险些连年都过不去。"

风眠腼腆地笑了一下，哪里有半分黑道大佬的样子，简直像是一个害羞的小姑娘，他不好意思地说道："什么四爷，不过是外面的人胡叫的。赵钟言仗着是赵家的子孙，拿爵位来压我，我自然不能让他好看。况且当年在帝都，我们可没少吃灵王府的暗亏，奴才早就看他们不顺眼了。"说到这里，风眠突然面色有些激动，"风眠在世子面前永远是奴才，没有世子就没有奴才的今天，奴才的命都是世子的，要是敢在世子面前摆架子，那奴才还是人吗？"

"好了，起来。"燕洵笑道，"不过是跟你开个玩笑，何必当真？"说罢，就将风眠拉起来。两人在一方茶座上相对坐下，风眠手脚利落地烹茶煮水，一会儿，清新的茶香就飘满了整间屋子。

"世子，"风眠眼睛亮亮的，笑眯眯地问道，"姑娘呢？她好吗？她怎么没来？前阵子我听说你们在真煌大杀一场，姑娘更是带着几千人马转战南北，将大夏的官兵杀得屁滚尿流，奴才简直乐得彻夜难眠，当时恨不得带着人马折回燕北。这一次您去卞唐，姑娘不跟着吗？"

燕洵面色平静，缓缓地说道："我和她失散了，赵彻下了通缉令，全国追捕阿楚，你不知道吗？"

"什么？"风眠一愣，说道，"可是后来燕北传出消息说姑娘已经回去了啊！"

"那个消息是我放出去的，是假的，只是希望能够稍微缓解一下跟在阿楚身后的追兵。让他们以为阿楚已经回到燕北了，不必再大力追拿。"燕洵喝了口茶，说道，"我之前虽然通告了各藩属藩王，但还是害怕他们明着不追，然后暗地里下绊子，所以不得不多做一手准备。"

风眠点了点头，皱眉说道："这么说姑娘目前还在外面逃亡，世子放心，奴才会派人出去寻找的。别的不敢说，只要姑娘还在大夏境内，不论是陆上还是水上，都有奴才的人在。"

燕洵缓缓地摇了摇头，"我猜想，她可能已经出了大夏，进入卞唐了。"

"卞唐？"

"是，如果我没猜错，她应该是转入卞唐，再绕道唐京，折进南疆，顺水而上了。"

"所以世子就来了卞唐？"

燕洵点头道："这也是原因之一。"

"嗯，我马上吩咐下去，通知卞唐境内的漕帮寻找，只要姑娘在水上，就定会有消息。"

燕洵轻轻一笑，"想要找到她，也不是那么简单的。阿楚若是决意躲起来，大夏那帮蠢货估计也拿她没什么办法。不过你们帮忙寻找一下也好，她一个人在外面，我总是不放心。"

"是。"

"还有一件事，"燕洵斟酌半晌，沉声说道，"我上个月给你的书信，叫你办的事，你办得怎么样了？"

风眠面色一变，想了想站起身来，走到书案边，拿出一沓厚厚的白纸，说道："都在这里了，已经查清楚了。"

燕洵接过来，大概看了一眼，冷笑道："他们果然按捺不住了。"

"世子，大同行会是我们的盟友，这么多年来一直大力支持燕北，我们这样做，会不会落人话柄？"

燕洵冷笑一声，轻轻一抖手腕，手上的白纸顿时哗哗作响，他淡淡地说道："风眠，你以为大同行会还是百年前的那个大同行会吗？现在也许只有乌先生那样的人才会抱着一个美好的理想而生存，大同早已变质，你在贤阳这么多年，难道还不明白？"

风眠沉默半晌，缓缓说道："世子说的是，奴才以为，大同内部有严重的问题。以羽姑娘和乌先生为首的少壮派比较正义，还抱着天下大同的理想。而那些长老，唉，吃喝嫖赌，很不像样子，只是外人还被蒙在鼓里罢了。那些青楼赌场都是我开的，这里面的事，我一清二楚。"

燕洵拍了拍风眠的肩膀，笑道："傻小子，你在贤阳城这样繁华锦绣的地方待了这么久，难道还看不开吗？大同行会百年前也许是正义为民，但是到了如今，已经是一群人的政治筹码。不管这个牌子有多么响亮，这个口号有多么冠冕堂皇，不过是一种积攒力量的愚民手段，大同的老一辈，积蓄了可怕的财富，不过是想要拣选一名政治代表，在背后支持这个代表上位，然后谋取更大的利益罢了。"燕洵眼光猛然一寒，缓缓说道，"天下大同，哼哼，多么美好的口号。只可惜，有人的地方就有争斗，有利益的地方就有战争。大同？只有无知的妇孺才会相信吧。不过，不得不说，他们这个口号很吸引人，尤其是在这个风雨飘摇的大夏帝国，天下万民都把希望寄托在大同身上，这个时候我们和他们合作，我们出兵，他们出钱，各取所需，天作之合啊。"

风眠皱眉道："既然这样，为什么世子还要奴才去调查这些东西呢？"

"任何组织，都只应该有一个龙头。"燕洵转过头去，望着外面飘扬的柳树枝叶，手指不自觉地敲打着桌子，缓缓说道，"大同行会手伸得太长了，他们的会首竟然在燕北安插了大批的亲信为官，如今，无论是在军中，还是在官场上，都有大同的嫡系，这样下去，我们燕北的地位就会十分被动。"

"燕北如今根基不稳，我还不宜彻底清洗换血，不如趁着这个机会，敲山震虎。大同的会首是个聪明人，我想，他会明白的。况且，这里的这些人，都是些顽固的老党派，想必会首他老人家，也对这些老家伙很是头痛吧。"

风眠突然兴奋起来，这个外表斯文的凤四爷嘿嘿一笑，说道："对！这群老家伙，我早就看他们不顺眼了，若不是看在世子的面上，早就修理他们了。"

燕洵站起身来，呵呵一笑，说道："准备一下吧，洗个澡，休息一下，晚上你跟我一起去会会这些大同行会的元老。"

风眠也笑着站起身来，刚想出门，又突然回过头道："对了，世子，晚上您穿什么去？是穿常服，还是穿大同的会服？"

燕洵轻轻皱眉，说道："还是穿大同的会服吧。"

"可是，会服是有等级的，少壮派虽然尊您为主，但是您目前还只是一个低等会员的身份，我怕他们会为难您。"

"为难？"燕洵眼梢微挑，嘴角牵起，冷冷一笑，说道，"我还怕别人为难吗？"

夜幕降临，贤阳城顿时热闹起来，穿城而过的赤水香气袭人，两岸商贾林立，店铺大开，各家青楼妓院也是一派繁华之色。

目之所见，是一座巨大的酒楼，燕洵抬头半眯着狭长的眼睛，只见一家酒楼正招展着门前的酒幌子，门前挂着两盏大红灯笼，门面淡雅素净，却不失庄严显贵之气，全无半分烟花之地的嘈杂。门顶上一块上好的楠木匾额上，写着两个大大的泼墨字——朝夕。

这本是一家青楼，却起了个这么风雅的名字，燕洵微微一愣，就听一旁的风眠凑上前来说道："世子，这是我的酒楼，名字还是前年姑娘来的时候给起的。"

燕洵点了点头，风眠虽然是个人物，但是当年他初来乍到，又从未经商，所以所有的决策和发展都是楚乔手把手教的。这家酒楼，想必阿楚也是费了很多心血。

这样想着，燕洵不自觉地皱起眉来，抬脚就向店内走去。

店里的老板大老远就注意到了风眠，早就迎候在门旁，带着一众姿容出众的女子点头弯腰，满脸带笑。

只见一名妖艳的女子当先迎上前来，年约三十岁，却并不显老，身段丰满，腰肢柔软，媚眼含春，扭着软胯娇笑道："四爷今儿怎么这么有时间，真是让奴家欢喜，都不知道该先迈哪只脚了。"

有燕洵在侧，风眠难免有些紧张，连忙说道："玉娘，刘老他们在哪儿？快带我们去。"

玉娘是风月老手，一看就知道他们今日不是来寻花问柳的，连忙在前面引路。见风眠恭恭敬敬地跟在燕洵身后，她不由得一愣，但还是精乖得很，一言未发，小心地走在前面。

不出片刻，几人便穿过一条长廊，来到一座精致的院落之中，前面大厅里的嘈杂人声，渐不可闻。庭院里栽种着各种盆景、花卉，夜风吹来，幽香处处，令人心旷神怡。

走到一座独栋的小楼前，玉娘娇笑着说道："就是这里了，奴家就不送了，四爷自己上去吧。"说完之后，这风骚的女人转过头来，柔软的手搭在了燕洵的手臂上，媚声说道，"这位公子很是面生，不过一看就知不是寻常之辈，以后有时间，可要经常照顾四爷的生意，多来我们这里转转。"

风眠顿时一惊，正想补救，却见燕洵面不改色地淡淡一笑，不着痕迹地推开女人的手，说道："好说。"

玉娘扭着腰肢就退了下去。

风眠连忙解释道："世子……"

"风眠，你不必这么紧张。"燕洵笑道，"还有，一会儿你也别叫我世子了。走吧，"燕洵一撩衣袍下摆，"进去瞧瞧。"

宽敞的大厅内灯火通明，一张圆桌摆在当中，放满了酒菜。燕洵打眼一看，只见席位上有八九个人，每个人身后都跟着一名护卫。见燕洵和风眠进来，众人说话的声音一顿，齐齐向他二人望来，眼神里或多或少带有几分敌意和轻视。

风眠和燕洵脱下身上的披风，交给身后的阿精，随后风眠同众人一一打了个招呼，和燕洵一同入席。

可是还没坐下，就听一名六旬老头语调阴冷地说道："风四爷好大的架子，不但姗姗来迟，还带了两个护卫，看来最近漕帮生意兴隆，四爷已经不把我们这群老头子放在眼里了。"

这话火药味极浓，毫不容情。

风眠眼神中顿时划过一丝寒芒，正想说话，忽听一旁的燕洵说道："这位，是俞长老吧，大同的东南盐运掌舵？"

俞长老傲慢地斜了斜眼睛，连答都没答一声，只是从鼻子里冷冷哼了一下。

燕洵也不气恼，抱拳说道："在下是……"

"没人对你的身份有兴趣！"俞长老冷眼望着燕洵那身低等会员的衣服，嘲讽道，"你最好认清楚自己的身份，这里没你说话的份，你既然是陪着风四爷来的，就待在一边用耳朵听着，闭上你的嘴！"

风眠面色一变，霍然站了起来，燕洵却伸出手来一把拦住了他，斜睨了俞长老一眼，淡淡地说道："俞长老，我觉得我还是有必要告诉你我的名字，因为也许你对我并不是那么陌生，并且以后，印象会更加深刻。"

说罢，燕洵的手指突然轻弹在桌面上。

说时迟，那时快，只见站在燕洵身后的阿精突然跳上前来，一记直拳，虎虎生风，轰然正中俞长老的面颊！

刹那间，众人甚至能清楚地听见俞长老鼻梁断裂的声音，俞长老"啊"一声惨叫，身子顿时向后倒飞！阿精身手何其灵敏，迅速上前，一把抓住长老的衣领，几记重拳轰然砸下，将俞长老打得鼻口流血。

俞长老身后的一名护卫顿时冲上前来，唰的一声拔出腰间长刀，风眠迅速闪身而上，毫不躲闪，一把拿住对方的手腕，一个小擒拿手猛然发力，只听咔嚓一声脆响，男人惨叫一声就被风眠夺下了腰刀。多年来锦衣玉食的风四爷挥刀而上，动作利落，出手干脆，唰的一声，就砍下了那男人的一只手掌！

刹那间，所有人都愣住了。风眠虽然年轻，但是处事非常老道，对待这些大同行会安插在贤阳城的元老班底向来礼敬有加，怎么今日这般张狂？难道真的是因为他的主子在燕北得势，他就不将大同行会放在眼里了吗？而他身边的这个年轻人，又是何方神圣？

众人面色惊慌，疑惑不解，脸色复杂。

燕洵缓缓地站起身来，一身白色的低等会员袍子看起来犹若灵幡，狰狞诡异。只见他蹲在俞长老面前，缓缓说道："你不知道打断别人说话是很没礼貌的吗？"

然后，他站起身来，在所有人惊恐的目光中，一脚狠狠地踩在了俞长老的脸上！

唰的一声，鲜血飞溅！

俞长老顿时昏了过去，连惨叫都没发出一声，也不知道是死是活。

"拖下去吧。"燕洵动极则静，这大力一踢，有几丝血溅到了他的手上，他坐在桌子旁，一边拿出白绢来擦手，一边吩咐道。

阿精一手拖着一人，转身打开了房门，然后砰的一声，将两人扔了出去！

众人目瞪口呆，许久说不出话来。要知道，这里可是二楼，楼下是一潭清澈的湖水。

果然，转瞬之间，重物落水的声音响起，轰隆两声，一前一后。

阿精走回来，站在燕洵身后，此时就连风眠都站了起来，一副随从的样子。

燕洵脸上煞气全无，淡笑着抬起头来，好似刚才的事不是他干的，语气平和地道："抱歉，诸位，车马劳顿，我刚才情绪有点激动了。"

死水般的寂静蔓延开来，平日里横行霸道，眼睛总是盯着天上的老头子们连脑袋都有些不灵敏了，傻乎乎地盯着燕洵，好像他是天外来客一样。

"现在，不知道诸位的护卫们有谁是会水的？"燕洵笑容很平和，云淡风轻，带着多年以来历练而出的温和平静。这样的表情，若是换在平日绝对能让人如沐春风，可是此刻在这些人眼里，这种温和却好似地狱阴风一样。

"因为我觉得，若是再没人去捞他们，他们就真要被淹死了。"燕洵靠在椅背上，很是为难地摇了摇头，"真不巧，我们来的时候没注意到下面有潭湖水。"

话音刚落，众人顿时反应过来，老头子们原地跳起来，手忙脚乱地找人下湖救人，大厅中霎时一片慌乱。

足足忙活了半天，他们才将喝了满肚子水并且破了相的俞长老救上来。等众人擦着额头上的冷汗，回到座位上的时候，燕洵已经吃完饭了。

"风四爷，不知你这位朋友是何方神圣？既然也是会中的兄弟，为何一点规矩都不懂？"一身红衣的老者沉声说道。这老头姓刘，是贤阳城内大同行会的首要人物，扎根贤阳已有四十多年，家业极大，就连乌先生、羽姑娘等人也要看他的脸色行事。士兵打仗，总是需要钱粮的，而这个刘长老，基本上就是大同的钱粮总管了。

燕洵语气平和，面色不变地说道："诸位，我刚才就想自我介绍，奈何俞长老太过性急，我想我现在有必要向大家介绍一下我自己了。"

灯火闪烁，丝竹悠扬，燕洵眼睛微微眯起，缓缓说道："我是燕洵，刚刚从燕北来，还请诸位多多指教。"

"燕北王？"

刘长老霍地站起身来，力道之大，竟把身前的茶壶弄翻了，茶水洒满袍子，他仍旧没有半点感觉，只是瞪大了眼睛难以置信地望着燕洵。

"准确来说，燕北虽然独立了，但是我还没有正式称王，不过刘长老要提前这么叫，我也不反对。"

"怎么可能？"一名老者惊讶说道，"燕北的人，怎么会来到贤阳？"

燕洵一笑，"息长老，您当然不希望我来，因为你们马上就要置办家财转移到卞唐去了，我若是来了，你们岂不是好梦成空？"

此言一出，满座皆惊！

众人惊恐地望着燕洵，面如土色，大气都不敢喘。

燕洵脸上的笑意一点一点收敛，缓缓说道："大夏死灰复燃，马上就要迁回真煌，赵飓四处出兵，兵锋凌厉，赵彻坐镇真煌，统筹全国兵马。燕北和大夏之战势在必行，大同行会却在此时不再看好燕北，所以你们，要退到卞唐保命是吗？"

"燕……燕世子，"刘长老勉强说道，"这只是上面的一个决策，以防万一，是会首的安排。我们大同行会多年来为燕北出生入死，早已和燕北在政权上完全统一，此次为了营救您，更是死伤了无数的会员，如今，只是一个战略计划，为的，也是保存实力。"

燕洵冷冷地注视着众人，缓缓说道："八年来，大同以我之名，统筹燕北，为我谋算策划，安顿燕北民生。大恩不言谢，对于这一点，燕洵不敢或忘！但是，"燕洵的面容顿时冷冽起来，狭长的眼睛缓缓眯起，沉声说道，"你们以我的名义，名正言顺地收拢了燕北的赋税财政，打通了白玉关的关口和西方通商，聚拢了大量的钱财。而且，就在上半年，就在我回到燕北之前，你们趁着帝都的官员猝死，一口气连收了十年的税收，将燕北百姓洗劫一空。如今，眼看燕北要同朝廷开战，你们这样拂袖而去，丢下一个满目疮痍的燕北，要燕北何去何从？"说完这些，燕洵突然舒缓一笑，淡淡地说道，"大同的青壮派战士们在前线浴血奋战，诸位却在这里山珍海味，不觉得良心不安吗？我听说风眠手上有些资料，不知道若是公布出去，羽姑娘会不会放过你们？"

众人一听，顿时面如土色。如今的大同行会年轻人里面，虽然乌道崖的声望最高，但是若论手腕，羽姑娘绝对堪称第一。这名年纪不大的女子出手之狠，下手之辣，对待恶势力的极端仇视，简直是无与伦比。若是让她知道，那会是一个怎样的情况，他们真不敢想象。

"这个，燕世子，老夫觉得，这件事还是不应该让道崖和阿羽他们知道。"

"当然，"燕洵笑道，"刘长老，我们是站在同一立场上的，前面的路还很长，仗要一场一场地打，大夏的城墙要一寸一寸地倒塌，我们都需要一支强劲的军队，在外面也需要一个和谐的政权。所以有些事情，还是不应该说得太明白，好让他们对大同充满信心。"

"那是那是。"

"既然这样，诸位就应该知道怎么做了。"

刘长老试探地问道："那我们就安心地在贤阳城内等待燕北大捷的消息？"

"不必，"燕洵摇了摇头，"你们大可以继续向卞唐输送财物。"

众人一愣，难以置信地望着他。

却见燕洵微微一笑，说道："正好我也要往卞唐一行，之后，我会顺道由南疆返回燕北，这些东西，我就顺便带回去了。"

刘长老等人的脸色霎时间变得难看起来，燕洵站起身来，淡淡地说："好了，饭也吃了，话也说了，我也该告辞了。刘长老，我这次往卞唐去，是以你侄儿刘熙的身份，我希望明天早上，你能做好准备。毕竟嘛，卞唐太子大婚，你堂堂贤阳第一富商，多少需要表示表示的。"燕洵对着一屋子好梦成空、面色发白的老头微微拱手，"告辞！"

马车走在大街上，已经很晚了，街面上却仍旧一片繁华。

风眠疑惑地问道："世子，这些老家伙的身家可非比寻常，您带着这些东西浩浩荡荡地去卞唐，太危险了，为什么不直接返回燕北呢？"

"你以为带着这些东西直接回燕北就不危险吗？"燕洵淡淡地反问道，"大夏如今政权不稳，此一路回到燕北，途经多个省郡，难保不出差错。"燕洵靠在马车上，微微叹了口气，半闭着眼睛，缓缓地说，"既不想让这笔钱财落入官府手中，又不想被这几个老头中饱私囊，就只有取道卞唐这一条路。卞唐治安相对较好，并且我打着代表贤阳富商投奔卞唐的旗号，卞唐为了发展本国经济，必定会派出重兵来陪同护送。这样一来，一路到唐京必定是安全的。而只要到了唐京，我就有办法神不知鬼不觉地悄悄进入南疆，随后顺流而上，返回燕北，水到渠成。"

"可是，"风眠还是不放心地说道，"唐京现在一定聚集了很多权贵，里面又有大半认识您，您冒充刘长老的侄子，能蒙混过关吗？"

"这一点，你就不要担心了，我自有办法。"燕洵说道，"为防消息走漏，我走之后，这几个长老，你要看好，找一个让他们永远也说不了话的方法，除掉后顾之忧。"

风眠顿时一愣，没有回话。

燕洵仍旧是那副淡定的表情，缓缓说道："有你在，我就放心了，大同行会的东南钱粮管家，也该换换人了。风眠，你虽然年轻，却也该出来好好历练历练了。"

风眠连忙垂头说道："奴才遵命！"

燕洵好似要睡着了，声音越发有几分缥缈，"人心不足蛇吞象，这些长老，年轻的时候也是热血激情的大同会员，奈何得到的东西多了，就生了贪念，想将不属于自己的东西霸占，却不去衡量自己的能力。人活在世上，可以有野心，却不可以贪婪。野心可以帮你成就大业，贪婪却会让你永不超生。风眠，你身处上位，我这几句话，你要好好揣摩。"

风眠的脸色渐渐发白，他恭敬地垂着头，一言不发。

长风顺着马车的帘子吹了进来，在两侧灯火的暗影下，燕洵的脸色突然间有些昏暗，让人看不清楚。

风眠脊背发寒，突然想起两年前楚乔离开时说的一句话："你忠心、谨慎、聪明、大胆，风眠，你一切都好，只有一点不好，那就是你太过能干。"

他一直不相信，也从未去仔细思量这话里面的含义。

可是此时此刻，看着自己的这位主子，他却突然有些明白了。他谨慎地拿起一旁的一件披风，披在了燕洵身上，知道他没有睡，却仍旧小心翼翼地不敢发出半点声音。

马车在缓缓地前行，街上人很多，十分拥挤。风眠突然有点走神，他希望，殿下这一行一切平安顺利，并且，姑娘可以快一点回到殿下身边。

这个世上，殿下唯一不会顾忌的人，就是姑娘吧。

夏日夜风微醺，在这个晚上，燕北的士兵们从里到外都换上了贤阳的衣衫骏马。第二日，在贤阳城粮食大商刘明骏的护送下，浩浩荡荡地离开了贤阳城，从水路南下，向着唐京迤逦而去。

第六章

风雨同舟

楚乔就这样莫名其妙地跟在了诸葛玥的身边，如果一年前有人对她说，有一天她会非常和睦地同诸葛玥坐在同一辆马车里，恐怕打死她她也不会相信。可是她现在回过头去看着那个斜倚在软榻上、悠闲自得地看书的男人，却生不出一丝一毫动手的念头。

那天晚上在坞彭城城守家的晚宴上，她有幸见到了几位老相识。皇十四子赵飏、岭南小公爷沐允、魏阀魏清池、灵王世子赵钟言，还有几名真煌城出了名的贵族子弟。这真是一场别开生面的晚宴，好像真煌城尚武堂开年终骑射大会一样。楚乔这个大夏首席通缉犯站在一群王族贵胄之中，不但要不停地对他们颔首微笑，还要自觉充当端茶递水的角色，真是如坐针毡。

而如今，这些家伙的马车全都围在她的前后左右，美其名曰与诸葛四少爷一起去唐京贺卜唐太子的大婚之喜。

在这样严密的监视下，楚乔逃跑的希望彻底变成了泡影，她只能就这样跟在诸葛玥身边，"半劫持"着他，开始这段稀奇古怪的旅行。

不过这位被劫持的当事人，似乎并没有多少被劫持的觉悟。

"水。"诸葛玥眼睛都没抬，就这么吐出一个字来。

楚乔恶狠狠地瞪着他，像根木头一样，一动不动。

过了一会儿，诸葛四少爷总算是意识到了什么，抬起头，很诧异地拿眼睛横她，那表情似乎在说：没听见我说什么吗？

楚乔忍无可忍，怒声道："我不是你的下人。"

诸葛玥点了点头，表示自己很明白，楚乔正奇怪这家伙竟然这么好说话，突然只听他扬声叫道："月七！"

唰的一声，马车的车门被打开来。楚乔动作快得惊人，几乎在同一时间戴上面纱，闪身坐在诸葛玥身旁，袖子里的短刀狠狠地抵住了他的后背，只要他稍有异动，她就会狠狠地插进去。

"倒茶。"

月七一愣，诧异地去看楚乔，诸葛玥则很老实地说道："她不是我的下人。"

月七一边心下感慨这女子如此受宠，一边问道："那要不要属下找个丫鬟上来伺候少爷和这位姑娘？"

诸葛玥点了点头，表示自己很赞同，然后转过头去，很认真地看着楚乔道："你有意见吗？"

她当然很有意见！

楚乔的眼睛几乎在喷火，手上的刀子也威胁性地顶着他的后背。

这家伙搞什么？不想活了？

"看来她不愿意。"诸葛玥对月七道，"你先给我倒杯茶，有需要我再叫你。"

月七点了点头，就要进车厢来。楚乔无奈，只好压着嗓子低声说道："还是我来吧。"

月七识相地笑了笑，转身退了出去，并把车厢门用力地关上了。

"你搞什么鬼？"月七刚一出去，楚乔立马暴跳如雷。

诸葛玥则很淡定地看着小炉子上温着的茶水，很坦然地说道："我渴了。"

"自己没长手吗？不会自己倒？"

诸葛玥二话不说，张嘴就要唤月七。楚乔手疾眼快，一把捂住了他的嘴，左右看了一圈，眉头皱得几乎叠在一起。

怕了你了！楚乔在心里无奈地哀鸣，也不管水温，提起最热的一壶就倒了杯茶，咣当一声放在他身旁的小矮几上，恶狠狠地说："喝吧！烫死你！"

诸葛玥则是面色不变，好整以暇地从怀里掏出一方锦帕，垫在茶杯壁上，端起来轻轻地吹了吹，然后，不急不缓地开始喝茶。

楚乔看着他稳如泰山的模样，只觉得头又开始疼了。

不管了，今晚无论如何也要逃出去，哪怕暴露行踪，也不能继续待在这里了。

安柏郡是卞唐东部重要的商业郡县，这里背靠萍贵高原，比邻翠微山脉。翠微山之下就是南越江，又被称为南疆水路，是卞唐开凿的一条人工运河，从程州直通燕北，这条运河也致使南越江沿途各郡县都是商贸繁华之地，牛羊马匹的输入几乎占据了全国的一半。而翠微山之后，则是青海蛮夷之地，虽然因为地处边荒少有人烟，但还是会有一些实力强大的商队，往返运送一些珍贵的皮草和药材。是以安柏郡虽小，却十分繁荣。

大夏败家子们的集体来访，顿时让这座小城人仰马翻，还没进城，前来迎接的官员就排出了半里地。楚乔推开车窗往外看去，只见远远近近一片青红官帽，人头攒动，好不热闹。她不禁诧异道："从什么时候起卞唐和你们这么和睦了，去年不是还在边境打仗吗？"

诸葛玥闻言，略略抬起头，狭长的眼睛半眯着，斜睨了她一眼，淡淡地道："政治上没有绝对的敌人。"

楚乔回过头去狠狠地瞪着他，冷哼道："一丘之貉，狼狈为奸。"

"这叫作得道者多助。"诸葛玥端起茶盏，浅浅地喝了一口，"凡是阴谋背叛者，必定惨淡收场。"

楚乔心下一怒，正要还嘴，车外突然有脚步声走近，她连忙戴好面纱，端端正正地坐在诸葛玥身边，拿起匕首开始"劫持"人质。

唰的一声，车门被打开，沐允站在门外。楚乔与他也多年未见了，只见沐小公爷穿着一身淡蓝色云纹锦袍，雪白马靴，血玉腰带，月白抹额，面如冠玉，唇红齿白，俊俏的模样竟不似男子。他微笑着看向诸葛玥，说道："安柏郡的父母官都来了，我们几个商量了一下，若是不去应酬下，不免失礼，四少以为如何？"

诸葛玥嘴角微牵，极轻描淡写地笑了一下，说道："我随便，你们决定就好。"

沐允点了点头，道："那就不打扰四少休息了，就要进城了，今晚有宴，四少可要多喝几杯。"

车门刚一关上，楚乔就恶狠狠地说道："诸葛玥，你别轻举妄动！"

诸葛玥冷笑一声，丝毫不将背心处的匕首放在眼里，"这话该我对你说才是。"

"你以为我不知道吗？"楚乔冷冷道，"以你的为人，怎么会和这帮家伙同路而行？如今还要进城去应酬那些当官的，你想干什么？我告诉你，你不会有机会的！"

诸葛玥抬起头来，淡淡地看着楚乔，指着自己的胸口道："害怕的话，就往这里捅一刀，不然就别这么多废话。"

楚乔眉梢一挑，"你以为我不敢吗？"

诸葛玥则是好整以暇地望着她，冷笑着说道："你敢吗？"

轰隆隆的锣鼓声突然响起，鞭炮声紧随其后，紧接着，琴笙鼓乐齐声和鸣，乐器虽多，却并不显得嘈杂，但是在这样的旷野中，听到这样的宫廷乐曲，怎么都显得诡异。楚乔和诸葛玥同时一愣，正奇怪间，就听月七的声音在车窗外响起，"少爷，听说前阵子，卞唐太子刚从这里经过。"

即便隔着窗子，也能想象出月七的表情，纵然楚乔和诸葛玥两人的立场如此尴尬，但此刻还是忍不住互看一眼，对那位太子如此花团锦簇的恶俗嗜好感到一阵恶寒。

"纨绔子弟！"楚乔嘟囔了一句。诸葛玥却恍若未闻，靠在软垫上闭着眼睛，好像外面的嘈杂声全然不存在一般。

在这样热闹的锣鼓乐声中，庞大的车队缓缓地进城了。

夏风和煦，锣鼓喧天，在整个安柏郡大小官员的迎接下，楚乔这个一路被追杀的头号恐怖分子外加一等战争罪犯就这样堂而皇之地进了安柏郡的城门。

安顿车马，迎来送往，自然又是一番热闹光景，楚乔寸步不离地跟在诸葛玥身边，走马灯般看着卞唐官员轮流前来表达欢迎友好之意。

灯火阑珊，人头攒动，偌大的城守府前，香车骏马，摩肩接踵，各家的侍卫们护卫其间，伶俐的门房守在门前，流水般喊着吉祥康健的吉利话。眼前的灯火突然变得大盛，编钟吕乐长鸣，水袖细腰摇曳，金粉明香飘荡，美酒散发出诱人的香气。

楚乔跟在诸葛玥身后，穿着一身松绿色的华服，戴着厚厚的面纱，满头珠翠，环佩叮当，乍一看去，竟也是摇曳生姿，步步生莲。

管乐响起，沐允和赵飏几人早已到了，众人寒暄几句，相继落座。

安柏郡的城守是一个三十岁出头的文士，长得清清秀秀，却口舌了得，长袖善舞，八面玲珑，一番祝酒词说完连楚乔都不免对他生出了几分好感。一时间厅内宾主尽欢，气氛十分热烈。

赵飏就坐在诸葛玥和楚乔的上首，穿着一身乌金色蟒袍，眉目沉静，不断地饮酒。对于这个人，楚乔并不陌生，尽管当初在真煌城内并没见过几面，但是这两个月来，几乎一直在与他打交道。如今整个西南都在他的管辖之下，追杀楚乔的命令虽是赵彻下达的，但是真正执行的人，是眼前这位年轻的十四殿下。

"十四殿下是少年英雄，今日奴家能见到殿下，真是三生有幸。"

城守的小妹婀娜地走上前来，恭敬地为赵飒敬酒。赵飒笑了笑，竟也起身还了礼，那女子受宠若惊，腰身弯得更加低了。从楚乔这个角度，甚至能看到她殷红的抹胸。

旁边有人说道："淮阳一战简直令人拍案叫绝，殿下年纪轻轻就有如此韬略，前途不可限量啊。"

赵飒牵起嘴角道："再令人拍案叫绝，还不是让楚乔跑了，诸位谬赞了。"

众人闻言一惊，那城守忙笑着说道："人有失手，马有失蹄，若是再叫殿下遇上，想必那女子也不会再有这么好的运气。"

赵飒闻言，只是微微一笑，也不说话，目光在席间轻轻转了一圈，随即入座。那城守及时插话圆场，更叫他妹妹献舞一支。那女子也不推托，脱下外袍，露出里面一身轻薄的红绫，当场就翩翩起舞。舞罢，更是直接坐在了赵飒的席上，夹菜斟酒，好不殷勤。

沐小公爷坐在诸葛玥的下首，他今晚穿了一身玫红色的锦缎长袍，很少有男人能将这个颜色穿得如他这般好看，这颜色配合他的长相，越发显得阴柔起来。他笑吟吟地道："很少见四少爷携带女眷出席这种场合，看来这位姑娘很是得四少爷宠爱呀。"

有人在一旁附和着笑道："能得诸葛四少爷这般宠爱，定是人间绝色。"

赵飒坐在一旁，唇边含着一丝若有若无的笑意，"既是人间绝色，戴着这样厚重的面纱岂不是暴殄天物？诸葛，何不让她摘下面纱，让我等一开眼界？"

赵飒自从领兵与楚乔在西南大战一场之后，身价暴涨，再也不是以前那个无权无势的落魄皇子了。他一说话，其他人纷纷起哄，叫着让楚乔摘下面纱。

诸葛玥淡淡地说："她长得很丑，摘下来只怕会吓到你们。"

沐允等齐声不信，诸葛玥闻言只是轻笑，却一言不发。他这个样子，别人自然明白他是不愿意的，也就不再逼迫。

夜已深了，赵钟言几人都醉了，那位城守便安排人搀扶着他们相继回房。楚乔刚一起身，忽听城守之妹惊呼一声，向着她就倒了过来。她身手如何了得，双手巧妙地一推，便将她的身体扶正。女子面色潮红，拍着胸口后怕道："多谢你了。"

楚乔摇了摇头，目光垂下去，却见那女子的裙角正踩在赵飒的足下。见她望来，他也不动声色，只是移开了脚，对她很有礼貌地点了下头，转身便当先出了大厅。

楚乔眉心轻轻一跳，诸葛玥却突然回头说道："还不走？"

楚乔低着头，连忙跟上。

夜里的风多了几丝凉意，马儿走在路上发出嘚嘚的声响。诸葛家在这安柏郡是有产业的，所以他们并不需要住在那位城守安排的居所里。楚乔将车窗推开一线，静静地望着这条漆黑的长街，一旁正在闭目养神的诸葛玥突然说道："要走了？"

楚乔沉声说道："你若是拦我，我就和你同归于尽。"

诸葛玥连眼睛都没睁，"要走就赶紧走，把窗子关好，别在这里影响我睡觉。"

楚乔一愣，推开车门跳了出去，月七等人却好像看不着她一样，任她堂而皇之地离去。直到走出两条街，楚乔才敢相信，自己竟然就这样大摇大摆地离开了那个煞星，他竟然真的放她走了？

不对！楚乔皱紧了眉，之前她百般威胁，几次和他动手都没能逃脱，何以这次会这般干脆？不过此时已来不及细想，她迅速辨明方向，向着城门飞跑。然而，还没过半盏茶的时间，就听得后方杀声四起，如潮水般席卷而来。

楚乔脚步一顿，便停住了身子。

敌人来得这般突兀，几乎是一瞬间就将这条长街围得水泄不通，月七带人护在诸葛玥的车前，大声喝道："你们是什么人？知不知道这是谁的车驾？"

那些人也不回答，其中一人沉着嗓子说道："把人交出来。"

诸葛玥推开车门，淡淡地说："动手吧。"

呼一声锐响，这些人竟然携带了不少的小型弓弩，箭雨如林，密密麻麻地激射而来。等月七等人冲到敌人身前，已是人人带伤，喊杀声一时间震碎了整条街的宁静。有人一脚踹开马车，却还没来得及细看一眼，雪白的剑光已如惊龙，只一剑就削去了那人的半边头颅，其余刺客大骇，一拥而上。突然轰的一声，车顶碎裂，诸葛玥凌空跃起，剑芒若伞，泼水不入。诸葛玥长衣带风，转瞬急下，面白唇红，眉心缀着两滴鲜血，越发显得妖艳。

"诸葛四少爷，我们并无冒犯之意，只要你把那人交出来，我们立刻离去。"

诸葛玥仿若听不到一样，一剑刺穿一人的手掌，那人抱着手惨叫，声音凄厉。

首领眼睛一寒，沉声道："既然如此，就得罪了。"

街上突然亮起数支火把，只见两侧酒楼店铺的屋顶上，密密麻麻趴着数十名黑衣刺客，人人手端平弩，遥遥对准诸葛玥等人，弩箭森冷，闪烁着锐利的寒芒，似乎只待那人一个手势，便要激射而来。月七等人心下一骇，心知这并不是普通的弩箭，以它的威力，再加上这般居高临下的地利，他们的情况顿时就会变得更加不利。

然而就在这时，突然只听唰唰几声破空锐响，拿着火把的刺客纷纷倒地，大街登时陷入一片黑暗。几乎在同一时间，诸葛玥闪身而上，一剑结果了那名首领，可他脸上无一丝欢愉，大声喝道："谁叫你回来的？"

楚乔浑身上下犹若蚂蚁爬过般酥软，刚刚摸上房顶的时候和一名刺客交手，因为她不敢惊动下面的人，所以没能及时使用杀招，被那人刺了一刀。不想那刀上竟然有毒，这毒性发作的速度让她始料不及。几乎在一个呼吸间，所有的动作就已然石化，便是动一动手指都不能办到。她的眼睛里头一次带上了惊慌，她能清楚地看到迎面敌人那把刀的每一个动作，却偏偏无法躲开，刀锋犀利，那慑人的锐气几乎刺破了她的肌理，她瞪大双眼，眼睁睁地看着利器加身，却连动都不能动一下。

唰的一声，一把长剑蓦然飞来，一招便刺入那刺客的心窝。诸葛玥伸手接过她倒下的身体，沉声道："你中毒了？"

楚乔喉头一腥，一口鲜血顿时吐了出来。

诸葛玥眉头紧锁，当机立断道："月七！带人断后！"

月七剑如游龙，带着护卫们厮杀在刺客之中，闻言高声答道："是！少爷先走！"

诸葛玥抱起楚乔，翻身便跳上一匹战马，厉喝一声，马儿扬蹄飞奔，转瞬便冲了出去。

"别让他跑了，快追！"潮水般的黑衣人一拨拨拥上来。

诸葛玥以双腿控马，一只手抱着楚乔，另一只手挥剑迎敌。几个炸雷般的霹雳响起，大雨瞬间浇了下来，几乎看不清人影。在黑暗中射箭，没有准头，屋顶上的刺客相继跳了下来。眼见前方敌人越来越多，诸葛玥将楚乔放在马上，足尖在马背上一点，便跳下马，仗剑前冲，速度快得惊人，转瞬间，便硬生生地杀出一条血路来。楚乔的马儿顺着那条路，几下便不见了踪影。

"快追！她跑……啊！"有人高声大喊，还没喊完，就已被诸葛玥一剑结果了性命，大雨滂沱，厮杀仍在继续。

诸葛玥一脚踢翻庙门，见几个衣衫破烂的乞丐坐在角落里，便冲过去抓住其中一个，沉声问道："见没见过一个穿着绿色裙子的女人进来？"

他此刻衣着狼狈，浑身是血，那人被他吓住了，话也不会说，只会一个劲地摇头。他转头向其他人看去，却发现那些人全都惊慌失措地逃了。庙外电闪雷鸣，大雨滂沱，冷风在地上一忽一忽地打着旋，卷起角落里的枯草，枯草低低地飞着，像是七月十五的纸钱。

诸葛玥皱着眉，太阳穴一突一突地跳。他一路力战至此，已然将近脱力，头晕目眩，两眼发黑，几乎就要站不住脚，双耳轰鸣，好像仍旧奔跑在瓢泼的雨水里，四周都是哗哗的声音。他挥剑掀翻角落里的茅草，四下寻找着楚乔的身影，却始终一无所获。

就在这时，又一拨刺客冲破了月七等人的围困追了上来，诸葛玥仗剑而上，迅如疾风地和敌人缠斗起来。他出剑极快，只见一道道白光刺破雨雾，在半空中激起一片艳红的血花。诸葛玥腾身而起，一脚踩在刺客的肩头，翻身跃上屋顶，几个起落便向东掠去。

雨越下越大，几乎让人睁不开眼睛，宽阔的驿道上满是泥泞。诸葛玥提剑狂奔，一身华服早已辨不出原本的颜色，他面色苍白，嘴唇泛青，唯独眉心凝着两滴鲜血，像是滴在雪地上的两点朱砂。

他已狂奔了将近一个时辰，却仍旧不见楚乔的踪影，一个不祥的念头渐渐在心头生出，他心下郁结难舒，眉头紧锁，一剑劈倒一根茶寮的旗幡，旗幡砰的一声倒在泥水里，溅起大片污水。他几步冲向茶寮，踹开紧闭的房门，里面漆黑一片，满是蛛网，显然已是废弃多时。狂风顺着被他踹翻的房门卷进来，扬起满地半指厚的灰尘。

"你在不在这儿？"诸葛玥大声喊道。可是除了隆隆的雷声，就只有单调的风雨声在一旁应和。他跑进后厢，仍旧不见人影，便出门继续往东，就在这时，忽听一声马嘶传来，他扭头望去，却是一匹枣红色的骏马站在茶寮后的稻田地里，马脖子上血迹斑斑。

他眼睛一亮，几步便冲了进去，这场雨实在是太大了，将附近所有的稻田都淹没了，田里的水足有三尺多深，几乎没过了他的腿。他费力地向马儿的方向跑去，蹚过泥水和稻子，每跑一步都要使出全力。大雨滂沱而下，浇在他的脸上，他一边不断地抹去眼睛上的雨水，一边在田里努力地寻找着楚乔的影子。

没有，没有，到处都没有。

就在他马上就要靠近那匹马的时候，脚下突然被一个软绵绵的东西一绊，险些摔进泥水里。他微微一愣，随即俯身便潜进水中，双手在身下摸索着，不多时便将摸到的人捞了出来，此人正是楚乔。此刻，楚乔双眼紧闭，面色发紫，口鼻处全被泥浆覆盖，手脚冰冷，就像是死了一样。

诸葛玥横抱着她，踉跄地跑出稻田，将她放在泥泞的驿道上。他手脚麻利地擦去她口鼻中的泥浆，然后用力地敲打着她的腹部和胸口。

"醒一醒！"他咬着牙恶狠狠地说道，手握成拳一下一下地按着她鼓胀的小腹，"不准死，醒过来！"

楚乔脸色青紫，浑身冰冷，身体随着他的重击一下一下地颤动着。

诸葛玥皱紧了眉，用手掐住她的口鼻，以口对口一遍一遍地给她送气，却仍旧不见她有一丝一毫的生气。他的心剧烈地跳着，就如同这阴沉的天气一样，混乱阴郁，看不到一点光亮。一丝莫名的怒气一跳一跳地升腾起来，他看着眼前这个一次又一次和他作对的女人，大声叫道："不准死！听没听见？我叫你醒过来！"

他抱起她，让她伏在他的胸口，他的双手用力地敲着她的背。闪电如游龙，雷声不断地在头顶轰鸣，四下里一片漆黑，只有一道道白亮的光不断地闪烁着，将这天地间的一切照得惨白。

"醒一醒，醒一醒，醒过来！"

"咳咳……"

轻微的咳嗽声突然响起，诸葛玥却浑身一震，一把抓住了楚乔的肩将她扶正，双眼紧紧地盯着她，连声说道："醒了吗？醒了吗？"

楚乔的咳嗽声起初还很轻，渐渐地却剧烈起来，口鼻都溢出漆黑的泥水。她面颊通红，靠在诸葛玥的怀里，说不出话来，只能一声接一声地咳着。

即便是咳嗽声，此刻听来却也有如仙乐。冷风如刀，大雨滂沱，诸葛玥浑身的力气几乎在一瞬间被抽离得干干净净。在这个接近死亡的夜晚，他突然不想再违背自己心意去掩饰任何事，他环住双臂，在空旷的野地间，将怀中的女子狠狠抱紧。

"你的……家族会处……处置你的。"气若游丝的声音在怀里响起，声音那般细小，转瞬便被旷野上的风吹得支离破碎，"大夏……赵飓……赵彻，都不会放过你。"

雨仍旧下着，冲刷着两人身上的鲜血和淤泥，一道闪电划过头顶，让他们越发清晰地看到了对方那苍白的脸颊。

"你会死的！你会死的你知不知道？"楚乔嗓音沙哑，声音却已哽咽。这一路走来，她又何尝不知他的维护之意，可是如今公然和赵飓的人马动武，他难道不知会有什么后果在等着他？"你以为你是谁？"她咬着牙，恶狠狠地瞪着他，"你杀了我的家人，害了我和燕洵，我恨不得一刀杀了你。你我之间仇深似海，不共戴天，你为何要救我？"

诸葛玥也不说话，只是静静地看着她，楚乔满腔的纠结终于在这样沉静的眼神中彻底崩塌。一路兵战逃亡，几番生死垂危，如今在这个大雨夜里，她心里的高墙终究不堪重负，被重重矛盾的情绪一击而溃。

"诸葛玥，我欠你这样多，你让我怎么办？"她闭上红肿的双眼，任眼泪蜿蜒而下。

古道笔直，笔直地从来路来，再笔直地往去路去，大雨倾盆，闪电如龙，黑夜，亮如白昼。

第七章
一路同行

当日在安柏郡最繁华的街上激战了将近一个时辰，却仍不见有一个官兵前来，如此，足可见这次刺杀的主谋是何人。赵飏不同于别人，这小子自小在宫中饱受欺凌，养成了心狠手辣的性格，即便是对诸葛玥也敢痛下杀手。无奈之下，诸葛玥不得不带着重伤的楚乔暗中潜行，并未同月七等人联络。

这天，他们加入了一个要前往唐京的商队，交付了些银两，以普通人的身份要求和商队一起前行。

关上房门之后，诸葛玥对楚乔说道："我打听到这支商队的主人名叫刘熙，你认识这个人吗？"

楚乔微微皱眉，沉声说道："应该有过一面之缘。"

"我们现在就走。"诸葛玥果断地说道。

"等一下！"楚乔连忙叫道，"我和他只是远远地见过一面，连样貌都没看清楚，话也没说过，而且也是很多年以前的事了。"

诸葛玥紧紧地皱起眉来，楚乔自然知道他在担心什么，说道："外面的人只当我们是染病的寻常百姓，根本不会有见客的机会，只要我小心一点，不会有事的。"

"他是刘明骏的侄子？"

"对。"

诸葛玥沉思半晌，缓缓地说道："刘家在贤阳也算是大户人家，当日我进贤阳城，不知道迎宾队里有没有他。"

楚乔闻言，微微皱眉，诸葛玥说道："还是小心一点吧，明早我去街市买马，然后我们自己驾车去唐京。"

楚乔点了点头，她此时的立场比较尴尬，刘熙是刘明骏的侄子，那就也是大同行会的会员，既然是自己人，和他们相认，他们自然会好好安顿自己，并会安排自己撤退回燕北。但是诸葛玥如今身边没有护卫，若是刘熙起了歹意……

"你先歇着，"将楚乔放在床上，诸葛玥说道，"我去让小二做几个菜，你想吃什么？"

楚乔摇了摇头，说道："随便吧。"

诸葛玥转过身，一边走一边道："不随便也没办法了，这个破地方，能有什么吃的。"

看着男人的身影消失在门口，楚乔有些恍惚，然后嘴角一牵，扯出一个虚弱的笑容来。

以诸葛家的势力，恐怕整个西蒙大陆到处都有他们世家的联络地点和所属人马，作为掌控帝国命脉的世家之一，绝不会只有眼睛能看到的那一点政治上的势力。

这天底下的暗线，有多少掌握在诸葛家手里？有多少掌握在魏阀手里？有多少属于大夏赵氏？属于卞唐李氏？属于怀宋纳兰氏？没人能够清楚地定义。

楚乔知道，任何一个世家大族后面，都有百年的家族奋斗史，就算赵正德当初风火雷霆地铲除了穆合氏，难道就能确定穆合氏百年经营的基业就此在大夏的版图中灰飞烟灭了吗？

诸葛家的势力，绝不会比燕北高原上的燕洵差，而作为帝国正统世家的他们，更有着燕北无法企及的政治地位。

隐藏在那几万家族亲兵后面的，是这个世家多年来潜移默化安插在帝国的家族子弟，是吏部官名中那些密密麻麻复姓诸葛的大小官员，是那些金钱打造出来的路，权势收买下的人心，利益捆绑住的势力，把柄拿捏住的团体。

燕北公开造反，所以燕北一系全部站在了帝国的对立面上。但是可以想象，如果有一天，诸葛家造反，如果给他们时间让他们谋划，如果让他们如燕北一样做好准备，举起反旗，那么赵氏将会面对怎样一个毁灭性的灾难！

所以，以诸葛家这样的势力，以诸葛玥在家族的地位，无论在任何地方，只要他登高振臂一呼，瞬间就会聚集家族的大批子弟亲信。但是诸葛玥显然没有这个打算，他只是一路小心地隐藏身份，亲自照顾她的饮食起居，却从没有通知家族和等待自己下属的举动。

或许，是怕来人不是自己的嫡系，会泄露楚乔的身份，进而被家族的对立者拿来大做文章吧。

楚乔淡淡地冷笑，嘲弄自己这太极推手式的自我欺骗，她很明白所发生的一切究竟是怎样一个原因，却不愿意去承认和面对，于是，就逃避地闭上眼睛，静静地等待着时间的流逝。

也许，他只是想在一个相对平静的环境下和自己相伴而行，他不是诸葛家的少主，而自己也不用站在燕洵身后。只是尘世中的普通人，没有对立，没有仇恨，没有无法调和的矛盾，更没有那些现实到无法逃避的责任。

这样的机会，他们这一生，可能只有一次吧。

楚乔缓缓闭上眼睛，希望自己赶快睡去，有些事情想起来太危险了，她明白一切，却无法回应。

他们活在世间，都有各自要走的路，从一开始，他们就已经站在两个起点，八年下来，各自越走越远。做人，还是要冷静理智一些。

楚乔浑身无力，只是一会儿就慢慢睡去。临睡前，她自嘲地笑，想那么多做什么，最起码现在，还是没办法和他划清界限啊。

诸葛玥回来的时候，楚乔已经沉沉地睡去，空气里有她浅浅的呼吸和女儿家淡淡的香气，诸葛玥端着一个大托盘，里面放着一堆碗碟，还有一壶酒。

他摆好饭菜，就坐在桌子旁边，然后倒了一杯酒。

这店铺不大，所做的菜肴却很可口，即便盖着盖子，仍有浓郁的香气不断地飘出来钻进鼻子里。酒很醇，澄澈透亮，味道浓香，喝下一口，整个身子都暖了起来。

夕阳火红,将光芒投射进来,照在他的身上,在地上拉出一个长长的剪影。

他就那么一直坐着,慢慢地喝酒,太阳渐渐落下山去,街面上亮起灯光,人来人往,热闹非凡。然后又过了一阵子,街市终于散了,整座城市都安静下来。漆黑的天幕下,所有人都进入梦乡,唯有他,不点灯,不说话,静静地坐在黑暗里,像是一尊雕塑,只有手臂来回地在酒壶和酒杯间动着。

楚乔在深夜里醒来,头像是被千百个锤子一同砸过那样疼。睡眼蒙眬中她想要喝水,却注意到黑暗中的那个影子。

当时的第一反应,就是去摸小腿上的匕首,即便是在身体如此虚弱的状态下,她仍旧瞬间跳了起来,像是一只敏捷的豹子。

然而,很快她就反应过来,愣愣地放下匕首,看着黑暗里的男人,不解地说道:"诸葛玥?"

"嗯。"回答她的是一个淡淡的鼻音,男人似乎喝了很多酒,房间里酒气很重,"喝水吗?"

楚乔点了点头,却顿时想起点头他也看不到,刚想说话,一杯水已经递到了自己的嘴边。

她接过来,触手是温的,甚至还有点烫手。杯子很小,楚乔却用双手捧着,喝了一口之后,舔了舔干干的唇皮,她的嗓子带着刚刚睡醒的沙哑,轻声说道:"怎么不点灯?"

房间里那么安静,甚至能听到烈酒滚过那人喉结间的咕嘟声,过了很久,一个淡淡的声音才缓缓响起,"黑着挺好。"

楚乔认真地问:"诸葛玥,你什么时候,才肯叫我楚乔呢?"

男人冷冷地哼道:"你做梦。"

"你这个人,就是太偏执了。"话音刚落,楚乔突然自嘲地一笑,说道,"其实我跟你一样,我也很偏执。所以我认定的事情,就不会改变。"

诸葛玥没有说话,楚乔今晚的兴致似乎很好,她的声音很轻,继续说道:"其实你这个人,也不算是个坏人,虽然性格孤僻一些,手段残忍了一些,没有同情心一些,还有,嗯,黑着脸的时候招人烦一些,再就没有什么了。可是这个世上,谁不残忍呢?谁的手上没沾过血呢?这个世界就是这样,你不吃别人,别人就来吃掉你,到了现在,我都记不清自己的手上有多少条人命了。诸葛玥,你记得清吗?"话音刚落,楚乔就自问自答道,"你应该是有数的,你是上等人,亲手杀的人,无非就是一些得罪你的下人。可是我记不清了,这半年来,死在我手上的人,比这一生和我说过话的人还要多。每次手起刀落,就是一个脑袋,他们腔子里的血总是热的,喷在我的脸上,像是火炭一样烫。

"西北那一片,给我起了个外号,叫什么血罗刹,瑶省总领大人叫……叫齐什么的,还派人打造了一个我的石像,就建在城门口,勒令每一个进城的人都向我吐一口口水,要不就不许进城。我这段日子逃亡,除了官府的追兵,还要小心地躲避那些百姓。从真煌逃出来之后,有一次我受伤,被一对老夫妻救了下来,他们都已经八十多岁了,很慈祥和蔼的一对老夫妇,给我治伤,还杀了家里唯一一只老母鸡为我煲补汤,却不追问我的来历,他们可能以为我被强盗抢了,总是鼓动我去报官。

"可是第二天,那个老人家去镇上给我买药,回来之后就面色大变,我当时不知道出了什么事。当天晚上,他们就偷偷拿着镰刀冲进我的房间,两个人发疯一样在床上乱砍。

我知道，他们的儿子在很多年前被夏皇征召，参加了蒙将军讨伐燕北的军队，后来，就死在燕北高原上了。"楚乔面色冷淡，冷冷地笑，"然后我就把他们杀了，他们太激动，我根本无法摆脱，所以我就把他们杀了。"

"假仁假义，"冰冷的声音突然响起，诸葛玥仍旧坐在那里，讥讽道，"以你的身手，想要制住两个上了年纪的老人，简直易如反掌，无非怕他们去报官，却偏要为自己找一个这样恶心的借口。"

"我不是找借口，"楚乔也不气愤，只是静静地反驳，"我当时受了重伤，一支箭射穿了我的大腿，我根本无法行动，我当时只有两个选择，杀了他们，或者让他们杀了我。"

诸葛玥不以为然地轻笑，"星儿，你这样做，和我有何分别？"

"是的，一开始的时候我也这样想。"楚乔沉声说道，"可是后来，我却不这样认为了。当初蒙将军去燕北开战，是侵略，是屠杀，是毫无道理的践踏，他们的儿子参军入伍，去侵犯别人的家乡，难道还不许别人反抗还手吗？当年一战，燕北死伤无数，无论是平民百姓，还是燕北军队，所有的势力都惨遭杀戮，燕北的损失远比大夏本土要大得多。而我，也并没有对不起他们，我在他们这里养伤，给他们报酬，他们却起了害我之心，只因为那些不属于我的仇恨，难道我要坐以待毙、俯首受死吗？我杀人，但不滥杀，我同情平民，但我不是圣人。"

楚乔的声音渐渐坚定起来，她一字一顿地说道："燕北和大夏之战，势在必行，而且会旷日持久。但是，所有倒在这场战争中的人，都不会是毫无价值的。他们是在为了正义和自由而战。早晚有一天，红川大地上会崛起一个新的国度，这个国度里会拥有自由和平等，拥有法制和安宁，再不会如当初一般，毫无人道可言。为了这一天，我所做的一切，都是值得的。"

诸葛玥突然冷笑道："星儿，亏我还一直高看你，没想到你竟会说出这样荒谬的话来。自由和平等？法制和安宁？怎么，你也成了大同的信徒吗？你也开始做那些虚无缥缈的大同迷梦了吗？"

"不，我没有，我很清醒，我知道这个世界只要有利益在，就永远不会有真正的平等，但是，我们可以让一切有所好转，可以缓缓地向前走一步。"楚乔望着诸葛玥，沉声说道，"最起码，不会再有当初在诸葛府里的那一切，残杀、虐待，把人当成狗一样！"

"你真的觉得燕洵可以做到这些？"诸葛玥轻轻挑起眉毛，不屑地笑道，"还是你觉得大同行会那些老家伙真的会如他们所喊的口号那样大公无私？品尝过权力味道的人，是不会轻易放弃已经得到手的东西的，就算有朝一日，燕洵推翻大夏登基为帝，那也不过是一个王朝的更替，绝不是一个时代的终结。星儿，你若是接受不了燕洵野心争霸这个事实，莫不如说他是报仇雪恨，这样多少还好听一点，不要搞这么大一顶冠冕堂皇的帽子戴在他的头上，这让人很恶心。"

楚乔面色微变，过了很久，她还是坚定地说道："我相信他。"

诸葛玥眉头一皱，定定地望着她。

"我相信他不会让我失望。"楚乔淡淡轻笑，"我会在他身边，帮着他，看着他一手完成这个伟业。诸葛玥，你看着吧。"

那一刻，似乎黑暗中亮起一盏灯火，那般刺眼地照进了这片黑暗之中。诸葛玥突然觉得，眼前这个女子其实也是很脆弱很傻的，但是，他不想再去嘲笑她的这份固执了。

他只是想问："若是有一天，他真的让你失望了，你该怎么办呢？"

但是他没有说出口，他觉得那有点残忍，是的，很残忍。

这个女孩子，现在还不到十七岁，自己家里的妹妹们现在在干什么？真煌城里的那些千金小姐现在在干什么？涂脂抹粉，游玩赏花，谈论各个世家的年轻才俊，抑或是，背着人在某一处奢靡的大床上，和见不得光的男人翻云覆雨共赴巫山……

而她，这么多年来血雨腥风，无非就是为了这么一个信念，无权无势，无亲无故，这，可能是她活下去的希望吧！

好，星儿，我就看看，我就看着那个男人最后能不能如你所愿。如果真的有那么一天，我诸葛玥愿散尽家财，燃放百万礼花烟火，来庆祝你心愿得偿！

"燕北，"诸葛玥仰头饮下一杯烈酒，辛辣的酒滚过嗓子，像是刀子划过一样疼，男人淡淡地说道，"我看着你。"

第二天早上，尽管诸葛玥出去得够早，尽管他财大气粗地撒了大把金子，但是搜遍全城，他却没有买到一匹马，雇到一辆车。整个马市，甚至就连卖马贩子们自己的坐骑，也在这个晚上被人搜掠一空。一气之下，诸葛玥试着去买一些别的代步工具，比如驴、骡子，甚至连牛他都纡尊降贵地去打听过了。

但结果，都是一样。

而就在同时，楚乔正坐在客栈的二楼上房之中，看着镖局的人马来来回回地走动，她眉头轻轻一皱，察觉出那么一丝不妙了。

诸葛玥回来的时候，两人对视一眼，谁也没有说话。

队伍出城的时候，远不是之前的四五百人，前面的人已经出了城，后面的人还没有上马，足足有两千多。大批的辎重、粮草、金银、珠宝、钱货，装了三百多辆马车，后面更有一眼望不到头的妇孺，衣着显贵，熙攘繁杂，一辆又一辆的马车前后簇拥着，场面极为壮观。

楚乔和诸葛玥两人被安排在随行人员的最后，在一辆相对破旧的马车上，这马车显然是刚买回来的，里面还有一股难闻的味道。

他们的担心根本就没有必要，因为以他们现在的身份，根本就没有接近刘氏少东家的机会。

早上的时候，楚乔跟在几名搬运行李的下人身后，远远地看到一个着湖蓝锦袍的男子在一众侍卫的护卫下上了一辆马车。安柏的天气已经很热，那个男人却披着一件宽大的披风，身形偏瘦，风帽半掩，遮住了他的面孔。可是那个在晨雾中半掩半现的身影，顿时让楚乔心下一惊。

她不自觉地就停下了脚步，望着那个背影渐渐远去，然后上了一辆富丽堂皇的宽大马车。

楚乔久久没有动。

"怎么了？"诸葛玥走在她的前面，回过头来沉声问道。

"哦，没什么。"楚乔自嘲地笑了笑，摇了摇头，似乎想将一些不切实际的想法抛出脑袋，"走吧。"

马车缓缓地驶出安柏城，楚乔趴在窗口，掀开一角帘子，隔着淡淡的面纱向外望去。

"哦，对了。"突然想起什么，楚乔拿出一个小包递给诸葛玥，很平静地说道，"我早上嘱咐小二出门买的。"

诸葛玥接过包袱，打开之后，却见里面是一件遮挡风沙的风帽，虽然在这个时候穿有些不合时宜，但是这件风帽做工十分精细，用料也很薄，戴起来应该也不会很热。

"小心点总是好的。"楚乔轻声说道，随即淡淡一笑，"虽然可能没什么机会用到。"

两千多人马，几百辆马车辎重，在驿道上绵延不断，从这里，根本就看不到前面的车马。

诸葛玥将风帽放在一旁，手却没有收回来，一直按在上面，"贤阳的商户要逃了。"

楚乔微微一笑，转过头来，说道："你看出来了。"

"燕北和大夏开战在即，这些老狐狸，就要齐齐躲避到卞唐去了。他们不敢大规模从贤阳出发，只能化整为零，到了安柏才聚集，一同前往唐京。那些车马里，恐怕是他们一生的积蓄了。"

楚乔淡淡地点了点头，轻声说道："是啊，他们想要置身事外了。"

不同于诸葛玥，楚乔心里突然感到一阵慌张，她知道贤阳几大商户的身份，更知道这些年他们是如何发家的，而如今，他们就要逃了。

想起之前看到的那个身影，楚乔心里突然间好像着了一场大火，她很想跳下车跑上去看看。但是转瞬，她只是无奈地摇了摇头，又靠在了摇晃的马车上。

楚乔，你是不是太累了？自从真煌起义开始，这一路行来，你有些坚持不住了，所以才会生出这样不切实际的幻想？

燕洵，他们就要逃了，就在我眼前，我该怎么做，如何去阻止呢？该怎么办呢？

现在已经是盛夏，日头长得很，众人一直走到太阳偏西，才在一处山谷中安营扎寨，生火做饭。

楚乔、诸葛玥两人分到了一个小帐篷，又矮又小，坐起来都会碰头。

和他们一起住在外营的是一些下人，打听之下才知道，这支队伍里不单单有贤阳刘氏，还有王氏、贾氏、欧阳氏等。

经过一日颠簸，楚乔身子越发虚弱。帐篷里空气不好，诸葛玥将她扶出来，靠在一棵矮树桩上歇息，自己则从侍卫手上花钱买了一只刚刚打来的兔子，生火烤肉，不出片刻，鲜美的肉味就飘散在空气之中。

他撕下一块肉，递到楚乔嘴边，楚乔张嘴就想接过，却头上一痛，被诸葛玥一下弹在额头上，男人沉着脸说道："烫嘴！"

"哦。"楚乔会心一笑，鼓起腮帮子轻轻地吹了两下，然后翘着手指接了过来。兔肉入口鲜美，楚乔忍不住竖起大拇指，说道："想不到你还有这一手。"

"在山上这几年学会的，"诸葛玥随意地说道，抽出一把匕首，将兔肉切成小块，一块一块地递给楚乔。

此刻夜幕降临，阳光缓缓地被黑暗吞没，星空璀璨，知了鸣叫，偶尔还有夜归的百灵布谷，山谷中一片静谧，远处大批的侍卫来回忙碌着，充满了平静的温馨。

楚乔坐在一片青色的草丛中深深地呼吸，然后陶醉地微笑，像是一个单纯的孩子，突然感叹道："好怀念啊！"

诸葛玥随意地接口道："怀念什么？"

"怀念这种感觉，"楚乔靠在树桩上，面容平和，还带着微笑，静静地说道，"怀念长草、绿树、旷野扎营，一群人聚在一起生火做饭，饭后就点起篝火坐在一起聊天，喝点小酒，吃打来的野兔，怀念这种不必为明天、不必为生存战斗而担心的日子。"

诸葛玥静静地看着她，说道："你过过这样的日子吗？"

"当然，"楚乔仰起头来，很文静地笑，说道，"好久以前的事了，我和三个好朋友，就是在这样的山谷，吃着这样的烤兔子，不过我们的手艺比你好，调料也比你充足。"

"哼！"诸葛玥不屑地一哼，转过头去。

"小诗跟一个法兰西名厨学过烹饪，手艺一流，烤肉最是在行。"

诸葛玥眉梢一挑，沉声说道："法兰西？是酒楼吗？"

"嗯？"楚乔笑着点头道，"是啊，是酒楼。"

诸葛玥不屑地撇嘴，"听都没听说过，想必也不是什么有名的酒楼。"

远处有巨大的篝火燃了起来，呼啦啦的，一片热闹。

"继续说。"

"嗯？"楚乔一愣。

"继续说，反正闲着也是闲着。"诸葛玥低着头继续切兔子，"说说你的朋友。"

"哦，"楚乔点了点头，不知为何，今晚她的心情有些沉重，也许是因为大同行会长老们的行径有些伤她的心，她必须要想一些别的事情来转移注意力。

百草摇曳，夜幕降临，她语调平静地说道："她们几个的功夫都比我好，"

诸葛玥眉梢一挑，"她们都是女人？"

"是啊，"楚乔斜着眼睛瞥了他一眼，"你瞧不起女人吧。"

诸葛玥没作声，楚乔继续说道："不过那是当年，若是现在比试，估计我应该和她们也差不多了。小黄擅长射击，嗯，就算是弓箭。小诗近身搏击最厉害，曾经一个人打倒十七个身手敏捷的大汉。猫儿身手及不上她们两个，但是若论杀人的技巧，她却是最好的。"

诸葛玥微微挑眉，"那你呢？"

"我？"楚乔呵呵一笑，"我是全才。"

男人不耐烦地瞅了她一眼，"大言不惭。"

楚乔也不生气，转过头来问道："诸葛玥，你可有什么愿望？"

诸葛玥皱眉向她看来，最后冷冷地哼道："希望你马上滚回去，再也不要让我看到你，最好窝在燕北的山沟里，这辈子也别出来了。"

"不可能的，"楚乔一笑，好像两人在说一件很平常的事，"就算你们不打上燕北来，我们也是要打下来的。"

"那就希望燕洵身败名裂，燕北被巴图哈家族吞并，你四处流浪，最后要饭要到我的家门口。"

楚乔瞪了他一眼，"好阴毒的男人。不过这也不可能。"楚乔轻轻一笑，"若是真有这么一天，我可能已经战死了，绝对不可能出来要饭的。"

诸葛玥一愣，顿时就住了口。

"当时我们四个人，也是问了这个问题。"楚乔目光悠远，静静地回忆着那些存在于脑海中的过往，双手托腮，轻声说道，"小诗外表看起来冷冰冰的，实际却是我们这里面最脆弱的一个人，她喜欢收集娃娃，是那种很贵的娃娃，总是会将每个月的开销弄得很紧张。她最大的愿望就是将来脱离组织之后，可以得到一大笔抚慰金，然后嫁一个普普通通的好男人，做一个好妻子。她有一个从小一起长大的朋友，如果没有后来的事情，她也许就如愿了。"楚乔的笑容突然有些悲凉，她轻轻一撇嘴，说道，"小黄人最闹，家里条件好，很有冒险精神，她当时正在筹备爬一座高山，愿望就是在山顶刻下自己的名字。"楚乔顿了顿，继续说道，"猫儿的愿望一直很简单，就是赚钱。"说到这，楚乔突然轻轻一笑，"她最贪钱，胆子还大，什么生意都敢接，对组织也是一直没什么忠诚度，用她的说法，不过是养家糊口罢了。"

诸葛玥轻轻挑眉，"那你呢？"

"我？"楚乔微微一愣，过了很久，才缓缓说道，"我不知道，我当时正在策划一个行动，只是希望行动顺利，早日完成任务。"

诸葛玥哼了一声，声音颇为不屑。

楚乔转过头来，淡笑着说："其实我一直是这样，没什么愿望，做人很教条，也很死板，只希望自己的信仰是正确的，值得我一生拥有这个目标，为之去奋斗和努力。"

"就比如……"楚乔默想了一会儿说道，"你欠了我的，我就要拿回来，我欠了你的，我就会还给你。"

"我倒是更欣赏那个猫儿，"诸葛玥淡淡地说道，"你说的组织是大同行会吧，有机会你可以介绍她给我认识。"

楚乔静静地摇了摇头，苦笑道："我真是奇怪，竟然会和你说这些。"

诸葛玥哼道："又不是我逼你说的。"

这时，远处突然传来一阵小心的脚步声。两人都是何等警觉，同时抬起头来，却见一名不过五六岁的小女孩，穿着一身红色的小褂，梳着两个小辫子，小脸胖乎乎的。她正眼巴巴地瞅着诸葛玥手里的兔肉，咬着手指头。

他们知道，除了几大豪门的主人，这里还有很多这些人家的家奴，而有些家奴还带着自己的家人，这个孩子想必就是这里仆人的孩子了。

诸葛玥眉头一皱，正要说话，楚乔突然招了招手，说道："过来！"

那小孩突然一乐，张开两只小手，摇摇晃晃地就跑了过来。

小姑娘的眼睛好像葡萄一样，又大又亮，楚乔笑眯眯地问："你几岁啦？"

小孩有些紧张地看了诸葛玥一眼，随即怯生生地说道："我六岁。"

"你叫什么？"

似乎觉得这个姐姐十分可亲，小孩放下咬在嘴里的手指头，说道："我叫星星。"

小孩的话音刚落，两人就微微一愣。

诸葛玥不耐烦地看了小孩一眼，沉声说道："回去跟你爹娘说，以后不许叫这个名字！"

小孩一惊，见诸葛玥沉着一张脸，突然瘪了瘪嘴，眨巴眨巴眼睛，似乎就要哭出来了。

"你干吗吓唬小孩子！"楚乔皱起眉来，拉过小孩，小声地和她说话，一会儿的工夫，就把小孩逗笑了。

诸葛玥坐在一边，看着楚乔和小孩嘻嘻哈哈的样子，突然就觉得有些奇怪。他记忆里的楚乔，不该是这个样子的，她冷静、沉默、处变不惊、聪慧狡猾，似乎从来也没有过平常女人该有的情绪。可是这一次重逢，他却在她的身上看到了越来越多的东西，或许，他自嘲地一笑，以前的她，真的一直在演戏吧。她把他当成一个敌人，从未有过分毫的真实，就算现在，也未必就是完全真实的她，不然为什么就连在这样的重伤之下，她仍旧兵器不离身，小心谨慎地防备着呢？

他们之间，从来没有信任可言，或许就如她所说，欠了你的，就必然要还给你。

诸葛玥嘴角冷笑，眼神渐渐阴郁了起来。

可是该死的，不知为何，他却很迷恋现在的这个感觉。

这时，小孩突然走到他身边，很赖皮地拽着他的袖子，指着他手里还剩下大半的兔肉，奶声奶气地问："你还吃吗？"

诸葛玥不耐烦地将手里的东西给她。

小女孩顿时眉开眼笑，对着诸葛玥说道："你真好！"然后就回到楚乔身边，伸着两条胖胖的小腿，一屁股坐在地上，很大方地和楚乔一起分吃那块兔肉。

过了一会儿，有人来叫那孩子的名字，小孩噌一下跳了起来，向那人跑去，一边跑还一边回头跟楚乔和诸葛玥告别，甜美的笑声一直回荡在夜晚的微风中……

就在这一片安宁中，一阵惊慌失措的惨叫声突然传来，好似一声惊雷猛地炸在众人的耳边！那一天晚上，不单单是这片山谷，千里之外的贤阳城也响起了一片震天的厮杀声。

第八章

冷夜温情

一身紫金长袍的俊秀男子斜倚在长榻上,两个柔媚的舞姬依在他的怀里,媚眼如水,身段如蛇,葱白的玉指捏着一颗晶莹剔透的葡萄,送到了男人的嘴里。

"四爷!"

门外的侍卫一身黑色夜行服,脸上有点点鲜红,即便衣衫的颜色看不出什么,但是他一进来,还是带进一股令人作呕的血腥味,男人跪在地上,语调铿锵地道:"事情办妥了。"

大名鼎鼎的贤阳城凤四爷轻轻挑了挑眉,淡淡地说道:"既然办妥了,就都回家睡觉去吧。"

这天晚上,整个贤阳城的势力都遭受了一场巨大的劫难,无数的鲜血涌进了赤水的河渠之中。听着传来的声声惨叫,贤阳城的百姓一夜无眠。贤阳城衙门警卫好像死了一样,刹那间化身为聋哑人,两眼一闭,对着那些拼死杀出重围、跪在贤阳兵马衙门大门前满身鲜血的人视而不见。

结果那些人越闹越凶,衙门不得不通知了一些"地方保护势力"。凤四爷听说竟然有人胆敢去打扰清如明镜的城守大人安睡,立马派出大批手下,将那些人拉回来,打算好好和他们"讲讲道理"。

第二天一早,清晨的阳光刺破了漫长的黑暗,贤阳城的百姓们走出家门,发现一切都没有发生什么改变,街市照样很热闹,隔壁的张三照样挨家收保护费,临街的李四照样带着七八个小妾满街溜达,吴记包子铺前照样聚满了排队买包子的人……

一切都没什么改变,于是老百姓们顿时醒悟:昨晚的事情和他们并无相干,日子,照样要一天一天地过去。

然而,有心人暗暗发现了一些很小的异常。

刘员外的几家粮店都换了新的掌柜,除了几个小厮,连账房先生都不见了。

贾老板的盐仓昨晚好像着火了,就算大火扑灭得及时,可是今天买回来的盐还是有些烟熏的味道。

欧阳商号的钱庄比平时开门的时间晚了一个时辰,而且钱庄的大掌柜也不在了,听说,是昨晚发了急病……

正午时分,凤四爷接到了手下递上来的消息,看了一会儿之后,他走到书案旁,斟酌了许久,才写下了几句话。

密封之后，交给了最信任的下属，年轻的风四爷露出一丝少见的凝重神色，"交到主人手里，不能有半点差错。"

东风吹絮，花红柳绿，又是一年好时节。

此时此刻，寂静的山谷里，也飘起了袅袅炊烟，大规模的杀戮之后，营地显然缩小了很多，只剩下不到七百人，其余的，都已经在一夜的屠杀之中失去了生命。

诸葛玥端来一碗白粥，走到楚乔身边，他的面色仍旧很难看，但是已经冷静下来。帐篷很小，他根本站不直，只能蹲下身子，扶起楚乔来，低声说道："吃点吧。"

楚乔面容惨白，显然身子越发虚弱，但她还是沉声问道："外面的情况怎么样？"

"还能怎么样？"诸葛玥不屑地淡淡道，"该死的人都死了，不该死的也陪着死了，刘氏不费吹灰之力，就独占了这些富家的财产，很俗的戏码。"

楚乔微微皱起眉来，缓缓说道："这么说，刘熙霸占了其他几个富商的财产？他就不怕那些人的本家来报复吗？"

诸葛玥摇头道："这些富商的本家，也许已经不在人世了。"

"你是说……"

"对，"诸葛玥点了点头，沉声说道，"如果是我，要做，就必定要保证一劳永逸。欧阳氏、贾氏、王氏的财产虽然比不上刘氏，但是一旦联合起来，绝对不是刘氏一家能够抗衡的。他刘熙既然决定吞没这些财物，将这几家的人一网打尽，那么贤阳城昨晚，就必定不会安宁。"

楚乔皱起眉来，"难道刘明骏就同意刘熙这样做吗？如此一来，他们在贤阳城的基业就彻底毁了。"

"你还以为这件事是刘明骏指使的？"诸葛玥轻笑，"星儿，你脑子好、身手强、反应也够快，只是你不了解人心。刘熙反了，如果我没猜错，昨天晚上第一个去见阎王的，就是刘明骏。"

"刘熙反了？"楚乔微微一愣，努力在脑海中回想当初在贤阳城见过的那个年轻人，笑起来有一口白牙，习得一手精湛的马术，当时刘明骏跟她介绍自己这个侄子的时候哈哈大笑，得意地拍着那个年轻人的肩膀，很是自豪地说这是他的半个儿子……

"刘熙为什么要反呢？也许，他是不甘心做一个富家翁，想要迈进仕途。但是大夏政权排外，世家占据主导地位，他在朝中毫无根基，想要爬起，三五十年也未必能做到，所以他就孤注一掷，聚整个贤阳富商的财富，作为踏板，想要走进卞唐上层。有了这么大的一笔财富，此次卞唐之行，再也无人能小瞧刘熙了。"

诸葛玥一点一点地分析着，可是这些话听在楚乔耳里，却越发刺耳，她的想法并不如诸葛玥这般简单，因为她知道死去的这些人的身份。这时她最担心的，就是这个刘熙是大夏的人，铲除了大同行会在贤阳的根基，占据了大同行会经营多年的财富，至于他们为什么要去卞唐，她就猜不出来了。

诸葛玥也算是一个极为聪明的人，因为此时此刻，经过卞唐探子营迅速传递回来的消息，卞唐的官员们也总结出这么一个几乎相同的结论。

刘熙铲除了其他几方势力，合为一处，如今前往卞唐，是投诚谋官来了。

然而，他们并不知道的是，早在几天之前，那个被众人深深忌惮的刘熙，就已经被装进麻袋，绑上石头，沉到赤水江中了。

对于这个乱局，有人匆忙退避，有人懵懂无知，有人冷眼旁观，有人掌控一切。懵懂的，以为是强盗抢劫，仇家追杀；聪明的如诸葛玥、李策之流，则能抽丝剥茧，努力洞察这其中的缘由；而唯有真正掌控这一切的人，方能理清这层层叠叠、方方面面的关系，按下这最终的谜底，一直等到真相大白于天下的那一天。

山谷的大帐之中，一身白袍的男子坐在暖榻上，门外站着一众直如标枪的侍卫。

一名二十多岁的年轻人穿着一身皮铠，进来之后跪在地上，语调铿锵地说道："世子殿下。"

燕洵身上披着一件纯白的大氅，身下是用炭火温着的暖榻，额头已经微微沁出细汗，可是面色仍旧有些苍白。他坐在那里，听到来人禀报，连眼睛都没睁，只"嗯"了一声，表示自己在听。

"财物已经清点完毕，其他各家的主子、下人也已经处理干净了，属下派人在后山挖了一个坑，已经掩埋了。"

燕洵仍旧没有说话，好像已经睡着了，年轻人微微舔了舔嘴唇，继续说道："只是，只是欧阳家的小公子，现在还没找到。"

燕洵微微皱眉，却仍旧没有睁眼，只是淡淡地说道："那就去找。"

"是，是！"

年轻侍卫连忙说道："那孩子才四岁，这外面崇山峻岭，全是林子，谅他也跑不远。"

"站住。"

低沉的声音突然响起，年轻人被吓了一跳，连忙答应。

燕洵终于睁开双眼，眼神漆黑且睿智，语气很平静，"你知不知道大夏为什么会落到今天这个地步？"

那人顿时就愣住了，张了两下嘴却什么也没说出来。

"就是因为当初他们杀我满门的时候，没有果断地将我斩草除根，你明白了吗？"

年轻人顿时慌乱地说道："属下明白了，明白了。"

"好了，那就做事去吧。"燕洵轻轻地挥了挥手。

那人连忙小心地站起身来，正想退出去，燕洵又淡淡地说道："办完事之后记得去领军法，看来需要一个深刻的印象才能让你记住我现在的身份。"

"是，属下记住了，少东家。"

大帐内越发安静，年轻的燕洵靠在软榻里，厚厚的裘毛几乎将他整个人都陷在里面。他缓缓地皱起眉来，有些厌烦地说道："该死的南蛮子……"

第二天，整个营地都没有要离开的打算，诸葛玥出门看了一圈，除了刘氏的下人，基本其他各家的随从都不见了。他心里有些着急，可是目前楚乔这个状况，他不能在这时候莽撞地带着她离开。

他到马车旁拿了点干粮，回来的时候又看到了那个叫星星的小女孩，那孩子躲在一个小帐篷旁边，怯生生地露出一个小脑袋，脸蛋黑乎乎的，正在悄悄地打量着他，还左右观望着，似乎正在寻找和气的楚乔。

见诸葛玥看到她，小孩儿很讨好地眯起眼睛，傻乎乎地冲着他笑。

诸葛玥顿时沉了脸，也不看小孩，转身就往帐篷走去。

刚走了没两步，就听后面有窸窸窣窣的脚步声，他回过头去，见那孩子还在后面挪着小步小心地跟着。

干什么？还想要肉吃？诸葛玥皱着眉头沉声说道："再跟着，就打断你的腿！"

"哇！"一阵惊人的大哭声突然传来，反而吓了诸葛玥一跳。只见那孩子咧着嘴大哭，一边哭还一边向相反的方向跑去，而营地上的其他下人纷纷以怪异的目光看着诸葛玥，那些眼神似乎在说：瞧瞧，人模狗样的，竟跟一个孩子来劲。

诸葛玥顿时有些郁闷，他其实不过是想吓唬吓唬她。

回到帐篷里的时候，楚乔还在睡，她这阵子似乎特别能睡，即便是说话的时候，也会迷迷糊糊地睡过去。

诸葛玥开始有些担心，可是见她不睡觉的时候，已经能勉强走路了，就又放下几分心来。

最起码，经过这一段患难的经历，让她已经有些相信自己了。比如现在，自己就坐在她的身边，她也不会突然跳起来拿着匕首抵着自己的脖子了。

天色渐渐暗下来，诸葛玥叹了口气，心下十分郁闷。

虎落平阳被犬欺，现在这个时候，自己竟然连这么个破营地都走不出去。

"嗯……"一声慵懒的轻哼幽幽响起，楚乔缓缓睁开眼睛，突然见诸葛玥就坐在自己身边，不由得有些尴尬。她不自觉地捋了一下头发，声音里还带着浓浓的鼻音，有些不自然地问道："什么时辰了？哦，我竟然睡了这么久。"

诸葛玥没有说话，而是递过去一个水囊。

楚乔接过水囊，刚喝了一口，却见诸葛玥还看着她，一时不小心，竟然呛了一口，"咳咳……"

"笨死了。"诸葛玥翻了个白眼，手却轻轻地拍着她的背。

咳嗽了半天，反而精神了，楚乔狠狠地瞪了诸葛玥一眼，然后一把抢过水囊，大口地喝了两口水，随即大大咧咧地说道："我饿了。"

其实刚刚诸葛玥出去，就是去拿吃的了，可是这会儿见她态度不好，反而不想给她了，冷冷地轻哼道："我是你的奴才吗？"

"奴才？"楚乔斜斜地打量了他一眼，"就你，会干什么？你这样的卖到奴隶市场，估计连一金都不值。"

诸葛玥斜斜地瞪着她，随即轻哼道："你值钱？"

"反正比你值钱。"

两人正在进行每日的必修节目——斗嘴，突然听到外面有脚步声传来，两人一愣，诸葛玥顿时站起身来，抽出一把匕首拿在手里。

刚想出门，突然只听砰的一声，两个小小的身影顿时扑了进来，险些一把将帐篷的帘子拽下来！

楚乔和诸葛玥顿时愣了，互望一眼，随即还是楚乔先开口，轻声问道："小家伙，你要干什么？"

小星星脸蛋漆黑，眼睛红红的，手里还拉着一个比她更小的小孩，听到楚乔的声音，小女孩顿时一瘪嘴，泪珠子噼里啪啦掉了下来，而且越掉越多。

　　诸葛玥面色极为难看，不耐烦地看着这两个像在煤堆里滚过的孩子，沉声说道："谁让你们进来的？快出去。"

　　"呜呜……"那个看起来只有四五岁的小孩突然抬起头来，小脸黑乎乎的，一双眼睛又大又圆，黑白分明，可怜巴巴地瞅着诸葛玥，嘴唇颤抖着，哭声好像小兽一样，胖乎乎的小手在地上爬着，向诸葛玥而来。

　　诸葛玥上阵杀敌，运筹帷幄，这么多年来何曾有过惧怕，可是这一刻，他突然有些慌了，手指着那小不点大声说道："你，你站住，别过来，我命令你，马上出去！"

　　"哇！"惊天地泣鬼神的大哭声顿时响起，那小孩一个恶狗扑食，一把抱住了诸葛玥的大腿，眼泪鼻涕全蹭在了诸葛玥的衣服上，"爹爹！"

　　霎时间，诸葛玥的一张俊脸好像充血一般，火红火红的，他的神色一时间几乎可以用"惊慌失措"四个字来表达，和同样目瞪口呆的楚乔对视一眼，诸葛玥连忙说道："谁是你爹？放手！不然我揍你！"

　　"爹爹！"小不点还没诸葛玥的大腿高，人虽小，力气却挺大，手脚并用地死命抱着他，整个人挂在他的腿上，边哭边喊着，"爹爹，爹爹。"

　　这么小的小孩，估计踢一脚就能死掉。诸葛玥打又不敢打，推又推不开，最后竟然转过头来，很委屈地对楚乔说："我真不是他爹。"

　　他自己也不知道为什么要跟楚乔解释，只是看着楚乔那略显惊讶，并有些幸灾乐祸的眼神，他就火大。

　　楚乔笑归笑，心里也觉得这事有些蹊跷，眼看从那小不点身上问不出什么，她转头看向小星星，问道："星星，他是谁？这是怎么回事？"

　　星星还没回答，那哭得迷迷糊糊的小孩突然转过头来，好像这时候才发现屋子里有一个楚乔。小孩小嘴一瘪，很是委屈地对着楚乔伸出手来，抽抽搭搭地叫道："娘亲……"

　　"你是欧阳家的孩子？"狭小的帐篷里，四个人围在一起正襟危坐，诸葛玥上下打量了一下孩子身上那华贵的丝绸衣服，沉声说道。

　　那孩子似乎被吓坏了，好像一只惊慌的小兔子。他缩着脑袋，怯生生地拿眼梢偷偷看着诸葛玥，然后伸出一只小手，就要去拉诸葛玥的衣袖，可怜巴巴地小声叫道："爹爹……"

　　"我不是你爹！"

　　啪的一声，小孩的手一下被打了下去，那孩子嘴一瘪，好像又要哭出来的样子，却强忍着不敢哭。

　　楚乔皱着眉，转头向另一个小孩看去，严肃地说道："星星，是你把他带来的？"

　　小星星年纪不大，却很是机灵，闻言偷偷地看了楚乔一眼，然后低着头，一声不吭。

　　"你若是不说，我现在就把你们两个都赶出去。"

　　星星连忙抬起头来，眨巴着大眼睛，奶声奶气地问道："那我要是说了，你能只把我一个人赶出去吗？"

　　此话一出，楚乔顿时一愣，眉头也松了几分，然后问道："星星，你不知道带着他会有麻烦吗？"

"我……我知道。"小女孩噘着嘴，皱着小眉头，很是无奈地说，"我不能带他回自己家的帐篷，爹爹会告诉林管家的。"

"所以，你就把他带到我这里来了？"

小女孩垂头丧气地一点头，"嗯。"

"你们认识吗？"

"我们是好朋友！"小星星仰着脑袋，一张鬼画符似的小脸很是严肃，然后，她挺起小胸脯，宣誓一样义正词严地说道，"我们一路上都在一起玩！"

"爹爹……"旁边的小孩又试图去拉诸葛玥的衣袖，瘪着嘴委屈地说，"墨儿好饿。"

被诸葛玥瞪了一眼之后，小孩又转过头来求助般看向小星星，只是那眼神里，大多是饿了的难受和被欺负的茫然，哪里有对"朋友"这两个字一丝一毫的认识。

"再等会儿啊！"星星拍了拍小孩的肩膀，眼神很是明澈。

诸葛玥和楚乔突然有些愣住了，这个奴仆家的小女孩，只是因为在路上跟人家一起玩耍，就敢冒这么大的风险想办法救人。"朋友"这两个字从她的嘴里说出来，竟然是那么坚定，坚定到让她对面的两个大人都肃然起敬，说不出一句反驳的话语。

这样的义无反顾，在成人的世界中，也许早就绝种了。

楚乔面容柔和了下来，沉声问道："你是在哪里找到他的？这一天你们藏在哪里？"

见楚乔面色缓和，小星星胆子也大了许多，很是得意地说道："昨晚来了那么多大兵，我害怕，就躲到了后面的草甸子里。然后就看到了一位大叔，那位大叔我认识，是墨儿家里的，他后背上有一只大鸟，以前我见过。我看他身上全是血，趴在草甸子里，怀里抱着墨儿。他已经没气了，还是使劲地抱着墨儿不放手，墨儿被吓得想哭又不敢哭，脸都白了，我就把他拽了出来。等大兵走了，我就带他回家了。"

"回家？"楚乔眉梢一挑。

"嗯，可是娘亲不让我们进屋，爹爹一看到墨儿，就慌张地要去上报。我知道，若是让那些大兵知道了，墨儿就会像大叔那样被杀死，所以我拉着他就跑掉了，今天一整天都在后面的草甸子里藏着。"

墨儿坐在地上，脑袋耷拉着，噘着嘴，一副无精打采的样子，似乎丝毫不知道另外三个人此时谈论的是他。这个小孩太累了，他东躲西藏了那么久，之前又被人一直追杀，又饿又渴，此时眼前的这位爹爹还很凶。他也没兴趣听这些人说话，迷迷糊糊间就快睡着了。

"那你为什么要把他带到我们这里来呢？"

"我……我……"小星星皱着眉，鼓了半天勇气，才小声说道，"姐姐很和气，这位……这位大叔还很凶很厉害……"

"大叔？"诸葛玥顿时瞪眼，一巴掌拍在小星星的小脑袋上，"小家伙，不要乱叫！"

昨晚王氏、贾氏、欧阳氏等几家全部丧命，只有这个小公子侥幸逃生，想来，定是欧阳家的下人护着他拼死出逃，然而还没出营地就死在路上，偏巧被这个小丫头发现，给藏了起来。刘氏的人以为这孩子被人救走了，都向外追击，竟没想到他就大大方方地躲在外营里。星星的父母知道那小孩是被自己女儿救下的，也不敢上报。

楚乔叹了口气，说道："星星，你知不知道你这样做是很危险的？"

"知道啊，"小女孩小脸很郁闷，以她的脑子可能还想不明白，为什么一夜之间自己的有钱朋友就沦落到了这个地步，她挠着头说道，"可是那能怎么办呢？"

是啊，能怎么办呢？难道要她出卖朋友吗？

"所以你就带着他来找我们，还教他叫我们'爹娘'，好博取同情心是吗？"

小女孩的脑袋垂得越发低了，似乎也知道自己的所为不太光彩。楚乔长吁一口气，伸手将小星星揽到怀里，叹息道："真是个好孩子。"

这时，只听砰的一声，那小孩脑袋一歪，竟然就这样睡了过去，整个人倒在诸葛玥的怀里，脑袋枕着他的腿，嘴边还不断地流着口水，小肚子一起一伏，轻微地打着鼾。

"起来！谁让你在这里睡的？起来你……"

小孩很委屈地睁开眼，就又看到诸葛玥喷火的脸，他憋憋屈屈地揉了揉眼睛，小声说道："饿死了……"

就在这时，外面突然响起一阵嘈杂的脚步声，两个小孩顿时好似惊弓之鸟，整个人都蹦了起来。小星星好像老母鸡一样，一把就抱住了浑身上下瑟瑟发抖的墨儿，左右看了一圈，实在没有什么可以躲藏的地方，最后竟然一起跑到楚乔的后面，拽着她的衣服就蹲了下去。

即便他们只是拽着自己的衣服，但是楚乔还是能够感觉到他们的惊慌和害怕，脚步声经过帐篷，却并没有停下来，而是径直向里走去，显然不是来找他们的。

"姐姐，我要回去了。"星星怯生生地说，"我怕我爹会乱说话，我要回去看看。"

楚乔看了看星星，又低头看了看那个眼巴巴瞅着她的欧阳家小公子，她突然就做了一个决定，然后低头对那小孩说道："想吃东西，就去求求他。"

那小孩一愣，然后害怕地向诸葛玥望去，见诸葛玥目光不善，脸上害怕的神色更甚。他畏畏缩缩地上前两步，砰的一声就跪在地上哭了起来，语不成句，也听不清他在说什么，只能听见一声又一声的磕头声回荡在帐篷里。小孩傻乎乎地磕着头，声音渐渐清晰，一边哭一边叫道："求求你了，求求你了……"

即便是一个四岁的孩子，大概也知道自己面临着什么样的处境吧。家破人亡，被人追杀，即便他还只有那么小，恐怕也知道自己的未来不妙了吧。

开始的时候，诸葛玥尚能皱紧眉头，不理不睬，可是很快，他的表情就松动了，他几乎是粗鲁地将那小孩从地上一把拉起，继而愤怒地望着他。

小孩被他吓坏了，瘪着嘴叫道："爹爹……"

"不许再叫爹爹！"诸葛玥怒声喝道。

谁知刚说完，就见那孩子一副又要哭出声的样子，诸葛玥顿时叹了口气，无奈地说道："不叫这个，就……就让你留下来。"

星星机灵，顿时大喜，连忙上前说道："墨儿，叫叔叔，叫叔叔你就可以留在这里了！"

"叔……叔叔……"小孩似乎也不知道叔叔是个什么概念，照着做了，见诸葛玥的面色微微缓和，突然大叫一声一下冲上前去，一把抱住了诸葛玥的脖子，大哭道，"叔叔，大人……杀了……爹爹娘亲……放火……杀墨儿……血……呜……死人……"

只这么一个称呼，他就把诸葛玥当作亲人了，大哭着跟他告状。那声音里，听不出有什么刻骨的仇恨，也许他还不懂得什么叫仇恨，他只是单纯地害怕、伤心，并且不喜欢、讨厌，只是，这些此刻看起来还十分淡然的情绪，必定会在未来的岁月里，改变、生根、发芽，长成一棵枝繁叶茂的大树，上面开满的，都是复仇的种子。

就好像如今的燕洵一样。

而他现在记得的仇人，只是一些大人而已，不知道身份、背景、地位，乃至姓氏、名字。他只知道，杀他父母亲人的人不是小孩，而是一群大人。而现在，这些大人正在追杀他，不许他吃饭、睡觉、回家。

这一次，诸葛玥没有推开孩子，孩子小小的身体哭得都在发抖，使劲地抱着他的脖子，好像是亲人一样。

星星红着眼睛，然后说道："姐姐，我走了，我明天再来。"

孩子刚要走，楚乔突然一把拉住她，回头拿了一把小小的匕首，交到她的手中，很认真地说道："星星，小心点，若是有事，就来找姐姐。"

孩子顿时绽放出一个大大的笑脸，她跟墨儿招了招手，然后又小心地看了诸葛玥一眼，随即就走了出去。

外面的风很冷，楚乔站起身来，挡在门口，只见孩子走了好远，还不忘回头对着她招手。黑暗中，她看不到她的脸，只能感觉到她好像在对自己说话，可是风那么大，她根本听不清她在说什么。

一切都像是一个轮回，她看着这个远去的孩子，似乎就看到了自己。有些东西在心底崩塌，旷野上的风呼呼地吹着，她突然感到很冷。

"觉得熟悉吗？"淡淡的声音在身后响起，楚乔回过头去，只见那孩子还窝在诸葛玥的怀里，小肩膀不住地颤抖，似乎仍旧在哭。诸葛玥看着她，岁月在他们的目光中飞速地回溯，一切似乎又回到了起点。那时候的他们，也曾是这般幼小，却又似乎，承受了更多的东西。

楚乔轻轻一笑，"真是个坚强的好孩子。"

呼的一声，风平地而起，卷起昏黄的尘土。旷野里那么安静，天上没有夜行的飞鸟，只有一朵从远处飘来的乌云。

"叔叔，我饿。"孩子哭累了，黑乎乎的小脸被眼泪刷出一条条的白亮，很是滑稽。他毫不客气地出言打破这里的平静，咬着手指，理所应当地跟他刚刚认下的亲人抗议，"墨儿饿死了。"

好吧，暂时抛却那些伤春悲秋的感慨和往昔，诸葛玥头大地看着这个还没自己腿高的小不点，皱着眉头说道："饿了，你想吃什么？"

"嗯……"孩子皱着眉，努力地思索，然后问道，"有鲍鱼羹吗？"

诸葛玥皱眉道："没有！"

这都没有？小孩继续问道："有黄金烤乳鸽吗？"

诸葛玥的脸色有些不好看了，沉声说道："没有。"

"有清蒸鲨鱼翅吗？"

"没有……"

"这都没有啊，"孩子不满意地皱着眉，狐疑地看着这个自己刚刚认下的亲人，有些郁闷地怀疑着对方的经济能力，"那……那总该有黄金烧乳猪吧，叔叔，墨儿不吃素的……"

诸葛玥脸都要黑了，小孩也是会看眼色的，于是他马上叹了口气，勉强道："那……

那……那吃点卤肉也行，只是……只是要鹿肉，我不喜欢吃卤猪肉，牛肉也勉强。"

诸葛玥顿时大怒，一把抓起小孩怒气冲冲地说道："小崽子！你耍我呢吧？"

"呜……"孩子说哭就哭，一边哭一边委屈地说道，"好啦，猪肉也行，叔叔，你好穷啊！"

这可能是世上第一个，当着诸葛玥的面说他穷的人。

楚乔看着他们，心情突然就好了起来，她放下帘子，笑着弯腰走进去，端起一旁的白粥说道："你一天没吃东西了，先喝点粥吧。"

小孩委委屈屈地捧起碗，然后伸出小舌头轻轻舔了舔，好像那粥里有毒一样。

可是他喝了一口，突然一愣，随即端起碗大口大口地吃了起来。

"姐姐，这粥真好喝！"孩子笑眯眯的，很是开心。

楚乔叹了口气，什么好喝，这粥是诸葛玥煮的，怎么会好喝，只是他饿了而已。

"喂！小子，别叫她姐姐。"诸葛玥在一旁黑着脸，沉声说道。

"嗯？"孩子瞅了他一眼，然后没搭理他，继续喝粥。

"姐姐，真好喝。"

"我说了让你别叫她姐姐。"

孩子皱了皱眉，对打扰他吃饭的男人有些反感，皱眉说道："那叫什么？叫娘亲吗？"

"什么娘亲？"诸葛玥有些生气，跟一个四岁多的小屁孩犯着别扭，"让你别叫就别叫！"

"那叫什么？"

"叫……叫星儿……"

"星星？"

"是星儿……"

"不行，"孩子果断地摇头，很有性格地说道，"墨儿记不住，会弄混。"

"你个臭小子！"

这个孩子真的很聪明，他们都在怀疑，自己是不是被耍了……

出门在外，情况不妙，很多事情，都不得不随机应变。

就比如晚上的时候，在地上铺好毯子，楚乔躺一边，诸葛玥躺另外一边，而那个小不点正好躺在中间。那小孩躺下之后很是满意地笑了笑，然后说道："爹爹说晚上和娘亲有事要办，已经很久不让墨儿和他们一起睡了。真好，叔叔和姐姐不办事。"

"咳咳咳咳！"诸葛玥正在喝水，顿时被呛了一口，大声地咳嗽了起来。

楚乔也闹了个大红脸，在小孩的脑袋上不轻不重地打了一下，说道："那么多话，赶快睡觉。"

孩子知道她没生气，仰着头嘿嘿一笑，几下钻进被子里，开心地闭上了眼睛。

夜里风很大，吹得帐篷呼呼作响。

突然，一丝冷风从外面吹了进来，楚乔并没有睡，身边突然冒出一个被追杀的小不点，有很多事情都需要谋划。

感觉孩子身上的毯子被他踢了下来，楚乔伸出手来，就想为孩子拉拉被子。

可是手刚伸出去，就碰到一只修长的手。刹那间，好像是触电一般，楚乔一下缩回了手，指尖冰冷，脸孔却红了起来。

诸葛玥似乎也愣住了，他绕过箱子为孩子盖好被子，帐篷里的空气有些怪异，没有人说话，只能听见略显低沉的呼吸，在帐篷里低低地响起，偶尔，还有小孩吧嗒嘴的声音。
　　"还没睡吗？"诸葛玥的声音有些低沉，却很清醒，显然也是一直没有睡。
　　"嗯，"楚乔点头，轻声说道，"有点担心。"
　　风又大了，呼呼的声响好像野兽的叫声一样，楚乔担心明天或许要下雨了。
　　"睡吧。"诸葛玥缓缓地说道，然后翻了个身，再不说话，楚乔还以为他已经睡了。过了一会儿，他低沉的声音却再次响起，醇厚温和，却十分坚定，让人心安，"有我呢。"
　　外面的风那么大，可是骤然间，狭窄的帐篷里却那么暖和。
　　只要有帐篷在，再大的风，也吹不进来吧。

第九章

血色秋风

这天晚上的后半夜，一骑快马迅速奔来，直接冲进了营地，带来了风四爷在贤阳的消息。

那个时候燕洵正在睡觉，却总也睡不安稳，探马还没进营，他就猛地从睡梦中惊醒。额头冷汗涔涔，他竟然梦到了欧阳家的那个孩子。这一路上，他曾经多次看到那个胖乎乎的小孩，笑眯眯的，有几次还好奇地想要接近他。

可是在梦里，他却看到那个孩子手拿着刀子，满身鲜血地看着他，然后，那孩子猛地举起刀子，却没有插在他的身上，而是一下死死地刺进坐在他身边的楚乔的心窝里。那孩子满脸鲜血，用阴郁的眼神望着他，笑容好像地狱里爬上来的恶鬼，狠狠地叫道："我会毁了你，毁了你的一切！"

"阿楚！"燕洵满头大汗，一身白色长衫已经汗湿。他的呼吸那么急促，脑海中不断地回想之前的那个噩梦。

"斩草除根，斩草除根……"燕洵好似梦魇了一般，不断地嘟囔着，然后突然，他抬起头来大声叫道，"来人啊！"

"少东家！"

"马上找到那个欧阳家的孩子，不惜任何代价，我要在天亮之前看到他的尸首！"

下人微微愣了一下，但是转瞬，声音便如冰雪般清冷，"属下遵命！"

"少东家！"这时，另外一名随从跑了进来，跪在地上，沉声说道，"风四爷的信使到了。"

"风眠？"燕洵缓缓皱起眉来，沉声说道，"也该到了。"

他大步走下床来，一把披起长袍，面色一变，又成了那个冷静睿智的燕北之王。他沉声说道："走，去看看他从贤阳给我们带来了什么喜讯。"

天还没亮的时候，外面突然开始下雨，乌云压顶，大风呼号，暴雨滂沱，雷声滚滚。

山谷两旁的树林在暴雨中剧烈地摇晃着，发出唰唰的声响，遍地的黄土淤泥，天地间一片白亮。

楚乔眉头一皱，顿时睁开眼睛，一只手一把捂住了她的嘴，她顿时抬起头来，就见诸葛玥面色阴沉地半跪在地上，手握着长剑，侧耳向外，似乎正在仔细听着什么。

在暴雨的掩饰之中，有沉闷的蹄声响起，大片的脚步声沙沙作响，渐渐逼近这座小小的帐篷。

"有人来了。"诸葛玥沉声说道,然后转身站起,迅速整理出一个小包袱,将一些金子和食物包裹好,对楚乔说道,"你怎么样?能走吗?"

楚乔点了点头,"能。"

诸葛玥抽出匕首,几下将被子撕开,也不管孩子还在睡觉,一把将他抱起背在背上,几下便紧紧地绑在身上。

孩子迷迷糊糊地醒过来,伸出小手揉了下眼睛,疑惑地嘟囔:"叔叔,要干什么去啊?"

"小子,抓你的人来了。"诸葛玥面色不变,语气很平静地说道。

"啊?"孩子顿时大惊,紧紧抱住了诸葛玥的脖子。

暴雨呼啸,外面的蹄声如狂风般迅速逼近。孩子趴在诸葛玥的背上轻轻颤抖,却强行忍住不让自己颤抖得那么厉害。

"小子,害怕吗?"

孩子脸都吓白了,可还是咬着牙大声说道:"不害怕!"

诸葛玥冷冷一笑,笑声里有着别样的自负和骄傲,"好小子,你记住,外面那些人还没有让我们害怕的资本。"

黑暗里,有烧了松油的火把被点燃,在风雨中仍不熄灭,有人粗着嗓子大喊道:"把人交出来,饶你们一命!"

黑暗中,男人转过头来,眼睛那么亮,双眉斜飞入鬓,漂亮的脸孔好像是雕塑一般,他看着楚乔,眼神很平静,沉声问道:"你可以吗?"

时光流逝,光影那般急促地在他们之间行走,她仿佛又看到很多年前的那个傍晚,他坐在高高的马上,垂着头,也是这般问她:"你可以吗?"

一路坎坷,满是刀剑,他们拔剑相向,几次针锋相对,险些丧命在对方的锋芒之中。生死杀戮之间,赤红的鲜血却并没有蒙蔽住他们的双眼。千帆过尽,他们仍旧没有痛下那最后一招的杀手,犹豫间,踟蹰间,甚至还会有不甘的痛心和彷徨,无数个深夜轻问自己,结果却仍旧选择在这样的夜晚并肩作战。

不问前路,不问曾经,不问两人的政见和立场。

原因只有一个,不能死,无论你我,都不能死在此处。

楚乔一把抽出一柄短刀,轻轻一笑,"你若是死了,我必会放一百挂鞭炮,庆祝自己再也不用念念不忘地记着要还你人情。"

诸葛玥展颜一笑,笑容划进她的眼底,楚乔还是第一次见到他这样笑,温暖、平静,没有讥讽,也没有冰冷,更没有那么多的苦涩夹杂其中。

"就怕你没有这个放鞭炮的机会。"他目光深沉,好似有什么东西隐藏在下面,那么深,那么深,深得让她不敢去触碰。

他突然张开双臂,轻轻地拥住了楚乔的肩膀,在她耳边轻声道:"跟在我后面。"

楚乔的鼻子有些发酸,她重重地点头,声音闷闷地说:"你小心。"

唰唰几声厉响突然传来,诸葛玥眉头一皱,顿时站起身来。孩子趴在他的背上,见他就这么冒冒失失地站起来,生怕被矮帐篷撞到头,两手一伸,就捂住了脑袋。

可是只听呼啦一声响,剧烈的风陡然吹了进来。楚乔的长发顿时被吹散,如漆黑的蝴蝶一般漫天狂舞。

孩子睁开眼睛，只见偌大的帐篷已经被人用钩子拆掉，三人站在空旷的原野上，前面有三十多匹战马，将他们团团围住，马背上的人穿着褐色的短打武服，无一不是彪悍之辈。

"放下孩子，不要做无谓抵抗。"为首的一名男子手握着一支标枪，冷冷地注视着楚乔三人，好像他们已经是囊中之物。

回应他的却是一道森冷的寒芒，只听瓢泼的大雨中一声锐响登时响起，那人身手也算敏捷，刹那间闪身，他胯下的战马却没有这么好的素质。马儿受惊，猛然立起，锋利的匕首唰的一声就狠狠地插在马脖子上，战马立时嘶声狂鸣，鲜血霎时喷射而出，洒下漫天血雾。

男人一下就从马背上被甩了下来，重重地摔在地上，然而还没等他爬起身来，受惊的马儿就一脚狠狠地踩在他的肚子上。

霎时间，惨烈的悲呼声响彻天地！

他的部下还没来得及将他救出，战马便哀鸣一声，轰隆一下倒在了男人身上。

骨肉碎裂之声在大雨中清晰地响起，众人甚至想象得出马下的男人是何等惨状。然而他们已经没时间去思考这些事了，因为就在刚才这短短的变故之中，对面的男人瞬间好似暴起的豹子，凶悍地冲上前来。

一道剑芒猛然抽出剑鞘，蓦然间发出一声龙吟般的嘶吼！

一个闪电顿时劈裂长空，隆隆的雷声紧随其后，赤红的鲜血洒遍大地。

刀气寒芒瞬间由四方攻至，诸葛玥涌起冲天豪气，不屑地冷哼一声，迈开马步，狂攻而去，气势凌厉，招式威猛。

楚乔原本连走路都困难，可是在眼前这个生死关头，她退缩不得。原本以为是贤阳的商户，料想还有些大同行会的香火情，可是眼下刘熙反叛，杀害其他各家长老亲族，一旦她表露身份，只怕会招来更惨烈的杀戮。她只能孤注一掷，强打精神，冲杀在人群之中。

一阵兵器的交鸣声后，诸葛玥一剑逼退三名护卫，双方却各自染血，对方一死两伤，诸葛玥的胸口也被战刀划开，鲜血长流。

"叔叔！"孩子害怕地大叫，"你流血啦！"

楚乔闻言，一刀逼退一名护卫，飞身而起，一个侧身飞踢，一脚正中一名护卫的胸口，那人踉跄一步，砰的一声坐在地上。

"你怎么样？"楚乔一把扶住诸葛玥。

对方知道他的厉害，是以刚刚的攻击大多招呼在他身上，此刻只见诸葛玥胸口、手臂、小腿已有三处受伤。

诸葛玥呸的一声吐出一口血沫，摇了摇头，眼神阴郁，面色冰冷，本就鲜红的嘴唇越发妖艳，他伸出舌头轻轻地舔了舔嘴唇上的血沫，沉声说道："没事。"

突然，兵器破风声在身后响起，诸葛玥运剑回身，一下狠劈在对方的战刀上。

此时大雨倾盆，天地间一片白亮，睁目如盲。楚乔同时旋身而上，娇小的身子从诸葛玥的腋下穿过，一刀正中对方的心口，刺入，横拉，而后用力一挑！

惊雷滚滚，众人没想到这两个人这样难缠，来的人不多，此刻一照面就已经有十多人死伤，众人顿时大惊。大声呼喊之下，只听远处又有大批人马逼近！

而外营的外侧，更是有大批的侍卫如钢铁般站在黑暗之中，阻挡他们的逃亡之路。

"星儿，逃不出去了。"

楚乔微微挑眉，嘴角竟然还有一丝笑容，静静地笑问："那怎么办？投降吗？"

"哈哈！"诸葛玥大笑出声，游走在四周随时等待冲上前来给他们致命一击的侍卫们一时间惊慌失措，似乎已经被吓破了胆。

"你说呢？"

而后，两人一起转过头去，目光如电般齐齐地望着那座隐藏在黑暗中的巨大营帐！

那里正是位于正中的刘氏中心大营，里面住着的，就是一手策划了这场屠杀的刘氏新一代东家刘熙！

擒贼先擒王，他们的想法总是这样默契一致！

孩子趴在他的背上，初时的害怕已经消失了，他似乎又想起了昨天晚上那场血腥的动乱。父母在眼前死去，平日对自己亲切微笑的亲人们，全化作了一具一具冰冷的尸体。孟叔叔背着自己杀出重围，可是有那么多的利剑砍在他身上，那些鲜血喷射而出，好似滚烫的热油。孩子紧咬着牙，眼睛发红，伸出白嫩嫩的小手指，指着对面的那些人，声音里竟然带着一丝浓浓的恨意。

"叔叔，就是他们！"孩子一字一顿地沉声说道，"就是他们杀了墨儿的爹娘，杀了墨儿的姐姐，就是他们！"

诸葛玥探手入怀，拿出一枚做工精致的小烟花，然后拉开钩锁，一道璀璨的光华瞬间冲上漆黑的夜空，炸开一朵金灿灿的烟火。

围攻的人顿时大惊，还以为他在召唤援兵。

诸葛玥却转头对楚乔说道："就算我们今天死在这里，也必会有人为我们复仇。"

楚乔摇头一笑，"我们不会死在这里。"

诸葛玥一愣，随即大笑，朗声说道："好，那我们就一起杀出去！"

"星儿！夺马！"

两人瞬间转守为攻，连连杀向圈外，探手夺马，利落地翻身而上。

两骑战马同时长嘶，诸葛玥宝剑正插在一人的脖颈间，只见旁边另一人瞅准机会竟向他背后的孩子攻来。诸葛玥冷哼一声，骂道："卑鄙！"另一只手挥起剑鞘，砰的一声就横劈在对方的脑袋之上。

头骨爆裂的声音骤然传来，诸葛玥厉喝一声，一脚踹开一名紧随其后的士兵，高声道："星儿跟上！"

随即一脚狠狠地踢在马股上，战马长嘶，好像一头嗜血的狂虎，瞬间杀出重围。

这些侍卫以血肉之躯搭建而起的包围圈，在他的利剑之下脆弱如一层白纸，诸葛玥策马前行，所到之处一片血雨腥风。长风肆虐地狂舞着，天地间一片玄黄，无处不是震天的嘶吼和喊杀。

"保护大营！"

一阵急促的叫喊声顿时响起，有人惊慌失措地向中心大营奔去。

"保护少东家！"

"他的目标是少东家，干掉他！把他的战马干掉！"

"弓箭手！弓箭手准备！"

到处都是喊杀声，到处都是恐慌的大叫，不知道的还以为这里在被大军伏击。

鲜血狂涌，暴雨如注，楚乔跟在诸葛玥身后，护着他身后的孩子，身姿矫健地挥舞着兵器。大半的攻势都被前面的男人阻挡，此时此刻，她还没有受一丝一毫的伤。这个夜晚似乎格外长，到了此时仍旧没有过去的意思。

狂风在吹着，在嘶吼着，他们一点一点地接近了这座沉默的大帐。夜风呼啸，吹起大帐的帘子，她甚至都能看到帘子里的白色皮毛地毯，黑夜里还有好闻的金翅香，那般奢靡，催人欲睡。

唰！楚乔一刀砍在一名护卫的手臂上，毫无畏惧地向前狂奔。

轰隆！一个惊雷顿时平地炸起，震得众人头皮发麻。烈烈的火把被点燃，松油的味道顿时弥漫全场。

就在这时，伏在诸葛玥背上的孩子突然大叫一声，楚乔抬起头来，顿时如坠冰渊，通体寒冷，一个字也吐不出来，握刀的手越来越紧，越来越紧。

墨儿的嗓子已经哑了，孩子发了疯，拼命地捶打着诸葛玥的背，这个家破人亡的孩子终于失去了孩童的天真，像是一只被逼到了绝境的小兽，睁着一双通红的眼睛，绝望地吼叫。

"星星！星星！"

孩子拼命地大叫，眼泪长流，声音像是被母亲遗弃的小狼，他伸出手来指着那个躺在地上的小女孩，胸膛起伏着，大口大口地喘息着。瓢泼的暴雨拍打着他的脸、他的眼睛、他的身体，一切都是赤红色的，蜿蜒的鲜血在地上汇聚成一个红色的水涡，大雨不断地冲刷，血腥的味道回荡在空气里，充溢在跌宕的冷风之中。

那一刻，楚乔紧紧地握住了手里的刀。天上的闪电一个又一个地炸开，她深深地呼吸着，却还是抑制不住自己身体的颤抖。她脸孔青白，嘴唇毫无血色，眼睛却又黑又亮。她突然想起了那个孩子离去时怯生生的模样，她单纯的笑容里，带着几丝小心的讨好，她说姐姐，我先走了，我明天再来。

我明天再来……我明天再来……我明天再来……

一腔悲愤冲上喉咙，她缓缓地抬起头来，然后跳下马背，扔掉刀鞘，将战刀高高地举在头顶，双手握紧，眼神那般冰冷，死死地注视着那座金黄色的大帐。

"坏人！坏人！"

孩子仍旧在哭喊着，诸葛玥也跳下马背，男人很冷静，拍了拍身后的孩子，沉声说道："小子，省点力气，流泪给仇人看，是懦夫的行为。"

欧阳墨伸出小手，一把抹去脸上的泪水，只是那眼神里，再也看不到一丝一毫属于孩子的单纯和天真了。

小星星的尸体被人随意地扔在大帐前的一条水沟里，身上只有一道致命的刀伤，已经被雨水泡得发白。她的眼睛大睁着，里面却没有恨意，只是那般惊慌、害怕、恐惧。她的身体那么小，还没有穿鞋子，惨白的小脚丫露在小裙子外面，让人看了触目惊心。

而她的手里，竟然还握着一把匕首。

正是临别的时候，楚乔送给她的那一把。

两个中年人躺在她身边，一男一女，想来是星星的父母。

冷风吹来，吹起楚乔身上湖绿色的裙袍，那身华贵的裙子已经湿透，紧紧地贴在她的身上。她仰起头来，深深吸了一口气，然后陡然上前一步，眼神瞬间再无半点犹豫和悲伤，只有一往无前的勇气和执着。

刹那间，雪亮的刀光、可怕的杀气涌遍全场。楚乔整个人瞬间跃起，一道白亮的刀光划破黑暗，猛然劈下，将一切质疑的声音和目光都斩杀在战刀之中。

"啊——"尖锐的嘶叫声打破了雨夜的沉默，受伤的士兵发出野兽一般的惨呼。

楚乔抛去了所有女子的柔弱，这一刻，她是一个战士，是一个冷血无惧的杀人机器。她的刀卡在士兵的胸膛上，脚下发力，她蓦然上前，刀锋死命地抵在士兵身上，向前疾跑。

"围住他们！保护主人！"

混乱中，有人在高声呼喊，所有人的目光都在一瞬间狂热起来，如今他们已成瓮中之鳖，只要将他们斩于刀下，就是大功一件。

可是这种狂热只是一瞬间，下一秒钟，士兵们便惊恐地发现自己的想法是多么可笑，因为就在他们匆忙布防期间，对方已经展开了疯狂的屠杀！

自始至终，他们从未想过逃跑！

一道华丽的刀光划破虚空，冲在前方的两名士兵同时惨叫退后，其中一个甚至被砍断了一只腿，血花横飞，惨叫声起。一名士兵从后面摸上来，想要偷袭，楚乔头也不回，反手一刀，狠狠地刺入那人的心脏。她微微弓着腰，站在大雨中，身形定格，随即猛然抽刀，一道血柱瞬间喷涌而出，全数激洒在她身上。

她眉头都没皱，眼神好似苍鹰般冷然四望，所到之处一片惊恐。她缓缓地站直身子，而后，拖着战刀，缓步上前。

"抓住她！"一名侍卫头子又大声叫道。

诸葛玥冷哼一声，抡起手臂，只听呼的一声破空之响，破月剑的剑鞘顿时呼啸而去，而后，以一个恐怖的姿态狠狠地刺穿了那名护卫的肚子！

"叔叔，杀了他们！"孩子全无一丝惧怕，红着眼睛大声叫道。

残忍的屠杀，让一个稚龄孩童都失去了原本的慈悲和善良，他挥舞着小拳头，大声地吆喝嘶吼着，像是一个久经沙场的战争狂人。

"少东家有令，谁能拿下这三人的人头，赏金千两！"一名内侍从大帐内走了出来，对众人吩咐道。

然而还没待他说完话，楚乔和诸葛玥便瞬间冲上前来，跃进人群之中。霎时间，大堆的人马从四面八方拥来，无数的手脚战刀向他们出手，然后，惨叫声顿时冲天而起，几乎是在一瞬间，无数的嘶吼声响彻天地，破碎的肢体鲜血向周围激射。再也顾不得什么金钱的诱惑，人群向四周飞奔，很多人几乎是连滚带爬地逃了。

一个空白地带，只剩下诸葛玥和楚乔两人并肩而立，他们带着蔑视的眼神望着那黑压压的人群。男人浑身是血，平静地问："还活着吗？"

"死不了。"楚乔眼神冰冷地望着前方的众人，一字一顿地沉声说道，"你来牵制这些人，我进大帐。"

诸葛玥眉头一皱，正想反驳，就见楚乔的身影好似离弦的箭一样激射而出。

又是一轮惨烈的厮杀，诸葛玥低骂了一声，还是几步赶上前去，为她扫出一片短暂的空当。

偌大的大帐里，燕洵皱着眉靠在暖榻上，阿精则持刀站在一旁，听着外面的动静，然后沉声说道："主人，让燕卫出手吧，这两个人功夫很硬。"

燕洵用手轻轻地揉了揉太阳穴，冷淡地道："不必，这些刘氏的爪牙，留在这里也好。"

"可是，"阿精皱眉道，"总不能一个刘氏本族的人都没有，这样我们在卞唐很难行事。"

燕洵摆了摆手，淡淡地说道："再等等。"

此时的楚乔已经冲至大帐门前，挡在她面前的，只剩下五名刘氏一族的贴身侍卫，可是她只是冷冷地看了他们一眼，然后伸出舌头慢慢地舔了一下脸颊上的鲜血，那漫不经心的态度和不将一切放在眼里的狂妄姿态，瞬间将这几人的信心完全摧毁。

然后，她再一次举起刀，毫不容情，是的，她是冷兵器时代最完美的杀人机器。

大帐内一片死寂，只能听到外面不断传来的厮杀声，阿精额头微微冒汗，终于忍不住再一次问道："少东家……"

燕洵眉头紧锁，不知为何，一丝烦闷从心底生出，似乎他遗忘了什么事情，似乎有一个声音在他心底疯狂地叫嚣着，他却听不清那声音说的是什么。外面的厮杀声那般大，让他再一次想起很多不愿想起的记忆。终于，他轻轻挥了挥手，说道："去吧。"

阿精长吁了口气，正要说话，可是就在这时，一个清冷如雪的声音陡然响起，瞬间好似一把破空长剑，划破了这个暗夜的漆黑，在天地间照下一片可怕的锐芒！

"刘熙！你给我滚出来！！"

在逃离真煌城的那一天，站在漆黑空旷的天幕之下，燕洵就对自己说过，他再也不会惧怕任何人，再也不会畏惧任何事，所有阻挡在他面前的势力，都会被他无情地撕毁。他会用他的刀，用他的拳头，用他的力量向全世界宣告：燕北的王回来了，所有曾经加诸他身上的罪恶和屈辱，他都会加倍奉还。

然而这一刻，他却害怕了，他甚至没有穿鞋子，就猛地从暖榻上跳了起来，而后，跟跄上前，不管不顾，像疯子一样冲向门口。

"少东家！"大帐内的侍卫大惊失色，齐齐冲上前去。阿精一把拦住了燕洵，他并没有听清那个声音，只是单纯地以为自己的主人生气了，要冲出去和敌人硬拼。

"主人！不要冲动！那种人犯不上你为之出手！"

兵器交击声响起，楚乔的声音再一次响彻耳际，"刘熙！你滚出来！"

而这一次，就连阿精都愣在了原地。

大风鼓舞，一阵破碎的声音登时传来，大帐的帘子被人一刀划开，一道闪电蓦然闪过天际，在女子的背后炸开，天地间一片白亮，她浴血的身姿一时间竟是那般挺拔。

她站在门口，眉心都是淡淡的不屑，傲然举着战刀，刀锋直指燕洵，冷冷地轻哼道："刘熙，没想到是我吧。"

是啊，没想到，怎么会想到？

大帐内的烛火被外面的风雨一下吹熄，幽幽的光映照在女子惨白的脸上。这一刻，语言已不足以表达燕洵的心情，他像是一根木头一样站在原地，想要开口，却不知道该说些什么，只是紧紧地皱着眉，深深地望着她，一个字也吐不出。

楚乔冷冷地看着他，语气不卑不亢，并无任何情绪上的波动，她以刀锋指着他，"背叛燕北，背叛大同，残杀同宗，你说，你该不该死？"

就在这时，原本隐藏在大帐外的燕卫们齐齐出动，这些经历了无数场战役的士兵，自然不是刘氏的那些亲卫可以比拟的，他们一身黑衣，包裹着头脸，手拿利器从旁边的两个营帐内冲了出来，一下就将诸葛玥和楚乔紧紧地包围。弓弩手已经做好了准备，可是当他们看清那个站在场中的女子的时候，齐齐一惊，愣愣地竟然忘记了出手。

诸葛玥和楚乔自然是看不到这些的，刘氏的护卫们此时已经退下，大营内一片死寂。

"星儿！"诸葛玥奔上前来，持剑护在她身边，另一只手则拦在她身前，生怕她冲动地跑出去和人拼命。

楚乔望着黑暗中的"刘熙"，一字一顿地沉声说道："刘熙，我是代表大同行会来取你性命的，就算今日我杀不了你，他日燕洵也必会为我报仇！背叛者，必遭屠杀，绝无生路！"

轰隆一声，一道闪电划过天空，大帐内的白衣男子突然轻轻一笑，仰头望着外面那瓢泼的大雨、纷乱的人影、漆黑的天幕，笑容里充满了嘲弄和苦涩。

该庆幸吗？她终于安然无恙地站在了自己面前，并且仍旧对自己完全信任。

可是，他又该如何去面对眼前这一个乱局？

老天对他，似乎从来没有厚待啊！

楚乔顿时微微一愣，他这个表情、这个神态，似乎那般熟悉，可是这样一场杀戮下来，她的头脑已经有些僵化，有些东西，她根本不会去想，不会去怀疑。

她只是皱眉望着那个黑暗中的男人，然后拿着刀，缓缓地上前一步。

唰的一声，燕卫们齐齐上前。

就在这时，男子突然伸出手来，对着左右轻轻一挥。

瞬间，所有人大惊失色，因为那个手势，是要放他们走！

"少东家！"刘氏的管家惊慌地上前一步，沉声说道，"怎么可以……"

男人的眼神顿时凌厉如冰雪，冷冷地注视着那名管家，带着愤怒、厌恶，甚至还有疯狂的杀戮。

林管家脊背发冷，连忙遵照他的指示转过头去，对着楚乔两人说道："少东家答应放你们走了。"

楚乔和诸葛玥一愣，眼神中全无惊喜，而是像看怪兽一样，奇怪地望着男人。

林管家不耐烦地骂道："快滚！难道还要我们送你们走吗？"

"星儿，我们走。"

楚乔皱着眉，仍旧不解地望着那片漆黑的大帐，诸葛玥拉住她的胳膊，沉声说道："跟我走！"

之前攻打中心大帐只是战术原因，既然此刻他们答应放自己走，那么不管是什么原因，都没有再犹豫的理由。

诸葛玥和楚乔上了两匹无主的战马，然后诸葛玥回过头来，望着那座漆黑的大帐，沉声说道："刘熙，他日你落在我的手里，我也给你一次活命的机会。"

黑暗里没有半点声音，就在楚乔马上要策马离去的时候，一声叹息突然响起，那么疲惫，那么无奈，好似将全身的力气都吐出了体外。

然后，男人小声说："小心些。"

那声音那么小，那么轻微，可是楚乔还是听到了，她顿时身体一震，而后猛地回过头来，可是，黑压压的士兵们横在中间，根本看不到那人的身影。

冷风吹起了她冰冷潮湿的长发，上面还有着浓浓的鲜血味，那么刺鼻，那么难闻。

"驾！"诸葛玥冷喝一声，策马狂奔而去。

楚乔眉头紧锁，终于还是转过头来，跟在诸葛玥身后，踏着遍地的污水淤泥，向着大营外狂奔而去。

风雨越发大了，到处都是沉重的呼吸，士兵们面面相觑，看着敌人就这么扬长而去，一时间都有些发愣。

"少主！"阿精转过头来，焦急地叫道，"那是姑娘啊！怎么能让姑娘跟着诸葛玥走呢？"

"不然还能怎么办？"燕洵转过头来，苦涩地笑，"难道摘下面具告诉阿楚，一切都是我做的？"

云层漆黑，大雨不断，这漫长冷寂的一夜，也该过去了。

一个山洞里，三人费力地捡了一些干柴，生起火之后，山洞里有了一丝暖意。

三人将外衣脱下来，在旁边烘烤。

这一晚上的厮杀，让他们都已筋疲力尽，就连那个孩子，此刻也静静地抱着膝盖坐在那里，一言不发。

楚乔面色很平静，孩子靠在她的身边，小小的脊背那般瘦弱。她似乎在想什么，又似乎什么也没想，只是那样坐着，头靠在冰冷的石头上。

诸葛玥似乎受不了这样无言的尴尬和沉闷，眉头紧锁，终于站起身来，沉声说了一句："柴火快没了，我再去捡一些回来。"然后就往外走。

"诸葛玥！"楚乔突然受惊一般，大叫一声。

诸葛玥一愣，回过头来奇怪地看着她，说道："怎么了？"

"没……没什么，"楚乔神情有些慌乱，连忙摇头，"没事。"

诸葛玥眉梢轻轻一挑，奇怪地说道："你没事吧？不是没受伤吗？"

楚乔扯出一个虚弱的笑容，说道："我真的没事。"

诸葛玥点了点头说："你在这里等着。"她刚想要走，又回头嘱咐道，"看着小家伙，别……别乱跑。"

"嗯！"楚乔点头笑道，"你去吧。"

诸葛玥转身就往外走，可是刚走出两步，楚乔又出声叫道："等等。"

诸葛玥站住身子，就见楚乔几步跑上前来，将破月剑交到他的手上，然后查看了一下他不算太重的伤势，眼睛明亮地看着他，轻声说道："小心点。"

诸葛玥顿时就愣住了，奇怪地看了楚乔一会儿，随即点了点头，面无表情地走出山洞。

可是刚走出山洞，他的嘴角便露出一丝笑意，好像再也憋不住一样，他孩子气地揉了下鼻子，面部线条渐渐柔和。

诸葛玥已经走了那么远，楚乔还站在原地，神色有些奇怪，像是很累，又好像十分歉疚。

她坐回火堆旁，摸着孩子的头，轻声问道："你叫墨儿是吗？"

孩子点了点头，却没有说话。

"你很难过是吗？"

孩子仍旧没有说话。

楚乔微微叹了口气，轻轻地抱住孩子幼小的身体，轻声说道："我知道，你很难受。"

一滴眼泪突然落下来，打在楚乔的手背上，孩子抽泣着，断断续续地说道："星星……星星……"

楚乔的心里瞬间那么悲伤，每次想起那个有着灿烂笑容的小女孩，就好像有一把刀子在剜着她的心脏。

"墨儿，你恨那些人吗？"

孩子也许还不明白恨这个字的含义，可是他突然就紧紧地握住了小拳头，恶狠狠地说道："墨儿会快快长大，练成和叔叔一样的功夫，然后杀了那些坏人。"

楚乔突然不知道该说什么，她能说什么，说冤冤相报何时了？说武力不能解决一切？她甚至都不敢去看孩子的眼睛。她的手在止不住地颤抖，心里的难过那么深那么深，她只能轻轻地拍着孩子颤抖的背，哽咽地点头，"那你要努力，就算杀不了敌人，也可以保护自己。"

"墨儿一定会杀了他们的！"孩子用力地举起小拳头，而后转过头来，天真地望着楚乔，问道，"姐姐会教墨儿本事吗？"

楚乔苦涩一笑，说道："以后，你要好好跟着那位叔叔，听他的话，做一个好孩子。他会照顾你，也会教你本事。"

孩子眨巴着眼睛，一针见血地问道："那姐姐呢？"

楚乔顿时愣住了，随后深吸一口气，故作轻松地说道："有机会，姐姐会来看墨儿的。"

这孩子既聪明又敏感，顿时一惊，一把紧紧地抓住楚乔的袖子，然后大声问道："你要走了吗？"

楚乔摇了摇头，抱住孩子小小的身体，好似在和他说话，又好像是在对自己说话，语气那么轻，"墨儿，你很不幸，但是你又很幸运。你的父母亲死在别人手上，你的仇家势力很大，你们根本无法对抗，原本你也是要死的，可是有人愿意保住你。你的家虽然不在了，但是以后会有人照顾你、保护你，从这一点上来说，你很幸运。但是这世上有些人，比你更不幸，他的仇比你还深，仇家势力更大，他忍辱负重很多年，没有人愿意帮助他，他只能自己努力，被人欺凌，被人侮辱，所以，他心里的怨气比你还重。"楚乔静静地笑，手抚在孩子的头顶，笑容那么和蔼，甚至有几分慈悲，她轻声说道，"所以，无论将来你做了什么，姐姐都会原谅你的，因为姐姐知道你经历了什么，知道你为什么会变成这个样子。但是在你做错事的时候，姐姐会想办法阻止你的。"

"姐姐，"孩子大声说道，"墨儿不会做错事的，我什么都听姐姐的。"

"好孩子，"楚乔抱住孩子，低低地轻叹，"希望你将来还能记得你今天的话。"

火堆噼啪作响，孩子有些困了，楚乔找到一些干草，让墨儿躺上去。没一会儿，就传来了孩子轻微的鼾声。

楚乔面色沉静，静静地看着孩子的睡脸，一瞬间，她仿佛又回到了很多年前。在那场屠杀之后，在那个破败的漏雨的屋子里，少年苍白的脸孔、紧皱的眉头，还有他们一起压低了声音的低吼："活下去，哪怕像一条狗一样。"

一晃眼，已经这么多年了。

她拿起一根树枝，在地上写了几个字，落笔那般沉重，似乎倾尽了自己的全部心血。

终于，她最后看了一眼这个山洞，看了一眼那个小小的孩子，然后，深吸一口气，头也不回地走出了山洞！

一阵马嘶声顿时响起，随后，马蹄滚滚，大雨滂沱。

诸葛玥很快就回来了，他甚至还打到了一只兔子，笑着走进山洞，刚要说话，却顿时愣住了。

"小子！小子！"诸葛玥急忙将孩子叫醒。

墨儿揉着眼睛，睡眼蒙眬地看着他，说道："叔叔。"

诸葛玥面色发青，急忙说道："星儿呢？她人呢？"

"姐姐？"孩子疑惑地皱起小眉头，指着方才楚乔坐着的方向，说道，"姐姐在那儿啊，啊？姐姐呢？"

诸葛玥一把放开他，几步跑出山洞，果然马已经少了一匹。

"叔叔！这里有字！"

诸葛玥闻声急忙奔回，只见火堆旁边有几行清秀的小字，下笔很深，足见写字的人心情有多复杂。

我走了，不必找我，我不会回去报仇，照顾好墨儿。

在这些字的最下面，还有一行略显凌乱的字迹。

诸葛玥，谢谢你。

谢谢你，谢什么？不杀之恩，还是一路上的相助之情，抑或是照料这个孩子的情意？

诸葛玥突然怒喝一声，一脚踢飞了那好不容易点起来的火堆。墨儿一愣，畏缩地靠在一边，不敢靠上前来。

诸葛玥大步向前，就要跑出山洞。

"叔叔！"孩子生怕他将自己抛下，大叫道，"你去哪儿？"

是啊，他要去哪儿？去追人家吗？他又有什么资格？

诸葛玥突然冷笑，随即一把将手里的东西丢掉，站在空荡荡的山洞之中，仰起头来，呼吸低沉，低声嘲讽，"诸葛玥，你这个蠢货！"

外面大雨滂沱，这场雨，足以让赤水江畔又发一场洪水了。

楚乔策马在冷雨中狂奔，脑海中一片空白，所有的事情都串联了起来，她暗暗地骂，自己竟然会这么蠢，一定要亲眼看到才能明白一切。

她的血液突然那么热，眼神明亮，呼吸急促。

马蹄声声，疯狂地在山野中奔走。

灰蒙蒙的天一片冰冷，不知道奔驰了多久，楚乔才终于又看到了那片低洼的山谷。

浑身的力气似乎瞬间脱离，她愣愣地坐在马背上，看着空荡荡的山谷，血一寸一寸地冷了下来。

她跳下马背，深一脚浅一脚地走在泥水中，果然，在那个地方，又一次看到了星星幼小的尸体。

两个时辰之后，一座新坟被草草地竖起，下面，埋葬了三个无辜的生命。

楚乔站在坟茔前，唰的一声，将刀插在一旁，然后也不顾地上的脏乱，一下跪了下去。

"星星，对不起。"楚乔语调低沉地说道，声音带着几分无力的悲伤，"姐姐不能给你报仇了。"一个头重重地磕在地上，溅起大片的泥水。

她静静地跪着，心中似乎有那么多话想说，可是这时候无论说什么，听起来都会是一个绝妙的讽刺。她的手死死地抓着地面的枯草，眼神坚韧，却有泪水流了出来。她不知道自己是为这孩子的死而伤心落泪，还是为了其他的什么。

"对不起！我做不到！"她声音哽咽，随即猛然站起身来，几下爬上马背，向着唐京的方向快马奔去。

明明应该是下午，天空却那么黑，有漆黑的阴云压在上空，让人几乎喘不过气来。

风吹着树林，发出哗哗的声响，所有的一切都注视着那个渐渐远去的背影，包括，那座小小的新坟。风雨凄楚，落叶纷纷，这潮湿冰冷的天，何时才能放晴？

与此同时，远在百里之外的唐京城门却轰然打开，一辆华丽的马车风驰电掣地狂奔而出。赶车的车夫不过十八九岁，苦着脸对着车里面的人说道："殿下，快不了了，马都要断气了！"

"快点快点！"马车里的人大声催促，然后探出一张妖孽一般的脸孔，一身大红色的锦袍，好像结婚一样，一双丹凤眼微微向上挑着，厉声说道，"这次要是还被抓到，就下令让你那两个姐姐全进宫侍寝。"

少年一听，顿时一惊，立马来了精神，使劲地挥起鞭子，唰的一声抽在马股上。

马儿长嘶一声，立马疯狂地向前飞奔而去。

第十章

卞唐花开

玉屏山顶，泊南湖畔。一场暴雨过后，一池莲花落尽，只剩下黑色的枝条纠结在水面上，不时有飞鸟轻点，荡起阵阵涟漪。湖面上冷风萧瑟，长长的木桥以绳索和木板搭建，虽显粗糙，却取意天然，颇有几分诗韵。

清风徐徐，繁花盛开，湖岸有洁白的花朵装点，湖水中游鱼冒头，轻轻摆尾，好奇地打量着水面上的一切。天幕也是瓦蓝瓦蓝的，早先的大雨已经过去，此刻连云彩都没有一朵，太阳晃得人眼花，虽然已接近黄昏，却还是明晃晃的。

木桥曲径，通往湖心的一处小亭矗立在水阁之上，一身红衣的年轻人独自站在水阁中央，衣袂轻飘，广袖微张，清风徐来，吹起他乌黑的长发和暗红的衣角。红衣上绣着朵朵大红的蔷薇，犹如风中怒放的奇葩。

但见男人玉面如画，鼻梁高挺，眼梢微挑，姿容绝色，一双狭长的眼睛淡淡地扫过亭外的诸人，透着三分优雅、三分高贵、三分冷艳，还有一分实实在在的莫测高深。

"都让开！不然我死给你们看！"一个尖锐并且无比聒噪的声音顿时响起，刹那间完全破坏掉了这样一幅山居幽客的画面。只见红衣男子手握一把厚背重刀，正费力地想要拿起来在自己的脖子上比画，但是无奈那小身板怎么也没这个实力，两只手臂抖了半天，也没能把刀子举起来。

"我说殿下，我们现在是没心情管您的死活了，反正皇上发话了，活要见人，死要见尸，您老人家要是不跟我们回去，我们就要去阎王爷那里报到了。"一名藏青色袍子的年轻侍卫吊儿郎当地靠在亭子外的一根柱子上，苦着一张脸，对里面的男人说道。

红衣男子闻言转过头去，恨恨地说道："好你个陆允溪，枉费我平时对你看重有加，今日你竟敢落井下石，他日等我回京，一定抓了你的姐妹进宫侍寝。"

"唉，殿下。"陆允溪垂头丧气地说道，"早在我倒霉地接了这个任务的时候，我大姐就已经带着三个未出阁的妹妹去念安庵住下了，只要您活着前脚踏进唐京城，她们后脚就削发为尼，剃头的刀子都磨好了。"

"什么？"男人顿时一愣，随即脸上显出愤怒之色，怒声说道，"她们竟然宁愿出家也不愿意陪本王春风一度，简直岂有此理！"话音刚落，男人顿时转过头去，对着一名褐色衣衫的大汉说道，"铁由，你也要和本王为敌吗？"

"殿下，"大个子没精打采地蹲在木桥上，耷拉着脑袋，几乎就要睡着了，含混不清地说道，"我没有姐妹。"

"我知道！"男人恶狠狠地说，"可是你有女儿！"

铁由又叹了口气，瞪着一双没有焦距的眼睛，无奈地说道："殿下，我女儿昨天才刚刚满月，您就算是要威胁我，是不是也太早了点？"说完，铁由无奈地晃了晃脑袋，郁闷地说道，"连囡囡的满月酒都没喝到，这个月就抓您玩了。"

"好啊，一个个都想要造反了！"男人气急败坏地四处踅摸，盯着另一个长相出色玉树临风的年轻男子，沉着脸说道，"孙棣，你也要与我作对吗？"

孙棣邪魅一笑，笑容极为勾人，眨巴着明亮的眼睛对男人道："殿下，虽然我没有姐妹，但是我母亲为我娶了四房小妾，我热情地期待您能将她们都带到宫里去为您侍寝，那将是微臣此生最大的荣幸。"

"殿下，"一个疲惫的声音响起，只见一名十七八岁、浑身上下都是勃起的肌肉块的年轻人一边打着哈欠一边说道，"您造型摆完了吗？要是现在下山，我们还来得及在关城门之前赶回去，这样晚上去玉花楼还能有位子。"

"什么玉花楼？"男人愤怒地说道，"我告诉你们，我这次逃跑的信念很坚决。"

众人无奈地看了他一眼，眼里的嘲讽足以让大夏皇帝羞愧地跑去燕世城的坟前磕头，意思十分明显：您哪一次不坚决了？

可是男人仍旧没有一丝内疚或是不好意思的模样，皱着眉，大义凛然地说道："我是不会屈服在父皇的淫威之下的！"

铁由叹了口气，摆出长者的姿态，好意劝阻道："殿下，人家大夏的公主都进城了，各国的使者也都陆续到了，您这个时候逃跑，大夏皇帝知道的话，鼻子会气歪的。"

"就是，不看僧面看佛面，大不了您娶回来，放着不去看不就行了。"

"对呀，忍一时风平浪静，退一步海阔天空，殿下，别钻牛角尖了。"

"住嘴！"男人大喝一声，一副卫道士的模样仰天悲声道，"我已经有了心仪之人，一定要虚位以待，以候她的到来。"

另外四人不屑地一撇嘴，他有心仪之人？除非大夏自愿对卞唐称臣。

陆允溪抬头看了眼太阳，叹了口气，沉声说道："殿下，时候不早了，咱们还是别浪费时间了。"

着一身夸张红袍的男人谨慎地向后退了一步，"你要干什么？我告诉你，我说到做到，你们不要欺人太甚。"

铁由啪啪两声拍了拍巴掌，从地上站了起来，一边随意懒散地往前走，一边说道："干活干活，干完活早点回家吃饭。"

孙棣拿出了一条长长的绳子，无奈地摇头，"看来也只能如此了。"

"你们干什么？你们别忘了当初是谁收留你们的。小陆子，当初你在赌坊里输钱，是我把你赎出来的，好吧，虽然我承认是我设局骗的你，但是好歹我没真叫人砍掉你一只手啊！

"还有你，孙棣，你忘了你当年被你母亲扫地出门的惨况了？连妓院你都赊账，全城的姑娘都瞧不起你，要不是我，你现在还在怡红楼的地下室里关着呢……这个这个，虽然你被你母亲扫地出门是因为我逼你承认秋桃肚里的孩子是你的，但是你也占了便宜，秋桃那么水灵的一个美人，现在已经是你的填房了……"

一阵凄惨的叫声突然响起，那叫声穿破云霄，方圆二十里内的飞禽野兽全部受惊四处逃窜。卞唐最尊贵的太子李策在玉屏山上发出了惨绝人寰的叫声，他高声痛骂道："一群忘恩负义的浑蛋，枉费我平日对你们推心置腹，竟然在关键时刻拖我下水。你们等着，早晚有一天，我要你们全家的女人集体侍寝！"

几下制伏，五花大绑，就在众人长吁一口气的时候，只听山下一匹骏马突然散步一般沿着山路走了上来。那马儿走着走着，突然发现他们几个，停下脚步，奇怪地看了过来，似乎对他们十分好奇，而主要的是，那马背上，竟然还驮着一个人。

众人顿时一惊，齐齐向那人望去。那是一名女子，虽然一身狼藉，但是仍旧可以看出衣着十分华丽，一身湖绿色长裙，千层裙底，碧花簇拥，既精致又不张扬，一头长发乌黑亮丽，披散在背后，显得有些凌乱，长腿细腰，身材高挑，一看就是一个身材极好的美人坯子。只是这个美人目前的境况似乎不太好，因为她趴在马背上，似乎已经昏睡过去。

"哎？好像是一位正在睡觉的小姐。"某人虽然被绑得严严实实，但还是一眼发现了问题的关键，他立马对旁边的几人使眼色道，"有女人在场，给我留点面子，快点，绳子解开。"

铁由看了他一眼，扬了扬眉，"没门。"

就在这时，一阵山风吹来，一下吹起了女子的长发。李策眼尖，看清楚后顿时一愣，随即张大了嘴，高声喊道："女侠！乔乔！快来救我啊！我是李策啊！"

他的声音很突然，众人都吓了一跳，尤其是那匹马，它在山上游荡了半天，也没见到什么人，这会儿被他一叫，还以为是狼来了，顿时受惊，一下扬起蹄子，尖声长嘶。

瞬间，趴在马背上的少女砰的一声摔在地上，翻了个个，还没躺稳当，那无情无义的马儿已经逃命般绝尘而去！

"啊！"李策一惊，面色顿时大变，连忙叫道，"还愣着干吗？还不去救人？"

卞唐皇室的马车风驰电掣般离开了玉屏山。山上的一片林子里，走出几名中年男人，这几个男人全是樵夫打扮，其中一个对另外一个沉声说道："回去告诉洛王，太子第六次逃婚，为人胡闹疯癫，比传闻中还要荒唐，不足为惧，一切，就按照原计划行事。"

"是！"那人答应一声，立马吹了一声哨子。不一会儿，一匹通体漆黑的战马迅速奔来，樵夫打扮的男人翻身上马，绝尘而去。

此时，山路两侧的树木青翠欲滴，一场大雨之后，可谓万物更新，一派清新气象。

而本欲前往唐京寻找燕洵的楚乔，毒发昏迷之后，也以这样的方式，走进了这整个大陆的商业心脏。

正值酷夏，碧荷正盛，清风送爽，将一湖青莲的香气全部送进了临水的楼阁之中。

两名丫鬟半跪在地上，一边一个打着扇子。楼阁的四角盒栏里，新起的冰散发着消暑的凉气。一面晶莹剔透的珠帘横在凉榻前，一身鹅黄软纱宫装裙的素颜女子软软地倒在上面，青丝散面，睫毛长长，眉心轻蹙着，面色有些苍白，却无损她的娇颜。薄如纱的锦被盖在女子的胸前，上面绣着大朵大朵的蔷薇图纹，绣线是暗白色的，里面有银丝穿插，在夕阳的映照下，有柔柔的光流水一般划过。

女子眉头轻轻一皱，一双修长素白的手缓缓地动了起来，睫毛如蝶翼，忽闪两下，终于幽幽地睁开了秋水般的双眸。这女子不是别人,正是楚乔。霎时间,她觉得一阵恍惚,茫然四顾,不知身在何处。

"呀!您醒啦!"这名丫鬟不过十三四岁,见她醒了十分开心,一下爬起身来就跑出去对着外面的人喊道,"醒啦,醒啦!"

"夫人,您先躺下,等着太医来为您号脉。"说着,另一名丫鬟就要去解床榻上的绳线,似乎想放下那面厚厚的帘子。

身下是青丝凉席,触手生寒,她身上的衣裳却是汗津津的,几缕濡湿的头发黏在鬓侧,楚乔皱着眉头望向丫鬟,"谁是夫人?"

"您啊!"小丫鬟疑惑地说道。

楚乔面色阴沉,仔细地打量着四周,沉声说道:"这是什么地方?你是什么人?我为什么会在这里?"

小丫鬟似乎被吓坏了,嘟嘟囔囔了半天,才喃喃说道:"这里是皇宫啊,奴……奴婢是秋穗,夫人是殿下带回来的。"

"皇宫?"楚乔眉梢一挑,顿时想起之前似乎做了一个梦,梦里那张脸笑得欠揍。

难道是……她一把推开小宫女,跳下凉榻,挥叮叮当当的帘子就向外跑去。

"夫人!夫人,您还没穿鞋子呢!"小丫鬟急得眼泪都快掉下来了,紧赶慢赶地跟在了后面。

夕阳火红,碧水悠悠,楚乔一路赤着脚提着裙摆,奔跑在古朴的回廊之上。只见远远的碧湖之中,荷叶遮天蔽日,一座精致却又透着古朴气息的建筑坐落在水中央,完全以不上漆的方木建成。原木上还有着树木本身的纹路,依稀可见那一圈圈迂回的年轮。水阁八面通风,并无围栏。从水阁中穿行而过,挂在水阁上的那一层层青色的纱帐随风而动,仿若蝴蝶翩翩飞舞。

水阁正中,一名年轻的男子斜倚在一根方木廊柱上,屈着腿坐着,手掌边是一个精致的银质酒壶,也没有杯子,只有几颗刚刚剥开的莲子,好似珍珠一般撒落在地上。他的手上,是一支通体青碧的长箫,他并没有吹,只是来回地在手指间转动着,灵巧翻飞,回旋如舞。湖面上略略起了层雾气,遮住男人的眉眼,只能看见他大红的衣角在轻风中飘动,好似一只只展翅欲飞的蝴蝶。

"夫人!夫人……"十多名着宫装的少女跟在楚乔身后,手拿着鞋子、朱钗、披风等,吴侬软语,声音如棉。

待楚乔靠近了,那男子突然咧开嘴轻笑了起来,他笑起来十分好看,像是一幅上了色的工笔画,眉梢微挑,眼若柳丝。他突然放下长箫,张开双臂,然后笑容满面地说道:"来吧乔乔,给我一个久别重逢后的火热拥抱吧!"

砰的一声,一只拳头猛地打在男人的胸口,霎时间,杀猪般的惨叫声响起。楚乔一把揪住男人的衣领,怒声说道:"李策!你搞什么鬼?"

"啊!保护殿下!"

"有刺客!保护殿下!"

杂乱的尖叫声顿时响起,李策一边咳嗽,一边冲着左右的人挥手,"没事没事,不用惊慌,都退下去吧!"

等到周围的人狐疑地散去，李策才苦着一张脸看着眼前的少女，可怜巴巴地说道："我说乔乔，你能不能不要每次都用这样的方式来表达你对我的感情好吗？很疼的。"

"你有什么企图？为什么要抓我回来？"

李策无奈地叹了口气，眨巴着眼睛，"乔乔，你就用这样的态度来面对你的救命恩人吗？"

楚乔丝毫不为所动，厉声喝道："快说实话！"

"我说的就是实话啊，"李策无奈地叹了口气，"我逃婚的路上，遇到了中毒昏迷的你，要不是为了救你，我才不会被父皇五花大绑地抓回来呢。乔乔，我为你牺牲这么大，你却这样对我，我很伤心啊。"

楚乔疑惑地瞪着他，表情有些松动，"真的？"

李策立马举起手做宣誓状，"千真万确！"

楚乔皱着眉想了想，缓缓松开了手，然后沉声说道："对不起。"

"没关系，"李策洒脱一笑，笑眯眯地说道，"我习惯了美女对我动手动脚。"话刚说完，李策突然像猴子一样跳起身来，几下将楚乔推到水阁的柱子后面，而后重新以刚才的姿势坐下，面色顿时忧郁了起来，嘴上却嘱咐道，"别出来啊，一会儿就好。"

清风徐徐，碧湖游荡，李策宽袍大袖，举起长箫横在唇边，然后轻启嘴唇。

就在楚乔以为他要吹箫的时候，却只听到几声难听的嘘嘘吐气声，而在她身后，一阵悠扬的箫声顿时响起，令人心旷神怡。

楚乔顿时回过头去，只见一名满头白发的老头蹲在地上，正以一种极不雅观的姿势高声吹奏着。

就在楚乔一头雾水的时候，一阵叽叽喳喳的娇笑声突然传来，楚乔抬头望去，只见远远的柳荫下，一群花枝招展的少女相携而过，听到箫声，齐齐望了过来，对着李策指指点点，目光惊异，显然都为他的风采折服。

李策不为所动，一直淡定地做着吹箫的姿势，目光悠远，看不出他在看什么。纱帐随风而起，更使他的身影显得虚无缥缈，好似谪仙。

大约过了半盏茶的时间，那些少女才磨磨蹭蹭地走远。只见一名男子远远地打起了红旗，晃了两晃，李策才长吁一口气，对着躲在柱子后面的老头说道："行了行了，别吹了。"

老头蹲在那里半天，腿都麻了，颤巍巍地站起来，满头大汗地说道："太子殿下……"

"行了，于夫子，你回去吧，我保证你儿子不用去南疆戍边了，就换……就换……对，就换你的老对头陆夫子的儿子去，谁叫他不会吹箫，不会弹琴，生个女儿还那么难看。"

"是，是，多谢太子殿下成全。"老头连忙道谢，而后就在下人的搀扶下退了下去。

楚乔奇怪地看着李策，微微皱起了眉，不解问道："你在干什么？"

"你看到了吗？"李策顿时两眼放光，开心地说道，"刚才过去的那一队女子里面，有一个穿绿色裙子的，你看到了吗？"

楚乔皱着眉说道："我光顾着看你耍宝，哪里注意什么绿色衣服的女子？"

"唉，可惜了，可惜了，"李策摇头晃脑地说道，"她是刚刚调回京的户部侍郎何大人的女儿，吹得一手好箫，人长得也很漂亮，关键是我见过她两次，她都没正眼看我。"

"不正眼看你是一件很稀奇的事吗？"

"那是自然！"李策很自然地说道，"好了，不说这些了，不管什么原因，你能来卞唐一次不容易，我今天就尽尽地主之谊，走，我带你出去玩去。"

楚乔顿时一愣，傻乎乎地问道："玩？"

李策伸出手来，一把揽住楚乔的肩，哂然一笑，"乔乔，做人别那么古板，除了报仇，除了大同，除了打打杀杀之外，人生可是还有很多乐子的。"

轻风拂来，碧波荡漾，乌木桥上一男一女前后拉扯着。

"不行，我有事在身，马上就要走！"

男人不耐地解释，"你伤势不轻，没个十天半个月，你哪里也不能去！"

楚乔皱着眉沉声说道："我的事不用你管。"

"乔乔，你忍心吗？我为了救你，放弃了我的逃亡计划，陷入了这可怕的政治婚姻之中，作为补偿，你难道不觉得应该陪着我走完人生这最后一段自由的时光吗？"

"李策，我要找人，你帮不帮我？"

李策轻哼，"男人还是女人？"

"男人……"

"不帮。"

"不用这么干脆吧！"

"别的事都行，就是这件事没的商量！我不能允许女人在我身边，却还有能力去想念别的男人。"

"你开什么玩笑，我跟你有什么关系？"

"不管是什么关系，你这都是对我男性魅力的一种污蔑。"

楚乔无力地惨哼，"李策，除了女人，除了你的男性魅力，你每天就不能思考点别的事吗？"

李策顿时义正词严地辩解道："能啊，我也关心一些国家大事和学术上的问题，比如我卞唐女性的人口数量和人均素质，还有女性的身体结构和组成构造，还有，我也立志靠着我的努力，来提高我国女人的社会地位。"

因为听到最后一句而强忍住揍他一顿的冲动的楚乔咬牙切齿地问道："哦？那你准备如何提高卞唐女人的社会地位？"

"这个，我是这样想的，"李策很猥琐地四下看了一眼，随即小声地说道，"如果天下的女人都成为皇室的亲戚，那么女子的地位自然就会有显著的提高。"

"皇室的亲戚？"

"是啊，比如自己给皇室侍寝，或是自己的女儿给皇室侍寝，或是自己的姐妹给皇室侍寝，或是作为保媒，介绍美丽的女子给皇室侍寝，或是……啊！乔乔！这里可是我的地盘，你怎么说动手就动手！"

华灯初上，夜幕降临，繁华的唐京一片喧嚣。

浅浅的一弯月亮，光华莹白，月光如水银般倾泻一地，整个金吾宫都笼罩其中，更显壮丽雄伟。

李策像是一个半大的疯孩子，拉着楚乔在被月光笼罩的宫阁殿宇中奔跑，夜风有些大，吹得楚乔披散的长发在背后纷飞。

月光如水，那些或金碧辉煌，或古朴典雅的红墙碧瓦，好似璀璨星光下的烁烁碧波，李策的大红衣衫迎风鼓舞，像一只风筝。一路上遇到的宫女、侍从、官员无不惶恐地跪在道路两侧，任两人飞奔而去。在他们身后，还跟着大批的宫女和侍从，握战刀的握战刀，提裙摆的提裙摆，迤逦而行，好似追风的蝶。

"等……等等……"楚乔中毒体弱，又多日未进米食，跑了这么几步，竟然气喘了起来，"等等，"好不容易停了下来，她有些岔气，一手按着腰，一手指着李策，气喘吁吁地问道，"李疯子，你要干什么去？"

这番运动下来，楚乔苍白的脸颊略显红润，长发有些凌乱地散在背后，偶尔还被顽皮的风撩起，散发出幽幽的香气。

李策弯着腰，离她很近，瞪着眼睛看着她，也不说话，突然眼睛一亮，猛地站起身来，左右望去，拊掌一笑，径直走到跟在后面的一名宫女身旁，探手从她的发间取下一支珠花。

那是一支很俗气的蝴蝶簪子，是宫人常佩的发饰。只是那簪子是以紫玉做的，看起来十分精致。李策随手从腰间解下一串玉玲珑，一看就是价值连城的昂贵珍品，然后随意地递给那名宫女，笑眯眯地说道："跟你换。"

小宫女被吓呆了，扑通一声就跪在地上，脸色惨白地说道："奴婢不敢。"

李策也不气恼，一把扔给了她，说道："不换不行，我喜欢这个。"然后，他转身就朝楚乔走来，一边走一边扯簪子上的两只蝴蝶，这簪子做工不错，有一只扯不下来，他就张开嘴用牙齿去狠咬，然后呸的一声吐了一口，回头对那小宫女说道，"以后不许用茉莉香，我不喜欢闻。"

庭院两侧的玉兰刚刚开花苞，半开半合，形状甚是高雅。刚下过大雨，花圃里泥水堆积，泥土十分松软，李策也不管自己的靴子昂贵，大咧咧地就走进了花圃之中，引得后面的太监宫女们一阵尖叫。只见他挑挑拣拣，最后折了一枝花苞初绽、形若小荷般的紫玉兰，然后用修长的手指灵活地将玉兰花茎绑在了簪子上，随之拿在眼前细细端详，露出一口白牙，开心一笑。

"殿下……"

"太子殿下……"

楚乔看着眼前跪着的诚惶诚恐的宫人们，乌压压的一片，李策却好似没看见一般，只是端详着那朵玉兰花，笑眯眯的，眼睛弯成了一条线，像一只，对，像一只狐狸一样。

"漂亮！"李策几步走到楚乔身边，几下就将楚乔的长发用簪子松松地绾起，玉兰垂在耳侧，发间有着清淡迷离的香气。

楚乔一愣，下一刻，就听到宫人们奉承讨好的赞叹声。

"李策，你干什么？"楚乔有些窘迫，她一生似乎还没被人这样看过，伸手就要去摘鬓间的那朵玉兰花。

"干什么？"李策一把打掉了楚乔的手，皱着眉很认真地说道，"乔乔，你是个女孩子，能不能有点女孩子的样子？"

楚乔一愣，突然觉得这话十分耳熟，想了想，才记起在坞彭的田城守府上，诸葛玥也曾为她描画绾发，然后怒斥她，"每天不是白的就是黑的，好像出殡一样。"

她的脸孔突然一红，微微发愣，就听李策在耳边一笑，"走吧，我带你出去玩。"说完这句话，李策又很严肃地回过头来，沉声说道，"谁也不许跟着，男人跟着，我就跳河；女人跟着，这一辈子也别想有侍寝的机会。"

听到这样匪夷所思的威胁，楚乔顿时就愣住了，但是她惊奇地看到那些人明显面色一变，呆呆地跪在地上，一个也不敢再跟上来。只有后面的几人悄悄地站起来离开了，看模样，似乎是去报信了。

"我们走！"李策凑到楚乔耳边，嘿嘿一笑，然后拉着她就跑到城门前，翻身骑上一匹马。他居然自己坐在前面，让楚乔坐在后面，还开心地大叫道："乔乔，快！别让他们追上！"

楚乔这才想起，这个男人是不太会骑马的，于是她一抖缰绳，清脆地喊了一声，马儿就在青石道上飞奔了起来。

"哦！"李策张开双臂，开心地大叫。夜风有些大，衣袍无声地飞起，被风吹得紧贴在身上，他大喊道，"乔乔！快！"

"驾！"楚乔一抖缰绳，马儿便迅速地奔驰在太清路上。偌大的宫殿群中，守卫们齐刷刷地跪在两侧，宫灯闪烁，夜风冰凉，隐隐飘来荷花的香气，马蹄的回声在广场上回荡着。

楚乔郁结的心情一时间也开阔了起来，鬓间的花瓣不时地轻触她的耳朵，有些痒，她耸了耸肩，深深地呼吸，只觉这多日来的困顿一扫而去，四肢百骸都舒爽了起来。

快马奔驰，渐渐出了内城。楚乔远远地回过头去，只见后面有大批的宫灯亮起，马蹄声声，似乎有人追来。李策却全然不在乎，显然已是久经阵仗的老手，他指手画脚地指挥楚乔逃跑，两人走街串巷，一会儿就将后面的人甩掉了。

此时风露清新，前方是一湖静水，湖面上花船幽幽，有婉转悠扬的歌声和弦乐回荡其上，楚乔翻身跳下马来，将马缰拴在一棵树上。

"乔乔，扶我一把，扶我。"李策叫道，声音很是轻快。

楚乔扶着他的手，李策笨拙地蹦了下来，然后几下跑到湖边，伸手掬起一捧水，笑着说道："好凉啊！"

楚乔也走过来，蹲在湖边，手指拨动着湖水。

湖岸边很热闹，有讲书的、有杂耍的、有卖唱的、有兜售各种商品的小贩，还有几家招牌暖色的青楼酒馆，姑娘们的脂粉气飘散在湖面上，和那些靡靡的歌声一起回荡在晚风中。

楚乔突然就不想说话了，在这样的环境里，她总是觉得词穷。多年来，这样的生活似乎已经离她很远很远了，远到自己好像再也无法融进去。

李策侧头望着她，嘴角弯着，突然一下站起身来，一把拉住了她的手腕，叫道："跟我来跟我来，带你去一个好地方！"

这里并不是唐京的主街，商贸酒楼也不如正街繁华，只是多了几分古朴的民风。李策对这地方似乎很熟悉，一路拉着她在人群中来回穿行，丝毫不介意那些泥腿泥脚的人会弄脏他的袍子。

两人穿着华贵，长相年轻秀美，一会儿工夫就吸引了不少人的注意，更有一些小商贩上前来兜售朱钗脂粉，游说李策为他美貌的小娘子买胭脂。

一路穿行，忽见前方有一棵大榆树，树下有一家小摊位，摊主是一个年轻的女子，不是很漂亮，但是白白净净的，眼睛很大，水汪汪的，一身蓝色的衣裳，旁边是一个和她差不多年纪的年轻人。

"老板娘！"还没跑进去，李策就大声喊道。

那名女子听到声音转过头来，笑着说道："是大公子，您又来了？"

"是啊！"李策拉着楚乔找到一个角落的小位子坐下，说道，"我带了朋友来，两碗面、一盘牛肉、半碟虾饺，多放醋。"

"嗯。"年轻的老板娘笑眯眯地答应，她旁边的年轻人冲着楚乔和李策局促地笑着，却不说话。

老板娘说道："您还是第一次带朋友来呢。"

楚乔奇怪地看着李策，皱眉道："你和她很熟？"

"是啊，"李策笑着说道，"我小时候就常来，那时候总是偷偷出宫，有一次被侍卫追得狠了，就脱了衣服给了一个小孩，让他帮我把人引开，结果钱袋拴在衣服上忘了拿下来，游荡了一天，饿了，正好碰到这家的老板娘。哦，那时候她也不大，跟着爹妈在这里摆摊，她看我饿得狠了，就请我吃面，以后我就常来了。"

"哦！"楚乔点了点头。

"乔乔，是不是很感动啊？觉得我不光是金玉其外，内里其实也是锦绣一片？"

楚乔翻了个白眼，双手托着下巴，话都懒得答。

一阵香气传来，年轻的男人端着面走了过来，咿咿呀呀地示意他们吃饭，看那样子竟然是一个哑巴。年轻的老板娘跟在后面，有些奇怪地望向这边。楚乔一愣，定定地望着她，老板娘似乎感觉到她在看自己，轻轻一笑，说道："小姐没看错，我的眼睛是瞎的，看不见东西。"

面一上桌，李策就开始埋头大吃。

楚乔顿时一阵尴尬，不好意思地说："哦，对不起。"

"没关系，"老板娘笑容很平和，轻声说道，"我打小就看不见，也没觉得怎么样，就是平时上街买菜有点不方便。"

楚乔吃了两口，面很香，她突然想起一事，抬头问道："你看不见，怎么知道我是位小姐？"

"闻到您身上的玉兰香了，还是新鲜的，想必是刚摘下来的花骨朵。"

"哦，"楚乔点了点头，说道，"你鼻子真灵。"

"眼睛看不见，别的就好用一些。"老板娘一笑。

这时，一阵鼓乐声传来，就见前面拐角处，一个影戏班子搭起了台面，唱戏的伶人刚开了一嗓，一群小孩就蜂拥而上，转瞬间就将戏班子围了个水泄不通。

面摊家的小孩听到声响，一溜烟地跑出来，楚乔连她的模样都没看清，她已经一头扎进人群中了。只可惜她年纪幼小，最多不过七八岁，个子矮又很瘦，几下就被挤出人群，摔在地上，登时张大了嘴哇哇大哭起来。

老板娘闻声轻轻拍了拍正在忙碌的丈夫，丈夫见了，立刻几步跑过去，将孩子抱了回来，拿袖子为她擦了擦眼泪，又塞了颗果子在她手里，把她放在凳子上，就去忙了。

小孩抽抽搭搭哭着，一双黑漆漆的大眼睛不断地掉着眼泪，看起来好似受了天大的委屈，可怜极了。楚乔盯着她看了一会儿，说："李策，你有孩子吗？"

"有啊，"李策一边吃一边说，"常在河边走，哪能不湿鞋？"

楚乔却好似没听到他的话，幽幽地说："小孩子真好，高兴就笑，不高兴就哭，喜怒哀乐，都那么简单直接。"

"你也可以啊。"李策喝了口面汤，抬起头来，说，"喂，乔乔，吃饭就好好吃饭，别这么感慨，听你说话，我喝汤都堵得慌。"

楚乔瞪了他一眼，低头吃面，就听戏班声势起来，敲锣打鼓中，有人扯开嗓子唱了起来。调子很好听，嗓子也很好，只是说的是卞唐的方言，声调奇怪，楚乔大多听不懂。李策却竖起耳朵仔细听着，可还没听完一段，突然转头，将一口茶喷了出来！

楚乔是躲过一劫，坐在李策身后的那孩子却遭了殃，被喷得一头一脸，蒙得连哭都忘了。

李策连忙起身过去，给那孩子擦脸，边擦边说："看你娘的样子就知道，你年纪再小也是个美人，唐突了，唐突了。"

楚乔纳闷地问："你怎么了？"

李策笑着摆手，说："没什么，没什么。"

那小孩却踢踢踏踏地走过来，坐在楚乔身边，伸出一只白生生的小手，说："给我钱。"

楚乔一愣，问："钱？"

小孩点头，"他把我的衣裳喷脏了，浆洗衣裳，两文钱。"

李策来了兴致，笑着说："你要钱做什么？"

小孩一本正经地说："我要去听戏。"

"倩儿，不许胡闹！"老板娘脸一板，说，"快过来！别打扰小姐吃饭。"

"没关系，"李策摆摆手，"反正她也不饿。"

楚乔已经很久没好好吃东西了，自然是饿的，闻言夹起一筷子面条吃了一大口。

小女孩托着下巴坐在一旁，似乎是对楚乔很有好感，问她："你会唱戏吗？"

楚乔摇头，"不会，你会吗？"

小孩沮丧地说："我也不会。"

"那你听得懂吗？"

"自然听得懂，"小孩看着楚乔，疑惑地说，"你听不懂？"

楚乔点头。

小孩顿时来了兴致，说："那我讲给你听。"说罢，也不管楚乔是否爱听，便兴致勃勃地讲了起来，"这段戏呢，说的是一个王子和一个美人的故事。"

李策撇撇嘴，说："王子倒是真的，美人可不一定。"

"你真没见识！"小女孩说，"王子身边的当然是美人，不是美人，王子怎么会看上？就像我们皇宫里的太子，他的宫殿里全是美人，等我长大了，变成了美人，也要住到他的宫里去。"

李策闻言顿时笑了，竖着大拇指夸奖她，"还是你有见识，继续努力，我很看好你。"

楚乔瞪了李策一眼。

小女孩继续说："有一天，王子的国家被人灭了，父亲母亲兄弟姐妹都被人杀了，王子流落街头，遇到了漂亮的美人，美人救了王子，他们就相爱了。"

小女孩盯着楚乔，很认真地说："他爱她，她也很爱他，他们发誓要永远在一起，永不背叛，永不抛弃。"

小孩的眼神很是认真，甚至带了几分神圣，楚乔看着她的眼睛，突然心里好似被针轻轻扎了一下，微微地痛。

戏班的调子低沉喑哑，像是带着冰碴的水流过手掌，听起来让人无端端地压抑。

小女孩接着说："可是王子还是不开心，他的仇还没报，美人就决定，要帮王子复国。"

李策又道："她一个女人，没钱没人，凭什么帮王子复国？"

"都说了是很漂亮的美人了，"小女孩不耐烦地说，"漂亮就是钱，漂亮就是武器，漂亮就是千军万马，这都不懂，这么大的人了。"

李策闻言哈哈大笑，戏班的乐曲却突然变得激昂了起来，伶人的嗓音清越嘹亮，像是一轮冲破地平线的太阳。

"然后呢，美人就遇到了将军，将军就是王子的仇人，但是他也爱上了美人，看到美人难过，他也很难过。这时呢，另外一个国家的小王子遇到了美人，他也很喜欢美人，可惜美人并不喜欢他。"

小女孩认真地讲着，用手指蘸了点茶水，在桌子上画了四个小人，说："后来王子派人埋伏，让美人约将军谈判，美人不知道，将军却知道，但是他还是来了，于是他就被王子杀死了。"

"啊！"楚乔眼梢一跳，心突然凉了大半截。

孩子将桌子上的一个小人擦掉，继续说道："于是王子复国了，变成了大皇帝，美人很伤心，离开了大皇帝，被小王子带走了。大皇帝很生气，就派兵攻打小王子，小王子不厉害，也被大皇帝打死了。"小女孩又擦掉了一个小人，表示他也死了。

"美人很伤心，她走啊走啊，就生病了，于是她也死了。"美人也被擦掉，桌子上只剩下了一个小人，小女孩说道，"于是，这天下就只剩下大皇帝一个人了。"

李策傻呵呵地瞪着眼睛，问道："完了？"

孩子点了点头，很坦然地说道："完了。"

"这算什么戏？"

小孩说道："这是一个悲情戏。"

此时，楚乔却无心看李策和孩子扯皮斗嘴，她看着桌子上剩下的那一个小人，有些发愣。夜风吹来，戏班的戏也唱完了，老板走出来，拿着一个托盘向观众要打赏。看戏的大多是小孩子，哪里有什么钱，一呼就都散了，只剩下空荡荡的戏台，幕布上，一个皮影小人孤零零地站在那里，他举着一把小剑，张牙舞爪的，好像很厉害的样子，可是放眼望去桌子上什么都没有了，连打仗都没人了。

吃完饭，两人继续在街上游荡，刚才那个孩子讲的故事让楚乔心情有点低落，她也抓不住自己的心思，只是感觉有点伤心，却不知道究竟是为什么。

这条路上人很多，还有很多庙宇，卞唐是个开放的国家，各种教派都有，有和蔼胖胖的佛陀，有美艳动人的水神，还有额头画着符咒的降神。好在这里民风淳朴，绝不会因为你信如来佛祖我信洛水女神而动手拼命。楚乔一路走来，收到了不少信徒塞给她的木牌，就好像是现代的传单一样。

路边有一棵海棠开得正好，花色娇红，楚乔和李策经过的时候正好起了风，花朵如雨，一朵一朵散落在两人的衣服上，如同点了胭脂。

李策开心地指着这株海棠，说道："这树真好，回头让人移回去。"

一旁的路人听到，小心地打量了他们两眼，似乎觉得，这男人年纪轻轻，口气倒不小，于是，看他们的眼神瞬间多了几丝异色。

"快看，前面有杂耍！"李策突然很有兴致地叫道，拉着楚乔就开始跑，外围人山人海，两人站在外面完全挤不进去。

李策眼珠一转，探手入怀，然后捏着一大把银票，到旁边的小摊换了一堆零散的铜子，用衣衫的下摆兜着。他笨拙地爬上杂耍旁边的一处台阶，站在上面，高声呼道："送钱啦！快抢啊！"然后就大把大把地将铜子撒了出去。

人们开始时还愣了一会儿，过一阵见真有傻子扔钱，顿时都挤了过来，你推我挤，好不热闹。

见此情景，李策一把将衣襟下摆的钱全撒了出去，拉着楚乔顺着人缝就挤了进去。可是挤到中间，顿时傻眼了，原来耍杂耍的艺人们也全抢钱去了。现在，这一片就他们两个站着，像傻瓜一样。

"李策，卞唐真好。"满地的人都在捡钱，却没有打架的，楚乔愣愣地站着，突然说了这么一句。

李策一笑，摇了摇头说道："还行吧，不过你见到的都是好的，但是怎么说也比大夏好一点。"

两人看不成杂耍，就在街上闲逛，随意地聊天。李策买了些小吃，有蜜方糖、大枣、桂花糕、栗子，装在两个袋子里，两人一人一个，一边走一边吃。

楚乔的心情放松了下来，多日的疲惫也渐渐退去，她问道："李策，你知道吧？大夏在通缉我，我现在已经全天下最大的通缉犯了。"

"通缉犯？"李策一愣，随即哈哈笑道，"这个说法新鲜。"

"那你不把我交给大夏吗？"

李策奇怪地皱眉，问道："交给大夏？有什么好处？一千赏金，哼哼，还不如把你留下来陪我。"

"可是，"楚乔摇了摇头，"我总是要回燕北的。"

"唉，乔乔，你就是存心伤我的心。"李策摇头晃脑地说道，"不过也算了，我知道你不是特意来卞唐见我的。"

楚乔想了很久，终于还是有些不好意思地问道："李策，你和大夏和亲，是要和燕北为敌吗？"

李策转过头来，上上下下地打量楚乔，终于唉声叹气地说道："乔乔，这样的晚上，你还是不能稍微忘掉燕北，忘掉燕洵，你就不能活得轻松一点吗？"楚乔没有说话，李策继续说，"燕北和大夏的战事，是你们自己的事。再说，我干吗要万里迢迢地去踹燕洵家的帐篷？他那么凶，万一打我呢？我还听说燕北高原很冷，风还大，那里的女人皮肤都被吹得很红很粗糙。没好处的事，我可不愿意去干。"

风卷着轻薄的衣袖抚在腕骨上，像是蝶翼轻触，楚乔微微一笑，看着李策，突然说道："李策，虽然我总是看不透你，但是我觉得你不像是坏人。"

李策冷哼一声，仰着下巴说道："本太子身份显贵，金玉其外，锦绣其中，随随便便被你看透，我岂不是很没面子？"话刚说完，他就凑上前来，笑眯眯地说道，"乔乔，给你一个看透我的机会，你要不要？"

楚乔一撇嘴，"你还是自个儿留着吧。"

"唉，"男人叹息道，"不解风情的女人啊。"

路上经过一个卖鱼的摊位，楚乔微微驻足，好奇地过去看了两眼。只见一口大水缸里养了很多红尾金鱼，绯色如霞，娇憨可爱。

楚乔对养鱼很在行，她向来喜欢小动物，曾经想过养小狗，奈何当初在军队没有时间照看，而且宿舍也不允许，她就只能偷偷养了几条热带鱼。后来，舍长发现后也没有管，她养鱼的习惯也就保留了下来。不过，如今一晃这么多年，活着都艰辛，哪里还有精力养鱼。

李策看她喜欢，顿时掏钱买了下来，摊主少见这么大方的顾客，另送了他们一个瓷瓮装鱼。此时已经很晚了，楚乔重伤未愈，不由得有几分倦怠，两人商量着就要回去。

回到湖边的时候，马儿仍在闲闲地吃草。几个小孩蹲在一旁，几次想去拉马缰，想必是想偷马，却怕马踢他们，犹犹豫豫地不肯走，忽见主人回来，就散了。

楚乔和李策上了马，因为多了一瓮金鱼，所以就在长街上慢悠悠地行走。

楚乔突然觉得有些奇怪，想起当初在大夏和李策敌友难辨的那段日子，感觉好像是上辈子的事情一样。果然，就如燕洵当初所说，真煌城像是一个巨大的牢笼，死气沉沉，什么东西在那里面，也要被捂臭了。

燕洵，也不知道他现在在哪里？他乔装成刘熙，占了大同在贤阳的钱财，想必是想要取道南疆，运送财物回燕北吧。如今他们打着叛出大夏投奔卞唐的旗号，那就不难理解燕洵为何要乔装成刘熙了，如此看来，他必定会来到卞唐，至于这其中还有什么原因和目的，就不是她所知的了。

更鼓的声音越来越近了，楚乔的精神越来越困顿，自从那日中了那马帮刺客的毒之后，她就越来越嗜睡。她骑坐在马上，身子越来越软，额头靠在李策身上，竟然就这样缓缓地睡了过去。

坐在前面的男人顿时一愣，奇怪地回过头来，就见楚乔的额头抵在自己的肩膀上，呼吸浅浅，她竟然就这样睡了过去。

夜风吹来，她鬓间的玉兰花幽香阵阵，李策的面上再无平日里的玩世不恭，他只是静静地看着楚乔，任凭马儿前行，也不扯缰。

卞唐是花国，道路两侧花树处处，微风吹过，偶有花瓣落下，像是纷飞的蝶。楚乔一身鹅黄色的锦裙随风摇曳，在花树缤纷中，好似仙子精灵一般。

马儿轻踢，楚乔突然眉头一蹙，微颠了下，身子不由自主地向后倒去。

李策手疾眼快，一把环住了她的腰。随即，原本不善武艺的男人顿时旋身，一手按住马鞍，身子飞腾而起，下一秒，就已从前面跃到后面，双手环过楚乔的腰，让她靠在自己怀里入睡。

夜风吹来，花树上竟有残存的雨水散落，随着万千花瓣，纷纷飘零。

"卞唐就要不太平了，"李策长吁一口气，然后轻轻一笑，笑容看不出有多轻松多开心，好像只是习惯了这样的讲话方式而已，"等你好了，还是送你去见你的老相好吧。这个世上，哪里有什么乐土啊？你这个小傻子。"

月光铺陈如霜如雾，偌大的金吾宫，渐渐呈现在眼前。

第十一章

寒湖夜话

楚乔醒来的时候，天色已经不早，还是那个叫秋穗的小丫鬟坐在小脚凳上等着她，见她醒了开心地一笑，连忙端过来一碗茶，说道："您醒啦，要喝水吗？"

楚乔摇了摇头，小丫鬟继续说道："太医在外面等着请脉呢，太子殿下吩咐了的，说您醒了，就叫他们进来。"

楚乔简单地梳洗了一下，拒绝了那丫头想在自己脑袋上大做文章的好意，随意绾了一个发髻。她本不是富贵人，也没过过什么好日子，此刻见到洗个脸前后都要围个十几人的阵仗，难免有些发愣，本能地拒绝了之后，就见二十多个太医鱼贯而入，轮流上前请脉。

小丫鬟张罗了一大桌子饭菜，汤汤水水、各色甜点、菜肴荤素共有三十多样。桌子左右各跪着一名丫鬟，楚乔根本不用动手，太医们一边请脉，丫鬟一边喂她吃饭。每夹起一口菜就看着她，如果她点头，就送到嘴边，摇头，就放下换一个，楚乔哪里好意思不断摇头，一顿饭吃下来，胃胀得难受。

好不容易望闻问切完毕，二十多名老头子集体去了偏厅，商议治病方案。

这时，忽听外面传来一阵叮叮当当的声响，楚乔问道："外面在干什么？"

秋穗明显是这伙丫鬟的头儿，脆生生地答道："他们在修池子呢。"

那池子就在楚乔的窗下，她有些奇怪，问道："修什么池子，原本的怎么了？"

"原本的池子太低，殿下吩咐在这里起一个水车，架起一座活水的高池，用来养姑娘您带回来的金鱼。"

楚乔一愣，连忙走到窗口，只见外面大约有二百名大汉挥汗如雨地忙碌着，却不敢弄出太大的声音，基本上所有的东西都是在别处组装，而后小心地拖过来。听说这么多人忙活半天就为了养几条不值钱的金鱼，楚乔有些呆愣。早就听说卞唐有钱，没想到皇室竟然奢靡到了这个地步。

她在这里也待不了几天，李策如此，倒让她有些不好意思了。

她转身问道："太子殿下呢？"

"早朝之后，就没见殿下回来。"

楚乔点了点头，昨晚连怎么回来的都不知道，看来自己的身体真有大问题了。反正也是要在卞唐等待机会寻找燕洵，倒不如先在这里把身体调养好，想到这里，她缓缓地坐在了凉榻上。

"姑娘，您是大夏人吗？"

楚乔抬起头来，问道："你听谁说的？"

"我听铁统领说的，那天就是他和殿下一起把您带进宫来的，他说姑娘是大夏的贵族，要我们好好伺候。"

"哦。"

"我起先还以为您又是一位夫人呢！不过昨晚殿下叮嘱过，说您是他的朋友。说起来，您还是殿下的第一个女性朋友呢。"

小丫鬟似乎觉得楚乔随和好说话，一边为她轻轻地扇着扇子，一边说道："殿下对姑娘可真好，奴婢从来没见他对哪个夫人这么好过。"

"你们殿下有很多夫人吗？"

秋穗答道："是啊，整个秋华殿、长青殿、秋水阁都是，大概有……哎，奴婢也说不清，总之就是很多很多。"

"哦，"楚乔点了点头，"传闻不虚啊。"

小丫鬟笑眯眯地说道："殿下就是爱疯爱玩，我们都很喜欢殿下，殿下是太子，对我们小宫女还很和气，都没有什么架子的。"

这时，外面突然走进来一个丫鬟，说道："姑娘，红鸾夫人到了，在外间等着，说是要见您。"

楚乔一愣，秋穗连忙说道："红鸾夫人是太子新带来的一个夫人，是怀宋送给太子的舞姬。"

楚乔点了点头，自然知道这人找上门来有什么事，沉声问："我可以不见她吗？"

秋穗道："当然可以，太子走的时候说了，姑娘若是不愿意，不许外人随意来打扰您。"

"哦，"楚乔说道，"那就告诉红鸾夫人，我身染重病，不便见客，多谢她来探望了。"

那名丫鬟退了下去。

不出半日，前后竟然有十几位夫人前来探望，这其中有几个还是身份高贵的世家女子。看来李策这荒唐之名果然不是白来的，这么多女人，她真怀疑他还记不记得她们的名字。

下午的时候，天气越发热起来。楚乔昏昏欲睡，秋穗捣了一碗冰块，加了些樱桃和蜜瓜，正要递给楚乔吃，突然又有人来报，说唐国夫人要见楚乔。

楚乔正要推说不见，秋穗却顿时一惊，磕磕巴巴地道："姑娘，唐国夫人就是皇后啊。"

凤媛殿是皇后的居所，楚乔坐在偏厅里已有半个时辰，还是不见皇后召见。她很困，困得眼睛都睁不开了，一边想方设法地坐直身子，一边在心里暗恨，这毒药至今对她似乎没有什么作用，只是让她的精神越发不济，整日想要睡觉，也不知道李策能不能给她治好。

不知道又等了多久，一名内侍突然走出来，说皇后今日身体不适，让楚乔先回。

楚乔心里火大，却还是知分寸地施了一礼，拖着沉重的脚步走了出来。

她知道，那皇后想必一直躲在内室观察自己，她如今人在卞唐，身体又多有不便，还是不宜和她有冲突。

刚走出房门，楚乔就打了个哈欠，谁知眼前一花，一个人影突地站了起来。楚乔被吓了一跳，仔细一看，却是睡眼惺忪的李策。

楚乔的困意顿时跑了三分，不解地问道："你刚才一直在门口蹲着？"

李策一边打着哈欠，一边说道："听说你被我母后叫来问话，我就过来听听。"

楚乔一愣，"你不会进去听吗？"

"里面热，"李策说了一个很瞎掰的借口，然后挑了挑眉，"我怕你们俩说话说到中途动手打起来，我在这里，也好及时进去拉架。"

楚乔扬眉，"你母后脾气那么不好？"

"年纪大的女人多少有点怪癖。"李策吊儿郎当地说道，"况且她向来看我不顺眼，保不准会拿你开刀。"

楚乔也不和他贫嘴就往外走，说道："我好困，想回去睡觉。"

李策随声附和道："正好，我也困，咱们一起睡吧。"

楚乔回头扬了扬拳头，"不怕死的尽管来。"

李策哈哈一笑，说道："我生平最不怕的就是女人的威胁。"

这时一名年轻的侍卫突然跑上前来，对着李策叫道："太子，何大人的女儿进宫了，探望四公主去了。"

李策立马来了精神，作别楚乔，叫道："乔乔，我有要事在身，先不陪你了啊。"

随即，跟在那名侍卫后面就匆忙离去。

要事在身？楚乔顿时失笑，不过这样也好，和这样的人相处，她也不必担心生出什么难解的情愫，将来忧心。

上了一顶小桥子，楚乔几乎刚坐下，就昏睡了过去。

深夜的时候，突然被一阵痛哭声吵醒，楚乔摸索着爬下床，披上一件棉白的外袍，轻唤秋穗的名字。

秋穗就住在外间，此刻显然也没睡，几步跑了进来，说道："姑娘醒了，没事，是红鸾夫人在外面，奴婢已经打发人赶她走了。"

楚乔有些奇怪，"出了什么事？"

"下午姑娘回来的时候，红鸾夫人和她妹妹丘和夫人在路上碰见姑娘的轿子，丘和夫人故意让手下人推轿子，差点把姑娘的轿子推到湖里。铁侍卫正好看见了，告诉了殿下，殿下就派人把丘和夫人关到暴室里去了。红鸾夫人现在哭着来求您手下留情呢，可是这事您可管不着，也犯不上去蹚这浑水，奴婢这就赶她走。"

看来这些人是把自己当成假想敌了，女人争宠的戏码而已，楚乔也没放在心上，只是暗暗心惊，这毒似乎越来越深了，连有人推自己的轿子都没发觉，简直太大意了。

第二天一早醒来的时候，临水的池子已经搭好，几尾金鱼在这个重金搭建的高池里畅游。楚乔靠坐在阁楼的窗子边，伸出手来轻撩着水池里的水。

忽听外面有丫鬟在小声说话，楚乔耳力如何了得，听得是秋穗和另外一名叫紫婵的丫鬟。

秋穗说道："太不知道轻重了，这座宫里的夫人有多少个，这样的人就算现在不出大乱子，也早晚是个死。"

紫婵叹了口气，"她可能以为殿下好糊弄吧！这下好了，怀宋的几个舞姬死的死，伤的伤，现在一个都不剩了。"

"你没听姑姑说吗？太子和大夏联姻，就是要排挤怀宋，怀宋的这几个舞姬长不了，现在应验了吧。"

"啊？我们要和怀宋开战吗？"

"不知道，不过前阵子老虎山那片不是又打仗了吗？虽然是小股战乱，不过听说也死了很多人呢，洛王爷刚刚班师回来，就要回京啦。"

"殿下这回是生气了，我还没见过他发这么大的火呢！红鸾夫人这次在劫难逃了吧。唉，谁都看得出殿下在意这位姑娘的，偏偏她看不出。"

卞唐前阵子和怀宋开战了吗？楚乔微微皱眉，原来如此，难怪卞唐会在这个时候选择和大夏和亲。李策看起来和气胡闹，但是不管怎么说也是一国太子，还是不要把他看得太简单为好。

月上中空，洁白的月光如水银泻地，穿过镂空的窗子柔柔地洒了进来，落在凉榻之上。楚乔穿了一身珍珠色的内室软裙，满头乌发散在榻上，轻蹙素眉，缓缓地睁开眼睛，只见窗外水波粼粼，映照着柔和的月色，越发显得飘逸出尘。

白日里睡多了，夜里反而不困了。

楚乔坐起身来，也没惊动外面的侍女，走到窗前，轻轻掀开一角窗子。但见窗前一株海棠开得正盛，花枝斜出，如丹如霞，在冷寂的夜风中轻轻摇曳。伸出手指轻轻一碰，就有丹红色的花瓣落下，撒在宽大的袍袖之间。

不远的清池之上，有宫人泛舟轻摇，箫声瑟瑟，好似在空谷幽山。楚乔临窗而立，乍若闯入仙界的顽童，不知今夕是何夕。她不想惊动外面的侍女，提起裙摆，镶着珍珠的软底绣鞋轻轻一踏，就踩在高高的树枝之上，轻巧地翻越，沿着刚刚建起的水车，顺着二楼落了下去，身体一转，便稳稳地落在了地上。

海棠的土还是新添的，显然是刚刚从别处移来的。想起之前在街上所见，李策笑言要将那株花树移进宫来，没想到，他当真那么做了。

不知为何，楚乔心底微微一动，转头不再多看，仿若生怕惊起心底的某种涟漪似的。

如今已是夏末，夜间不复白日的暑意，初有微凉。楚乔提着裙摆，穿着不甚合脚的宫廷绣鞋，缓步走在清池周遭的乌木桥上。池上清风徐徐，吹得她的裙摆沙沙作响。天际空旷，星子稀疏，云遮雾掩之下，一弯月牙幽幽地在殿宇中穿梭行走，光影氤氲，洒地潇白，好似破冰处的一汪清水。

楚乔神态很安详，她已经很久很久没有过这样宁静的心态了，夜风吹拂在她的脸上，仿若在幻境中一般。正走着，一只锦鲤突然跃起，砸乱了一池春水，涟漪幽幽，却更显静谧。

四周清寂无人，楚乔索性坐在木桥之上，手扶着乌木栏杆，望着湖面上的浅浅波纹，将头轻轻地抵在原木的年轮之上。

忘了有多久没有这样安静了，这次卞唐之行，好似洗掉了她身上所有的戾气和疲倦。这幽然的山水，满园的夏花，婉转的飞檐与斗拱，无不显示出江南的独特风韵。她终于可以长舒一口气，告诉自己，这里不是真煌，不是大夏，远离了杀戮，远离了追杀，她暂时安全了，可以稍微喘上一口气了。

八年了，就算她嘴上不说，就算她再过坚强，最终，还是有些疲惫了。

不知道燕北的风，是否也和这里一样温暖？

想到这里，楚乔突然轻声笑了。

怎么会呢？燕北终年积雪，寒风凌厉，只有回回山一带有青草山谷，可以放马驰骋。听燕洵说，闽西山上有燕北的仙女，是保卫燕北子民的女神。她终生站立在最冷的山巅之上，以博大无畏的眼神注视着下界的芸芸众生。她不断和上天争夺着阳光和暖日，然后赐予她的子民。

燕北，燕北，就连燕北的神都是慈母般的斗士，燕北的每一寸土地上都是百姓们抗击天灾人祸和兵乱屠刀的血泪，那是一个在白骨下重生的民族，每一朵花的根部，都有战士们保家卫国的骨血，每一缕清风中，都有为了自由而献出生命的精魂。

那就是燕北，一片充满了苦难，却又从未低头屈服的土地。

她从未亲眼见过那片长满了高草的高原，她只是听别人反复地一遍遍说起，在那些黑暗的、难挨的、猪狗不如的日子里，谈论燕北，谈论那里的雪山和草原，就是她和燕洵最大的乐趣。他们缩在黑暗的角落里，畅想着成群的野马和奔涌的长河，就好似在冰冷的冬夜中看到了巨大的希望。没有经历过的人，是无法体会到那种相依为命的情感的。

在那片令人窒息、令人呕吐、令人发疯的皇城里，他们是两只没毛的小狼，背靠着背，伸展着毫不起眼的爪子。四周没有一堵墙、没有一块炭，他们无处依靠，也无从取暖，只能紧紧地依靠着对方，从对方的眼神和体温中，寻找存活下去的勇气。

他们是密不可分的战友，是亲密无间的同盟，更是无法离弃的家人。这种复杂的感情，早已冲破了单纯的男女之爱，变成了骨血，变成了身体的一部分。

很多时候，楚乔都没有时间去思考女儿家的事情。她这短暂的一生，似乎一直是在奔跑、在战斗、在处心积虑地谋划，于是，她将很多东西都掩埋了下去。

她是个理智的人，一直都是，知道自己要什么，知道自己不该沾染什么，知道未来在等着什么，于是，她就按照这一切认真地行走，不会出任何差错。也许这样的性格很是无趣，也很是沉闷和枯燥，但她就是这样一个人。

楚乔缓缓地闭上眼睛，深深地呼吸，他就要来了，她已经嗅到了远处的风，她知道，那是他在思念她。

"你到底要一个人在那里坐多久？"

楚乔一惊，猛地回过头去，只见李策穿了一身松绿色的袍子，腰带松松地系着，衣襟微微敞开，露出大半边胸膛。他的头发在背部以绸缎轻系，两侧鬓发轻飘，眼睛好似三月的柳丝，在月光下轻轻眯起，就像是一只半睡的狐狸。他笑眯眯地望着楚乔，然后伸出修长的手，轻轻地打了个哈欠。

楚乔缓缓地皱眉，"你站在这里多久了？"

"就一会儿。"李策摇摇晃晃地走过来，大咧咧地坐在她的身边，递过一个银色的酒壶，说道，"喝吗？"

楚乔摇头，"我从不喝酒。"

李策微微耸肩，"你活得还真没意思。"

"你三更半夜不睡觉，就是想来挖苦我吗？"

李策喝了一口酒，他的酒量显然不是很好，只是几口下去，脸颊就微微泛红。他的目光在楚乔身上轻轻一转，然后指着湖心的一处小岛说道："你知道那株树活了多少年吗？"

楚乔一愣，没想到他突然说这个。

李策自问自答地说道："已经四百多年了。没想到吧，比大夏的历史还要久远。"然后他又指着乌木桥边上的一朵小花，"你知道这是什么花吗？"

那小花是淡紫色的，花盘极小，在风中摇曳着，好似随时会被卷走一般。

"这叫幽颜，午夜开花，清晨凋谢，一生只开一次，不过短短几个时辰，却要穷尽一年的光阴。"

银质的酒壶上雕刻着一朵一朵细碎的小花图纹，看起来竟和那幽颜十分相似，李策仰头喝了一口酒，转过头来，笑道："乔乔，人生苦短，朝露昙花，转眼白发，能尽欢时须尽欢，莫要辜负大好光阴啊。"

楚乔缓缓摇了摇头，声音低沉地说道："可是若给我选择，我宁愿做那幽颜昙花一现，也不做古树终生碌碌。"

"呵呵，"李策哂笑，"万物都有自己的生存方式，幽颜笑古树终生碌碌，无从惊艳，却不知长久存在和伫立就是一种绝艳，经年不倒，风雨无损，就是一种实力，岁月的瑰美，岂是蜉蝣可以了然的？"

楚乔转过头来，只见李策眼神明亮，笑容洒脱，不由得目光一凝，沉声问道："那你呢？是愿意朝夕绚烂，还是历经岁月之瑰美？"

"我？"李策转头望来，笑容顿时灿烂而起，"我的野心比较大，既希望能如古树一般经年累月、天长地久，又希望时时刻刻如幽颜一般绚丽多姿，哈哈。"

楚乔微微摇了摇头，淡淡地说："人生得意须尽欢，莫使金樽空对月。"

"好诗！"李策一笑，仰头饮酒，哂然说道，"没想到乔乔还是个才女。"

楚乔但笑不语，也不反驳。

"乔乔，有一言，不知是否当讲？"

楚乔淡笑，说道："你若当我是朋友，就直说无妨。"

今夜的李策与平时判若两人，虽然言谈间也不乏嬉笑之色，可是他这样静谧安详地坐在月光之下，花树环绕之中，声音言辞也少了几分平日的荒诞不经，多了几丝朗月般的清和。微风轻拂过两人的衣袖，珍珠色的裙裾和松绿色的衣摆交相缠绕，竟多了几缕柔和。

楚乔伸手拂了一下鬓间的乱发，李策看着她，眼神突然多了几许认真。

"大夏如今虽乱，各方诸侯蠢蠢欲动，乱民四起，奈何树大根深，百年基业船身稳固，一时风浪虽来，但只要稳住船舵，翻身易如反掌。反观燕北政权，看似锋芒毕露，逼得大夏不得不迁都，但是他们内部不稳，权力纷杂，北有犬戎觊觎，南有大夏虎视，兼且不被各国政权所承认，实为逆水行舟，稍不谨慎，就有舟毁人亡的可能。"说完这番话，李策突然一笑，一手拔起那棵幽颜，说道，"燕北和大夏，好比幽颜与古树，黑夜只是暂时的，白昼一来，高下立见，胜负顿辨。"

一阵风吹来，紫色的小花随风而去，几下就零落在清池碧湖之中。

楚乔看着李策，突然觉得眼前好似起了一层大雾，看不分明，寻不通透。

很久以后，她曾把李策的这番话对燕洵说起。男人当时正坐在马上，燕北的风凌厉地吹过他的眉眼，细小的风雪扫过他的鬓发，男人闻言，并没有她当日的微愣，只是静静地没有说话。过了很久，他才用低沉的声音缓缓说道："如果是这样，那就让这个长夜，永远也不要过去。"

她当时并不理解燕洵的话,只是静静地想,李策终究是不了解燕洵。大夏的确是棵千年古树,树大根深,横插整个红川平原,奈何,他除了拥有古树的优点之外,也有太多的枝叶,这些枝叶需要养料,需要水分,需要阳光,它们像是吸血鬼一样,依赖着大树的根须。

而燕北,纵然薄弱,却有着幽颜一般顽强的生命力,只要有一寸田土,就可生长起来。无论是隆冬抑或酷暑,都会静静地蛰伏,等待时机。而燕洵其人,又怎会静候天明,坐看自己的灭亡,旁观自己化作飞灰?

但是,这些都是很久以后的事了。冷月之下的楚乔,静静地望着李策,突然觉得自己一直没有看透他,在这张笑看世事、离经叛道的皮相之下,隐藏了太多的东西,那么深,好似千丈深潭,水光幽幽,无从探知。而也就是在刚才,这个男人的心扉稍稍地打开了那么一瞬,将自己的影子,浅浅地放了进去。

她小声问道:"李策,你是我的朋友吗?"

李策轻笑,看似风马牛不相及地回了一句:"我是卞唐的太子。"

楚乔丝毫不为所动,继续问道:"你会助我们攻打大夏吗?"

李策摇头,轻声回答:"不会。"

"那你会助大夏攻打我们吗?"

李策微微一愣,随即笑道:"培罗真煌当年从卞唐手上夺走了红川十八州,百年来两国纷争不断,我就算再无耻再胡闹,也不能坐看自己成为家族的罪人啊。"

楚乔眉梢一扬,"如此说来?"

"大夏和燕北之战,卞唐两不相帮,不要说赵正德把女儿嫁给我,就算把老娘嫁给我都没有用,哈哈!"李策说着说着突然大笑起来。

楚乔嘴角一牵,说道:"既然如此,你就是我的朋友。"她缓缓地伸出手来,眼神明亮,嘴角带着笑意。

李策正在大笑,见了她的模样不由得一愣,可是转瞬,男人就轻笑起来,也学着楚乔的样子,缓缓地伸出手,和她紧紧相握!

然后楚乔轻轻一笑,眼神明亮地看着李策,笑容突然那般炫目。她微微仰起头,月光如上好的绸缎洒在她的脸上,有着晶莹剔透的光晕。

她笑着说:"李策,燕北不是幽颜,我们也不是蜉蝣。大夏这棵树,大虽够大了,但是根已经开始烂了,单靠几个颇有志气的皇子,是撑不起来的。你没听说过吗,得民心者得天下。"

那一刻,李策突然觉得有些晃眼,他微微皱起眉来,喃喃自语:"得民心者得天下?"

楚乔轻轻地笑了起来,对于现在身处的这个时代,这种言论也许真的太过于匪夷所思吧。她点了点头,目视着前方,缓缓说道:"君主统治的是人民,人民的力量是无限大的,所有的军队、武装、金银、粮食,都是来自于那些被贵族们蔑视和轻贱的奴隶和百姓。他们是最宽容的人,只要一口饭,只要一块田,他们就甘愿拿出大部分的粮食供养别人,但是如果他们活不下去了呢?"楚乔转过头来,定定地看着李策,沉声说道,"没有人会愿意眼巴巴地等死,李策,如果全天下的人民都来反对你,那你这个天下,还坐得稳吗?"

李策一愣,皱眉说道:"那怎么可能?"

楚乔一笑，"怎么不可能，没发生过的事情，就不会发生吗？三百年前，你们可想过一个关外异族会崛起？可想过他们会踏破阴山，割据红川十八州自立为王，从此和卞唐分庭抗礼？可想过家族领袖纳兰氏会反叛帝国，独立怀宋？"

　　李策顿时住口，紧紧地皱起了眉头。

　　楚乔轻笑，现在的帝国们，也许就是中华历史上的夏朝吧，因为从未被百姓们质疑过权威，于是就以为自己的权威是神授的，就以为那些贱民会千百年都如此服从和忍受。

　　"李策，你看着吧，一切都已经变了，死抓住过往的辉煌是行不通的。你早晚会看到，愤怒的苍生拥有多么强大的力量，那力量，足以开山填海，足以呼风唤雨，足以让世间颠倒。大夏、燕北、卞唐、怀宋，乃至关外的异族犬戎，在这股力量面前，都会疲弱到好似一只蚂蚁一样。谁能顺应局势而行，谁就会是最后的赢家。"

　　李策面上再无半丝笑意，他皱着眉，定定地望着楚乔，一言不发。

　　楚乔转过头来，微笑着看着李策，沉声说道："李策，你是我的朋友，所以我希望大浪来临的那一天，你不是第一个被卷入其中的人。"

　　冷风吹来，男人的眼神突然有些冷寂，随即有刀锋一般的锋芒闪过，像是凌厉的箭，他定定地看着楚乔，不眨眼，不说话。风在他们之间吹过，冰冷得带着夜色的凄寒。过了很久，他温和下来，轻笑了一声，随即说道："乔乔，这些话我从未听过，但是我觉得有点意思，我会细细考虑的。"

　　楚乔知道，那一刻，李策起了杀心，但是，他终究没有动手。虽然他们代表着不同的权力、不同的立场，但是正如她所说，他们是朋友，抑或，还有其他的什么，只是他们却都说不清了。

　　突然间，楚乔明白了一件困扰她很多年的事情，为什么当年那么多的藩王，夏皇要对燕北下手，为什么要杀死对他最为忠心的燕世城。如果皇帝要削藩，不是应该从其他藩王开始吗？比如灵王，比如景王，比如那些桀骜不驯的铁帽子？但是现在，她突然明白了，原因很简单，只是因为燕北进驻了大同行会，燕世城接受了新的思想，冷冽的燕北高原上开出了不同的花，结出了不同的果子。从立场上看，燕北已经和帝国背道而驰了。这就跟在资本主义国家，突然有政党大声倡导一切财产都要共产共和一样，是不可能被接受和允许的。这是明目张胆的敌对，是不可饶恕的背叛。

　　虽然，那个时候，燕北的王可能并没有料到这个结果，他甚至至今还都不知道自己做错了什么。

　　楚乔轻轻一叹，声音轻柔，缓缓地飘散在寂静的风中。

　　楚乔不知道的是，那一个晚上，那一番话，就此改变了很多人的命运。有些时候，她就像是一个农夫，无意间就会播撒下一些种子，这些种子潜藏在冰雪之下，静静地等待时机，一直等到春暖花开的那一刻。

　　"乔乔，"李策突然转过头来，微微皱着眉，似乎斟酌了许久，而后问道，"可以告诉我吗？你为什么这样自信？你和我见过的那些被洗脑的大同行会会员不同，是什么让你这样信誓旦旦？是因为……燕洵吗？"

　　"不是，"楚乔摇了摇头，轻轻一笑，然后说道，"因为我亲眼见过。"

　　李策顿时一愣，"什么？"

　　"你不会明白的。"楚乔望着幽幽碧湖，牵起嘴角，突然轻轻地笑了起来。

没有人会明白的，是的，她亲眼见过，她知道这个世界会发展成什么样子，旧的制度必将死去，新的制度必然重生，一切只是需要一个引路人。

"李策，你明白吗？这就是我的信仰，是我存在的意义。"

第十二章
梧桐深深

黄昏时分，淅淅沥沥地下起了雨，月自柳树梢间升起，只是银白的一钩，穿梭在淡淡的云雾之间，纤细如女子美丽姣好的眉。

宓荷居的太医们成群结队地离去，一行行青伞摇曳，宽大的青色朝服拖过地面，皓青的靴子踩在浅浅的积水里，激起一地细细的水花。药童背着大大的药箱，弯着腰随侍在一侧，那淡青色的小袍子，好似雨中飘逸的芭蕉。

窗外的残荷终于在这场雨中零散，搅乱了最后一池清水，有小丫鬟轻手轻脚地跑进外室，额头上的鬓发已经湿了。秋穗轻声叫住了她，两个年纪不大的孩子聚在廊下耳语，声音虽小，却还是飘进了内室。

"残荷都被打散了，夏姑姑说太子最喜欢荷了，让我们都去给荷打伞呢。"

秋穗老成地叹气道："打了又有什么用，该谢的还是要谢，锦瑟宫那边的人是不是也太过逢迎了？"

"就是啊，九月了，已经入秋了。"

丫鬟们相携而去，声音越去越远，渐渐听不分明了。乌木窗外，一抹斜晖脉脉挂于林梢，冷月浸染，光洁如银，四下里寂寂无声，偶尔有鸟雀飞过，很快怪叫着飞远了。

这间房子已经很久没人住过了，殿室极大，有些空旷，朝北摆着一张巨大的檀木床，上面有层层青纱，以金色鸾鸟印绣，风乍一吹起，好似有大片荷叶迎风摇曳一般。

南向的窗子大敞着，围栏之外，就是满池的青荷。如今外面风雨顿急，荷叶随风而动，已隐隐有盛极必衰的颓败之势。为了讨主子欢心的奴才们乘着小舟，大片大片地举着高伞，护着那凉雨中的最后一池青莲。

李策坐在椅子上，手指轻轻地摩挲着椅座，五福捧寿的红漆已经斑驳，下人们急急收拾出了这一间屋子，可是显然还没来得及粉刷。指腹摸在上面，有些凹凸不平，李策也没有在意，他的眼睛好似闭着，却又睁着，细细地眯成一条缝，注视着那个躺在床上的女子。

楚乔的病越发严重了，方才太医摇头晃脑地说了许久，大堆大堆的医理像是老妪的裹脚布，他本就烦闷，一时情绪失控，竟将那老头一脚踹翻在地，其他人这才简明扼要地交代了她的病情。

其实这段时间的调养，已让她身上的毒素解了十之七八，伤势也好了大半，可是她如今仍旧缠绵病榻，归根究底，都是这些年辛劳所致，身体虚不受补，五脏六腑都有亏损，需要时间慢慢调理。可对她而言,目前最缺的,偏偏就是时间。

楚乔穿了一身淡青色的鸾衫,内里以白绢为衬,青纱上绣着浅灰色的细小雏菊,一朵一朵娇俏俏地绽放着,内敛含蓄。她的面色十分苍白,眉头也紧紧地皱着,蜷起的身子看起来有些可怜。

太医们已经离去,让人安心的话也说了千遍万遍,可是空气里似乎仍旧飘荡着紧张的因子,让人心里烦闷。

月光洒地,宽大的大殿里显得那么空旷,这里没有家具,没有摆设,除了一张大床,就只有一把椅子。地板都是乌木的,踩在上面,感觉很踏实。

在这样一个地方,说句话都有回声在四面八方应和,越发显得空旷、萧条和败落。

可是这里,是最接近李策的太子殿的地方,很多年前,李策正是在这里长大。宓荷居也曾风光过,可是不知道从什么时候起,这里就被层层封闭了起来,朱红色的条幅封住了门,上面的蔷薇标志象征着皇家的尊严。从此,这里就再也没有被打开过。

一晃眼,已经六年多了。

楚乔轻轻地动了动,微风吹过,她似乎有一点冷。

李策站起身来,锦绣镶嵌的靴子踩在微微发潮的地板上,他走到窗子边将窗关好,然后又回到床边,伸出修长的手指,一层一层地撩开青色的纱帐,女子的脸,渐渐分明起来。

长长的睫毛,娇俏的鼻子,红彤彤的嘴,玲珑的耳朵,修长的颈……

他的手伸到女子身前,似乎想为她拉高被子,可是外面的风雨突然大了起来,噼里啪啦地打在窗棂上。月亮幽幽的,淡薄的光线落在楚乔的鬓角上,透出黑亮而森冷的光泽,那般单薄,却隐隐有着冰凉的淡漠。

手指停在身前一寸,终于渐渐僵硬,最后凝固成一个停滞的姿势。

月光寂静,在他的身下拉出一个长长的幽暗的影子,那般瘦削。

更鼓悠扬,这座山水如画的卞唐帝都,连更声都是以朱琴奏响,听起来,是那般清脆悦耳,好似淡淡的风声。

不知道过了多久,月亮升起,高挂,又再偏落,雨声已渐渐消逝,男人终于收回凝固的目光,缓缓转身,踏出了那座幽闭的宫门。

房门被打开,只见孙棣抱着肩,靠在廊柱上,见他出来,突然抬头轻轻一笑。

李策却好似看不到他,只是径直地往前走。

"殿下,玉裳馆的玉书夫人来了两次,听说殿下淋了雨,受了凉,特意准备了参汤在宫里等着呢。"

李策并不答话,继续往前走,好似没有听到一般。

孙棣的声音越发轻快起来,笑呵呵地说道:"柳芙馆的舞姬柳柳,特意遣丫鬟来送了很多贵重的伤药,说是给楚姑娘治伤所用。唐染宫的白夫人据说是去了南佛寺,要为殿下和楚姑娘祈福。其他几宫的夫人听说之后,也纷纷跟去了,现在南佛寺的大和尚们可能都没有立足之地了,这些夫人突然间一心向佛,真是一出胜景啊!还有……"

夜风清凉,细雨也已经退了,两人后面跟着大批的侍卫宫女,只是都远远地跟着,不敢靠上前来。

孙棣好似突然想起什么一样,"哎呀"一声道:"对了!何大人的女儿下午也进宫了,听说了宫里的事，毅然留在了四公主的寝殿内，说是要等殿下有空的时候前来请安。"

"你到底想说什么？"低沉的嗓音缓缓响起，全无平日里的懒散和不正经。

孙棣一愣，笑眯眯地说道："属下是想说，这么多有意思的事，殿下难道就没兴趣去瞧瞧吗？"

李策没有说话，孙棣则眼梢一挑，说道："殿下，这可不像您哪。"

"我？"李策嘿嘿一笑，声音里却无一丝喜意，"我自己都快不记得自己是什么样了。"

孙棣哈哈一笑，好似听到了天底下最好笑的笑话一般，"这样丧气的话，可不像是从殿下您口中说出来的。指拂万千柔骨背，舌尝八方点绛唇，我的太子殿下，您何曾这样神志恍惚过？何曾这般失魂落魄过呢？"

清风拂来，道路两旁有大朵大朵被雨水浇过的海棠花，李策站在树下，目光瞬间变得十分悠远，好似有挣扎，又好似很平静。终于，他转过身来，面上颓意尽去，又恢复了那风流不羁的卞唐太子的模样，哈哈大笑一声，朗声说道："说得对，人生得意须尽欢，莫使金樽空对月。孙棣，传所有的夫人舞姬，集体去太子殿侍寝，那些念佛的也叫回来，赶明儿个把那佛堂拆了，重新建一座，就供奉……就供奉一尊欢喜佛，哈哈！"

"人生得意须尽欢，莫使金樽空对月。"孙棣默念半晌，随即笑道，"殿下，好诗才！"

李策大咧咧一乐，丝毫不讲廉耻地将别人的成果据为己有。

不消片刻，太子殿的方向就传来了一阵欢腾的歌舞之声，靡靡张扬，裙袖款摆，腰肢如水，酒香轻柔地飘荡而去。

枝头花蔓袅，金樽酒不空，又是一个歌舞升平的夜晚。

宓荷居的一座小阁下，两名年长的太医正在值勤，其中一个站在窗口，遥望着太子殿的喧嚣，叹息道："原以为太子殿下重开了宓荷居，还兴师动众地召来了所有的太医会诊，必是十分在意这位姓楚的女子。现在看来，也不过如此啊！"

另一名太医捧着一个小暖炉，如今已经入秋，夜间微凉，老人家穿得很厚，微微闭着苍老的眼睛，闻言也不抬头，只是淡淡地说道："还奢望天降红雨吗？不要妄想了，芙公主大去之后，唉……"

窗边的太医显然明白，又跟着无奈地叹息了一番。

夜风薄凉，吹起一层又一层的锦绣，这座奢靡的宫廷，掩埋了多少人沉寂的心事，又承载了多少人的哀愁啊！

连下了两日的雨，雨后，花树凋落，空气却十分清新。

因为病情的反复，楚乔的行程也被延误了下来。

这天下午，楚乔被小丫鬟们带出门晒太阳，她的伤势早已好了，只是体虚气短，四肢乏力。都怪秋穗等人大惊小怪，连路都不许她走，到哪里都是抬来抬去，搞得她整日昏昏欲睡，懒散得很，身子也丰腴了许多。

外面的日头很大，楚乔躺在躺椅上昏昏欲睡，树上的知了已经死去大半，只剩下几只残兵，有一声没一声地叫着，她微微打着盹儿，恍恍惚惚就要睡去。

不知道过了多久，四周突然安静下来。

楚乔一惊，猛地睁开眼睛，却顿时一愣。只见一名年约五旬的妇人站在自己面前，眼神很宁静，面色却有些苍白，好似长久没晒过太阳一样。只见她正在细细地打量着自己，十分专心。

见楚乔醒来，贵妇点了点头，算是打了招呼，然后问道："你要喝水吗？"

楚乔皱着眉望着她，此人浑身上下衣着朴素，可是细细观察，仍可看出衣着的布料很华贵。她好像是一个品阶极高的嬷嬷，却又多了几丝高贵，若说此人久居上位，却又少了几分掌权的威严。只见她手腕上戴着一串檀木制的佛珠，很旧，看起来和她的身份多少有些不搭。

见楚乔没说话，妇人径直走到一旁的树荫下，从小几上拿起茶壶倒了一杯清茶，缓缓地走回来，说道："喝吧，秋初最容易口干，年轻人要多注意调养身体。"

楚乔喝了一口茶，的确感觉精神舒爽许多。她尴尬地看了妇人两眼，然后谨慎地说道："对不起，我刚进宫，见识不多，不知道您如何称呼？"

"我？我姓姚。"

姚是卞唐的大姓，这宫里上到皇后，下到寻常宫女，十有一二是姓姚的，这么几天的时间，楚乔就已经认识了不下七八个姓姚的姑姑。

"我可以坐下吗？"妇人指着一旁的椅子，很有礼貌地问道。

楚乔连忙点头，说道："请坐。"

见楚乔左右观望，妇人开口说道："皇后来了，你的丫鬟们都出去接驾了。"

楚乔看着她，表情有些狐疑，那模样明显是在问：那你是什么人，皇后来了你怎么不去接驾？

那妇人却一笑，她应该是一个很少笑的人，笑起来有些古板，眼角连皱纹都没有。她看着楚乔，说道："我没事，就是想来看看你。"

她说话这样没头没脑，反而让楚乔不知道如何去应承。这宫里规矩多，人也繁杂，每个人说话都是留个七八分。楚乔正在思索女人的身份，那女人又说道："你很好。"

楚乔淡淡一笑，说道："多谢您夸奖。"

"我不是夸奖你，你的确很好，但是我觉得你不适合在宫里生活。"

楚乔顿时了然，又是一个误以为自己是李策新宠的妒忌者的说客吗？

"您放心，我不会在这里久住的。"

"不是，我不是这个意思。"妇人摇了摇头，说道，"每个人开始都是不适合的，但是慢慢也就适应了，这个宫廷就是这样，能磨光你所有不适应的棱角。我觉得你不错，你若是住进来，也许这个宫里会有一点改变。"

楚乔皱起眉来，疑惑地看着妇人，不知道她究竟是什么意思。

"太子要拆了宫里的佛堂，你知道吗？"

她说话跳跃性很强，楚乔一愣，摇了摇头，说道："我不知道。"

"他要在宫里供奉欢喜佛，唉，我真是……"妇人眉头紧锁着，似乎十分困扰，她看着楚乔，缓缓说道，"你有空的话，就劝劝他吧。他毕竟是卞唐的太子，总不能太胡闹。"

"我先走了，"妇人站起身来，对着楚乔说道，"你受了伤，别送了。"然后就缓缓地顺着侧门走出了宓荷居。

此人说来就来，说了一通乱七八糟的话，然后就离去了，楚乔不由得有几分奇怪。

不一会儿，秋穗等人就回来了，小丫鬟们一个个面色奇怪，还有几分不安。

"秋穗，怎么回事，皇后来了吗？为什么不叫我？"

秋穗说道："喜姑姑来传话，说皇后已经到了宫门口，见你睡着，说你有病在身，不必接驾，我们就集体去了。"

"那皇后呢？"

"我们等了半晌，皇后也没下车，后来说身子不适，就回去了。"

"哦。"楚乔点了点头，似乎明白了什么，"扶我进去吧。"

小丫鬟们答应了一声，就有内侍上前，抬起楚乔的软榻，回了宫门。

说起来，楚乔也已经整整两日没见着李策了。她没觉得如何，秋穗等人却十分沮丧，毕竟当日楚乔病重，李策重开了小时候居住的宓荷居给她居住，这其中的深意，整个朝堂谁人不知呢？

可是，随后的事情让宓荷居的下人们有些郁闷了。刚刚显露出几丝专情的太子殿下当晚就胡闹地召集了所有的宫廷夫人，在太子殿饮酒作乐，据说当晚侍寝的人数多达八人。而这几天，他也没踏足宓荷居，而是广开宴席。据说近日又要大兴土木，给一个新近得宠的宫女建馆。

秋穗和几个小宫女这几日整天唉声叹气，似乎自己受了冷落一般，连话也少说了，整个宓荷居安静得几乎能听到人的喘息声。

傍晚的时候，天色有些暗，楚乔站在窗前，突然听到一阵婉转悠扬的笛声传来。隔着一池烟水，远远听来，这笛声有几丝若有若无的缠绵，三回九转，格外动人。

楚乔细细听着，回头问道："可知是何人在吹笛？"

小丫鬟们摇头说不知。楚乔站起身，就想出去看看，吓得秋穗等人一惊，一个个死命拉着她，生恐她随便动弹会伤了身体。

楚乔不得不答应下来，安静地躺在榻上，直到屋子里的人都退出去，她才来到窗子前，轻盈地翻出去，落地的时候脚下一软，险些摔倒。

她只穿着丝履内室鞋，踩在石板路上，有些冰凉。一路上也没遇见一个人，白纱裙软软地拖在地上，被露水打湿，却并无灰尘，清辉浅浅，距离宓荷居越来越远了。

又是那座湖心水阁，八面临风，遥遥立于水面之上。男子素衣如雪，手持一支紫笛，迎风而立，衣带轻飘。萧萧的身影立于清冷的月色之中，平添了几分平日难见的温润和宁静。

楚乔缓步踏上乌木桥，就见男子转过头来，曲子戛然而止，他看到楚乔也不惊慌，而是邪邪一笑，手拿笛子顽皮地一翻，说道："大半夜的不睡觉，难怪听人说你最近白日里睡成了猪，原来是迷恋深夜出游，把觉都留到白日睡了。"

楚乔哂然一笑，打趣他道："我还好说，就是听闻你最近夜夜笙歌，殚精竭虑，这般消耗体力，还有力气吹笛子吗？"

"哈哈，"李策哈哈一笑，说道，"我体力好得很，不信的话你可以来验证一下。"

楚乔脸一红，骂道："没个正经。"

李策翻了个白眼，"就燕洵正经，整天绷着个脸，跟全天下人都欠他钱不还一样。我说乔乔，你真打算就这么跟他一辈子啊？我保证，这男人生活上肯定很没情趣，作为女儿家的终身大事，你可要考虑清楚啊。"

"你好无聊啊，"楚乔瞪着他，"就你有情趣。"

"那是，"李策得意地一笑，"本太子玉树临风、学富五车、风流倜傥、俊美无双，是整个西蒙大地上的头号青年才俊，我所过之处，未婚少女趋之若鹜，已婚贵妇暗送秋波，下至三岁幼女，上达八十老妪，无不神魂颠倒，拜服在本太子的膝下。"

楚乔掩嘴笑道："是啊，你貌比宋玉，神似潘安，万千风韵堪似龙阳。"

"宋玉是谁？潘安又是谁？龙阳，是人名吗？"

楚乔笑道："是有名的美男子，你没听说过吗？"

"美男子？"李策不屑地冷哼，"有机会一定要见识见识。"

月光如水，倾泻满地银辉，夜风乍起，李策站起身来道："我送你回去吧，夜里风大，你又有伤在身。"

"好。"楚乔应道。

李策的目光扫过她的绣鞋，软软的丝履已经被水沾湿了，他眉头轻轻一皱，说道："你怎么就穿这个出来了？"

楚乔无所谓地说道："没关系的，又死不了人，我以前光着脚都走过路，哪里像你这样身娇肉贵。"

"乔乔，你要记住，你是一个女人，不是战士。"李策的脸色顿时严肃了起来，声音里甚至带了几丝恼怒，"燕洵是怎么回事，有些事不能自己去做吗？你一个女人，不好好在家里待着，到处游荡什么？对自己的身体毫不在意，受伤多重也不说话，将来浑身是伤疤，看你还怎么嫁出去！我倒要看看谁愿意要你！"

楚乔叫道："你才嫁不出去，用不着你管。"

"哼哼，用不着我管，我偏要管！"

楚乔皱眉，"喂，李策，你很瞧不起女人！"

"我就是瞧不起，怎么了？"男人斜睨着她，一副痞子的吊儿郎当样。

楚乔上前走在当先，也不理会他，说道："不爱跟你说话，我回去了。"

话音刚落，一阵天旋地转顿时袭来，等她回过神来的时候，人已经被李策牢牢地抱在怀里了。

"喂！你干什么？放我下来！"楚乔一惊，连忙推搡他道。

李策眼睛半眯着，斜睨着她，拿鼻子哼道："就不放。"

楚乔的眼睛里有小火苗在升腾，声音脆生生地说："你放不放？再不放我不客气了。"

李策满不在乎，抻着脖子说道："你胳膊上绑着刀，腿上也有，我都知道。往这儿砍，不砍我都瞧不起你。"

楚乔气道："李策，你怎么这么无赖啊！"

李策不耐烦地看了她一眼，好像在说：你不会是今天才知道吧？风瑟瑟吹过，轻柔地吹起两人的衣袍，像是翻飞的蝶翼。

夜微凉，四面都是明澈的湖水，李策横抱着女子漫步在乌木桥上，两岸柳枝低垂，偶尔有锦鲤跃出水面，惊起一池涟漪。

李策一边走，嘴里一边哼着一曲欢快的小调，那曲调是极欢悦的，像他脸上的笑容一样，总是十分明朗。

楚乔没有去问他为何明明身手不凡，却在当初的密林战中丝毫不显露，也没去问他为何明明吹得一手好笛子，却找来老夫子冒充自己吹箫，勾引那些女孩子，更没去问他，为何这几天都没来看自己一次，反而夜夜笙歌地饮酒胡闹。

每个人，都有自己的心事，也都有自己不愿意展露人前的一面，尤其是这些王族贵胄，明黄色的绸缎之下，压制着太多厚重的负担。那些原因太沉重，她不忍揭开，也看不懂。

月夜清冷，微风却和煦，他们静静地走着，谁也没有开口说话。

这个晚上，注定是个不眠之夜。那天晚上，楚乔做了一个梦，又梦见了那年大雪纷飞的晚上，盛金宫的永巷那么长，那么寂静，前殿的歌声被风吹来，热闹而柔婉，曲子明快，奢靡的编钟响彻整个宫廷。

梦里的人站在她面前，鲜红的血从他的断指处流出来，他却笨拙地笑着对自己说："没事，一点都不疼。"

那笑容好似春水，笼着她的心，让她很多年来，都觉得舒服安全。

醒来的时候，泪水沾湿了大半边的枕头，浅浅的水痕润湿在蔷薇色的软枕上，殷红得好似染血的胭脂。

楚乔心慌地坐在那里，那么久那么久，她突然觉得，自己不能再等下去了。

即便是宫人们忙着打了半夜的伞，还是无法阻止荷叶的衰败。一层秋雨一层凉，清晨起来，整整一池的青莲全部败落，黑色的枝叶纠结在一处，挨挨碰碰，似乎连池水都变得污浊起来。

而金菊，过早地盛开了，不想连绵雨水，天凉风疾，满地黄花堆积，无比憔悴。

吃早饭的时候听说，新册封的那名宫女恃宠而骄，犯了李策的忌讳，已经被打入冷室。李策虽然没下令行刑，但是因为这女子得宠的几日，颇为嚣张跋扈，所以这一次落难，几宫的夫人联手弄了点手脚。如今秋寒，冷室又偏僻无火烛，一番折腾下来，伤心担忧，想来是难活了。

宫女们对此事的议论只是半晌，并没有太多关注，显然这种事在这里已是习以为常了，楚乔却有一丝黯然。她对李策了解不多，见到的，也大多是他嬉皮笑脸的模样，虽然明知此人不简单，却难免会掉以轻心。

他，毕竟是卞唐的太子，未来的一国之君啊。

吃完早饭后，楚乔就想找人去通传见李策一面，可是秋穗还没走，蝉儿就飞快地跑了回来，一边喘着气，一边叫道："大夏公主进城了！"

楚乔一愣，秋穗已经抢先说道："大夏的和亲公主？不是说大婚时才来吗？这还有一个多月呢。"

"谁说不是啊！"蝉儿道，"而且没有仪仗队，那个公主是一个人骑着马来的，现在已经到沁安殿了，皇上和太子都赶去了。"

"这个九公主够能耐的，听说今年才十三岁，怎么这么大的胆子？"

"不是九公主，是八公主，穆合皇后的亲生女儿。说是他们的九公主得了疾病，已然死了，这个公主是顶替她妹妹来的。"

楚乔闻言，好似有什么东西在心底断裂了，她抑制不住地轻颤起来。

那个昔日里娇娇弱弱的金枝玉叶，今日竟已经这般勇敢了吗？苦难，果然是世间一切成长的最佳催化剂。

时光寥落，昔日的垂髫少女早已亭亭玉立，今朝凌厉高贵的容颜好似画卷中的雾霭云气，那般璀璨夺目，令人观之眩晕。

然而，又有谁曾记得，很久以前，她也曾单纯良善，笑容明澈，一身藕色长裙，手拿一只兔尾，娇俏俏地笑，"洵哥哥，谢谢你，淳儿好开心……"

时光那般急促，往事如烟云散尽。有些东西，终将成为过去；有些情愫，终将被白骨埋葬；有些鲜血，终将在天地间流淌；有些情仇，终将在死亡中得到永生。

第十二章

荷塘秋色

　　整整两日，李策都没有踏进后宫半步，因为赵淳儿的到来，李策大婚的这出戏提前沸腾了起来。如今这大婚大典，已然越发临近了。

　　正如楚乔所料一般，大夏的仪仗队和和亲使团随后便至，只比赵淳儿晚到一日。虽然大夏婚前变卦，换了赵淳儿前来，但是这位公主的高贵血统让她并未受到过多的为难。毕竟，对于注重血脉和士庶之分的卞唐来说，赵淳儿这个大夏穆合皇后唯一亲生女儿的身份，还是为她争得了不小的重视。

　　卞唐的百官对赵淳儿的到来，显然有些惊喜。御史台的几百根笔杆子齐齐摇旗呐喊，大赞卞唐和大夏和亲的历史意义。怯战的文官们口若悬河，一篇文章作得花团锦簇，直说得大夏和卞唐的友情好似可以追溯到上古时代，完全忘记了当初是谁敲碎卞唐的国门，夺走了红川十八州，逼得卞唐皇室仓皇退避，天子困守国门，失去了整个西北屏障。

　　但是有一件事情，是别人都不知道的。楚乔缓缓地皱起眉来，葱白的手指轻轻捏住窗帷的青纱，眉心一朵金箔钿花，添了几分清丽。

　　赵淳儿当日在乱军之中被人侮辱，如今早已不是完璧之身。她身为大夏公主，也许不必如寻常妃子入选前那般验明正身，但是一旦同房，经验丰富的李策，是不可能不发觉的。

　　当然，就算李策发觉此事，事后也不可能追究大夏。毕竟，大夏的公主上了李策的床，事后他这个风流浪子跑出去说这女人不是处女，想必也无人会相信。更何况一直以来，李策都是极力反对这桩婚事的。这件事很可能被人当作李策的又一次胡闹之举，以李策的聪明，也不会自取其辱地出去大肆宣传自己被人戴了顶超大个的绿帽子。

　　也许赵淳儿会顺利出嫁，但是作为一个不洁的和亲公主，她未来的命运也可想而知。以赵淳儿的性格，真的会自愿忍受这一切吗？

　　楚乔暗暗留了几分小心，只可惜，她的这份担心是无法说出口的。

　　卞唐这里的局面越发混乱，楚乔反而小心地收敛了起来，不再急着离开皇宫。如此，楚乔在唐宫里又滞留了两日，身子恢复了大半，精神也日渐爽利。

　　李策找来了很多治伤的灵药，楚乔身上的伤口已全无疤痕，就连曾经的旧伤也好了十之七八，多日的调理之下，面色也好看了许多，不再如之前那般瘦骨嶙峋，见风欲倒。

　　夜里，凉风乍起，楚乔穿着一袭软衫，靠坐在雕花窗棂前，夜风柔柔地掀起她的衣摆，让人感觉有些冷。脚步声在外面的围廊处缓缓响起，只有一人。能在此时来到此处的人，不作第二人想。果然，不出片刻，李策一身藏青色长衫，面色有些红，带着一身的酒气，站在门口望着她，却并不进来。

楚乔回头看着他，只见他脚步微沉，似乎连站都要站不住了，她连忙起身，走到他身边想去搀扶他。谁知刚一伸出手，李策突然拉着她坐在了门槛上，然后垂下头来，将额头重重地抵在她的肩膀上，口中疲惫地喃喃道："乔乔，我累死了。"

楚乔顿时有些愣，手伸在半空，突然不知道该如何动作。

夜风吹来，有杜若的香气幽幽地飘散在鼻息之间，李策的衣袖间绣着浅浅金纹，细密的针脚柔滑如水，楚乔深吸了口气，然后轻声问道："李策，你怎么了？"

李策摇了摇头，也不说话。

楚乔试探地问："是因为和大夏的和亲吗？你不喜欢赵淳儿？"

李策仍旧不说话，楚乔无奈地叹了口气，然后傍着他坐在门槛上，任李策靠在她的肩上，也不作声。

入秋时分，暮草萧疏之气隐隐充溢，窗外的新月有若新眉，幽幽地透过窗棂，银白的光泻了一地，宫灯是暗紫色的，一闪一闪，幽明不定，烛泪滴滴，顺着银白色的烛台缓缓流下。

秋虫的鸣叫越发显得室内冷清，这座空旷的宫殿，终究许久不曾住人了。

"乔乔，你前日派人找过我？"李策突然说道，声音有些低沉，却已不像刚才那般疲惫。他坐直身子，眼神幽暗，仿佛之前那一度柔软的男人不是他。楚乔知道，他的软弱已经过去了，现在的他，又是那个所向披靡的卞唐太子了。

"是的，"楚乔点了点头，"我想要离开了。"

"好，我马上派人，明天就送你去燕北。"李策毫不犹豫地点头，沉声说道。

"不，我暂时不想回燕北，我在这里还有事未了。"

李策的眉头顿时轻轻皱起，他定定地看着楚乔，眼神中带着几丝探究和思索。

楚乔说道："你不用猜了，我在等一个人，至于这个人是谁，你也不必追问了。"

李策狡黠一笑，说道："你怕是要背着燕洵红杏出墙吧，诸葛玥就要到了，你莫非要去找他？"

楚乔不耐烦地白了他一眼，"你猜着玩吧。"

"你最好还是小心一点，"李策靠在门柱上，说道，"在我眼皮底下，我尚且可以护着你，出去了，可就难保了。大夏的人进城了，他们显然已经得知你在宫中的消息，夏人有多恨你，无须我来提醒你吧。"

楚乔点了点头，忽地想起了断臂的赵嵩，面色一阵索然，轻声说道："我明白。"

李策斜着眼睛望她，见她不语，突然站起身来，一把拉住她的手，大声说道："走，带你去一个地方！"

夜雾灰白，昏黄的宫灯隐没在昏暗之中，好似一团团暖暖的明火。李策素袍锦衣，拉着她的手，大步地奔跑着，夜风从他们的发丝间穿过，轻飘飘的，好似最上等的云锦纱帐。

两人来到一处楚乔从没来过的院子，一路穿花拂柳，踩在秋初的露水上，拐过几道小门，拂开一丛碧柳，一汪清澈的碧湖顿时出现在眼前，只见满满的荷叶堆积，遮天蔽日，素白的莲花在月光下好似雪雕，幽香逼人，令人闻之欲醉。

楚乔顿时有些愣住了，转过头去问道："你怎么做到的？"

李策一笑，拉着她的手蹲下去，伸入湖水之中，楚乔轻轻地叫了一声，很是惊讶。

李策得意地笑道："我聪明吧，我一早就遣人埋好了莲藕在下面，又引来温泉的水，一夜之间，花就都开了。"

楚乔掩嘴笑道："了不起，有钱能使鬼推磨，有权能使磨推鬼，你钱权都有了，于是连花神都得听你的。"

"有钱能使鬼推磨？这说法倒新鲜。"李策笑道，"走，跟我来。"

两人沿着石径，一路走到湖边，李策显然对此处十分熟悉，借着淡淡的月光带着楚乔一路上了一只小船，然后站在船头，轻轻地一撑桨，小船徐徐离岸，缓缓地滑入碧湖清池之中。

清风徐徐而来，带着青荷初绽的幽香，烟水十里，浩浩荡荡，万千风荷掩映于水汽之间，月光如洗，清辉濯濯，幽然晃动，好似镜面冰破。

小船穿梭在青碧荷叶之间，大朵的荷花左右推攘。楚乔伸手拂过几朵白荷，睫毛弯弯，静静微笑。

李策放开船桨，坐在船头，也不说话，只是默默地看着她。远处的宫灯倒映在池水之中，清澈的水面上浮起大片大片的绢红黄黄，绮丽如雨后彩虹。

楚乔转过头来，对着李策微微一笑，说道："李策，多谢你。"

"谢我？谢我什么？"男人的眼睛弯弯的，微微上挑，带着几分特有的深沉和狡猾。那半眯的眼睛，似乎隐藏了许多东西，也掩盖了许多东西。

"谢谢你这段日子照顾我，若不是你，我也许已经死掉了。"

李策微微一笑，"那你还真该好好谢谢我，救命之恩非比寻常，要不你就别走了，留在卞唐以身相许吧。"

流水舒舒，有淡淡的声音响过，和着他们零星的话语隐没在十里风荷之中。楚乔抬起头来，眼睛明亮地说道："莲花之美，在于出淤泥而不染，濯清涟而不妖，我觉得我和你在一起这么久，还能以正常人的思维思考说话，就是莲花的精神。"

李策捧心叹道："乔乔如此诗才，真是让我越发迷恋了。"

楚乔仰视皎洁的月光，"你迷恋的东西太多了，太贪心可不是一件好事。"

李策站起身来，轻袍大袖随风飘舞，语调清淡地随意说道："有些东西，却是无论如何也强求不到手的，于是就只好努力多看几眼。"

楚乔略略惊心，面上不动声色地说道："莲花败了，可以再开，你强留了它们多开一池，已属难得了。"

李策点头轻叹，"是啊，明年还会再开的。"

小船摇曳，浮萍分了又拢，轻如鸿毛，随波逐流，缓慢游荡。

"燕北很冷吧？"李策突然轻轻叹道，"据说那里常年下雪，难见繁花。"

楚乔仰起头来，看着他修长的背影，语调轻快地说道："春兰秋菊，各擅胜场，燕北的莽原如雪、冰山如洗也是难得一景，你若是有朝一日看腻了江南烟雨，也不妨放马边塞，踏雪回回，燕北高原上的美人，定会出你所料，令你心折。"

李策微微一愣，有一刹的失神，随即朗声一笑，说道："还是你最了解我，什么时候都知道为我着想。"

这时，只听砰的一声，小舟轻触岸边，这池子本就不大，这么一会儿，竟然到了头。

两人下了船，然后缓缓地走向宓荷居。月光照在他们身上，是那般洁白、苍凉和萧瑟。两人的影子落在地上，影影绰绰，不断地重合，又分开，重合，再分开，终究越离越远。毕竟，那是两个影子，而且，从不曾牵扯到一处。

转眼间，已经到了宓荷居的门前。两人站在那里，有着一瞬间恍惚的尴尬。李策懒散地靠在一棵石榴树上，殷红的石榴花瓣好似胭脂一般，落了他一身。

李策貌似慵懒地打了一个哈欠，说道："太晚了，明早估计起不来了。"

楚乔点头，"你就是懒，今早听秋穗说下了早朝你还没穿上靴子，唐皇为此还发了火。"

"说那些干吗？"李策挥了挥手，然后说道，"真是不愿意起早，早朝就不能挪到午后吗？麻烦。这样吧，明天一早我派人送你出宫，然后你就出去自生自灭吧，我也不去送你了。"

楚乔点头，"就不劳烦你的大驾了。"

李策笑道："也好，此行一路遥远，你自己多加保重，若是……"话到此处，突然多了几丝难言的晦涩，李策自嘲一笑，然后转过身去，嘴角扯出淡淡的纹路，"若是有朝一日，你觉得燕北天寒难耐，也可以考虑回江南休养，此处虽无大漠雄浑，更无草原磊落，却也温暖袭人，适合居住。"

楚乔苦涩一笑，"人有悲欢离合，月有阴晴圆缺，世间之事，在于机缘。"

李策摇了摇头，轻声说道："我也希望你永远没有那一日，你，好自为之吧。"

心底突然有一丝难解的哀伤，李策的身影渐行渐远，楚乔也缓缓地转过身来。月光照射在他们两人之间，那片无人的白亮，渐渐扩散，终于笼罩了整座寂寞的宫廷。

入秋时分，夜色乍冷，李策的身影渐渐隐没在重重火红的石榴花树之中，细长的青石板小径上只余下淡淡的杜若清香，萦绕在鼻息之间，恍若冷月的清辉。宓荷居前，一池荷花已然落尽，只剩一片乌黑的糅杂，秋风一起，这庭院就显得越发凄凉。

楚乔一身轻绸，缓步走向寝殿，风吹散了她的长发，像是翻飞的蝶，在空中张扬着翅膀，凌乱地舞着。

宓荷居占地极广，连栋三十多间楼台，高低起伏，鳞次栉比，风景极好，可以想象当日极盛之时是如何光景。楚乔静静地走在幽静的小径上，不时有绽花的树梢垂下枝头，轻轻地触碰着她的眉头。绣鞋极薄，踩在青石板上有几分凉，一阵风吹来，有淡淡的酒气温柔地吹进鼻息。楚乔一抬头，正见二楼水榭楼台下的梧桐树下面，一名青衣男子淡漠而立，微微仰着头，目光正对着自己的闺房。

"谁在那儿？"女子清脆的声音打破了寒夜的寂静，惊起清池之上的一行白鹭，男人诧异地回过头来，楚乔看着他，顿时一愣，竟然说不出话来。

这个人，和李策的长相竟是那般相似，在这样的夜色之中，乍一望去，几乎就是一个人。

但是下一秒，楚乔就打消了这个可笑的念头，只因为他们身上的气质实在是相差万分。

男人手扶梧桐，静静地立于秋夜月色花香之中，秀美的容貌上笼着一层淡淡的月芒，清冷如斯，带着清淡的若有若无的忧郁，好似秋末屋檐上的清雪寒霜。那人静静地望着她，然后缓缓地皱起眉来。

"你是何人？"光影疏淡，远处的清池泛起幽幽光泽，男人的声音极为清冷，好似破冰而出的水，静静地流泻，不带一点情绪。

只看一眼楚乔便知此人身份不凡，她有礼地上前一步，轻声道："我是住在这里的人，请问阁下是谁？"

那人似乎一愣，眼神带着一瞬间的茫然，他叹了一声，然后好似自言自语般说道："哦，原来这里已经有人住了。"

月光照射在男人的衣襟上，流泻出一种剔透莹白的光泽，楚乔知道，这个时候，她原本该说些什么，而后转身离去，以免招惹是非，可是有些话哽在喉间，让她不忍出声去打断那男人的思绪。

男人缓步自梧桐旁走过来，一级一级地踏在石阶上，台上清风徐来，吹起地上的梧桐秋叶，淡淡的灰尘飘起，让楚乔不得不半眯起眼睛，伸出素白的手遮在额前。

"这里背靠太清池，风总是极大的，出来的时候记得戴上风帽。"

楚乔微微一愣，瞬间与来人相对而视，却只在男人的眼中看到恍若深海般的寂静。

"多谢，出来久了，恐怕侍女已在寻找，先告辞了。夜凉风疾，先生也早早回去吧。"

楚乔知道，不必再追问对方的身份，即便问了，他也未必会说，就礼貌地告辞想要离去。

谁知那人却好似没听到一样，仍旧戳在原地，静静地望着她，声音如迷蒙的雾气，"太子很宠爱你吧？"

楚乔知道，他也定是如别人一般，将自己误认为是李策的宠妃了，当下也不反驳，静静地施了一礼，说道："告辞了。"

"可我问的话，你还没有回答。"

楚乔微微皱起眉来，回过头去，却见他并没有什么轻佻之意，而是很执着地等着她回话。

"你知不知道，若是我真的是太子殿下的宠妃，你现在的所作所为，就非常不妥了。"

男人微微一愣，随即说道："我许久不曾回宫，不知道这里已经住人了，抱歉。"

楚乔朗然，"不知者不怪，只是现在既然已经知晓，先生是不是该回避一下了？"

男人哑然失笑，点头道："果然有些相似。"

楚乔皱起眉来，说道："先生深夜来此，言辞模糊，还不愿表露身份，若不是我见你姿态高洁，气度不俗，十有八九就要把你当作登徒子绑起来了，此时还在此流连，不怕给自己找麻烦吗？"

男人愣了半晌，随即说道："不好意思，思慕故人，过于忘形了。"

"一时忘形也无妨，只要记得及时收敛就好，这里毕竟是皇宫，卞唐极重礼数，小心点总无坏处。"

男人淡笑着点了点头，然后微微拱手，就向宓荷居外走去。刚走了两步，突然又回过头来，指着高高的屋檐说道："那里有一串风铃，被尘土掩住了，姑娘若是有时间，不妨让宫人打扫一下，秋风薄凉，铃声清脆，很是悦耳。"

"多谢先生提醒。"

男人淡淡地笑了起来，眼神很是温软，点了点头，说道："我是洛王。"

月向西又移了几分，青衫如浮云般轻轻拂过蒙尘的玉阶，楚乔目送着他渐渐远离，心下却一寸一寸地冷了下去。

洛王？

洛王……

回到宫里的时候，秋穗正在支着眼皮等她，显然李策过来的时候这丫头是知道的。

"姑娘，您回来啦！"见到楚乔，小丫鬟一喜，一下跳起身来，说道，"奴婢准备了莲子汤，姑娘喝一碗再睡吧。"

手捧着温热的白玉汤碗，楚乔却突然失去了品尝美食的兴趣，抬头问道："秋穗，你知道洛王吗？"

秋穗一愣，微微皱起眉来，说道："姑娘，怎么问起这个呢？"

"没什么，只是随便问问，有不方便的就不必说了。"

"唉，也没什么不方便的，只是……"殿里明明没有人，小丫鬟还是左右看了一眼，然后附在楚乔的耳边说道，"这是宫里的一段丑事，大家一般不敢议论的。"

楚乔挑眉，"丑事？"

"是啊，洛王爷的父亲庐山王，是皇上的叔叔。当初皇上登基的时候，庐山王不知什么原因，得了疾病去世了。据说皇上年轻的时候，比如今的太子殿下还要胡闹，他当时不顾满朝文武的劝阻，冒天下之大不韪，强娶了自己的婶婶，两年之后，王妃给皇上生了儿子，也就是当今的太子，皇上就将王妃立为皇后。听人说，册封皇后的那天，朝中的老臣有八人一同死谏，撞死在凤鸣台上，就这样都没让皇上改主意。二十余年来，皇上独宠皇后一人，中宫之位固若金汤，无人可以撼动。"

"也就是说……"

"也就是说，洛王既是太子的皇叔，又是太子同母异父的哥哥。庐山王死得早，皇后当初嫁过来的时候，洛王刚刚满百天，就跟着皇后一同进了皇宫，二十岁之前，一直是在皇宫里和太子一同长大的。"

"天哪！"楚乔低着头，轻轻一叹，想起那个衣衫朴素的贵妇，不由得一阵唏嘘。

"太子和洛王当年就是在这座宫殿里一同长大的吗？"

"也不是，"秋穗微微咬着下唇，说道，"太子和洛王当初都跟着皇后住在铅华殿里，这座宓荷居，是芙公主的寝宫。"

楚乔眉梢轻轻一挑，"芙公主？"

"嗯，芙公主不是真正的公主，是镇国公慕容老将军的孙女。慕容一族是我国的军方大族，慕容老将军一生报国，所生的四个儿子都在战场上为国捐躯的，慕容老将军也在最后一次北伐战争中血染疆场。那时叛徒作乱，大夏的军队攻破了白芷关，大夏领兵的蒙阗下令坑杀我国的三万降军，为了保护全城父老，已经六旬的慕容老夫人带着四个儿媳妇率领慕容一族的族军与敌对抗，拖延时间，终于等到了边镇援军，慕容氏却在此战中举族覆灭。家族的子弟兵当时护着十一个家族的少主逃亡，等见到帝都城门的时候，就只剩下了只有四岁的芙公主。皇上褒奖慕容一族的忠勇，就追封慕容老将军为镇国公，慕容老夫人为一等华荣夫人，几个儿子全被封侯，而芙公主也被册封为章义公主，养在宫中，和太子、洛王等享受一样的供奉。"

这一段话说来简短，楚乔却听得暗暗惊心，这慕容一族，也可以说是当代的大宋杨门了。她听得入神，就问道："那后来呢？"

"后来……"秋穗咬着下唇，默想了一会儿，才小声说道，"后来芙公主就死了。"

楚乔一惊，"死了？"

"芙公主和太子殿下同年，自小玩在一处，皇上和皇后有意赐慕容一族殊荣，不计较她家族没落，于是在太子殿下和芙公主十七岁那年，亲自为他们赐婚，封芙公主为太子妃，家族上奉皇室宗庙。"

楚乔静静听着，心下却不以为然。慕容氏一门忠勇，虽然整族没落，但是在军中拥有无可替代的影响和号召力，芙公主嫁进皇室，也算是对皇室的巩固吧。

"可是后来，就是大婚当日，芙公主却上吊自尽了。"

"什么？"楚乔顿时色变，皱眉问道，"自尽？"

"是啊，"秋穗面色也有些苍白，低声说道，"皇家的诏令上写的是芙公主因病去世，但是秋穗自小长在宫中，目睹了一切。当初太子迎亲的马车已经到了宓荷居，太子殿下穿着一身大红锦袍，手捧着蔷薇彩球，兴高采烈地跟在礼官后面，进了寝殿，结果却没看到芙公主。众人一下就慌了，四处去寻找，最后，还是太子殿下第一个找到了芙公主，大家跟着跑到后殿，就见芙公主一身嫁衣，头悬三尺白绫，就挂在窗外的那棵梧桐木上。"

夜风吹来，冰冷刺骨。

"太子殿下当时大叫一声，昏了过去。我当年跟着娘亲，是迎亲队里的小花娘，母亲和其他宫殿的姑姑急忙跑去把芙公主放了下来。我害怕地往后退，一下就绊在一块石头上，摔倒在地，哭着叫人，却一眼看到石阶下的石榴树下，洛王一身青紫色长袍，脸色白得像鬼一样，静静地站在人群之后，眼睛通红地望着那株梧桐树，一言不发，拳头紧握着，好像要捏出水来一样。"秋穗眼睛发红，轻轻地抽了抽鼻子，"后来，所有迎亲队的礼官、宫女、姑姑都被秘密处死了，因为我当时还不到九岁，得以幸免。娘亲死去之后，我就一直在宫里伺候，可是从那以后，就见不到洛王了，只有每年皇后生辰的时候，他才会回宫一次，也很少外出。我听人说，他被发往眉山了，说是代天子守陵，一晃眼，这也六年多了。"

楚乔缓缓点了点头，只觉心中一阵抑郁，又是一段宫廷秘史，她已经见了太多。

"其实太子殿下以前不是这样的，都是芙公主死去之后，才日渐消沉。姑娘没见过芙公主，那真是神仙一般的人，不但身份高贵，对人也极好，性格很是温柔。当年，我们这些宫里的小女官，没有未受过她恩惠的。只是没想到，那么温和的一个人，最后竟然有勇气走这样一条路。"

楚乔淡淡摇头，"那样一个满门忠烈的名门之后，怎会温和如水？恐怕骨子里流的血都是沸腾滚烫的。她是个宁为玉碎，不为瓦全的人，只可惜，她当年没有自保的能力，并且也没有把自己托付给一个有能力保护她的人。"

秋穗听得似懂非懂。

楚乔拍了拍她的肩膀，笑着说道："秋穗，你喜欢皇宫吗？"

小丫鬟有一瞬间的迷茫，喃喃说道："我也不知道，我娘亲是宫廷里的女官，被太后指给文史馆的馆正爹爹，后来生了我。我生来就在这里，从来没出去过，见惯了各宫的娘娘、夫人们争宠欺诈，一生见到的两个不同于她们的主子，就是姑娘和芙主子。奴婢也说不上来喜欢不喜欢，可是不论喜不喜欢，日子不是都得这么过吗？"

楚乔微微一愣，随即轻笑道："你说得对，不论接受与否，日子都得这么过。因为没见过，所以只能选择安于现状。"

她低下头，轻抚着小丫鬟的头，说道："秋穗，外面和这里不一样，你可以大声说话，可以大步走路，你想去哪里，就去哪里，只要你工作，就可以得到报酬，就可以过你自己想过的生活，在外面，连风都是自由的。"

小丫鬟有些迷茫，喃喃地问："那……我早上不想起来，想睡懒觉，也没人管吗？"

楚乔失笑，"当然，不过你要被扣工钱的。"

"哇！"秋穗突然兴奋起来，一把抓住楚乔的手，问道，"姑娘，燕北就是这样的吗？是吗？"

楚乔看着她，眼神那般悠远，远不像一个十七岁的少女。透过秋穗，她好似看到了很远的地方，看到了燕北的青青牧草，看到了洁白的羊群，看到了圣洁的雪山……

"我不知道现在是不是那样的，因为我也没去过，可是我跟你保证，总有一天，一切都会变成真的，所以，你要好好活着。"

楚乔站起身来，望着窗前那棵枝叶茂密的梧桐木，想起那个一身青衫的落寞男子。

"桐花万里路，连朝语不息。下一世，不要生在帝王家了吧。"

第二天一早，马车的辗转声就惊碎了清晨的好梦，楚乔没有惊动任何人，收拾简单的行装，就上了那辆马车。

铁由对着楚乔一笑，说道："楚姑娘，天儿冷了，马车里有干粮，你还没吃饭吧。"

楚乔点头，"多谢你了。"

铁由显然知道她的真实身份，憨厚一笑，说道："楚姑娘在大夏干的那几场仗，已经成为尚武堂上课的范例了，我儿子很喜欢你，整日念叨。"

楚乔看着男人，微微一愣，问道："你儿子？你今年多大？"

铁由笑道："我今年二十五，我儿子十二，我十三岁成亲，刚刚又得了一个女儿。"

楚乔暗暗咋舌，十三岁……

李洛说的不错，这里的风果然是很大的。楚乔戴着风帽，撩开马车的帘子，只觉风声呼啸而来，恍若风车。清晨的阳光带着金黄色的温暖，洒在整个金吾宫里，那远处的楼台水榭、巍峨宫殿，好似一场繁华的迷梦一般，渐渐远去。浮云款款，浅浅相依，满园绯红柳绿，怀抱着一汪清澈的碧水。大理石广场上一片幽静，只有这一辆马车，在晨光中缓缓前行，透着斑驳的影子。

楚乔抬起头来，仰望着天边的浮云，想起李策斜倚在海棠树下的模样，眼神渐渐迷蒙。

"欢行白日心，朝东暮还西，但愿你真的能这样。"

马车渐远，终于隐没在重重宫阙之中。无法起早的李策，此刻正站在揽雀宫的一处假山上。那假山极高，上面遍种青竹，清风吹来，徐徐而动。山上有一座竹亭，匠心独运，造得十分精巧。李策一身青绿色长袍，头戴金冠，手持一支紫笛，横在嘴边，几次想要吹奏，却终不成曲。

天上浮云淡淡，笼罩着下方的万千楼台，远处的一行车轴，拉起了淡淡的烟尘。

"殿下，"一蓝衫男子快步走上假山，面色凝重，沉声说道，"前殿早朝有事，您快去看看吧。"

李策转过头来，脸上再无方才的清淡温和，他微微皱起好看的眉头，沉声说道："什么事？"

　　孙棣也是神色严肃，眉头紧锁，一字一顿地沉声说道："大夏的和亲公主出事了。"

　　很多年之后，《西蒙本纪》上记下了这样一段血泪斑驳的话语：九月初三，大夏八公主赵淳，于宫外寝殿之内被人奸污，死者于死前高呼燕北大同之口号，夏、唐两国相继哗然，一时间，灭燕之呼响彻大江南北，横扫整片大地。

第十四章

李策舌战

　　空旷的国子大殿上，站满了卞唐的文武百官，唐皇李易州高坐在金碧辉煌的重重暗影之中，年过五旬的帝王显现出一种超越年龄的苍老，须发斑白，皱纹深深，一双细长眼睛早已没了年轻时的锐利和戾气，好似深渊古井，幽幽地反射着外面探询的目光。

　　一名七旬儒官怆然跪伏于地，大声说道："北房胆大包天，无视我卞唐天威，以区区一弹丸之地蓄意挑衅东陆正统，若不以雷霆之力加以训教，我卞唐国威何在？我卞唐军威何在？我卞唐有何面目立足于西蒙，立足于三国之列？"

　　此言一出，众人争相应和，却见一名年轻的官员出列，言辞恳切地说道："大夏此时正与燕北开战，微臣以为，我国实不宜贸然加入。"

　　那名七旬儒官顿时大怒，勃然喝道："薛昌龄！你口口声声不宜出兵，到底有何居心？我卞唐立国千载，何曾受过如此奇耻大辱，一旦此事在大陆传开，我国将如何立足，如何自处？你一味袒护燕北，可是和燕北私相授受，有不可告人的勾当？"

　　"陛下！"一声哭号顿时传来，另一名白须老臣悲声高呼道，"如此奇耻大辱，亘古未有！先祖开国，历时千载，以德政立国，以孝廉治朝，以儒道平天下，以教化服四方，堪称三国之首，何曾被人如此挑衅，此风若开，我卞唐颜面扫地，愧对友邦，国颜羞愧啊！"

　　薛昌龄上前一步，激动地说道："皇上，大夏公主被侮辱一事，疑点重重，我们不能只凭大夏官员的一面之词，就倾国之力参与到他国的内乱之中！"

　　"大胆奸佞小人，于国子大殿上还敢胡言乱语，一国公主的名节何其重要？宫廷嬷嬷已经验明正身，大夏八公主刚刚与我大唐定下婚书，如今在我境内，甚至是在国都内被人侮辱，我等难辞其咎！若是不给大夏一个交代，要如何收场？难道只凭你薛昌龄三寸不烂之舌所言的疑点重重吗？"

　　"罗大人！下官并没有说不对此事加以惩办，下官只是怕我们操之过急而落入有心人的圈套之中！"

　　"圈套？"齐将军冷笑一声，"什么圈套？圈套就是燕北害怕我们与大夏联姻，妄图加以破坏！"

　　"我不排除有这样的可能，可是也不能杜绝其他的可能性。若真是燕北所为，他们为何要在临死前高呼表明自己的身份？用这种不打自招的方式激怒卞唐，对燕北有何好处？"

　　罗大人冷哼一声，说道："大同死士行事向来癫狂，怎能以常理度之？"

齐将军身边的一名少将说道："说不定他们就是为了迷惑我们，让我们怀疑是嫁祸之举，大家看，薛大人不就怀疑了吗？"

薛昌龄怒道："军国大事，自然要考虑周详，怎能一句不以常理度之就下结论？下官在朝为官，领着朝廷的俸禄，自然要将所有的情况考虑周详！"

"是吗？本官却觉得，薛大人已经考虑得够周详了，再周详下去，大夏的边疆军可能就要打过来了！"

"徐参将，你……"

"陛下！北大营三万兵马枕戈待旦，愿为国一战！"

"陛下！血债还要血来还，下命令吧！多年未战，老将的刀已经生锈了！"

"陛下！臣等誓死请求一战！"

整座大殿密密麻麻地跪满了下唐的臣子，只有薛昌龄一人孤身而立，年轻的官员脸孔涨得紫红，气得嘴唇发抖，却说不出话来。

就在这时，殿外突然传来一声吊儿郎当的嬉笑，众人顿时回过头去。只见李策一身青绿华服，头戴金冠，腰环玉带，狭长的眼睛好似狐狸一样。他一边笑着一边走上大殿，满不在乎地说道："今日的人好齐全，连柳阁老都来了，有什么新鲜事吗？怎么，是西域送来了宝马，还是南丘又进贡了美人？"

人群分水般两撒，李策带着孙棣昂首从人群中走过，在下首拂袍下跪道："儿臣起晚了，给父皇请安。"

"嗯。"略显苍老的声音在上面缓缓响起，唐皇淡淡地道，"这里的事，你知道了吗？"

"这里？哦！"李策恍然大悟，面色顿时愤怒了起来，一下站起身来，怒声说道，"简直欺人太甚，儿臣就是为了这件事来的！"

满朝文武生怕这个标新立异的太子又有什么新花样，此刻听他一说，顿时心花怒放，连忙附和道："对！简直欺人太甚，太子所言极是！"

李策怒气冲冲地点头说道："大夏连送两名公主，第一位不修妇德，第二位不守妇道，给我戴了顶大大的绿帽子，真是岂有此理！父皇，儿臣觉得大夏对和亲一事毫无诚意，我们还是把他们的公主赶回去吧，儿臣觉得怀宋的长公主不错，据说她还有个妹妹，也是个美人……"

全场大臣顿时一愣，年过七旬的柳阁老顿时悲呼一声，几步上前跪拜道："太子殿下，此事万万不可！"

李策回头，皱了皱眉说道："哦？有何不可？"

"大夏两次送公主前来和亲，可见其和亲的诚意。如今大夏公主在我国境内受此大辱，我们若是不追究燕北的责任，定会被千夫所指，被万人唾骂，被八方所不齿。如今之事罪在燕北贼子，不在夏国公主，望殿下明鉴。"

李策轻轻挑了挑眉梢，说道："哦，你的话也有道理。"

柳阁老擦了一把额头的冷汗，长出了一口气，"太子殿下圣明。"

李策怫然道："既然这样，父皇，儿臣未来的妃子被燕北人侮辱了，儿臣虽然不才，但是也不能坐视自己的女人被人欺负。请求父皇发兵燕北，儿臣愿意亲自领兵，誓将燕北灭于刀下！"

此话一出，满堂皆欢，众人兴高采烈地交相互望，眼神中无不透露出巨大的欣喜。

太子顽劣了这么多年，没想到关键时刻还是颇有一国之君的风范的，卞唐大国，就是应该拿出这样的气势啊！

"另外，父皇，儿臣还有一点小小的请求。"

唐皇微微皱眉，没有多说什么，示意他继续往下说。

李策侃侃而谈，一身锦衣华服，朗然站在大殿之上，剑眉星目，俊美倜傥，高声说道："既然八公主已经和我定下婚约，就已是我卞唐的子民，儿臣希望可以拒绝大夏共同发兵的要求。区区燕北，弹丸之地，只要给我十万精兵，生擒燕洵，剿灭燕北余孽，不在话下！"

众人一听，顿时一愣，可是还没说出话来，李策的重磅炸弹就一个接一个地袭来。

"另外，从我国出兵燕北，沿途要经过大夏国境，绵延万里。儿臣记得，我们的军队最远曾到达过真煌，当时动用了三十万大军和二百万民夫，如今虽然军队数量不足当时一半，路程却极远，所以请求户部为我征调三百万民夫、二十万匹战马、二十万配套的兵器战甲，还有御寒的棉衣，随行的医官、伤药、马匹的草料，粮部筹集三十万担粮草，以供北征军所用。"

户部尚书邱世海顿时头大如斗，好似被火烧到一样，一下跳出来，连忙说道："殿下，微臣以为，燕北是大夏的叛臣，战事的起因又是大夏的公主，大夏理应出兵相助，作为战事的主力。而我们虽然出兵，但是只能作为辅助，而且大夏也应该为我们提供粮草和军需。"

李策笑着转过头来，眨巴着狭长的眼睛说道："哦？邱大人刚才不是叫着国家气节，叫着卞唐国威，声音很响吗？怎么，难道我堂堂卞唐太子被人戴了绿帽子，还要靠别人出兵为我讨回公道？柳阁老刚刚说得很对，我们卞唐立国千载，从未受过此等奇耻大辱，什么被大夏打得抱头鼠窜、退守江南、割地赔款、朝贡都是小意思，红川十八州也不必放在心上。北边那些强盗现在太嚣张，不出手治治他们，他们不知道大陆上是谁人主事。我相信各位将军的想法和我的一定一致，绝不会口口声声说着要征讨燕北，心里却打着希望跟在大夏的屁股后面摇旗呐喊的窝囊主意。而且大夏刚刚经历大战，自己吃饭都成问题，还要向我国购买粮草，诸位觉得他们会怎样接应我们的口粮呢？"

李策笑眯眯地站在大殿上，之前那些理直气壮的将军顿时面色难看，左右互望，哼哈地答应着，却没有一个人能说出话来。

"听说燕北兵多将广，燕北洵更是有经世之才，当初仅凭一人之力，竟然策反了西南镇府使，攻破了我们百年来三十万大军都没有攻破的真煌城，逼得大夏三百年来第一次迁都北退，险些亡国，后来又一路杀回燕北，整个西北边军和各方藩王郡守无一能够拦截其刀锋，被人称为新一代的'燕北狮子王'。而我卞唐又多年无战事，除了南方无法抽调的少数边军，见过血的士兵大多数已经在五六十岁以上，而且军队编制不齐，武器大多生锈。但是我觉得，只要我们众志成城，万众一心，绝对有可能横跨整个大夏国土，将敢犯我卞唐的狂徒斩于刀下。"李策一边说，一边在大殿上行走，越说越开心，"毕竟大家也看到了，我们每年的阅兵式上，士兵们走路都很整齐，喊声也都很嘹亮，就算没杀过人，但是大多杀过鸡，而且在青楼争风吃醋、打架都非常在行，有着很老练的实战经验。我们尚武堂的娃娃将军们也都是年轻才俊，各位大人的儿子、孙子也大多在里面，这都是我们帝国的财富啊！这些小伙子虽然从来没上过战场，估计连鸡都没杀过，但是我觉得他们都有十分高昂的战斗意识，每日的口号喊得也很响亮，我觉得我可以把他们带在身边，只要在战场上历练一番，定是一支无敌的精锐之师！而且，我们还有很多燕北没有的瑰宝，虽然最近听说那个什么边仓、兮睿、乌道崖之类的将领颇有本领，带着三五千的大同武士团就能血洗上万军队，而且还能毫发无伤地全身而退。但是我们卞唐是不会害怕的，他们才几岁，太年轻，我们的将领中，像窦老将军、白老将军这样经验丰富的老将众多，他们都有着那些人无法比拟的人生经验和战斗技能，只要他们坐镇沙场，保管所向披靡，敌人望风而逃。对了，窦老将军，来的时候我在门口看到你的假牙了，前几天听说你中风了，口齿不灵敏了吧？没关系，我马上派人再为你做一副玛瑙的。"

满朝文武面如土色，几乎说不出话来，李策的兴致却越发好了，他一边溜达，一边侃侃而谈："还有，燕北那种蛮夷之地，不通教化，不讲孝廉，百姓都是一群蒙昧之徒。我们大唐有万千饱学之士，若是燕北的百姓胆敢帮助叛军反抗，就派出我们御史台的数百博学御史大夫，向他们晓以大义，相信他们一定会臣服在圣人的言辞之下，并为他们的所作所为感到羞愧，转投到我们的怀抱之中。虽然我听说夏皇曾经历时八年，想要同化燕北百姓，让他们忠于帝国，但是他们还是如蝗虫一般疯狂地攻击帝国的军队，攻击新到任的长官，八年之间，从无间断。但是大家不必害怕，大夏怎能同我们相比呢？我们接受圣人的教诲的时候，大夏的祖先还在草原上没穿裤子呢，哈哈！还有还有，还有最重要的一条，"李策笑眯眯地转过身来，一下就跪在地上，对唐皇说道，"父皇，这一条至关重要，关系到我大唐的国运昌隆，一定不能疏忽。"

唐皇嘴角带着一丝笑意，看着自己的儿子，说道："你说吧。"

李策抬起头来，很严肃地说道："儿臣斗胆请求迁都。"

"什么？"此言一出，满朝文武终于再也坚持不住，纷纷大惊失色地惊呼起来。

"唉……"李策长叹一声，无奈地说道，"这也是没有办法，为了维护我卞唐的尊严，此仗非打不可，但是打完了呢？虽然我们知道我们一定会胜利，但是损失估计也会不小，兵力、财力、粮食、武器、人员、民夫，数不胜数，重要的是，此战旷日持久，极耗国力，我国大军深入大夏境内，难保夏皇不会生了小人之心，就算夏皇真如大家所想，仗义万分，但是战后我们损失重大，怀宋难道不会乘机而入吗？大家不会忘记吧？我们可是正同怀宋开战呢！大家要做好心理准备，我们卞唐马上就要迎来历史性的两面开战的新局面了，胜负难料，前途叵测。所以，我提议，我们立刻迁都，就迁到南疆的不毛之地，将帝都一把火烧了，就算将来我们被大夏追击，被怀宋攻破，他们也什么都得不到。我们躲在南疆丛林里，谁也找不着，气也气死他们，哈哈！"

此时，众人的脸色已经难看到不能再难看了，李策却又突然兴奋地说道："而且，我刚刚由此想到一个绝佳的计策，如果此战我们侥幸不死，还维护了我卞唐无上的光荣和尊严，那么此事之后，我们大可以派出一名皇室女子前往大夏和亲。然后再遣出大量善辩的官员随行，到了大夏之后，我们将计就计，说公主被怀宋的探子侮辱，趁着群情激奋的时候，再派出我国官员，带着大量的财物贿赂大夏的言官们。哈哈，这样大夏就不得不和怀宋开战了，到时候我们坐山观虎斗，坐收渔翁之利，大家觉得我这个点子怎么样？"

众人一言不发，整个国子大殿上一片死寂，突然，只听扑哧一声，竟然有人笑出声来。

众人顿时回头，对那人怒目而视。

只见薛昌龄一抖衣袍,上前一步跪在地上,朗声说道:"太子殿下英明,下官心悦诚服,下官刚刚瞎了眼,现在深以为此战必行,如若殿下不弃,下官愿意追随殿下鞍前马后,以效犬马之劳。"

"好说,我记得你了。"李策笑着说道,随后猛地转过身来,跪在地上,"父皇,下令吧,儿臣心意已决,不破燕北,誓不为人,就算此行十死无生,也誓要和燕北同归于尽,以保住我卞唐声威。刚才诸位大人说得儿臣热血沸腾,儿臣请求将刚才说话最大声的几人带在身边,给诸位大人一个建功立业、名垂青史的机会,请父皇恩准!"说罢,一个头深深地磕在地上。

唐皇微微沉吟一下,正要说话,只听一人突然高呼一声"皇上",就跪在地上。

柳阁老突然神情严肃地说道:"皇上,老臣突然觉得刚刚薛大人的话颇有道理,只听大夏公主的一面之词就对燕北兴兵,实在太过草率,我们应该再多做一些调查,才能决定此事。"

"哦?"唐皇声音一扬,说道,"刚才柳阁老不是说薛大人是奸佞小人,此话不足为信吗?"

柳阁老额头冷汗涔涔,强打精神,"这个,是老臣思虑不周全,现在想想,薛大人所言……这个,也有几分道理。"

唐皇转头看向老将齐将军,"齐卿,你认为呢?"

"老臣也认为柳阁老所言极是,大军出征乃军国大事,理应……理应多加小心。"

户部尚书抢先说道:"微臣也觉得,如今出兵,户部的粮草不足以应对如此大规模的军事调动,应该周详商讨。"

"对对对,兵部调兵马到北疆也不是一天半天的事,而且我国多年无战事,就算要打仗,也要多做一些准备。"

李策皱眉怒道:"诸位大人是什么意思?难道我们被人欺负成这样,也不能反击吗?如果都如诸位大人所言,我们卞唐的颜面何在?就算要死,我们也要拉上燕北一起垫背。"

"太子啊,"罗大人抢呼道,"燕北是什么东西,哪里值得我们为他们送命?这件事,还是缓缓吧。"

"那不行,"李策决绝地说道,"我的妃子被人侮辱,这是何等大事,作为一国太子,我不能忍受别人欺辱我的国家,作为一个男人,我不能忍受别人欺负我的女人,若是我一声不吭,岂不是要被全国耻笑,成为全天下的笑柄?"

柳阁老连忙说道:"太子息怒,太子今日若是能忍下一时的意气,就是对卞唐子民的牺牲,就是保全了万千可能会在战场上死去的战士的性命,无人会说太子的不是,他们只会对您感恩戴德。"

"正是,再说大夏公主还没正式嫁进卞唐,此事虽然有我们的关系,但是他们自己的护卫也难辞其咎。而且燕北是大夏的死对头,和我们卞唐有何关联?大不了再换一个公主,反正夏皇的女儿那么多。"

"对!他们在我国帝都内搞出这样的丑闻,我们还没有追究,他们若是敢吵闹不休,我们就定要向夏皇讨一个说法。"

李策为难地皱起眉来,缓缓说道:"可是,诸位大人能忍受这样的屈辱吗?你们都是国之重臣,不怕将来史书上重重写上诸位一笔?"

"没关系!"众人集体摇头,"为了卞唐,这点委屈算什么。"

"唉,"李策摇头叹道,"看到诸位大人如此深明大义,李策心中有愧,既然大家都这么沉得住气,我还有何话可说。书记官,草拟书信,慰问大夏公主,然后,就送她回去吧。"

很快,早朝就结束了,百官们纷纷退了下去,唐皇交代了李策几句,也回了后宫。

孙棣跟在李策身后,对着他悄悄地竖了一下拇指,说道:"殿下的太极功夫,越发炉火纯青了。"

李策嗤之以鼻,笑道:"一群废物老朽而已。"

"但是有时候,这些废物老朽却能发挥很重要的作用。"李策冷笑一声,随即说道,"那个薛昌龄不错,你留意着些,此人我们暂时还不能用,看看再说。"

"是,"孙棣点头,说道,"殿下,后面怎么办?"

李策伸出修长的手指,揉了揉太阳穴,说道:"我还没想好,赵淳儿真是打了我一个措手不及,没想到她这么下得了狠心,为了引起卞唐和燕北的战争,不惜拿自己的名节来做文章。那个查看的宫廷嬷嬷你见了吗,她真被坏了贞洁?还有,那个自称为大同死士的人谁见了?"

"宫廷嬷嬷一共有三人,都是宫里的老嬷嬷,口供一致,看来属实。至于那个大同武士,据说当禁卫军们冲进公主府的时候,他刚从公主的床上下来,然后大喊一句'燕北大同',就自杀了。"

李策摇头叹道:"夏皇拿这种事来赌,真舍得下血本啊!"

"殿下,真要将赵淳儿送回大夏吗?"

"不然还怎么办?留在这里养着?"李策冷哼一声,"我将赵淳儿送回去,夏皇就应该知道自己的阴谋败露了,他现在还要仰仗卞唐,不敢和我撕破脸,只要弹压住百官,他们大夏就掀不起什么风浪。"

孙棣点头道:"正是,任他风急浪高,我自岿然不动。"

这时,不远处突然有一名侍卫跑上前来,脚步混乱,气喘吁吁,满头大汗,衣襟已经湿了大半,一路高呼道:"殿下,不好啦!"

李策眉头一皱,顿时急步上前,沉声问道:"出了什么事?"

只听那人砰的一声跪在地上,面色惊慌地说道:"大夏公主,在皇城中央的蔷薇广场上撞头自尽!"

"什么?"

孙棣顿时惊呼道,却听那侍卫连忙说道:"不过还好,她只是撞破了头,并无大碍,只是当地百姓拥挤,造成了一点小混乱。"

李策冷哼一声,不屑地说道:"苦肉计嘛,打同情牌,想要掀动唐京百姓为她造势吗?"

孙棣皱眉道:"这么点小事也这般惊慌,你是谁的部下?"

"殿下,主要的不是这个,"那侍卫急得脸孔通红,一边喘气一边说道,"关键是,就在刚才,北大营正在蔷薇广场旁的中央大营里练兵,那些大兵目睹了全部事情经过,下层军官们根本弹压不住那些公子哥儿军士,北大营三万大军已经齐聚在中央大街,闹着要攻打燕北,此刻已经向着宫门来啦!"

"你说什么？"不只是孙棣，连李策也一同色变。

就在这时，另一名侍卫也策马而来，全不顾宫廷礼数，边跑边大叫道："急奏！急奏！"

"什么事？"李策面色冷酷，再无半分玩乐之色。

"殿下……"那人扑通一声自马背上掉了下来，衣衫上血迹斑斑。

孙棣怒道："北大营疯了吗？为了一个异国公主，竟然攻击自己的战友？"

那人跪伏在地上大声说道："回殿下，北大营没有对皇城禁卫军动手，但是他们围住了铁由大人的马车，三万北大营军人发了疯一样，据大夏的官员说，马车里有此次事件的策划者，是燕北的叛逆。我们前锋营已经死了二十多个兄弟，大多是死在大夏随员的手上，但是北大营的士兵们见了血，更加不好控制了。"

李策面容阴沉，动了几分真怒，眼睛好似狐狸一般缓缓眯起，冷冷道："单一个赵淳儿成不了事，这里面定有蹊跷。"

清晨的迷雾散开了一点，阳光刺透雾气，洒在大理石铺就的蔷薇广场上。银白色的铠甲在阳光的照射下熠熠生辉，三万北大营将士密密麻麻地站在广场的石阶上，他们的脸孔还很年轻，有着初生牛犊不怕虎的青涩。这些在唐京帝都安逸的环境下长大的帝国贵族子弟瞪着通红的眼睛，虎视眈眈地望着那辆被逼上高台的马车，手中的兵器被握得咯吱轻响。

朝霞如血，站在高高的蔷薇广场上，眺望着壮观雄伟的唐京古城，那些巍峨的城墙，金碧辉煌的宫殿，鳞次栉比的民居商户，手拿锃亮战刀的军人，还有站在广场下面仰首眺望的百姓……楚乔突然觉得心里很宁静，风那么大，吹动她的披风，衣衫的下摆在清晨的风中猎猎翻飞，好似一只将欲展翅的大鸟。她伸出手来，摘下头顶的风帽，露出一张美丽坚韧的脸孔，和一双宁静沉着的眼睛！

霎时间，巨大的嘈杂声在四面八方响起，一个月前，楚乔的画像从大夏传入，被贴满了大街小巷。尚武堂的学生们，也曾反复研究过她那几次神出鬼没的作战方略，但是此刻，看着眼前这个还不足十八岁的年轻少女，所有人瞬间惊呆了。

这，就是孤身一人冲入大夏皇都带走西南镇府使的燕北贼子？

这，就是率领四千丧家之兵转战千里未尝一败的大陆新一代当世名将？

这，就是万里逃逸，几十次冲出大夏围追堵截的战地逃龙，燕北精神上的崇高领袖？

难道这，就是秘密潜入卞唐，策划了惊人动乱的幕后元凶？

"我是太子殿下身边的禁卫军统领铁由，叫你们的长官出来见我！"

铁由身上已经负伤多处，但是仍旧持剑屹立在楚乔身前。年轻的汉子像是一座巍峨的山，眼神那般坚韧，眉毛又黑又粗，英挺地竖着，持剑指向沸腾如水的北大营，高声怒喝道："让卢方山出来见我！"

他不知道，此时的北大营高级领袖们已经全部进入金吾宫的国子大殿，请求帝国出兵燕北，军中剩下的只是一些中下层将领。

他的剑厚重且锐利，带着嗜血的寒芒，在他的脚下，是十多名试图冲上来的军人，他们穿着北大营的军服，可施展的刀法却是夏国的劈砍式。可是，此时此刻说这些都已经太晚了，铁由怒声喝道："你们聚集在这里，是想造反吗？"

二百多名禁卫军护在楚乔身旁，他们大多已经受伤，其中一人当胸被利箭刺穿，却没有倒下，而是拄着枪站在最后，用身体为楚乔隔开弓箭的射程。

"太子殿下被奸人蒙蔽，愚鲁护卫燕北余孽，我们是国家的军人，是帝国的刀锋，不能坐视帝国受此奇耻大辱，而放奸人逃逸！"

人群中，不知是谁突然高呼一声，原本稍稍冷静下来的年轻军人们顿时再次沸腾，人人大呼道："对！不能放她走！"

"太子好女色，定是被这妖女蒙蔽了！"

"燕北贼子，敢犯大唐天威，必须处死！"

"杀了她！"

长风席卷而过，人们的眼睛里都带着一种妖异般的光。楚乔知道，此时此刻，再说什么都没有用了，军人们的怒火足以焚烧一切，在真煌城，在西北战场，她见识过，知道这其中的厉害。

她大声叫着铁由的名字，铁由却没有回头。她的声音其实很大，但是在冲天的叫喊中显得那般薄弱。

"你走吧！去找李策，此时唯有他可以扭转局面！"铁由没有回头，声音却带着军人铁血的执着，此时，他不再是那个谈起自己女儿就笑得眯起眼睛的年轻父亲，而是一个坚定的军人，他一字一顿地回答道，"太子让我保护您。"

"兄弟们，上啊！我们不是叛乱，我们只是维护帝国的尊严，历史会记住我们，后人会对我们有公正的评判！我们今日的所作所为，将载入史册，我们要用鲜血来诠释军人的忠诚！"

嗖的一声锐响登时传来，一阵响彻耳际的咆哮声好似炸弹般在半空中爆裂，铁由须发直立，发出狮子一般的怒吼！只见他挥舞着战刀，瞬间化作一道黑色的影子，几个起落就跃入北大营的人群之中，一大片血花顿时集散开来，划成一片血红的半圆。仿若是野兽于暴雨中嘶吼，只听一声惨叫随之响起，铁由一手抢着战刀，一手抓起一名年纪不大的北大营士兵，高高地举在头顶！

"想要说话，为什么不光明正大地说？为什么要躲在人后！"

轰的一声，满地烟尘飞腾而起，那人被铁由一把扔到两方中间空荡荡的地面上，铁由一步一步地走上前来，眼神如死神一般狠狠地看着那个男人畏缩的眼睛，"你是谁？可是我北大营的将士？我是北大营嫡出，为何从没有见过你？"

那男人惊恐地向后退去，慌张地说道："统领想干什么？你堵得了我的嘴，堵得住天下的悠悠之口吗？"

"我只问你，你到底是何人？"

"哈哈，"那人突然放声大笑道，"大人身为帝国军人，不去捉拿阴谋颠覆帝国的贼子，却来逼问我是何人，不觉得本末倒置吗？我不过是一名普普通通的军人，没有大人高额的俸禄，没有大人高超的身手，也没有大人高高在上的地位！但是我有军人的血性，有一颗一心向国的心！"

铁由暴怒，一把抓住那人的衣领，怒道："你不是我们唐人，你是夏人，在此蛊惑人心，到底有何居心？"

"铁由大人！"那人的声音霎时间高昂了起来，他红着眼睛大声怒喝，"您也曾经是北大营的骄傲！您也曾经是我们的偶像！可是您现在是怎么了？您跟在太子后面，看着他胡作非为，置整个帝国的利益于不顾，让整个卞唐一同蒙羞，您的血性呢？您的良心呢？让狗吃了吗？"

狂风怒吼，连阳光都有几分冷冽，人群像是沸腾的潮水，嘶吼着、吵闹着，铁由双眼通红，怒声大喝："再不说，我就杀了你！"

"你杀了我吧！"那人凛然不惧，对着北大营振臂高呼，"如果我的血能够振奋起卞唐的军魂，那么我死而无憾！高祖、武皇、玄圣、高烈将军、跃武灵王，他们的眼睛在天上看着我们，卞唐军威崛起！卞唐万岁！"

说罢，只见那人身子突然一挺，直直地撞在了铁由的刀锋上！

瞬间，巨大的抽气声几乎同时响起，冰冷的战刀割断了那人的喉咙，恶心的血沫不断地向外冒着，铁由一惊，整个人退后，任那人的尸体沉重地倒在蔷薇广场之上。

那人犹自不倒，以刀鞘支住身体，口不能言，却仍旧在试图说什么，大口大口的鲜血从他的口里流出，沾染在胸前银白的铠甲上，那朵银质的蔷薇花瓣仿佛盛开了一般，闪动着妖异的光芒！

人群之后，楚乔的眼睛缓缓紧闭，她知道，一切都已经来不及了。

"杀了她！"不知道是谁先高呼出声，愤怒的人群瞬间好似决堤的洪水，汹涌澎湃而来！

"铁由！你快走！去找李策！"

铁由竖起战刀，哇的一声吐出一口血沫，沉声说道："太子让我护着您。"

唰的一声，楚乔一把拔出一名死去的禁卫军战士的战刀，冷冷地望着那些冲上前来的士兵，缓缓说道："那好，我们就并肩干一场。"

"哈哈！能和威震大夏的当世名将并肩作战，就算是死，我老铁也值了！"

脚步声如闷雷般轰鸣，年轻的帝国精锐们发出震耳欲聋的嘶吼，虽然他们对面的敌人只有二百多人，但是他们好似走上了西北战场，好似走上辽东大地，银白色的铠甲如同雪崩一般蔓延了整个蔷薇广场。他们手举战刀，一步一步地向前走来，脚下的大地在剧烈地颤动，整齐的军队像是一堵高山，一寸一寸地压了上来。

铁由手臂上肌肉纠结，顽强地挺立着。他十四岁参军，参加过辽东保卫战，参加过南丘剿灭战，曾经独自一人穿越过几千里的封锁线，传递战报消息，一直是卞唐军人的楷模和偶像。此刻，他一个人站在那里，就好似一柄尖锐的利刃，人们有理由相信，任何撞上去的力量都会付出毁灭性的代价！

"为了帝国的荣誉！"北大营顿时发出整齐的冲锋口号，士兵如潮水般冲了上去！

突然，一排汹涌的血沫飞上半空，铁由振臂一挥，三颗头颅迎风而起，好似几棵烂白菜一样掉入人群，瞬间便被踩成了人肉泥！

两方人马正面冲突，好似两片汹涌的浪头，顿时拍打在一起，溅起鲜血的血浪。刺耳的兵器尖鸣声穿透云霄，在长空之中横冲直撞，二百个禁卫军站成一线，脚步坚定地挺立着，护卫着他们的使命。

年轻的北大营虽然人数众多，却大多在石阶上，蔷薇高台上不足十分之一，他们拥挤着往上冲去，可是在铁由带领的禁卫军面前，他们是那样不堪一击。

第一排，第二排，第三排，第四排……

军人们一排又一排地倒下去，那些年轻的眼睛都是狂热的，血液都是沸腾滚烫的，禁卫军的侍卫们面对着自己的同僚渐渐露出绝望的神色，有人的刀软了，有人的眼神迟疑了，有人在疯狂地大喊道："不要上来！不要上来了！"可是就在他们迟疑的瞬间，战刀横在了他们的脖子上，下一秒，他们就被自己的战友割断了喉咙。

北大营已经疯狂了，这些生平连鸡都没杀过的贵族兵挥舞着战刀，蝗虫一般冲上高台，踩着自己兄弟们的断肢鲜血，无畏地将自己的性命送了上去。

天空的鹰在长啸，大片的阴云堆积，早上的晴空万里，瞬间就变了色。百姓们都已经惊恐地四散，可是整条中央大街都被堵死了，哪里有退却逃走的可能？

人们只能疯狂地吼叫着、推搡着、踩踏着，寻找着自己失散的亲人。耳边所闻，到处都是叫嚷声，丈夫呼唤妻子，妻子寻找儿子，孩子大叫娘亲……不过短短一炷香的时间，繁花似锦的中央大街，就从人间天堂化作修罗地狱！

此时此刻，李策已经带着皇城禁卫军冲出了金吾宫，向来不会骑马的卞唐太子策马奔驰在金吾大街上，一身长袍在风中猎猎翻飞，他的眼神是那般锐利，好似凶猛的鹰。

"太子，"斥候迅速奔来，高声说道，"中央大街被百姓堵死，禁卫军冲不进去。"

"堵死？"李策眉梢一扬，冷然说道，"冲不进去就踩着尸体进去，不让路的，统统杀掉！"

"殿下？"斥候一愣，竟忘了尊卑之分，喃喃说道，"那些，都是唐京的百姓啊。"

"百姓……"李策缓缓眯起眼睛，语调清冷地说道，"晚一刻冲进去，就会多死一名北大营的军人，就会多死一名禁卫军的战士，他们，才是帝国的真正财富。"

斥候醒悟过来，冷硬地沉声说道："是，请殿下稍候片刻，属下带着禁卫军的兄弟们为您开路。"

李策手掌按在胸口上，静静说道："有劳了！孙棣，马上去兵部调集五万狼军入城平乱，另外，燃起烽火，快马通知北方大营，随时关注大夏兵力动向。而且……"他沉吟半晌，仿佛极难开口一般，眉头紧紧地皱着，终于艰难地说道，"派出斥候前往南疆，十二个时辰昼夜不歇地关注南疆水路，以防西北燕兵入侵。"

孙棣一愣，秀眉挑起，沉声问道："燕北？燕北会对卞唐开战吗？"

"不会？"李策冷哼一声，语调冷得好似冬夜的水，"如果她不幸死在卞唐的土地上，我们就等着承受燕洵的怒火吧。而且……"李策缓缓地闭上眼睛，清池荷花中，女子美丽的容颜好似莲花一般在他脑海中回荡，他的声音突然细若蚊蝇，眉头紧锁地轻叹，声音缥缈，但是坚定如铁，"我也不会放过他们的。"

"是，属下马上去办。"

"还有，给我彻查！"李策猛地睁开眼睛，之前的软弱和疲惫顿时不翼而飞，他的眼神里燃烧着愤怒的火焰，拳头握得咯吱作响，"我要这一次北大营练兵的全部资料，我要北大营所有统领的身家密报，不分上下级别，不分大小官职，不分事情巨细，这些天他们见过什么人，和什么人说过话，去过什么地方，哪怕是哪天拉肚子，多蹲了一会儿茅房，我全部要知道！"

孙棣头脑敏捷，顿时就抓住了李策这番话的关键，他面色瞬间大变，惊道："难道殿下以为此次哗变不是偶然？"

"偶然？"李策怒极反笑，转过头来，定定地看着孙棣，阴冷地说道，"赵淳儿寝宫被袭，朝会的所有官员都向着大夏，用苦肉计在蔷薇广场上鼓动百姓，北大营又恰好在蔷薇大营里练兵，军中的高级军官又碰巧全部不在军中，帝国的家族子弟兵这般容易就被鼓动，又恰好知晓了铁由他们的行程，并且知道楚乔就在马车里面！这么多的巧合，你不觉得太诡异了吗？"

孙棣张着嘴，一句话也说不出来。李策面色越发阴沉，继续冷然说道："从始至终，我们没有得到半点风声，没有得到一丝情报，甚至连窦明德那个已淡出政局的老东西都知道了，我们都还懵懂不知！这样严密的计谋，这样精妙的部署，这样环环相扣、步步为营的紧逼，你觉得会是偶然吗？"

长风吹过，前方的嘶吼加剧，禁卫军们开始大肆地驱散百姓，羽林军们拿着弓箭开始大面积地向天上乱射，百姓们在惊恐地逃逸喧哗，一切都好像是一场巨大的闹剧一般。

孙棣和李策对视着，有阴暗的念头从他们的心底钻了出来，任他们如何，也无法压制。

李策点了点头，沉重地说道："你猜对了，有死亡的脚步走进了卞唐，有一只我们看不见的手已经将这张网布好了，在我们不注意的时候悬在了我们的头上。有人渗透进了北大营，渗透进了唐京城，甚至渗透进了国子大殿！"

"是大夏吗？还是怀宋？"

"纳兰红叶不在宾客之中，这样大的动作，她不可能不到场。而大夏的赵淳儿，宫斗的那一套手段还差不多，这么精准的计谋，她还没有那能耐。"

孙棣皱眉道："那是谁？"

"谁？"李策冷笑一声，抬起头来，看着上空翻卷着的浓黑的云，缓缓地摇头，轻声说道，"但愿我猜错了。"

第十五章

绝地反击

一支利箭骤然划破蔷薇广场的死寂，像是一只锐利的狼爪，刹那间死死地咬住了致命的伤口。整个军队，顿时沉静，人们纷纷回过头去，却见那高高的銮驾上，少女一身明黄色的长袍，头戴金冠，脸若寒冰，挺拔地站在那里，手握一把金黄大弓，冷冷地指向血红一片的蔷薇高台，她的额头上包裹着层层白纱，隐隐有鲜红的血迹渗透而出。

嗖的一声，利箭顿时离弦而去，直射向楚乔的胸口。

就在这时，忽听铁由厉喝一声，脚步踉跄，猛地一跃而上，挡在楚乔身前。只听噗的一声，利箭顿时射穿了他的手臂。

"铁由！"楚乔大吼一声，猛然就要上前，一排利箭却顿时激射而来，稳稳地插在她身前的石板上。

女子嘴角牵出一抹冷笑，一步一步地从銮驾上走了下来，高贵的黄金靴子踩在满是血污的地面上，却丝毫不以为意。她淡笑着走上前来，一步一步走上高台，终于站在了楚乔面前，隔着重重尸海，用只有楚乔和她身边的护卫能听到的声音笑道："心疼吗？可是还不够！"

说罢，她接过护卫手上的战刀，一刀捅进已经浑身是伤、已然脱力却仍旧站在楚乔身前的铁由的小腹中！

噗——铁由口中顿时鲜血狂喷，膝盖一软，砰然倒地！

"你不是很仗义吗？不是看不得别人为你受苦吗？那你现在怎么不去死？你死了，我就放了他。"

楚乔咬着下唇，眉头紧皱，看着对面的女子，表情像是冰封的深海，沉寂而冷冽。

女子冷冷一笑，蓦然挥刀，"我最看不得你这副假仁假义的模样！"

风在头顶呼啸，眼前几乎被鲜血蒙蔽，楚乔紧握着手中的刀，浑身上下的每一寸肌肉都在疯狂地战栗。不是害怕，而是无力，可是下一秒，她已经如一只豹子般一跃而起，一刀逼退女子，向她的胸口刺去！

可是，对方根本就没有挥下那一刀，就在她刚刚动作的那一刻，对方身边的护卫霎时间一拥而上。女子故意跌倒，明黄色的衣衫沾染了地上的鲜血，金冠脱落，她仰起头来，满脸凄惶地高呼："我是卞唐国妃，身已不洁，我愿以身殉国，你杀了我吧！"

刚刚沉寂的军人们再一次怒火高燃，看着无数在眼前晃动的战刀，楚乔终于再也坚持不住，轰然倒在地上。

如果再给你一次机会，你还会那样做吗？还会放虎归山、心慈手软吗？

可惜，这世上的事，终究没有如果二字。

昏迷前的最后一刻，楚乔恍惚中又看到铁由暴起的身影，还有他那句一直叨念的话，太子让我护着您。

你这个傻瓜……一滴眼泪从楚乔的眼角流出，她无力地倒在偌大的蔷薇广场上，在血与火的炙烤下，再一次想起那个在山洞里大声哭号的少女的脸孔。

"杀了他们！杀了他们！杀了他们！"嘶吼还在耳边，而今天，她真的做到了。

不知道睡了多久，一盆冷水兜头泼在脸上，楚乔幽幽醒来，却见赵淳儿娇笑的脸孔骤然在眼前放大。

"铁由呢？"楚乔低沉的嗓音好似被沸油滚过一般。

赵淳儿淡淡一笑，云淡风轻地说道："死了吧，好像被愤怒的北大营士兵砍成了十七八块。真奇怪，以前在真煌的时候，听人提起唐军，总是说他们孱弱不堪，没想到传闻和真实的情况竟有这么大的出入。"

楚乔缓缓闭上眼睛，强咽下胸腔生出的那一腔悲怆，轻轻地点了点头，缓缓说道："你会为今日所做的一切付出代价的。"

"是吗？"赵淳儿一笑，"可惜你看不到那一天了。"

楚乔睁开眼睛，死死地看着赵淳儿，一字一顿地沉声说道："燕洵会为我报仇的。"

"你别跟我提他！"赵淳儿一脚踹翻了椅子，猛地站起身来，眼神如火地看着被绑在柱子上的楚乔，怒声喝道，"再提一个字，我就杀了你！"

楚乔不屑地看着她，僵硬的脸孔牵出冷淡的笑，"你害怕了？"

赵淳儿眼神冰冷怨毒，楚乔的眼睛却缓缓眯起，像一只猫儿，她声音低沉地说道："杀了我，你打算如何收场呢？"

赵淳儿冷然一笑，"这就不劳你来操心了，不过我还是很乐意告诉你未来会发生何等壮观的事情，因为你一定看不到了。如果我所做的这一切没有你这个好观众，那真是太可惜了。

"你知道吗？卞唐会分裂，李策会死得很惨，朝廷会遭到一次巨大的浩劫，所有的顽固势力都会被清除干净。大夏已经包围了燕北，冬天就要来了，你们没粮没钱，要如何过冬呢？等到你们人困马乏的时候，等到你们弹尽粮绝的时候，大夏的军队就会和卞唐的军队一起杀进燕北，到时候，燕北的百姓会被集体活埋，燕北的军队会被全部歼灭，燕北的土地会被血水淹没，什么大同行会，什么燕北铁鹰军，全将臣服在帝国的脚下。我们会用手里的刀告诉你们，背叛帝国，将会得到一个什么样的下场！"赵淳儿眼睛发红，神色疯狂地望着她，继续说道，"到时候，我会抓住燕洵，让他跪在我的脚下，痛哭流涕地向我求饶，我会挖掉他的眼睛，打断他的腿，我会用尽所有的方法去折磨他，我会毁掉你们亲手建立的一切！怎么，害怕了吗？"

楚乔看着她，静静地问道："你觉得你做得到吗？"

"当然能，"赵淳儿高傲一笑，说道，"我当然做得到！你知道我们现在在哪里吗？

我告诉你吧,我们现在在蔷薇广场下的仓室里,很快,广场上就会架起一座火堆,然后你会被绑在柱子上,被大火活活烧死。怎么样,你还奢望李策会来救你吗?死了这条心吧,他来不了,有人会绊住他。你说燕洵如果知道你被卞唐北大营烧死了,会有什么反应呢?他那么爱你,会不会发疯一样带着燕北的军队来报复?会不会顺着南疆河道和卞唐开战?会不会自杀性地与天下为敌?"

"哈哈!"赵淳儿的眼睛散发着疯狂的光芒,用梦痴般的语调说道,"我会不计任何手段地对付你们,我会用尽各种方法除掉你们,为了那一天,我会一直忍,我可以忍受所有耻辱和折磨,只为看到你们倒下死去的那一天!你们害了我的一生,你们给我的,我会一千倍、一万倍地拿回来!怎么样,恨我吗?是不是很后悔当初救了我?是不是后悔到想去撞墙?可是你能怎么办呢?你是多善良的一个人,全天下的男人都被你迷得神魂颠倒,可是那又怎么样?你不还是要死在我的手上?怎么?为什么你额头有冷汗,你在害怕吗?你也会害怕吗?为什么不哭呢?为什么不大叫救命?也许燕洵在燕北高原上听得见你最后的遗言呢!哈哈……"

然而就在这时,她的声音戛然而止,瞳孔瞬间惊恐地放大,只见一只手以迅雷不及掩耳之势握住她的脸,只是轻轻一扭,咔嚓一声,就卸下了她的下巴!

楚乔扔掉刚刚解下的绳索,这样的捆绑方法,她能在背着手的状态下三分钟解下来二十条。她站起身来,望着瞪着眼睛软倒在地的赵淳儿,缓缓地蹲下身子,"你说对了,我很后悔,后悔当初为什么会妇人之仁,救了你。但是我这个人,从不会有无聊的怨恨,如果知道自己犯了错误,我会马上纠正。"

女子的面色那般冷冽,眼神却很平静,她撕开赵淳儿的衣服,冷冷地说道:"你也许看错了,我的确不是个滥杀的人,但是也绝对不是一个善良的人,如果你威胁到我,我绝不会心慈手软。你以为你吓到我了?你以为你已经大功告成了?你以为凭借这么一点伎俩,就可以算计我和燕洵?就可以毁掉我们?你太天真,也太不自量力,这个天底下,想杀我们的人数不胜数,我们不在乎多你一个。我不知道那个能要我命的人生没生出来,但是我告诉你,那个人,绝对不会是你。"

赵淳儿张着嘴,惊慌失措地想要大喊,却一个字也吐不出。

楚乔脱下赵淳儿的衣服,然后将自己的衣服穿在赵淳儿的身上,拨乱她的头发,解下她额头上的白绢,最后看了她一眼,一字一顿地沉声说道:"赵淳儿,承认吧,你就是一个废物!你斗不过我,曾经如此,现在如此,永远都一样,你不该来招惹我,因为你太嫩了,你根本不够资格!"说罢,楚乔挥起拳头,对着赵淳儿的脸孔,轰然砸下!

喉咙间的闷哼一声又一声地响起,楚乔挥拳很慢,但是力道十足,霎时间,赵淳儿口鼻鲜血直流,只是片刻间,就已经看不清她本来的面目。

赵淳儿已经叫不出声,她的喉咙间只发出闷闷的低喘声,像是一只斗败的公鸡。她浑身无力地瘫倒在地面上,头发散落在染血的脸孔上,像是一只脱水的鱼。

然后,她就看着楚乔站起身来,随意地甩了甩满是鲜血的手,将她那身明黄色的华服披在自己身上,拨乱头发,而后手在脸上抹了几把,满脸鲜血地跪坐在地面上,尖着嗓子高声喊道:"来人啊!护驾!"

大批的官兵顿时冲进内室,楚乔满手鲜血地捂住自己的脸,指着赵淳儿尖叫道:"她敢偷袭本宫！杀了她！烧死她！"

粗鲁的大兵们一把架起瘫软在地、穿着楚乔的血衣、满脸鲜血已经辨不出本来面目并且被捏掉下巴的赵淳儿，经过楚乔身边的时候，赵淳儿侧过头看到了她浓密黑发之中隐藏着的锋利眼神。

楚乔轻启嘴唇，小声地说："不送。"

待来人带走赵淳儿，楚乔大叫道："我受伤了，送我回宫！"

大风呼啦一声呼啸灌入，黑云压顶，树叶翻飞，宏大的蔷薇广场上，已经架起了高高的火堆。冷风吹在脸上，楚乔捂着脸孔坐在迅速离去的銮驾上，远远地回过头去，目送劲敌缓缓离去。

天空黑沉沉的一片，云层被压得很低，空气十分沉闷，狂风卷着树叶和石块，打着旋儿地在地面上滚过，发出野兽般的低吼，树木猛烈地摇晃着，好像就要被拦腰吹断。明明是正午，却看不到太阳，只有灰蒙蒙的光笼罩着整个唐京城。

一场倾盆的暴雨，正在酝酿之中。

马车跑得飞快，赶车的人使劲地吆喝着，士兵们骑在马上，护卫着马车，沿着靠近城墙的车道，快步奔走在偌大的皇城之中。

大风卷着沙石拍打在马车上，发出沙沙的声响，楚乔满手鲜血，以白绢掩住大半边脸。她不动声色地查看着周围的情况，等待着最佳逃跑时机。

她必须马上找到燕洵，他应该还没有进城，不然今日他一定会出现，他也许在城外，但是这件事一旦传到他的耳中，她不敢想象会发生什么事。赵淳儿虽然愚蠢，但是有一点她算对了，自己和燕洵两人，不但互为臂膀，也互为对方的死穴。

至于李策，她不相信有人能这样轻易地算计到他，那可是一只精明万分的狐狸，就算有状况出现，她也相信李策有扭转乾坤的能力。

马蹄声踏碎了长街的宁静，秋风瑟瑟，飞沙走石，更显肃杀。

眼见马车就要拐入主道，进入内皇城，楚乔当机立断，此时若不离开，再难寻找良机。她微微一咬牙，手掌摸向小腿上的匕首，静候出手的良机。

可是，就在这时，一声清啸划破了有规律的马蹄声，只听嗖嗖两声，利箭瞬间而至！

战马的惨叫声顿时响起，霎时间，大夏的兵马人仰马翻，怒喝惨叫不停，情况极为混乱。而两旁的高树和围墙上，要命的煞星凌空跃下，飞刀箭弩，力道准确，无懈可击。这些刚刚遭逢大变的夏兵猝不及防之下哪里有机会反抗，一半人受伤坠马，三百多人组成的队伍登时溃不成军！

"天助我也！"楚乔心下大喜，看来这赵淳儿仇家还真不少，如此良机，再不懂得把握那岂不是傻子。

她动作敏捷地从马车上跃下，刚要溜之大吉，一道寒芒却已逼至眼前，两名黑衣蒙面人左右闪出。楚乔贝齿一咬，看来，这些人的目标正是赵淳儿这个倒霉的公主。

她身子一扭，一个箭步冲上前去，硬碰硬地对击。

只听砰砰两声闷响，楚乔飞起两脚，狠狠地踢在两男的下身，刺耳的惨叫声顿时响起，在这诡异的长街上显得分外狰狞。楚乔没有时间回头欣赏战果，拔腿就跑，看在对方也是赵淳儿仇人的分上,她并没有下狠手,但是受了她那一脚,今后还能不能做正常男人,就不在她的考虑范围之内了。

杀气翻腾,到处都是刀光剑影,黑衣人们下手极狠,似乎是不打算留活口,后面跟上来的人都手持板斧,遇见活人就兜头砸下,遍目所及,无不是惨烈的血污和白花花的脑浆。

下手够狠!

楚乔眼睛微微眯起,调动起全身的力气,全力奔跑。这个时候,只要能奔出这条街,进入主街,就算是大功告成,她不相信这伙人有在主街公然行凶的胆量。

对方似乎是看穿了她的目的,突然,后面蹿上来一条黑影,动作极快,身手灵敏不在楚乔之下,瞬间逼近,与她相距不过五六步,并肩平行奔跑,一边跑还一边抽出身后的弓弩,嗖的一声就射了过来!

此刻,楚乔头上包裹着白绢,脸被大片血污覆盖着,满头长发凌乱地散在额前,像是一个疯子一样。可是,这一切并不妨碍她的动作和视力,眼见对方的弓箭对着她的大腿袭来,她一把抓住墙壁的凸起,整个人借力一跃。

只听咔嚓一声脆响,箭头撞在墙上,登时折断,可见那人的力道如何之大。

好手段!楚乔斜眼看去,却见对方一击未中却并不气馁,而是又抽出一支利箭。

哪能每次都让他如愿,楚乔冷哼一声,在怀里掏了一把,随即厉声喝道:"暗器!"

经过和北大营的那场对战,楚乔已经是强弩之末,浑身脱力,此刻被逼到危急关头,竟然又爆发出最后的潜能,尽管嗓子已经沙哑到辨不出原音,但是在这样的生死对战之际,那人还是听到了。只见黑影反应极度敏捷,身形诡异地翻腾躲避,可是目之所及,哪里有什么暗器?

回首之间,楚乔早已跑远了,那人不服气地冷哼一声,再一次拔腿追来。

此处地处偏僻,全是小街小巷,楚乔也不理会身后那道如影随形的影子,慌不择路,在小巷中左右穿梭着。

然而很快,她就感觉到了不对头,对方的反应实在太快。她快,他也快,她慢,他也慢,她拐弯,对方甚至都不需要短暂的反应时间,步伐一致,速度一致,动作一致,如影随形,而且由始至终,这个人吭都没吭一声!

赵淳儿这个白痴究竟惹到了什么人?

楚乔极为火大,心念急转间,一棵大榕树拦在了路中间,楚乔眼睛一眯,迅速奔向榕树,然后猛地一个急停,身影一闪,整个隐藏在了榕树的一侧。按照正常的推理,任何人都不可能在原本没有准备的情况下骤然急停,就算那人身手敏捷,等他停下来的时候,也必然会领先楚乔一步,这样默算着,楚乔一把挥出匕首。

可是,就在此时,一阵尖锐的危机感顿时袭上心头,楚乔几乎是毫不犹豫地蹲下身子,然后,就感觉榕树的另一边,一阵刀光从她的头皮上刮过,甚至还有几丝头发轻飘飘地从两旁掉落!

楚乔几乎忍不住想大骂出声,对方竟然好像算准了她会有这一招一样,速度、脚步拿捏得恰到好处,在她暗暗等待算计人家的时候,人家已经做好了后招的安排!

真他娘的郁闷!

电光石火之间,楚乔已经调动了脑海中全部的战斗神经,调整姿势,登时做好了最佳的战斗准备。不干掉他，简直对不起自己现代的教官。

可是就在这时，一阵呼啸之声在头顶响起，来势汹汹，夹带着大片的风声。楚乔一惊，还没反应过来是怎么回事，背上已经骤然一痛，就被一个东西死命地砸了下来，巨大的疼痛让她几乎喷出血来！

可是，接下来发生的一切，却真的要让她吐血了。

紧随其后，一阵高亢的大哭声顿时传来，一个七八岁的孩子骑坐在楚乔的背上，抹着花里胡哨的脸蛋，放声大哭！

原来，在他们跑过来之前，就有一个孩子在这树上玩耍，她枉称是军情处的超级指挥官，竟然连树上藏了个人都不知道。在他们打斗的过程中，那孩子吓得手一抖，就这样从天而降，砸在了楚乔的身上！

还有比这更让人吐血的事情吗？

楚乔一把推开孩子，抱着侥幸的心理打算绝地反击的时候，一把战刀已经抵上了她的脖颈。

杂乱的脚步声迅速逼近，顿时将她团团包围住，几柄战刀随之架上，楚乔恶狠狠地抬起头来，瞪了一眼那个还在哭的小孩，就听后面有人小声说道："没想到公主身手这么好。"

另一人接口道："赵氏弓马起家，会点武艺无可厚非，只是没想到公主的身手这么好。"

他们管赵淳儿叫什么？公主？难道是大夏的人？

一匹战马从远处奔来，马上的男人跳下马背，也是以黑巾包裹着头脸，几步跑上前来说道："我们的人还在拖着，还来得及。"

和楚乔对战的黑衣人点了点头，他身旁的另一人说道："抓住她，去广场。"

一名制住楚乔的黑衣人说道："放下武器。"

人在屋檐下，不得不低头，这话得听。

砰的一声扔下匕首，楚乔正在考虑自己要不要在这群来历不明的人面前表露身份，告诉他们自己不是赵淳儿。这时，那名身手高超的黑衣人走上前来，伸出修长有力的手，一把捏住了楚乔的下巴。

楚乔冷哼一声，狠意顿生，猛地一甩头，张口就狠狠地咬在男人的虎口上！

几乎能听到血肉破碎的声音，鲜血顿时顺着男人的伤口流下。楚乔一张小脸白皙纤瘦，瞪着大大的眼睛，下巴上蜿蜒着一行鲜血，眼神看起来好似不屈的狼，恶狠狠地看着男人。

"啊——"响亮的低呼声同时响起，可是，没有一个人对楚乔这个大逆不道、胆大妄为的行动做出任何反应。

那男人看着楚乔，似乎愣住了，就任由她咬着，不说话，也不动。黑布兜头套在他的头上，只露出一双眼睛。此时，这双眼睛里，竟然有一丝笑意。

楚乔也愣住了，这双眼睛太熟悉了，她像是傻了一样缓缓松开嘴，呆呆地仰头望着。

"哈哈！"那男人骤然间哈哈大笑，扯下头套，拉起楚乔，然后张开双臂，一把将她紧紧地拥抱在怀里。

"我就知道你没那么容易死！"诸葛玥像一个开心的孩子，大声地笑着。他的眼神那般喜悦，面色却仍旧有些苍白，下巴上还有青色的胡楂，他紧紧地抱着楚乔，好似要将她揉进身体之中！

楚乔的头被他按在胸口上，透过他结实的胸膛，听着他一声一声有力的心跳。回想起之前发生的一切，楚乔的视线突然模糊了，死里逃生之后，有些情绪在胸腔内肆虐地奔走着，让她一时间有些忘形。她把头埋在他的怀里，任眼泪肆意地流淌而下。

全场鸦雀无声，风卷着大旗，呼呼作响。

所有的人都抬起头仰望着蔷薇广场，三百年前，这座广场第一次闻名于天下，那座高高的铜台上，烧死了第一个罪大恶极的帝国叛徒——贺兰夜。

作为当年红川高原的最高长官，他坐视红川高原被赵氏一族占领，而没有做出任何有效的还击，甚至在赵氏的狼兵攻打到真煌的时候，他带着一家老小连夜弃城而逃，丢掉了大唐的北方屏障，丢弃了上万公里的国土，让大唐退守下戍平原，让大陆的唯一统治者成为历史，开启了大唐分崩离析的序幕，甚至不得不在夏、宋两国的威胁下改名卞唐，写下了史书上最大的一笔耻辱。

由他开始，蔷薇广场上的铜雀台就成了处死罪犯的场所。此时此刻，那名一身血污的女子被绑在高高的铜台之上，衣衫破碎，墨发飞舞，已经完全看不清她本来的面目。

在她的脚下，是大堆的柴，有士兵举着火把站在一侧。已经过去很久了，刚刚有小规模的骚动，有人在试图救人，那些人貌似普通的百姓，有心人却敏锐地发现，他们这些人，都是暗藏兵器的。

嘈杂声越来越大，无数人挥舞着手臂在大声高呼着。赵淳儿睁开虚弱的眼睛，几次的挣扎和吼叫却只换来了几个响亮的耳光，那些粗鲁的大兵手上都是粗糙的老茧，打在脸上疼痛万分。

下巴脱臼了，让她无法喊出一个字。她的睫毛被血糊住了，只能透过迷蒙血红的视线向下望去，到处是激动的人群，到处都是陌生的脸孔，到处都是激愤的表情。

她突然那样害怕，害怕到浑身颤抖。

要死了吗？要被烧死了？

这时，一个名字突然闪电般进入脑海之中，女子那凌厉的眼神，那清冷的话语，那不屑的表情，都像大火一样席卷入她的心。

楚乔！楚乔！楚乔！

她的表情渐渐狰狞起来，那种恨，毁天灭地，肆虐一切，上穷碧落下黄泉也无法消减半分。

是她，抢走了自己的爱人，夺走了自己的幸福，颠覆了自己的国家，触犯了自己的尊严，还害得自己颠沛流离，受尽苦楚，更被那些卑鄙的、下贱的、令人作呕的贱民侮辱！

如今，更是她，害得自己将要死在这里！

不能放过她！

哪怕做鬼，哪怕下到十八层地狱，哪怕变成一缕鬼魂，也绝对不会放过她！

赵淳儿咬牙切齿，好似一只狰狞的厉鬼，一定要杀了她，一定要杀了她，一定要！

"行刑！"一声高喝顿时响起，可是就在这时，人群中突然一阵骚动，又是刚刚那群捣乱的人！

赵淳儿心底骤然生出一阵求生的欲望，眼神炙热地望了过去，可是，另一股奇怪的念头顿时冒了出来。

这个时候敢来劫法场的人，定是为了救楚乔！

她突然变态地不希望有人来了，她忍不住冷笑起来，声音像是夜枭，充满了自嘲，是不是，就算今日得救，也是托楚乔的福？

下面的人看她疯狂地大笑，还以为她已经疯了，纷纷指指点点。

长风呼啸，将一切声音都远远地带了出去，密密麻麻的中央大街一片拥挤，似乎有人在有意引导着这里的混乱，让外面的人冲不进来。

司徒玉看着混乱的中央大街，眉头紧皱着，十多名年轻的燕北战士迅速奔近，左廷凌沉声说道："司徒少将，北大营人数太多，我们根本冲不进去，即便冲进去也没办法把姑娘救出来。"

白河皱眉说道："我已经发了飞鸽传书通知少主。"

"现在通知少主已经来不及了。"司徒玉沉声说道，"查清楚那伙拖延时间的人是谁了吗？"

左廷凌说道："没有，他们行事很隐秘，但是依我看，姑娘的朋友中，能在这时候施予援手的，不是诸葛家四少爷，就是李唐太子。"

"应该是诸葛家的人，"司徒玉点了点头，"唐太子还在中央大街外面。"

"那我们现在怎么办？诸葛家的人既然在拖延时间，他们必然会有所行动。"

"不能单单指望他们，"司徒玉摇了摇头，望着中央大街，突然竖起手指，说道，"我们去那里！"

"中央大街？"

"是！"司徒玉点了点头，"我们去为李唐太子肃清道路！"

然而，就在燕北的战士们冲进混乱的人群中的时候，人群中突然有人惊恐地大叫一声，随即，所有人都抬起头来，露出不可思议的惊悚表情！

只见黑黑的云层之下，高高的屋顶之上，一匹通体雪白的骏马竟然飞驰其间，腾跃飞奔，如履平地，马上的男子一身松绿锦袍，眉眼如画，俊美到不似凡人！

那马儿本是神驹，脚上包着布帛，所过之处，屋顶噼啪陷落，灰尘四起，一片狼藉。皑皑灰尘中，男子的身形好似鬼魅，几个起落间，就见那马儿骤然间人立而起，长嘶一声，轰然从天一跃，落在宏大的广场之上，漫天烟尘随之扬起，无数人齐声惊呼，数千外围的北大营长枪手急忙奔涌上前，手拿长矛一致对向孤身单骑的男人！

"谁敢拦我？"男人眉梢轻挑，眼神淡漠冰冷地在众人身上一一扫过。

"是……是太子殿下……"

人群中，不知道是谁颤抖地说了一声。随即，好似瘟疫一般，所有人顿时惊慌失措，砰砰声不绝于耳。前排的长矛兵们吓得手都在发抖，也不知是谁带的头，轰然扔掉长枪，一下跪在地上！

"太子殿下！"

"是太子殿下！"

"殿下来啦！"

巨大的喊声响起，北大营的将士们再是大胆，也不敢与卞唐太子正面冲突。心理防线一旦崩溃，这些人顿时好似绵羊一般，跪伏在李策的脚下。之前那些正义凛然的头颅，终于畏缩地垂了下去，恨不得一头将脑袋埋在土里！

李策一身锦衣华服，眼神淡漠，看也没看这些人一眼。

他高昂着头，看着那座铜雀台，然后抬起脚，稳稳地上前一步。

赵淳儿身边的近臣不忍见所有的一切功亏一篑，竟然上前试图拦阻。可是话还没说出口，众人甚至没有看清李策的动作，就见一道银芒瞬间划破了那男人的咽喉，和李策身影交错的一瞬间，男人眼睛大睁地倒了下去。

轰的一声，扬起大片烟尘。

李策掏出一块洁白的锦帕，随意地擦了一下染血的手腕，然后丢弃在地。

洁白的锦帕上点点鲜红，顿时随风而去，在半空中激烈地翻飞。

无人敢说话，无人敢抬头，甚至无人敢发出半点声音，连大气都不敢喘。

向来昏庸好色、胡闹不羁的李策太子，突然间以这样的方式光闪闪地出现在万众瞩目之下，夹带着巨大的雷霆之怒，身上的煞气足以让远近百里的凶兽退避三舍。

面对这样的人，即便桀骜不驯如北大营的士兵，也难以生出一丝半丝对抗的勇气。

"都散开！"中央大街的道路终于清扫干净，李策的随从们好似潮水般从远处奔来，人人手持狼刀，满面彪悍，人们只看上一眼，就觉脊梁发寒。

那些，就是享誉全大陆的"第一痞子兵"，空有一个威风的名字，却连在青楼打架都会输给北大营的帝国狼兵，专属于李策的私人军团。此时此刻，他们神色严肃，军容整齐，手握利刃，满面坚毅地冲进人群。

李策站在铜雀台上，斜睨着那个拿着火把的北大营将士，嘴角轻启，冷冷地道："滚！"

那人一惊，脚下顿时一软，竟然真就顺着铜雀台滚了下去。

"对不起，我来晚了。"长风吹来，李策的表情带着说不出的歉意，他紧锁着眉，看着眼前满身血污、已经辨不出本来面目的女子，只觉得心脏似乎正在被人凌迟，刀刀见血。

他解开女子身上的绳索，然后将她抱在怀里。

透过迷蒙的血污和乱发，赵淳儿眼睁睁地看着李策，死里逃生的狂喜瞬间袭上她的心头。

这个人，就是自己要嫁的人吗？

她一时间有些糊涂，脑子也有些不清楚，她只知道自己就要死了，现在，她要嫁的人来救她了。她的眼泪顿时倾泻而出，悲声痛哭起来。

李策眉头紧锁，一把将她拦腰抱起，向台下走去。

赵淳儿失去禁锢，有了自由，像是一只受伤的小兽一样紧紧地抱住李策的腰，身体瑟瑟发抖。

可是，下一秒，久经风月场的男人却停住了脚步，他看着她，似乎有些愣，随即，他蹲下身子，将她半抱在怀里，伸出手指，轻轻地撩开她乌黑的长发，可是，还有那么多的血。

他那般温柔，似乎害怕吓到谁，语气好似三月的湖水，轻声地问："你？你是谁？"

赵淳儿发出"啊啊"的声音，却说不出话来。

李策这才发现她的下巴脱臼了，也不知他用的什么手法，只听咔的一声，赵淳儿的下巴顿时归位。女子的眼泪好似泉涌，悲伤从心底生出，她哭着说道："我是大夏的八公主，我是赵淳儿。"

李策整个人都愣住了，抬起头来，向下望去，狼兵们正在和北大营对峙，有的人已经准备要动手了，百姓们瑟瑟发抖地跪在地上，惊慌失措地望着他，天上乌云厚重，到处都是肆虐的大风。

李策突然就笑了，笑得那般温柔，他低下头，看着赵淳儿，然后说了一句赵淳儿听不懂的话："我就知道，谁欺负得了她！"

然后，只听砰的一声，卞唐太子一下站起身来，全然不顾自己的怀里还有一个如花似玉的公主，任赵淳儿像一只皮球一样，滚在地上。

他甚至直接从赵淳儿的身上跨了过去，大步跑到正在对峙的两军之中，夸张地挥舞着手臂，对着北大营的将士们大喊道："别激动，别激动，大家都冷静点。"

眨眼间，他又变成了那个说话颠三倒四的混账太子。他站在狼兵面前，吊儿郎当地笑，"听说你们这里有大事，我就来凑凑热闹，顺便叫上他们一起来看，你们不要在意，继续，继续！"

而他身后的五万狼兵，看到主子表情的变化，也瞬间放松了下来，恢复了平日的德行。一个个吊儿郎当地勾肩搭背，哪里还有半点队形可言，好似刚才大家看到的都是幻觉。

他们乐呵呵地走上来，拍着北大营士兵的肩膀，眨巴着眼睛说道："怎么样？哥们儿，俺们刚才那阵势带劲吧？练了好几个月，哈哈，还行吧？"

全场哗然，有士兵又跑向一头跌在地上的赵淳儿。

女子抬起头来，悲愤地叫道："我是大夏公主！"

大夏官员骤然听到公主的声音，顿时一惊，齐齐跑上前去，片刻之后，全场大乱。

赵淳儿被大夏官员七手八脚地扶起来，透过层层人群，看到李策正和大兵们开心地混在一处夸张大笑，完全没有一点太子的样子。

想起他刚刚的举动，还有那句话，所有的一切都好似一把利箭射进她的心里。她任下属将她用毯子包裹住，白白的牙齿紧咬着下唇，几乎要咬出血来。

楚乔，楚乔，你让我如何不恨你？

胸腔里的悲愤一时间将她击溃，眼泪早已干涸，她缓缓地抬起头来，看着上空乌黑的云层，却连大吼一声的力气都没有了。

"我今日在此发誓，此生必亲眼看着你众叛亲离，看着你一无所有，看着你狼狈惨死，如若不然，我，誓不为人！"

长风呼啸，这一场闹剧终于缓缓落下帷幕。

第十六章
此情可待

就在李策全城秘密寻人的时候，楚乔其实就在他的眼皮底下，离孙棣的尚书府，不足三百步。

清静的迎宾别院里，一派幽然。夜凉如水，月光皎洁，精巧的江南小筑隐没在重重海棠繁花之间，竹窗轻启。诸葛玥坐在书案前，正在草拟什么，然后封好信封，交给一旁站着的月七，斜着眼睛淡淡地看着他，语调清淡地说道："谁对命令有意见？进来让我看看。"

月七面色顿时一白，低头不语，潜台词很明显，谁敢进来，那不是找死吗？

诸葛玥低下头，看不出喜怒，只是淡淡地说："出去吧。"

月七如遇大赦，连忙开门，退了下去。

不一会儿，一阵窸窣的声音缓缓响起，诸葛玥放下笔，转过头去，就见楚乔扶着门框站在内室的月亮门边，一身白色男式儒袍，越发显得瘦削，面色仍旧有些苍白，满头青丝散着，静静地站在那里。

"醒了。"诸葛玥说道，伸手指向内室，"那里有温着的饭菜，去吃点。"见楚乔不动，他眉头轻轻一皱，说道，"你的病还没好，回去躺着。"

楚乔仍旧不动。天青色的蝉纱翼窗纱轻薄如烟，在这入秋的时节，越发显得清冷，风吹过树叶，发出簌簌的声音，好像淅淅沥沥的小雨，楚乔静静地看着他，一言不发。

诸葛玥站起身来，起身就往内室走，经过她身边的时候，一把拉住她的手腕，只感觉瘦骨嶙峋，不盈一握。他眉头紧锁，拉着她就往里面走。

"诸葛玥。"楚乔小声地叫道，声音里甚至带了一丝哀求。

诸葛玥的脚步顿时就停了下来，却没有回头，只听楚乔的声音在他的背后缓缓响起，"我要走了。"

夜风吹来，楚乔的衣衫飘起，她虽然身材高挑，但是穿着诸葛玥的衣服还是显得宽大。诸葛玥也不理会，沉声道："如今外面风声很紧，我这里没有女眷，这身衣服你先穿着吧。"

"诸葛玥，我真的要走了。"

诸葛玥转身就要离去，对她的话丝毫不予理会，"大夫让你喝的药，你喝了吗？烧还没退就多躺一会儿。"

"诸葛玥，我真的……"

"不愿意吃这个说一声，我吩咐人另做。"

"你听我说……"

"你来唐京时间也不短了,有没有出去过?外面有几家东西不错,我叫人买来给你。"

"诸葛玥,你听我说,"楚乔一把拉住他,急切地说道,"我很感激你救了我,但是我现在必须得走,我必须去找燕洵,我们燕北如今政局不稳,我必须马上回去,我……"

话音刚落,诸葛玥一把甩开楚乔的手臂,转身就要离开。

楚乔大惊,一把拉住他,大声叫道:"诸葛玥,我……"

"诸葛玥诸葛玥!你有完没完,我欠你钱吗?你非要这么叫吗?"男人顿时回过身来,剑眉竖起,嘴唇殷红,眼神好似锐利的星,怒声喝道,"你和燕洵,你们燕北,你的脑袋里面全是别人,有没有装过你自己?有没有装过我?"

楚乔顿时愣住了,诸葛玥恶狠狠地望着她,眼神好似能喷出火来。他们就这样对望着。有一些一直小心翼翼隐藏着的东西瞬间破冰而出,露出了冰山一角,气氛骤然冰冻,两个人的呼吸有些低沉,却谁都说不出话来。

过了许久,楚乔避开那个让她浑身不舒服的话题,小声说道:"不叫你诸葛玥,叫你什么?诸葛四少爷?诸葛·玥?"刚一说完,楚乔顿时感觉身上一寒,她不自在地摸了摸手臂,好似有鸡皮疙瘩掉下来一样,"难不成要叫你四哥?"

诸葛玥也不看她,转身就往外走,似乎极力想要离开这个是非之地。

楚乔见他要走,连忙追上前去,不料一不小心,扯到了方桌上的桌布,满桌的汤水顿时跌落,哗的一声洒了她满身。

楚乔闷哼一声,倒在厚重的地毯上,诸葛玥连忙回身,几下将那些滚烫的碗拿开,却见楚乔的手臂已经被烫肿了,却还忍着不出声。

诸葛玥的面色难看得好像要杀人,他一把将楚乔打横抱起,大步走出房门,一路奔跑穿过两条回廊,奔进澡房内,全不顾衣衫浸水,舀起冷水就浇在楚乔的手臂上。

"疼吗?"

楚乔咬着嘴唇,摇头不语。

白嫩的手臂此刻已是一片红肿,诸葛玥怒声说道:"都这样了还说不疼?"

冷水一瓢一瓢地浇上去,却不见消肿。诸葛玥正想叫人拿伤药来,抬头之间,却见楚乔上半身衣衫尽湿,曲线毕露,雪白的脖颈以下高低起伏,长发披散,别有一番楚楚动人的媚惑之态。

楚乔也注意到诸葛玥的目光,顿时双手护胸,怒声说道:"你看什么?"

诸葛玥微觉尴尬,却还嘴硬地嘲讽道:"就你这种分不清男女的身材,我看了也没什么感觉。"

楚乔眉头一皱,怒上心来,见诸葛玥此时正要站起身,使坏地一把拉住他的衣衫下摆,趁着他不注意,猛一使劲!

这澡房本就湿滑,只听扑通一声,诸葛玥顿时四仰八叉地倒在地上,再无任何风度可言。

楚乔见了立马哈哈大笑,谁知乐极生悲,诸葛玥挣扎之间抓住了她的小腿,她病后无力,身体随之一倒,好巧不巧,整个人跌入了男人的怀里。

这座澡房是以竹节露天而围,下接温泉,一抬头就可看见天上璀璨的星光,两旁的灯火并不如何明亮,在秋风中隐隐有暗淡的光晕。月亮出奇地银白皎洁,遥遥地挂在天际,夜风带着海棠的香气徐徐吹来，熏人欲醉，帷帐垂地，淡青色的丝绦轻轻地垂落在两侧。这夜，静谧极了。

良久，一声轻轻的铜漏之声，仿佛要惊破谁的梦。

诸葛玥的手很暖，按在楚乔的肩膀上，袖口细密的箭纹不时地擦着楚乔的脖颈，痒痒的。

夜风轻拂，远处的海棠一片嫣红，好似沦入了一个短暂的梦境。诸葛玥的眼神好似漆黑的宝石，他紧紧地锁住楚乔的双眼，然后，轻轻地上前一寸。

楚乔一惊，顿时挣扎着想要离开，伸手就向他推去，可是小腹登时一僵，滚烫的触感让她整个人都愣住了，只能猛地瞪大眼睛。

楚乔连忙坐起身子，退到一边，秋风瑟瑟，从两人之间穿梭而过，尴尬的沉寂，好似无边的黑暗吞噬而来。

楚乔想找话打破这难言的尴尬，声音里都带着怒气，"你不是都看不出我是男是女，怎么还这样？"

此话一出，楚乔立马想挖一个洞把自己埋起来，这简直是越描越黑。

诸葛玥面色也不好看，却还梗着脖子冷哼一声，"你是男是女我看不出，不过很显然，我是男的。"

楚乔终于暴怒，"你也太不要脸了。"

诸葛玥斜睨着她，"你还没见过更不要脸的呢。"

两人对骂一气，粉饰太平，面子上总算稍微好看了点，这时夜风突然有些凉了，若是不想跳进温泉里，此地还真不宜久留。

诸葛玥站起身来，问道："能不能走？"

楚乔此刻衣衫半湿，走自然不是什么问题，只是面子嘛，难免有些尴尬。

男人低头小声地咒骂一句，脱下外袍扔给她，随即自己打头，抬脚就走，姿势倒是潇洒。可是走了两步发现后面的人压根没跟上来，登时回头怒道："你走不走啊？"

楚乔正在穿衣服，手臂烫伤了动作难免有些慢，听他大吼也是心下烦闷，怒道："你吼什么吼？"

看她那个样子，诸葛玥皱眉又走了回来，蹲下来几下将衣服给她穿上，然后扯着她的袖子就往寝房走去。

楚乔被他拉得一个趔趄，不耐烦地说道："你能不能慢点，吃了火药啊！"

"你再说我一句试试？"

"我就说了，怎么着？"

拿来了伤药，诸葛玥坐在椅子上，拉过楚乔的手，以药刷一层一层地将乳白色的药膏擦在楚乔的手臂上。

"早晚各擦一次，两天就能好，别沾水，少吃辣。"

药刷是细密的兽毛制成，贴在肌肤上激起一阵细细的战栗，诸葛玥的椅子比床稍微高一点，他坐在那里，衣衫在灯火下闪动着皎皎光泽，俊美的轮廓有些恍惚，神情却是极认真的，蘸着药膏，一层，又一层。

"诸葛玥，我真的，必须要走了。"

诸葛玥抬起头来，定定地看着楚乔，女子的表情没有一丝玩笑，她很认真地看着他，目光那般清澈。

"我知道，一句谢谢什么也代表不了，你几次出手相助，所承受的风险，所肩负的压力，所付出的代价，我全都明白。"

诸葛玥也不说话，而是放下药刷，将药膏的盖子缓缓盖上。

"但是我没有别的办法报答你，我也报答不起，所以我只能说一声谢谢，你明白吗？"

诸葛玥面色不变，长身而起，转身就想要离开。

楚乔一把抓住他的手，大声说道："诸葛玥，求求你，让我走吧。我怀疑此事不会这样结束，这一次的事件绝非赵淳儿一手可以设计出来，背后定有高手操控，他们有意借着燕北和大夏的矛盾加以挑拨，并以我做借口，燕洵若知我在唐京，无论境况如何，他都很有可能中别人的圈套，而且也有可能挑拨卞唐和大夏，借机挑起战争。这个人心机很深，赵淳儿只是一个幌子，她如今给大夏丢了这么大的脸，夏皇若震怒，大战必起，我必须马上回到燕北。如今冬天将至，燕北缺衣少粮，大同行会内部不稳，西南镇府使没有我的压制极易哗变，这么多的事情，我必须……"

"你是不是疯了？"诸葛玥猛地回过头来，一双眼睛好似充血一般，他紧紧地扣着楚乔的下巴，恶狠狠地沉声说道，"你看看你自己的样子，你被那么多人围攻，几次险些战死，浑身是伤，又重病不起，现在外面全是抓你的人，除了李策，还有唐京别有用心的官员，还有大夏在卞唐的探子，还有赵淳儿带来的人马，还有大夏前来贺寿的诸侯，甚至还有一些赏金捕手，就为了提着你的人头去大夏领赏！这个时候，你还要出去，你就那么相信李策能不顾举国的反对之声保住你？你就那么相信燕洵能为了你不顾一切？你知不知道一旦你被摆在明面上，就算唐皇也不能不顾虑和大夏的关系？一旦你落在别人的手上，绝无存活的可能，你是不是疯了？"

"我没有！"楚乔大声叫道，"我知道自己在做什么。"

女子胸脯起伏，眼神却带着说不出的坚韧，"我一直是这样，全天下都是我的敌人，从一开始跟着燕洵走进盛金宫的时候，我就预料过会有这么一天。可是那又怎么样？想杀我的人那么多，难道我就得永远躲起来吗？我躲起来，只会让自己越来越软弱，那他们就可以更加大肆地追杀我，我现在走出去，就是为了有朝一日拥有自保的能力！诸葛玥，我告诉过你，我有我自己的信仰。"

"去你的信仰！"诸葛玥低吼一声，声音里带着巨大的愤怒和无法掩饰的压抑，他的眼睛漆黑一片，幽幽地看着楚乔，几乎是咬牙切齿地低声吼道，"信仰？重要吗？重要吗？比命还重要吗？"

"重要！"楚乔看着他，一字一顿地说道，"你不明白，这是我活下去的唯一愿望，有人需要我，我必须去。"

刹那间，好似一股狂风席卷过本就混乱不堪的脑海，诸葛玥怒吼一声，就像是压抑的野兽。他猛然上前，登时将楚乔压在身下，带着愤恨、炽烈、不甘的力量吻在楚乔的唇上！

仿佛有熊熊的烈火在胸腹间燃烧，他的吻那么深，那么用力，楚乔整个人都傻了。熟悉的味道充斥在鼻息之间，他的气味像是藤树的枝叶无处不钻，笼罩着她，席卷着她，包围着她，身体是炙热的，血液是炙热的，那已经不再是一个单纯的吻，有太多无法言说的感情在里面奔腾倾泻，肆虐地流淌而出。

楚乔惊恐地拼命去推，去反抗，终于，那股力道渐渐软了下来，那般无奈、那般绝望、那般悲凉，男人眼神漆黑地望着她，自嘲地冷笑，"难道你没感觉到吗？我也需要你！"

楚乔顿时愣住了。

有低沉的气氛在房间流转，烛台上的通臂大烛燃了半夜，烛泪低垂，一行一行地流下，凝结堆积，如绛脂珊瑚。

喉咙似乎被哽住，堵塞着，连呼吸都不再顺畅。

诸葛玥的眼神那般阴郁，他看着她，并不说话，眼睛里有万千风景一一闪过，那些过往的岁月，年少的光阴，不懂如何表达的青涩，还有那一箭射出之后，天涯相望，失之交臂的幸福。

楚乔深吸一口气，渐渐将眼神里的震撼、软弱、不忍通通隐藏下去，终于，她咽下所有的郁结，低声地说："求你……"

烛火仍旧通明如炬，但是似乎有暗淡的光笼罩了下来。在层层青纱的掩映下，男子的脸孔有着昏暗的剪影，他容色清俊，更胜平日，可是此刻望去，表情却那般沉重。

他利落地起身，冷冷地笑，"终究是我自甘下贱，大门敞开，去留随意，告辞。"他说罢，再无半分留恋，拂袖而去。

月凉如水，星子皎洁，楚乔坐在床上，青纱飞扬，烛火暖融，她突然感觉自己是那般疲累，吐出一口气，都是满满的辛酸和沧桑。

"要坚强！"寂静中，有女子的声音缓缓响起，那么细小，让人心酸，"时间会冲淡一切，只要挺住了，一切都会过去的。"

她点了点头，似乎是在说服自己，然后站起身来，眼望着西北方，坚定地点头，"我要去燕北。"

刚走出门，就见月七站在门口说道："少爷已经找到了燕世子的行踪，吩咐我带你去与他会合。"

楚乔闻言，顿时一愣，不自觉地转头向远处望去，只见楼台水榭掩映在重重烟雨之中，残花凋零，满地荼蘼，浅白色的雾气遮住了那个清俊的影子，只余下一把天青色的伞，遥遥地走向重重假山水榭内。那般近，却又那般远，让人看不分明。

"楚姑娘，跟我走吧。"

旷野的风有些大，不断地吹在脸上，一个多时辰之后，楚乔随同月七等几名护卫停在了一片荒无人烟的野地里。年轻的侍卫下马说道："楚姑娘，我们已派人前去通知燕世子，李策太子目前也在他的营中，你在此稍候片刻，他自会前来与你相会。"

楚乔点头道谢，"多谢你了。"

月七道："不必谢我，我也是遵从少爷的吩咐。"

楚乔低下头，沉默半晌，方才说道："你回去，替我感谢他。"

"好。"月七点头，"我就送你到这里了，燕世子快来了，我等先走了。"

"嗯，那你们多加小心。"

月七抱拳道："后会有期。"说罢，翻身上马，带着几人便去了。

旷野的风吹来，像是一把熏了上好香料的扇子，轻柔地拂起楚乔的衣衫。极远处的天际传来一阵闷雷般的马蹄声，烟尘扬起，浩浩荡荡而来。她只觉得这热风吹在眼睛里，让她的眼角涩涩发酸。她垂着头，声音极轻，轻到连她自己都快听不清楚了。

"你，多保重吧。"然后，她深吸一口气，又缓缓吐出，好似要把一切都随着这口气吐出去，而后便转身朝着烟尘飞起的方向大步而去，将这江明水暖的卞唐烟雨，全部甩在身后。

遥远的山巅上，一人看着她离去的背影，仰头饮下最后一杯酒，随后策马下山。山风吹过他深紫色的广袖长袍，阳光照在他邪魅的面孔上，在他的背后洒下一道长长的影子。

夕阳西下，倦鸟归巢，一切都将回到原点，回到最初开始的那个地方。

（本卷完）

第四巻

燕北巻

第一章
北朔之风

七七五年九月初八的清晨，程州南丘平原上，刮着很强的风，一望无际的枯草随风拂动着，像是一片金色的海洋。极目望去，只有一棵枯树遥遥地立在视线的尽头，程州境内的第一大高峰——壑奇峰，只露出一条灰色的线条，在浓雾笼罩的朝阳下，像是一头沉睡中的大象。

李策披着一件明黄色的披风，身后跟着皇家仪仗，少见地流露出几分皇室威严。他坐在马背上，鬓角被风吹得有点凌乱，发丝不断地扫着他的脸，有些痒，男人不耐烦地用手拂了一把，指着紧跟在他后面的皇室亲卫道："你们几个，去去去，骑着马去那边站着，给我挡着风。"

陆允溪皱着眉苦着脸道："殿下，燕北的大军就在前面看着呢。"

"那又怎么样？"李策眉梢一扬，仍旧是那副怠懒的语气，"燕北的大军看不看着，跟我让你们去那边站着有什么关系？"

铁由的伤势还没全好，肩膀上还绑着纱布，可是这丝毫不影响他看似愚鲁实则敏锐的神经线条，他不耐烦地翻着白眼，粗声说道："殿下，燕世子可就在前面呢，您可悠着点来。"

陆允溪接口道："咱们可是偷偷来的，就这么点人，人家一人吃一口都不够分的。"

"真是奇怪，你们说什么呢？我不过是让你靠边点站，不要让风吹伤我的皮肤，跟燕世子有什么关系？"

孙棣煞风景地轻哼："您是让我们不要打扰您谈情说爱才是真吧？"

"啊？什么？你们竟然是这样想的？我看起来像是那么不顾大局的人吗？"

几人的眼光同时望过来，那眼神里很明确地写道，非常像。

"殿下，楚姑娘过来了。"一名亲卫突然伸手叫道。

李策一听，连忙转过头来说道："快走快走！再不走，回去一律罚俸半年。"

话音刚落，身边顿时干净得连个鬼影都不剩。楚乔快马奔来，"吁"了一声勒住马缰，疑惑地问道："他们干什么去了？那么急。"

"他们吃坏了肚子，在找茅厕。"

楚乔一笑，说道："李策，这一次多谢你。"

李策眉梢一挑，狐狸般狭长的眼睛里有着淡淡的光芒，"谢我什么？"

"谢你这段时间对我的帮助，谢你不乘人之危，谢你在这个时候保持中立，不对燕北落井下石。"

　　李策伸出一根手指，摇了摇，"赵淳儿的事和你无关，我本来就不想娶她，她虽然模样不错，身材也挺好，但是暴躁易怒，无脑善妒，把她娶回来，本太子庞大的后宫团还怎么和平相处？至于和燕北的战事，你更不必记挂在怀，目前看来，开战对卞唐并无好处，就算没有你，我也不会傻了吧唧地给大夏当打手。哈哈，况且我向来是一个崇尚和平的人，战场上血肉横飞，没准会脏了我的袍子。"

　　楚乔呵呵一笑，也不辩白，说道："好吧，就算你我互不相欠，将来战场相遇，也不必手下留情。"

　　"那可不行，"某人顿时变脸，掰着手指头数道，"你在我那里住了那么长时间，吃我的，住我的，穿我的，玩我的，不但连着赶走了我的两个准媳妇，还害得我和我的夫人们感情不和，这里面的财产损失不计其数，经济损失费、精神损失费、夫妻不睦费、家庭破裂费等，我们可是要一条一条算个明白。大家都是成年人，我看你做事也算是光明磊落，想必也不会赖账，等将来我会遣人去燕北一趟，将清单交给你，你们燕北也不富裕，这样吧，就罚你们五年内在战场上看到我的旗帜，立马掉头就走。燕洵那家伙那么凶，我可不敢跟他碰面，万一他咬我呢？"

　　砰的一声，楚乔挥拳就打在李策的肩膀上，男人怪叫道："啊！乔乔，你就不能换一种表达感情的方式吗？"

　　楚乔牵起嘴角，温暖地笑，她知道，李策这样说就表示五年之内，卞唐绝不会迫于大夏的压力，对燕北用兵。而五年之后，燕北必定已经建立起自己牢固的势力，那时候，就算是大夏，也很难有胆量对燕北发动进攻了。

　　她的鼻子有些酸，声音也有些发闷，却还是笑道："美得你，你不妨开一个清单出来，折合成现金白银，看看我欠你多少。"

　　"唉……"李策叹了口气，微微垂下头，眼梢却向上挑着，眼尾光芒隐约，静静地看着她，"之前说的还是小头，主要是你让我忘不掉你，而你又不能留在我身边，让我能经常看到你，以后这漫漫岁月，悠悠时光，我这绵绵无尽期的思念之苦，可是能用金钱来衡量的？"

　　一阵大风吹来，嗖的一声卷起地上的大片枯黄草屑，男人衣带飘飘，眉眼如水，面色竟带着几丝落寞和孤寂。他牵起嘴角，淡淡一笑，笑容无奈且苦涩，微微摇头，似乎在自嘲一般。

　　楚乔愣住了，眼神如钢水遇冷，登时凝结，想说什么，却不知该从何说起。

　　"哈哈！"李策突然一手指着楚乔，一手捂着肚子，笑得险些从马背上翻下去，"看你那表情，乔乔，你真以为我像诸葛玥那家伙一样昏头了吗？"

　　楚乔被他戏耍，顿时大怒，挥拳就要去打他。

　　李策灵敏地一躲，得意地说道："每次都让你得手，那我这个太子当得岂不是太没面子了？"

　　"浑蛋！"

　　李策笑道："你也不能太自信了，燕洵那家伙是倒霉，打小就跟你一起混，可能感觉全天下除了你，就没别的女人了。诸葛玥那小子更傻，我估计他可能一生见惯千依百顺的美艳熟女，冷不丁你这么一根干巴巴的豆芽菜蹦出来，他就惊为天人当你是宝了。你难道以为我会跟他们俩一个德行，哈哈！"

楚乔怒道："你还说？"

"不说了不说了，乔乔，我问你一件事，很重要，你必须老实回答我。"李策变脸比翻书还快，立马肃容说道。

见他严肃，楚乔也沉声说道："你问吧，只要不涉及燕北军事机密，我一定知无不言。"

"你说的啊。"

"是我说的，你问吧。"

"那个、那个，我想问……"李策神秘兮兮地左右看了一下，然后皱着眉说道，"我想问……"

"你到底想问什么？"见他探头过来，楚乔暗暗纳闷，李策从来没这样过，到底是什么事，难道他想问燕北的军事计划？抑或是下一步的行动方略？

"我想问……"李策嘴角微微一扯，突然大声说道，"我想问燕洵是不是还是个雏儿？"

"李策！你找死！"

"不说就不说，用得着翻脸吗？"

"我看你今天是成心想要挨揍！"

"啊！乔乔，冷静点冷静点，我没恶意的！啊！孙棣！铁由护驾！护驾啊！"

杀猪般的惨叫声顿时响起，卞唐最尊贵的声音在旷野上传出老远，可惜，他的随从们没有一个靠过来。在孙棣的带领下，一群帝国最精锐的卫队蹲在一处土坡的下风处，正在热烈地进行一些法律上不允许的勾当。

"来来来，下注下注，我赌殿下不敢还手，我押十两。"

一名二十多岁的年轻人不以为然道："殿下不至于吧，被女人打，多丢面子，我赌殿下会翻脸，我跟你十两。"

众人的目光顿时同情地望着他，陆允溪问道："你是新来的吧？以前不是帝都人？"

"是啊，"那名年轻的士兵满脸正义的光辉，一看就是帝国忠诚的战士，"我是北蜀军第三十军第五大队第七纵队的小队长，因为没有参加叛军并且及时向上汇报了情况而被殿下提拔，诸位大人以后要多多关照啊。"

"没问题，既然穿着一样的制服，以后就是兄弟。"铁由爽朗地说道，"为了支持你，我决定赌殿下不敢还手，这样你若是赢了就可以多赢一点。"

"是啊，帝都花销大啊，兄弟，我们也支持你。"

禁卫军们纷纷将银子放在孙棣的一方，口中大义凛然地表示，我们简直是白送你钱啊，小子，好好干吧，为这个团结的队伍贡献出你的力量吧！

北风呼啸，荒原洒金，清晨的风很凉，掀起两人的披风，有着深深的冷意。

"好了，我就不送你了，一路顺风。"

楚乔点了点头，说道："你也小心点，我总觉得这次事件没那么简单，你要多加提防。"

"你放心吧，谁敢惹我，我就抄他们的家，抢他们的媳妇。"

楚乔一笑，"没半句正经的。"

李策咧着被揍得发青的唇角，眼睛笑成一条缝，"生活本来就太多烦恼了，一天再总是正经八百地绷着脸，岂不是太无趣了？乔乔，我也得劝劝你，有些事情不必太过执着，得过且过，睁一只眼闭一只眼，要学会变通和自我安慰，你活得太累，就是因为老喜欢把那些乌七八糟的事扛在自己肩上。你要时刻记住，你是一个女人，天底下除了你的信仰、你的信念，还有很多重要的事。"

李策很少这样说话，楚乔不自觉地顺着他的话问道："什么重要的事？"

李策掰着手指说道："比如逛逛街啊、买买衣服啊、摆弄摆弄胭脂水粉啊，没事听听曲儿、化化妆，漫漫长夜，找点有益身心健康的娱乐活动，趁早制造点生命出来丰富人生……你干什么，我可是在很正经地跟你说这些的。"

"狗嘴里吐不出象牙！"楚乔啐道。

李策笑道："这还不得怪你，咱们都道别十多次了，你还不走，就赖在这里听我扯皮。怎么？舍不得我啊？"

"去你的！我是……我就喜欢在这里多站一会儿，多看一眼卞唐的山水，不行吗？"

"行，怎么能不行呢？你就好好看吧。"李策笑眯着眼，像是一只狐狸一样挑衅地看着楚乔，竟然闭了嘴，不再说话。

楚乔咬了咬下唇，眉头越皱越紧。

"卞唐的空气真好。"

"是吗？听说燕北终年积雪，空气更纯净。"

"你决定要娶大夏公主了吗？"

"随便吧，两国还要商量，我已经交给下面的人去办了，鉴于前几次屡生事端，我们这一次决定遍请两国有名的风水大师，好好考察风水，测算两国国运，从大夏公主上八辈母族的坟地开始推测，一直到我们俩九族之内所有有血缘关系的亲人的生辰八字，然后集体投票表决，估计没个三年五载商讨不完。等商讨完，那公主也该过了待嫁之龄了。"

"你太损了，耽误人家公主嫁人。"

"怎么能这么说，我也是为了两国的繁荣昌盛考虑。"

"赵淳儿哪儿去了？"

"不知道，大夏把她接走了，但是没有回真煌，可能被发配了吧。"

"你之前的伤好了吗？没大碍吧？"

"没什么大碍，若是你刚才不揍我那一顿的话，可能还会好得更快一点。"

"你今天的发型挺好看。"

"是吗，被风吹散了，没什么发型了。"

"你今天的衣服也挺好看，什么料子？"

"慎南纱，你曾经穿过。"

"你的腰带也挺好看，那玉是河洛玉吗？"

"不是，你看错了，这就是一块石头，是我从河边捡的，我打赌输给铁由，没钱还账，他就把我腰带上的玉抠了。"

"你身上的香也挺好闻，是秘制香吗？"

"不是，实际上来之前我曾宿醉一场，孙棣喝多了吐我身上了，我来的时候没来得及换衣服。"

"你待会儿就回唐京了吧。"

"我没打算跟你去燕北。"

"他怎么样了？"

"很好，已经回去了。"

旷野上的风突然大了起来，楚乔面色有些清冷，静静地坐在马背上，久久没有说话。

李策看着她，始终保持着温和的笑容，好像他们之前一直在讨论天气、讨论服饰、讨论一些无关紧要的东西一样。

"李策，你是不是觉得我很无耻？"

李策微微一笑，"我坐拥三千佳丽，有过的女人不计其数，那我是不是更无耻？"

楚乔摇了摇头，"这不一样。"

"乔乔，别想太多。"李策突然伸出手来，轻轻拍了拍她的肩膀，"也不必内疚，他是个很聪明的人，不会有事。"

"但愿如此吧。"楚乔苦涩一笑，"他什么时候走的？"

"昨天晚上，你前脚刚离开，他就带人回大夏了，连我都没说一声。"

"你们很熟吗？"

"不算熟，以前就认识，真正有交往，也就是这段时间。"

楚乔低着头，不再说话，李策笑着问道："乔乔，你动心了吗？"

楚乔抬起头来，笑容很淡，说道："我若是说没有，你相信吗？"

"我相信。"李策点头一笑。

楚乔的声音突然就低了下去，沉声说道："我欠他很多，可能这辈子都没机会还，我怕他会因为这件事而受到家族的责难，我不喜欢欠人人情。"

"如果真不想欠人情，那以后就不要见面了，即便知道对方有事，也不要理会。相信没有你的帮助和担心，他也会安然度过一切，有些人情，是还不起的，只会越理越乱。"

楚乔微微一愣，抬起头来，见李策笑容清浅，像是淡淡的雾霭，她点头道："说得对。"

"乔乔，燕北局势莫测，复杂难辨，我远在卞唐，鞭长莫及，你自己要多加小心。"

楚乔笑道："多谢你了，你放心吧，况且我也不是一个人，还有燕洵在呢。"

李策微微一愣，随即哂然一笑，"我真是笨，你这女人都要嫁人了，我还跟你献什么殷勤。"他摇了摇头，然后正色道，"好了，嫁人的时候知会我一声，我送份大礼给你。"

"哈哈，那是当然，你这么有钱，必须得包一个大大的红包给我，想跑都没门！"

"喂喂！你可别狮子大开口，我可是穷人，每个月父皇给的那点俸禄，还不够我在醉凤楼喝一顿花酒的。"

楚乔一哂。

大风吹起，太阳缓缓地从地平线上升了起来，草原上的雾气渐渐散去，李策指着燕北的军队说道："快走吧，待会儿燕世子等急了，会拿刀砍我的。"

楚乔抿了抿嘴唇，清晨的阳光照射在她的脸上，泛起一种淡金色的光芒。她静静一笑，很是真诚地说道："李策，谢谢你，我走了。"

楚乔刚要掉转马头，一只手突然伸到面前，男人的面色似乎有些奇怪，带着几分和平时不太一样的情愫。楚乔微微挑眉，"还有什么事吗？"

"哦，没什么，"李策恍惚地摇了摇头，微微一笑，"若是有朝一日，燕世子突然开窍了，三妻四妾的，看不上你了，你可以来我这里混饭吃。"

楚乔一笑，说道："不会有那么一天的。"她伸出手来，在脖子上比画了一下，"他要是敢这么干，我就先干掉那群女人，再干掉他，然后自立为王，霸占他的遗产！"

李策咂舌，拍着胸脯一副害怕的模样，"好狠毒的女人。"

"我走啦！"

"快走快走！再不走天都黑了。"

楚乔一笑，然后一挽缰绳，驾的一声，马儿打了一个响鼻，登时蹿了出去。

"乔乔！凡事多长个心眼，不可轻易相信别人！"

楚乔挥舞着手臂大喊道："少啰唆啦！"

"死丫头，多吃肉，身材太差了，让人倒胃口！"

南丘平原上，风突然就大了起来，天上的鸟儿扑啦啦地扇着翅膀掠过天际，太阳终于从地平线上完全冒出头来，女子的身影向着远处那片黑色，渐渐远去。

燕北的军队静静地列队，一身黑袍的男人身躯挺拔地坐在马背上，离得那么远，却仍旧感觉得到男人身上清冷的气质，好似破锋的宝剑一样。

"现在的女人，眼光真差，竟喜欢那样装腔作势、绷着脸的，像我这么随和英俊的反而没市场，真是没有天理。"某个小心眼的男人低低地嘟囔着，然后愤愤地转过身，大风吹过他额前的碎发，一身长袍随风而舞，像是迎风而起的风筝，"希望你选了一条适合你的路。"李策高喝一声，一鞭抽在马股上，再也不回头看上一眼，一马当先，绝尘而去。

孙棣等人吓了一跳，急忙收起地上的银子，爬上马背追在后面。

"殿下！等一会儿啊！"

"殿下为什么一个人跑啦？还跑那么快？"

陆允溪骂道："真蠢！没听到殿下刚才最后一句话喊的什么吗？再不跑，等着被燕北大军撕成碎片吗？"

"啊？对啊！大家快跑啊！"

"加把劲啊！"

……

楚乔奔回燕洵身边，勒马停下。男人穿了一身黑色长袍，剑眉入鬓，微微皱着，面色很难看，斜着眼睛望着李策离去的方向，却只能看到一片昏黄的尘土。他低沉的声音缓缓说道："他刚才最后喊的什么？"

楚乔顿时大窘，面庞一红，装傻道："啊？不记得了，没听清楚啊。"

"想蒙混过关？怎么说了这么久？你跟他很熟？"

跟某人混久了，她嘴皮子也利落多了，"也不算太熟，就是探讨一下两国协作发展的美好前景，畅想了一下未来的大好蓝图。"

可惜，燕北世子哪里是那么好糊弄的，冷哼一声，掉转马头，对队伍挥了一下手，大队立刻开拔，然后他说道："把你在外面这段时间发生的事情全告诉我，不论大小，事无巨细，不许隐瞒。"

"啊？"楚乔顿时心虚，打马跟上燕洵，说道，"可是说来话长啊。"

"没关系，"燕洵转过头来，温和一笑，只是却不再是当初真煌城里那种和气的调调儿，隐约有些看不透的狡猾，"此处距燕北万里迢迢，我们有的是时间。"

"燕洵，"楚乔顿时垮了脸，"为什么我这次见你，感觉你有点不一样了啊？"

"是吗？"燕洵一副太极推手式的风轻云淡，"那是因为我发现有人要跟我抢东西，貌似这东西还挺抢手，我再不看着点，很有可能血本无归。"

"啊？是吗？谁这么大胆，敢跟你抢东西？太过分了！"楚乔顿时义愤填膺地做无知状。

"呵呵，你也这么觉得啊。"燕洵呵呵一笑，然后肃容点头，"是的，太过分了，我守着一棵铁树十多年，可算是开花了，怎能被别人采了去？虽然开的花不怎么样，姿态也不像别的花那么婉约，但是总归是跟了我那么久。就算是个马桶用久了也会产生感情的，我这个人又重情谊，他们这样的所作所为岂不是欺人太甚？"

楚乔面红耳赤地大喊道："喂！燕洵，你过分了啊，竟然拿我比马桶！"

"哈哈！"燕洵猿臂一伸，一把将楚乔拦腰抱起，一个巧劲儿，就将她从她的马上抱过来，坐在自己身前，笑着搂住她的腰，低声喃喃说道，"谁敢跟我抢，我就敢跟他拼命。"

他的声音很轻，呼吸静静地喷在楚乔白皙的脖颈上，让她的肌肤起了一层细小的"沙粒"。

"你放心吧，没人跟你抢，你的这朵花始终知道她应该开在哪里。"

大风呼啸，被风吹起的黄金大旗，在头顶猎猎翻飞，楚乔靠在燕洵的怀里，所有顾虑和担忧瞬间不翼而飞了。李策说得对，一个人只有一双腿，既然已经决定往西走，那么北边那条路上风景如何，是下雨还是刮风就和自己没有关系了。

她很开心，这一次见面，她见到了不一样的燕洵，不是真煌城里那个郁郁不得志的世子，不是那个被关在笼子里满心仇恨的男人，不是冲出真煌城那天，杀红了眼的狂人，他是温暖的，甚至是轻快的，好似多年前赤水湖畔那个口若悬河、眼神灵动的少年又活过来了。

离开了真煌那座死气沉沉的牢笼，他们都不再是当初的他们了。

阳光刺眼，一片金黄，两只雄鹰盘踞在队伍上方，那是他们的战鹰，翅膀硕大，长啸飞舞。

"驾！"燕洵突然挥鞭抽在马股上，战马顿时扬蹄而起，身后的大军随之呼啸奔腾，昏黄的尘土在他们身后翻腾，高高地扬起。

"阿楚！"

风那么大，即便离得很近，还是需要大声吼叫才能听见。

楚乔努力想要回头，大喊道："你说什么？"

"我带你回家！"

男人握着马鞭的手平举起来，指着西北方的地平线，眼神锐利地说道："回我们自己的王国！"

第一章

回到燕北

这是一片伟大的土地！

天空是瓦蓝而纯净的，空气里带着自由的风，苍穹高且远，雪白的长鹰挥动着翅膀在上空盘旋厉啸着，放眼望去，十月的蒿草铺天盖地地向远方延伸。风很冷，凌厉地吹来，掀起战士们翻飞的大氅，厚重的兵甲拍打在剑鞘上，发出清脆的声响。在极远处，就是燕北的第一道军事重城——北朔关，这是东陆进入燕北的门户，高大的城池像是一条沉默的巨龙，静静地盘踞在地平线的尽头。

在北朔关的前面，就是闻名遐迩的火雷原，当初正是在这片土地上，燕北狮子王燕世城带着他的儿子们誓死抵抗大夏军队，并最终永远和燕北的土地一同长眠。广袤的火雷原上到处都是红彤彤的火云花，相传这种花是以腐肉为土壤，往往只有在坟场和乱葬岗才可见到，越是血肉堆积，花开得越是艳丽。可是就在当年的那场大战之后，火雷原上的火云花却一开九年，年年殷红，不分春夏，不论秋冬。

刹那间，楚乔似乎看到了多年前那场热血且悲壮的战争。

铁骑横踏，大地苍茫，彤云如血，旌旗弥漫，在苍莽无垠的漫漫草海，在郁郁葱葱的莽莽丛林，在孤高耸立的巍峨雪峰，在一望无际的碧血沙海，到处都是战士的马刀和嗜血的嘶吼，勇士们披着战甲，战死在燕北大地的每一个角落，妇孺们也拿起武器，保卫自己的家国，到处都是猎猎的悲歌，到处都是雄壮的燕北长调。一代人死去了，但是他们的眼睛并没有闭上，他们崇尚自由的心脏从没有停止跳动，他们的血脉仍在滚烫地流动，他们化成了赤红色的花，像血一样，炽烈地盛开在每一寸土地上，用这样的方式来提醒着、关注着下一代燕北的孩子，用热血和忠诚，诠释着这片土地的神圣！

这，是一片伟大的土地！任何语言都不足以描绘其万一，这里的每一根草、每一棵树、每一块石头、每一粒沙子都见证了此地的灾难，同时，更见证了每一次灾难之后，这里的子民如何顽强不屈地站起身来！

燕北！燕北！

九年间，燕北这两个字，不知道已在她的心里默念了多少遍。她和燕洵忍辱负重，几番生死，为的就是回到燕北的这一天。如今，她终于站在了燕北的土地上，呼吸着这里冰冷干燥的风，眼望着这里成群结队的牛羊马群，她却突然哭了。

她一直那么坚强，无论在何种困境之下。可是这一刻，眼泪像是无法阻挡的洪水，肆意地宣泄而下。楚乔坐在马背上，身披着雪白的狐裘，昂着头，挺着脊背，她并不难过，更没有失望，可是，有太多复杂的情绪在她的胸腔内激荡，是心愿得偿的激动，是百战而归的疲倦，是百感交集的振奋。她知道，从今以后，他们再不用朝不保夕，再不用步步为营，再不用担心随时会丢掉脑袋，再不用揣测周围每一个人的眼神，再没有人可以随意地杀掉他们、威胁他们，他们终于摆脱了任人摆布、任人屠戮的命运，真正站起来了！

燕北，我终于来了！

马蹄缓缓地上前一步，男人一身黑色大裘，剑眉斜挑，像是两柄利剑。

他一直没有说话，只是静静地在她身后，带着整路大军，静静地看着她，看着她沉默，看着她颤抖，看着她静静地落下泪来。

这个世界，只有他能理解她，只有他知道，她现在是怎样的感受，因为他们是一样的，在看到北朔关的那一天，他也是一样无法自控，他没有在燕北的子民和军队面前落泪，但是回到营帐之后，营帐的帘子刚一放下，他的眼泪就落了下来，无声却滚烫，灼伤了他多年坚韧的脸庞。

那一天，是九年来，他第一次放任自己喝得大醉，迷蒙中，他似乎又看到了自己的父亲，他宽厚的大手大力地拍在他的肩膀上，大笑道："臭小子，长得快，有你老子高了！"

"这就是北朔。"男人手指着夕阳之下那座灰色的城池，语调平静地低声说道。

楚乔回过头来，双目炯炯地望着燕洵。

夕阳西下，洒下金灿灿的光辉，男人坐在马背上，眼神沉静，声音平稳，他穿着一身黑色的军装，外罩和士兵同样式的黑色大裘，整个人看起来简单锐利。他今年不过二十岁，年轻、瘦削、挺拔、英俊，黑色的双眸里满是内敛的辉光，像是一口看不清深浅的水井。

岁月并不能使人年老，经历才能成就一个人的沧桑。

看着他，楚乔突然想起了多年前，围猎场上那个一箭射歪的少年，想起了真煌街头那个轻袍缓带的年轻世子，想起了波光粼粼的赤水湖畔，少年眉眼含笑地望着她，他的头顶是皎洁的圆月，光芒剔透，朦胧如雾。她又想起了皇城阴暗的牢房，天井外不断飘进来冰冷的雪花，北风呼呼地吹着，隔着一堵厚厚的墙，两个孩子紧紧握在一起的手……

那一刻，看着燕洵坚韧的轮廓，楚乔仿佛再一次重温了这八年跌宕的岁月，一个男人从泥泞和血泊之中缓缓站起来，艰难地挪着脚步，开始了他漫长且艰辛的旅程。

北风那么冷，头顶的鹰旗猎猎翻飞着，燕北高原迎来了新的主人。楚乔的血液渐渐沸腾起来，她几乎可以预见：一个时代结束了，而另一个时代，将会从这里开启！

她很庆幸，她会是这一切最直接的见证者，因为，她始终站在那个人身边，从不动摇！

燕洵转过头来，催马上前一步，对着楚乔淡淡笑道："阿楚，欢迎回家。"

天空中蓦然传来雄鹰的长啸，前方传来了大量整齐的马蹄声，北朔城的古老城门缓缓开启，燕洵微微仰起头，夕阳照射在他的额头上，有着恍若鲜血的光。

刚一进城就有人找上门来，燕洵指着眼前这人笑着说道："阿楚，这是缳缳，整个燕北最蛮不讲理的人就是她了。"

少女穿着一身利落的骑马装，白色的驼绒毛簇拥着她洁白的下巴，一双乌黑的眼睛像是两颗葡萄，晶莹剔透，锐利如星。听到楚乔的名字，她的眼中闪过一丝惊讶，上上下下地打量着眼前身材高挑的女孩子,最后惊讶地叹道:"你就是楚乔?"

"缱翁主,燕北高原上最艳丽的一把刀,能见到你,是楚乔的荣幸。"

门外的风吹了进来,吹过少女鬓间的碎发,缱缱仔细地看着楚乔,眉目间和燕洵有几分相似。她不过十八九岁,继承了燕家人高挑的身材,皮肤白皙如雪,轮廓很深,带着飒爽的俊朗,她突然粲然一笑,"原来是你来了,难怪难怪。"

燕洵皱着眉,轻斥道:"缱缱,不许这么没礼貌。"

"好啦,哥,"缱缱一笑,拍着燕洵的肩膀,笑眯眯地说道,"真煌城那个死地方真是把你教坏了,张口闭口不是规矩,就是礼貌。"

"我听说过你。"缱缱转过头来,露出一口洁白的牙齿,很友好地说,"你在皇都里陪了我哥八年,吃了很多苦,前阵子为了挽救军队,还和大夏大干了一场,真是好样的!"

"翁主带着火云军横扫燕北,打得巴托崽子四处逃窜,早就传成佳话了。"

"呵呵,我是燕家的子孙,我不杀别人,别人就来杀我,不能跟你比的,你是我们燕北的大功臣。"缱缱笑道,"我刚才听说我哥带回一个女人,还担心他对不起你,既然是你来了,我就不多事啦!"少女狡黠一笑,对着燕洵做了一个鬼脸,一溜烟就跑了出去。

只听一阵马嘶顿时响起,随即马蹄声渐渐远去,下人们追在后面,一边跑一边大叫道:"大人!那是殿下的马!"

"从小一个人,野惯了。"燕洵看着缱缱离去的方向,微笑着说道。

楚乔看着他的侧脸,只觉得一股从未见过的温柔神色闪过男人的眼睛,她知道,那是久违的亲情,她已经很久没在燕洵的脸上看到过了。

太阳将最后一道光线遮掩,大地深沉,星光好似就在头顶,宛若一双双冷锐的眼睛,俯视着燕北高原的一切。楚乔深吸一口气,冰冷的空气顺着腔子涌进肺叶,像是一块冰。

"其实,我比她要幸运啊!"

男子突然低声叹了口气,他并没有转过头来,仍旧是望着远方,目光深沉如海,左边的手,轻轻地握住了楚乔的手掌。

晚饭过后,楚乔坐在临时的书房里查看近期的战报,她知道,燕北此时的情况并不乐观。为了配合当初真煌的起义,燕北在同一日爆发了政变,大同行会和当年燕王的旧部,率领着部队迅速占领了燕北的东西两线重要城池。但是北部的美林关一带,向来是帝国防范犬戎的重兵之地,城池高厚,屯兵上万,不是轻易能够攻打下来的。而且因为人员的不充足和战略上的失误,东部战乱的消息迅速传达,等起义军赶到美林关的时候,夏军已经做好了战斗的准备。

大同行会虽然号称人才济济,但是真正具有高明战略手段的人不多,他们的战术还停留在最浅薄的阶段,之所以能胜,完全是依靠着一股锐气。楚乔知道,在大夏精锐部队面前,这股锐气并不能一直支撑他们走下去。战争是一门艺术,而在这里,懂得这门艺术的人实在是太少了。

她迅速将所有的战报整合,用朱笔记下一条一条需要注意的地方,等全部看完一遍的时候,天色已经暗下来了。

门外突然响起了敲门声,楚乔应声,房门被人推开一条缝,缱缱探着脑袋进来,小偷一样左右看着，小声地问："我哥呢？在吗？"

"不在。"楚乔站起身来，"他在前厅见客，翁主有事找他吗？"

"不在就好。"听到燕洵不在，缳缳突然乐呵呵地就走了进来，大步跑到楚乔面前，说道，"我来找你的，走，带你出去遛遛。"

说罢，也不顾楚乔的意见，上来一把拽住她就往外走，楚乔慌忙间只来得及拿上大氅就被她拽了出去。

"翁主，你找我有什么事啊？"

穿街过巷，一路到了吕邑的西面。吕邑地势较高，西面是一片小山坡，军队大多布防在这里，黄昏前，篝火处处，到处是煮饭的香味。战士们不认识楚乔，远远地看到缳缳走来，一个个还笑呵呵地打着招呼，大声叫道："哟！大人来了，吃了吗？要不要坐下吃点？"

缳缳爽朗地笑骂："滚！我在那边吃了鲍鱼、龙虾、蹄髈肉，谁稀罕你们这些干面汤？"

士兵们哈哈大笑，也不生气，纷纷给两人让开了路，只是看到楚乔的时候，多少留了几分注意。

"哪，这个，是我送给你的！"缳缳一笑，将楚乔推上前，楚乔眼前顿时一亮。

只见一匹通体暗红的战马被绑在一棵大树上，一身红毛，蹄子乌黑发亮，鼻前有一撮白毛，膘肥体健，眼神明亮，一看就是一匹好马。

楚乔缓缓伸出手去，轻轻地摸上马儿的鼻子，那马温驯地打了个响鼻，热气呼呼地喷在楚乔的手心上。

楚乔呵呵一笑，缳缳在一旁笑道："阿图喜欢你呢。"

"阿图？"

"嗯，它的名字，我起的。"缳缳拍着马儿的头，得意地笑道，"它是回回山脚下的马头王，我花了七天才猎到的，训了一年多，现在它是你的了。"

自从自己的流星丢了之后，楚乔还一直没有固定的坐骑，此刻见这马的确是一匹好马，不由得心下一暖，笑道："多谢翁主。"

"你能不能不要管我叫翁主啊？"缳缳说道，"我不是家族嫡脉所出，就是父亲在世时也没被人叫过这个称呼，现在更是无从说起了。"

"嗯，那我叫你？"

"你叫我缳缳就好，我跟哥哥学，叫你阿楚，咱们谁也不占谁的便宜。"

楚乔一笑，"缳缳。"

缳缳一笑，眼睛眯成一条长长的细线，楚乔看得有几分感慨。这个少女还没到二十岁，当年燕氏一门被屠，她身为燕世城的弟弟燕世锋的独女，却因为是一名舞姬所生而侥幸逃脱一命，在被押往真煌为奴的时候，被大同行会的武士所救。这些年来，一直是燕北的精神领袖，代替燕洵的位置，作为燕家在燕北唯一的血脉，召集旧部和反夏的仁人义士，尤其是近几年她慢慢长大，更是几次投身前线，成为首屈一指的燕北大将。

乱世战火，谁的经历，几乎都可以写成一部传奇了。

"阿楚，真煌好玩吗？"到底还是十八九岁的女孩子，和楚乔聊了一会儿，话题就转到一边，"我听说那边特别繁华，还有海那边的佛洛人来做买卖，那里的人都是红头发蓝眼睛的，你见过吗？"

楚乔笑着说道："见过，但是不多，说到繁华和海外人，还是卞唐更多一些。"

"卞唐？"

"嗯。"两人牵着马走了一会儿，就在一处高坡坐了下来，肩并着肩，大裘拖在地上，月光照射在她们的肩膀上，明晃晃的。

楚乔慢慢说道："那是个很美的国家，常年不下雪，也没有冬天，一年四季温暖如春，繁花似锦，商贸发达。唐京一个城的百姓就有三百多万，几乎是我们燕北的五分之一了。"

"哇！"从未出过燕北的少女瞪大了眼睛，"那么牛啊！"

"是啊，"楚乔一笑，想起李策那得意的样子，"是挺牛的。"

"等有机会一定要去看看，"缥缥挥舞着小拳头，满脸坚定地说道，"等打胜了仗就去。"

楚乔说道："嗯，等打胜了就去，到时候我陪着你。"

"哦哦哦，是你说的啊，到时候可不许耍赖。"缥缥连忙扯着嗓子大叫，回头指着老老实实在一旁吃草的马儿说道，"阿图听到了，给我做证。"

那马儿十分聪明，显然听到了主人叫自己的名字，抬头看了过来。

楚乔一笑，"好的，阿图做证。"

这时，下面突然传来一阵声响，缥缥活泼地跳起身来往下看，突然面色一喜，挥手大叫道："小和小和，这儿！这儿呢！"

不一会儿，嘚嘚的马蹄声响起，一个二十出头很是俊朗的年轻人从马上跳下来，几步跑上前，气喘吁吁地问道："什么事啊，这么急着叫人来找我？"

"介绍个朋友给你认识。"

缥缥指着楚乔，得意地说道："知道这是谁不？告诉你能吓死你，哼哼，这就是楚乔，带着西南镇府使打败西北军一大群的那个。"

"啊？"小和顿时一愣，十分惊讶的样子，眼睛瞪得大大的，满脸难以置信，叫道，"这么年轻？"

缥缥白了他一眼，似乎是在笑话他没见识，对楚乔说道："阿楚，这是小和，大名叫……哎？小和，你大名叫什么来着？"

小和顿时面色一黑，郁闷地说道："你连我叫什么都不记得了？"

"谁没事记这个？"缥缥皱着眉，理直气壮地说，"你大名又没人叫，根本就没用。"

小和白了她一眼，转过头来对楚乔说道："楚姑娘，我姓叶，叶廷和，是第一军的书记官，他们都叫我小和，你也可以这么叫。"

楚乔笑着说道："小和将军，很高兴认识你。"

"呸呸，他还将军，哼哼，下辈子吧。"

"喂！缥缥，在新朋友面前这样说我，你很不仗义啊！"

缥缥叉着腰，"就不仗义，看到美女就走不动道，告诉你，阿楚可是我哥哥的媳妇，你嘛，少打臭主意。"

小和面红耳赤，"我什么时候打主意了？你血口喷人！"

缥缥伸着手指头一下一下使劲戳着小和的胸口，很霸道地说："就喷你了，怎么样？"

小和臭着脸说道："悍妇！跟你说不清楚，楚姑娘，我还有事在身，先走一步了。"

"得了吧，你能有什么事？书记官，哼哼，都不知道是个什么官，乌先生就是给你面子，随便给你指派一个差事呢！"

"你……"

眼看两人面红耳赤，险些要动手打起来，楚乔连忙打圆场道："如今新军组建，书记官肩负重任，忙点也是应该的。"

"阿楚，不要为他说好话。"

楚乔笑着说道："没有了，如今前线开战，书记官在后方有着决定性的作用。招募、训练新兵，制定军法，建立秩序，整合民兵的有限力量，组织增援部队开往前线，安排新的占领区的城防安全和新的统治机构，稳定民心，筹集粮草军需补给，组织民夫、马队、车队运送粮草，事务繁杂，不是一般人能够胜任的。"

话音刚落，就见两人呆愣愣地傻看着楚乔，楚乔微微一愣，诧异道："怎么了？我说错什么了吗？"

"没、没有，"缨缨转过头去，对小和说道，"你现在做这些吗？"

"没，"小和摇了摇头，"我就负责记录战报，有的时候，还帮士兵们写写家书。"

楚乔顿时一窘，这哪里是书记官，分明就是一个营地文书的工作嘛。

"小和，看来你以后要经常到阿楚那里走动了。"缨缨眨巴着眼睛，"她会教你很多东西的。"

小和连忙点头，"难怪能打下胜仗，真了不起，有见识。"

楚乔无奈一叹，看来燕北的军队真的需要一次彻底的整合才可以啊。

几人聊了一会儿，就分手告别，楚乔远远地回过头去，还能看见缨缨和小和边走边动手，你推我一下，我打你一下地胡闹，不由得感到有几分好笑。

小和是燕世锋家花匠的儿子，当年燕北被攻破的时候，他和缨缨一起被捕。据缨缨说，当年是她神勇无比救下了吓得尿裤子哭哭啼啼的小和，带着他逃离了大夏的魔爪。可是楚乔听说，当年是一个孩子救出了缨缨，背着她在雪地里走了一百多里路，才找到了大同行会前来救援的队伍，看来这个孩子就是这个小和了。

茫茫大雪，两个孩子家破人亡，一个十多岁的孩子背着另一个孩子，在雪地里跋涉了一百多里，真是无法想象。

回到书房，燕洵并没在房间里，楚乔去他的屋子转了一圈，也没见着他，问了守门的下人，士兵说刚刚还看到了世子，好像是往后山去了。

吕邑地势高，城守府更是坐落在全城最高的地方，后面就是一个小山包。楚乔披着厚重的狐皮大裘，一步一步地跋涉上山，远远地只见山顶上只有一棵孤零零的树，两旁都是石头垒成，寸草不生。燕洵坐在一块石头上，夜幕下枯树显得有几分狰狞，楚乔的脚步声惊动了他，燕洵回过头来，遥遥地对楚乔伸出手来，笑着说道："回来了。"

"嗯，"楚乔几步走上前去，微微喘息，她拉住燕洵的手，坐在他的身边，笑着说，"缨缨送了我一匹马，她说是回回山的马头王，很漂亮呢。"

"别相信她，"燕洵一哂，"这几天她送了很多人战马，跟谁都说是回回山的马头王，昨天还给了我两匹，说是雌雄双王呢。按她的说法，可能回回山下的马都是独立成群的，每一匹都是马王。"

楚乔一愣，随即摇头轻笑，想起缨缨那神秘兮兮的样子，不由得说道："真是小孩子。"

燕洵斜着眼睛看着她，"你好像还没她大吧？"

楚乔不置可否，"我心理成熟。"

燕洵转过头去，月光照在他的脸上，有一层淡淡的光雾，晃得他的脸有些苍白。楚乔问道："你身体好些了吗？这里这么冷，要不还是回去吧。"

"没什么，我想坐一会儿。"燕洵摇头，眼望着下面的城池，淡淡地说道，"前阵子你不在，我总感觉坐立不安，现在你回来了，我才能安下心来，好好地看一眼燕北。"

山下万家灯火，一片安静祥和，远处有军歌拖着长长的调子传了过来，显得有几分苍凉和凝重，燕洵突然叹道："阿楚，燕北很贫穷，内部又争斗不息，已经不是当初的燕北了，这两天，你可失望了？"

楚乔转过头去，却见燕洵并没有看过来，她轻声说道："燕北若还是以前的燕北，那就不需要我们为之努力了。"

燕洵身躯微微一震，却并没有说话。

楚乔握住燕洵的左手，他的手很凉，冷得像冰一样，小指已经不在，仅有的四根手指修长且粗糙，长满了老茧，有练武握刀的茧子，也有做粗活的茧子，完全不像是贵族。楚乔用力握着他的手，放在嘴边轻轻地哈气，然后搓了搓，抬头一笑，"说到穷，还有人比我们俩当年更穷吗？"

燕洵转过头来，只见少女明眸皓齿，笑容像是夜幕中闪着露水的花朵，想起过往，他突然有点心酸。怎能忘了，在真煌城度过的第一个新年，整个皇城到处都是喜气洋洋的鞭炮声，漫天火树银花，宫里丝竹声乐如潮。盛金宫西北部最偏僻的一处破烂宅院里，两个孩子依偎在四面漏风的破屋子里，身上披着一切能保暖的东西，破破烂烂的棉絮、被单、窗幔围帘，像是两个小叫花子。

地中间支着一口小锅，他们一边烤着火，一边不断地往里加柴，女孩子脸蛋红扑扑的，拿着小勺不断地在锅里搅着。

一人半碗白粥，几条冻得带冰碴的咸萝卜，就是他们当初的年夜饭。燕洵心里难受，赌气不肯吃，楚乔就端着碗哄他，一条一条地跟他讲大道理。后来楚乔睡着了，靠着燕洵的肩膀，燕洵低着头看着她，见她手上都起了冻疮，明明吃过饭了，肚子还在咕咕地叫着，面黄肌瘦，活像永远也长不高的样子。那时候他就在心里发誓，总有一天，要让她过上好日子。可是，一晃这么多年了，她仍旧跟着自己东奔西跑，生生死死。

"哎呀！"楚乔突然大叫一声，很是惊慌的样子。

燕洵微微一愣，问道："怎么了？"

"我们埋在宫里的酒，走的时候忘了喝。"

燕洵一笑，眼里顿时闪过一丝锐利的寒芒，语调清淡地道："放心吧，总有机会的。"

简单的一句话，里面却有着那样锐利的锋芒，男人目视前方，冷风吹过他的鬓角，划过他冷冽的线条，缓缓地吹向广袤的燕北大地。

"燕洵，你说粮草武器会在短期内解决，可有把握？李策虽然说会默许我们进出卞唐黑市，但是我们需求量太大，恐怕会惊动上层。"

想了两天，楚乔还是问出了心中的疑问。燕洵眼梢轻轻一挑，过了好久，才低声说道："怀宋。"

"怀宋？怀宋怎么会帮我们？"

"我见过了怀宋长公主。"

"纳兰红叶！"楚乔顿时一惊，猛地瞪大眼睛，直视燕洵，想了很久，才沉声说道，"这么说来，你之前对李策说想要通过卞唐黑市补给军需，只是一个幌子？你真实的目的，是要借道南疆水路，找一个官方的护身符，可以自由地进出怀宋对不对？"

燕洵点了点头，"你说得不错。"

楚乔皱眉道："卞唐和怀宋正在打仗，我们这样等于间接支持怀宋的铁矿和金子，算不算是站在怀宋一方，和李策为敌？"

"那怎么办？"燕洵转过头来，目光有些尖锐，"卞唐不想公然和大夏为敌，不敢支援我们粮草军需，我只有寻找第三方，总不能让我去找大夏购买粮食吧？"

尽管心下有些不忍，但是楚乔还是不得不承认燕洵是对的，她也该庆幸怀宋有这个胆子，不然现在，也许他们就要打开美林关去和犬戎人做生意了。

"阿楚，你以为李策会不知道我的意图吗？"燕洵叹了口气，缓缓说道，"不论我们行事多么小心，多么天衣无缝，成千上万的粮草车要安然经过卞唐国境，还要在黑市里转一圈，你以为李策会一无所知？"

楚乔抬起头来，目光微微闪烁。

"他只是假装不知罢了，从卞唐的角度来看，大夏和燕北最好打个你死我活，最好打个十年八载，然后同归于尽，怀宋支援我们粮草，符合卞唐的利益，所以他们才会默许。三国鼎立这么多年，卞唐的敌人不单单是怀宋，最大的老虎盘踞在红川，这一点，李策比你清楚。"

燕洵微微叹了口气，目光悠远，看着那山下的万千灯火。

"况且，我们也实在是坚持不了太久了。我们与大夏之间，是一场长期战争，必须要把目光放得长远，不能竭泽而渔。燕北连年战乱，北方还有犬戎不断地叩关扰边，每年秋冬，百姓都要遭到劫掠，民众饱受战争的摧残，损失太大。他们都期待着我能回到燕北，却不知道只要我回来，全面战争就会大规模地爆发，他们的苦楚只会越发加剧。你之前在会上说的是，百姓是燕北义军的根本，我听说现在很多人家都没有过冬的粮食了，若是今年没有补给，民众就会被冻死、饿死，那我们本就捉襟见肘的局势就会越发艰难。我必须要给他们一个信号、一种信念，那就是只要我回来了，他们的日子就会好过，只有这样，他们才会忠心地追随我。"

楚乔点了点头，心下有几分难过，轻声说道："是这样的。"

"阿楚，别想太多，都会过去的。"

燕洵拍了拍楚乔的肩，坚强地一笑，"那么多苦难，我们都挺过来了，难道现在比当初的情况还差吗？"

夜风有些冷，吹在楚乔的脸上，她的睫毛很长，又黑又密，像两把小扇子。她微笑着说："燕洵，我相信你。"

燕洵的眉梢轻轻一动，一时间似乎有什么东西从他的眼睛中划过，不过他终究什么也没有说，只是伸手揽住她，在她的额头轻轻一吻，唇瓣冰冷且潮湿。楚乔靠在他的怀里，他的胸膛坚硬且宽阔，透过厚重的大裘，仍能听到他稳健的心跳声，一下一下，那么坚定。

他们的动作很自然，八年间，似乎一直是这样的，两人谁都没有说话，这种默契像是陈年的酒，不时地散发出浓郁的香。

相濡以沫，在很多时候看来，都太过于平淡，似乎不适合他们的年纪。可是那些痛苦的经历早已让他们成熟，激动和热血仍在，只是早已被很好地隐藏起来了。

"燕洵，大夏会派谁来攻打燕北？蒙阒？赵彻？还会是谁？"

"蒙阒已经老了，"燕洵的声音带着几丝沧桑的凝重，夜风中，显得有些沙哑，"至于赵彻，他恐怕就要有麻烦了。"

"哦？为什么？"

燕洵微微一笑，低头轻弹了一下楚乔的额头，故意皱着眉说道："我说阿楚，你是不是故意的，这种事都要问我？"

楚乔嘟囔着揉了揉额头，皱着鼻子说道："跟你在一起，人家不愿意动脑子嘛。"

燕洵啼笑皆非，看来无论怎样睿智的女人，都是有小女人的一面的。

"当日真煌叛乱之后，各地方流寇伺机而动，一些地方诸侯也小心地试探赵氏的力量，再加上真煌瘟疫流行，赵氏无奈下不得不迁都。这是百年来赵氏第一次这般软弱，几乎成了全天下的笑柄，但是唯有赵彻没有撤离，而是留下来独立守卫京都，保护真煌百姓，抵御流寇，威慑诸侯，无论是军政两界，都建立起了崇高的威望。你想，以夏皇和大夏那些虎视眈眈的皇族的气量，还有帝国长老会的那群老家伙，会容得下他吗？"

楚乔点了点头，"对。"

见楚乔眼睛都快睁不开了，燕洵扑哧一笑，说道："还对呢，看你困的。"

"没……有，我在认真听着。"楚乔打了个哈欠。

燕洵站起身来，一把将她打横抱起，"走吧，别为别人操心了，反正要来一个，等着看，是谁先当这个出头鸟。"

楚乔缩在燕洵的怀里，闷闷地答应了一声，手揽着燕洵的脖子，竟然就这样呼呼地睡了过去。

月光之下，远处的军营吹响了熄灯号，万千灯火一起熄灭，蔚为壮观。

燕洵看着怀里的女子，突然间，觉得心里充满了力量。

诸葛大宅的青山别院里，赋闲在家的诸葛府四少爷正在花厅喝茶，这么多年来，他一直是个很会养生的人，虽然如今在家族失势，却并未如外面所料那般颓废自弃，反而很悠闲地品茗养兰、写字看书，抽时间还去马场骑骑马。

看到他这个样子，任谁也不会想到，就在不久前，这个人刚刚在家族的权力角逐中败下阵来，一个严重的失误让他彻底下台不可翻身，如今连诸葛府的大门都无法走出，几乎已被完全软禁了。

月七走进花厅，小声说道："少爷，我回来了。"

"嗯。"诸葛玥懒散地抬了下眼睛，答应了一声，正在很认真地用茶杯盖撇着里面的茶叶。

"七殿下回京了，现在已经往盛金宫的方向去了，尚律院的士兵左右跟着，西南军的官兵们一个也没在身边，听说，已经被三皇子接管了。"

诸葛玥的动作微微一滞，随即轻笑一声，听不出喜怒。

"西北的各大省郡都做好了粮草接应准备，巴图哈家族派出精兵十万随军，十四殿下也要赶往会师，这一次帝国出兵兵力多达三十万，全部是精锐骑兵和重甲步兵，兵锋十分强悍啊。"

诸葛玥一边喝茶，一边轻哼一声，语调淡淡地说道："一群狗也打不过一只狮子，派出这么一帮窝囊废，我看大夏的气数是要尽了。"

月七微微一愣，说道："少爷，三殿下是尚武堂出身，十四殿下近来在西北也连克燕北军，巴图哈家族更是兵强马壮，怎能说是废物呢？"

诸葛玥缓缓抬起头来，眼珠黑似点墨，缓缓说道："纸上谈兵是一回事，真刀真枪是另外一回事。这场仗若是完全由赵齐或是赵飚或者随便什么人指挥，都会有五成胜算，但是如今三路大军出征，统帅又是三个自命不凡、深以为自己了不起的大人物，你觉得会是什么效果？"

月七闻言，顿时语塞。

诸葛玥微微皱起眉来，语调低沉地说道："军队里只能有一个声音，才能保证战略实施上行下效，如今三足鼎立，互相牵制，燕洵若是不懂捡这个便宜，那就真成白痴了。"

诸葛玥缓缓地站起身来，就往内厅走去，一边走一边说道："通知朱成，将我们手底下的生意都从西北收回来，这场仗旷日持久，西边没钱赚了。"

秋高气爽，阳光亮得刺眼，男人的青衫宽袍缓缓地隐没在了重重花盆兰草之间。月七看着他的背影，突然有些疑惑，有些话他想问，却不敢问，其实他很想知道：少爷您，又希望谁赢呢？

十月初六，大风。

由十四皇子赵飚率领的西北军、三皇子赵齐率领的西南军、巴图哈家族的长子图巴古力率领的金日军团，还有西北各大省郡齐齐出动组建的北方联盟四路大军齐齐挺进西北。西南军和金日军正面强攻，西北军左路包抄，北方联盟右路包抄，犹如一把尖刀，山呼海啸般奔腾卷杀，总兵力多达五十万之众，加上后路负责后勤粮草押运的辅助军和民夫，共计上百万的军队，向着燕北大地呼啸而来。

在大夏国内到西北的驿道上，车马人流日夜不停，无数的粮草、物资、人力、战马，源源不断地涌进了北伐大营之中。大夏厉兵秣马，积攒了半年的怒气一朝而发，气焰嚣张，不可一世。

战火即将燃起，刀锋已经擦亮，退无可退，避无可避，燕北大军集聚北朔边城，警戒森严，枕戈待旦。

一场旷世之战，即将展开。

第二章
北伐伊始

十月十三，燕北高原下起了入冬的第一场大雪，大雪持续了三天三夜，足足有一尺多深。寒流迅速横扫整个西北大地，天地奇寒，滴水成冰，明明是晴着天的正午，抬起头却看不见上空的太阳，只有昏黄的一条线，冷风刺面，举步维艰。

这场罕见的大风雪，冻死了燕北高原上数不清的牛羊壮马，吹倒了无数的帐篷屋舍，让无数的燕北百姓失去了家园，同时，也让气势汹汹向北杀将而来的大夏军团不得不停下了脚步，在西北内陆的百林省安营扎寨，静候风雪过去。

铆足了劲准备大干一场的两路大军也因此陷入了对峙的冷战中。

茫茫大雪中，一路二十多人组成的马队在北朔城外的驿道上正踏雪狂奔着，他们的战马膘肥体健，头上蒙着皮铠，丝毫不惧风雪，马踏雪舞，跑得飞快。很快，马队接近城池，一队斥候迎上前来，大声喝道："什么人？"

队伍没人出声，为首的掌旗官举起了一面红色的小旗，那队斥候顿时一惊，随后齐齐退后，让出路来。

马队继续奔驰，转瞬之间，就消失在皑皑雪原之上。

"迅哥，那是谁的队伍啊，这么牛？"一名年轻的斥候问道，他戴着熊皮帽子，脸被冻得通红。

"别瞎说，"斥候长顿时呵斥，小心地左右看了一眼，那样子，好像生怕前面的人会回转，听到他们的对话一样，"那是第二军的血屠旗。"

斥候长的声音压得很低，队伍里的人却听得很清楚，一时间，众人只感觉脊背顿时一阵寒冷，齐齐地转过头去，看向第二军消失的方向。

鉴于大夏兵锋太盛，七日前，燕北的新一任燕王于北朔城发布了集结令，如今，就连远在美林关的最后一支队伍都抵达了。

尽管大战在即，北朔城门前还是聚集了大量的难民，一场大风雪吹垮了百姓们的房子和牛羊，短短三日之间，已经有几百人被冻死饿死了。此刻，他们都守在城门前，希望能进城去，躲过这场突如其来的灾难。然而眼看就要同大夏开战，北朔城早就进入了一级备战状态。尽管城门前的难民越聚越多，但是燕洵还是下令严守城门，以防奸细入城，上千名官兵轮番防守，巍峨的北朔城门前，响起一片平民的惨叫和妇孺的哭声。

"让开！"一阵急促的马蹄声突然响起，间中还有人甩着鞭子，不断地抽打两旁的百姓，第二军的先遣马队飞快地奔到北朔城门下，一身暗红色大裘的将军挥舞着血红色的军旗，大声叫道，"我们是第二军的先遣队，我是薛致远，开门！"

不一会儿，一排长龙一样的火把迅速走上城楼，一人高声喊道："薛将军可有曹将军的书信？"

薛致远道："书信在此！"

一只竹筐从城楼上缓缓放了下来，薛致远手下一名骑兵策马上前，将书信放在竹筐里。不一会儿，城楼上火把亮起，咯吱一声，大门竟然就这样不设防地缓缓敞开了。

"啊！门开啦！"一声欢呼骤然响起，上千名难民顿时大喜，齐声鼓噪，挪动着早已冻僵了的手脚，乱哄哄地向城门冲去，好像一汪沸腾的洪水一般，顿时就将第二军的先遣队冲散。

"蠢货！"人群中，暗红色大裘的将军怒骂一声，顿时跳下马来。

"快！拦住他们！"守城的崔将领这才意识到出了大事，急忙大喊一声，手下的士兵们顿时冲出城门，大声喝道，"敢捣乱的，一律射死！退后！通通退后！"

北风呼啸，战士们的声音在人群中细若蚊蚋。留在城外，就是死路一条，难民们早就红了眼睛，此刻见求生有望，谁还愿意在外面等死？他们顿时不怕死地往前冲去，一边冲一边喊道："让我们进去！我们是燕北的百姓！让我们进去！"

"薛将军！薛将军！"崔将领生怕友军在乱局中出事，惊慌失措地大声喊叫。

这时，一道血线顿时冲天而起，只见一名年轻军官身形利落地拔出战刀，一刀劈在一名难民的后肩胛处，刀势凌厉，力道狠辣，一下就将那人劈翻，鲜血大片洒出，落在洁白的雪地上，形成一个个细小的红色漩涡。这些都是一些穷苦的百姓，何尝见过这样的场面，面对着军人血淋淋的屠刀，所有人顿时惊恐地大叫一声，纷纷退开。

崔将领一愣，没想到竟然有人敢真动武，他正要说话，就见那名年轻军官面色冷冽地从人群中走了过来，语调平静地说道："我就是薛致远。"

崔将领大惊，正想说话，忽听百姓之中响起一声悲呼，妇人哭天抢地地喊道："当家的！当家的你醒醒！"

"杀人啦！杀人啦！军队杀人啦！"

一石激起千层浪，百姓们顿时暴动，被逼到绝境的人们齐齐怒吼，一名七旬老汉冲在前面大喊道："你们凭什么杀人？凭什么？我的三个儿子都在军中当兵，都跟着你们去打夏狗，如今你们不让我进城？让我们进城！"

尽管天气这么冷，崔将领的额头却冷汗涔涔，手足无措，不知该如何是好。

年轻的薛致远眉头轻轻皱起，沉声说道："时间不多了，请贵军早做决断。"

"啊？"崔将领傻愣愣地问，他以前就是一个打铁的铁匠，因为作战比较英勇，杀了十多个人，成了小伍长，今晚正好轮到他的队伍来执勤，根本就没有什么韬略，只见他傻傻地看着眼前年轻挺拔的男子，问道，"你说什么？"

眼看难民已经冲上前来，北朔的城守兵简直呆笨到了一定程度，十多名守城卒竟然被难民制住，城门被占据，薛致远目光一寒，沉声说道："弓箭手，准备！"

一声令下，二十多名第二军队员顿时跳下战马，利落地拿起弓箭，还没待崔将领圆瞪的眼睛眨一下，那些利箭顿时激射而去，取脚不取头，霎时间，只听一片哀号声响起，难民们大惊失色，惨叫震天。

"给我上！"年轻男子的声音像是低吼的豹子。

战士们射倒一片，威慑住了远方的百姓，反手将弓箭丢弃，拿着战刀就冲上前去，出手狠辣，虽然以刀鞘作战，却招招见血，沉重的寒铁刀鞘狠狠地往头上招呼，不一会儿，就有十多名百姓倒在地上。

"全都闪开！"

战士们和难民混战在一处，城墙里的燕北军见了，急忙吹响号角，大批军队从城里赶了过来，却被门口混乱的人群挤住，根本走不出来。

就在这时，只听极远处的茫茫雪原里，突然响起一阵急促的马蹄声，仿佛有大批人马在接近，那战马来势极快，就见为首的一名小个子黑衣战士从马背上跳了下来，声音有些女气，却气势惊人地大声喊道："谁在捣乱？"

一百多名士兵随后跳了下来，为首的小个子将领顿时冲上前来，眼神锐利地瞄了几眼，一把抽出腰间的挎刀，寒声说道："上！揍那些当兵的！"

这一群生力军手段极其高明，动作利落，出手迅捷，无一不是强悍的高手。他们如虎狼般冲进人群，团团包围住那些挥刀砍百姓的第二军将士，三五个围攻一个，几下就将他们制伏。百姓们见有人为自己出头，齐声高呼，场面顿时就控制下来。

地上横七竖八地倒着三四十名受伤的百姓，有几人已经不动了，也不知道是生是死。小个子将领眉头紧锁，一身铁灰色的大氅包裹着全身，他转过头来，声音低沉地说道："马上叫军医出来，为受伤的人医治。"

"你是什么人？竟敢……"薛致远大怒，大步走上前来，小个子将领却没等他说完，啪的一声，一个清脆的耳光就打在男人的脸上，薛致远还没反应过来，那人反手又是一个耳光！

"你是燕北的战士！你的刀应该对着大夏，而不是对着燕北的百姓！"清脆的声音如断金石，小个子将领厉喝一声。

薛致远勃然大怒，双眼顿时好似要喷出火来，怒吼一声，挥拳就冲上前来。谁知那小个子将领身形好似一只迅猛的豹子，猛然一跃而起，只见刀鞘利落地一闪，轰的一声就砸在薛致远的肩膀上，横腿侧踢，一下就将他狠狠地踹倒在地。

"把他绑起来！交给殿下发落！"难民中顿时响起一阵欢呼。

小个子将领转过身来，对着百姓喊道："百姓们，北朔就要开战了，你们在这里太危险。我们殿下在西边的落日山下，为大家建了暂时躲避风雪的民居，里面有粮食、有棉衣，请你们马上跟随我的属下前去。"

人群一阵波动，几名和小个子将领一起前来的士兵走进人群之中，整顿秩序。不一会儿，几名军医急匆匆地从城里跑了出来，小个子将领走上前去，仔细一看，竟然有十三名百姓死于刚才的动乱中，他微微皱起眉来，面色很难看。

大约过了半个时辰，百姓们终于在士兵的带领下向西而去，小个子将领走进城去，大门缓缓关上，外面的一切喧嚣都被阻隔，似乎连风雪也不再那么猛烈。

小个子和胆战心惊的崔将领说了两句话，就向关押薛致远几人的马车走来。

"薛将军，不好意思，刚刚多有得罪了。"小个子将领摘下风帽，露出一张尖瘦的脸孔，眉清目秀，眼神明亮，竟然是一个十分漂亮年轻的女孩。

"你是谁？"薛致远两颊还有些肿，被她踹了一脚的地方现在还在疼，原本不想跟她说话，乍一见她的长相，竟然登时一惊。

"这是参谋处的楚大人。"崔将领连忙介绍道，"大人，这是第二军前来支援北朔的友军先锋队队长，薛致远薛将军。"

楚乔脸颊被冻得通红，嘴唇也有些干裂，点了点头，很和善地道："薛将军千里迢迢，在这么恶劣的天气赶路，辛苦了。"

薛致远眉头紧锁，根本不知道哪里蹦出来这么一个楚大人，他恶狠狠地盯着楚乔，突然冷哼一声，沉声说道："今日的事，不会就这样算了的。"

"那是当然，十几个人死于城门之前，四十多人受伤，这样的事，自然不会这样轻易地了了百了。"楚乔微微一笑，可是眼睛里没有半点笑意，她淡淡地说道，"不过薛将军刚刚护城心切，大战在即，我暂时就不向军政院举报，追究你的责任了。"

"你……"

"薛将军，这么急着赶来，应该有要事吧？你若是很闲的话，我却要先走了。"

薛致远深深吸了一口气，然后狠狠地看了楚乔一眼，冷哼一声，带着自己的手下愤然离去。

崔将领擦了一把额头的冷汗，对着楚乔说道："大人，您没事吧？"

楚乔眉头缓缓皱起，无奈地叹了口气，说道："早知道他是第二军的人，就不打他那两个巴掌了，这下麻烦了。"

"啊？"崔将领一愣。

"啊什么啊？"楚乔转过头来，怒声说道，"刚刚若不是第二军的人，城门险些失守，你知道这个时候若是让探子进城，会造成什么后果？全燕北上百万的军队都要死无葬身之地！北朔是燕北的门户，你却这么疏忽大意，薛致远刚刚随意屠杀平民虽然不对，你却是在拿全燕北的命运开玩笑！"

崔将领吓得面皮发白，两腿发软，眼神闪烁，左右看着，像是做贼被抓到的小偷，突然砰的一声跪在地上，大声叫道："大人，小的该死，请大人饶小的一条狗命吧。"

楚乔缓缓皱起眉来，这样的人竟然被他混成了守城的伍长，她不知道该去追究谁的责任，这个时候，她只觉得很无力。

"自己去军政院报到吧！"淡淡地抛下一句，楚乔转身离开，大雪飘飘，仍旧没有半点要停下来的意思。

打开房门，一股热气扑面而来，楚乔脱下大裘，左右看了一眼，却没看到燕洵的影子。她转身去了书房，半路遇见急忙赶回来的阿精，还没开口，就听阿精喘着粗气说道："姑娘，殿下叫您去呢。"

楚乔眉梢一挑，"他在哪儿？发生了什么事？"

"第二军的代表来了，殿下在等您开会呢。"

还没进屋，就听一个公鸭般的声音大声喊叫道："我们有上百万大军，为什么要怕大夏？我们大可以在平原上和他们冲击！"

闻言，楚乔的眉头顿时紧紧地皱了起来，这段时间，她最常用的表情，可能就是皱眉了。

"对！我们燕北是正义之师，我们不怕夏狗！"

"报告！"门外的士兵喊道，"参谋处的楚大人到。"

"进来。"

楚乔走进房间，对在座的众人行礼打招呼，只见今日参会的人数比上次要多很多，除了上次那些人，还有第一军、第二军的军方代表，第三军的军方副将，大同行会的堂主长老们，还有其他边军、民团军、自卫军军队代表，燕北高原上小部落的族长代表，黑压压的一屋子人，几乎将会议厅挤满了。

楚乔知道，几乎所有燕北的武装力量今日都已经到齐，她昂头挺胸地走了进去，径直走到燕洵身边坐下，笑着对众人说道："不好意思，我来晚了。"

"怎么样了？"燕洵面色不是很好，显然被这帮人气得不轻，他看着楚乔，沉声问道。

"一切顺利，民居已经建好，足以躲过这阵子。"

"我反对！"一个尖锐的声音突然响起，北朔的军需长刘鸥副将站起身来，面色难看地说道，"为什么要将我们的军事材料拿出去给那些难民盖房子？这些东西明明可以将城墙加高十尺，对抵御大夏大有作用。还有，为什么要将我们的粮草分给难民？楚大人知不知道现在我们处于什么状况之下？大夏大军压境，战争就要开始，军队的粮食能否供应还不好说，你却拿粮草去接济难民！"

"刘鸥副将，如果我记得没错，十天前我修筑城墙的时候，您并没有对我有一丝一毫的支持，整个北朔军没派出一个兵丁，反倒是附近的百姓积极帮忙，不然现在，您的城墙也不会加高二十尺。另外，我要提醒您，城墙的高度是有规定的，我们现在的城墙已经足够高了，若是再高下去，士兵们射箭就没有准确度可言，那我们防守的优势就会大幅度锐减，所以，我请不懂军事的人在军事问题上最好慎重发言。"

楚乔面色冷然，再不是前几日的好脾气，她冷冷地看着这个军需长，说道："还有，我还想说一句，我们解放燕北，是为了燕北百姓的自由而战，若是老百姓都死光了，那战争就毫无意义。"

刘鸥面色铁青，强辩道："以前都是这么过来的，每年都是大风雪，大夏从来没从军粮中支援百姓，千百年来也没见百姓饿死。"

"你说得对，所以大夏被赶出燕北了。"少女双手一摊，耸肩说道，"大夏驻扎燕北的士兵都是内地调拨来的，他们都领着军队派发的军饷。请问刘鸥副将，您什么时候给您的部下发过军饷了？您的部下是为了什么无偿地跟随您？您难道是企图让您的部下跟着您舍生忘死，然后让他们的父母妻儿在家中饿死、冻死吗？"

会议室里顿时陷入一片尴尬的死寂，没有人说话，只能听到外面的风像野兽一样，肆虐地吹过。

燕洵声音冷淡，缓缓说道："言归正传，刚刚是谁在发言？"

"是我。"第三军团的军团长卢杰沉声说道。

他年纪不大，三十岁左右，胡子很重，地道的高原长相，脸很红，他瓮声瓮气地说道："我不明白，为什么我们要东躲西藏？为什么要像乌龟一样缩在北朔城里？我们有五十万的军队，大夏先头部队才有十万，五个打一个难道还会输吗？"

北朔城第二骑兵团团长陈曦也附和道："这是谁做的计划，简直是对我们燕北战士的侮辱，我们需要战争，我们需要和敌人堂堂正正地决战！"

"对！"那些部落族长也一个个激动地叫道，"燕北都是好汉子，没有东躲西藏的孬种！"

楚乔突然感到一阵厌恶，想起刚刚在城外看到的惨状，她只觉得这些人像是苍蝇一样烦人，她抬起头来，目光像鹰一样尖锐，沉声说道："作战计划是我做的，谁有意见？"

人群顿时安静下来，十天过去了，再也没有人敢像当初那样，蔑视这个年纪不大的少女。不过几天的时间，她不但整顿了军队的组成机构，改革了大本营的管理体系，极大地提高了办事效率，而且还神奇造出一种红色的石头，名叫"砖"，这种东西虽然没有石头坚固，但是建造城池的效率极快，而且为了增加城墙的坚固度，她还从不远的赤水河中，起出了大量的冰块，在城墙之外迅速垒起了足足三十多尺高的二重城墙，这样，不但城墙更加坚固，还能有效地防止敌人攀爬攻城。

她利用自己超强的军事手段，在城外设置了大量的陷马坑和陷阱，如今的北朔，已经成了一座铁血的坚固城池，再无当初那般风一吹就倒的模样了。

是以，就算对她不满，一时间却没有人敢说出来，尤其是她刚刚又立大功，完成了难民的安置问题。此时，她在军中的声望，已不比当初了。

"我有意见。"一个低沉的声音缓缓响起，众人齐刷刷地转头看去，竟然是第二军的前锋代表。

薛致远冷冷地看着楚乔，语调低沉地说道："为了这场战争，我们准备了八年，这八年，我们积极奔走，笼络人力、物力，秘密练兵，整合军队实力，我们不会忘记火雷原的耻辱，先辈们血肉上生长的火云花还在开着，他们在等待着我们为他们一雪前耻。然而，我们默默等待了八年，换来的是什么，竟是躲藏和畏缩吗？"他的眼神阴郁且冰冷，眼梢竟然淡淡地看向坐在主位上的燕洵，语调冷冷地说道，"燕氏不畏死的精神，究竟到哪里去了？皇都的繁华已经灼伤了殿下的骨头吗？"

话音刚落，会议室顿时陷入一片可怕的死寂之中。燕洵一身黑色衣袍，长眉淡目，一直靠坐在椅背上，此刻闻言，微微挑眉，眼梢轻扫薛致远，嘴角一牵，竟然淡漠地轻笑一声，只是那声音却好似腊月的冰雪一般，凉沁骨髓，令人脊背发寒。

和他同坐一桌的第二军军团副将余新顿时起身，连忙说道："致远性格鲁莽，但请殿下原谅他忧心燕北，一心为公，不要怪罪。"

北朔城城主夏安也起身说道："薛将军所言虽有不妥，但是一切都是为了燕北的战局和胜利，请殿下念在他多年出生入死，战功赫赫，为燕北独立立下了汗马功劳，饶他一次。"

其他将领闻言，也纷纷起身，为薛致远求情，只有第一军团的军方代表没有动，面上的表情有些阴郁，似乎也拿不定主意。

"薛将军心直口快，我很喜欢。"燕洵狭长的眼睛微微眯起，淡淡说道，"诸位请坐，大家都是燕北的功臣，我燕洵能得诸位相辅，是我的福气，怎会无端怪罪有功之人？况且薛将军只是阐述自己的想法，并没有对我的不敬之意，何罪之有呢，薛将军，你说是不是？"

燕洵的声音极其淡漠，眼梢冷峭，带着内敛的锋芒。薛致远不得不站起身来，低声说道："殿下圣明，末将鲁钝，不会表达，并没有冲撞殿下的意思，还请殿下见谅。"

众人闻言连呼殿下圣明，战战兢兢地起身，坐回座位里。

这时，却见那薛致远并没有坐下身子，而是转过头面对楚乔，沉声说道："在下刚才的疑问，还请楚大人稍作解答。"

此言一出，就连第二军的余新都皱起眉来，刚刚他出言顶撞燕洵，燕洵已经不计较，他却不依不饶。燕洵现在毕竟是燕北名义上的领导者，再这样下去，对第二军会大大不利。

还没等他站起来圆场，就见楚乔面色阴冷地缓缓站起身来，冷眼看着薛致远，淡淡地说道："薛将军，没想到竟然是你提出这个幼稚的问题，我很遗憾。"

薛致远目光一寒，正要说话，只见楚乔面色登时一冷，沉声说道："战争不是算术题，在正规的作战过程当中，双方的力量对比也并不是简单的人数对比！决定胜利的因素有很多，人数只是一方面的优势，双方的士气、士兵的战斗力、整体的实力水平、武器的对比、情报的准确性、信息传递的速度、统帅将领的个人能力、士兵经历大战的实战经验，乃至战地的地形、后勤的补给、全局舆论的支持，这一切的一切，都足以对战略全局产生重要的影响。单纯地以人数来论输赢，口口声声纠缠于几个打几个这样肤浅的问题，完全是对战争毫无了解的门外汉，才会犯这样低级的错误！"

少女不屑的呵斥，顿时好似一盆冷水浇在众人的头顶，她这一番话几乎将所有人都囊括其中。陈曦副将冷哼一声，起身说道："我们大家都是门外汉，就只楚大人你是战略高手对吗？我转战燕北十多年，还从未遇见类似你这样的狂人。"

"历史早就告诉我们，口口声声总是过去那点功劳战绩的人，是绝无未来可言的，更何况，有些人过去的那点东西，还未必就那么值得记着。"楚乔毫不容情地说道，"我请各位认识到我们目前所面对的局势，我们不是单单面对一场战争，一场战争的胜败对全局无济于事。对于大夏而言，我们不过是边境上的一个地方叛乱，他们坐拥红川，随时可以派出几十万乃至上百万的大军来围剿我们，真煌的征召令一发，不出两天，就可以召集十万的军队。而我们呢？我们是拿着整个身家性命去和大夏决战，摆在我们面前的是一条什么路？战胜，就是继续生存，失败，就要全部死去。我们不怕死，但是我们不能死得毫无价值，局部的胜利，对全局毫无影响，北朔城一战，我们要取得的不是战术上的胜利，我们要的，是一个能打开战局的时机！"

楚乔握着拳头，用力地在身前挥了一下，目光坚韧地说道："我们要的，不是在一两场战争里击溃夏军，而是拖死他们，拖垮他们，然后一击而中，将他们全部消灭。"

燕洵站起身来，沉声说道："诸位，阿楚说得对，北朔一战，我们要的不仅是一场胜利，而是要在保全我们自己的情况下，最大限度地击溃敌人。这是决定生死的一战，燕北的存亡就在诸位的掌控之中。"

燕洵面色平静，望着众人，眼神好似深沉的大海，有激烈的浪头在里面翻涌。他面对着众人弯下腰来，深深地鞠了一个躬，众人顿时愕然。

随即，燕红缳跪在地上，语调铿锵地沉声说道："誓死追随陛下！"

紧随其后，整个会议室里的人齐齐跪在燕洵身前，齐声呼道："誓死追随殿下！"

窗外风声依旧，大夏的铁骑，就要来了。

第四章

踏上征途

楚乔站在北朔门前，正前方，就是第一光复军的三千前锋军和黑鹰军余下的两万战士，燕洵一身铠甲，墨色大氅，刀剑齐备，冰冷的风从他的鬓角吹过，轻拂男人瘦削却坚韧的轮廓。她突然觉得身上有些冷，轻轻地抿了抿嘴角，想说什么，却觉得嗓子发紧，似乎该说的话都已经说过了，剩下的，只是浓浓的担忧和不舍。

"让我跟着你去吧。"她还是说出了这句话，虽然明知是奢望，却还是眼巴巴地抓住对方的袖子不放。

"阿楚，乖。"燕洵握住楚乔的手，放在嘴边哈了一口气，然后宠溺地搓了搓，柔声劝道，"美林关远在千里之外，天气奇冷，如今气候反常，你身体又不好，怎能长途跋涉地劳顿？再有，这里也需要一个我信得过的人统筹大局，随时将战报消息发给我。大夏一时半会儿还打不过来，北朔距成为主战场还有一段时间，我稍后会派人护送你去后方的蓝城，羽姑娘的人马在那里，你会得到她的帮助和照顾，这样我才能安心。"

这番话昨晚已经不知道对答多少次了，楚乔也知道说出来无望，却仍旧心里不高兴，闷闷地低下头，垂着脑袋一声不吭。

"殿下，该启程了。"阿精走上来小声地说道。

"等一会儿，"燕洵抬起头来，黑着脸以极不友好的态度说道，"没看到我和楚大人在商讨重要军事吗？"

阿精碰了个大钉子，连忙小心翼翼地点头哈腰，再也不敢打扰燕王殿下和参谋处的楚大人商讨"重要军事"。

"阿楚，不要耍小孩子脾气，最多一个月，我一定回来。"

燕洵弯着腰，把脑袋伸到楚乔垂着的脸孔下面，轻轻地捏了捏她的脸蛋，笑容温和，像是偷了蜜的老鼠，"我知道阿楚本事大，跟在我身边赛过十个加强团，比一百个军事参谋还有用，只要往美林关口一站，里面那些人立马就会望风而逃，举手投降，所有抵抗都会流水般化为乌有，大夏贼寇们定会哭哭啼啼地出城缴械求饶，拜倒在你的神威之下。可是怎么办？这里也需要你啊，你不在这边，我寝食难安，心神恍惚，就请阿楚大人可怜可怜小的这点微薄的愿望，帮我随手管一管北朔这个烂摊子吧。"

扑哧一声，闹脾气的某人终于化嗔为喜，不轻不重地一拳打在燕洵的肩膀上，噘着嘴说道："油嘴滑舌。"

燕洵夸张地松了一口气，用手在额头上抹了一把，然后甩了甩，好像能甩出大把汗水一样，道："总算雨过天晴了，简直比打了一场北伐之战还要费劲。"

楚乔眼睛一瞪，"你还说！"

"不说了不说了，"燕洵连忙赔不是道，"是我胡言乱语，多嘴饶舌，楚大人就不要跟我斤斤计较了。"

楚乔哼了一声，一副"就饶了你"的样子。

燕洵哈哈大笑，远处的士兵们探头探脑，不知道为什么燕王殿下和楚大人讨论军情，能讨论到如此神采飞扬，一会儿点头作揖，一会儿眉飞色舞，难道是楚大人决定去刺杀真煌城里的夏皇了？

"你要小心点啊，战场上刀剑无眼，不要轻易以身犯险啊。"

再凌厉强势的女人，面对有些情况的时候，也会大晕其头，就比如现在，在知道自己随行无望之后，某人又开始喋喋不休了。

"嗯，我知道了。"燕洵老实地点头，态度良好。

"第一军虽说是乌先生主事，但是军团内部派系复杂，大同行会渗透极为严重，你要小心后方着火，内部不稳。"

"放心吧，我记下了。"

"美林关地势太靠北，天气又冷，你也有病在身，注意保暖，多穿衣服，夜里多盖被子，随行医官开的药记得定时吃。"

"好的，我一定注意。"

"睡觉的时候，床头要记得放盆水，你总是咳嗽，火盆烟气太大，对你身体不利。"

"嗯，我记着了。"

"和犬戎人接洽的事情，交给别人去做，千万不要亲力亲为，我们对犬戎人的态度不了解，要严防有变。"

"放心吧。"

"每天都要记着给我写信，若是三天接不到你的消息，我就立刻去美林关找你。"

某人无力地呻吟道："我就算是死了，也记得先写信通知你。"

谁知碎碎念的那人顿时急了，"说什么死啊？你再说我立马就收拾行李跟着！"

燕洵急忙表态，"我胡说八道，我罪大恶极，阿楚，再说下去天都要黑了。"

"天黑了有什么打紧？天黑了就明天再走。"

燕洵的眼泪几乎要流下来了，但他只能无奈地哼哼，不敢发表任何反对言论。

"大衣带了几件？"

"五件。"

"靴子呢？到处都是雪，一烤火就化了，记着不要穿湿靴子。"

"嗯，知道了。"

"带暖手抄了吗？带了几个，够用吗？"

"阿楚，"燕洵满头黑线，"是你给我收拾的行李。"

"哦？是吗，我忘了。"楚乔的态度十分坦然，"我看看，护膝带了吗？哦，带了。袜子够穿吗？哦，带了八十双。风帽够不够厚啊？还行，是熊皮的，我还在外面缝了一条狐皮。"

楚乔卸下马车上的行李，蹲在地上来回翻看，过了好一阵，她好像突然想起什么一样，一下跳起身来，大叫道："炭够用吗？我就给你装了一车。"

燕洵无力地回答："够用，阿楚，够用，别紧张，一路都是我们的驻军，就算不够也可以在军队里补给。"

"那怎么行？"楚乔皱眉道，"我们用的是白兰炭，产烟最少的，军队里的都是些土炭，一烧起来就烟气腾腾，伤气管。"

不等燕洵拦阻，楚乔已经吩咐身后跟着的侍卫，"你，对，就是你，过来。马上去军需处装两车炭来，记着要白兰炭，快点，这是关系到我军生死存亡的大事，殿下信任你才把任务交给你，你要以最快的速度圆满完成，知道吗？燕北的天空会记住你的忠勇的。"

小战士激动得脸都红了，憋了半天，猛地敬了一个军礼，大声叫道："一切为了燕北！"

说罢，就飞奔而去，虽然他并不知道装两车炭和我军的生死存亡有什么关系，但是楚大人是军事天才，她下达的任务，那一定是有其内在的深刻含义。士兵坚信，在未来的战斗中，这两车白兰炭会对我军的胜败起着决定性的作用，所以，他带着饱满的革命热情，满怀激动地狂奔而去，激动得连马都忘了骑。

朝阳如火，黄金万里，浩瀚的雪原上两个人在依依惜别。

"燕洵，你要小心啊，此行危机四伏，要警惕身边的每一个人。"

燕洵点头，"我知道的，你也是，我不在这里，也许有人会趁机欺负你，你记住他们的名字，别跟人家硬碰，等我回来再一个个地收拾他们。"

"嗯，行，咱们到时候抄他们的家，霸占他们的财产。"

"好，还要把他们绑起来，随便你揍。"

"行，就这么决定了。"楚乔点了点头，继续说道，"我给你配置的那四千弓弩手，你要当成近身禁卫，轻易不要投入战场，他们的武器经过我的改良，战斗力非同一般，我们要留着当秘密武器。"

"好的，我记下了。"

"不要吃冷饭，对身体不好的，你注意休息，别太累。"

"嗯，放心吧。"

"少骑马，多待在马车里，风太大，衣服厚是没用的。"

"嗯。"

"别喝凉水，我给你带了蜂蜜，多喝点，你最近瘦了好多。"

"嗯……"

"军队里要是有人召军妓，你就砍了他，那些女人没准都是有病的，看也不准多看一眼，知道吗？"

"知……知道……"

"路上若是有地方官敢给你送美女，你就把他们的名字都记下来，回来的时候告诉我，那些女的估计全是派来监视你的奸细，一个也不能留，我这都是为你好。"

"……"

"攻破美林关之后，对于叛军家属不要赶尽杀绝，可以发配他们去矿上做劳役。女的就不要留在军里了,直接赶出边境算了,一群女人留在军中,典型是惑乱军心,没一个好东西。"

楚乔侃侃而谈,眉目间全是对那群惑乱军心的女人的鄙视,她却忘了,她自己似乎就是留在军中的女人,并且还担任着高等职位,似乎更是掌握着赫赫大权……

"燕洵,"楚乔目光幽幽,表情十分诚恳,语重心长地说道,"一个军队和政党的纯洁性,要依靠其最高统领来引导,你是燕北的王,你的生活素质和道德水平会直接影响燕北政权的走向,也会直接影响燕北未来的命运,甚至会对整个西蒙大陆产生不可估量的左右效果。真煌城里那些花花公子不切实际、肆意妄为、生活糜烂的为人状态,颠三倒四、不负责任的男女关系,千万不能沾染,虽然你现在身处高位、大权在握,但要居安思危,你要切记啊!这是我作为和你从小一起长大、一起战斗、一起生活的朋友最诚恳的劝告。"

燕洵大窘,彻底无语了。

谁知楚乔对他的态度极为不满,眉毛一竖,怒道:"你到底有没有认真听我说话?"

燕洵几乎要哭了,表情极为痛苦,"阿楚,我听着呢。"

楚乔怒气稍减,横了他一眼,不无风情地说道:"今晚到了落安城之后,飞鹰传书给我,别让我担心。"

燕洵的心在滴血,这都什么时候了,就算战马突然间又多出四条腿,恐怕今晚也赶不到落安了。

眼看取炭的小兵都兴高采烈地回来了,楚乔不得不结束了她漫长的发言。她的心里有些难受,眼睛也有点酸,拉着燕洵的袖子不愿意松开,这简直太不像平时的她了。她知道燕洵心里没准儿在笑话她,阿精他们可能都笑抽了。可是她就是不想松手,上一次一分开就是那么久,他们两人这么多年还从来没分开过那么长时间,对于这一次分离,她心里有着本能的抗拒。有一种说不清道不明的担忧盘踞在她的心里,让她怕极了。她别别扭扭地没话找话,低着头,也知道不好意思,像个受了委屈的小媳妇一样,嘟嘟囔囔,燕洵甚至听不清她在说什么。

"要不?"燕洵试探着问了一句,声音特别小,"你送我一段?不过送到落日山那边你必须回来!"

嗖的一声,身边一个白色的影子一闪而过,燕洵还以为自己见了鬼。刹那间,楚乔已经不在原地了,燕北的王有些发愣,还没等他反应过来,就见楚乔早已远远地跑到队伍那边,挺拔地骑在马背上,还一边招手,一边冲着他大声喊道:"过来啊!还不走,都什么时辰了?还磨磨蹭蹭的!"

其他士兵也斜着眼睛看燕洵,好像在说:殿下八成是没上过战场,心里打怵,不舍得走呢!

霎时间,燕洵欲哭无泪。

"姑娘!你也跟我们一起去吗?"大队终于开拔,黑鹰军的战士们和楚乔相熟,笑呵呵地问道。

"不,我只送你们到落日山那边。"

"姑娘要是跟着就好了,姑娘打仗可厉害了!"一个从真煌起就一直追随燕洵的老兵憨憨地说道。

"就是，我那天看到了，姑娘一个人能打一百多个汉子，那些人，个个像小山那么高，眼睛像铜铃那么大，那拳头，一拳下来，一个脑瓜子就碎了，我老刘根本一个都招架不住。姑娘倒好，三下五除二，全都放倒了，连滴血都没沾身。"

"啊？那么厉害啊！"不明真相的小兵们瞪大了眼睛。

"那是，你们没见着，那场面，嘿，不是吹的。"

楚乔不好意思地谦虚道："呵呵，没那么厉害，一般吧，也就一般。"

"姑娘要是跟着我们去就好了。"

战士们再一次集体叹息，楚乔立马趾高气扬地回过头去，眼巴巴地瞅着燕洵，那表情似乎在说：听到没有？听到没有？这可是群众的呼声啊！

"好好走路！别那么多废话！"燕洵黑着脸训斥，对楚乔的眼神视若不见，也假装刚才的那些话，全部是在夸奖今天的伙食和天气。

不到一个时辰，大军就到了位于西面的落日山，大队先行，燕洵和护卫团稍稍停步。看着楚乔微红着眼睛，低头扭手指头的样子，燕洵不得不叹了口气跳下马背，走上前来轻轻地将楚乔抱在怀里，柔声说道："我答应你，保证注意身体，多加小心，战况一旦不利，立马回头，绝不逞匹夫之勇，一定完好无损地回来见你，一条做不到，回来随便你打骂。别这样，你这个样子，让我怎能放心而去？阿楚向来是最坚强的，你要支持我、扶持我，你是我最亲密的战友，也是最值得信任的爱人，对不对？"

"嗯，"女孩子的头抵在燕洵的胸膛上，声音有些闷，特委屈地说，"你说话算数。"

"绝对算数！"燕洵信誓旦旦地承诺，"大丈夫一言既出，驷马难追，谁做不到谁不是两条腿走路的。"

"那行，你走吧。"

"不行，还有一件事。"燕洵突然正色道，"这件事很重要，你要认真记着。"

"嗯？"楚乔顿时抬起头来，眨巴着水雾蒙蒙的大眼睛，"什么事啊？"

"作为从小和你一起长大、一起战斗、一起生活的朋友，我对你有一个最诚恳的劝告，你必须要时刻记住。"

楚乔皱起眉来，聪明的她似乎已经闻到一丝阴谋的味道，她疑惑地说道："你到底要说什么？"

"你做人给我坦白点！"燕洵厉喝一声，突然俯下头，一下吻在楚乔的嘴上，霸道的气息顿时侵入，男人手按着少女的后脑，唇齿相交，舌头顺势而入，霸道且强势，瞬间就突破了少女脆弱的防线，打了她一个措手不及，气息登时紊乱，胸脯剧烈地起伏着。茫茫雪原上一片银白，当着五百护卫团的面，燕北之王舌吻参谋处楚大人……

直到楚乔要背过气的时候，燕洵才稍稍放开了她，看着她面红耳赤地左右观望，活像一个偷东西被现场抓住的贼一样，燕洵顿时哈哈大笑，朗声说道："怕什么？整个燕北都是我的。"

楚乔顿时暴走，面红耳赤地大喊道："啊！你这浑蛋！我的清誉全被你毁啦！"

燕洵揽着楚乔的腰，眼梢微微一挑，"我说阿楚，你难道不知道吗？从你跟着我进盛金宫开始，'清誉'这个词就已经跟你挥手告别了。"

"浑蛋！"楚乔词锋不及，见左右的人都笑呵呵地看着她，她更是气愤，指着阿精等人叫道,"不许笑!不许说出去!揍你啊!还有你,你,那个是谁,你牙花子都露出来啦!你叫什么?哪个部队的?还笑?就说你呢!"

"阿楚!不要顾左右而言他!"燕洵正色,一把拉过她来,"你做人要坦白点,明明是担心我出去拈花惹草,干吗搞出那么多长篇大论来,还一副义正词严的模样,我看你才是欠揍。"

"喂喂!"楚乔大窘,脸红红地跳脚,"姓燕的,我是不是太久没修理你了?还要揍我?你打得过我吗?"

燕洵一哂,"我那是让着你,还真以为自己天下无敌了?"

"好啊,过河就拆桥,不服的话咱们比试比试!"

燕洵顿时大笑,"阿楚,你是不是舍不得我走啊?故意磨磨蹭蹭,耽误我的时间。"

楚乔眼睛一瞪,怒气冲冲地大喊道:"谁舍不得你?快滚!我多看你一眼都觉得烦!"

"那我可真走了?"

"滚滚,没人愿意看你。"

"别后悔啊!"

"鬼才后悔呢。"

"我走了之后,自己别偷着哭啊!"

"你走不走?那么多废话!"

"哈哈!"燕洵翻身上马,朗声笑道,"阿楚,我走了,等着我凯旋!驾!"

上百骑战马顿时绝尘而去,纯白的雪末在马蹄后连成一条直线,天空上战鹰齐飞,远处风声滚滚,烈阳如金,映照着战士们离去的背影,好似一幅滂沱巨画,转瞬间,就只剩下一片淡淡的影子。

楚乔站在原地,目送着燕洵离去的背影,一颗心柔情万千。她默默地双手合十,缓缓地闭上双眼,声音平和,带着深沉的眷恋和诚恳,"万能的神祗,请保佑我的爱人,保佑他一帆风顺,平安凯旋。"

燕北天寒地冻,大雪纷飞,怀宋却是风雨交加,阴日如晦。

殿中没有掌灯,唯有烛影深深,空旷的陌姬殿上飘满了苏青色的纱,长长的甬道皆用白华梨木铺就,看似古朴,实则却是寸木寸金,每一步踏在上面都有独特的回声,绕梁古朴,好似穿透了上古的时光,在天涯的尽头吟唱着古老的祭调。

各宫早早地挂起了纯白的宫灯,今日是先皇纳兰烈大去的忌日,宫人们都换上了素白的祭服,连宫门前盛开的红菊都被缠上了白绢,潇潇雨声,一片惨淡。

环佩声动,鸾披环髻的宫装女子缓步走在大殿上,修眉薄唇,明眸若星,风神皎皎,卓尔不群,虽不绝色艳丽,却也淡静若兰,素颜如雪。

大殿的尽头,是一方席地小几,小几旁,有几个宫廷小厮正在大声地吆喝,人人青筋满面,额头涨红。一个深袍蟠龙的少年也跟着众人挤在一处,手舞足蹈,明明十八九岁的年纪,看起来,却好似六七岁的顽童一般。

左侧的嬷嬷眉头一皱,上前说道:"长公主驾到,还不行礼?"

正在玩耍的众人一听,连忙回首。见了站在中央的女子,人人惊慌上前,跪伏于地,大声叫道:"参见长公主,公主千岁千岁千千岁。"

"都起来吧。"素衣女子静静点头,声音清淡,带着薄如晨雾般的袅袅仙气,她看着人群中那个明黄深袍的少年,轻轻招手道,"煜儿,过来。"

少年搔了搔头,颇不情愿地走了过来,女子身旁的下人们急忙行礼,参拜道:"给皇上请安。"

年少的皇帝看也没看他们一眼,胡乱地摆了摆手,抬起头来,嘴角却有口水流出来,像个害怕先生的孩子一样,对着当中的女子说道:"皇姐,我没惹祸。"

殿内明烛光影,女子掏出绣着芝兰的手绢,轻轻为少年皇帝拭去口水,说道:"皇姐知道。"

皇帝低着头,嘟嘟囔囔地说着什么,别人却听不清,女子叹了口气,问道:"今天是父皇忌日,煜儿为什么不愿意去庙陵进香呢?还叫人打了路公公?"

皇帝的声音很小,低着头说道:"我……我不想去……"

女子垂着头,很有耐心地问:"为什么呢?可不可以告诉皇姐?"

"因为……因为……"皇帝抬起头来,一张白净俊秀的脸孔憋得通红,争辩道,"因为长陵王他们总是笑话我……我不喜欢跟他们玩。"

外面雨声清脆,有风穿过回廊,带着潮湿的味道吹了进来。许久,女子点了点头,说道:"不喜欢去就不要去了。"她对地上跪着的一众小厮说道,"好好陪皇上玩。"

"是!"一群十二三岁的半大孩子齐声应和。女子转身带着宫人们离去,不一会儿,身后的喧哗声又起,听那声音,竟是那般欢快和喜悦。

有谁能想到,占据大陆最富饶地域的怀宋,其当位的皇帝竟是一个名副其实的傻子?他的心智将永远停留在十岁孩童时期,永不会长大。这件事,是怀宋皇室的最高机密,怀宋长公主处心积虑谋划多年,一直将此事对外隐瞒。可是如今,随着纳兰红煜渐渐长大,成年亲政的时日也被一拖再拖,朝堂上的反对质疑之声也日渐高涨,她终于感到独力难支了。

当年,驰骋一生,开创东边大片海域疆土的纳兰烈临死之前,望着稚女和傻儿,只仰天长叹一声:"杀孽太重!"便悲然辞世,留下这万顷巍峨江山,全部落在了那个当年还不足十五岁的少女的肩上,一转眼,已经五年过去了。

望着前方缓步而行的瘦削背影,云姑姑心下一阵恍惚,不觉经年,当年双髻垂肩的稚龄少女,如今已过了双十年华,如花青春,就在这深深的宫闱中缓缓过去了。尽管外面风传长公主如何精明决断,如何智慧绝伦,甚至近年来已有人暗中怀疑长公主擅权揽政,乃至软禁帝皇,大权独揽等,却独有她知道,眼前的女子心中装了多少苦楚。

五年,一个女人的一生,又有多少个五年呢?

"公主,夜深了,回宫休息吧。"

纳兰红叶轻轻摇头,"御壑殿还有些公文需要批复。"

云姑姑连忙说道:"那拿回宫批复吧?"

看着从小照顾自己的老嬷嬷急切的面孔,纳兰红叶淡淡一笑,说道:"好。"

云姑姑大喜,连忙吩咐人前往御壑殿取公文。一会儿工夫,柔芙殿里已掌起了明晃晃的宫灯,一派金碧辉煌之色。尽管纳兰红叶并不是张扬显贵之人,但是宫中人都知道,这宫里真正的主子是谁，服侍起来自然万分小心。

已经将近三更，云姑姑偷偷进来看了好几次，好不容易见桌上未批复的公文渐渐低矮，可是最后，却见长公主拿着一封边疆书信久久不落笔，终于忍不住走进来，皱着眉头问道："公主，什么事这么难决断啊，三更了，明早还要上朝。"

"嗯？是边邑的商报。"纳兰红叶有些发愣，被人打扰，竟出奇地有几丝窘迫，她拂去眼前的碎发，对这个身边最亲近的人也不隐瞒，说道，"大夏已经发兵攻打燕北了，燕北急需药物和粮草，还要以矿产兑换我们的兵器。"

云姑姑显然不是一般的妇孺，轻轻地皱眉，"不是前几天刚刚送去了一批吗？"

"微末之物，杯水车薪，长乐侯和晋江王一力阻拦，以东海战事将起为借口，物资大大不足，况且如今因为北方战事，物价飞涨，之前收取的燕世子的金子，已经花得差不多了。"

纳兰微微蹙眉，忽听沁安殿方向有人喧哗，她起身问道："外面什么事？"

云姑姑连忙出去一趟，稍后回来笑道："没事，小殿下夜哭，皇后担心小殿下受凉生病，派人传了太医。"

纳兰眉梢一挑，问道："太医怎么说？"

"太医说没事，不过是小孩子夜里饿肚子罢了。"

纳兰微微一笑，笑容清淡，眼神落落，带着几分睿智的光芒，"这个孩子是我们大宋的希望，难怪皇后用心了，姑姑有经验，平日有空闲的时候也多照看着点。"

"是。"

纳兰缓缓落座，轻轻吐出一口气。还好，还好煜儿有了这么一个孩子，既然已经无法扶他上位，就只有寄希望于这个孩子身上了。

只是，那还需要多少年呢？

她轻轻摇头，不愿再去想这些事情，随手在文书上批复了一个"待阅"，随后，放在一旁。

云姑姑皱了皱眉，想说什么，却终究没有说。这些年，公主一直对燕北的事情很留意，尤其是燕北独立之后，怀宋更是一改往日之风格，冒着极大的风险破例卷入其中，她想，公主这般睿智的一个人物，总会有自己无法理解的深意在其中的。

就如同万千怀宋国民所说的那样，公主是天上的星星下凡，圣明如镜。

纳兰来到窗前，推开纱幔。只见雨打芭蕉，啪啪作响，远处荷塘幽幽，斜水生辉，偶尔有锦鲤跃上水面，翻打着雪白的肚皮。

纳兰心下微冷，寂然默立，下人们渐渐都退了下去，云姑姑也铺好了床铺退出房间，一时间，整个世界都好像清净了下来，只能听到稀疏的雨滴声和夜里的蛙鸣。

她突然想起了很多年前，年幼的稚龄孩童，芭蕉树下的淅沥雨夜，少年明眸如星子闪动，两只并肩击掌的嫩白小手……

金兰结义，永不相弃。

当年，父皇在世，皇室显贵，自己集万千宠爱于一身，跟随叔父安凌王出使大夏，乔装打扮，自称安凌王幼子玄墨，偶遇尚在真煌为质的燕北世子，一月相处，竟然情投意合地义结金兰。就此南北通信，多年未绝。

想起当年，自己古灵精怪，燕洵明朗洒脱，穆合家的孩子虽然顽劣骄纵，却没什么坏心眼，诸葛怀少年老成，诸葛玥孤僻难处，赵彻虽然孤傲，却时常被自己和燕洵、穆合西风等人合伙戏弄，气得七窍生烟，青筋暴起，还有一次拿着剑追了穆合西风三十多重宫门，扬言要一决生死。而赵嵩小子，那时候还整日拖着鼻涕，哭天抹泪地要跟着众人玩耍，然而大家却嫌他太小了，无一人愿意带着他。

十年光阴，转瞬而逝，如今，物是人非，当年的那些面孔，早已变化万千。有人大权独握，有人受尽磨难，有人野心勃勃，有人一身伤怀，更有人，早已化作白骨尘埃，零落散去。

她从怀里摸出那封今早刚刚送进宫来的书信，可是仅仅是这么一日，信脚就已经微微发皱，纸张温暖，还带着女子身体的浅浅幽香，打开之后，挺拔清瘦的字迹顿时映入眼帘：

玄墨贤弟，燕北大战将起，为兄即日将奔赴战场，临行前，再三思量，仍需拜请贤弟援手，帮忙打理军需粮草一事。半月前，为兄曾往怀宋，见彼国长公主，纳兰公主高义，许诺会支援燕北粮草，然，贵国东岸战事将起，为兄深恐彼国朝野会有反对之言，若长公主意动，还请贤弟居中周旋，安抚朝臣。此事事关燕北生死，为兄不得不觍颜相求，望贤弟念在你我多年之谊，加以援手，为兄远在关山万里，定感念贤弟之恩义。

闻贤弟于一月前大婚，娶淮安良家女，兄无甚相贺，唯有玉簪一支，送与弟妹，祝贤弟夫妻和睦，白首齐眉。

另：终得见贤弟口中美艳无双、世间难求的彼国长公主，然，其面纱足有半指厚，言语沉闷如老妪，端庄有余，活力不足，甚觉贤弟审美有异常人，他日有缘再见，定为贤弟之品位浮一大白。

纳兰眉心轻蹙，反复看了几遍"其面纱足有半指厚，言语沉闷如老妪，端庄有余，活力不足"等句，少女薄怒，波澜不惊的脸孔上也多了几分嗔怪。

夜风吹来，吹起她的衣衫下摆，带着淡淡的丁兰之香。

她拿起书案上一袭白纸，研墨提笔，默想许久，书道：

接到兄之手书，知兄即将远赴前线，弟甚是挂怀，沙场凶险，刀剑无眼，望兄万万珍重，弟犹自等待十五年后聚首之约，与兄大醉蓬仙楼，共赏秋湖水，同奏白素琴，齐唱西江月，兄切不可食言而肥，弃弟而去。

敝国长公主端庄高雅，贤良淑德，乃女性之典范，怀宋珍品之奇葩，岂是常人轻易可见？兄常年周旋于战场，审美已大损特损，闻兄此言，弟大为悲痛，深为兄之明日忧心不已。

粮草军需一事，兄切勿挂怀，长公主既已许诺，定会遵从。若事有变，弟定当竭尽全力，为兄周旋谋划。燕北大战在即，弟夜夜倚楼独坐，眼望西北，待兄之捷报传来。

写好之后，外面小雨已停。纳兰静静独坐，手拿玉簪，此簪通体雪白，入手极暖，顶端雕着一朵寒梅，花瓣茎须可见，淡雅素净，虽不华丽，却极尽精巧。

送与弟妹？难道真要给玄墨的新娘子送去吗？

纳兰长公主露出少见的暖暖笑意，随手拿过书案上待阅的批文，转手写道：诺。

窗外已发白，漫漫长夜就要过去，纳兰站起身来，走到窗口，眼望西北，默默而立。天边云霞渐出，雨后空气清新，清晨钟鸣悠然，早朝的梆子声远远地在后殿传开。

纳兰深吸一口气，闭目养神，再睁开之时，已是一片清明之色。

还要想办法说服那群反对插手大夏、燕北之战的老臣，她揉了揉眼角，看来，唯有拿出长公主运筹帷幄、深谋远虑、所行所为皆有深意这个幌子了。

她轻轻一笑，竟然多了几丝少女的顽皮，人，总是有任性的时候的。

有些人，有些事，一生也无可能，她索性不去奢望，她清楚地知道，她要守护怀宋，守护皇帝，守护弟弟的孩子，守护纳兰一脉。

天空晴朗，纳兰长公主面色沉静，缓缓地挑开垂帘，淡淡道："梳洗，准备上朝。"

第五章
再掌刀锋

"不是北朔！夏军的下一个目标是赤源渡口！"女子皱眉，凌厉地说道，"已经整整三天了，夏军始终没有什么正规的冲锋，只有小规模的骚扰和游斗，这很不正常，非常不正常。以大夏的兵力，如果他们合兵一处，早就对北朔发起猛烈的进攻，如今这样的局面，那就说明，夏军内部政令不一，在此处合兵的不是主要力量……"

"有什么新的战报没有？"曹孟桐曹大将军好似没听到一样，一边打着哈欠，一边对其他属下说道，"赵齐兄弟俩是不是被我们的大军吓破了胆子？忘了他们老爹派他们来的任务是什么了？"

众人顿时嘻嘻哈哈地大笑起来，这三天，燕北军屡战屡胜，大夏的军队好似一块豆腐一样，稍稍一碰，就变成一盘散沙。赵齐和赵飚的部队似乎离心离德，西北联军则明显倾向于大夏的新贵——十四皇子赵飚，而巴图哈家族军则跟在赵齐的屁股后面。

每次冲锋，两方人马不是你方冲乱了我方的阵脚，就是我方跑进了你方的侧翼，他们根本就没有什么绝对的阵形，完全是来充个样子，谁也不想率先当炮灰，消耗实力。

还没等燕北军射出第一轮箭雨，夏军就高呼着："不行啦！顶不住啦！"匆忙撤退，那样子，就是一群十多岁的娃娃兵都比他们强。

北朔城内聚集了三十多万的正规军，还有三十多万的民兵，真是名副其实的大军了。原本，面对大夏的铁血强兵，众人还有些顾忌和害怕，可是几场仗下来，就连那些农民兵现在也敢操着锄头到外面转一圈了。

"看来，用不着等殿下回来，夏狗就该撤兵逃回真煌了。"

众人哈哈大笑，曹孟桐座下大将鲁直叫道："依我看，现在咱们就该分兵一半，去帮着殿下拿下美林关。"

"那也不用，我们还不如尾随着大夏的逃兵，一路打到真煌去呢。"

"对啊！"此言一出，众人齐声应和，七嘴八舌，好像已经大胜了一样。

"曹将军！"楚乔一下站起身来，双目好似电闪，语调低沉地沉声说道，"将军，诸位大人，如果刚才我所说的大家没有听清楚，那么我不介意再说一遍！至今为止，我们也没有摸清楚敌人的主力在哪里，我们看到的冲锋和攻击也都是一万人以下的小队伍，尽管中军大旗在军中，但是我们并没有见到敌军的主力骑兵。大雪封锁了我们的消息渠道，我们到现在连敌人的营地安扎在哪里都不知道，这简直是一场儿戏！巴图哈家族和西北联军我不了解，但是我认识三皇子赵齐，更在战场上和十四皇子赵飔有过直接碰撞。赵齐是个谨慎的人，绝不会毫无戒心地大张旗鼓率军来攻，即便要来，也不会手段这样拙劣。至于赵飔，他虽然年轻，却是大夏国内尚武堂出身的高级将领，深谋远虑，兵法纯熟，他治军严格，手段变幻莫测，擅长阵地战和攻城战，在指挥大兵团战斗上有着丰富的战斗经验。此人为人坚忍，善于伏击，在大夏军内有'蝮蛇'之称，绝无可能做出这样自杀一般的攻击举动！"

"我请诸位大人仔细想想，大夏称霸近百年，怎会只有如此实力？他们是在蒙蔽我们，是在让我们麻痹大意！如果我所料不错，现在赵齐和赵飔必定不在对面的军中。进入燕北，并不是只有一条路径，如果我是大夏指挥官，我会翻越贺兰山，以常阴山涧为突破口，进攻赤源渡口，只要在那里站住脚，两面夹击，北朔不攻自破！还好，我们虽然耽误了三天的时间，但是现在还来得及，只要现在增兵十万，去赤源防守，依靠地利，定可抵挡夏军。战机稍纵即逝，诸位请仔细思量！"

安静，死一般安静。

众人都抬头看着这名一身戎装的女子，她独自一个站在偌大的会议室中，脊背挺拔，眼神如炬，身体微微前倾，眉头紧锁，神色严肃地望着众人，隐隐带着几丝期盼和愤怒。

曹孟桐脸上的皱纹轻轻抖动，突然站起身来，随后一言不发地走出门去。

这真是表达指挥官情绪的完美方式，不出片刻，偌大的房间里除了楚乔之外，顿时空无一人。楚乔长叹一口气，无力地坐在椅子上，用手托着额头，眼角一下一下地抽搐着。

将近百万的生命交付到这群乌合之众手里，这简直是在残害自己的军队。燕北军人的素质竟然低劣到这种地步，让一群毫无战斗经验的人指挥大军团作战，这真是无法想象的灾难。如果燕洵在此，他尚可以依靠他的威信来镇压，可是自己，又该如何扭转这一切？军中的这些情况，燕洵知道吗？如果知道，他怎会就这样把北朔门户交给那姓曹的？而如果不知道……

楚乔无奈地皱眉，他怎么会不知道呢？他是燕洵啊！可是他为什么什么都没有交代就去了美林关，还让她去落日山寻找羽姑娘？如果她再离开北朔，燕北的大半版图，岂不是要拱手让人？

燕洵，你到底在想什么呀？

大同行会的这些老家伙，争吵、辩论、闹事、掐架比谁都要勇猛，喊起口号来举世无双，煽动民乱的能力也是当世一流，可是让他们领兵作战，让他们制订作战计划，让他们看穿敌人浅薄的军事防御，那岂不是大材小用！

楚乔心里的火一拱一拱的，怎么也压不住，派出去通知羽姑娘的人马已经去了七拨，至今连一个人都没回来，如果这个时候没有一个镇得住场面的人前来，那么这一场仗，燕北必败无疑！

黄昏的太阳洒下像血一样的光芒，外面响起了士兵们欢笑的歌声，间中甚至还有孩子清脆稚嫩的大笑。楚乔不知道这样的歌声还能持续多久，正如她不知道外面的那些人还能活多久一样，如果她有军队，哪怕是一百人，她也可以立马将那群万恶的军官绑了，但是她没有，燕洵留给她的卫队都被她派出去找羽姑娘了。现在的她，连一个传信的卫兵都没有了。

要不要今天晚上偷偷摸进去,把那群老家伙全都干掉?这个念头在脑海中一闪而过,楚乔郁闷地皱着眉,若是有一把冲锋枪,她会考虑这个方法的可行性。

天色渐渐暗了下来,楚乔缓缓站起身,白亮的月光透过窗户照射在地面上,黑暗中,她的背影瘦削孤独,带着重重的无力和落寞。

刚走出城守府,就见几名小兵慌慌张张地跑过来,领头的那人一头撞在她身上,见她衣衫华贵,才猛然醒悟,扑通一声跪在地上,连连道歉。

这些人,以前都是农奴,还没习惯现在燕北的改革,在路上遇到军官,总是习惯跪下来磕头请安。楚乔见这群小兵竟都是一群孩子兵,最大的也就十三四岁,小的可能连十岁都不到,整个人还没有一杆枪高。他们一人手拿一根木棍子,上面插着一根铁条充当刺枪,这样的兵器若是上了战场,根本连敌人一个回合都抵挡不住。大夏的军刀是当世最锋利的兵器,能够轻而易举地刺穿所有的铠甲,更能轻易地砍折这群孩子手中所谓的"刺枪"。

说他们是士兵,倒不如说他们是群叫花子更为合适,而他们,就是组成北朔百万大军的重要力量。楚乔感觉到一阵深深的无力,像是掉进海水中,被海藻缠住了脚,怎么挣扎,都游不上岸。

楚乔眉心紧锁,只觉得心脏似乎被人紧紧握住,燕洵走后,曹孟桐大肆征兵,这方圆百里之内的难民全部聚集,女的充当军妓,男人参军入伍,老人争做民夫。一时间,北朔成了一座魔鬼般的炼狱,大同行会的这一批军官,就好似一个以前一无所有的乞丐,陡然成为万人之上的帝王,他们的暴虐举动几乎可以让大夏的贵族们自愧不如。楚乔几次进谏,都被拒之门外,杀了几个欺负百姓的士兵之后,那些不愿被奴役的平民要么逃出城去,要么就躲到参谋部里,如今,那里已经是一片人海了。

这,就是燕北的自由政权!

这,就是多年来为燕北争取独立的领导者!

这些,就是燕北百姓心心念念热烈拥护的未来和希望!

楚乔深吸一口气,苦难深重的人们啊,他们敲锣打鼓地迎来了自己的毁灭者!

女子的拳头握得紧紧的,像是要将什么东西碾碎一般,等到燕洵回来,等到他回来,定要……

"大人,"为首的一个孩子怯生生地叫道,"您是参谋部的楚大人吗?"

楚乔垂下头去,只见这孩子不过十一二岁,小胳膊细得好像一用力就能折断,面有菜色,一看就是营养不良,只有一双眼睛还闪动着孩童灵动的光辉,又黑又圆地转着。他身上披着一件破褂子,外面穿着大棉袄,已经破烂到露出棉絮了。

"你怎么认识我?"

"军队里只有一位女大人!"孩子兵开心地说道,"大人,我们都听说了,您是一位好大人!"

身后的孩子们顿时凑上前来,七嘴八舌地说道:"我姐姐就在参谋部里呢,是大人您救下来的!大人您认识她吗?"

"我娘也在那儿呢!"

"大人，我们前天看着您砍了那个大兵，大人真是太厉害了！"

"就是，大人，您教我们两招本事吧，我们就要上战场了！"

"是啊，大人，教教我们怎么上去杀敌人！"

看着这群孩子的脸，楚乔突然觉得心脏似乎停止工作了，她开始有一些怀疑，怀疑自己的信仰，怀疑自己的价值，怀疑自己所作所为的正确性，她甚至想掉头冲进城守府，完成刚才在会议室里那个惊悚的想法。可是想归想，她只是站在那里，没有动，什么也没有做，火把的光照射在她的脸上，明晃晃的，血红血红的。

她声音低沉，带着压抑的味道，一字一字地沉声说道："冲锋的时候，不要跑在前面。"

然后，仿佛是不堪忍受，她立时转身，疾步而去，徒留下一群傻呆呆望着她的背影的孩子。孩子兵们奇怪地搔着头，看着她的背影不解地想：为什么楚大人说的话和军官说的话不一样呢？

刚走到长街的拐角，楚乔就停下脚步，她实在没有勇气继续面对那些孩子的眼睛，更没有办法去鼓励他们好好干，鼓励他们精忠报国打赢这一仗，她以为自己已经被战争磨砺得如钢似铁了，但是她现在知道了，她还远远不够。

"曹大人好不容易打了这么一个胜仗，你却在会上说那是因为大夏故意示弱，有意麻痹大家的神经，他自然不愿意相信你。"一个冷淡的声音突然在耳边响起，楚乔顿时转过头去，只见薛致远抱着肩膀靠在一面墙上，斜着眼睛看着她，那表情，似乎有几分幸灾乐祸。

楚乔现在对这些大同行会的本土军官充满厌恶，冷哼一声，转身就想离去。

"殿下是要放弃我们了吗？"刚走一步，薛致远突然语不惊人死不休地问道。

楚乔顿时停下脚步，缓缓回过头去，眼神凌厉如刀子一般，"你说什么？"

"殿下和乌先生是燕北本土少有的军事领袖，他们一同带着第一军的精锐部队攻打美林关，却不留下一人防守北朔，让第二军主力和夏军硬碰硬，互相消耗。羽姑娘这样的军事高手也只是坐镇蓝城，不对北朔加以回援，楚大人这样的兵法行家却不掌权，整个北朔城都落入一群不懂军事的乌合之众手里。呵呵，若不是看到楚大人没有离开北朔，我真的要确信，殿下已经决意放弃第二军了。"

霎时间，好似一道闪电劈进脑海，她并非没有想过，只是不愿意去相信罢了。

曹孟桐是什么货色，第二军是什么货色，大同行会是什么货色，燕洵会不知道吗？他在这个时候攻打美林关，到底是什么意图？是真的要攻美林关夏军以不备，杜绝两面作战的危机，绕道西路迂回夹击北伐军？还是要空出时间来，让北伐军和第二军拼个两败俱伤？

不然，他为何会将兵权交给曹孟桐？为何不留下乌先生坐镇北朔？为何让自己前往蓝城托庇于羽姑娘？为何自己派出去寻找羽姑娘的七批人马，无一返回？

这里面到底有何原因？难道，真是如薛致远所说，一切都是燕洵的安排？目的，就是消耗第二军主力，借大夏的手稳定自己在燕北的地位？

可是，为了这样一个目的，置百万百姓于不顾，置燕北于险地，真值得吗？燕洵真的做得出吗？

"不过殿下就算聪明，曹大人也不是傻瓜。一个月的时间，即便是以人海战术消耗兵力，那几十万的民兵也绝对顶得住，等殿下回来之后，消耗的只会是平民军罢了，第二军主力丝毫无损，殿下这个主意，可打得不妙。"

"在我们的家乡，无端猜测自己的长官，是要受到军法处置的！"少女眼梢一挑，突然寒声说道。

薛致远顿时一愣，就听楚乔冷声说道："你不必挑拨，就算燕北内部不稳，大同行会争权严重，但是殿下还不至于拿整个北朔城来做这个消耗的赌注！就算所有的事情都好似如你所说，但是我相信他绝不是为了争权夺利而不择手段的人。从战略角度上来说，殿下回击美林关，完全是一次完美的偷袭，战术上没有任何问题！羽姑娘没有回信，这其中必定有我们所不知道的原因。此战关系到整个燕北的生死，只有盲目愚昧之人才会在这里争权夺利、尔虞我诈，一旦燕北灭亡，燕北政权转瞬即逝，到时候大家都要走上黄泉路。你这么有时间，不如去训练一下新兵，也省得将来死得太凄惨！"

薛致远眉梢一寒，冷冷说道："既然大人这么有信心，为何屡次派出人马通知羽姑娘？若是真如大人所说，三天的时间，已经足够从这里到蓝城跑一个来回，羽姑娘为何至今不见人影？若是羽姑娘没有得到上面的命令，你以为她会坐视不管吗？"

楚乔心下一沉，正要分辩，忽听一骑战马迅速逼近，整条大街上人人避让，马上的人大喊道："楚大人！楚大人在哪里？"

"我在这里！"一见那人，楚乔顿时面露喜色，踮起脚来叫道。

战马狂奔而至，马上的男人跳了下来，几步跑上前来，大声叫道："大人！"

"怎么回事？怎么现在才回来？其他人呢？见到羽姑娘了吗？"

"大人，我们在路上遇到劫匪，所有兄弟都被匪徒劫了！"

"什么？"楚乔和薛致远同时大声叫道。

然后，楚乔难以置信地问道："什么匪徒这么嚣张？你们前后足足有五百多人，怎么可能被劫匪劫了？"

"大人，我们人数虽然不少，可是对方更多，他们足足有七千多人呢。"

"胡说八道！"薛致远冷声喝道，"你们自己麻痹大意，就推到匪徒身上，如今燕北到处都是义军，哪来的七千多的匪徒？分明是推卸责任！"

那名亲卫剑眉一竖，顿时义正词严地说道："薛大人，我们弟兄虽然不才，但是也是跟着殿下南征北战的精锐，就算是战死，也不会皱一下眉头，今日我所言，若有一句是虚，定叫我万箭穿心，不得好死！"

楚乔深吸一口气，沉声问道："我们的人现在怎么样？那群匪徒有什么要求？可杀了他们吗？"

那侍卫顿时来了精神，连忙回答道："没有，一个也没伤到，他们是伏击，连受伤的兄弟都很少。原本他们是很凶的，威胁我们给他们传话，后来听说我们是大人的属下，态度就大为好转。"

楚乔一愣，问道："什么？"

"大人，那些人不知道我们是谁，他们劫我们的人，只为了找人传话，他们说想要见您。"

"想要见我？"

"是的。"

楚乔眉心紧锁，问道："他们的首领是谁？"

"那人三十多岁，作战十分英勇，一看就不是普通的马贼，像是经过正规训练的士兵，他们整个队伍的素质非常好，单兵作战能力十分高明，武器装备完善，却没有穿着正规的军装。他们不肯说出自己的身份，只说没有恶意，只要大人见到他，就知道他们是谁了。"

楚乔皱着眉沉吟半晌，突然说道："备马，我们去见见他。"

"你疯了！"薛致远一把拉住她的手。

尽管两人之间一直处于敌对关系，但是毕竟是站在同一个战壕里的战友，男人沉声说道："现在出城，你不要命了？"

楚乔转头看着他，表情严肃地说道："我的部下在对方手中。"

"那又怎么样？你自己一个人救得了他们吗？"

"难道薛将军想要派军队给我吗？不要多，五千人足矣。"

薛致远顿时语塞，他只是一个前锋将领，曹孟桐如今要保存第二军实力，别说五千人，就是五百人他也无法调动。

楚乔冷哼一声，爬上战马，跟在亲卫兵之后，冷冷低喝："驾！"

战马扬蹄而起，向着城外绝尘而去。

薛致远眉梢一挑，恰好此时有一名士兵牵马过来，他一把夺过马来，跟在楚乔身后，向着西城门狂奔而去。

北风萧萧，漫天鹅毛般的大雪纷扬而下，四周白茫茫一片，连东南西北都辨不清。

然而，就是在这般寒冷刺骨的冷夜里，一条一眼望不到尽头的人流却好似长龙般在缓缓地蠕动着，风像是撒了盐的刀子，狠狠地发出怒吼，割在人们的脸上，他们已经睁不开眼，这却无损他们的战斗热情。燕北的百姓们，接到了第二军曹大将军的征兵令，纷纷带着自制的弯刀，骑着家里最强壮的马匹，赶往北朔城，为他们心目中梦想着的大同献出自己的忠诚。

这是一个彪悍的民族，生活在这里的人都从小娴熟弓马，楚乔知道，只要稍加训练，在这片土地上，就会诞生一个强大的、无与伦比的军队。

但是现在，看着这些信心满满、顶风冒雪、唱着燕北战歌的汉子，她却满心伤怀，她想要拦住他们，却只得到一些鄙夷的白眼，有人看到她和薛致远三人向西奔去，狠狠地吐了一口唾沫，大声骂道："逃兵！"

"大人，快走吧。"燕洵留下的亲卫兵回头急切地说道。

就在这时，楚乔眉梢轻轻一挑，使劲一拉缰绳，马蹄骤停。亲兵奔出二十多步才停了下来，回头问道："大人，怎么了？"

楚乔皱着眉，侧着耳朵，转头对一旁的薛致远说道："你听到了吗？"

轰隆！轰隆！轰隆！滚滚如闷雷般的声响缓缓传来，越来越大，好似在地皮下面，钻过人的脚心，从脊梁上爬了上来。

薛致远眉毛一挑，顿时跳下马背，年轻的军官几步跑上一旁的高坡，抬头眺望，刹那间，他整个人都愣住了，遥遥地望向西方，一动不动。

很快，几个听到声响的百姓也随之爬了上去，站在雪原上。

安静，死一般安静，很快，有人梦魇般回过头来，四下张望，伸着手，指着西方问道："有军队？是我们的大军吗？"

大片的马蹄声从西方传来，地平线上出现了一条淡淡的黑影，由一线，到一面，数目庞大，足足有上千人，声如闷雷，从遥远的落日山脉奔驰而来！

"快跑！"凌厉的女声突然响起。

众人一惊，齐齐转过头看去，只见一名一身戎装的女子坐在马背上，已经将佩剑拔出来握在手上，指着西方大声喝道："是大夏的军队！快跑！往北朔的方向去！"

人群顿时一阵慌乱，可是很快，就有人质疑道："大夏的军队怎会在燕北内陆？"

"是啊，"有人随声附和，"他们都在北朔关外呢！"

然而，已经来不及了，那熟悉的控马方式，熟悉的劈砍冲锋方式，一看就是受到过正规训练的大夏边防军。

楚乔面色苍白，握着刀的手心几乎已经出汗。这些是什么人？他们为什么能够突破北朔关，出现在燕北腹地，此处一支正规部队都没有，若是让他们冲到燕北后方，将会造成什么局面？

刹那间，所有的念头电光石火般穿梭而过，楚乔一把举起佩剑，大声叫道："我是燕北参谋部高级军官楚乔，所有人听我号令！"

狂风呼啸，将她的声音吹散在北风中，只见前方黑影一片，以密集的冲锋队形卷杀而来，成千上万，排山倒海，势如风暴！

"怎么可能？"

人群中，突然爆发出一声惨叫。千里迢迢响应号召前来参军入伍保家卫国的燕北汉子们，骤然遭遇敌袭，顿时慌成一片。

"跑啊！"

此时再跑已经来不及了，在溃散的逃亡中只会被人疯狂地绞杀，楚乔回过身去，大声喊道："不要逃！去拦截他们！"

然而根本就没有人理会她，亲卫兵冲上前来，一把拉住她的马缰叫道："大人，快跑！"

"必须马上通知北朔大本营！"

"大人！来不及啦！"

仿佛是为了印证她的话一样，杀敌的冲锋号声轰然响起，毫无疑问，正是大夏正规军的冲锋口号。

狂乱的马蹄骤然奔至，转瞬间就追上了那群慌乱奔跑的平民，风驰电掣，刀锋瞬间出鞘，犹如闪电，还没等燕北的百姓回过神来，眼前已是一片白光闪烁，血花喷涌，脑袋顿时脱离了脖子，飞上半空，腔子里的血喷溅而出，哗的一下就洒在洁白的雪地上！

短兵相接，在对方飞快的马速和精准狠辣的刀法下，燕北的人民没有一丝还击之力，况且他们也根本就不会还击。尖锐的惨叫声完全淹没在马蹄的喧嚣之下，他们一个一个坠马倒地，被成百上千的马蹄所践踏。

楚乔红了眼，突然遭逢敌人让她阵脚大乱，在这样狂猛的冲击下，个人的作用微乎其微。一名年轻人骑着马奔跑在前面，被后面追上来的敌人一刀砍断脖子，鲜血顿时飞溅而出，喷射在楚乔的大氅上，她一剑刺入那名夏兵的胸膛，剑芒雪亮，带起一溜血花。

"薛致远！马上回去！通知大本营！"

这队骑兵有一千多人，人人身着蓝底白纹的大夏正规军装，他们忙于追赶逃跑的平民，一时间竟然无人注意到这里还有几个能够还击的生力军。薛致远被三个夏兵围住，楚乔挥剑上去，为他解围，大声叫道："快走！"

"让女人掩护我？我做不到！"薛致远不愧是身经百战的精锐军人，身手敏捷迅速，没有一丝花哨，只见他手起刀落，一刀砍下一名夏兵的脑袋，身法迅猛如虎。

楚乔眉头一紧，突然伸手扯开大裘，一把抛在地上，纵马大喝道："无耻宵小！屠戮平民！该杀！"说罢，她高举佩剑，毅然地冲向了夏军的列阵。

"大人！"那名亲卫军见了，眼睛几乎充血，狂奔上前，跟在楚乔身后。

两个人狂吼着冲向上千人的军队，这一幕看起来就好似一幅漫画那般可笑，然而，这一刻无人笑得出来。大夏的官兵似乎这时才发现楚乔，看到她身上的制服，有人高呼道："这里有个当官的！"

霎时间，前后左右的包围顿时如潮水般涌上来，比起那些不成气候的平民，一个燕北军官员所代表的意义，是非同寻常的。

薛致远目瞪口呆，眼看围攻自己的官兵瞬间将他抛下，他只感觉胸腔内一腔热血在横冲直撞。他知道，楚乔用生命为他争取逃亡的时间，并非为了所谓的战友之情，而是为了北朔城里那上百万的军民百姓！

猎猎北风中，他眼眶发红，嘶吼一声，转身向着北朔城的方向打马狂奔。

他跑得太快了，如果他能再多等一会儿，也许就会看到一些不一样的画面。可是命运就是这样离奇，就在他转身的那一刹那，仍旧是那片遥远的西北方，一道铁灰色的墨线再次出现。大地在震动，狂风在嘶吼，嗜血的杀气在长风中弥漫飘荡，充溢在每一寸雪原之上。清冷的月光中，身穿五花八门便服的队伍，像是狂扫大地的飓风一般，铺天盖地，席卷而来！

"前面是哪一路军队？报上番号和将领姓名！"一个浑厚的声音冲破了冷冽的寒风，刺入耳膜。

厮杀中的楚乔一剑劈倒一名夏兵，只觉寒风中的声音十分耳熟，陡然仰起脸来。

对方人马最起码有五千以上，而且只观阵形，就可见其悍勇。夏兵不得不停止冲杀百姓，前头官回头喊道："我们是大夏镇守燕北的第十八区第二十一中队，对面是什么人？"

是燕北内陆的镇守夏兵？

只是一瞬间，楚乔就已经想通了所有的关节。燕北独立是一夜之间在各个省郡发动起来的政变，几乎是不到半个月时间，燕北的原大夏镇守官兵就被赶出边境，非死即伤。但是，因为燕北独立的时间太短，大夏的兵锋又转瞬而来，所以他们根本没有时间好好地肃清内部，这就造成内陆至今还残留着小股的大夏骑兵。

这些人一定是在事变中被击溃的夏军，如今眼见大夏北伐，是以集结起来，想要里应外合立这头功，不想却在路上遇见了接到第二军征兵令的平民，为防泄露消息，是以展开屠杀。

这队人的来历已经清楚了，那么对面的那些人，又是什么身份？

只听夏军自报家门之后，对面突然陷入了一阵可怕的沉默之中。风声嗖嗖，大地一片苍茫，地上的积雪被风吹起，飘飘洒洒，就好像又下了一场雪一样。

"杀敌！"一声响亮整齐的冲锋号突然响起，正是大夏正规军的冲锋口号，和这一队夏军几乎毫无二致。然而，他们闪亮的马刀和奔腾的马蹄，却毫无保留地表明了自己的敌意。

夏军的将士们惊慌了，他们的将领冲上前去，大声喊道："我们是大夏镇守燕北的帝国军，贵方是什么人？可是帝国军队？请停止前进！请停止前进！"

嗖的一声，一支劲箭猛然袭来，当胸穿过那名夏军的胸膛。一道血线冲天而起，军官轰然倒下，狠狠地砸在地上。

"准备迎敌！准备迎敌！"

夏军挥舞着刀枪，仓促转变阵形，然而，一切都已经来不及了。这样的距离，这样的马速，这样数倍于己的压倒性优势，无论从气势上，还是从数量上看，夏军都已落入下风。报应来得如此之快，方才的屠杀再一次上演，只是角色双方发生了改变。刀锋的撞击声响彻全场，来人虽然服装五花八门，但是刀术娴熟，装备精良，动作干脆，一刀即可切中要害！

战场上一片白刀如雪，在这样的冲杀之下，夏军好似秋风中的落叶，不到半盏茶时间，就已经四分五裂，溃不成军！

狂风如利刃加身，黑沉沉的天幕下，大雪纷飞，刀锋如银，杂牌军的战斗力恐怖得惊人。到处都是厮杀声，到处都是劈砍声，在距离北朔城不到五十里的雪原上，一场激烈的战斗正在激烈地进行着。

"报！"一声报告突然传来。

在仓促搭建而成的小帐篷里，将领正在来回踱步，似乎正在等什么人。

只见传令兵走进来，大声说道："报告大人，有一名自动投降的俘虏，要求见您。"

男人还很年轻，长相十分英俊，眼形狭长，嘴唇很薄，只看一眼，就可知道这是一个坚韧果敢的人。可是此时此刻，他却略显烦躁，皱着眉说道："是夏军的俘虏？找我有什么事？那名燕北的士兵还没回来吗？"

"还没有，大人。至于那个俘虏，她不肯说，她坚决要求见大人一面。"

将领随意地挥了挥手，"带进来吧。"

楚乔进来的时候，将领正对着之前俘虏来的几名燕北战士很有礼貌地说道："姑娘她身体还好吗？"

"身体还好，就是运气不怎么好，一不小心，就成了别人的俘虏。"

话音刚落，男人虎躯一震，猛然回过头来，随即，将近三十岁的汉子突然目瞪口呆，几步跑上前来，张口结舌，几乎不能言语。

"贺萧，大老远把我叫来，不是就为了这么站一会儿吧？"

"姑娘！怎么是你？"贺萧满面风尘，却仍掩饰不住脸上的喜色。

楚乔一把脱去风帽，笑着说道："我还想问你呢，你是怎么回事？好好的军人不当，带着士兵去落草为寇当土匪？不亲眼见到我都不敢相信。"

"姑娘，您不在，我们怎敢放心回来？"

贺萧叹了口气，楚乔知道，对于当初燕洵在真煌城放弃西南镇府使的事情，他耿耿于怀，当下也不点破，拍了拍他的肩，"这下我回来了，你总该放心了吧。"

"是啊，要不我们也不会绕了这么大一个圈，来找姑娘您。我们不敢靠近北朔城，害怕会引起误会，只能用这个方法来请姑娘，还请您不要见怪。"贺萧恭恭敬敬地说道。

楚乔一笑，"贺萧，你什么时候起要跟我这样客气了？我们是生死与共的战友，在一个战壕里吃过饭，有过命的交情，如今你在这个时候回来，我真的很感激你。"

贺萧发自内心地笑道："既然都已是过命的交情，还说什么感谢。"

楚乔伸出手来，与贺萧在半空中对击了一下拳头，会心地笑了起来。

午夜时分，在楚乔的带领下，这队全部由轻骑兵组成的精锐军队，从雪原启程，向着北朔城全速前进，毅然投向那片即将爆发的战场。

第六章

落日之战

二更时分，北朔城头突然响起一阵急促的战鼓声，会议室里一片沉默，来自各个军团的长官无一发言。就在刚才，有骑兵来报，大夏军队已到，相信很快就要对北朔城展开强大的进攻。一个刚刚从农民升职为骑兵斥候的中年汉子信誓旦旦地说对方有强大的骑兵军团，足足有二十多面旗帜，有数不清的步兵团和重甲士兵，一眼看不到头。他们的火把遮天蔽日，蜿蜒了十多里路，前锋部队已经兵临城下，后续部队还在十里之外的火雷原上跋涉着。

如果楚乔在这里，她可能一眼就会看出这其中的破绽；如果薛致远在这里，他也可能会壮着胆子提出情报上的不可取之处。但是很可惜，他们此刻都不在这里，曹孟桐摸着下巴，斜着眼睛看了一眼夏安，沉声问道："夏将军，你怎么认为？"

夏安半闭着眼睛，像患了老年痴呆症一样，哼哼唧唧地说道："将军深谋远虑，智慧绝伦，将军的意愿，就是我等的意愿，我等愿意追随将军马后，听从将军安排。"

曹孟桐眼梢轻轻一抽，暗骂一声"狡猾的老狐狸"，然后嘴角扯出一抹冷笑，来了吗？更好！

曹孟桐已经不年轻了，以他的出身能坐上将军的位置，并不是偶然，熟悉曹孟桐的人都知道，在过往近十年的战斗生涯中，他是燕北高原上绝无仅有的不败将军，生平大小百余战，未尝一败，在这一点上，就连乌道崖也难以望其项背。但是不败并不表示就是胜利，相反，他胜利的次数少得可怜。用羽姑娘的话来说就是，第二军最擅长的就是合理性的战略转移。他们一生几乎都在进行着这一伟大的战斗方略，让他们真刀真枪和敌人对抗？别开玩笑了，曹大将军还要保存燕北军队的精华力量呢。

若是在以前，守着北朔这样一座城池，对抗大夏上百万的精锐骑兵，曹孟桐可能早就夹着尾巴逃之夭夭了。但是现在，他反而多了几丝豪迈的力量，没有谁愿意一生背着一个逃跑大王的名字。以往燕北军是一群花子军，要钱没钱，要人没人，如今在燕洵财力的支持下，他们有了自己精良的装备，有了锋利的战刀和坚硬的铠甲，有数不清的战马，有近百万的士兵。还有那个总是跟在燕洵身边的小姑娘，她做了一堆稀奇古怪的守城工具，虽然直到现在，有很多他还不会用，但是仅会的那几种，威力就不是一般强大，而且在她的主持下，城池也已加高加厚，如今外面更是万里冰封，敌军很难进攻。

夏军此次来犯，等于公开暴露在冰原之上，他们万里迢迢而来，自己却是以逸待劳，拥兵百万，城池厚重，刀锋锐利，储备充足，难道这些，还不足以赢得一场胜利？

曹孟桐血管里的血液渐渐沸腾了起来，如果此战胜了，那么他在燕北的声望将会一跃而起！大同行会那群扯着脖子叫喊的老头子，将会彻底伏倒在自己的脚下，燕洵那个毛还没长齐的小子，也别想再在自己面前指手画脚。燕北政权将会壮大，大夏将会疲弱，甚至，就连冲出燕北，打进真煌，都不再是梦想。三百年前佩罗氏杀进红川，裂土称帝的历史再一次在他的脑海中回荡，以一介平民之身，于草芥中爬起，一步一步走上胜利和权力的巅峰，那会是多么美好的一幅画面。而北朔之战，正是他起步的第一战！

曹孟桐为自己的想法振奋了，他的眼睛有些发红，额头青筋暴起，终于，他猛地站起身来，面对着数十名燕北将领，语调低沉地缓缓说道："大夏不仁，残酷暴虐，北朔一战，乃燕北自卫之圣战，燕北兴亡，尽在此一役，此战必不可免，我意已决，请诸君务必助我一臂之力！"

"为自由而战！"

整齐响亮的呼声在会议室响起，守门的侍卫悄悄转过头去，只看到一片坚硬的拳头高高地举在头顶！

北朔一战，就此拉开序幕！

作战讯号迅速传达至整个北朔城，战鼓的铿锵声响彻全营。就在这时，第二军前锋营副骁将薛致远风火奔入城内，传达了城外潜伏着数千大夏敌军的消息。一时间，原本完全开放的西面城门顿时封死，禁止行人来往。薛致远身上有七八处伤势，他只来得及和守城将领说了大致的情况，就坠马昏了过去，人事不知。而继他之后，大批从方才战乱中逃出来的燕北平民相继奔到北朔城下，大声高呼着自己是响应征兵令，前来助战的燕北百姓，可是，已经叩不开那沉重的城门了。

不出一个时辰，城下已经汇集了三千多的平民，他们在北风中瑟瑟发抖，有的在大声咒骂城中的守军，有的则在哭泣着苦苦哀求，然而一切都无济于事。

大约两个时辰过后，天边已经蒙蒙发亮，西边的地平线上，隐约出现了一片朦胧的黑影。那道黑影来势极快，并没有做出任何防御守势。莽莽的雪原上，七千匹战马急速奔跑，隐隐的白雾中，只能露出一角黑色的轮廓，眨眼间，已经兵临城下。北朔城上的燕北军奔走相告，敌人来袭的信息迅速传遍全军。东方的夏军还没动手，西边的大夏潜伏军已经率先亮出了刀锋。负责西城防的守军程远将军心有余悸，好在薛致远事先禀报，否则后果不堪设想。

平民们首先发出了惊恐的吼声，惊慌失措地向着城门跑，可是这个时候，谁敢为他们开放城门？

城墙上响起一片吱吱声，那是重型弩箭张开时的声响，程远副将站在城头上，穿着一身青色的大氅，手握着刀，轻蔑地望着前方的队伍，不屑地冷哼一声，不过万人的轻骑兵队伍，就敢来冲击北朔城，简直是异想天开。

只听他随意地对手下吩咐道："不必手软，全部剿灭，北朔之战的首战之功，一定要牢牢掌握在我们北朔本土将士手里！"

他的手下孙河疑惑地皱了皱眉，颇为为难地说道："可是城下，还有很多平民。"

程远眉梢轻轻一挑，冷硬地说道："平民吗？我没看到。"随即，他竟然就这样离开城头，回营房休息去了。

这天气实在冷得让人受不了，对方这么点人马，犯不上他留在这里守着了。

孙河立时领悟，转身对身后的中层将领们吩咐道："下面的平民都是夏军乔装打扮，用以迷惑我们的烟幕弹，目的在于逼得我们不敢放箭，只要我们一开城门，这些人顿时会变成敌军，杀光我们，将北朔夷为平地！"

众人顿时领会，纷纷道："夏狗如此狡猾，真是欺人太甚，不将他们杀光，我们无颜面在世为人。"

城头喧嚣，人们咬牙切齿地对下面狂吼。然而就在这时，整路骑兵突然在不远处停了下来，为首一名着黑色大裘的骑兵奔上前来，一把脱去风帽，露出一张秀美英气的脸孔，女子朗声说道："我是参谋部的军事参谋楚乔，后面是我的军队西南镇府使，之前的夏军已被我们消灭，请守城的军官打开城门，放我们进去！"

她的声音不大，可是城头上的每个人都听得清清楚楚。话音刚落，城墙上就响起一片嘻嘻哈哈的笑声，若是没有薛将军的事先通知，可能真要被他们糊弄过去了，楚参谋已经殉国了，他们竟然还打着她的旗号来行骗？西南镇府使？那是什么队伍？叛贼头子吗？

孙河并没有正面见过楚乔，只是远远地看到了几次背影，此处距离下方大军太远，清晨白雾又重，更加辨不出本来面目。他先入为主，又接到了程远的私下授意，胆子也肥硕了起来，冷笑一声，轻轻地挥了挥手。

"为自由而战！杀！"

响亮的吼声顿时响起！回应楚乔的，竟是三百多张弩箭的同时发射，箭头像是乌云一样遮住了阳光，遮天蔽日，呼啸而来，狂风骤雨般从天而降！

"保护大人！"

西南镇府使的官兵们目眦欲裂，高呼一声就冲上前去，十多名年轻的将士一下挡在楚乔身前，为她筑起了一道密密麻麻的人墙。

那些弩箭经过楚乔的改良，可以连续齐发三十八支，力道之大，速度之快，堪称当世守城的第一利器。万箭齐发之下，那些乌黑的箭雨好似呼啸的狂风一般，登时将十多名士兵射穿。瞬间，他们的身体好似刺猬一般，诡异地扭曲着，倒飞出去！

"保护大人！"贺萧持剑冲上前来，一剑劈飞一支流矢，上百名士兵不顾生死地冲上前去，将楚乔团团护住。他们都是轻骑兵，没有盾牌，没有铠甲，因为是跟着楚乔前来投奔，甚至都没有摆出适合防守的阵形，在第一轮密集的箭雨下，顿时人仰马翻。

一名年轻的士兵不管不顾地抱住楚乔就往回冲，箭矢射穿了他的胸膛，大片的鲜血染在楚乔的脸孔上，可是那名士兵仍旧不肯撒手，一边策马狂奔，一边大声叫道："保护大人！向我靠拢！"

可是很快，他们的战马便被射成了马蜂窝，倒栽在地，他甚至来不及看上一眼，就地一滚，爬起身来，仍旧护着楚乔往回跑。

"有敌袭！保护大人！"越来越多的人冲上前来，他们像是一团团黑色的浪流，一排人死去，另一排人扑上来，没有软弱，没有畏惧，没有后退。当他们逃到射程之外的时候，身后已经密密麻麻地躺了一地士兵。

"哈哈哈！"城头上响起了燕北军的大笑，那声音是那般刺耳。

楚乔重重地摔在地上，贺萧拨开人群冲了进来，紧张地喊道："大人！您有没有事？"

士兵们四散开来。贺萧刚跑进来，顿时眼睛一瞪，大声喝道："大胆！竟敢对大人不敬！"说着，就要冲上前来。

"贺将军，不要说了。"楚乔虚弱地从那名紧紧抱着她的年轻士兵怀里探出头来，语气悲伤低沉，面色苍白，泪水盈在眼眶里，却强忍着没有掉下来，"他已经死了，是他救了我。"

挣开士兵的手，楚乔缓缓地站起身来。这时，人群中响起了一阵短促的低呼，只见那名士兵的后背像是刺猬一样，被插了十多根利箭，有三四根都是射在心脏处，大多已经折断了，可见在奔跑中他摔了多少个跟头。他的表情是狰狞且疯狂的，似乎临死前的那一刻，他仍旧是在狂奔着，或者，是他已经死了，却仍旧在保持着奔跑的状态。没有人知道这是一种什么力量，楚乔脱下大氅，披在士兵身上，然后蹲下身子，轻拂过士兵的面颊，为他合上眼睛。

唰的一声，少女猛地站起身来，转身就往北朔城门走去。

"大人！"士兵们齐声大呼。

贺萧第一个拦在她前面，大声叫道："大人！不可以！"

楚乔的眼神是冰冷的，愤怒的火焰在她的心头燃烧，就刚刚那么一会儿，他们就死了一百多个人，负伤三百多。这些人，当初跟着她万里迢迢叛出真煌，来到燕北，为了她落草为寇，甚至险些和卞唐开战，如今，他们更是为了她，毅然决然地回归，在燕北岌岌可危的情况下，毫不犹豫地拿起战刀，保卫新生的燕北政权。

他们曾经是叛贼，是天地不容、罪无可赦的叛徒，是大夏国内无人理会的走狗，是千人唾骂、万人鄙视的窝囊废！可是，也正是他们，第一个举起了反抗大夏的旗帜，第一个跟随燕洵对抗整个真煌城的刀锋，震惊当世的"真煌之变"是在他们手中诞生，横扫西北几十个省郡联军的战役也由他们打响，即便被抛弃之后，他们仍旧没有忘记属于他们的责任和内心的忠诚。他们对她有着无与伦比的信任，有着无与伦比的依赖，可是此刻，她为他们带来的，却是毫不容情的屠杀！

她愤怒地一把推开贺萧，固执地往前走去。谁知贺萧猛地爬起身来，几步上前，再一次跪在她面前，大声喝道："大人！敌我难辨，北朔城对我军定然存有误会，这时前去，吉凶难测，万万不可啊！"

唰的一声，楚乔一把拔出宝剑，寒声说道："你让开！"

"大人！万万不可啊！"话音刚落，其他几十个士兵也齐齐上前，齐刷刷地跪下。

楚乔眉梢一挑，执意地想上前。突然，整路大军跪伏一地，七千道嗓子齐声喊道："大人！万万不可！大人若是要过去，就请踩着我们的尸体过去吧！"

楚乔颓然站在原地，回过头去，看向那名死不瞑目的年轻士兵，然后缓缓仰头，闭上双眼。愤怒的火焰在心头烈烈燃烧，她缓缓地呼吸，仿佛要将一切都压下去，压下去，再压下去。

"备马，摆冲击阵形！"

嗖的一声破空锐响，登时传来，北朔城头的士兵们顿时一惊，这样远的距离，即便是重型弓弩也无法到达，可是对方竟然只凭着普通的手弩弓箭，一箭射穿了己方的中军大旗，这是何等令人惊叹的膂力！

贺萧放下弓箭，全场一片死寂，就连那些前来投军的平民，也纷纷惊诧地住了口。

楚乔骑在马背上，缓缓上前，白底红云大旗在她的头顶飘动着。她站在弩箭射程的百步之外，冷然凝视着对方，朗声说道："我是参谋部军事参谋楚乔，我要求见你们的最高将领！"

程远此时刚从休息间里走出来，大氅的带子还没有系好，听到楚乔的声音的瞬间，他整个人就愣住了。只见远处旌旗招展，白底红云大旗在清晨的薄雾中好似一面燃烧的火焰，军人如铁，军风肃穆，那沉默的愤怒，像是一座山一样铺天盖地地压制而来，只看一眼，他就知道，对面这支军队远不是自己的这些乌合之众可以抗衡的。除了人多，他们没有任何优势。

"我是参谋部军事参谋楚乔，我要求见你们的最高将领！"

楚乔的话再一次重复，程远面孔发白，站在一旁的孙河见到长官的表情，一股可怕的凉气在胸腔里徐徐生出，可怕的念头吞噬着他的心神。如果是真的，想起这个女子和殿下的关系，他握刀的手几乎都在颤抖。

"大人，她……她不会是……"

"蠢货！"程远缓缓眯起眼睛，"你捅大娄子了。"

"备马，全军跟我出城迎敌，若是放走了一个敌人，我们就不必活着回来了！"程远冷喝一声，大步走下城楼。

孙河迫不及待地冲上前去，急忙说道："大人！既然是真的，那我们……"

啪的一声脆响，程副将一个巴掌扇在了孙河的脸上，一把抓住了他的衣服领子，冷冷地喝道："你个白痴！你知不知道她是谁？你知不知道她和殿下的关系？如今已到了这个地步，如果她不死，我们两个就等着殿下回来，拿我们两个祭军旗吧！"

反正也这样了，要想活命只能破釜沉舟，既然已经认定是假的，就只能认到底！

程远心下一寒，冷冷说道："西城防军！全体集合！"

薛致远是在睡梦中被惊醒的，隆隆的战鼓声传遍了全城，他强忍着身上的痛楚爬起身来，然而，当他走上西面城墙的时候，突然呆住了。他瞪大眼睛，听着对面传来的熟悉声音，看了眼城下集合的阵形，顿时明白过来，一把推开侍卫，急忙跑下城楼，"你们干什么？开城门！那是楚参谋大人！"

程远冷冷地走上前来，一把按住了薛致远的嘴，重伤之下，他竟无力抵挡，只听程远压低声音，寒声说道："这件事若是通了天，你第一个在劫难逃！误报军情，引起友军骚乱，你以为殿下会放过你？想活命的，立马给我闭嘴，不然我现在就可以送你上西天！"

程远眼神冷冽，杀气腾腾地大步而去，边走边吩咐道："待会儿听我指挥，我们先装作友军接近他们，然后孙河带兵攻他们侧翼，李路带兵攻他们后方，在城下围歼，一个也不能让他们活着离开！"

薛致远呆呆地站在原地，一腔热血渐渐冷却。他表情呆滞，神情恍惚，瞬间回想起很多事情，年少时的饥寒窘迫，初次被传达大同思想时的振奋和热情，一路走来的艰辛和困苦，始终不愿意去面对现实的软弱和疲惫，他的信念，他的理想，他的一切一切，都在这一刻轰然崩溃！

他的脸色越来越苍白，突然，他脚步踉跄地转身向城墙上跑去，身形极快，像是一只迅捷的猛虎!

程远顿时反应过来，回身厉声高呼道："拦住他！"

然而，就是这么一瞬，他已经登上了城楼，高声厉呼道："楚乔！快跑！"

嗖嗖声顿时响起，瞬间将男人整个射穿，箭矢穿透了他的身躯和他的肩膀，从他的手脚各处探出头来，血淋淋的鲜血遍洒城墙。年轻男人的热血像是一滴滴鲜红的种子，从巍峨的城墙上滴落，落在白茫茫的雪地上，形成了一个个细小鲜红的漩涡！

所有人都惊呆了，冷风吹过他的战袍，吹过他大有可为的年轻躯干，他的眼神明澈且坚韧，带着不屈的凛然，多年前的宣誓仍旧回荡在耳边，"我自愿将一生献给燕北的大同事业，无小我，无私利，奋斗终生，为自由而战！"

天地瞬间变得空荡且寂静，他的身体迎着风，轰然跌落，沿着巍峨的城墙，落在冰冷的燕北大地上！

城下的平民们顿时发出一阵惊惧的吼叫，人群如纷乱的洪水，齐刷刷地离开了那面高耸的城墙。

楚乔骑坐在马背上，眼角通红，手心冰冷，她的目光坚韧如铁，胸腔内却充满了岩浆般的炙热和狂乱。终于，她沉重地竖起手掌，发出了短促而清冽的军令："撤退！"

身后的骑兵顿时列阵，大军齐刷刷地转过身去，准备离开。

临走的那一刻，楚乔冷冷地回过头去，最后看了一眼那面飘扬着的燕北战旗，看了一眼那城楼上密密麻麻的守军，更看了一眼那满地狼藉的尸首，还有北朔城下，那个曾被她打了两个耳光的年轻军人。她深深地吐出一口气，却感觉胸口更加沉重了。

"此仇不报，我誓不为人！"

太阳终于跳出了地平线，洒下万丈金光，整片大地一片金黄，似乎就连天神也要为这一天进行加冕。

那样迅捷的速度，就算现在全速追击，也已经失去了围歼的可能。程远的心脏好似沦入冰窖之中，孙河呆呆地望着骑兵团呼啸而去，转头问道："大人，怎么办？"

程远看了孙河一眼，眼神冷冽，带着冰雪般的清冷，他缓缓转过身，一言不发地大步离去。

"怎么办？"他也在心里暗暗问自己，他要为自己找一个出路，必须，一定！

天空中艳阳如金，新的一天，终于到来！

不过是一个时辰之后，北方的天际就飘过来一大片厚重的乌云，天际传来了类似闷雷般低声的轰鸣。还没吃完早饭，东方的地平线上，就缓缓出现了一片铁灰色的海洋，就像是广袤冰原上一眼望不到边的草浪，遮天蔽日，不断地扩展、膨胀。千万只马蹄践踏着大地，洁白的雪浪在他们的脚下盘踞，大风卷起灰色的战袍，像是一大片飞翔的鹰！

精良的战马，坚硬的铠甲，雪亮的刀枪，整齐的军容，一生都在和地方驻兵对抗的燕北第二军，真正第一次见识到了所谓大军的风范，一名老兵被吓得一屁股坐在城头上，眼睛发直，口中喃喃道："魔鬼来了！"

旌旗如海，刀剑如林，到处都是铺天盖地的铁灰色，渐渐地布满了整片平原，他们方阵森严、整齐，阵脚分明，中军盘踞如虎，侧翼张扬如鹰，后方布满了后备军团，一个个磨刀擦枪，大裘招展，前后蜿蜒近五里，显见后方还有大批的部队没有走进火雷原。

没有亲身经历的人，是无法体会那样壮阔的场面的，一瞬间，所有人都面露惊慌和恐惧之色。百年来，面对大同行会的屡次挑衅，大夏都只是做出了几次绞杀和回应，就连当初攻打燕世城，也只是象征性地派出了蒙家军团而已。可是这一次，十万人以上的正规军团就有四个，更不用说后续那些护翼和接应部队了。

大夏是真的愤怒了，面对这三百年来，首次敢于如此挑战帝国尊严的反动势力，他们誓死捍卫，不惜一战！

凛冽的长风激扬地吹过燕北的上空，在北朔城瑟瑟发抖的时候，不远处的落日山下，西南镇府使的军旗在乌云下招展翻飞。楚乔坐在马背上，面对着七千多双眼睛，下达了这样的命令——

"北朔将要不保，为今之计唯有抢占赤源渡口，占领赤渡城，开展燕北内陆的第二道防线，此乃军令！即刻生效！全军，开拔！"

就在西南镇府使扬起马鞭，迅速赶往赤源渡口的时候，大夏的中军大营之中，赵齐皱着眉在行军作战图上标记了一个圆圈，喃喃道："老十四应该到了。"

那里，三条支流汇聚一处，漓江、錾西江、乌江，共汇成一条横贯整个西蒙大陆的赤水，一座孤单的小城坐落其上，它有一个很好听的名字——赤渡城。

战鹰呼啸尖鸣，历史上第一次北伐战争已经开始，死神的脚步正在莅临这片寒冷的土地，河水已经冻结，江面一片雪白，两方人马都在全力奔跑着，想要抢占那座重要的军事基地。

两大名将即将碰撞，一场震惊当世的赤渡争夺战，在寒风中发出了战斗的号角。历史的浪潮滚滚而来，曹孟桐站在燕北军面前，挥下了那面神圣的令旗，年迈的老将鼓起勇气大声疾呼道："愿天佑燕北！保佑我们一战而克！勇士们，为了燕北，为了自由，战斗吧！"

第七章

战地圣光

午后，开始下雪，北风卷着雪花拍打在脸上，像是刀割一般。

千军万马在风雪中显现，人影密集，雪亮的刀锋在暗夜中闪动着锐利的光华。战马狂奔，速度惊人，楚乔的脸孔被风吹得冰冷麻木，大裘将她整个人裹在其中。九个小时连续不断地奔袭，已经让所有人的手脚都冻得僵硬，寒风刺骨，眼眶通红，飓风之中，这七千人马站在旷野上，就像是一座没有主梁的房屋，随时有可能被突如其来的变故吞没。

一名斥候急速奔回，战士还十分年轻，眉眼清澈，看起来不会超过十八岁，他的马速极快，奔到楚乔面前，手指着东方的贺兰山，嘴唇颤抖，说不出话来。

"夏军又近了吗？"

斥候没有说话，只是沉默地点头，因为寒冷，他的脖子已经僵硬，点头的姿势有些诡异，像是扯着线的木偶。

"还有多远？五十里？"

对方没有点头，楚乔继续问："三十里？"

仍旧没有回应，楚乔心下一寒，声音多了几分担忧和疲惫，沉声说道："二十里？"

斥候默默点头，楚乔脱下风帽，在马上对着他深深地一鞠躬，"辛苦你了。"

噗的一声，战士应声坠马，身边的士兵见了连忙跳下去扶起他，可是触手摸去，一片冰冷，呼吸不闻，已然气绝。天气奇寒，斥候兵们需要将身体掩埋在大雪里，去探听敌情，然后抄小路返回，他能坚持到此刻，已经是油尽灯枯了。

二十里路，虽然是狭窄的山道，但是以大夏的骑兵素质，只要半刻钟的时间足以赶到此处。而半刻钟的时间，他们能攻进赤渡城吗？

楚乔的眼神像是一把锐利的刀子，她深深地望向前方，不远的前面，就是守卫赤源渡口的赤渡城，她已经派了两方人马去城下协商。现在已经过了一炷香的时间，对面仍旧没有半点消息传回来。

她的手心冒出湿冷的汗水，握剑的手一片冰凉。希望很小，他们没有燕洵的手书和命令，没有大本营下达的文件，没有大同行会签发的手谕，当时出城太过仓促，她甚至连一个证明自己身份的物件都没有。也就是说，他们没有任何取信于对方的方式，能让对方相信他们也是燕北军的一员，前来此处，是为了保卫赤渡城的平安。

如果赤渡城的燕北军不相信他们的身份，拒不接受他们入城，那么，一旦大夏兵力抵达，在旷野平原上以七千名轻骑兵对抗对方上万大军,等待他们的就只有死路一条!

这一点,楚乔比任何人都要更加明白!

"大人,"贺萧的副将葛齐是一个二十多岁的年轻将领,和大多数的西南镇府使的官兵一样,他的父亲曾经也是投靠了帝国的一员燕北军。他小的时候是在这片土地上长大,如今,他带着洗刷父辈们耻辱的梦想归来,有着坚忍不拔的毅力和勇气,"大人,夏军近了。"

楚乔没有说话,副将继续说道:"赤渡城不会开了,我们走吧。"

楚乔面色不变,一直凝视着赤渡城门,平静地说道:"再等一会儿。"

时间一点点过去,风像是发疯的野兽一样嘶声狂吼着,天地间那般寂静,却又那般鼓噪,天空中的雄鹰在激烈地盘旋,雪白的翅膀张开,几乎可以遮住半面天空。

葛齐眉头紧锁,他甚至可以听到大夏军队的马蹄声,再一次上前,"大人,现在走还来得及。"

"再等一会儿。"

"大人,大夏兵力太盛,在平原上正面相遇,我们难以抵抗。"

"再等一会儿。"

楚乔冷静地说道,长风吹起她的风帽,露出秀美的脸孔。马蹄在不安地挪动着,发出清脆的声响。等待是那般漫长,凛冽的风席卷过大地,卷起雪地之下的断草,心脏处是热的,血脉在激烈地跳动着,一下、两下、三下……

"大人!"一声呼喊突然传来,黄褐色衣衫的斥候急速奔回,边跑边叫道,"夏军已经翻过了贺兰山,正向着赤源渡口全速而来,两万轻骑打前锋,后面还跟着大量的重甲骑兵和步兵团,说不清有多少人。大人,他们杀了赤渡城守卫一线峡的几十个燕北军,也发现了我们的斥候,现在更是加快了速度,已经过一线峡了!"

队伍中顿时响起一阵惊慌的声音,对方的速度竟然这么快吗?两万轻骑、数不清的重甲骑兵、近十万的步兵团,这样可怕的军容,若是在这里相撞,西南镇府使可能连声惨叫都来不及发出喉咙。

"大人,"葛齐皱眉说道,"留得青山在……"

"大人!您看!"一名小伍长突然惊呼一声,满脸震惊地指着赤渡城楼。

众人转头看去,只见那座高高的城楼上,一面白底红云旗正在飘扬着,厚重古朴的赤渡城门,在众人惊诧的目光中,也缓缓降下。

赤渡城,开了!

"哦!"战士们大喜,齐声欢呼。

楚乔顿时长呼一口气,猛然挥鞭,打马上前,朗声说道:"进城!"

几乎就在城门关上的那一刻,平原上突然现出一道黑线,遥远的大地尽头,雪白一片的赤水江上,有低沉如闷雷般的声响,缓缓传到耳际。

"你们是什么人?咳咳,我是燕北赤渡城城守,我是燕王世子殿下亲自,咳咳,亲自下达手谕册封的三品大员,我是七四八年一等光禄学士,受过殿前亲封,光天化日之下,你们怎么可以如此张狂,如此有辱斯文,咳咳咳……"一名六七十岁的老头张牙舞爪地大声吆喝着,身上的官袍被士兵们扭得皱巴巴的,帽子也戴歪了,靴子只穿了一只,另一只在脚底下趿拉着。两名西南镇府使的官兵押着他,让他不能轻举妄动。

而令楚乔感到失望的是，他身边明明簇拥着几十名城门守军，可是从开始到现在，这些人连动都没动一下，他们畏缩在一起，恨不得将身上的军服扒下来，显然没有任何战斗力可言。

将一座战略位置如此重要的城池交给这么一群酒囊饭袋，楚乔只感觉心里的火一拱一拱的。虽然她也知道，若不是这样，她此刻根本就走不进这座赤渡城。

"大人，幸不辱命！"贺萧走上前来，语调铿锵地单膝跪倒在楚乔面前，男人深蓝色的军服上有大片的血污，可见他们也并不是完全没有受到阻拦。

楚乔的嗓子有些堵，她伸手将贺萧扶起，缓缓地沉声说道："贺统领，燕北此次若是能逃过一劫，你当表首功。"

"我……我是大同行会长老席第四十八席位，咳咳，我是燕北的骨干，我有三十多年的资历，如今军中的诸多将领都是我的学生，咳咳，你们这么对我，一定会……"

"闭嘴！"冷冽的女声突然传来。只见楚乔缓步上前，冷冷地看着这名赤渡城守，她还那么年轻，目光里却充满了威严和戾气。

年迈的城守大人在她的目光注视下，声音渐渐小了下去，他自觉底气不足，颇为丢脸，连忙壮着胆子嘟囔了一句："行会会审判你们的，你们这群逆贼！"

七千名如狼似虎的军人进城，惊动了这座不大的城市，男女老少都走出家门，站在皑皑积雪中，远远地眺望过来。

楚乔冷笑一声，一把拉住老家伙的衣领，转身就往城楼上走去。

"啊！你干什么？"年迈的城守被拉得一个趔趄，险些摔倒在地，杀猪一般大声喊道，"大胆狂徒！你竟敢对我这样无礼！我是长老席的第四十八席位，我入会已有三十三年，军中将领都是我的学生……咳咳……我是一等光禄学士，我在大同审判院内掌有十二票的权利，你拥兵自重，欺骗同僚，我要代表大同行会审判你，我要判你流放，剥夺你的军权，我要判你抄家，我要……"嘈杂的声音戛然而止，像是喑哑的唢呐，突然间就泄了气。

高高的城楼上，少女挺拔的身影和老城守微颓的腰板看起来是那般突兀，大风吹来，吹起他们同样的燕北军人制服衣摆，也吹起他们乌黑的，或是曾经乌黑的鬓角碎发。他们谁也没有说话，只是一同站在高高的城门楼上，眺望着远方。

赤渡城的官兵和百姓们感到奇怪，有人壮着胆子爬上城楼，表情却登时愕然，也失去了语言能力。越来越多的人爬了上去，一个、两个、三个、十个、百个、千个……城楼上密密麻麻站满了人，他们目光呆滞，表情惊恐，绝望的气息在人群中来回传递着，死亡的味道从来没有像这一刻这样接近。

夕阳如火，将血红色的光投射在众人的头上，那些斑驳的光影，像是火雷原上的火云花一样，洒满整片洁白的雪原。大风一吹，漫天大雪纷纷扬扬地飘散，迷茫的白雾中，铁灰色的军队像是沉默的洪水一样，铺天盖地地覆盖了整片雪原。高耸的长枪，雪亮的战刀，到处是黑压压的人头，到处是矫健的马蹄，旌旗飘扬，一眼望不到尽头，就像是骤然间堕入无边的噩梦之中。遍目所及，处处是闪动着嗜血寒芒的剑光，前后绵延十多里，矫健的骑兵团、雄壮的重甲团、如林的弓箭手、坚硬的盾甲兵，还有后方数都数不清的步兵团、预备兵团、后勤兵团、车马团……

像是一场盛大的军事演习一般，所有大夏的精锐兵种几乎全部汇聚到此，赤渡城的官兵们呆住了，百姓们呆住了，就连早就有过心理准备的西南镇府使也呆住了。直到此刻，他们才突然意识到，站在自己对面的，是多么可怕的敌人。大夏盘踞红川大陆三百年，威慑西蒙三百年，压制卞唐、怀宋，还有东海南丘三百年，所积淀的势力，怎会是一个区区真煌之变就可以动摇的？如今，他们缓过神来，空出手来，挪出腿脚来，终于，要将曾经质疑过他们权威的人，铲除干净了！

"经此一役，如果你还活着，"楚乔面色平静，淡淡地转过头来注视着年迈的老人，语气平稳，无波无澜，"那么，我将会接受你的审判。"

砰的一声，老城守颓然坐在地上。楚乔看也没看他一眼，转身向着城中的广场走去。一路上，所有人都自觉地为她让开道路，大风吹起她的长发和大氅，像是一只锐利的战鹰。

楚乔身姿挺拔，英气逼人，昂首挺胸地走向广场中央，目光如箭般射向广场之下密密麻麻的人群。

他们目光焦虑，像是惴惴不安的兔子，这种眼神，楚乔曾经见过太多次，曾经在中东、非洲、混乱的金三角，在那些战乱的国度，她见过太多在战火中流失所的人。如今，站在这里，她不知道该怎样为自己定义，是神圣化身的解放者？还是带来灾难的毁灭者？但是，她已经无路可退，为今之计，唯有战斗！

敌人已然靠近，嘶吼声激荡着，贯穿了人的耳膜，楚乔仰起头来，眼神明澈且坚韧，可是嘴角，缓缓牵起一丝淡淡的悲苦。她知道，明日过后，这里将会产生无数个悲剧，无数个家庭将要破碎，无数的亲人将永不会再见。然而，她别无他法。她缓缓地抬起头来，不愿意再去看那些充满了希望的脸孔。

燕洵，你在哪里，什么时候回来？天涯海角，我和你并肩作战！

以二十万大军来抢夺这么一座屯兵不过三千的小城，在大夏看来，这简直是十拿九稳的事。但是到达赤渡城之后，赵飒却并没有立时下达攻城的命令，他看着赤渡城竟然摆出一副坚守的姿态，轻蔑地笑了笑，心下却多了几丝暗喜。既然赤渡的守军想要坚守，那他就更有理由多拖一会儿了，越晚赶到北朔的后路包抄，对自己越有利，就先让赵齐带着巴图哈家的傻子跟燕北硬拼吧。

于是，赵飒当即命令部队开始挖掘壕沟，建造工事，设置绊马索，安插马刺，做出了一副坚守的模样。

代表三皇子赵齐部队前来催促的军官几次前往赵飒的军帐，催促他马上和敌人对抗，包抄北朔后路。但是赵飒总是摆出一副奇怪的表情看着他，诧异地问道："难道我现在不是在进攻吗？"

"属下说的，说的是更积极一点的进攻方式。"面对着新近崛起的大夏十四皇子，督军满脸通红，额头冷汗涔涔，磕磕巴巴地措辞，"三殿下的大军已和燕北军交手，十四殿下越早赶到北朔，西南军的伤亡越小。"

"那西北军的伤亡怎么算？"赵飒面色一寒，剑眉扬起，大义凛然地说道，"作为一个军团的总指挥，我最大的责任，就是要以最小的代价，来换取最大限度的胜利。我需要珍惜我部下每一位士兵的性命，所以，我觉得我军目前的战略方案，非常适合当前的情况。如果我轻率冒进，中了敌人的埋伏，导致西北军伤亡惨重，耽误了总体战略目标的实现，谁能担负这个责任,督军大人,难道是你吗?"

督军几乎要哭出来了,一把鼻涕一把泪地爬上战马,甩开鞭子跑回去跟赵齐打小报告了。

赵飓冷笑一声,靠在椅背上,眼前的军事战略图上画着几条细线,年轻的皇子微微沉目,口中缓缓念道:"北朔、赤渡、蓝城、淳于域、瑶水、美林关……"

尽管不知道赵飓暂缓攻击的原因,但是目前看来,对楚乔来说,每一分钟都是天赐的礼物。她积极奔走,整顿守城的工具和防御体制,安排平民撤退,整合新兵入伍,统筹各个军队之间的进退关系,忙得脚不沾地。

夜幕完全降临之后,城内的哭声已经渐渐微小,楚乔行走在空荡荡的大街上,突然感觉有些冷。葛齐疾步上前,为她披上大氅,厚实的衣服挡住了冷风,楚乔点了点头,淡淡道谢。

大街两侧的店铺都大敞着门,只听咯吱一声,门前一只木盆被风吹了起来,在地上打着转,发出咕噜噜的声响。

一片萧瑟,一片落寞,到处都是凄冷惨淡的味道。

"大人,我们不会赢,对吗?"楚乔一愣,回过头去,就见葛齐年轻的眼睛看着她,很平和地微笑道,"大人若是真有信心,就不会让所有的平民都撤退了。"

楚乔没有说话,只是静静地转过头去。她是受到过现代化军事教育的高级指挥官,清楚地知道战争的真正含义,化腐朽为神奇的事情不是没有,但是,那也需要最起码的资本,即便不要求旗鼓相当和势均力敌,也要有一战的能力。以不到一万的兵力,守着一座低矮破烂的小城,对抗二十万帝国精兵,并且对方的兵马还会源源不断地赶来,这样的战争,没有人会有胜利的决心。但是,她不能将这些情绪表露出来,她是他们的领袖,是这里所有人的希望,如果连她都没有信心,其他人又该如何坚持下去?

楚乔幽幽地叹了一口气,突然,看到前方有一个小小的黑影,她眉头一皱,身后的葛齐已经谨慎地上前一步,挡在她身前,沉声喝道:"什么人?"

光线闪烁,士兵们走上前去,只见对面走来的,竟是一个十二三岁的小孩,穿着一个小夹袄,抱着一个小包袱,脸蛋被冻得通红,眉清目秀,梗着脖子,十分倔强的样子。

楚乔皱眉说道:"你是谁家的孩子?为什么没跟着队伍离开?"

孩子也不说话,只是低着头。楚乔看他的样子,八成是刚从西城门跑回来的。当下也不说话,转身就要走。

"喂!你不管我了?"那孩子见楚乔不搭理他,果然几步追上前来,疑惑地问道,"你不赶我出城了?"

楚乔淡淡地说道:"你要死要活,和我有什么关系?我事情够多了,没时间理你。"

那小孩顿时一愣,似乎是受到了侮辱一样,随即大声说道:"我今年十五岁了!可以留下来当兵!"

楚乔上下瞅了他一眼,表情淡淡,小孩也知道自己的谎撒得实在离谱,却还强撑着说道:"你别看我个子小,可是我力气大。"

楚乔仍旧不理他,那小孩着急地想要跑过来,却被葛齐拦在外面,那孩子只好在外面上蹿下跳,还撸起袖子,想给楚乔看他粗壮的手臂肌肉。

"你为什么不走？"楚乔突然沉声问道。

小孩一愣，就呆呆地站住了身子，想了许久，才喃喃说道："我妹妹生病了，走不了。"

楚乔的心顿时一紧，这些年，这一路，这样的事情她已经见得太多了。她想，就算是现在造下再多的杀业，也许也是值得的吧，破旧方能立新，一个民族想要走向独立，是需要付出代价的。也许很多年之后，这个世界会因为她今日的所作所为而发生改变，那时候的孩子，也许不必再如现在这般流离失所，那时候的百姓，也许不必再如现在这般朝不保夕，这样，也就够了。

"你叫什么名字？"

"我叫杜狗子。"

楚乔皱了皱眉，这样清秀的一个孩子，怎么起了这么一个名字？

"这个名字不好听，我给你重新起一个吧。"

孩子想了想，说道："那行，但还是得姓杜。"

楚乔站起身来，眼神望向远方，"就叫平安吧。"

杜平安，杜平安，希望燕北大地，真的会有平安的那一天。

半个时辰之后，城西的一处小型军事广场上，西南镇府使的全部官兵集体聚集，明亮的火把闪耀夜空，楚乔一身军装，站在一个临时搭建的木台子上，目光深沉地看着这群誓死追随自己的士兵。她语调低沉地说道："诸位，感谢你们对我的信任，在大夏皇朝的真煌古都，在红川平原的西北大地，在北朔西门的城门之外，我们并肩战斗，祸福与共。感谢你们一直这样相信我，追随我，今天还跟着我走进了这个绝境之中，对这件事，我很抱歉。"

楚乔缓缓地鞠躬，然后站直身子，继续说道："我不想欺骗你们，所以，在决战之前，我要告诉你们，我之前撒了谎，我们不会有援兵，赤渡城不会有任何支援，我们是孤军奋战，无人会给我们任何帮助。"

队伍里顿时响起一阵慌乱的声音，但是很快就得到了控制，他们紧紧地盯着楚乔，一言不发。

"大夏兵分两路，北朔东门正面进攻，主要兵力多达四十万，还不算预备军和后勤民夫，另外一路，也就是我们城下的这二十万精兵，他们翻越贺兰山，奇袭赤渡城，为的就是攻破赤源渡口，插入燕北内陆，从东西两线两面夹击北朔城，并在后方制造燕北混乱，打击前方军心。一旦赤渡城破，北朔百万军民将无路可逃，他们必然会落入夏军的屠杀之中，燕北精锐力量大损，东边的半壁江山，将会落入大夏之手！而后方的蓝城，作为燕北内陆的第二道防线，也是不可能向我们派出援军的，他们只有不到十万守军，守卫着落日山脉绵长的烽火线，根本无力东顾。而殿下率领的第二军团，目前还在遥远的美林关，不可能回援我们。"

火光照耀在女子小小的脸上，她脊背挺拔，身姿高挑，眼神明亮如星子，沉声说道："所以说，这是一场艰苦的战役，你们将要面临的敌人，是你们的二十倍，而且，在未来的时间里，还会增多。但是，我们不能退后，一旦我们退后，北朔军民的退路将会被封死，就算是逃跑，他们都会无路可逃，我们身后是落日山一带的百姓，没有了我们，大夏的铁蹄将会无情地践踏在他们的头上，老人、妇女、孩子，都将面临灭顶之灾，无人能够逃脱，燕北将会面临一场生死存亡的浩劫！"

楚乔眼眶发红，有些激动，继续说道："西南镇府使的将士们，你们一直被称为叛军，你们的父辈曾经背叛过燕北，背叛了自己的血脉和故乡，八年来，整个大陆没有人看得起你们，你们承受了数不清的唾骂和白眼，哪怕你们曾经帮助燕洵世子逃出真煌，哪怕你们亲手制造了举世震惊的真煌之变，哪怕你们曾经顽强地击退了数十倍于你们的西北军团，但是，叛徒这个名字，始终扣在你们的头上，没有人相信你们，没有人愿意接受你们。但是今天，所有的一切都将不同，一个机会摆在你们面前，只要挺过去，你们就是燕北的功臣，就是万民敬仰的英雄！"

战士们的眼神开始炙热起来，大风呼呼地吹着，大雪漫天纷飞，黑暗的天幕下，楚乔的身姿像是一杆坚硬的战枪，她声音激昂地说道："战士们！拿起你们的刀枪，跟随我，保卫燕北，保卫那群手无寸铁的妇孺老人，用鲜血来洗刷掉曾经的耻辱，捍卫我们的军旗，擦亮西南镇府使这个光辉的名字！当然，有人会死，有人会看不到明年冬天的雪花，但是，人民会感激你们，燕北会记住你们，你们的名字将被刻在燕北的军功谱上，世世代代被敬仰、被膜拜！战士们，我将会和你们在一起，生死与共，不离不弃！"

"生死与共！不离不弃！"战士们突然发出森然的吼叫。他们高举双手，眼眶通红，有的人甚至流出泪来，多年的耻辱像是岩浆一般倾泻而出，他们高声疾呼，"保卫燕北！"

声音激荡天宇，和呼啸的狂风一起卷上苍穹！

那声音那般响亮，竟然传到了城外的雪原上，赵飏一身雪白的狐裘大衣，微微侧目，不屑地冷笑一声。

时间已经差不多了，再耽搁下去，赵齐恐怕会翻脸。

他目光冷冷地投射到那面低矮的城墙之上，屈指轻轻弹了弹大裘上的雪花。在他眼里，那甚至不是一座城池，他只是瞥了一眼黑暗中的赤渡，对身旁的将领们随意吩咐道："去，把那面碍眼的墙给我推倒。"

"遵命！"将领们齐声应诺，转身大步离去。战士们接到了战斗的指令，立刻挥舞着刀枪列阵前进。

轰！轰！轰！大地在脚下缓缓震动，士兵们发出惊天动地的高呼，"杀敌！"

响亮的冲锋号顿时响起，惊起了长空之上飞翔的战鹰，天地肃杀，草木断折，一场大雪纷扬而下。

黑夜，欢迎光临！

第八章

惊天骗局

"风汀集结一千名斥候，分成五队，分头自由出击，利用熟悉的地形对敌人的后续部队展开游击，尽最大能力骚扰敌人粮草车队的前进，务必要将敌人拦阻在贺兰山一侧，至少两日。"

一身戎装的年轻将领点头答道："是！"

"慕容带着新征集的民兵两千，于百丈崖处设伏，囤积礌石和滚木，等待两日之后粮草军突破风汀的拦阻，到时候老木会与你会合，指示你后续动作。"

两名士兵同时答道："遵命！"

唰的一声摊开地图，楚乔用修长洁白的手指沿着东南一带画了一条线，沉声说道："乌丹俞带弓箭手五百，隐藏于松叶林，以弓箭游击敌人侧翼，一旦敌人发动进攻，立即撤离，坚决不能和敌人正面相抗，明白吗？"

年纪轻轻相貌英俊的乌丹俞沉声应是，他并不是西南镇府使的原班人马，而是贺萧等人后期招募的士兵，曾经是贺兰山一带有名的贼匪。

"大人，如果可以，我还可以想办法将敌人引往千冰潭，我熟悉地形，一旦他们踏入，保管有去无回！"

楚乔默想了一下，抬头说道："见机行事吧，若是事有可为，我许你全权负责。"

乌丹俞一笑，"谢大人！"

"贺旗带着第三队固守北城墙，战时全力配合第一队守卫赤渡。贺萧统领，我将赤渡城头全部交给你们兄弟了，整个燕北都将站在你们身后注视着你们。"

贺萧眼神顿时一凛，行了一个标准的军礼，和他的弟弟一同朗声说道："定不辜负大人的期望！"

"此战的重点，并不在于歼灭敌人的力量，而是要通过不断的小规模袭击，扰乱敌人的士气，袭扰后方的粮草，打击敌人的战斗意识，使得敌人不得不疲于奔命，暂缓攻打赤渡的时间。诸位，时间和忍耐，是我们唯一的武器，只要我们拖得过七天，殿下的援兵必到！"

楚乔抬起头来，烛火照在她的脸上，有一种恍如隔世的感觉，年轻的军人们目光坚韧，殷切地望着这个比他们都要年轻的女孩子。

房间狭小，灯火通明，楚乔缓缓伸出手来，悬于胸前，沉声说道："诸位，大战在即，已容不得我等犹豫不决，国正当危难之际，人当存忠义之心，作为军人，我们更加要以守土卫民为己任，不论此战胜负为何，我们无愧于燕北的天地，无愧于自己的良心，更无愧于头顶的这面军旗！生死存亡，尽在此一役，诸位各自珍重！"

"大人珍重！"十多双手齐齐握了上来。

门外北风呼啸，室内火光熊熊，城墙外不远处，敌人已经磨刀霍霍。楚乔一声令下，战士们纷纷转身踏出房门，奔赴各自的战场，就此之后，也不知何人能够回转，何人能够生还。

战争在当天晚上就已经打响，赤渡的原守备们被吓得两股战战，然而，战斗最初却并没有他们想象中那么激烈。敌人的后备力量似乎被牵制了，让他们不得不将大批军队回援防守，后方阵形大乱，不时出现小规模的骚动。

楚乔知道，那是风汀在贺兰山附近的狙击发生了作用，夏军处于人生地不熟的环境下，并且战争到此时，他们也没有得到燕洵和第二军的消息，以赵飓的谨慎，一定会有所小心，而她派出五路游击军的目的，就是要给对方虚虚实实的顾忌和牵制。

然而，赵飓的确是优秀的将领，虽然风汀已经立下了军令状，楚乔也对战略的进攻防守转移，做出了周密的计划和方案，但是贺兰山的攻势，还是在第二天清晨就宣告破灭，原定的两日防守，连一日都没有撑下来。只是一个晚上，一千名西南镇府使便全军覆没，一个都没能活着回来。

因为风汀的溃败，慕容和阿木提前遭遇了大夏的全力进攻，战斗从早饭时开始打响，一直到正午时分，才逐渐趋于安静，阿木的弟弟从小路逃回来，宣告了战事的结束和失败，两千名民兵死伤大半，剩下的被打散，不知所终。

大夏气势如虹，全力猛扑赤渡城门，却在松叶林附近遭遇了突如其来的阻击，一队彪悍的队伍好似尖刀一般，插入了夏军的侧翼，不过五百人的队伍借着林间的地利，如入无人之境，在侧翼夏军中走了整整三个来回，还烧毁了中央大旗，点燃了夏军的中军大帐。为首的年轻将领一箭射穿了军中副统帅的太阳穴，箭上带着绳索，回拽的时候，带走了夏军统帅的半边脑袋。

夏军哗然，那名统帅的亲兵卫队当先追了出去，赵飓想要阻止的时候已经晚了，于是，就在当天，大夏损失了八千名精锐卫兵，全部被淹死、冻死在千冰潭的冰湖里。

以二十万大军来袭，竟遭此败绩，夏军大怒，就连赵飓都控制不住军中复仇的声音，迫不得已，他不得不暂缓步伐，先将矛头对准了城外的这批游击军。奈何乌丹俞人数较少，机动性灵活，深谙附近的地形和环境，竟然带着五百人，在夏军地毯式扫荡的情况下，游击了两日，仍旧没有丧失战斗力，为赤渡的城防赢得了难能可贵的时间。

然而两日之后，赵飓突然收敛了所有的攻势，就在燕北军疑惑不解的时候，夏军突然下令全军伐木，二十万大军齐齐出动，不出半日，偌大一片松叶林全部被砍伐干净，乌丹俞的五百游击军彻底暴露于敌人的眼皮之下。

楚乔站在高高的城楼上，眼睁睁地看着乌丹俞带着五百人像是一颗石子一样，被汪洋夏军吞没，马蹄滚滚，只是一个冲击，就将那一处小小的水花平息了下去。

"为自由而战！"零星的冲击声遥遥传来，整个赤渡城头一片死寂，战士们脱下头盔，眼望着在城外奋战的战友被杀，很多老兵都静静地流下泪来。

夕阳如火，用了整整三日，夏军终于对赤渡城完成了第一次合围，司徒敬站在赵飒身边，恭敬地说道："禀告十四殿下，已经从抓来的民夫口中查探清楚了，城中的守军是帝国的叛徒西南镇府使，统领他们的将领是个女子，也是帝国的叛徒，名叫楚乔。"

"楚乔？"这两个字很平静地从他的口中吐出。赵飒缓缓眯起眼睛，明明不过一年的时间，他却觉得似乎已经过去了那么久，他还记得燕洵逃出真煌那一晚，赵彻指着那个身影说的一番话。他这个七哥，空有锦绣才华，却不懂变通之道，不善权谋之术，这样的人，在乱世可开创不世之基业，然而在朝堂上，却永无立足之余地，不过，他不得不承认，赵彻的眼力是极好的，当日他一语成谶，终成今日之局面。

"殿下，殿下？"司徒敬低声说道，"请下军令。"

行路艰难，多年宫廷生涯，从无人愿意对他施以援手，哪怕只是短暂的一瞬，人间冷暖，世态炎凉，他早已见了太多，也经历了太多。

记忆里的画面渐渐远去，赵飒眼神深沉，缓缓说道："全力进攻，攻破赤渡之后，屠城祭旗。"

呼的一声，大风乍起，军旗在寒风之中猎猎翻飞。

所有挡在前面的东西，全都滚开吧！城池、军队、敌人、亲情、软弱、犹豫，还有……良心！

夕阳的映照之下，夏军终于对赤渡城展开了第一次全力猛攻。千军万马在平原上铺展开来，人头密密麻麻，数都数不清，马蹄如雷震，呼啸奔腾，骑兵团身着整齐统一的军装，马刺闪亮，战刀森然，铠甲在夕阳下闪动着血一样的红光。燕北的战鹰在天空中长啸，寒风如冷刀，卷起纷扬的大雪，天地间顿时形成了一道诡异的白雾，庞大的军队隐藏在白雾中，更显其赫赫之威！

"杀敌！"响彻天地的冲锋声突然传来，大夏的号兵吹响了战斗的号角，第一骑兵团的战士们一把拔出战刀，挥舞在头顶，如狼似虎般奔向那座低矮的城墙。重甲骑兵团紧随其后，步兵分布两侧，弓箭手在盾甲兵的护卫下前冲，伏在壕沟之下准备攻击。目之所及，到处是敌人的马蹄和铠甲，到处是刻着大夏军部锻造名称的刀锋，士兵们在怒吼，大地在止不住地震动。

相比于夏兵的咆哮，赤渡城头上，却是一片死寂。西南镇府使的战士们守卫在城头，端着自己的武器，静静等待着攻击的命令。

贺萧统领手持利箭，缓缓张开劲弩，眯着一只眼睛，弓如满月，突然离手射去！

只听嗖的一声，大夏骑兵队最前面的一人，顿时被射得人仰马翻，那弓箭力道极强，那人从马上坠落，直直翻出四五个跟头，才停了下来。

夏军登时一愣，被贺萧这可怕的膂力吓了一跳，可是转瞬反应过来，这样的人，万中无一，登时又来了冲锋的勇气。

"准备！"贺萧冷喝一声，举起手来，"射！"

夕阳好似突然间被覆盖了，天地间一片昏暗，只见半空中，密密麻麻的箭雨蝗虫一般，铺天盖地地席卷而来，遮天蔽日，速度惊人，纵横西蒙大陆、所向无敌的帝国骑兵，顿时沦入一场无边的噩梦。前面的士兵被乱箭穿透，飞也似的从马上冲起，一路疾飞冲撞，竟撞倒了后面的三四名骑兵，战马翻腾，一片惨叫哀鸣，骑兵们成了名副其实的靶子和刺猬，鲜血染红了地上的白雪，一片刺眼的鲜红。

赵飚眉头紧锁，紧急传令，重甲骑兵和盾牌兵急忙冲上前去护卫，然而，还没等他们靠近，又一轮箭雨呼啸而来。大夏的士兵们哈哈大笑，重甲兵们挥舞着自己沉重的铁甲，肆意地嘲笑着燕北军的不自量力。然而，还没等他们的笑声结束，弓箭就以可怕的力度穿透了他们的战甲，在凶猛的金属狂潮之中，他们甚至连喊一声救命的时间都没有，慌乱的人马互相践踏，死亡、惨叫、鲜血、尸体，在这样凌厉可怕的进攻前，无人敢前进，前排的队伍顿时溃败。大夏的军官们挥刀砍了十多人，才勉强克制住士兵们后退逃跑的事态。

"冲啊！跟着我！"一名将领骑在马上，以战刀彪悍地拍打着自己胸前的铁甲，然而，还没等他将激动人心的口号喊完，一支利箭嗖的一声就穿透了他的脑袋，鲜血潺潺而下，顺着铁铠上的纹路，小溪一样流了下去。

"后退者死！后退者死！对方只有不到一万人，冲过前面这道岗，你们就是战斗的英雄！"

军官们嘶声高呼，战士们被激发出了血性，毕竟是帝国的正规部队，在这样强劲的攻势下，仍旧不减其锋，继续策马奔驰，庞大的队列汹涌而来，如山洪暴发般，不可阻挡。

贺萧一次次挥手，督战道："射！射！射死这帮王八蛋！"

"将军！将军！"传令兵急忙跑上前来，大声喊道，"大人有令！礌石机准备！"

一排三米多高的礌石机被推上城头，这不是普通的战场投石机，它们更大、更粗、更有力，多加了三个轮轴的支撑，以机簧推动，旋转多达二十多周，一旦发射，射程足足有四百多步，比正常的礌石机整整多出了一倍。

一名士兵站在城头上，额头全是汗水，眼神却多了几分狂热的期待。他握着短刀，突然高喝一声，一刀砍在绳索上。

机簧的发动声顿时响起，礌石机猛然转动，噼啪之声紧随其后，就在众人目瞪口呆之际，只见一块足足有磨盘大小的巨石猛然从城头飞起，轰隆一声，狠狠地砸在两名骑兵身上。惨叫声冲天而起，所有人惊慌回头，只见不只是骑兵，就连他们身下的战马，也同时粉身碎骨，被砸成了一团血沫。

"大人万岁，哦！"赤渡城头上，人群登时爆发出可怕的欢呼，自从被夏军围困之后，他们还是首次冒出"也许我们会胜利"这样的念头。

在这样可怕的利器之下，无人不瑟瑟胆寒。夏军们左右观望，竟然忘记了冲锋，然而，就在这一刻，真正的噩梦终于开始，大片礌石机同时发动，万千巨石从天而降。

那场面太可怕了，那些礌石机发射而出的，并不是普通的石块，它们有的是家里的磨盘，有的是屋顶的横梁，有的是千万片残破的瓦片，就在刚才，十多名士兵被一块重物同时击溃，两侧的生还者仔细看去，那竟是摆在大宅院门前的一座威武石狮！

没有任何铠甲和盾牌能够抵挡这样的武器，战刀被砸成了废弃的铁片，长矛变成了烧火的柴火，血肉如泥，脑浆飞溅，夏军一片片地倒在了血泊之中！

赵飚双目通红，抓住兵器督造司司长的脖领子，怒声喝道："那是什么武器？那是什么弓箭？为什么可以射那么远？为什么速度那么快？说！"

头发斑白的司长面皮惨白，呼吸不畅地叫道："殿下恕罪，殿下恕罪，属下实在是不知啊！"

"一群废物！"

"殿下！让战士们撤下来吧，这样根本就靠不过去啊！"司徒敬哭丧着脸上前说道。

"不许退！"赵飓目光坚韧，冷声说道，"谁敢退一步，格杀勿论！"

"杀敌！"夏军发出死亡般疯狂绝望的嘶吼。

近处弓箭犀利，远处滚石声声，天地苍茫，到处是死亡的惨呼。

激战整整持续了三天三夜，黎明时分，赤渡城头的军民们几乎不敢相信自己的眼睛，看着夏军铺天盖地仓皇而去，赤渡百姓们和西南镇府使的官兵们喜极而泣，欢呼着拥抱在一处。

"夏兵退了！夏兵退了！"狂喜的浪潮从城头席卷而来。

楚乔坐在中军总部，正在草拟进攻命令，忽然听到前面传来的消息。三天三夜没有合眼的少女顿时愣住了，她脊背挺拔地坐在那里，外面的夕阳如火一般照耀着大地，血红的光芒洒在她的脸上，让她看起来缥缈得有些不真实。

"大人！大人！夏兵退了！我们胜利啦！"

平安穿着传令兵的军装，挥舞着有他一半高的战刀急忙跑进来，却在进门的时候愣住了。只见楚乔静静地坐在书案前，面色平静，一道晶莹的泪痕，却从她的脸颊上滚落下来。

"大人！大人！"

西南镇府使的官兵随后奔来，楚乔一把抹去眼泪，站起身来，又恢复成那个凌厉果敢的军中统帅。她大步走出房门，一阵轰然的欢呼声紧随着响起，无论是平民，还是军人，全聚集在她的周围，高兴地汇报着战况。

她不怪他们这样激动，因为这样的战绩，实在足以让任何人骄傲，以一万杂牌军对抗对方二十万精锐大军，除了之前派出的三千五百人，军中死伤不到二百，歼敌五万余，击溃对方攻击十七次。

就此，西南镇府使将被列为大陆精锐军队之行，赤渡一战，将载入史册，成为第一次北伐战争中的伟大转折！

当天晚上，两军暂时休战。楚乔并没有如中层军官们那般兴奋，她知道，赵飓今日之所以会输给自己，是因为不熟悉自己的作战方式和先进的攻击技术，被自己攻了个措手不及。明日的战事，他必定会调整战略，再想如此轻易取胜，已是不可能的了。

而且，兵器司司长向她汇报，今日一战，排天弩损坏三百架，足足有四分之三，箭矢也用去了大半，礌石机虽然可以修复，可是如今城中已是一片瓦砾焦土，巨石滚木皆已告罄，除了流火弹，攻击物资已不剩多少。这些，都是她在北朔战役打响之前赶制出来的，她早就料到，赤渡这里会成为一个战略据点，所以事先囤积了大量守城利器，果然派上了用场。

楚乔揉了揉太阳穴，皱着眉看着行军图，反复推敲几个防守方案。平安悄悄地走进来，换了壶茶水，见屋里的炭火已经灭了，就忙活着想要换一盆。

"平安，现在什么时辰了？"

孩子抬起头来回答道："已经二更了，大人，你该休息一下了，你已经好几天没睡了。"

楚乔双眼通红，觉得眼睛都快要睁不开了，她伏在书案上，说道："三更的时候叫醒我。"

"知道了。"

好像刚刚睡下，外面就响起了士兵有紧急公文求见的口令，平安不耐烦地小声说："大人刚刚睡下，你们究竟有什么事？不能等到天亮吗？"

"平安，让他们进来。"

"楚大人！"四名年轻的士兵在平安的带领下走进房间，为首的一人上前说道，"我们是羽姑娘的部下，羽姑娘接到大人的信，有口信要我们带来。"

"羽姑娘接到我的信了？"楚乔大喜，一下站起身来，满脸惊喜地说道，"姑娘怎么说？何时可接应我们？可有细致的战略部署？"

"大人，姑娘没有交代，她只说要大人立刻前往蓝城，有要事要和大人相商。"

楚乔皱起了眉头，缓缓说道："你说什么？"

"大人，姑娘说要大人立刻前往蓝城，有要事要和大人相商。"士兵又仔细地重复了一遍。

楚乔点了点头，说道："姑娘没说别的？"

士兵回道："没有，大人。"

"哦，那好，你们等一下，我收拾一点行装。"楚乔点了点头，对平安说道，"平安，你过来，把屋里的大氅拿过来给我。"

平安微微皱眉，小孩子竟然十分机灵，什么也没说，转身就往里屋走。

就在这时，一名一直跪在地上的士兵却一把拉住了孩子的手，抬头说道："大人，不必麻烦了，我们一切都准备好了，这就走吧。"

寒光森森，说时迟，那时快，楚乔手一扬，一块砚台顿时疾飞而去，砰的一声正中那名士兵的手腕。咔嚓一声脆响，士兵的手骨顿时断裂，难为那名士兵竟还是一名硬汉，受了这一下，竟然一声不吭。

平安机灵，就地一滚，躲开那几人的进攻，顺着窗子就跳了出去！

"抓住她！"为首的那人见事已暴露，索性不再隐藏。几人向楚乔扑来，个个都是身手矫健的搏击高手。

楚乔动作极快，手上寒光一闪，手臂一震，小臂上绑着的匕首登时滑下，一道寒光在灯火中闪现，一名男子闷哼一声，好在他身手了得，竟然只是肩膀中刀。楚乔双手撑在书案上，大腿横扫，一脚踢在一名刺客的小腹上，男人倒飞出去，撞在书架上，两个花瓶被砸碎在地，发出噼啪的声响。

就在这时，门突然开了，三十多名护卫齐齐冲了进来，几下就将几人制伏。

这些人都是燕洵走时，留给楚乔的贴身护卫，向来负责楚乔的近身防护，宋祁风侍卫长走上前来，紧张地低声问道："大人，你怎么样？有没有受伤？"

"我没事，"楚乔摇了摇头，沉声说道，"他们没下杀手。"

楚乔上前两步，看着刺客首领，问道："谁派你们来的？"

那人苦涩一笑，"早知道大人身手了得，今日一见，果然不同凡响。"

"坦白告诉我，我饶你不死。"

"大人，我所言句句属实，你不相信，我也没有办法。"

楚乔微微皱起眉来，一些纷乱的念头在她的脑中闪过，快得让她抓不住头绪，她回过头去对宋祁风说道："是谁放他们进城的？"

宋祁风面色古怪，低声说道："属下不知。"

楚乔左右看了一眼，突然问道："平安呢？"

"平安？"宋祁风回答道，"属下没看到。"

"你没看到？"楚乔目光如炬，定定地看着宋祁风。突然，她温和地笑了起来，说道，"哦，他可能是去叫人了，应该是去了西南镇府使，和你们错过了，我们出去看看。"

唰的一声，十多把雪亮的刀锋突然架在了楚乔的脖颈上，宋祁风苦笑着说道："大人既然都已经猜到了，我就不必再演戏了。"

楚乔面若寒冰，见宋祁风松开那四个人身上的绳索，眼神好似寒冷的利箭。

"大人，对不起，祁风听命行事，有得罪之处，还请大人原谅。"

楚乔面色平静，冷冷地说道："你为谁效力？大同行会？还是大夏？"

宋祁风恭敬地鞠躬道："到了地方，大人自然就知道了。"

男人走上前来，"属下知道大人身手了得，不得已而为之，还请大人合作。"说罢，就蒙住了楚乔的眼睛和嘴巴，将她捆了个严实。

"走！"宋祁风吩咐一声，众人顿时走出房门。一会儿，一辆马车就行驶过来，楚乔被搬上马车，马车迅速向北驶去。

"站住！什么人？"

宋祁风坐在马上，说道："我是大人的贴身侍卫长，这位是蓝城羽姑娘的信使，我们现在要马上赶往蓝城，这是大人的令箭。"

士兵一见是宋祁风，顿时客客气气地说道："原来是宋大人，您等着，小的马上开城门。"

北城门不是战场，守门的也是原来赤渡城的守备，宋祁风问道："你不查看令箭吗？"

"宋大人您亲自来就是令箭了，还查那东西干什么？"

"哈哈，多谢兄弟了。"

楚乔心中最后一丝希望也宣告破灭，战马奔腾，塞外寒风冰冷，楚乔只感觉心底一片凄凉，没有了自己，赤渡城将会如何？西南镇府使的官兵们，会不会以为自己再一次被抛弃了？那满城信任自己的百姓，又该何去何从？

天边渐渐发白，漫长的一夜即将过去，黎明时分，楚乔被人从马车上扶了下来，带进一个避风的帐篷。解开绳索后，她一把扯下眼前的黑布，却顿时一惊，羽姑娘温柔地站在她面前，递过来一方温热的毛巾，淡淡地说道："擦把脸吧，一夜赶路，辛苦了。"

"羽姑娘？"

羽姑娘穿着一身棉质的白色长袍，面庞瘦削，眼眶深陷，眼角带着几丝淡淡的鱼尾纹，"是我。"

楚乔的眼神从震惊到不可相信，她皱着眉，沉声问道："为什么？"

"此处并不是安全之地，北朔已经时日无多，没有你在，赤渡能不能撑过今日都要两说，你先跟我走吧，我在路上再和你好好解释。"

"你先告诉我，为什么？"

楚乔眼神冰冷，冷冷地看着这位燕北武装力量的王牌人物，一字一顿地说道："你早就知道北朔的战况？知道那里面的人在如何胡闹？"

羽姑娘点了点头,语调平静地说道:"是的,我知道。"

"那大夏分兵两路,强度贺兰山,攻打赤渡城,你知道吗?"

"我知道。"羽姑娘平静地说。

"在北朔城里,曹孟桐大肆征兵,以民兵为肉盾,大肆残害燕北百姓。"

"我知道。"

"赤渡百姓背井离乡,前往蓝城城堡,在路上冻死饿死无数。"

"我知道。"

"一旦大夏突破赤渡,就可以两路夹击北朔,北朔百万军民将死无葬身之地,整个燕北东部土地都将被大夏掌握,大夏兵锋直逼燕北内陆,落日山以东的平民全部要遭到夏军的屠戮!"

"我知道。"

从始至终,羽姑娘的面色都是那样平静,她静静地听着,好似她们谈论的只是一些日常小事。

楚乔胸口起伏,握着拳,皱着眉沉声问道:"为什么?既然你全知道,为什么不去阻止?为什么要眼睁睁地看着大好局面转入疲态,沦入战火之中?"

羽姑娘静静地看着楚乔,眼神温和而睿智,语气平静如溪水,"阿楚,你还不明白吗?"

楚乔登时一愣,一个可怕的念头从心底缓缓生出,像是一把屠刀一样狠狠地砍在她脆弱的神经上。

羽姑娘淡淡一笑,"蓝城目前没有一兵一卒,落日山脉兵力全部收缩调离,不仅是蓝城,目前,整个燕北内陆都没有一个军人,内陆现在是一片跑马场,随便一个夏军攻进去,他们就算是胜了。我无力去阻止曹将军,也无人授权我这样做,我留在这里的任务只是带你走,除此之外,我没有接到任何行动的指令。"

整个人好似突然被人抛进了冰天雪地,楚乔脚下一个踉跄,险些摔倒在地。她心脏紧抽,好似被坚冰包围,每一次跳动都是带血的疼痛。她深深地呼吸,却感觉胸腔被堵塞了,她张开嘴,皱起眉,所有的一切渐渐连接在一起,形成一个可怕的线条。

"燕洵……"

"殿下也不在美林关。"

短短的一句话,却登时将楚乔的全部信念击溃,所有的念头皆化作带着倒刺的利箭,生生地刺入血肉,痛得让人张不开口,发不出声。她身子一晃,一把扶住了帐篷的柱子,胸口剧烈起伏,大口大口地喘息着,想说什么,却一句也说不出。

羽姑娘静静说道:"殿下临走前交代过,一定要将你带走,我在蓝城等了许久,不见你来,后来才知道路上出了事,又有北朔军在胡搞,不得已,才用这样的方式请你前来,请你见谅。"

"你们疯了!"低沉的声音缓缓传来,间中还带着野兽般粗重的嘶喘,楚乔弯着腰抬起头来,眼睛血红一片,冷冷地注视着羽姑娘,不断地摇头说道,"这太疯狂了!"

"虽然疯狂,但很有效,殿下的大军如今已经突破了长汀省,西北三十几个省郡无不俯首称臣,老巴图哈家族已经成为历史。如今大夏的主要兵力全部集结在燕北境内,几路边防军又聚集在卞唐和怀宋的边境,内部兵力空虚得惊人,怀宋目前已经在配合我们,在大夏边境搞了几次大规模的军事演习，吸引夏兵的视线。这个时候，只要将大夏的兵力吸引进燕北境内，并借助大雪和斥候兵切断他们的信息通道，兵贵神速，不出半个月，我们就能打进真煌城！事后即便北伐军反应过来，大夏也已经大半落入我军之手，那个时候，他们若是想要反击，也定将被阻挡于雁鸣关之外！"羽姑娘走上前来，轻轻为楚乔拂去额前的碎发，静静地说，"阿楚，殿下知道你是不会赞同这个提议的，所以才瞒着你，但是，这并不代表他不信任你。大夏倾国之力攻来，我们能抵挡一次，却抵挡不了第二次，燕北地域苦寒，极大地限制了我们的发展，无论我们如何努力，也无法和大夏内陆抗衡，更何况我们还有天生的弱点，那就是不断叩关扰边的犬戎人。所以，唯有出其不意地发起反攻，将位置调换，才能立于不败之地，彻底扭转局面！你是他最亲密的人，应该理解他。"

"就为了这个彻底的战略转移，所以，就要让上百万的燕北军民做你们的诱饵和炮灰吗？"楚乔的声音冰冷且疲惫，她缓缓地抬起头来，眼睛血红，多日来的辛苦和期望瞬间变成一片瓦砾。

她曾经怀疑过，怀疑燕洵率军攻打美林关是要消磨第二军的主力，稳定自己在燕北的地位。可是她没有想过，燕洵的志向根本就不在燕北，他以百万燕北军民为饵，在北朔城布下了一个巨大的陷阱，将大夏的兵力全部吸引过来。然后冒天下之大不韪，带着第一军和蓝城落日山一带的精兵，以迅雷不及掩耳之势卷进大夏腹地，借着神速的兵力和风雪阻断通信，强势攻入大夏内陆，霸占了大夏的土地。

呵呵，多么天马行空且又疯狂的计划，等于美国在攻打伊拉克的时候，伊拉克却放弃本土，率军去占领了美国，等美国远征军宣布胜利了之后，回过头去，却发现本土已经完全沦陷了。这样大的便宜，真是千年难遇。

难怪，他要在大战前强硬地坚持分兵攻打美林关。难怪，他不将自己带在身边。难怪，他会安排曹孟桐这样的蠢货留守北朔，并且支持曹孟桐屯兵征兵，只因为他要营造一个燕北全力反攻的局面，来吸引大夏的目光。难怪，自己发出的求救信石沉大海，自己的护卫全是燕洵的贴身亲信，蓝城面对北朔的胡闹，没有任何反对之声！

这样深的心机，这样深的城府，这样可怕且又严谨的计划，连她这个受到过现代化军事教育的高级指挥官都想象不出，燕洵，真的是太厉害了。

"羽姑娘，你还记得我们第一次见面的时候，你对我说过什么吗？"

羽姑娘神情一滞，面色多了几分苍白，她却还是缓缓说道："我说希望有朝一日，燕北再无你这样的孤儿。"

"是的，"楚乔凄苦一笑，"你们干得很好，一旦此战胜利，燕北将再无一个像我这样的孤儿，因为燕北的人，已经全死绝了。"

白衣的女子眼神一黯，默想了许久，终于低声说道："一个民族想要走向自由，总是要付出代价的。"

楚乔厌恶地看了她一眼，冷冷道："很好，燕北这个民族全部去死，然后你们得到荣华富贵，登上万圣至尊。这，就是燕北百姓们渴望自由所付出的代价！"

"阿楚！"羽姑娘一把拉住楚乔，急切地说道，"你不要这样偏激，这件事在战略上完全没有任何问题，这是一个壮举，难道你看不到吗？大夏的国门将被打开，盛金宫将在燕北的铁骑面前发抖！"

"别碰我!"楚乔冷喝一声,眼神锐利如森寒的刀子,"在战略上没有任何问题,但是你们抛弃了拥护你们的人民!抛弃了在你们最困难的情况下,始终坚定不移保护支持你们的百姓!你们辜负了人民的期望,欺骗了千万人的信任,并将他们推向火坑!你们为了自己的荣华富贵,为了自己的权力之争,却要让上千万的人去死!羽姑娘!"楚乔眼眶通红,两行眼泪缓缓流下,她紧咬下唇,缓缓说道,"到底为什么?你们都是怎么了?以前说的话全都忘了吗?这些日子,无论是在怎样的困难环境下,无论是在怎样的艰难处境里,我都坚信你们会来救我,西南镇府使那样的叛军都知道在这样的时候回来保护人民,为什么你们却要抛弃他们?你知道吗?赤渡城里,家家户户都供奉着你和乌先生的长生牌位,他们早晚三炷香,希望你们长命百岁,他们说你们是燕北的保护神,只要有你们在,燕北就还有希望。他们流离失所地离开家园,逃往蓝城,连粮食都来不及带,却仍旧记得带走你们的'尊位',你去看看,这一路上有多少香烛是为你燃的,你对得起他们吗?"

羽姑娘深吸一口气,秀气的眉头紧紧地锁在一起,艰难地说道:"我是为了天下人的大同。"

"呵呵,"楚乔冷笑一声,转过身去,背影疲累且单薄,"连一方人都护不住,还说为了天下人的大同?真是好笑。"

楚乔一把掀开帐篷的帘子,转身就向外走去。

羽姑娘眉头一皱,急忙追出来,沉声说道:"楚乔,你要走?"

"燕北不是我的家乡,却一直是我人生的信仰,你们不要它,我要它,你们抛弃它,我就守护它。告诉燕洵,楚乔若是死了,不要为她报仇,她不是死在别人手上,她是死在他手上。"

"站住!"羽姑娘沉声说道,"我不会让你走的!"

楚乔回过头来,冷冷一笑,"你可以杀了我,除了尸体,楚乔绝不踏出燕北一步。"

一把抽出靴子里的匕首横在脖颈上,楚乔惨然一笑,缓缓走向马匹,然后翻身而上,"大错尚未铸成,此时回头还来得及,悬崖勒马,时犹未晚,告诉他,我在北朔城头等着他!驾!"少女的大氅呼啸飞起,马蹄踏雪,转瞬间绝尘而去。

宋祁风走上前来,着急地说道:"姑娘,怎么能放楚大人走呢?殿下千叮咛万嘱咐,不要将这件事告诉大人……"

羽姑娘静静一笑,笑容淡漠,缓缓抬起头来,清晨的阳光照射在她的脸上,她脸色苍白若纸,好似透明一样。

我深爱的燕北,仲羽无能,所能做的也唯有如此了。

"传信给殿下,北朔危急,楚大人固守赤渡,援助北朔,五日不至,燕北必亡,无人可幸免于难。"

第九章
独木擎天

　　此时此刻，赤渡城一片死寂，人们翻遍了全城，仍旧没找到楚大人的影子。终于，在北城门侍卫的口中得知，昨晚大人的贴身护卫曾护卫着一辆马车离开城池。
　　一个绝望的念头顿时闪过众人的脑海，衣衫褴褛的士兵站在大雪之中，哆哆嗦嗦地说道："难道大人抛弃我们了？"
　　他的话还没说完，就被西南镇府使的官兵一脚踹倒！贺萧的弟弟贺旗冷冷说道："大人不会抛弃我们的！当初在真煌城里，那种情况下大人都没有放弃我们，现在也不会！"
　　"那她去哪儿了？"一名赤渡城军需守备带着哭腔叫道，"当官的都是一样的！"
　　赤渡城的民兵们也闹哄哄地乱了起来，有人随声附和道："一定是这样的！她看着我们要输了，自己偷偷跑了！"
　　"我早就说了，当官的说的话不能相信，尤其还是个女人！"
　　"天哪！大人真的抛弃我们了？我们该怎么办啊？"
　　人群的声势越发浩大，有人开始绝望地哭泣，天边翻卷着阴云，大风吹起地上的积雪，像是死人坟前的纸钱。
　　"都站在这里干什么？敌人就要攻进来了！"贺萧统领突然大步走来，面色阴沉地厉声喝道。
　　"贺统领！"有人跑上前来说道，"大人抛下我们，自己跑了！"
　　"不可能！"贺萧冷冷地打断他，沉声说道，"我不相信，西南镇府使的所有军人都不会相信，大人不是这种人。"
　　"可是……"
　　"这种话，我只想听到一次，若是再让我听到有谁诬陷大人，败坏大人的名声，就是我们西南镇府使的敌人！"
　　男人一把拔出腰刀，雪亮的刀锋在空气中熠熠生辉，"还愣着干什么？上城楼！"
　　经过了一夜的休整，大夏的军队终于不再如昨日般莽撞，西南镇府使也失去了昨日那种凌厉的攻势，箭矢和滚石相继告罄，流火弹也在午后消耗殆尽，正午时候，相继有夏兵攻破城头。大夏的军队搭起了人梯，悍不畏死地向上攀爬，弓箭手也不断地射击，掩护他们的队伍，箭矢排空，好似一场瓢泼大雨。城墙上一片狼藉，不时有战士中箭倒下。
　　一名年轻的士兵身中十多箭，全部伤在要害，战友要将他换下去，他却倚在城墙上单纯地笑了起来,牙齿洁白,眼神明亮。他对着战友摆了摆手,笑着说道:"大人回来后,替我向她带话,就说我们整个营的士兵都暗恋她。"说罢纵身跃下城墙,以身躯为滚石,狠狠地砸在夏军的人梯之上,顿时,城墙上哀声一片,像是在吟唱一首绝望的战歌。

贴身的肉搏终于展开,大批的敌人登上城楼,城墙第一道防线全部崩溃,弓箭杂乱,箭矢横飞,到处是厮杀声和喊叫声。

夏军越来越多,鲜血染红了整面城墙,染红了每一块地砖,此时,就连那些民兵都冲上城头,他们不再畏缩颤抖,死亡就在眼前,放下屠刀是死,拿起刀子也是死,但是最起码可以为老婆孩子多赢得片刻逃跑的时间。他们用刀砍,用剑捅,用砖头砸,用牙齿咬,无所不用其极,战争的惨烈在这一刻完完全全地体现出来。

司徒敬站在城下远远地看着,然后满眼震惊地对下属说:"你确定那上面的只是一群民兵吗?"

那一天,赤渡的河流竟然在隆冬季节开化了,炽热的血层层覆盖在寒冷的冰层上,竟将表层的河水化开,虽然很快它们又被冻结。

天地都是血红的,到处是横七竖八的尸首。一名士兵被砍断了双腿,他竟然眉头都不皱地拿起自己断了的腿向城下砸去,一名正要爬上城头的夏兵被吓得目瞪口呆,直挺挺地掉下去,摔在了冰冷的雪原上。

西南镇府使第七小队的人都已经死去,只剩下一个传信兵,他竟然站在城头上以兄弟们的尸体为武器,狠狠地猛砸那些试图攀上城墙的夏兵,最后,尸体没有了,他自己也身中数刀,年轻的战士大叫一声"大人万岁",随即抱住一名夏兵,一头跳下城去。

城墙数度被敌人攻上,又数度被抢回来,贺萧身中数刀,却还在顽强奋战,他站在城头上,大声喊道:"兄弟们!别给大人丢脸!就算我们今天死在这里,大人也定会为我们复仇!杀啊!"

战士们被激起了血性,猛地站起身来,摇摇欲坠的身体骤然间又充满了力量,挥舞着战刀和敌人厮杀在一处。

天地玄黄一片,大风卷着风雪纷扬而下,血腥的味道弥漫了整个战场,大夏的军队仍旧在源源不断地增加,双方从清晨杀到正午,从正午杀到黄昏。

赵飐站在高坡上眺望,不得不叹息道:"西南镇府使,真乃虎狼之师!"

在城头再一次失守之后,赤渡城头终于弥漫起绝望的气息。一名年轻的士兵挥刀冲向敌人,他已经浑身无力,这纯粹是找死的最后一击,可是就在这时,一道剑芒突然在眼前亮起,一个凌厉的身影陡然冲上前来,一剑削去了那名夏军的头颅。

士兵好似花了眼,直到前面那人回头怒喝道:"傻站着干什么?跟我冲!"

"大人?"士兵嗓子里发出一阵难以置信的叫声,"大人!大人回来啦!"

所有疲惫欲死的西南镇府使官兵齐齐转身,只见一片纷乱的人群中,少女手持利剑,身形挺拔,招式凌厉,不是楚乔又是何人?

"大人没有抛弃我们!"不知道是谁最先喊了一声,随即,整个赤渡城头一片欢腾,原本力竭的战士们突然振奋地站起身来,一时间,身上好像又多了数不清的力气。

大人还在,我们不会输!

这个念头像是潮水一般席卷而来,夏军惊恐地看到,这些人好似瞬间脱胎换骨,手持战刀呼啸而来，如狼似虎般，再没有方才的疲态。

"弟兄们！跟我杀啊！"贺萧大吼一声，一刀砍掉了一名夏军的脑袋，"大人万岁！"

"大人万岁！"

"大人万岁——"

震耳欲聋的欢呼声铺天盖地地响起，看着溃兵如潮水般退了下来，赵飏缓缓地仰起头来，终于不得不承认这个可怕的事实。

"殿下，"司徒敬皱着眉说道，"若是再攻不下这里，三殿下那边，我们不好交代。"

"我又何尝不想攻下？"赵飏缓缓叹息，望着那座不高的赤渡城。

夜晚终于来临，大夏的兵力陆续退了下去，楚乔在粮草库里找到了被捆绑成一团的平安，小家伙竟然已经睡着了，醒来后见到楚乔开心得大呼小叫。

今日一战，赤渡城损失惨重，主力士兵西南镇府使有两千多人阵亡，加上之前的一千五百人，现在的西南镇府使编制还不满三千，还有战斗力的不到两千。民兵伤亡最大，足足有两万多人，城墙损坏非常严重，如果对方有投石机等大型攻城利器，可能不到一日，就可将墙体整个砸碎。

到处都是血腥气，到处都是尸体，城里伤药已经告罄，负伤的战士能用的只有清水和粗布，到了夜里，遍地都是可怕的惨叫和痛呼声。稍远的一片偏街上，躺满了不动也不说话的人，尸体整整齐齐地排成一排，一片又一片黄色的麻袋盖住了那些年轻战士的脸孔。

一路走来，楚乔的脚步越来越沉重，头顶是漆黑的天空，乌鸦在北风中凄厉地叫着，摄人心魄。

十几年的生命里，楚乔从没有觉得像现在这般孤立无援，她所有的希望和梦想都破灭了，却还不得不站直腰板，给那些指望着她的战士看，告诉他们，大人还是有把握的，她还坚挺着，她会带领着大家，打出一条活路。

冷风吹过她单薄的身体，远处传来了战士们低沉的调子，调子里带着悲伤的味道，楚乔顺着歌声走去，在拐角处看到一名断了腿的年轻士兵。那是个十分英俊的小伙子，还没有长胡子，清秀的脸孔看起来像是个读书的秀才，他的一条腿已经断了，膝盖以下空空的。他就那样坐在那里，没有喊疼，反而是微微笑着，眼神单纯且明快，似乎想起了一些快乐的日子，一边笑一边轻轻地唱道："别了，我亲爱的姑娘，我将扛起枪保卫家乡，敌人的刀已经悬在头上，我要保护你和我们的天堂。也许再也看不到你美丽的双眼，也许再也听不到你在我耳边歌唱，但是请相信我，我会永远记住老家的那个地方，你站在漫山遍野的映山红下，笑着对我招着手，轻声说早点回乡……"

楚乔静静地站了很久，直到那名士兵的声音渐渐低沉，渐渐消失。雪花缓缓落下，落在他的脸上，却并没有融化，而是一点一点地堆积起来。

风吹着她的衣摆，像是摇曳的旧梦，天空是苍凉而广阔的，世界那么大，他们却好似被整个世界抛弃了一样。楚乔想起很多东西，想起年少时的那些憧憬，那些坚持，那些热烈的期待和盼望。她又想起了很多年前，在那个森冷漆黑的牢房里，她的手被少年塞到怀里，暖暖的。燕洵眼睛明亮地跟她说了很多关于燕北的事情，那里的白雪，那里的青草，那里的马群，那里的火雷原，那里的回回山，那里勤劳的百姓，那里善良的人民，那里没有战火，和平，安宁，像是一个世外桃源。

燕北，燕北……

楚乔缓缓抬起头来，一行清泪从她的眼角流下，她的脊背那样挺拔，像是一杆标枪，大雪飘零，落在她的肩头。

没有人守护你了，那么，换我来守护你吧，我们一起等着，等着他们回来。

没有人想到，北朔城的溃败竟会如此迅速，如此惨不忍睹，还不到五天，北朔就在赵齐凶猛的攻势下一败涂地，相信若是没有楚乔之前留下的防守工具，此刻燕北的城头上必定早已插上了大夏的金龙旗。

此时此刻，曹孟桐站在城头上，看着呼啸而来的夏军，只感到天地似乎都在颤抖。他怎么也想不明白，自己的百万大军都到哪里去了？自己坐拥雄关，为何会溃败得如此彻底？可是此刻，已经容不得他去思考这些了，鲁直奔上前来，大声喊道："将军，快跑吧！再不跑夏军就攻上来了！"

"跑？"曹孟桐转过头来，有些木然地问道，"跑？"

"是啊！"鲁直叫道，"夏安都带着北朔军逃了，听说赤渡城并没有失守，那个名叫楚乔的女娃子带兵一直守着，我们可以从那里逃往蓝城。大人，快点吧，再不走就来不及了！"

"跑？"曹孟桐的反应很慢，不过几天，他的头发已经全白了，他喃喃地说道，"不行，我不能跑。"

"将军！夏安那老匹夫都跑了，他是北朔的城守将军，他都跑了，我们还留在这里干什么？"

曹孟桐悲凉地叹了口气，用衰老的眼睛看了眼鲁直，说道："他可以跑，我却不可以，鲁直，我是抗击大夏北伐军的总统领，我若是逃了，北朔城就完了。"

"您不走北朔也要完了，将军，别固执了！"

曹孟桐摇了摇头，"不行，鲁直，要走你走吧。"

鲁直一愣，随即叫道："大人，您真不走吗？"

曹孟桐肯定地说道："不走。"

"那我也不走！"这个粗鲁的汉子大声叫道，"不就是死吗？大人您提拔我、照顾我，就像我的亲生父亲一样，要死，我就跟大人一起战死！"

曹孟桐感动得热泪盈眶，拍着鲁直的肩膀说道："患难见人心，鲁直，我没有白器重你。"

"大人，请拨给我两万军队，我要冲出城去，和敌人决一死战！"

"好！"曹孟桐豪气冲天地说道，"我将我最后的亲卫队给你，他们是我们燕北最忠诚，也是第二军最精锐的部队，鲁直，不要辜负我的希望！"

"定不负将军所托！"

半个时辰之后，北城门大开，鲁直带着曹孟桐最后的亲兵卫队，卷了城里的金银珠宝，仓皇逃窜而去。

曹孟桐站在城楼上，看着自己的爱将离他而去，一口血喷射而出，颓然倒地。

夏军再一次袭来，全城一片哗然，所有人都在惊慌失措地四处奔走，北城门被曹孟桐派去的军法部官员封死,不准人再逃出去。

翻滚、咆哮、喊杀、鲜血弥漫了整座城池,大夏的军队已经奔到城前二百步处,他们搭了梯子,又开始攀爬。太阳渐渐落山,天地间一片血红,这是今天的最后一次冲击,敌军吹响了冲锋的号角,动员士兵今日势必拿下北朔城!

"投降吧!投降者活命!"大夏派出三百多名嗓门大的士兵,在城下一遍遍地高呼。北朔城里的百姓不时有人想打开城门投降,都被军法部的军官杀死了。惨叫声和厮杀声越来越近,近到似乎可以闻到夏兵身上的血腥味。

"将军!将军!第三师团需要增援!"一名满身是血的军官,连滚带爬地跑上前来说道。

曹孟桐看着他,缓缓地摇头,年迈的将军一把抽出宝剑,杀气腾腾地上前两步。多少年了,他已经有多少年没有上阵杀敌了?这么多年,他一直被人耻笑,别人骂他是'逃跑将军',生平唯一一次的勇敢,却铸成了弥天大错。若是一开始的时候,听从那个叫楚乔的女娃子的话……这个时候,他不由自主地起了这样的念头,随即又可笑地摇了摇头。这个时候,想这个又有什么用?他苦涩一笑,缓缓说道:"我自己就是最后的增援了。"

"将军!"军官一愣,突然流下泪来,哭着说道,"让将军六旬之身亲自上阵杀敌,是属下无能!"

老将军一震手臂,缓缓说道:"一起战死吧!"

"是!"

就在这时,城外突然一阵锐响,夏军中响起了急促的鼓点,城下的夏军听到那声音齐齐一愣,顿时回过头去,满脸的惊慌之色。

曹孟桐和那名第三师团的军官也愣住了,抬起头来,只见在遥远的地平线下,一道黑色的影子突然出现,随即,那片黑色的影子变成了一股溪流,由一点成一面,渐渐扩张,变大。陡然间,黑甲兵团跃出地平线,以雷霆般的速度呼啸飞奔,一面白底红云大旗招展在他们的头上,像是一团熊熊燃烧的烈火!

"援军到啦!"北朔的城头突然爆发出震耳欲聋的欢呼,战士们喜极而泣,大声叫道。

"是我们的部队!是我们的援兵到了!"

"西南镇府使!是楚大人!"

"楚大人到了!我们有救了!"

霎时间,黑甲骑兵发出了惊天动地的怒吼,"为自由而战!"

整齐的军容,快速的冲击速度,伴随着隐隐约约如同天边闷雷的低沉声响,队伍越来越大,人数越来越多,竟然足足有两三万人,全部是高速的骑兵。他们斜举着战刀,纯以双脚控马,黄昏夕阳的映照下,战士们成千上万地奔腾而至,以密集阵形卷杀敌军,势如风暴!

"西南镇府使!是西南镇府使的叛军!"

相比北朔城头的欢呼,夏军内却是一轮哀号,他们队伍庞大,后方骤然遭遇敌人,一时间根本来不及掉转阵形,而且赵齐率领的西南军,战斗力远不及赵飏率领的西北军,西南镇府使更是声威赫赫,一时间,后方溃败如水,一片纷乱狼藉。

"楚大人万岁!"北朔城头的士兵们大声欢呼,很多人抱头相拥,泪洒墙头。

"大人！"贺萧冲上前来，大声喊道，"敌我兵力悬殊，不应硬碰！"

楚乔冷然摇头，沉声说道："我军乃生力军，出奇制胜，气势如虹，夏军摸不清我们的虚实，此乃天赐良机，若是此战不胜，我们将再无取胜的机会！"

军队疯狂拥来，以排山倒海的气势汹涌而上，夏军中央大帐的军令还没抵达后方，后方近十多万的军队就已经在对方的第一个冲击之下，被撞得人仰马翻。楚乔下令，不理会其他散兵，全军冲击，击溃中央大营！

夏军的噩梦开始了，不过是几万人的队伍，但是他们旗帜鲜明，素质高昂，来势极快，动作时有着不可思议的敏捷和迅速之势，所经之处，到处是一片混乱的惊慌。

"全军保持阵形！跟我冲！"贺萧一马当先，一名掌旗官举着白底红云大旗，跟在他身后，楚乔坐镇军中，策马狂奔，战士们奋不顾身，长久以来被压制的沉默和苦闷，终于爆发而出，大军呼啸，好似游龙，席卷了整个夏军军阵。

"回击！整顿阵形！"赵齐骑在马上，卖力地大声喊道。他全力想要稳住大军，竟然不顾身后亲卫团的劝阻，来到了战场边缘，然而就在这时，一支箭好似长了眼睛一样，猛地射了过来。一名亲卫奋不顾身地冲上前来，一下挡在前面，箭矢带着一溜血花一下便射穿了他的胸口。赵齐大惊失色，轰然坠马，狼狈地躲过一劫。

大军速度极快，转瞬就冲杀过来。楚乔认识赵齐，她眼神锐利，一下跳下马背，一脚踏在男人的脊背上。只见银芒一闪，剑影划过，还没待赵齐惨叫一声，她登时将他的头颅割了下来！

"赵齐已死！尔等快快束手就擒！"

轰！好似一个惊雷在平地中炸响，四十万大军竟然在对方的一个冲击之下溃散。楚乔身材纤细，高高地坐在马背上，高举着赵齐的头颅，眼神凌厉，脊背挺拔。

夏军登时大乱，城楼上的曹孟桐见了，当机立断地大声叫道："开城门！开城门！全军冲杀！"

北朔城门终于打开，原本了无战意的士兵们齐齐冲出，夏军溃败已成定局！

十月二十七日，楚乔放弃赤渡，一把火将城池烧毁。大火拦住了赵飏的脚步，他只能眼睁睁地看着楚乔带着不到一万的人马扬长而去。而楚乔在路上遇见了快马加鞭逃出北朔，赶往赤渡的鲁直，得知鲁直叛逃北朔，曹孟桐将军的亲卫队登时哗变，将他乱刀分尸，两万亲卫军登时加入了西南镇府使的阵营。

随后，在楚乔的带领下，他们绕到敌后，发动了突然袭击，于北朔城门前的火雷原上，给了夏军重重一击。

此战，歼敌七万余人，死者中大多数是在逃跑的时候，被战马践踏而死，俘虏三万，西南镇府使的统帅楚乔，更是亲手斩杀了对方的主帅，大夏皇位最强有力的竞争者——三皇子赵齐，这对夏军的打击不可估量。

此时，距当年的火雷原一战，正好八年整，在整个燕北的见证下，大夏为他当日的举动付出了毁灭性的代价。

当天晚上，大夏十四皇子赵飏率兵赶来，整合西南军的残兵，发兵五十万，再一次将北朔城团团包围。

而此时，在大夏内陆蒙莱省，燕洵终于接到了羽姑娘的飞鹰传书。看完信件之后，他深深地望着已经不再遥远的真煌古都，独自站了很久很久，最后他回到中军大帐，发布了一个令所有人震惊的命令："连夜拔营，回援北朔！"

第十章

北伐结束

回到北朔城后，楚乔得到了英雄般的礼遇，除了必要的防守，整个北朔城的军民都聚集到了城门口。一时间，这里人头密集，全民热情高涨，一片欢腾，好像北朔会战已经胜利了一样。当楚乔带着西南镇府使的军队，列队走进城门的时候，欢迎的人群几乎将队伍冲垮，第二军的副军团长鲁直已死，新任的副军团长尹良玉带着部队冲在最前方整顿秩序，却很快就被人群冲成一片散沙。

楚乔冷静地看去，尽管为了迎接友军，第二军的战士们已经稍作整顿，但是比起离去时，军队已经大半损伤，残余的士兵身上带伤，衣衫破烂，满是血污，疲惫、胆怯、害怕、迷茫、委顿，种种不安的情绪，清晰闪动在他们的眼神里。尘土很好地掩饰住了他们脸色的苍白，很多人的战刀都失了刀鞘，只是胡乱地插在腰间，行动间能听到清脆的碰撞，金戈声声，却毫无战意，只是显得慌乱。

比起这些惊慌如兔子的第二军战士，西南镇府使的官兵们与他们形成了鲜明的对比。虽然同样是铠甲染血，尘土满面，但是他们自信、从容，保持着整齐的阵形和队列，军纪严明，稳健地骑在马上，跟随在楚乔身后，步伐矫健地走在长街上。北风吹来，吹过他们招展的大裘，墨黑的披风满是鲜血的味道，肃杀且萧索。看到他们，人群中顿时响起了雷鸣般的欢呼，在百万大军溃败如水的情况下，在燕北军士们纷纷逃跑的情况下，唯有他们，义无反顾地投身于死境之中，毅然担负起保家卫国的重任。

尹良玉大步跑上前来，纷乱的人群将他的头盔都给挤歪了，来不及正一下帽子，年轻的军官急忙说道："锦上添花易，雪中送炭难，楚大人临危前来，救北朔于绝境，第二军上下齐齐感念大人的恩义！"

楚乔跳下马来，静静一笑，说道："尹将军言重了，同为燕北效力，西南镇府使和第二军同气连枝。"说着，少女摘下头顶的风帽，即便经历了这样惨烈的厮杀，她仍旧是整洁和干净的，一身军装将她的身材修饰得挺拔且秀美，充满了军人的飒爽英姿和女子的娇媚，容颜秀丽，肌肤雪白，顾盼之间，眼眸如星，神采飞扬，充满信心，声音平和友善，满满都是真诚。

人群中顿时响起一阵不可思议的惊叹声，没见过她的战士和百姓们议论纷纷，赞美声如同潮水般袭来，从真煌之变，到西北战场，从卞唐兵变，到赤渡保卫战，太多光辉闪闪的战役装点在这个女子身上，很自然地，人们自动忽略了她的年龄和相貌。

可是此刻，在这个风雨飘摇的战场上，少女的美如同一盏闪亮的明灯，照耀在人们的头顶，大家忍不住惊叹道："这就是楚大人吗？这么年轻？"

"是啊！真是令人无法相信，太漂亮了！"

虽然击溃了赵齐率领的西南野战军和巴图哈家族军，但是楚乔知道，这一战根本就没有动其根本，夏军之所以会溃败，只是因为当时夏军刚刚对北朔城发起了最后的强度攻击，前锋兵团和骑兵团全部派上了战场，为了在天黑前完成战役，出于对自己后方的绝对无忧，让他们将自己的几个预备役也派了上去，后方兵力空虚，并且全是辎重兵和车马队，最近的骑兵团离自己也隔着两个辎重师。西南镇府使全部由骑兵组成，速度极快，冲击之下，就如同一只猎豹从后方奔进了野马群，再加上赵齐阴错阳差地死在了自己手上，夏军群龙无首，人心溃散，这才被自己捡了这个便宜。

但是，大夏几十万大军的名头不是白叫的，赵飒稍后也会赶到，楚乔心下焦虑，却不便表露出来，对尹良玉说道："曹将军在哪里？我有紧急军情，要马上禀报。"

尹良玉沉声说道："将军在会议厅里，大人请随我来。"

仍旧是北朔城的城守将军府，乌黑的黑曜石整齐平整地铺在地面上，巍峨耸立，火把幽幽，脚步声在走廊上响起，一声声，沉重且疲惫。

终于来到会议厅门口，两名年轻的守卫见了尹良玉，顿时站直了身体，行了一个标准的军礼，朗声说道："尹将军！"

尹良玉点了点头，让开身子，指着楚乔说道："这位是参谋部的楚大人。"

两名侍卫显然是见过楚乔的，立刻笑着行礼道："拜见楚大人！"

楚乔点头回礼，"辛苦了。"

"将军在里面吗？"

"在，将军已经等候二位半天了。"

尹良玉点了点头，说道："请二位为我们通报。"

一名侍卫点头应是，轻轻敲门，随即大声说道："报告大将军，尹将军和参谋部楚大人有事求见！"

过堂风吹过走廊，发出呜呜的声音。走廊里很静，没有人说话，只有年轻侍卫的声音回荡在四角，伴随着风声来回飘荡着。

尹良玉皱起眉来，上前一步，沉声说道："曹将军，参谋部楚大人有事求见。"

里面仍旧无人回答，尹良玉眉头越皱越紧，继续说道："将军，您在里面吗？"

楚乔眉梢一挑，上前说道："不好。"随即，用力地一把推开会议室的大门。

咯吱一声，大门缓缓敞开，里面的风很大，呼啦一声吹了出来，正对着门的窗子没有关，会议桌上的材料、宣纸被吹得满地都是，像是一群白色的折翼蝴蝶，在脚下不断地翻转。偌大的会议厅很空旷，桌椅都摆在原位，曹孟桐背对着众人坐在他平常的座位上，一动不动，也不说话，似乎正在看挂在墙上的那张地图。

尹良玉长吁了一口气，上前两步，恭敬地说道："将军，楚大人来了，她说有要事要向您禀报。"

曹孟桐好似没听到一样，连坐姿都没有变换一下，楚乔眉头紧锁，顿时走上前去，跟在她后面的侍卫一惊，连忙追上去叫道："楚大人……"

然而，还没等他说完，声音便戛然而止，他惊恐地瞪大了眼睛，嘴巴微张着，却一个字也吐不出。

曹孟桐穿着崭新的制服，袖口微微向上挽了一截，露出半截手臂，左手上面有一道明显的刀疤，似乎是很多年前留下的，不仔细看已经看不分明。他的衣服很平整，连一丝褶皱都没有，衣襟的左侧衣兜里露出半截白色的手绢，折得整整齐齐的，黑色的衣襟两侧，以金线所绣的战鹰为装饰，足足有九只拇指大小的图纹，显示出这个老人军团总将军的高贵身份。他已经不年轻了，花甲之年，皱纹爬满了他的脸孔，肌肉松弛，眼角和嘴角都向下垂着，满头花白的头发，尽管梳得一丝不苟，却仍旧掩饰不住他的苍老。

一把匕首插在他的心口，鲜血蜿蜒流下，已经凝结，屋子里很冷，红得发黑的血被冻结，凝成冷冰冰的一条。生命早已离开了这具身体，只留下一个孤单的影子，在月色的照耀下，显得苍老且凄凉。

巨大的燕北地图挂在他面前，上面千沟万壑，山峦起伏，一道细线将地图上的地名连接起来，从位于最北端的美林关，一路经过回回山、尚慎高原、四丘兰陵、落日山脉、蓝城、赤渡、北朔，然后用鲜红的朱砂画了一个大大的箭头，直指富饶广阔的东陆。

尹良玉和侍卫们都愣住了，面对主帅突如其来的死亡，他们都手足无措，不知该如何是好。

楚乔缓缓走上前去，伸出手来，轻轻拂过曹孟桐那双死不瞑目的眼睛，心中只剩下大片的凄凉。

为了一己私利，置百万军民于不顾，认人不清，审敌不明，愚蠢莽撞，自大迂腐，就是这个人，正是因为他的无能和自傲，将有利的战局完全拖垮，让军队付出了不可估量的代价。他的罪过，罄竹难书，万死不足以恕其罪，在来此地之前，楚乔想到了那么多的方式和计谋，无论如何也要将他拿下，夺回北朔城的指挥军权，甚至想好了很多尖锐的言辞，想要一抒心中的怒火。可是此时此刻，看着冷风中静静坐着的花甲老人，她所有的愤怒，突然都付诸东流了。

这是一场残酷的战争，每个人都为之付出了残酷的代价，无论是活着的，还是死去的。

"将军，您看！"侍卫眼尖，拿起桌子上的一张纸，递到尹良玉身前。

尹良玉连忙接过，快速地打量了一眼，随即抬起头来，轻轻递到楚乔面前，说道："楚大人，现在，您就是第二军的最高指挥官了，末将尹良玉，向您报到！"

楚乔接过那张纸，只见上面用完全公事化的口气，对第二军和北朔军的指挥权做了简单的交接，并写了几句希望楚乔英勇奋战，为燕北建功之类的话，就好像是一场普通到不能再普通的交接仪式一样。

楚乔解下宝剑，放在一旁，然后缓缓地退后一步，站直身体行了一个利落的军礼，"曹将军为国而战，抵抗夏军，战斗到生命的最后一刻而不退缩，是全军的表率，末将必不辜负将军的希望，顽强尽忠，绝不后退！"

当晚，军营参守的书录上记下了这样一笔：北朔会战，曹孟桐将军身先士卒，以花甲之年决战于北朔城头，誓不退后，顽强抵抗夏军，身受重伤不治，于十月二十七日晚，死于会议厅，临死前将第二军指挥权交予参谋部军事参议、西南镇府使高级统帅楚乔楚大人。曹将军一生忠勇，为燕北鞠躬尽瘁，花甲守国门，临行念社稷，乃燕北军人之楷模。

三个时辰之后，因为赤渡大火而被耽搁了脚步的赵飒匆匆赶来，集结了西北军团和溃散的西南野战军，携五十万之众两面夹击而来！

会议厅里，曹孟桐的位置已经易主，楚乔一身黑色制服，身形挺拔地坐在上面，目光灼灼地望着下方。之前熟悉的面孔，大多已经不见了，十多个部族首领见大事不妙，带着家族兵马仓皇逃跑，第二军的高层将领，眼下几乎一个也见不到，第三军支援部队首领于则期带着部下的五万兵马投降了大夏，北朔城守夏安眼看北朔溃败在即，于两天前打着惩治逃兵的旗号，率领原来的北朔城防军，逃往燕北内陆。

如今下面坐着的，几乎都是原本军中的中低层将领，第二军第八师第七大队的位置上，竟然坐了一个肥胖的厨子。他们队的大队长率领部下五千兵马在战场上逃跑了，他因为不肯走，还试图劝说其他战友留守保卫北朔，被人狠狠地揍了一顿，险些死掉，如今第七大队名存实亡，只剩下他一个。楚乔通知各军部代表来开会的时候，因为实在推举不出其他人，于是这个厨子围裙都没解下来，就急忙跑来了。

国难当头，生死存亡之际，最忠诚的不是那些享受着高官厚禄的领袖官员，他们忙着逃跑，忙着投降，忙着出卖同胞，忙着寻找生存的出路，这种时候，反而是平时最令人看不上眼的小人物敢于站出来，用自己单薄的肩膀和简单的头脑去扛起保卫国门的重任。世事的离奇可笑，简直令人捧腹。

"将军，我们该怎么办？"

尹良玉以前是军需处的一名文书参守，主要负责记录过往粮草的出入情况，他上司逃跑的时候，将工作全交到他的手里，很豪爽地说要升他的官，把自己的位子让给他，还没等他开口反对，那人就逃得无影无踪了。这样的际遇，让尹良玉两天之内连升二十多级，一跃成为第二军的副军团长，如今北朔城中的第二号人物。

楚乔转过头来，语调平静地说道："诸位可以说一下自己的看法。"

众人沉默不语，相互小心地看着，他们以前都是一些小人物，冲锋陷阵都跑在最前面，哪里有什么自己的主意。过了好一阵，一名看起来十分老实的民兵代表突然站起身来，他穿着一身粗布衣裳，衣裳上血迹斑斑，也不知是他自己的还是别人的。

见众人都向他看过来，他有些害羞腼腆，犹豫了半晌，终于鼓起勇气，小声地问道："俺是西陶村的民兵，俺们村长受伤了，就让俺来了，他让俺问将军会不会撤退啊？会不会抛下俺们不管？"

"是啊！"有人附和道，"大人会不会像夏安大将军那样，带人去追逃兵，然后就不回来了？"

楚乔平静地说道："大家放心，就算撤退，我也会是最后一个踏出北朔城门的。"

"那就好啦！"众人顿时放心地吐了一口气。

一个满脸络腮胡的大汉突然说道："俺不懂那么多大道理，将军说怎么打，俺就怎么打。"

"对！"

"嗯，俺们听将军的！"

楚乔默想了半晌，缓缓站起身来，沉声说道："既然如此，请诸位马上回去清点人马，天亮之后，我们就和夏军决一死战！"

众人轰然应诺，比起提意见，他们似乎更愿意接受命令，不一会儿，会议厅里就安静下来，尹良玉却仍旧坐在原位，似乎有话要问的样子。

"尹将军，有话就说吧。"

尹良玉想了许久，终于说道："将军，军事上的事我不是很懂，但是三天前，第三军的于则期将军叛逃的时候，烧了大半个粮草库，目前城中有战斗力的守军加起来不到四万人，就算加上将军带回来的三万人，也不过七万之数，而且大多数是民兵。大夏兵力强势，我们硬碰硬地和他们打，打得过吗？"

楚乔眉头轻轻一皱，刚想说话，尹良玉急忙解释道："末将不是想逃跑，只是……只是有些担心。"

楚乔微微一笑，说道："我知道尹将军不是想逃跑，但是你也可以不用这样悲观，我肯留下来，就是有把握的。"

尹良玉顿时站起身来，激动地说道："大人有必胜的法子吗？"

"必胜的法子我倒是没有，但是有个消息，也许你会愿意听。"

"什么消息？"

"殿下率领的第一军，还有羽姑娘率领的落日军，正在加紧增援我们，只要我们能挺过十天，援兵必到。"

尹良玉顿时大喜，眉飞色舞地说道："真的吗？是真的吗，大人？"

"真的，"楚乔微微一笑，"去将这个好消息告诉大家吧！"

尹良玉几乎是跑着出门的，看着他的背影渐渐消失在会议室走廊的尽头，楚乔脸上的笑容渐渐消失，表情凝固起来。

燕洵带着第一军和落日山蓝城一带的兵力，攻进了大夏内陆这件事，目前还没有任何人知道，一来她害怕军中有叛徒，一旦此事传到了赵飒的耳朵里，虽然可以解了北朔之围，但是也必然会让燕洵的后路被包抄，陷燕洵于险境，这是她目前最担心的。

第二，一旦此事泄露出去，所有人顿时就会知道燕北被燕洵出卖了，军心大动，这场仗也不必再打下去了。之前她守卫赤渡，是为了保护燕北内陆，若是北朔军兵败的话，也可以有一个退路。可是眼下内陆兵力空虚，落日山一带无人防守，逃跑已经没有任何意义，只会将敌人引进内部，并且让他们察觉内部兵力虚无的境况。也就是说，目前整个燕北的武装力量，全部集结在北朔城，北朔若失，燕北必亡，所以她才会放弃赤渡，转战北朔。

而燕洵，他会回来吗？会放弃近在咫尺的宏图霸业，放弃报仇雪恨的绝世良机吗？

门外大雪纷纷，楚乔靠坐在椅子上，烛光照射着她光洁的额头，一种信念突然从心口升腾而起，像是火一样，灼烧着她的五脏六腑。

"会的，他一定会回来。"

迎着清晨的阳光，远方的地平线上，可以看到夏军的队伍渐渐逼近，一列又一列，连绵不绝，旌旗如林。

连日乱战，如今的战场上尸骸如山，插满了短刀长枪，尽管下了一夜的雪，可是此时看去，北朔城前仍旧是一片殷红的鲜血。那些妖艳的花朵不惧严寒冰雪，开得越发绚烂，冉冉升起的朝阳也被这血光蒙上了一层暗红，带着妖异的光芒洒在广袤的战场上。

战争来得那么快,连日的失利让赵飒失去了耐性,他不愿意再排兵布阵,谋算策划,也不愿意再小心翼翼地试探,五十万大军转瞬间就呼啸着压了上来,铠甲如山,怒吼如雷。

而后,这五十万大军开始在平原上排列,发出整齐的冲锋号,北朔城墙上的战士们一时间齐齐一震,似乎感觉脚下的城墙在对方的怒吼中正瑟瑟发抖,好像就要倒下一样。

北朔的官兵们面皮发白,比起赵齐以多取胜的西南军,赵飒的西北军的确是一队彪悍的虎狼,他们甚至不敢想象,楚乔率领着不到一万的西南镇府使,是如何和这样的军队对抗那么久的,可是已经容不得他们去思考了,万马奔腾,大军铺天盖地地压了上来,像是滔天的洪水。

"杀敌!"大夏的军队霎时间好似一座爆发的火山。

"做好准备!"贺萧伟岸的身体站在城楼上,太多的战争让这个年轻的军官迅速得到了历练和成长,他手持战刀,沉声说道,"预备!"

"第一队做好攻击准备!"

"第二队做好攻击准备!"

"第三队做好攻击准备!"

"第四队做好攻击准备!"

……

"第十七队做好攻击准备!"

响亮的口号声依次响起,西南镇府使的将士们目前只剩下不到三千人,其余的七千人都是从赤渡的民兵中挑选出来充实军队的,加上曹孟桐死后,第二军超强的护卫团,就成了楚乔的贴身卫兵,加在一起一共是三万人,组成了此次战役的主要力量。此刻,在他们面前,一把一把足足有半人多高的大型弩机安静地立在那里,这是楚乔之前画出图纸,交给军需厂制造的,然而她离去后,却无人会组装使用,所以现在,三千把弩机全部完好地保存了下来。

弓箭被一排一排地压进箭弩的暗盒里,这种弓箭是经过现代科技改良的超时代利器,经过轮轴的推动,可以同时发射二十八支箭,每三轮为一次射击任务,并且拥有四维的校准方向,就是说在呼吸之间,这种弩箭可以连续发射八十四支利箭,对准四个不同的方向,力量之大,简直难以想象,若不是没有子弹的力度,几乎可以和冲锋枪媲美。

刺耳的弓弦声不断地传来,大战在即,敌人越逼越近,骑兵快速地越过步兵的队伍,冲在最前面,夏兵为首的军官大声喊道:"杀光北蛮子!"士兵们顿时如潮水般涌上,"杀敌"声山呼海啸而来。

贺萧面色不变,过了一会儿,终于语调铿锵地说道:"攻击!"

刹那间,只听嗡的一声顿时传来,天地间登时一片乌黑,好似一块巨大的黑布蒙在了头顶,三千支弓弩齐齐发射了出去。

没有任何血肉之躯能够抵挡这样恐怖的箭矢风暴,逃无可逃,退无可退,赤渡城下的一幕再一次上演,庞大的骑兵军团轰然倒下,像是被巨人的重拳砸倒,无人能够躲藏,利箭过后,四百步射程之内,再无一个站立的生物。

霎时间,所有人的眼睛都赫然睁大,冲在后面的夏兵像是被人打掉了下巴,再无人敢前进一步,尤其是那些没见过如此场景的西南军。赵飒恨得几乎想持剑冲上去,他连夜赶来,匆忙整顿兵马就开始攻击，就是害怕楚乔再造出之前在赤渡守卫战中那样锐利的攻击武器，可是没想到，还是晚了一步。他哪里知道这样的利器早就在北朔城中，当然不只是他，可能很多人都想不到，毕竟如果早就有这种东西，曹孟桐怎会在之前的战役中输得那么惨呢？

"冲！后退者死！"

夏军军营中再一次响起了锐利的冲锋号，重甲军和盾牌手当先，攻击再一次重新开始。

楚乔站在高高的城楼上，整个北朔城一片欢腾，人们眼见胜利有望，一个个冲上城头，竖起简陋的投石机，顽强坚决地防守着。

黑压压的利箭一片一片地射去，敌人顿时如艾草般倒下。楚乔一身白色大氅，面无表情。千千万万的人在她面前死去，只要她挥一挥手，就会有千万颗头颅掉在地上，鲜血汇成溪流，汇成小河，汇成湖泊，汇成决堤的洪水，人命如草芥，如蝼蚁，如不值钱的废纸，战争就像是一个吃人的魔鬼，张开了血淋淋的巨口，从正面吞噬而来。

她渐渐失去了感觉，并不感到害怕、恶心，甚至连疲惫都没有，是战争让她变得麻木，此刻她手足僵硬，只觉得那么冷。

战争是残酷的，两日之后，城中的箭矢告罄，一天后，滚石和檑木全部消耗干净，而夏军，为此付出了近七万人的性命。广阔的战场上，血淋淋的尸骸铺满了大地，密密麻麻的断刀利箭一直蔓延到地平线以下。北朔军民疲惫不堪，可是晚饭还没吃上一口，黑压压的影子便再一次扑了上来。

楚乔无奈地叹了口气，尽管他们已经扔掉了最后一块石头，射光了最后一支利箭，给予了敌人如此之大的打击，但是敌人还是这么快就重整旗鼓，冲了上来。她和赵飏都知道，战争在很多时候，就是一场耐力比赛，谁坚持的时间能更长一点，谁就是最后的赢家。夏军北伐遭遇了如此严重的损失，如今赵飏是要孤注一掷了。

"大人，怎么办？"

部下急急忙忙地冲进来，用充满期待的目光看着她。在以前的日子里，这位女将军总是能在危急关头拿出威力巨大的秘密武器来挽救战局，整个第二军的战士都对她充满了爱戴。可是现在，楚乔却摇了摇头，淡淡地说道："没有办法了，作战吧。"

近距离的攻城战终于彻底展开，天地一片萧索哀号，大地在脚下剧烈地颤抖，耳边全是战马的哀鸣，大夏兵团好似一座座巍峨的高山，激烈地拍打在北朔的城墙之下，一波一波地冲上前来。人数对比悬殊，战斗在后期越发惨烈，城墙数度失守，又数度被战士们用鲜血夺回来。西南镇府使的将士们展示了可怕惊人的战斗力，他们不到三千人坚守了半面城墙，另外半面却足足有守军六万人。尽管这样，西南镇府使却还要屡屡对他们施以援手。

两天后，赵飏派人在东边城下挖掘沟渠，制造了小范围的塌方，一小面城墙倒塌了下来。虽然楚乔迅速地做出了防护，但还是让足足两千多人冲进了城池，这些人全部是大夏的精锐部队，拼杀持续了两个多时辰，尸体垒成了一座小山。

"将军！第三大队全军覆没了，弓弩营和民兵第四队在于将军的率领下，攻出了城，逼退了城下挖掘壕沟的夏兵，全体阵亡，啸淋营全部战死，第十一队全部战死在东一城头……"

"将军，顶不住了，最多再有两个时辰，快撤退吧！"

贺萧也走上前来，年轻的男子身上伤痕累累，血迹斑斑，声音沙哑地沉声说道："大人，西南镇府使全体官兵请求大人撤退，我们会从西城门为您杀出一条路来。"

尹良玉面色苍白，这位舞文弄墨的文官穿着一身戎装，皱着眉走上前来说道："将军，援兵到不了了，我们没有时间了，请您率领西南镇府使和满城的妇孺杀出去吧，只要到了蓝城，到了羽姑娘那里，我们就有东山再起的机会，属下愿意留下，和北朔共存亡。"

楚乔缓缓摇了摇头，蓝城哪里还有半个人影？即便是逃到那里，也不过是引着夏兵杀进燕北内陆罢了，她低声说道："我不会撤退。"

"请将军以大局为重！此时不是意气用事的时候！"

楚乔抬起头来，眼神坚定地望着远方，缓缓说道："援兵会到的。"

"大人！"贺萧有些激动，说道，"我们等不到了，时间不多，再不走就来不及了。"

楚乔仍旧是那句话，充满了信心，甚至可以说是疯狂且偏执的，"援兵会到的。"

众人无奈地退下，然后下达了全军死守的命令。一时间，整座城池响起了疯狂的咆哮声，楚乔听不出那是什么情绪，愤怒、悲伤、惊恐、血性、害怕、仇恨、绝望，也许什么都不是，只是在临死前的一次呼喊而已。

天色渐渐昏暗，夕阳血红，战事激烈到极处，第八师第七大队的队长兼厨子手拿杀猪的大刀，狂吼着杀向攀上城头的夏军。十多个夏军排成一排冲上来，那个胖厨子却一下扑了过去，将那十多个人一起扑倒在火堆里，大火迅速在他们身上燃烧，夏军惊慌失措地拍打身上的火苗，那名厨子却不管不顾地继续扑向其他人，气势汹汹，丝毫不介意自己身上的烈火。夏军惊慌失措，他所到之处，无人不闪身避让，最后，那名厨子一声不吭地抓住了夏军攀爬上城的绳梯，纵身一路滑了下去，二十多名正在攀爬的士兵，随着他一起摔死在城墙下的石头上，鲜血飞溅，脑浆迸裂。

这一天，敌我双方上百万人，一同见证了一名厨子的忠勇。

"大人！第八队全军覆没了！"

"援兵会到的。"

"大人，东二城墙坍塌，三百多名敌人冲了进来，九大队和十大队上去阻击了。"

"援兵会到的。"

"大人，快走吧，夏兵最后三个预备役也投入战斗了！"

"援兵会到的。"

"大人，再不走来不及了，援兵不会到的，下命令撤退吧！"

"援兵会到的。"

"大人……"

……

所有人都已经绝望了，他们都以为楚乔是下定决心要和北朔共存亡了。战事越发惨烈，到处是狂乱的惨叫，燕北的军人们发了疯，孤注一掷地发出了最后的怒吼，挥舞着战刀冲上去和敌人肉搏。

中军统帅是不应该参战的，可是此刻，楚乔缓缓地抽出了腰间的宝剑，即便是到了这一刻，有一种信念仍旧在她的脑海里疯狂地叫嚣，多坚持一刻是一刻。她缓缓走出中军大营，来到城楼的最高处，宝剑锋利，恍若银芒。

贺萧突然冲上前来，面色大震，说不清喜怒，惊慌地大叫道："大人！"

"不要再说了！"楚乔打断他，沉声说道，"我是不会撤退的，援兵一定会到。"

"大人，"贺萧舔着发白的嘴唇，缓缓说道，"援兵已经到了。"

楚乔娇躯一震，顺着贺萧的手指猛地转过身去。只见火雷原的地平线上，隐隐出现了一条墨黑色的细线，尘土飞扬在那道细线上方，夏军中传来刺耳的号角声，声音凄厉，完全不是胜利的架势。传令兵来回奔跑，军官们在声嘶力竭地叫嚷着什么，却听不分明，慌乱，非常慌乱，大夏的军队如潮水般退却，夏兵茫然地随着号声往回跑，却根本不知道究竟发生了什么事。

大地在震动，轰隆！轰隆！轰隆！

所有人都停下了动作，已经做好了战死准备的北朔守卫军们，纷纷抬起头来，眼望着遥远的东方，一片赤红的火雷原上，狭长的细线渐渐汇成一条黑色的河流，随即，好似一只黑色的苍鹰猛然从的天尽头跃出，两翼宽大，巍峨雄壮，化作无边无际的黑色汪洋！

排山倒海！势如风暴！黑色的战旗飘荡在黑色的汪洋之上，战鹰狰狞，几乎破旗而出，战士们双腿控马，拔出战刀竖在身前，发出雷霆般的怒吼："为自由而战！"

震耳欲聋的冲锋号瞬间响彻大地，北朔城头蓦然间有巨大的欢呼声冲天而起！

"黑鹰旗！是黑鹰旗！殿下！是殿下来啦！"

"我们的援兵来了！"

战士们欢呼雀跃，很多人泪洒城墙，短短几天时间，这座古老的城池几经生死，如今，面对突如其来的希望，人们欢呼成一团，热情地相拥在一起。

与北朔城头的欢呼相映衬的，是大夏惊慌的怒吼，赵飐不敢相信地叫道："怎么会这样？他们怎么会绕到后路？"

"殿下！殿下！"一名传令兵急忙冲上前来，穿着真煌城的军服，风尘仆仆，满面尘霜，大声叫道，"帝都有令，命你马上回援本土，燕洵贼子率军五十万，杀进帝国内部，西北一带一片焦土，如今，他已经回来包抄北伐军了！"

砰的一声，赵飐一脚将那传令兵踢下马去，怒骂道："你怎么不等他把我军都杀了，再来报告？"

"小的已经星夜兼程了，所有传令的兄弟都被燕北军截下来杀死了，只剩下属下一个，属下不得不小心谨慎些……"

那人急忙分辩道，话还没说完，又挨了赵飐一脚，大夏的十四皇子急忙传令道："各军团就地结阵，不可溃逃，要稳住阵脚，才能和敌人一拼。"

然而他的话还没说完，就见西南军、北方联盟和巴图哈家族剩下的军队，纷纷毫无章法地逃散，只剩下西北军在原地结阵，抵抗着越来越近的燕北大军。

赵飐绝望地闭上眼睛，真的是天要亡大夏吗？

夏军的败退如同潮水一般，所有的抵抗都被燕北军摧枯拉朽地撕开，人数上的优势、战斗力上的优势、新到的士气，突如其来的袭击，都为燕北军确定了必胜的条件。两个时辰之后，夏军逃出了火雷原，向着贺兰山的方向仓皇逃去。

燕北军出兵十万，衔尾急追！

这一天，是白苍历七七五年十一月一日，深入大夏内陆的黑鹰军，突然返回燕北本土，燕洵一路上严密封锁消息，快马狂奔，于马上吃喝睡觉，回来之后没有任何休整，立时投入战斗。

　　赵飏不察,被燕洵和楚乔两面夹攻,西南军、北方联盟、巴图哈军阵前溃败如水,赵飏独木难支,无奈之下向贺兰山退去。燕洵衔尾急追,一路上杀敌二十万余,除了赵飏的西北军,其他三路军队的主力几乎都被打残。燕洵带兵一路追进大夏西北内陆,直到雁鸣关才停了下来。随后,黑鹰军在雁鸣关以北安营扎寨。赵飏隔江遥望,见帝国西北部已经全部被燕北军占领,西北方的官员贵族无不拱手投降,气急攻心,一口血喷在冻结成冰的赤水江上。

　　就此,第一次北伐战争宣告结束。燕北军于北朔和赤渡两座城下,损失兵力多达四十万,赤渡城变成一片白地,无数流民死于迁徙之中,燕北本就不富庶的财政,更加艰难。

　　相比于燕北,大夏的损伤简直难以估量,不但北伐军损失大半,一名皇子阵前被斩,半壁西北江山更是尽数落入敌手,若不是燕洵阵前掉转刀锋,回头援救北朔,可能连帝都都已被拿下。整个西蒙大陆的目光都凝聚其上,西北的天空,一轮壮丽的红日缓缓落下,大夏帝国三百年的光荣与梦想,就此走向了不可阻挡的衰败之势。

　　赵飏回到帝都之后,大夏皇族震怒,长老会难得迅速以全票通过将赵飏投入牢狱的决议。三天后,帝国迅速从东南军、东北军、各大世家的家族军抽调大军三十万,由七皇子赵彻率领,再一次投往西北战场。

　　而诸葛家大少爷诸葛怀,在第一次北伐战争中充当预备役总调度官员,也因为此次的战败而受到连累。诸葛一门受到长老会的排挤和弹劾,无奈之下,诸葛穆青不得不再一次启用四子诸葛玥,担任此次大军的预备役总调度和军需掌使,紧随赵彻的脚步,迅速奔赴西北。

　　可以想见,又是一场大战即将展开。

第十一章

我回来了

屋子里一片寂静，偶尔有夜宿的寒鸦拍着翅膀从窗外飞过，风卷着雪沙沙作响，月光透过窗棂照在地上，笼着一汪烛火，终究是昏黄的光。

燕洵过来的时候，已经很晚了，稀疏的脚步声像是漏夜的更鼓，静悄悄地从远处传来，门前的侍女们整齐地跪下去，膝盖撞在雪地上，有雪花被碾碎的声响。

"殿下，姑娘已经睡下了。"侍女的声音隐隐带着几丝敬畏和胆怯。

风似乎骤然大了起来，隐隐覆盖住难掩的沉默和尴尬，树木摇动，月光晦暗不定，淡淡的只是一抹灰影，沉默地自窗格间投入，灰影站在窗前，并不说话，也没有离去。

"姑娘睡得好吗？"片刻之后，醇厚的声音淡淡响起，没有明显的欢喜，也没有被拦在外面的怨气，只是平静地问道，"大夫来看过了吗？"

"姑娘受了一些小伤，不过都没有大碍。"侍女乖巧地回答。

"哦。"燕洵答了一声，又问道，"晚饭吃了什么？"

"只喝了小半碗白粥。"

燕洵默默点头，"她晚上兴许会饿，你们备了饭菜温着，精神点，别睡死了。"

"奴婢知道了。"

燕洵站在廊下，身影萧萧，外面的天气那般冷，风雪在地上打着旋，来回游荡着，月光蒙蒙，照出一片白地。他站在那光影中央，略略低下头，对着紧闭的窗子轻声道："阿楚，我走了。"

小风刮起，吹起男人鬓角的墨发，燕洵转过身子，抬步下了台阶，抬脚很轻，落足却有些重。

外面的人渐渐走远了，楚乔躺在床榻上，天边冷月如钩，好像仍旧是多年前盛金宫中的那一弯，光影寥落的莺歌院里，有残红色的血滴在指缝中，孩子漆黑的眼如同闪亮的星子，眼白殷红地拧着眉，凉意从心底冒出来，像是缠绵的水。岁月远离，人心却不曾消逝，而改变的，又何止是他一个？

她突然变得慌乱起来，一把掀开被子，也不披衣衫，赤着脚就奔出内室，砰的一声将门拉开。大风猛然刮起满头散乱的青丝，侍女们齐齐尖叫一声，来不及阻拦，一身白色软衫的女子就已奔出院落。

"姑娘！"侍女们惊慌地追在后面，声音那般大，惊动了前面行走的男人。

然而刚刚回过头来，一个纤细的影子突然扑进了他的怀里，那般用力。燕洵脚下微微一趔趄，面上却是满满的惊喜，然而触手所及，却是单薄的衣衫，燕洵眉心一蹙，轻斥道："阿楚，怎么穿得这么少就跑出来？"

楚乔不语，只是伸出双手紧紧地抱住男子的腰身，将额头死死地靠在他的胸膛上。熟悉的味道回荡在鼻息之间，温暖得让她几乎想要睡过去，眼眶湿润，眼泪扑簌簌地掉了下来，润湿了他胸前的衣衫。

她抬起头来，眼眶通红，只是定定地望着他。男人素衣长眉，仍旧是那张熟悉的脸孔，只是却多了几分风尘和疲惫。阵前突然拔营回撤，犯了兵家之大忌，要耗费多少的心血和精力，才能安然无恙，并且迅速回到燕北？这些事情，都是她所不知的。

"你回来了？"

燕洵微微一笑，嘴角温软，将所有的疲累、辛苦一一掩盖下去，只是静静地点头，"你在这里，我不会不回来。"

依稀间，似乎又回到了八年前的那个雪夜，犹自被人追杀的少年，引兵回来搭救落入旧主手中的小奴隶，面对孩子的质问，他也只是笑笑说："我不回来，你怎么办？"

时光转瞬即逝，八年了，这个世界那么多事情都发生了改变，却还只有他们，仍旧站在一处，仍旧并肩牵着手。

身子一轻，就被凌空抱了起来，燕洵眉头微微一皱，低下头来对着怀里的楚乔说道："阿楚，怎么瘦了这么多？"

楚乔仰着头，手指轻轻抓着燕洵的衣襟，轻声说道："因为我想你了。"

燕洵神色微微一滞，不是没有震撼的。多年来，他们纵然相依相守，却少有这般言语，温暖终究一层一层地覆上来，像是滚烫的水。他用披风将楚乔裹起来，轻笑道："我也瘦了。"

下人们都松了口气，风也停了，燕洵抱着楚乔大步走进房内。连日戎马，回来之后又要统筹安排追击夏兵和内部城防，事务烦杂，即便那般思念，也只得在这样的深夜赶过来。脱下外面的披风，里面的衣衫却是满满的风尘，吩咐下人烧了热水，两人相对坐在房间里，千言万语，竟不知从何处说起。

"阿楚……"

"不必说了！"楚乔连忙拦住他，似乎不愿提起一般，声音略略生涩，"你肯回来，就够了。"

灯火照在少女苍白的脸上，燕洵突然觉得心口冰冷，这些日子，她又吃了多少苦呢？

"说到底，我还是欺骗了你，对不起。"

"我又何尝没有威胁你？"楚乔淡淡一笑，"我当时真的这样想，我就留在这里不肯走，看看你回不回来。"

燕洵点头笑道："从小到大，和你赌气，我一次也没赢过。"

大夏征兵，大军来攻，北朔雷霆开战，燕洵率军转入大夏内陆，这期间，多少人死于战火，多少人死于非命，多少战士再也看不到家乡的爱人孩子，鲜血渗透大地，白骨耸成高山。这样足以逆转整个大陆命运的战役在两人口中，却不过是风轻云淡的几句。

"阿楚，有件东西要送你。"

热水端了进来，一桶一桶地倒进巨大的浴池里，楚乔站在池边用手试着水温，听到燕洵的话，不由得回过头来，接口道："什么？"

是一枚很素淡的戒指，没有什么华丽的样式，以白色的玉石打造，上面有一圈细碎的图纹，仔细看去，竟是一朵朵简单的紫薇花。

"你什么时候买的？"

"不记得了。"很多年前吧，听她偶尔说过她家乡的风俗礼仪之后，就经常在空闲的时间，打磨那块和田玉。一年两年、三年五年，早就做好了，却一直没有胆量送给她，只因为那时的自己太过式微，除了仇恨之外一无所有，就那么一直等着，一直等着，想要找一个合适的时机、合适的地点，却等了这么多年。

楚乔想也不想就戴在了左手的无名指上，然后平举着，傻傻地看着，笑道："真好看。"

幔帘垂下，燕洵在里面洗澡，楚乔就坐在外面等，像很多年前一样，一个人洗澡的时候，防备总是最低的，所以他们总是习惯一个洗着的时候，另一个在外面把风。

帘子一层又一层，熏着好闻的香气，室内没有风，可是帘子还是轻轻地一动一动。燕洵的声音从里面传出来，"阿楚，脸巾。"

楚乔连忙拿起白色的脸巾，手臂伸过帘子，指尖轻轻触在一起，滚烫滚烫的，楚乔连忙缩回手，有些尴尬地问："水热吗？"

"还好。"

水声哗哗作响，楚乔托着腮坐在外面，两人有一搭没一搭地聊着天。

"燕洵，你这次受伤了吗？"

"没有，我没去前线。"

水汽从里面一点点蔓延出来，屋子里暖暖的。

"怀宋为什么会配合我们在边境搞军事演习？你认识他们的长公主吗？"

男人说道："只是有过几面之缘，说不上认识，不过我在怀宋有一个朋友，这件事是他从中周旋的。"

"哦，这样啊。"

"阿楚，你伤重吗？都伤哪儿了？"

"无关紧要的，只是一些小擦伤罢了。"

屋子里渐渐静下来，过了很久，楚乔突然开口道："燕洵，以后有事，不许再瞒着我了。"里面的人没有说话，楚乔等了很久，也不见回答，忍不住又叫了两声，"燕洵？"

仍旧没有回答，楚乔有些急了，一把撩开帘子，光着脚跑了进去。却见燕洵就么坐在水池里，头靠在挂壁上睡着了，眉头轻轻地皱在一起，满脸的疲惫。

五天五夜不眠不休，他真的是累坏了，直到此刻卸下满心的担忧和防备，才能这样睡一觉吧。

突然间，所有的怨气都消失得无影无踪，是非曲直，又怎是一句话就能道分明的？九幽台上的潺潺鲜血，寂寂宫廷里的步步惊心，都是她陪着他一同走过，不是不知道那是何等的仇，不是不知道那是如何的恨，"活下去，杀光他们！"誓言至今仍旧在耳边回荡。多少的讥笑谩骂，多少的冷箭白眼，多少的耻辱愤恨，都像是屠刀的种子，一早就深深地种在他们的心间。推翻盛金宫的巍巍宫门，敲碎真煌城的落落城墙，又是何等的诱惑和力量？可是，他终究因为她的一句话，挥兵回转，其中的情谊，她又如何不知？

连日的信念,在今日化作了挣扎的情绪,有怨、有憾、有喜、有悲、有心结却也有感动,她一直反复被两种截然不同的情绪左右着,直到刚才,他轻轻叮咛一声,然后转身离去,她才陡然体会到自己内心的真实。

夕阳、战马、军刀、战士的呐喊、平民的惨叫,战争吞噬了一切,包括人的信念和良心,可是,终究吞噬不掉他们之间的感情。

她没有得到自己效忠的人的信任,她孤注一掷地死守城池,无数的战士为此而丢掉性命,江山血满,白骨飘零,作为将领,她该有怨有恨,有浓浓的怨愤和不甘。但是,作为一个女人,她得到了一份重逾山巅的情谊,江山与美人,王图霸业与两心相照,他在瞬间给了她肯定的答案,她还有什么资格去不甘和怨愤?

醒来的时候,楚乔就睡在他身边,额头光洁,小小的身体缩成一团,还紧紧地抓着他的手。外面仍旧是黑着的,燕洵穿着一件宽松的袍子站在窗前,外面暮雪千山,仍旧是燕北的天空和土地,连风都是冷洌的。这里依然是贫瘠和寒冷的,似乎一直是这样,就算当初父亲广施仁政,这里的生活依旧是贫穷和艰难的。可是为什么,曾经自己想到燕北的时候,总是会固执地以为,这里鸟语花香、富饶美丽?

也许吧,也许真的如羽姑娘所说,他已经变了,心变得大了,眼睛看得远了,想要拥有的东西也就多了。除却报仇雪恨,还有一些根深蒂固的东西在他心里扎了根。他一直觉得这样没什么不对,多年的经历让他明白了权力和力量的重要性,没有这些,一切都将是没有翅膀的鸟,是飞不起来的。

可是现在,他却突然有些后怕。

他险些害死她,一想到这里,他就汗毛直竖。

他望着黑漆漆的窗外,似乎又看到了赤水以东那片广袤的土地,他还能想起兵指雁鸣关的那天早上,他是如何踌躇满志,如何热血沸腾,可惜了。不过,大夏仍旧摆在那里,而他若是晚回来一天,阿楚又会如何呢?他深深地吸了口气,还好……

手指有些冷,床榻是空的,楚乔睁开眼睛,一眼看到燕洵站在窗前的背影,黑暗中,这背影显得有些沉重。

"燕洵?"她轻声叫道,声音里还带着困乏。

男人回过头来,说道:"你醒了?"

"嗯,你想什么呢?"

燕洵走过来,轻轻地拥住她的身体,淡淡道:"没想什么。"

楚乔的脸贴在他的胸口,隔着薄薄的衣衫听着他稳健有力的心跳声,似乎直到这一刻才肯定,他真的回来了。

"燕洵,你后悔了吗?"

燕洵眼神坚定,手臂微微用力,"没有。"

"那你以后会后悔吗?"

燕洵沉默了,楚乔的心渐渐有些冷,肌肉都紧绷着,过了许久,方听他轻声说:"我后悔回来晚了。"

鼻尖突然有些酸,楚乔将头埋进去,然后闭上眼睛,紧紧地抿起嘴角。

还奢望什么呢?做人不可太自我,即便是朝夕相伴,他心中的苦,她又能分担几分?

那种满门惨死的悲伤，多年积淀下的仇恨，她又能了解几分？只要他还记着她，还念着她，还顾及着她，就够了。

"燕洵，以后有事不可以再瞒着我了。"

"嗯，"燕洵点头，"好的。"

楚乔再一次陷入梦里，梦是温暖甜蜜的，有人牵着她的手，那般坚定，仿佛一生都不会放开。她迷迷糊糊地想，这样的梦她好像做过，在哪儿呢？对了，是在卞唐，那是个温暖美丽的地方，繁花似锦，她却觉得那里没有燕北暖和，站在这片土地上，她的心是潮湿温暖的，纵然此刻外面关山如铁，莽原暮雪。

冬雪初霁，淡薄如云雾的阳光从树影中稀疏地落下来，暖暖的一片。燕洵归来后，似乎连天气都跟着晴朗了起来，天蓝且高，日头艳艳的，雪地苍茫，莹莹反射着明朗的光，炫得刺目。

连日的几场大战，不但让燕北满目疮痍，也让楚乔心力交瘁，放松下来之后，顿时生了场大病，风寒、高烧，夜里不断地咳，药一碗碗地吃下去，也不见好，大夫走马灯一样地换。房门虽然总是关着，但是她还是经常能听到燕洵对着大夫们发脾气的声音，然而每次看到她，他都是无事发生一样平静，偶尔安慰她："没事的，小风寒而已，歇歇就好了。"

她似乎已经很久没有这样病过了，记忆中还是小时候的事，燕洵生病了，她没有药，就跑去偷，被人发现之后狠狠地打，可是千辛万苦偷回来的药，也没能让燕洵好起来，反而为了救她，再次受寒，夜里发起烧来，直说胡话。不能用冷水直接刺激，她就跑出去蹲在雪地里，冷透了之后回来抱着他，这样折腾了一个晚上，第二天燕洵醒来之后，她却一病不起。从那以后，她就一直怕冷，纵然烤着火，四肢也总是寒着。然而这么多年，生活的窘迫，行路的艰难，一场场变故和杀戮不间断地袭来，于是，就算是病着痛着，也总是能靠着意志力忍耐过去，如今一朝倒下，却是缠绵病榻了。

现在回想起那些小心翼翼、吃苦受罪的日子，似乎都已经那么遥远了。当时是那样痛恨，暗暗发誓，总有一天要摆脱这样的窘境，让所有欺负过自己的人都尝到代价。可是现在却时常会怀念，怀念那种天地萧索，只余两人的安静，怀念那些无枝可依，只能靠背取暖的日子。

羽姑娘来的时候，正是下午，午后的光从窗棂一圈一圈地洒进来，在地上画出斑驳的影子。羽姑娘仍旧是那个样子，淡眉素目，眼若秋水，脖颈修长，下巴尖细，脸颊带着几丝苍白，着一身白色的长裳。她悄无声息地走进来，就在门扉那里站着，也不出声，只是静静地等着她发现。

突然看到她，楚乔微微一惊，扶着床柱坐起身来，声音有些沙哑地说："羽姑娘，什么时候来的？怎么不吱声？"

羽姑娘上前，嘴角挑起一弯笑，"刚来没一会儿，就是想来看看你。"

"坐。"

羽姑娘坐在她的床榻对面，仔细打量了一下，随即微微蹙眉说道："怎么病成这个样子？"

她拿起一件外衣就披在楚乔的肩上，楚乔靠在软枕上，脸颊青白，嘴唇毫无血色，微微笑道："想是前些日子受了风寒。"

羽姑娘看着她，幽幽一叹，轻声说道："你总是个倔强的孩子，这般年轻就落下病根了吗？"

羽姑娘今年应该有二十六七岁了，并不算老，可是她说话办事，总是给人一种沧桑的感觉，好似楚乔在她眼里，真的就只是一个孩子一样。

"没关系的，养养就好了。"

"也对，病来如山倒，病去如抽丝，你安心养病，什么也别想，思虑太甚，也伤身的。"

楚乔点头，突然想起一事，问道："姑娘，西南镇府使的军官，你可见到了？"

羽姑娘目光微微一闪，淡淡说道："刚刚还说不能忧思太甚，这么快就忘了吗？"

楚乔微微摇头，"我只是有点担心。"

"殿下都肯为了你从雁鸣关撤兵，难道还容不下区区一个西南镇府使吗？"

陡然被人点破心事，楚乔不由得有些尴尬，沉默半晌，才低声说道："我只是怕那些人桀骜不驯，冲撞了他，他若是发起脾气……"

羽姑娘轻笑道："你放心吧，大家都是有分寸的。"

楚乔放下心来，抬头问道："姑娘会在北朔住下吗？"

屋外阳光奢靡，光灿灿地晃在眼睛上，羽姑娘轻声道："东边战事将起，我不会待很久，也许要不了几天，就要进驻雁鸣关了。"

楚乔正色道："大夏这么快就派兵打过来了吗？"

"殿下占了西北，大夏怎可善罢甘休呢？听说已经开始调兵了。"

"这么快啊，来的是谁？赵彻吗？"

羽姑娘一笑，"除了他，也没有谁了，蒙阒已经老了，再说盛金宫里那位，想必也是信不过别人的，就连这个儿子，他多少也有些顾忌。"

楚乔点了点头，屋子里暖暖的，地垄里的炭火上熏着香，烤得人晕乎乎的想睡觉，"姑娘要小心了，赵彻不比赵齐，是个不好对付的人物。"

"不用担心，道崖会与我同行。"羽姑娘微微一笑，眼神里带着几丝轻快，神色也安宁了起来。

楚乔心下了然，也不点破，只是说道："乌先生也一同去，那就稳妥多了。"

"你歇着吧，我还有事，先走了。"

楚乔点头，"姑娘，之前的事，多谢你了。"

羽姑娘脚步微微一滞，回过头来，眼梢却是轻快且淡然的，"阿楚真是有一颗七窍玲珑心啊。"

楚乔在病中不便下床，只是略略点头道："姑娘慢走。"

羽姑娘走后，侍女走进来给楚乔送药，她端起药碗，一口喝了下去，药很苦，嘴巴里也是涩涩的。

其实没什么难猜的，以燕洵的聪明，怎会没有万全的法子？他之所以会留下羽姑娘，就是为了接应自己。可是在北朔的时候，羽姑娘就没有主动来将自己带往蓝城，事后又是一再放任她行事，之后更将燕洵攻进大夏的事情如实转告，这其中的深意，当然不言而明。燕洵将这件事交给她办，就是信任她的忠诚，只可惜，仲羽虽然忠诚，但是当燕北和燕洵的利益发生冲撞的时候，她的忠诚就大打折扣了。这一点，她明白，燕洵又何尝不明白？所以即便是燕北目前面临着美林关和东线两面的战役，他仍旧是将乌道崖派到了羽姑娘身边，没有让她单独掌权。而羽姑娘明显明白这一切，却不愿意点明，也许，她是真的不介意吧。比起权力，也许和乌先生在一起，才是更令她开心的事情。

羽姑娘的确是个聪慧的人，她和乌先生一同出自卧龙先生门下。卧龙先生是一位不世出的隐者，据说已年过百岁了，一生门生遍天下，上至豪门望族、皇亲国戚，下至贩夫走卒、市井商贾，这位先生胸中所学包揽天下，收徒不讲究门第高低，只针对门下弟子的不同资质传授不同的学识。是以他的学生中，有满腹经纶的文豪大儒，有腹含经纬之志的宰相公卿，有沙场点兵的武将将领，有身手矫健的豪侠刺客，更有身家丰厚的巨商重贾……

卧龙先生的弟子众多，却也良莠不齐，如下唐如今的七旬宰相程文靖，再如四十年前背叛大夏，引犬戎入关的东陆叛徒岳少聪，再如当世第一反叛头子，大同行会的年轻一代优秀将领乌道崖、仲羽，而还有一个人，是楚乔不能不记着的，那就是大夏诸葛一族四公子诸葛玥。

赵彻就要率兵来攻了，他，不会来吧？

楚乔轻轻叹了口气。

沙场凶险，刀剑无情，不会，但愿不会。

下午的时候睡了一觉，醒来的时候，她感觉精神好了很多，在屋子里窝了几天，就想着出去活动活动。楚乔穿了一身苏蓝色的棉茹裙，对襟小袄上绣着白玉兰，窄袖紧臂，拢成灯笼的形状，越发显得身姿纤细，不盈一握。侍女为她绾起发髻，两侧微垂，戴了几点绯色的璎珞，一支浅蓝色的玉簪插在鬓间，一串细细的流苏轻垂着，不时地扫到她白若凝脂的耳郭。

楚乔很少穿太过女儿气的衣衫，对着镜子照了半天，有几分新奇，却也不乏淡淡的开心。

开了门，风有些大，侍女们要跟上来，楚乔推辞了，自己一个人提了一盏小小的羊角风灯，静静地走了出去。

到底是燕北的冬天，看着雪雾飘零，颇为凄美，实则却冷得很，所幸穿得多，外面又披了一件挡风的狐裘。浅浅的一弯月亮挂在上头，光影皎洁，一片白地。多日不曾出屋，鼻间嗅到的不是药味，就是熏香，头昏脑涨得厉害，此刻出来走一走，顿时神清目明，病似乎也好了几分。

月光那样美，像是透过天青色纱帐的烛火，轻薄如烟。风吹过树叶，簌簌作响，楚乔慢慢地走，然后远远地在燕洵书房的窗下站着。他似乎刚刚从军营回来，并没有睡下，灯火那般亮，晃出一道长长的影子。书房里还有别人，他们似乎在商量讨论着什么，起风了，声音太模糊，她听不到。

心里突然间那般宁静，就像是早晨起来推开窗子，发现天地间一片洁白，阳光暖暖地照在脸上，天空蔚蓝，有雪白的鹰展翅翱翔着，一杯清茶放在书案上，袅袅的热气上升盘旋，像是一尾蜿蜒的龙。

很久很久，她都搞不清自己对燕洵的感情，最初来到这里的时候，她以现代人的眼睛，去冷眼旁观这世界的种种不公，然后，她被卷了进来，于是，有忧愁、有愤怒、有怨恨、有恩惠、有感激……越来越多的情绪将她拉进了这个世界，血肉渐渐生成，再也做不到置身事外了。而对于燕洵，从最初的仇恨，到感激，到同情怜悯，到相依为命，随着渐渐长大，感情慢慢变质，那些无法言说的心事，在不经意间于心底破了土，长出了新鲜嫩绿的芽儿。经历过寒霜，经历过隆冬，经历过尸山血海，经历过生死杀戮，那棵嫩绿的芽儿终于长成了参天巨树，偶尔抬起头，但见枝繁叶茂，郁郁葱葱。

她一直是这样沉默和固执的一个人，一直都是。

书房的门被打开，有人陆续走了出来，阿精眼尖，看到站在梅树下的楚乔突然喊出来，燕洵听了，连忙从屋里跑出来，见了她顿时皱眉道："怎么一个人在那里站着？不知道自己身上带着病吗？"

楚乔笑着任燕洵牵住她的手，男人脸色很难看地瞪着她，将她的手拢在手心握紧，怨道："这样凉，你来了多久？"

"只是一会儿罢了。"

刚一进屋，温暖的香气突然扑面而来，楚乔抽了抽鼻子，喃喃道："什么香料这么香？"

燕洵闻言，陡然面色大变，连忙将楚乔推到门口，拿起一壶茶水就倒进了香熏炉里，咝咝的白气顿时冒了出来，他又手忙脚乱地打开窗子。

楚乔皱眉道："燕洵，你干什么呢？"

燕洵拍了拍手走出来，沉声说道："这屋不能待了，走。"

说着，拉着楚乔就进了他的卧房。

燕洵的寝房里没有熏香，闻着清爽了许多。楚乔仍旧觉得奇怪，见他接过侍女兰香递过来的毛巾擦脸，上前问道："燕洵，书房怎么了？"

"新送来的苏合香，我点了半块，是有麝香成分的。"

"麝香？"楚乔对香料不甚了解，皱着眉问道，"麝香怎么了？"

小丫鬟兰香扑哧一笑，笑眯眯地说："姑娘，麝香女人是不能闻的，闻多了就不能受孕了，殿下当然要紧张了。"

兰香说完，自己也闹了个大红脸，其他小丫鬟集体嘻嘻哈哈地笑起来。燕洵也不恼，装作不在意的模样，却斜着眼睛留意楚乔的反应。

楚乔闻言，微微一愣，到底是女孩子，红晕一点一点地染上脸颊，像是海棠的花蕊，尤显俏丽。烛光照射在她淡蓝色如流水般的裙摆上，好似一层光华浮动的鲛纱。

有低低的笑意欺近耳后，男人温热的呼吸像是绵绵的海水，"阿楚，今晚美极了。"

楚乔抬起眼梢，眼神却是带着几分欣喜的。寝房巨大，柔软厚密的地毯铺在下面，一层层的纱帐逐层放下，金钩流苏，一派浮华，床榻以紫绣铺就，青纱笼在外围，锦被温暖，只看一眼，就可知躺在上面的暖意。燕洵伸开手，侍女们如云般走上来为他更衣，楚乔见了微微一愣，随即转过身去。燕洵见了低声一笑，楚乔的脸越发红了。

前世今生加在一起，她也不算是年轻了，见过的风流阵仗也不见得少，和燕洵这么多年朝夕相对，也并非一直谨慎守礼如卫道士，只是今日，她却有些无措了。

侍女们眼神暧昧地退出房去，一层层纱帐将空间隔开，燕洵温暖的呼吸从后面靠近，带着沙哑的笑意，"我的阿楚长大了，知道害羞了。"

平日的伶俐口才，骤然间就消失得无影无踪，燕洵的手从后面环住她，交叉在小腹前，唇贴着她的耳，轻轻一叹，"一天没瞧见你了。"

楚乔有些害怕，一时间竟不知道该怎样接口，恍恍惚惚地说："东边战事将起了吗？你筹备得怎么样？"

"唉……"燕洵无奈地叹息，"阿楚，难道一定要这样煞风景吗？真是不解风情。"

更漏的细沙缓缓流下，一丝一丝，不绝如缕，外面的风静静地吹着，偶尔有积雪从房檐上剥落，飘飘洒洒地纷扬着。燕洵静静地拥着她，身上的味道轻轻地在四周环绕，像是夏日飞起的裙角，声音也是潮湿而舒和的，"今天没咳嗽吗？"

楚乔摇头，"已经好多了。"

"那就好，可有按时吃药？"

"吃了，苦得很，难吃极了。"

燕洵一笑，"孩子话，药哪有不苦的？你没偷偷给倒掉吧？"

"天地良心，"楚乔竖起三根手指，"我连药渣子都给吞下去了。"

"怎么？"燕洵眉梢微微一挑，"屋子里很闷吗？"

"我是心里着急，东边要有战事了，我总这样病着，如何帮得到你？"

燕洵心下一暖，好似有温热的水缓缓覆盖上来，嘴唇摩挲着楚乔的脖颈，轻声低喃道："你好好的，就是帮到我了。"

燕洵的寝衣薄薄的，几乎可以触到他肌肉的轮廓，楚乔窝在他的怀里，歪着头，身体一点点地暖了起来，轻声说道："我希望自己能有用一点。"

"你已经很有用了，"燕洵温言道，"这些年，你一心一意地跟随我，从来没为自己想过，如今燕北已定，你该为自己打算打算了。"

"为自己？"楚乔有些茫然，这真是一个新奇的问题，其实她知道，她这个人并不如外表那般坚强，她习惯了依附于别人，习惯了听从命令，也习惯了为一个目标去努力，去奔走。从前为国家效力的时候是如此，跟随燕洵之后，也是如此，然而她最不擅长的就是为自己筹谋，为自己？为自己？自己能干什么呢？

"是啊，"燕洵声音低沉，隐隐带着几丝笑意，"女孩子长大了，总要为自己打算的，比如找一个好婆家，嫁一个好男人，相夫教子，安乐一生……"

楚乔轻轻地啐了他一口，说道："这兵荒马乱的，哪有好男人呢？"

"也对，"燕洵笑眯眯地说，"知人知面不知心，没有个十年八年的工夫，哪能轻易将一个人看透，若然芳心错托，岂不是耽误终身幸福？"

楚乔转过身来，笑吟吟地说："那你说怎么办呢？"

"怨不得就得我吃点亏了。"燕洵眼睛狭长，闪着幽然的光，嘴角轻轻地挑着，笑得像是一只狡猾的狐狸。

楚乔斜着眼睛瞪他，"你好像很勉强、很吃亏的样子啊！"

"也不算太勉强，"燕洵的声音像是一汪碧波，在空气中柔和地荡漾，"吃亏却多多少少有一点。"

眼见楚乔要色变，燕洵哈哈笑着一把环住她，道："人家王侯贵胄都是三妻四妾，我却要一生守着一妻，岂不是很吃亏吗？"

楚乔哼了一声，说道："那你也去纳妾啊，没人拦着你。"

燕洵紧紧地抱着她，在她耳边说道："我没那个精力，也舍不得让你受委屈。"

小臂粗细的红烛高燃着，一室明晃晃的，楚乔浑身无力，四肢百骸都似被注了水，就听燕洵温言道："阿楚，嫁给我吧。"

　　心下一暖，她眼角已经湿了。这一路走得何其艰辛，回想八年前的围猎，一晃眼，竟已经过去那么久了。

　　"嗯。"楚乔轻轻地答应一声，将头靠在他的肩膀上，突然觉得上天对她是这般厚待。

　　燕洵胸腔微微起伏着，轻声说："我总会对你好的。"

　　楚乔嘴角轻笑，微不可觉地点头，"我总是相信你的。"

　　四下里寂静无声，帷帐的纱帘委顿在地，偶尔能听到铜漏里的声响，细沙簌簌，像是早春的桑叶。

　　"阿楚，等东边的战事结了，我们就成亲吧。"

　　楚乔抬起头看着他，燕洵亦看着她，目光如同迷离的流彩，干净又温暖。恍惚间，还是很多年前的表情，年少的少年望着娇小的女孩子，咬着牙发誓道："谁要是敢伤着你，我必跟他拼命！"

　　此时，燕洵拥着她，轻声吐气，"阿楚，一切风雨都过去了，而我们还在一起。"

　　是的，谁都会变，而你我不会。

　　"嗯。"大大的笑容在唇边绽开，她伸臂抱住男人年轻的身体，连喘息都觉得满足。我总是信你，总是信你，总是相信你的。

　　风像是三月的春柳，一路无声，剪帘而来，烛影闪烁，纱帐轻摇，心境平和，宛若和田。

第十二章
悦君不知

晚上，燕洵回来，两人一起吃饭，见风致和阿精忙里忙外地为燕洵收拾东西，楚乔随口问道："就要走了吗？"

燕洵一边吃饭一边拆看东边的信函，淡淡地点了点头，"快了。"

"我跟你一起去吧。"

燕洵闻言，抬起头来，将手里的信件放下，沉声说道："东部战火纷飞，大夏军容强悍，你身体又不好，我实在舍不得你跟着我长途跋涉，冒险辛劳，如今燕北境内无战事了，你还是就留在这里吧。"

楚乔眉头轻轻皱起，颇为急切地说道："我身体已经无碍了，你让我随你同去吧，我可以帮你的忙，我可以……"

"阿楚，我从没怀疑过你的能力，可是你也该歇歇了。"燕洵这话说得十分有力，语气低沉，双目灼灼地看着她，"阿楚，你已经够辛苦了，剩下的就交给我吧，难道你不相信我吗？"

一时间，并不知道心间涌动着的是怎样的情绪，楚乔微微一愣，握筷子的手顿时一抖，她深吸一口气，才缓缓说道："我只是担心你。"

燕洵面色一缓，隔着桌子伸出手来，握住她的手，微笑道："放心吧。"

楚乔微微一笑，却不知道该如何回话。她突然想起，自从燕洵回来，她已经很久没有过问军队的事了，连目前大夏的军队开到哪里，她都一无所知。

外头冷风飕飕，即便屋子里火光熊熊，可是仍旧觉得有几分冷。燕洵喜欢吃栗子，白日无事的时候，楚乔就坐在床头，一颗一颗地剥，常常一坐就是大半日，栗肉的香甜如雾弥漫，无声无息地萦绕于鼻息之间，令人迷醉。床头、书桌、茶几等触手可及的地方，都被摆上了剥好的栗子，屋子里也渐渐飘满了一层香气。

被子厚软，上面以金线细细地描摹出祥云腾龙的纹样，床榻巨大，睡七八人都可，楚乔伸出手，为他一层一层地铺就，心里感觉有几分难得的平静。也许，只有在为他做些什么的时候，她才能觉得心境平和吧。

身后突然有脚步声响起，楚乔也没回头，只是随口道："水已经烧好了，你先……"

腰身突然被人环住，男子温和的呼吸喷在她雪白的颈上，楚乔被迫站直身体，轻笑着去推他，"别闹，我铺床呢。"

"外人哪里会想到，死守北朔立下赫赫战功的楚乔楚大人，也会做这些琐碎之事。"

知道他是在取笑自己，楚乔笑斥道："好没良心，人家可是照顾你近十年了，说得我好像是母夜叉一样，除了打仗什么都不会了。"

燕洵笑道："哪里，我是在感慨自己的好福气。"

楚乔闻言，突然转过身来，"那你就让我跟着你吧，也可以照顾你。"

燕洵看着她，脸上的笑意突然就不见了。他看了楚乔很久，缓缓问道："阿楚，你知道这些年我最大的愿望是什么吗？"

楚乔微微挑眉，却没有回答。

燕洵也并没有想让她回答，自顾自说道："这些年，每次看着你风尘仆仆地为我东奔西跑，我就在心里暗暗发誓，总有一天，我燕洵有出头之日，一定再不让你受半点委屈、半分伤害，我要让你锦衣玉食、平安喜乐地生活，享受女人所能享受的一切荣宠。阿楚，我是个男人，比起你为我去冲锋陷阵，我更希望看到你为我铺床布菜。"

燕洵的表情十分平静，眼神却很认真，楚乔看着他，一时间也说不出心里的感受。她低下头，很多情绪在她的心间一一闪现，终于，她缓缓伸出手来，抱住燕洵劲瘦的腰，"我知道了，我就留在这里等你，你要平平安安的，早点回来。"

楚乔声音温柔，燕洵闻言顿时动容，情不自禁地伸出修长的手指，缓缓挑起楚乔尖尖的小下巴，眼神深深地望进她的眼底，随后，温柔细碎的吻，落在她的鬓角眼梢、樱唇脖颈，手臂那般紧，狠狠地揽住她的腰，唇齿摩擦间，有轻微的呢喃声响起，那样诱人，好似要将人的理智撕碎。

燕洵的呼吸有些乱了，小腹处生出一团火，大手在她的背上游走，那样用力，却还是不够，一股迫切的渴望从身体深处生出，唇齿的触碰已经有些无法满足他了，他似乎想要更多一些，更多更多一些。

巨大的床榻掩映在重重纱帐之中，较之平日有着别样诱惑的气息，燕洵拦腰抱起楚乔柔软的身体，将她放倒在床上。

身躯触碰到床榻的时候，楚乔是惊慌失措的，身体骤然感觉到一丝冰冷，她无措地睁大眼睛，却顿时被炙热的呼吸覆盖。象征性的推搡并没有止住骤然升腾的欲火，男人压着她，身子在细碎地摩擦着，室内穿着的薄衫并不能遮掩几分，肌肤是火热且滚烫的。

"燕……洵……"气喘吁吁的声音响起，如水波细细地流入，一时间竟听不出里面的喜怒，辨不明是拒还是迎。

常年握剑的手撩开她胸前的衣襟，缓缓滑入，当他触碰到胸前那片滑腻的时候，楚乔在他耳边响起的惊呼，已经不能让他停止。呼吸骤然变得无比急促，那美好的触感，瞬间点燃了他脑海中的最后一丝理智，他沙哑的声音回荡在楚乔的耳边，梦痴一般，"阿楚，我怕是要忍不住了。"

楚乔已经失去了说话的能力，微张的小嘴被含住，只能发出呜呜的声音。编贝被舌尖轻轻舔舐，有麻酥酥的触电感，肌肤战栗，身下锦被柔滑，身上的重量却那般沉重，却也是那样安全。她的衣衫滑落肩头，露出雪白的香肩，在灯火下恍若上好的陶瓷。

脑海里突然闪过一个念头，楚乔费力地解放了自己的嘴，声音沙哑如水，喃喃地问："燕洵，荆月儿几岁了？"

燕洵微微一愣，她说的是荆月儿几岁了，而不是楚乔几岁了，可是这中间有什么差别吗？不明事实的男人有些怨气，看着她控诉道："阿楚，你诱惑我！"

楚乔可怜巴巴地摇头，"我哪有？"

"你这样美地出现在我面前，就是诱惑我！"燕洵深吸一口气，轻吻她嫩白的耳垂，"而且，你每次诱惑了之后，都不负责任。"

身上顿时起了一星细小的麻栗，楚乔不由自主地微弓起身子，嘴里却仍是断断续续地道："你……不讲……道理……"

"我就是太讲道理了，才会对你没有一点办法。"燕洵无声一叹，"阿楚，真想马上就娶了你。"

"那就娶好了。"某人突然口不择言地小声说道。

话刚说完，她的脸立马红了。楚乔一下将头埋到被子里。燕洵微愣之后，顿时哈哈大笑，声音极为爽朗，楚乔觉得自己昏了头，怎么能显得比他还要迫不及待？

"那可不行，"燕洵强行将她拉出来，抱坐在腿上，"现在的燕洵还只是偏安于燕北的一方乱臣贼子，燕北一片荒芜狼藉，百废待兴，我怎能以陋室迎接我的妻子？等东边的战事了了，燕北大局稳定，我要盖一座黄金的宫殿来迎娶你，以大夏的西北粮仓来作为我的聘礼，我的阿楚，一定要是整个西蒙大陆最尊贵的新娘子，是我燕洵独一无二的一生挚爱。"

尽管早就知道他的心思，可是骤然听到他的话，楚乔还是心头一震，眼眶发红，险些落下泪来。她缓缓地垂下头，靠在他的肩膀上，轻声道："我什么都不要，只要你好好的，平平安安的。"

"你不要，我却不能不给。"燕洵微笑着吻了吻她的额头，"我知道，你这些年是怎样过的，这是我的梦想，我已经梦了很多年，我欠你太多，唯有用余生来好好补偿。"

心像是被放在了暖水里，烛火温和地笼罩着，楚乔轻声低叹，"你我之间，还有亏欠二字吗？"

燕洵面色微微一黯，声音略低了下去，"你受了很多苦，我都知道。"

烛火噼啪地燃着，重重纱帐摇曳，身影相依，衣衫婆娑。

沐浴之后，燕洵并没有穿睡袍，而是穿了一身便服，楚乔疑惑地问："你要干什么去？"

燕洵随手拿起一件披风长裘，披在她的身上，笑着说道："送你回房。"

"回房？"楚乔一愣，她这几天，都是和燕洵睡在一处的，其实这也没什么，小的时候他们一直是睡在一起的，已经很多年了。这几天生病，燕洵昼夜守护，也经常和她同吃同睡，今天已经这么晚了，怎么还要送她回去？

"怎么？舍不得我？"燕洵打趣她，转瞬却愁眉苦脸地说道，"阿楚，我们都不是孩子了，这几天我夜不能寐，简直过得比在真煌城为质十年还要惨。"

楚乔俏脸登时红了，见左右的小丫鬟们全都在捂着嘴小声偷笑，连忙噘着嘴说道："你说什么呀！"

"都不许笑，没看到楚大人害羞吗？"燕洵突然转过头去，假意斥责那些小丫鬟，却见她们笑得更大声了，只能无奈地对着楚乔一摊手，"完了，她们都不听我的。"

"胡说八道，不理你了。"

楚乔转身就要出门，往自己的房间走，却听燕洵哈哈一笑，从后面将她一把抱起来，大笑道："说了我要送你回去，你敢违抗军令，真是该打！"

燕洵走了之后，房间似乎也清冷了下来。待在自己的房间里，楚乔却不困了，想起方才的种种，不由得脸色发红，辗转反侧睡不着，只得坐起来，靠在书案上，愣愣出神。

这次燕洵回来，似乎有什么东西不一样了，他们的关系越发亲密，可是有些事，渐渐发生了改变。

想起燕洵刚才的话，楚乔微微一笑，算了，也许是她多心了吧，男人都是如此，没人喜欢自己的女人征战沙场，冲锋陷阵，现在，他力量强了，所以就想将自己保护起来，她应该理解他才是。他希望她平安幸福地生活，如一般女子那样，喝茶赏花，穿着绫罗绸缎，享受着下人们的服侍，过着锦衣玉食的生活，也只是为了弥补她曾经受的苦而已。

虽然，这样的生活并不是她想要的，但是她应该满足他的心愿，理解他的初衷。他并非排挤自己，只不过是想要保护自己罢了。

这样想了一会儿，楚乔心里突然变得舒服了很多，正想睡觉，忽听外面脚步声响，推开窗子，外面的冷气骤然袭来，一排排灯笼向着燕洵的房间而去，走得都很急。

"绿柳！"

楚乔召唤了一声，小丫鬟顿时睡眼蒙眬地跑了进来，"姑娘，什么事啊？"

"外面怎么回事？这么晚了，怎么来那么多人？"

"哦，姑娘您不知道，殿下今晚要和将军们连夜商讨军情，好像是要制订东边的作战方案吧，那些将军大人已经在门房下面等了好一阵子了。"

楚乔闻言，顿时一愣，窗外风大，一下就吹飞了她肩头的衣衫，长发随风飞舞，显得凌乱且单薄。

"哎呀，姑娘，您病才刚好，怎么能吹风呢？"小丫鬟急忙跑过来，将窗子关上，急切地说道，"姑娘？姑娘？"

"啊？"楚乔恍然，说道，"哦，没事了，你先下去吧。"

绿柳有些疑惑，"姑娘真的没事？"

"没事，你下去睡吧。"

"哦，"绿柳答应道，"那姑娘也早点睡。"

书房那边灯火通明，楚乔看了一会儿，就掀开被子上床睡觉，临睡前想，燕洵今晚是因为要商议军情，才让自己回来睡的吧？想了想，又觉得回来睡也好，他们那里那么吵，自己一定睡不着。

迷迷糊糊地陷入半睡半醒之间，睡梦中她突然有一种不知名的茫然和恐惧缓缓袭来，心如浮舟，颠簸于海浪之间，起伏不定，却终究一点点地平息下来，平息下来。

早晨醒来得很早，楚乔心里头装着事，就怎么也睡不着了。再有三日，燕洵就要走了，她心里总是觉得忐忑不安，一大早起来，脸都没洗就跑去燕洵的房里，却被告知他昨晚连夜去了落日军营，现在还没有回来。

吃完饭之后，燕洵仍旧没有回来，无事可做，她就坐在书案前愣愣出神，脑子不自觉地开始分析北伐之战之后大夏的兵力分布，以及两方的情报、后勤、兵器等多方面的对比，一幅作战地图自然地在脑海里展开。

正想着，绿柳和风致一边笑着，一边走了进来，绿柳手上拿着一块牌子，见了楚乔呵呵一笑，说道："姑娘，您看看这是什么？"

楚乔一愣，抬起头来，只见那是一块长生牌位，上面竟然刻着她的名讳和军中职位，然后是密密麻麻的小字，全都是保佑长生之类的吉祥话。

"我的长生牌位？"楚乔笑着说道，"你们俩谁做的？哄我开心吗？"

绿柳顿时一乐，笑着说道："什么呀，是风致买的。"

"买的？这东西怎么会有人卖？"

"这您就不知道了吧？"风致年纪还小，是当年风眠离开后燕洵另收的书童，他笑呵呵地说，"如今姑娘可是北朔城的救星恩人，百姓们几乎家家一尊姑娘的牌位，早晚供奉。城南的忠义堂倒了，最近有大户自愿出资修建，可是把姑娘的雕像都摆上去了呢，就在燕老王爷的身边，这还是头一遭有活人上忠义堂。小商小贩们见有利可图，纷纷做了姑娘的长生牌位和平安玉佩，在外面叫卖，就连军中都有人买了玉佩随身携带呢！"

楚乔闻言，微微一愣，却没有风致和绿柳想象中那般开心，而是渐渐皱起了眉头，过了好久，她才沉声问道："除了我的牌位，他们还卖不卖别人的？"

风致见她神情严肃，也有些着急，小声说道："也有，不过是卖第二军的鲁直鲁大人的泥人，百姓们都拿回家放在炉子里烧了，或是扔到茅坑里。"

"姑娘，您没事吧？"绿柳小声地问道。

楚乔摇了摇头，"没事了，你们先下去吧，那个东西，烧了或是扔了，不要放在府里。"

"嗯。"两人惴惴地答应，转身就出去了。

楚乔心里有几分不安，此次燕洵来了一招围魏救赵，救北朔于水火，他之前想要放弃燕北的举动，外面并无人知，按理说，民间应该对他感恩戴德才是，为何燕北的百姓会不领情呢？

这里面有问题，看来需要好好研究一下。

楚乔皱着眉，自己声望如此之高，燕洵还好些，应该不会多心，可是别人就未必了。

看来，需要为燕洵多做一些事情来造势，不插手军事是对的。想着想着，她突然感到有一丝寒冷，这些事情，燕洵知道吗？若是他知道，那么让自己远离军事，会不会有其他的考虑？不过想到这，她马上就打消了这个念头，颇为好笑地摇了摇头，疯了不成，怎么可能呢？

她推开窗子，外面的雪已经停了。

高大空寂的清元殿坐落在十里荷塘之间，以极品楠木筑成临风的水阁，四面湖水清清，天水澄碧，湘妃竹帘半开半卷，雅洁若兰，这个季节已经没有荷花了，但是宫中巧手的宫女却以白碧二色的彩绢，制成荷叶荷花，让它们漂在水上。远远望去，风过叶摇，片片荷叶呈碧，好似真的一样，怀宋皇宫景致秀丽，堪比下唐金吾。

钦元殿日前正在整修重建，纳兰红叶就将朝堂搬到了清元殿上，下了早朝之后，她撩开帘子缓步走出来，但见纳兰红煜靠着金光璀璨的龙椅，仰面坐着，下巴上拖着长长的一道口水痕迹，鼾声微微，显然已经睡去很久。

想起朝臣们离去时的目光，长公主的眉心不由得轻轻蹙起，小太监见了，连忙小心地推了推纳兰红煜的肩膀，小心地叫道："皇上？皇上？"

年少的皇帝迷迷糊糊地醒来，皱着眉正要发火，忽见长姐站在身前，顿时害怕了起来，扭捏地站起身，揉了揉眼睛，小声地说："皇姐。"

大殿上的人都已经下去了，唯剩纳兰红煜姐弟和一个近身的小太监，纳兰红叶轻轻皱着眉，语调很平和，却有着一股莫名的张力，她缓缓道："皇姐有没有跟你说过，不可以在朝堂上睡觉？"

皇帝低着头，像是做了坏事被抓到的小孩子，喃喃道："说……说过。"

"那为什么还犯？"

年轻的皇帝低着头承认错误，"皇姐，我错了。"

纳兰红叶眉梢一扬，"皇姐没告诉过你怎样称呼自己吗？"

"嗯？"纳兰红煜一愣，似乎理解不了长公主话里的意思。

小太监连忙附在他耳边，小声地说了一句。皇帝顿时点头，说道："皇姐，我，哦不，是朕错了，朕知道错了。"

"既然知道错了，回去抄十遍《道德记》，不抄完，不许吃饭。"

"啊？"皇帝的脸顿时垮下来。纳兰红叶看也不看，转身走了出去。大殿里空荡荡的，外面阳光很好，风从四面吹过来，拂在湘妃竹帘上，扫过帘下金色的铃铛，发出丁零零的声响。纳兰红叶深蓝色的朝服迤逦抚过厚重的地板，上面绣着百鸟的图案，金线闪光，针脚细密，无处不彰显着皇室的尊贵和威严。

"公主，"云姑姑等在外面，见她出来连忙小跑上来，为她披了一件软披风，如今已十一月，就算怀宋气候温和，早晚起风也已经凉了，"公主，回宫吗？"

纳兰红叶摇了摇头，今日长陵王和晋江王几人语焉不详，躲躲闪闪，对于东海寇患一事，几多遮掩，不得不防，她沉声说道："召玄墨进宫来，我有要事和他相商。"

"是。"云姑姑连忙答应，又问道，"公主，是在清元殿见玄王爷吗？这个，皇上还在……"

云姑姑欲言又止，纳兰红叶顺着她的话，转身回望，只见偌大的宫殿里，一片寂静萧索，漆黑的木质地板铺就其间，越发衬出殿宇的森严和冷漠。

年轻的皇帝孤零零地坐在台阶上，耷拉着脑袋，皇冠上明闪闪的珠子垂在两侧，光闪剔透，阳光穿透珠帘照在上面，有着刺目的光辉。顺着那道道光芒，甚至能看到在半空中飞扬的灰尘，明黄色的龙袍越发映衬出他神色上的凄然，像是一个没人理睬的孩子。

可是，他的难过和伤心，终究只会是因为要抄十遍《道德记》吧，不会因为丘北的水患，不会因为东海的寇贼，不会因为提刑司的讼状，更不会因为朝堂上的纷争。只要抄好了文章，他就会放下心来，好好吃饭、睡觉、斗蛐蛐了，无忧无虑，开心度日，哪怕他身上肩负的是一国之重任。

纳兰红叶说不出是喜是悲，她茕茕而立，眼望万顷碧波，绢花如雾。极远处是怡乐殿的管乐丝竹之声，歌舞升平的装裱之下，是浓浓的繁华锦绣覆盖着的点点苍白。

"去青植宫吧。"

傍晚时分，玄墨离开了皇宫。云姑姑带着宫女们端上来早就准备好的饭菜，纳兰红叶胃口不好，只是淡淡地吃了几口。

忽听门外有急促的脚步声传来，来人似乎在跑，一边气喘着一边大叫道："公主殿下！

"公主殿下不好啦！"

"出了何事？"纳兰红叶眉梢一跳。

云姑姑急忙出门询问，还没待她开口，那名太监却已经径直跑了进来，满脸泪痕，扑通一下跪在地上，大声哭道："公主殿下，不好了！皇上刚刚爬上怡乐殿房顶玩耍，不小心摔下来了！"

斜阳的余晖将宫廷染上了一层血色，皇宫之内禁卫森严，到处都是巡逻和哨卡，宫门全被封闭，一律不许人往来进出，朝中重臣已到了大半，黑压压地跪了满地。那些低垂的头颅在她进来的时候陆续抬起，目光各异，和殿外清冷的夕阳糅杂在一处，敬畏、惧怕、猜忌、不屑、愤怒、隐忍，一切一切，都在那匆匆一瞥中泄露而出，然后归于平静，再一次垂下头去。

纳兰红叶穿着一袭深紫色金银云纹缎衫，大朵大朵繁复的蔷薇绣出她精致高雅的立领，越发显得她脖颈修长雪白，面容端庄无比。她一步一步地走在陌姬殿上，周围都是森冷肃杀的空气。晋江王站在臣子的最前端，见了她急忙上前两步，却被一个深蓝蟒袍的年轻男子推了一把，险些倒下去。

玄墨眼神焦虑，全不顾身后晋江王愤怒的眼神，几步抢上前，却欲言又止。

"皇上怎么样？"纳兰红叶沉声说道，表情很平静，看不出有什么崩溃的疲弱和波动。

四面八方带着探究而来的目光，顿时流露出一丝失望。玄墨摇了摇头，沉声说道："太医说已然回天乏术，公主，您进去看看吧。"

霎时间，悬了一路的心骤然下落，可惜却不是落在了远处，每一双眼睛都看向她，带着锋利的刺。纳兰红叶突然想起了很多年前，父亲去世的那个晚上，仍旧是陌姬大殿，仍旧是这样的朝服眼光，仍旧是这样的斜雨霏霏，四下里冰冷一片，呼吸犹艰，她却还是缓缓地吸着气，然后咽下去，咽下去，将所有的情绪，一一吞没在已然疼痛欲死的理智之中。

她缓缓抬步，越过人群，两侧的宫女撩开帘子，她一个人走进了那座金碧辉煌的寝殿。

金灿灿的光刺痛了她的眼睛，她紧抿着唇，穿过重重帷幔。殿里那般热，热得让人透不过气来，她的弟弟躺在宽大的龙床上，脸孔惨白，眼睛却明亮得惊人，他平躺在那里，眼窝深陷，两颊乌青，唇皮干裂，头上是殷红的血。

眼眶突然那般热，纳兰红叶却生生地止住了，四面八方都是叵测的目光，她的手带着轻微的颤抖，想要伸出手去，却不知道该触碰哪里，只得轻声地唤他，"煜儿？"

皇帝听到声音，缓缓地转过头来，看到她的第一眼，他竟是畏缩和害怕的，声音那般哑，却还在试图解释说："皇姐，我……我还没写完……"

眼睛一热，险些落下泪来，纳兰红叶坐在床榻边，伸手按住他的肩，轻声说："不用写了，以后皇姐再也不罚你了。"

"真的吗？"年轻的皇帝眼神陡然焕发出浓烈的光彩，他开心地追问，像是一个健康无病的人一样，"真的吗皇姐？"

恍惚间想起多年前，父亲去世的那一刻，纳兰红叶心底是大片大片冰冷的凉，她抿紧唇点头，"嗯，皇姐说话算数。"

"那太好了！"皇帝平躺回去，眼睛直愣愣地看着床顶的帷幔，层层叠叠，绣着金色的蟠龙，龙爪狰狞，像是吃人的怪兽。

"那太好了，那我就可以……可以……"他终究没说出可以什么。皇帝眼神异样，他的一生之中，似乎从未有过如此炯炯的目光。

他直愣愣地梗起脖子，脸孔激动而潮红，他使劲地抓着纳兰红叶的手，想说什么，却好像被鱼刺卡了喉咙一样，只能发出破碎的气声，怎么也说不出话来。

太医们顿时冲上前来，人群黑压压地在眼前乱晃，从小就陪在皇帝身边的小太监哭着跪在地上，大声叫道："皇上！皇上！"

"皇上要说什么？"纳兰红叶猛地转过头去，眼眶微红，对着那名小太监说道，"你知不知道？"

"公主……"小太监跪在地上，似乎被吓傻了，答非所问地悲声哭道，"皇上爬上怡乐殿顶，说是想看看宫外是什么模样，皇上说他从来没有出去过，皇上……皇上……"

悲伤从胸口溢出，像是冰冷的雪，涌遍全身。太医们一团慌乱，纳兰红煜脸孔通红，仍旧在沙哑地重复着，"可以……可以……"

纳兰红叶一把抓住皇帝的手，"煜儿，等你病好了，皇姐就带你出宫！"

一丝喜悦顿时划过皇帝的眼睛，他闭上嘴，眼神明亮地向自己的姐姐看去，目光清澈，像是一个还没长大的孩子。

骤然，拽着纳兰红叶袖子的手松了，他气息顿止，头沉重地倒下，发出沉闷的声响。

"皇上！"

"皇上啊！"

巨大的哀号声顿时在殿内外响起，绵延的丧钟响彻整座宫廷，夕阳隐没了最后一道光线，大地沦入黑夜之中。白惨惨的灯笼被挂起，到处都是哭声，只是，这其中有多少是真，又有多少是假，已经无人能分辨清了。

"圣上驾崩——"内侍尖细悠长的送驾声响起，纳兰红叶站在人群之外，眼前是大片挥泪哭喊的老臣，他们分成各个派系，泾渭分明地簇拥在一处放声悲呼。人那么多，可是她仍旧觉得大殿空荡荡的。夕阳落下，白月升起，惨白的光顺着拉起的窗照在她单薄的背上，像是冰凉的雪，那般冷，那般刺骨。

宋帝大丧，举国同悲，一月间不许娶嫁，人人素衣，齐为这个少有的宽厚之君吊祭。冷风卷着艾草，就在西北战事将起之际，怀宋国丧临门，原本为了帮助燕北牵制大夏兵力，而在边境集结的军事演习，也被迫停止。怀宋国内，一片愁云惨淡。

明仁帝去后，纳兰红叶宣读遗诏，由先帝长子纳兰和清即位，改年号为明德。

然而，皇帝去世的当天晚上，纳兰红叶就重病不起了，多年的辛劳像是一场突发的大火，惨烈地烧焦了她的全部心神。踏出陌姬殿的那一瞬间，有腥甜的血涌至喉间，险些一口喷出。她脚步微微踉跄，云姑姑连忙上前扶住她的手臂。左右都是惊疑不定的朝中百官，她知道，这一口血，她不能吐出，于是，她使劲地咽了下去，不动声色地推开云姑姑的手。

纳兰一脉已然无人了，如今，除了病中的母亲、年幼的妹妹、未满一岁的侄儿，就只剩下她一个人了。纳兰氏巍峨的族谱，万顷江山，再一次落在了她一个人的肩上。所以，她不能倒下，不能软弱，甚至不能哭泣，若是她倒下了，纳兰一族上千年的基业，便会就此坍塌。

她挺起脊背，进退有度地宣读遗诏，吩咐后事安排，稳定人心，然后回到自己的寝殿，挑灯静坐一夜。烛泪默垂，她的眼神渐渐空洞冷寂，却无泪水涌出。

皇帝的后事全交给安凌王和玄墨父子督办，第二日，各地方镇守官员都派人前来京城吊祭。纳兰红叶坐镇中宫，统筹一切。皇帝虽然驾崩，但是太子早立，国之砥柱纳兰长公主仍在，是以并未发生怎样的巨变。

第二日，纳兰红叶带人前往皇后崔氏的寝宫，欲接新任的皇帝前往太庙，然而还没踏进寝殿，就见一柄锐刀扑面而来。

唰的一声，玄墨拔出佩剑，劈开利刃，挡在纳兰红叶身前，周围的侍卫齐齐大惊，有人大喊"有刺客"。

正要冲进寝殿，忽听皇后凄厉的声音响起，"我杀了你！我杀了你！"

崔婉茹披头散发地冲了出来，一手抱着孩子，另一手还拿着一把剪子，眼睛通红，声音沙哑地喊道："你这个贱妇！你害了皇帝，现在又要来害我的孩子！我杀了你！我杀了你！"

纳兰红叶面色发白，嘴唇却紧抿着，云姑姑见了，连忙喊道："皇后娘娘，您在胡说什么？"

"我没有胡说！我都知道了！"崔婉茹嘶声冷笑，"你这个野心勃勃的女人，你想要当皇帝，所以你害死了皇上，如今又要来害死我的孩子，我不会让你得逞的！"

纳兰红叶突然觉得很累，阳光那样刺眼，到处充满了愤怒的咒骂，她冷冷地转过身去，淡淡地吩咐道："皇后身有不便，已不能好好抚养皇上，将皇上带走。"

玄墨恭敬地答道："是，那皇后呢？"

皇帝刚死，朝野不稳，崔婉茹之父为当朝太尉，如果她作为太后辅政，外戚的势力登时就会崛起，更何况崔太尉还是晋江王的老师……

"皇后深明大义，誓要随先皇而去，赐她毒酒白绫，你们送她上路吧！"

阳光刺眼，西北却飘来了大片的乌云，身后的咒骂声更响了，纳兰红叶仰着头，暗想，是要下雨了吧。

强打精神处理了前朝的事务，从前殿回来的时候，已经是深夜。玄墨走在最后，几次欲言又止，却终于无奈叹息，临行前叮嘱道："人死不能复生，公主节哀，切莫哀痛伤身。"

纳兰红叶点了点头，很公事化地回道："玄王辛苦了。"

玄墨没有回答，只是静静地望着她。纳兰红叶抬起头来，却见他的面容多了几分萧索落寞之意，再不似当年那般年轻跳脱、爽朗不羁，岁月从他们身上辗转碾过，大家终究都已变了。

"公主保重身体，一切交给微臣去办吧。"说罢，他转身离去，萧萧一线身影，在月色下有几分淡漠和孤寂。

回到寝殿的时候，远远就听到孩子大哭的声音，乳娘抱着清儿哄着，孩子却仍旧放声大哭，小脸憋得通红。两日之间，他接连失去双亲，而他的母亲，更是由自己的亲姑姑亲手送上路的。这孩子长大之后，若是知晓这一切，不知道会不会恨她？

纳兰红叶倚在长窗下独自思量，月亮白亮亮的，好似玉盘一般，清辉泻地，一片通明。

云姑姑将清儿抱过来，小心地笑着说道："公主，皇上笑了呢。"

纳兰红叶抱过孩子，果然见他睁着黑白分明的眼睛，滴溜溜地看着她，嘴角扯开，笑得十分开心。满心的愁绪不由得缓缓散去，她抱起孩子，看着他熟悉的眉眼，顿时想起了自己的弟弟。

他活着的时候，她偶尔也会有怨愤，恨老天给了他一个男儿的身躯，却让他是个痴儿，不懂疾苦，不辨事务，平白误了怀宋的百年基业。而自己，空有锦绣之才，却偏偏是个女儿身，多年辛苦筹划，却还是要被人冠上擅权专政之恶名。然而，直到他去了，她才登时明白，他们本是一体，一损俱损，一荣俱荣。只有红煜在，她才能稳定怀宋江山，支撑纳兰氏的门楣。

好在，好在还有清儿。

她低下头来，看着襁褓中幼小的孩子，不由得眼睛一阵酸痛。好在还有他，如今纳兰氏，就只剩下他们姑侄两人了。

"公主，您看小圣上多可爱啊！"

云姑姑笑着摸了摸皇帝的小脸蛋。清儿似乎很高兴，挥舞着白胖的小手，咯咯地笑着，黑漆漆的眼睛望着纳兰红叶，似乎明白她心中所想一样。

就在这时，只听砰的一声脆响，纳兰红叶和云姑姑都被吓了一跳，齐齐回首，是一名宫女打翻了茶盏。

云姑姑怒道："没用的东西！惊到了皇上和公主，仔细你的命！"

纳兰红叶也微微皱起眉来，轻轻地拍了拍清儿的襁褓，生怕他受惊。然而，却见他仍旧是笑呵呵的模样，似乎一点也不害怕。

云姑姑笑道："公主，您看小圣上胆子多大啊，长大了一定是个英明神武的好皇帝。"

纳兰红叶也微微一笑，只是笑容还没到眼底，就顿时一愣，脸色瞬间变得惨白。

云姑姑见了，不解地问道："公主，怎么了？"

纳兰红叶手脚冰凉，一遍一遍地在心底安慰自己，却还是赶紧将孩子送到云姑姑的怀里，然后站在一旁，使劲地拍了一下巴掌。

啪！一声脆响就响在孩子的耳边，孩子却浑然未觉，伸出胖胖的小手，去抓云姑姑衣襟上的扣子。

纳兰红叶急了，不断地拍着巴掌，眼眶通红，边拍边叫道："清儿！清儿！看这边，姑姑在这边！"

然而，孩子终究没有转过头去，他困顿地打了个小哈欠，然后将头往云姑姑怀里一靠，闭上眼睛睡了过去。

"清儿，别睡！清儿，姑姑在这儿！"

"公主！"

云姑姑已然是泪流满面，扑通一声跪在地上，痛哭道："您别叫了，别叫了。"

纳兰红叶神情激动，一把抓住云姑姑的肩膀，怒声叫道："怎么回事？这到底是怎么回事？"

云姑姑满脸泪痕，哭道："孩子刚抱回来的时候，我就看出来了，传来了皇后宫里的太医，严刑拷打下他才说了。原来皇后也早就知道了，只是一直瞒着没说，她怕一旦说了，这孩子就不能当太子了。这一年来一直在治，可是这病是娘胎里带来的，根本治不好……"

一时间，纳兰红叶只觉得天旋地转，清儿是聋子，清儿是聋子！这个事实彻底将她击溃了，多日来的隐忍和悲痛，像是一股巨大的洪水，奔涌而至。她喉头一甜，一股温热的鲜血猛然喷出，全数洒在衣襟之上！

"公主！公主！"云姑姑大惊，放下皇帝就来扶她。

清儿骤然被人放在地上，睁开眼睛疑惑地看了一圈，随即开始大声哭闹。丫鬟们齐刷刷地跑进来，屋子里一片混乱，云姑姑大叫道："传太医！传太医！"

纳兰红叶昏昏沉沉，脑海中只有一句话在反复回荡：天理昭昭，报应不爽。

是啊，她杀了崔婉茹，这位皇后却也留给她一个天大的灾难。

如果她早知道，她就不会顾虑红煜的不愿意，不会顾虑消息是否会败露，她会多为他充实后宫嫔妃，让他多产子嗣，可是如今，一切都晚了，一切都来不及了。

她的眼泪终于滂沱而下，再也无法控制，嘴角殷红地悲声哭道："父皇、父皇，儿臣罪该万死啊！"

几次醒来，身边都聚满了人，纳兰红叶却一直闭着眼睛。五年来，她第一次这般任性，想要就此睡去，什么事都不管了。周围渐渐安静下来，一道身影站在她的身前，久久没有离去。

睁开眼睛，月光已穿透了雕刻着镂花的窗子，洒在书台上。太庙的佛音顺着冷冽的风，穿过高大厚重的重重宫墙，传到她的耳里，以这样的方式提醒着她，现在是什么时候，身处什么样的地方。

"皇上耳聋的事，微臣已经瞒下了，除了这宫里的人，不会再有人知道。"玄墨站在床榻前低声说道。他的声音很好听，像是微风吹过管箫，低沉舒然。烛火照在他轮廓分明的脸庞上，隐隐透着几分淡淡的锋芒。

"在皇上成年亲政之前，我们最少还有十几年的时间设法谋划，皇上虽然耳聋，但是只要等到他十五岁大婚成亲，诞下子嗣，怀宋就还有希望。公主是大宋的支柱，如果公主倒下了，皇上必然会被废掉。皇室凋零，外人趁机夺权，怀宋分裂，战乱将起，民不聊生，先祖们打下的基业，顿时就会毁于一旦。公主胸怀经纬之志，绝不会坐视怀宋覆灭，基业尽毁。"

纳兰红叶抬起头，看着这个从小一同长大的男人，心底突然生出几分悲凉。

是的，他所说的，她又何尝没有想到？只是，这究竟是一条怎样艰难的路啊！

"玄墨，多谢你。"

她已经很久没有叫他玄墨了，玄墨微微一愣，眼中闪过一丝动容，却还是恭敬有礼地回道："此乃微臣分内之事。"

纳兰红叶坐起身来，轻轻地咳嗽了两声，面色苍白若纸，她微微一笑，"你成熟多了，已经有叔父之风了。"

安凌王是玄墨的父亲，曾经是纳兰烈座下的大将，因为曾在南疆战役中救过纳兰烈的性命，所以被赐姓纳兰，入了皇室宗谱。

玄墨躬身回道："多谢公主夸奖。"

"听说玉树怀孕了，是真的吗？"

玄墨面色登时一滞，眉头紧紧地锁起，过了一会儿，方才低声说道："是。"

纳兰笑道："玉树德才兼备，你要好好待她。"

玄墨语气颇为生硬，无喜无悲地说："还要感谢公主的赐婚之恩。"

大殿空旷，佛音渐大，其间还有群臣的哭灵声，他们相对而视，却顿时不知道该说些什么。玄墨从怀里掏出一封书信，信笺完好，还没拆封，交给纳兰红叶道："燕北来信了。"

纳兰红叶死灰一般的眼睛顿时闪过一丝亮光，几乎是有些急躁地一把拿过。玄墨的眼神微微凝固，眉心轻蹙，恍若有化不开的冰雪。他静静退后半步，轻声道："微臣告退。"

"嗯。"纳兰红叶答了一声，虽是微笑着的，声音却已有几分漫不经心。

长灯清寂，只能照出一抹瘦瘦的影子。

云姑姑进来的时候，纳兰红叶已经恢复如常。太医请了脉，喝了药之后，宫女们都退了出去。她坐在书案之前，反复摩挲着那方小小的书信，心底的悲戚渐渐升腾，竟似不敢拆阅一般。烛火噼啪，天地间一片寂静，屋子里燃着弥合香，香气袅袅，好似一团青云。

玄墨吾弟，燕北战事已了，为兄安然无恙，切勿挂怀。此次承蒙贤弟居中奔走，筹得粮草军需，并以彼国兵力牵制大夏东军。然，夏燕之战如今胜负两分，为兄并无万全之把握，是以贤弟切不可过于袒护燕北，以防朝堂之上有人借此攻击于你。官场凶险，贤弟万万小心。若因愚兄之过，而使贤弟受到牵连，兄万死不足以恕内心之悔。

大夏兵退之日，乃兄大婚之时，贤弟若能前来，兄必当倒屣相迎，你我兄弟十年未见，兄甚念你。

眼泪，终究一滴一滴地落下，滴在纯白的纸张之上，满心悲苦都化作这颗颗清泪。她已经忍耐了太久，也压抑了太久，更坚持了太久，心头重重堆积的，是泣血的疲惫和苍凉，国事家事，如今，更加上了他那自己早就明了的字句"大夏兵退之日，乃兄大婚之时"，眼前渐渐模糊，窗外风雨凄凄，仿如她的心境一样，白茫茫的一片。她蘸饱了一笔浓墨，苦笑落笔：

"今夕何夕兮……"

写到最后几笔，笔迹已经凌乱，她颓然伏在书案上，泪眼婆娑，竟就这样沉沉地睡去。

云姑姑进来的时候，险些落下泪来，公主执政多年，还从未有过如此失态。将她扶上床休息，再回到书案边，见回复的信笺已经写好，又是寄给燕北王爷的，云姑姑便有几分不喜。并没有探看书案上信件的内容，折好之后放进信封中，以火漆封好，就交给宫女，说道："送到玄王府上，让他照老规矩发出去。"

"奴婢遵命。"

阴雨如晦，夜幕漆黑，一只黑鹰从玄王府飞起，向着西北方，急速而去。

第十二章
你怎么了

燕洵接到纳兰红叶的信的时候，是在离开的前一天，风致站在一旁，见燕洵皱着眉看了半晌，突然扑哧一笑，说道："也不知他是抄了谁家女子的闺房怨语，竟然糊里糊涂地寄给了我。"

风致接过看了一遍，随即笑道："殿下，玄王爷笔迹凌乱，看起来像是喝醉了酒。"

燕洵摇头一笑，对于这个义弟，他还是很有情谊的，十年相交，不比一般，他开心地说道："他的兴致倒好。"说罢，他竟突然冒出一丝孩子气，想到若是他回寄回去，不知道这小子会不会气疯？提笔就在那封书信之上挥毫写道：

相交十年，不知是此心意，兄愚钝也。大夏退兵之日，兄亲自往宋提亲，不知可敢应否？

风致见了，大笑道："殿下，玄王爷见了会气疯的。"

"那就等着看他发疯。"

燕洵郑重地把信收好，端端正正地放在镇纸之上，哈哈一笑，心情大好，带着风致和阿精就出了门。

楚乔这几日身子不好，仍旧在床上躺着，今日日头好，她便下了床，穿好衣服，拿着刚刚剥好的栗子就往燕洵的书房走去。绿柳在睡午觉，竟然也没听到她起来，想来也是累坏了。

推开燕洵的房门，里面空无一人，楚乔将栗子放在他的书案上，见公文繁杂，烛台的蜡烛只剩下指甲大的一块，可见他昨晚又是熬了一夜，心里不由得生出几丝心疼。正想去吩咐厨房为他准备些菜肴，袖子一拂，却不小心碰到书案上的一封信件。

那信封极是精美，熏着幽幽的香气，信笺从桌上落下，掉在地上，口子开了大半，露出里面白色的信纸，两行字迹突兀地映入眼帘。楚乔看了微微一愣，不由自主地蹲下去，将那封信抽了出来。

骤然看到这句"山有木兮木有枝，心悦君兮君不知"，她顿时心下一痛。并非她的笔迹，她也从不善吟诗作对，手指寸寸地就冷了下去，连忙翻看信件的表皮，怀宋玄王府，一时间，有些事情在脑海中融会贯通，渐渐明朗。她深深地吸气，然后缓缓吐出，想要将那些不甘的东西吐出来，却越发觉得心思沉重了。

再往下看，却是燕洵的亲笔回复，她脑袋里轰然一声闷响，险些站立不稳，眉心紧紧地皱起，千百个念头冒出来，又有千百个理由将其推翻，然而，终究抵不过眼前的白纸黑字。

丝丝寒意从肌肤上袭来，仿佛有无数只冰冷的触手从心间爬起，将她病弱的身躯完全裹住，昏黄不见天日，心底渐渐漆黑，只余一方白茫茫的空洞，凄惨惨地照耀着她无神的双眸。

一个念头渐渐从心底生出，缓缓汇成一句话：原来所谓的一生相伴，竟也不过如此。

"不！"楚乔陡然站起身来，眼神中露出几缕锋芒，此事她绝不相信，除非他亲口告诉她！她楚乔也绝不会这般糊里糊涂地被人欺骗！

身上的病痛骤然消失不见，她几步跑回房里，披上大裘走出门去。绿柳惊慌地跟在后面，凄惶地叫道："姑娘！您身子还没好，这是要去哪儿啊？"

楚乔也不理她，翻身就上了马，向着第一军营呼啸而去。

然而，到了军营之后，她却不得而入。第一军的将士不认得她，也不相信她说的话，只是决然地将她拦在门外。就在这时，忽听一声呼喊在耳边响起，楚乔回过头去，只见来人极为面熟，仔细一看，竟然是当日在乱军之中跟随她的杜平安。

平安见了她，顿时大喜，几步跑上前来，大声叫道："大人，我总算见到您了，我在殿下府外徘徊了三日，可是他们就是不让我进去，您来了，这下好了！"

楚乔微微一愣，问道："你找我有事吗？"

平安也是一愣，随即反问道："大人您不知道？"

"知道什么？"

顿时，杜平安面色大变，高声叫道："大人，出大事了！"

天空灰蒙蒙的，风卷着残雪扫过大地，第二军的中军广场上，两方人马正在静静地对峙着。藏青色的牛皮软甲包裹着那些身经百战的年轻身躯，握刀的手青筋暴起。燕洵一身黑色战袍，中军大帐的帘子被撩开，他坐在铺着白虎皮的椅子上，目光冰冷地望着外面的人，语气平静地说道："这么说，你们是又要反了？"

森冷的气息扑面而来，话里夹带的刀锋，更是尖锐刺人，西南镇府使的官兵面皮发紫，显然在极力地控制着自己的情绪。贺萧站在人前，年轻的将领算不得英俊，但是鲜明的轮廓和铁血的军人气息让他整个人充满了凌厉的气质，此刻他伸手拦住身后激动的士兵，皱着眉缓缓说道："殿下，你曾经答应过我们，对过往之事既往不咎。"

"我并没有食言。"燕洵淡淡一笑，眉梢轻轻一挑，眼底闪着淡漠而轻蔑的光，"外面跪着的，不是叛徒，而是逃兵。"

"我们不是逃兵！"

一声愤怒的喊叫突然传来，只见在广场的中央，三十多名身穿西南镇府使军服的士兵跪成一排，在他们的身后，是第一军寒冷的战刀，一名年轻的士兵激动地喊道："无论是谁，都不能烧我们的军旗！"

一面沾满了鲜血的破破烂烂的白底红云旗被扔在地上，其中一角已经被烧毁，乌黑大片，参差不齐。

燕洵用眼梢淡淡地瞥了他一眼，鼻息间发出一声不屑的轻哼，"西南镇府使早在三日前就已经在这个世上消失了，还要军旗何用？你们袭击友军，大战之前深夜出城，就是背叛，如此蔑视军规，若让你们得过且过，燕北还有何军法可言？"

燕洵的声音突然凌厉起来，他的目光锐利地扫过那些不甘的眼睛，蓦然挥手，寒声道："背叛乃是最大的罪过，我可以饶你们第一次，却不能饶你们第二次，来人！将这些人军法从事，凡有不服者，一律按照同党处置！"

"殿下！"贺萧剑眉竖起，猛然上前一步。然而，只听唰的一声，一片雪亮的刀光突然晃过，两万禁卫军的战刀同时出鞘，动作快得惊人。转瞬间，刀剑加身，却无一人发出半点声音。第一军的战士也齐齐上前一步，弓箭手拿出早已准备好的箭矢，弯弓搭弦，箭矢林立，满目狰狞。

第二军的军士们都惊呆了，这段日子，他们一直和西南镇府使的官兵们在一起，当初在北朔城上，也有过并肩作战的情谊，是以今日也是打着几分声援之情而来，只是现在看到燕洵和第一军的架势，他们却有些束手无策了。

西南镇府使如今仅剩下不到一千五百人，他们站在上万人的大军中央，身无兵刃，一个个握紧了拳头，满脸通红，面对着森冷的箭矢刀锋，双眼愤怒得几乎喷出火来。贺萧眼神环视，终于深深吸了一口气，沉声说道："殿下这是要赶尽杀绝吗？"

燕洵高深莫测地笑了一笑，目光阴沉，好似深不见底的大海，"贺统领是有功之臣，自然不能和那些叛徒同日而语。"

"殿下！"贺萧眼睛通红，缓缓上前一步。二十名禁军顿时迎上，将雪亮的刀架在他的脖子上，他却凛然不惧，一字一顿地沉声说道："真煌之战，西南镇府使官兵战死六千；赤渡之战，西南镇府使官兵战死四千，风汀将军身中数十箭，仍旧战斗不息；慕容将军于百丈崖设伏，箭矢滚石耗尽之后，以大火拦阻敌人，活活葬身在烈焰之下；乌丹俞将军带着五百人，将大夏几十万大军整整拖了三日，最终孤军冲杀，死于乱军之中；北朔之战，我们孤军劲旅，援助边疆，死守城墙，一步不退。西南镇府使的忠诚，天地可昭，日月可鉴，北朔城内上万军民，人人有目共睹，殿下这般对待忠臣，贺萧不服！"

"大胆！"第一军第三卫队的少将邱毅突然上前一步厉声喝道，如今他已经是燕洵禁卫军的副军长，是新近被燕洵从底层将领中提拔而起的年轻将领，只听他沉声说道，"小小一个统领，竟敢对殿下出言不逊，你自己帐下不严，殿下尚且没有和你计较，如今你还敢以下犯上，还知道军法为何物吗？"

"殿下！"贺萧单膝跪地，眼神坚韧，朗声说道，"西南镇府使两千将士，个个真心归顺，殿下此行，不怕寒了天下人的心吗？"

"越说越过分了！"邱毅身旁的第一军副帅冯路喝道，"将他拉下去！"

禁卫军顿时上前，就去扭贺萧的手臂，站在贺萧身后的西南镇府使将士见了，蜂拥上前，情况一片混乱，贺萧大声叫道："殿下！连巴图哈家族的降兵都有立足之地，为何要对我西南镇府使斩尽杀绝？贺萧不服！贺萧不服！"

"住手。"燕洵说道，声音不大，却透着威严，他冷眼看着贺萧，缓缓说道，"贺统领，我今日处置的，只是昨晚逃出北朔的士兵，和你们并无关系，我希望你不要置身事内，不然的话，休怪我治你一个扰乱军心之罪。"

"殿下，他们并非叛逃，而是为了保护军旗，被追杀之下，才慌不择路地逃出城去……"

"军令就是军令！我不要听解释，我看的只是结果！若是人人都有借口，我燕洵该如何治军？"燕洵眉梢一挑，凌厉地说道。

贺萧眼睛通红，大叫道："殿下！"

"行刑！"

"殿下！"贺萧大叫着冲上前去，两千西南镇府使的官兵齐齐跟在他的身后。禁卫军见状，拔出腰间刀鞘，潮水般地拥去，照头便打，以十敌一，一时间，鲜血飞溅，嘈杂一片。第一军围在外围掠战，广场一片喧嚣，只有第二军的诸人站在外面呆呆地看着。

邱毅对着执行军法的军士大喊道："还愣着干什么？杀！"

"兔死狗烹，鸟尽弓藏，燕洵，你忘恩寡德，背信弃义，我们果然看错了你！"西南镇府使的书记官文阳跪在地上，昨晚就是他最先发现第一军收走了他们的二十面军旗，在第一军军营中焚烧。当时情况突然，来不及禀报贺萧，文阳带着书记室的三十多名文官骑马冲进第一军，抢回军旗，逃往城外。此刻，他被人强按在地上，脸孔贴在冰凉的雪地上，犹自大喊。

邱毅大怒，一脚踢在他的嘴上，鲜血狂喷而出，文阳嘴角豁开，满口鲜血，却仍旧大喊不休，邱毅怒道："杀了他！快！"

"你个王八蛋！老子砍了你！"一名西南镇府使的官兵冲出人群，满头鲜血地朝着邱毅冲来。

邱毅一惊，转头向燕洵看去，只见燕洵面色平静，右手在桌面上轻点，却并不出声。邱毅福至心灵，勃然怒道："西南镇府使反了！杀了他们！"

原本以刀鞘进攻的禁卫军听到命令，顿时拿起战刀，说话间就要向西南镇府使的官兵头上招呼。而执行军法的官兵此刻也提着大刀走上刑台，其中一人来到文阳身前，面不改色，举刀便砍。

在外围站立的第二军傻了眼，没想到情况会急速转变成这般模样。眼看第一军的屠刀就要落下，就在这时，只听辕门之外，一道清厉的女声冷然高呼道："住手！"

刹那间，声音划破长空，穿透寒冷的风雪，猛然刺入混乱的人群之中。马蹄溅雪，女子一身白袭，快马疾奔而来，还没到地方，登时跳下马背，一拳打在一名试图拦阻她的第一军军官脸上，风一样地冲进人群，大声喝道："你们在干什么？"

"大人！"

"是大人！"

西南镇府使的官兵们齐声叫道，双眼顿时燃起希望之光来。楚乔几下推开几名扭打在一块儿的士兵，大步走到贺萧身前，还没待他说话，一把抽出马鞭来，对着他的脊背就是一鞭，怒声道："你就是这么带兵的吗？"

霎时间，所有人都愣住了，贺萧脸孔通红，他身后的西南镇府使也集体石化，第一军的将士更是当场愣住。只听楚乔怒声道："我是吩咐了让你们保住军队、番号和军旗，但是我有让你们去攻打第一军大营吗？如今你们还敢在殿下面前动武，你们想要干什么？想要兵变吗？"说罢，楚乔转过去，对着燕洵说道，"殿下，今日之事，乃是我之过错。一切命令皆是出自我口，贺萧等人不过是听命行事，我近日重病在床，未对他们严加管教，以至于出了这么大的纰漏,我自愿请求军法处置!"

看到楚乔出现的那一刻,燕洵的面色就渐渐冷了下来,他坐在中军大帐的主帅位上,双眼微微眯起,深深地看着她,却并没有说话。

邱毅眉头一皱,上前说道:"如果我记得没错,楚大人不是西南镇府使的直属上司吧?楚大人是参谋部的作战参谋,不是领兵统帅,西南镇府使为何要听从大人的命令?"

楚乔闻言,冷冷地转过头去,皱眉看了邱毅一眼,随即冷然说道:"你是何人?我和殿下说话,哪有你插嘴的地方?"

"我……"

"阿楚!"燕洵面色阴沉地沉声说道,"不要胡闹,回去。"

"殿下,西南镇府使肆意妄为,理应受军法处置,而我当日身为北朔城防的总统令,身兼第二军和西南镇府使官兵的领袖之责,如今西南镇府使犯错,乃是我之过错,我请殿下治我驭下不严之过,并且看在西南镇府使于赤渡、北朔两战中,战功显赫的面子上,对他们从轻发落,对于西南镇府使造成的损失,属下愿意一力承担。"

楚乔拱手站在广场之上,上万双眼睛齐刷刷地望着她,她却浑然未觉,双眼一眨不眨地望着燕洵,眉心紧锁,面容严肃。

邱毅怒道:"什么西南镇府使,早在三天前,他们的番号已经被取消了,我们燕北军中,怎可容叛徒的旗帜?"

此言一出,西南镇府使官兵顿时大怒。八年前的火雷原一战,西南镇府使背叛燕北,投靠大夏,以致燕世城一败涂地,燕北军死伤几十万,鲜血染红了北朔城门,倒下的尸山血肉至今仍旧供养着那片火红的火云花,使之年年殷红,常开不败。八年后,在大夏国都真煌城内,西南镇府使再次背叛,投向燕北,帮助燕北世子燕洵逃离真煌,回到燕北,一手炮制了震惊大陆的"真煌之变"。就此,"背叛"二字成了西南镇府使的代名词,哪怕他们战斗力超强,但是仍旧遭到全大陆所有军人的排挤和鄙视,可是没想到,他们为了保卫燕北,付出了这样沉重的代价,仍旧没有洗清身上的耻辱,邱毅一口一个叛徒,怎能不让西南镇府使的人暴怒?

楚乔冷然转过头去,眉梢一挑,怒声说道:"简直一派胡言!西南镇府使回归燕北,是殿下亲口承诺的,殿下是我们燕北的王,金口玉言,一言既出,驷马难追,以前的事早就已经一笔勾销,你还一口一个叛徒地叫着,可是要置殿下于不信不义之地?言辞可憎,居心叵测,我看你才像是大夏的奸细!"

邱毅额头青筋暴起,顿时怒道:"你再说一遍!"

楚乔却不屑地冷哼一声,"军队的番号乃是一军的荣誉,西南镇府使乃是百年前第一任老燕王亲手组建,历史悠久,怎可轻易被废?贺统领率领西南镇府使一路追随殿下,从真煌起义之日,患难相随,历经数场生死之战,功勋卓著,战功赫赫,赤渡城下七千兵马击溃夏军二十万人,北朔城头两千西南军堪比四万普通军士,此等军队,怎可废其番号,毁其军旗?殿下事务繁忙,定是你们这些无知小人从中作梗,阴谋离间我燕北大军,阴邪无耻,其心可诛!"

邱毅大怒,一把拔出腰间战刀,怒声喝道:"你血口喷人!"

贺萧等人见了,齐齐奔上前来,红着眼睛挡在楚乔身前,怒道:"你敢上前一步?"

"都住嘴！"

燕洵缓缓站起身来，年轻的燕王一身笔挺的军装，身披一件乌黑大氅，缓步上前。他所过之处，众人无不退让，终于，他来到楚乔面前，离得那般近，微微颔首，望着少女光洁的额头和雪白的脸颊，沉声说道："谁叫你来的？"

楚乔摇头道："无人叫属下，是属下自己前来。"

"回府去，这里没你的事。"

"燕北的事，就是我的事，我是军中一员，更曾是西南镇府使的长官，理应对下属所犯的错误负起责任。"

燕洵缓缓皱起眉来，眼神中带着几丝不悦，低声道："阿楚，你知不知道你在做什么？"

楚乔低着头答道："属下很明白。"

"你要和我作对？"

"殿下言重了，属下只是承认自己所犯的错误罢了。"

四面八方聚满了人，第一军和第二军的大部分将领和士兵全在场，广场上人山人海，人人屏住呼吸，望着站在场中的这一对男女。大雪纷扬，天地间一片萧索洁白。燕洵的目光阴沉如海，他深深地望着楚乔，有丝丝怒气和冷意从他的身上散发出来，许久许久，他突然回过头去，大步向大帐走去，一边走一边沉声说道："楚参谋因病卸职，早已不是北朔城的主帅，西南镇府使所犯之罪，与他人无关，行刑！"

"殿下！"楚乔大惊，猛地抬起头来，双眼圆睁，失声叫道。

"大人，不必再为我等费心了，您回去吧！"文阳满嘴鲜血，倔强地抬起头来大声叫道。

其他士兵也挺起胸膛，悲声说道："大人！您回去吧！"

楚乔却丝毫不理会他们的叫声，而是上前几步，却被禁卫军拦在外面，她急切地说道："殿下，西南镇府使虽然有罪，但是罪不至死，他们从真煌起，就一路效忠于你，忠心耿耿，日月可鉴！"

燕洵背对着她，闻言，缓缓回过身来，用只有附近的人才能听清的声音不屑地说道："阿楚，你平心而论，他们效忠的人，是我吗？"

霎时间，好似一根大棒猛地砸在头顶，楚乔整个人当场愣住。她皱起眉来，难以置信地看着燕洵，想说什么，却感觉嗓子似乎被人堵住了，什么也说不出。风那般冷，吹在脸上像刀割一样，她却毫无知觉，只觉得一颗心似乎落在冰原之上，冷得麻木。

大雪弥漫，全场落针可闻，许久，只听砰的一声，楚乔双膝跪下，眼眶通红，病态的脸上一片潮红，语调低沉沙哑地说道："殿下，我愿以性命担保，西南镇府使的将士们是忠心效忠于你，若有一点反意，我楚乔甘愿死于乱箭之下。"

"哦？"燕洵轻声说道，"你愿意担保？"

"我愿意。"

"那么除了你，还有谁相信他们？"

楚乔顿时转头，向四周看去，第一军的诸位将领全部面无表情地站在那里，没有一丝一毫的波动，这不奇怪，他们毕竟都是燕洵的心腹。但是当楚乔看向第二军的时候，那些原本曾和西南镇府使并肩作战的将士，突然变得犹疑和怯懦了，他们低着头，躲闪着少女的目光，全然忘记了曾经是谁在绝境中挽救了他们的生命。第二军、当地民军、自卫团、各部落族长的家族军，甚至还有曹孟桐的贴身亲卫，这两万人曾经和西南镇府使一路并肩作战，他们跟随着楚乔的步伐，杀死了赵齐，更击溃了赵飏的数次进攻，可是这一刻，他们却好像不认识她一样，站得远远的，目光里没有一丝袍泽之情。

楚乔渐渐绝望了，冷风吹过她单薄的身体，偌大的雪地一片洁白。她望着燕洵，望着这个八年来始终和她站在一处的男人，一字一顿地沉声说道："我愿意相信他们，我拿我对殿下的忠诚起誓。"说罢，她深深地磕头在地，光洁的额头落在冰冷的雪地上，向来挺拔的脊背弯曲下去，狂风吹起她身上的大氅，越发显得她单薄瘦削。

"大人！"刑台上，有士兵哭出声来，并非不怕死亡的，只是这一刻，有更沉重的情绪盘踞在士兵的心头，他们大声叫道，"大人！起来啊，一人做事一人当，我们甘愿受死！"

楚乔没有动，仍旧跪在地上，声音渐渐嘈杂，风雪越发大了。人群纷杂，那么多的声音从四周传来，她却都听不见，犹自在等待着头顶的那个声音。

终于，一声低叹缓缓传来，那一瞬，她浑身颤抖，甚至以为自己成功了，可是下一秒，冷冽的声音顿时响起，燕洵沉声说道："行刑！"

唰的一声，一排整齐的声音顿时响起，随即，有重物纷纷落地的闷响传来。刀太快太利，甚至没有一个人来得及发出一声惨叫，腔子里的血喷出老高，洒在洁白的雪地上，像是怒放的梅花。

静，太静，楚乔的血在那一瞬间冷了下去，四肢百骸都灌进了风，呼呼地吹着。她的手抓在地上，掌心是一团冰冷的雪，那么冷，就像她的心，已然失去了温度。

"贺萧统领治军不严，其下士兵跟随他以下犯上，无视军法，拉下去每人杖责八十，随后交由第一军暂时收押。"

燕洵的声音在头顶平静地响起，全场无人说话，也无人反抗，将士们都听从吩咐，动作起来，靴子踩在雪地上，发出吱吱的声响。

"大人，"贺萧的声音从身后传来，他似乎跪在了地上，语气很平静，声音里却是掩饰不住的悲伤，他静静地说道，"属下们给大人丢脸了，还请大人珍重自己。"

脚步声越走越远，人群渐渐散去，风骤然大了起来，不知道过了多久，楚乔的膝盖跪麻了，手脚已经僵硬得不会动了，她却仍旧保持着那个姿势，跪在那里，雪一点一点落在她的身上，积起了厚厚的一层。

白色雪驼绒军靴缓缓靠近，燕洵伸出手来，扶住她的肩，她却顿时像是被火烫到了一样，跳起身来，脚步踉跄，险些倒在地上。

禁卫们背对着他们，站得远远的，燕洵一身黑色长袭，站在她面前，许久也没有说话，只是保持着那个搀扶她的姿势，手遥遥地向着她尴尬地伸着。

"阿楚。"燕洵轻声唤她，她却已经听不见了。她踉踉跄跄地回过身，找到她的马，然后翻身跳了上去。

这一天是那般冷，楚乔突然想起前几天，自己还可笑地认为燕北比下唐还暖和一点，可是现在，她却陡然发现，燕北竟是这样冷，冷得让人心脉俱寒，冷得让人血液凝固，冷得让人如坠冰渊。

这天晚上，楚乔病情加剧，还没走出军营，她就从马上摔了下来。被送回府之后，绿柳急得失声痛哭，守在她的床边，一遍一遍地呼唤着她的名字。她迷迷糊糊地睁开了眼睛，想要同她说别担心，我不会死，我还有很多事没做。可是她张开嘴，却说不出话来。

半夜醒来的时候，小丫鬟仍旧守在她身边，见她醒了，一边笑着一边落下泪来。吃了药，已是二更，绿柳告诉她，燕洵早就回来了，却没有进来，一直站在她的门前，已经六七个时辰了。

"外面还下着大雪呢。"绿柳小声地说，用眼梢偷偷地打量着楚乔。

楚乔躺在那里，很多事情在她的脑海里一一闪过，那些过往像是流水一般，跳动着冰冷的浪花，在这八年的坎坷和艰辛之中，一一汇成一条曲折的河流。她想她应该明白了，并无怨言和愤恨，余下的，只是冰冷的失望。

真煌城里、西北大地上、赤渡城头、北朔战场，西南镇府使的军官们用鲜血和年轻的生命书写了他们的忠诚。年轻俊朗的风汀，沉稳持重的慕容，足智多谋的乌丹俞，坚忍不拔的文阳，以尸体为滚石、以身体为盾牌的战士，他们都不是圣人，他们也曾犯过错误，他们的父辈更是曾经背叛过燕北，犯下滔天大罪，欠下累累血债。但是从真煌城起，从他们追随自己旗帜的那一天开始，他们就已经把生命和未来都交付在自己手上了。燕洵说得对，他们并不是效忠于他，他们效忠的，是她楚乔，而她，却没有能力庇护他们。

她肩负着这支孤军的期望，她承诺要为他们洗清耻辱，她曾在赤渡城头大喊，只要他们奋勇作战，将大夏拒之门外，他们就会成为燕北的英雄，他们的名字将被刻在燕北的军功谱上！于是，他们跟随着她的脚步，保护着厌恶他们、唾弃他们的燕北大地，不屈地抗击了数十倍于他们的敌人。

然而如今，她的雕塑被列入燕北忠义堂，成了家喻户晓的英雄，而他们，死在了自己最爱的人手上。

她做了什么，她用那些年轻的生命，为自己换取了什么？

心口好似被巨石压住，喉头腥甜。战士们在她的背后倒下，她却连回头看他们一眼的勇气都没有，离去的时候，仓皇回首，却只看到一片污浊的鲜血。

"姑娘！姑娘！"绿柳紧张地掰开她的手，手心处已经鲜血淋漓，指甲深入血肉，那般用力。

"你先出去吧，让我一个人静一静。"低沉的嗓音在屋子里响起，沙哑得不成样子。

绿柳犹豫了半响，终于还是退了出去。屋子里顿时安静下来。

月上中空，外面风声渐大，她知道，那个人仍旧在，如果她不出去，他一直会在。他一直是这样固执的一个人，小的时候，他跟着她学习刀法，那么繁杂的功夫，他却硬是在一个月内学会了。他通宵地练，手脚都被磨得起了水泡，却从不停歇。直到现在，她还总是能回想起当初的那个院子，他站在柱子前，挪腾劈砍，眼神坚韧得像是一只老虎。

他心里装了太多沉重的东西，她曾经以为她全了解，现在，她却渐渐迷惑了。

眼神渐渐冷寂下来，却有坚韧的光芒在闪动着。她突然下了床，只穿一件单衣，站在原地，深深吸了两口气。然后，她突然跑到门口，一把拉开门冲了出去，径直扑进了那个坚硬的怀抱之中。

感受到她体温的那一刻，燕洵突然愣住了，他没想到她会出来，或者是没想到她这么快就不气了，直到感觉到那双纤细的手臂紧紧地抱着他的腰，他才顿时反应过来，随即，他更用力地回抱住她。

"阿楚！"他低声地叹，"我伤你的心了。"

楚乔伏在他的怀里，紧紧地抱着他，却并没有说话。燕洵低声说道："我并非猜忌你，也并非嫉恨西南镇府使，他们如今不满两千人，编制严重不齐，取消番号是必然的。可惜他们太过桀骜不驯，竟然攻击第一军大营，我若是不进行处置，军威难立。"

楚乔悲声说道："我明白，我全都懂，燕洵，是我让你难做的。"

燕洵抬起她的下巴，看着她的眼睛说道："没关系，我只是怕你伤心，你肯出来见我，我就放心了。"

楚乔眼眶通红，抿着嘴说道："西南镇府使屡次救我，对我有大恩，燕洵，我实在不忍心。"

燕洵微微皱眉，终于无奈说道："好吧，我就放了贺萧他们，但是他们若是再触犯军规，我不会再手下留情了。"

楚乔点了点头，"燕洵，多谢你。"

夜黑风高，弯弯的月亮发出惨白的光，两人在月下相拥着，距离那么近，感觉却是那般远。

燕洵回房之后，楚乔也回到了自己的房间，房门刚一关上，她的面色就冷了下来，静静地走了两步，扶着床柱坐了下来。

编制不满？取消番号？抢夺军旗？犯上作乱？燕洵，你怎可这样欺我？

对于一个军人来说，取消番号是何等奇耻大辱？战争之中，哪怕只剩下最后一个人，都要保护军旗，只要军旗还在，军队就不会散。招募人员补充编制又是怎样简单的一件事？第一军三十多万人马，文阳他们三十多个文官，难道就能神勇无敌地冲进第一军中抢夺军旗，然后逃出城外？西南镇府使的人要被处决，贺萧等人首先就应该被控制起来，怎能让他们进入刑场，大闹特闹？

你莫不如说是嫉恨西南镇府使曾经背叛过燕北，也好过说这些话来蒙骗我。

一行清泪缓缓落下，月光从窗外射进来，屋子里一片银白。她静静地靠坐在床头，千思万绪涌上心头，却不知道究竟何处出了错误。这时，一块冰冷的玉牌突然从床上落到地上，她捡起一看，竟是保佑她长生的祈福玉牌，想来是绿柳刚刚忘在这里的。想起之前风致和绿柳拿来的那尊长生牌位，她顿时心头冰冷，像是被人从头浇了一盆冷水。

不管怎样，贺萧等人暂时安全了。

她苦笑了一声，想不到，她竟然也要用这种方法了。她的眼泪在黑暗中一行行落下，像是断了线的珠子。

燕洵，燕洵，你是怎么了？

长夜漫漫，她终于再也忍不住，痛哭出声。

第十四章

仇人见面

夜已经深了，野鸟从头顶上掠过，足爪上闪烁着腐肉的磷光，马蹄敲打在不知堆积了几千年几万年的冰层上，嗒嗒作响。风从远处吹来，带着干燥寒冷的气息，天气越发冷了，北风像是发了疯的虎，整日号叫。楚乔骑坐在马背上，缩了缩脖颈，伸出舌头舔了舔发干的嘴唇，远远地追着前面的灯火，却并不靠近。

不知道又过了多久，队伍终于停了下来。楚乔翻身跳下马来，感觉脸上的肌肉都快被冻僵了，她伸出手来搓了搓，从马背上卸下行囊，解开大大的包袱后，就开始拾柴生火。

与此同时，前面不远处，黑压压的军队里，也飘起了道道炊烟。

燕洵营帐的裘皮帘子一动，阿精带着满头雪花走了进来，眼见一个年轻的将领站在燕洵身边小声地汇报着什么，面色登时有些难看。

燕洵轻轻地瞟了他一眼，目光很是寡淡，看不出是什么情绪，只是静静地听着那人的话，不时地点点头。阿精尴尬地站在门口，面皮微微发红，过了许久，他终于故意咳嗽了一声，大声说道："殿下，属下有事禀报。"

燕洵似乎此刻才发觉他的存在，抬起头，淡淡地看着他，然后波澜不惊地说："去外面等着。"

阿精的脸突然变得更加红了，他生气地看着燕洵身边的那个人。只见那人弯着腰，一副恭敬谦逊的模样，见自己进来，连眼梢都没抬。阿精顿时满心火气，瓮声瓮气地答应了一声，转身走出大帐，靴子落在地上，砰砰作响。

外面冷得出奇，北风卷着大雪，浇了松油的火把在风中呼呼作响。阿精站在门口，左右的侍卫见了他，也并没有说话，只是淡淡地行了礼，就当打过招呼了。阿精心下涌过一阵不舒服，如今的禁卫军，他已经一个都不认识了，他这个禁卫队长，也快成了摆设。

不知道过了多久，阿精被冻得不停地在原地跳来跳去，正搓着手来回溜达着，忽见帘子一动，年轻的军官一身深蓝色笔挺军装，镇定地从里面走了出来。

"咳……呸！"阿精故意咳嗽了一声，然后在他的脚下使劲吐了口痰，痰液正好落在那名军官的鞋尖上。

军官顿时停下脚步，缓缓转过头来，却正好碰上阿精挑衅的眼神，军官面无表情，目光闪烁，然后像是什么也没发生一样，转身走入浓浓的黑暗之中。

"胆小鬼！窝囊废！"阿精大声骂道，"怪不得要当逃兵呢！"

夜里一片漆黑，转眼就看不到那人的身影，阿精哼哼了两声，转身进了大帐。

燕洵正在灯下查看地图，听到他进来，也没有抬头，只是沉声问道："什么事？"

阿精收敛心神，连忙说道："殿下，姑娘还在后面跟着呢，这么冷的天，没有帐篷过夜，那可……"

"什么？"燕洵好看的眉头缓缓皱起，抬起头来，一双眼睛黑沉沉的，声音很低，语调拉得也很长，却夹杂着几丝明显的怒意，"你不是说她已经回去了吗？"

阿精挠着头，小声说道："是啊，我是亲眼见姑娘掉转马头，往北朔去了，谁知晚上她又跟了上来。"

"废物！"燕洵一把将地图摔在桌子上，怒声道，"一群男人，连个女人都看不住。"

阿精委屈地垂着头，也不说话，心里却道："那可是您的心头肉，我们又不敢动手，又不敢动粗，更不敢绑起来遣送回去，她满口答应，说送一段就回去，谁知道会再跟上来啊！"

燕洵转身拿起衣架上的大氅，披在身上就向外走去。阿精见了面色一喜，连忙凑上前来殷勤地说道："殿下，我将马都给您备好了，咱们快点走吧，去晚了，姑娘可要挨冻了，属下就说嘛，殿下您怎么会不管姑娘呢？咱们燕北除了您，姑娘可就是二号人物了，姑娘跟着您在真煌同甘共苦，哪里是那些背信弃义的白眼狼能比的？属下就知道……"

然而，他的话还没说完，突然发觉身后的人竟然没跟上来。他回过头去，只见燕洵站在大帐中央，筒灯里的火烛灼灼地照着他的脸，他的脸孔明明烁烁，依稀有浅灰色的光影在脸颊上晃动，像是隔着看不透的雾。

"殿……殿下？"阿精试探着小声叫道。

燕洵站在那里，眼神静默，目光好似天穹上游弋的云，终于，他垂下了正在系大氅带子的手，声音平静地说道："你带上二十名禁卫，去将她接来吧。"

"啊？"阿精愣愣地张着嘴，问道，"殿下，您不去了吗？"

燕洵也没说话，只是淡淡地转过身去，脱下大衣。然后，他缓缓地走到书案前，手指摩挲着那幅巨大的燕北地图，久久没有说话。

燕洵的背影隐没在重重灯火之中，光芒璀璨，亮得让人无法逼视。恍惚间，阿精突然觉得自己似乎花了眼，他看着燕洵的背影，突然想起了很多年前在盛金宫，那个天光耀眼的早上，大夏的皇帝从重重宫阙中缓步而出，他跪伏在人群中央，偷偷地抬起头，却差点被那金灿灿的龙袍晃花了眼睛。

"是，属下遵命。"

阿精答应了一声，正要走，却听到燕洵低沉的声音传了过来，"以后未经通传，不得擅自进入大帐。"

年轻的燕北战士默默地点了点头，再无初时的活泼，一板一眼地答："是，属下遵命。"

楚乔跟着阿精进营地的时候，燕洵已经睡下了，她对着燕洵已然熄了灯的大帐，愣愣出神。风致一路小跑过来，有些局促地说道："殿下走了一日的路，应该已经很累了。"

"嗯，"楚乔点了点头，没有什么特别的情绪，只是静静说，"那我先回去了。"

回到营帐的时候，手脚已经被冻得麻木了。阿精带着人很热情地进来给她送热水，战士们虽然大多不认识她，却听过她的名字和事迹，所以都围在外面探头探脑，直到被阿精呵斥了才离去。

过了一会儿，帘子一动，一个小脑袋从外面闪了进来，笑着喊道："楚大人！"

"平安？"楚乔微微惊讶，只见平安穿着一身小号的军服，几日不见，他似乎又长高了一些。当日的事了结之后，她就病了，一直没顾上他，没想到今日又在这里见到了，她连忙说道，"你怎么在这里？"

"我当兵啦。"

"你？当兵？"楚乔一愣，"你才几岁？"

"大人，不要瞧不起人嘛，刚刚阿精将军发话了，以后平安就是姑娘的勤务兵了，您有什么杂活，都可以交给我来办。"

勤务兵？这样也好，最起码不用上战场了。楚乔微微一笑，揉了下孩子的头发，说道："去跟阿精说，就说我多谢他了。"

"将军今晚不守夜，是程大人守夜。"

楚乔眉梢微微一挑，阿精是燕洵的贴身禁卫，向来是最忠诚的护卫，怎会不守夜呢？她轻声问道："程大人？哪个程大人？"

"我也不知道。"平安毕竟还小，孩子气地皱眉道，"我就知道那位大人姓程。"

"哦，"楚乔点了点头，"时间不早了，你先回去休息吧。"

平安清脆地答应了一声，似乎很开心的样子，蹦蹦跳跳地就出了门。楚乔看着他的背影，突然觉得有几分难过。若是在现代，这么大的孩子，正是每天背着书包上学校，遇事就躲在父母的怀里撒娇哭闹的年龄呢！可是在这里，他却过早地担负起了照顾妹妹的责任，过着刀口舔血的日子。

洗了把脸，之前还滚烫的水，这会儿已经有些冷了，她费劲地脱下靴子，放进水里。脚已经被冻肿了，红紫红紫的，一碰到温热就痒，她深吸一口气。洗完后，她吃了一口刚刚送来的干粮，然后靠在温暖的被子上，微微出神。

那日的事，终究还是在两人的心里存了芥蒂。尽管她不露声色，燕洵也努力地想要调整和挽回，但是有些东西就像是瓷器，一旦被摔裂了，无论你怎么补救，都是无济于事的。

因为她的病，燕洵将大军开拔的时间整整推迟了两日。这两日，他整日整夜地守在病榻前，为她喂饭端水，甚至亲自熬药，殷勤得让周围的人心惊胆战。然而，当楚乔提出要随军的时候，他还是果断地拒绝了，理由充分到让人无法反驳。但是不管那些话听起来是多么为她着想，多么合情合理，楚乔的脑海中还是不停地回荡着燕洵当日的那句话："若是他们以后再触犯军法，我就不会再手下留情了。"

这是一句警告，但是又如何能肯定这不是一个信号呢？楚乔为自己的这种想法感到愧疚，从什么时候起，她对他竟然充满戒备了？除了那一日，燕洵对她一如既往，好到甚至让楚乔以为，当日的一切只是一场梦境罢了。然而当大军开拔的那一天，她甲胄齐备地拦在城门前，单膝跪在地上请求从军参战的时候，燕洵却生气了。

这是他第一次对她发火，并没有愤怒地大骂，而是久久地看着她，似乎透过她单薄的肩膀，看到了很多东西，最后，他只是轻轻地反问一句："阿楚，你在不放心什么？"然后，在她还没有回答之前，就骑马而过，连头都没回一下。

士兵们将她围起来，要她马上回府，她静静地看着燕洵离去的身影，突然觉得心里一片苍凉。他什么都明白,什么都知道,他的心思那样多,他问她,你在不放心什么?可是燕洵,那么你呢?你又在不放心什么?

她终究还是跟了上来,诚如他所说,她不放心,是的,她不放心他,她害怕他会杀光西南镇府使。在战场上,将一支部队悄无声息、不露痕迹地消灭,方法实在是太多了,西南镇府使的官兵们豁出身家性命跟随自己,她不能让他们就这样不明不白地死去。

也许是她小人之心了,但是燕洵,你既然知道我在害怕什么,为什么不对我做出承诺呢?还是,你根本就不敢,而我所害怕的那些,都已经在你的计划之中了?

地上的炭火静静地燃着,这是上好的白炭,只有一道淡烟,楚乔定定地盯着炭火,眼睛渐渐干涩酸痛。她的病还没有完全好,又在寒风中跋涉了一整日,疲累像是潮水一般袭来。她穿着白色的单衣,缩在床榻上,吹熄了烛火,静静地睡了过去。

外面的月亮明晃晃的,照着下面的雪地,一片白亮。帐篷里却是漆黑的,风呼呼地吹着,平地里没有一棵树,只能听见夜鹰的鸣叫声,凌厉地划过沉静的夜空。

不知道过了多久,四下里黑漆漆的,脚上突然传来一阵冰凉的触感。楚乔闭着眼睛,微微皱了皱眉,然后好像触电一般猛地坐起身来,冷然喝道:"谁?"

黑暗中,一个颀长的身影坐在床脚下,男人一身软布衣,借着微微的光,隐约能看到他的眉眼轮廓。他坐在那里,手掌轻轻地握着她冻伤的脚,一只碗放在床沿上,有浓烈的药香从里面散发而出。

"醒了?"燕洵静静地问,然后站起身来,点燃了烛火。暖黄色的火光照在他的脸上,有宁静而清和的气息。他又坐回来,伸出修长的手指,蘸了药,然后细细地涂抹在她的冻疮上,指腹温和,像是温柔的风,轻轻地扫过她的指尖和脚背。燕洵也不抬头,眼睛像是一潭寒水,波澜不惊地说道:"你的脚需要每天上药,在军中不比府里有丫鬟伺候着,这里事务繁杂,不要一忙起来,就忘了照料自己的身体。"

那药凉丝丝的,涂在上面十分舒服,楚乔的脚掌小巧可爱,还露出上面一截雪白的小腿。燕洵一手为她上药,一手抓着她的脚踝,声音像是水,静静地拂过两人之间的尴尬和难言。

"嗯,知道了。"楚乔点了点头,轻咬着嘴唇,却不知道该说什么好。她想起在宫里的那几年,一到冬天,她的脚就会冻伤,又红又肿,化脓流水,最厉害的时候,甚至没法下地。最初的日子里,他们没有伤药,燕洵就用酒为她搓,看她疼得厉害了,还打趣地说要灌醉她,这样就感觉不到疼了。当时的燕洵,眼睛弯弯的、亮亮的。即便是如今,每到夜晚,她仍旧能够梦到他当时的样子,那般清晰,清晰到连现在的他是什么样子,她都快忘记了。

"好好休息吧。"上好了药,燕洵站起身来,端着碗说道,"我先走了。"

"燕洵……"

燕洵刚一转身,就发现自己的衣角被一只嫩白的小手握住了。那只手那么瘦,听着她的声音,他的心突然就软了,他回过头来,看着楚乔的眼睛,静静地问:"什么事?"

"你在生我的气吗?"

燕洵看着她,声音很平静地反问道:"我该生气吗?"

楚乔有些气喘,大帐里很闷,她抿了抿嘴唇,然后说道:"我不知道。"

气氛骤然就冷了下来,两人谁都没有说话,空气里流动着尴尬的味道。燕洵长身玉立,墨发漆黑,双眼如黑曜石,静静地望着她。楚乔脸颊苍白,终于缓缓抬起头来,看着燕洵的眼睛，摇了摇他的袖口，轻声说："你就让我跟着你吧，行吗？"

燕洵默立了很久，看着楚乔的脸，也不说话，很多情绪从脑海中一一闪过，让他无法抓住最真实的自己。燕北政权崛起得太快了，如今就好比逆水行舟，每走一步，都要小心谨慎，他皱着眉，默想着自己未来的计划和战略，一一过滤，一一筛选，终于，他开口道："阿楚，你知道燕北目前最大的隐患是什么吗？"

楚乔抬起头来，并没有回答，因为她知道，此刻是不需要她来回答的。

果然，燕洵自问自答道："军阀割据，各自为政，大同势力盘根错节，军部政令不稳，人人都有自己效忠的主帅，这些，就是燕北的致命伤。"燕洵伸出手来，为楚乔将头发捋到耳后，说道，"这些，都是需要整顿和清洗的，尽管血腥，但这是一个政权想要站稳脚跟的必经之路，没有对错之分，是形势在逼着我这样走，我不希望你卷入其中，你明白吗？"

楚乔点头，"我明白，燕洵，我不掌兵，我只是想在你身边。"

听了楚乔的话，燕洵微微一愣，他以为楚乔追上来，一定是要做西南镇府使的头领的。一时间，他有些摸不清她的意图，心里却缓缓升腾起一丝温暖的火苗，他点了点头，温言说道："那就好。"

燕洵放下她的手，就要离开。他披上蓝棉布的披风，看上去，身体有些瘦。楚乔看着他，心底突然生出几许酸楚，她咬着唇说道："燕洵，你相信我吗？"

燕洵的脚步停了下来，只是却未曾回头，他的声音像是绵绵的海浪细沙，幽幽地响起。

"阿楚，我从未怀疑过你，我只是希望在动乱来临之前，保护着你远离是非，仅此而已。"

大帐的帘子微微晃动，人影一闪，就没了踪影。楚乔坐在床榻上，骤然失了困意。

更漏声响，一切都是静谧而安详的，她想起了很多年前的话来，他们彼此承诺：没有秘密，永远坦诚以对，不要让误会和隔膜阻挡在两人中间！只可惜，这终究只能是一个梦想而已，这个世界上有很多事，是不能对别人讲的，尤其是爱你的人。

她应该相信他的，楚乔静静地咬唇，不相信他，她还能相信谁呢？

她努力说服自己，然后躺了下去。闭上眼睛之前，却恍惚又看到了那日广场上的一排断头，鲜血飞溅，满地狼藉。

一连走了七日，才到了位于瑶省内的血葵河，大本营依山而建，屯兵二十万，远远望去，一片铁甲之色。

楚乔放弃西南镇府使的指挥权不是没有原因的，北朔一战之后，楚乔在燕北的声望，直逼燕洵，军队中对她也多有褒奖之词，再加上她多年跟随燕洵，战功赫赫，隐隐已是燕北的第二号人物。而西南镇府使，作为当年直接导致燕世城兵败的叛军，燕北人民对他们的感情是极端复杂的，既有多年的怨恨，又有对他们守卫燕北的感激，而这种情绪，是很可能被别人利用的。

西南镇府使对楚乔的忠诚天下皆知，一旦她继续统领这支队伍，燕洵就会丧失对西南镇府使的指挥权，这支队伍也会名副其实地成为她的私人军团。而这种事，是任何一个帝王都不能容忍的，所以，她必须放弃军权，站在燕洵身边。这样，一旦有事，她就会有一个中立的位置，无论是对西南镇府使，还是对她自己，都是一件好事。

她的想法本是很妥当的，然而，在看到西南镇府使的新任长官的时候，她却顿时愣住了，她的眉头越皱越紧，眼神凌厉如刀。着蓝色军装的年轻将领，淡笑有礼地看着她，然后静静说道："楚大人，好久不见。"

"程将军，"楚乔目光冰冷，冷笑一声，缓缓说道，"北朔一别，薛致远将军惨死，程将军跟着夏安将军离去，我还以为，这辈子都没机会再见到将军的金面了，没想到今日在此重逢，真是令人不胜欣喜。"

程远微微一笑，淡然道："人生何处不相逢，我与大人，也算是有缘了。"

楚乔冷哼一声，转身就往燕洵的大帐走去，一边走一边冷声说道："贺萧，看好队伍，我回来之前，不许任何人对西南镇府使指手画脚！"

"是！"贺萧大声地回答。

冷风吹在楚乔愤怒的脸上，薛将军，我终于可以为你报仇了！

第十五章
良人安在

　　燕洵又做了那个梦，汗水自额头涔涔而下，幽黑的眼眸静若深潭。外面阳光灿烂，他伏在案几上，内衫的衣襟已经湿透。他伸出修长的手端起茶杯，指甲修剪得很干净，指腹有多年练武留下的茧子，他用力地握着莹白的杯壁，手腕却在微微地颤抖着。

　　时隔多年，记忆像是早春三月淋了雨的湖面，远处的景致倒垂成影，模糊不清。他一直以为，多年的帝都隐忍，早已让他学会了短暂地忘却。然而，永远只消一个梦，就足以让多日的努力全部付诸东流。那些被他深深压在心底的记忆和画面，再一次狠狠地席卷而来，像是凌厉而尖锐的刀子，一刀刀剜在他的肌肤、骨髓上，不见血肉，誓不罢休。

　　梦里鲜血横流，父母亲人的眼睛冷冽地睁着，有殷红的液体自他们的眼眶中涌出，像是上好的葡萄酒。

　　这么多年，他以为他已经控制得很好了，然而当他踏上燕北大地的那一刻，那些蛰伏了多年的情绪，再一次喷薄而出，好比冬眠的毒蛇被惊扰，即便是闭着眼睛，也本能地知道该向哪里下口。这一刻，他终于明白，燕北并非他的救赎，而是他精神的大麻。

　　他定定地睁着双眼，眼神没有焦距地望着前方，呼吸渐渐平稳，却有浓浓的恨意从心间生出。嗜血的渴望在脑海中升腾，他迫切地想要握住刀，挥出去，享受利刃入肉切骨的快感。

　　就在这时，门外突然传来一阵吵闹，女子愤怒的声音尤其显得尖锐和凌厉，他的思绪陡然冷却平静下来。不用想就知道是谁来了，他喊了一声，随即，守门的侍卫就放她走了进来。

　　楚乔仍旧穿着那件雪白的大氅，这段日子，她似乎长高了不少，盈盈地站在那里，已然是一个大姑娘了。

　　燕洵收敛了方才的神色，温言道："侍卫是新换的，还不认识你。"

　　"为什么程远会在军中？"楚乔直入主题，完全不介意被侍卫拦阻在外的尴尬。

　　燕洵见她一副公事公办的模样，也坐直了身体，正色道："他立了功，杀了逃跑的北朔前城守将军夏安，带着北朔守军回归，理应褒奖。"

　　楚乔的眼睛亮晶晶的，死死地盯着燕洵，似乎想要在他的表情上找到一点破绽和漏洞，男人却淡定自若地坐在上面，面上没有一丝一毫的波澜。

　　"我要杀了他。"楚乔缓缓地说，声音很平静，眼神中却闪过一丝凌厉的杀气。

燕洵的眼梢微微挑起，静静地打量着楚乔，却并没有说话。空气越发沉闷，隐隐可以听到门外北风卷着积雪从帐篷的边角吹过的声音。

"我告诉你了，我走了。"楚乔沉声说道，转身欲走。

"等一下。"燕洵微微眯起眼睛，有些不悦地看着她，眉心紧锁着，缓缓道，"程远如今是西南镇府使的将军，如若他有事，西南镇府使首先便逃脱不了护卫长官不力的责任。"

楚乔回过头来，略略扬眉，"你威胁我？"

"我只是不希望你做错事。"

"他杀了薛致远，杀了西南镇府使的官兵，还险些杀了我。若不是他，燕北之战不会有这么大的损失，这个人阴狠毒辣，见风使舵，十足一个势利怕死的小人，这样的人你还要袒护他？"

燕洵看着激动的楚乔，表情波澜不惊，淡淡道："燕北不怕死、不势利的人太多了，我不觉得这算什么值得称道的品质。"

楚乔怒道："难道见利忘义、贪生怕死就值得称道了？"

"一个人要有所求、有所惧，才更容易掌控，阿楚，我希望你静下心来好好想一想。"

楚乔深深地看着燕洵，脑海中再一次想起那些惨死在北朔城下的战士和薛致远临死前的那声高呼，她突然觉得自己的血液变得滚烫，眼神锐利得像刀子一样，沉沉地问："若是我一定要杀他，你会将我怎么样？"

"你知道，无论你做了什么，我都不会将你怎么样的。"燕洵望着她，语气平静地淡淡说道，"若是这件事发生了，自然会有其他人为此付出代价。"

外面的光突然那么刺眼，楚乔的眼睛有些酸痛，火盆里的火噼啪作响，一室温暖，可是她却觉得血液一寸寸地冷了下去，险些被冻成冰柱。她的目光有些飘忽，似乎是看着燕洵，又好似穿过他，看过了很远。他的眉眼已然染上风霜，目光也不再清澈，早已不是当日赤水湖畔那个剑眉星目的朗朗少年，也不是盛金宫里那个和自己相依为命的落魄王子了。时间在他们之间劈开了一道巨大的鸿沟，她过不去，他也不再试图走过来了。然而，细细算来，一切不过才过去不到一年而已。权力到底是个什么东西，她今日总算是懂了。

"明白了，"楚乔淡淡地点头，微微一拱手，"属下告退。"

"阿楚，"见她如此落寞，燕洵微微不忍，心里像是被小兽锋利的爪子抓了一把一样，丝丝地疼，"你不要这样。"

楚乔低着头，不动声色地回答道："属下虽然愚钝，但是叛逃弑主、贪生怕死这类的优点还是没有的，殿下好好寻觅这样的人才吧，燕北中兴的希望就在这些人身上了，属下还有事，告退。"说罢，她也不看燕洵的表情，转身走出大帐。

裘皮帘子微微一动，外面的风骤然大了起来，燕洵坐在案几后，有些失神地望着门口，似乎是在期待着什么。

这是楚乔第一次跟他发火，这么多年来，无论他做了什么事、犯了什么错，她都能缄默不言，原谅他的一切举动。哪怕前阵子他险些放弃了整个燕北的百姓，她也并没有如何愤怒。

西南镇府使、西南镇府使，燕洵默念了两遍这个名字，不堪的记忆再一次回荡在脑海之中。

"这个名字太碍眼了。"年轻的燕北新王缓缓皱起眉来,手指不自觉地在桌上轻轻敲打,陷入了短暂的沉思。

燕北这个地方,常年都是刮风的,即便是此刻已然走出了燕北的地界,天气却丝毫没有转暖。刚刚走出大帐,就见不远处,一身深蓝色大衣的年轻男子静静地站在那里,身材挺拔,却故意微驼着背,看起来谦卑且恭顺,却并不显得卑鄙龌龊,有几分常人没有的气度和底蕴,十分沉得住气。见楚乔过来,他缓缓抬起头来,眼睛眯起,对着楚乔微微一笑,轻声说:"楚大人辛苦了。"

楚乔看也不看他一眼,径直就往自己的营帐走去,却听他淡淡笑道:"看来大人此行,不太顺利啊!"

楚乔缓缓停下脚步,皱着眉转过头去,沉声说道:"程远,你当真以为我不敢杀你?"

"大人何出此言?大人跟随殿下在京城八年,又屡战屡胜,功劳之大,无人能比,万马之中取大夏三皇子首级如探囊取物,属下是什么东西,如何能与大人抗衡?"

楚乔却并没有说话,冷眼看着这个眉清目秀的男人,只觉得胃里一阵恶心。

程远含笑望着她,继续说道:"只是木秀于林,风必摧之,大人您不觉得自己目前过于高调了吗?说到底,燕北的王还是殿下啊!"

楚乔冷笑一声,轻蔑地扫了男人一眼,淡淡道:"程将军,想要离间我和燕洵,你还不够资格。我今日叫你一声将军,是尊重他的决定,但是这并不代表你可以在我面前张牙舞爪。你最好祈祷我最近的心情好一些,不然我很难保证,哪天晚上会不会潜入你的帐篷,给你一刀,就算你死了,你以为他会为了你和我翻脸决裂吗?你太天真了,也太自以为是。"

程远狭长的眼睛微微眯起,静静地看着楚乔,却并不说话,楚乔转过头去,看也不看他一眼,径直消失在茫茫风雪之中。

程远走进燕洵大帐中的时候,燕洵仍旧坐在案几前静静出神,不知道在想什么。程远很识趣地没有出声,两手交叠在身前,低着头静静地站在一边。过了一会儿,低沉的嗓音从案几前传了过来,燕洵也没有转身,只是缓缓说道:"离她远一点。"

程远连忙点头应道:"属下定当遵从殿下的指示。"

"若是惹怒了她,我也帮不了你。"

"是。"

晚饭的号角吹响了,大批的士兵行走在皑皑积雪上,脚步声沙沙作响。风致在门外喊了几声,问燕洵几时吃饭,燕洵却像听不到一样,只是静静地望着那张形势图,目光深沉地从大夏的广袤国土上一一掠过,像是一只犀利的鹰。

回到自己的大帐后,程远的面色顿时冷了下来,他一把将披风摔在床上,眉毛几乎扭在了一处。江腾是他的贴身护卫,已经跟随他好几年,很是忠心,见状,上前问道:"将军,出了什么事?"

"必须除掉她。"

他几乎是从牙缝里吐出这几个字,没有说是谁,江腾却顿时变了脸色,连忙说道:"将军,您要三思,先不说她本身的实力不可小觑,就算您侥幸得手,殿下也不会善罢甘休的。"

"我知道,"程远目光狠辣,缓缓说道,"可是若是留下这个祸胎,一旦她与殿下言归于好,我早晚会死在她的手上。"

"可是殿下……"

"放心，我暂时还要不了她的命。"程远缓缓坐在椅子上，把玩着一方莹白剔透的玉牌，玉牌是很常见的样式，也不是上好的玉石雕刻，上面却刻着楚乔的名字，正是那种长生玉牌，"我先将她的羽翼剪除，想必殿下也是乐见其成的。"

啪的一声脆响，程远手上的玉牌顿时碎裂，他面不改色地松开手，碎成一小块一小块的玉牌，噼里啪啦地掉在地上，声音清脆，好似筝乐。

"而且，总因为一个女人束手束脚，如何能成大事呢？殿下的身上，还有我的前程和希望呢！"

血葵河是赤水的支流，位于雁鸣关的上游，与威武的雁鸣关隔江相望，如今大雪封江，江面早已冻实。从燕洵的大营跑马到对面的雄关，只需不到一盏茶的时间。可是无论是燕洵，还是赵彻，都没有再像第一次北伐战争那样轻率冒进，来此五日，除了双方的小股斥候军队，尚没有一场大战展开。他们似乎都在小心地试探着对方的实力，寻求一个恰当的时机。

雪越下越大，整日呼号着，斥候兵们穿梭在雪白的江面上，不时地带回一点点对方的信息，参谋部彻夜不眠，分析着一条一条有利的情报。楚乔劳累了几日，明显瘦了一大圈，但是她的军事素养，再一次让燕北第一军、第二军，还有黑鹰军的将领们叹为观止，不出三天，她已经是参谋部的总指挥了。

这天下午，缱绻和小和带着又一批粮草赶至，上面标明了是从怀宋运送而来，里面粮草充足，还有目前军中急缺的白菜和腊肉。燕洵很高兴，当天就命令阿精等人带着一批刚刚从后方出产的金矿押送至怀宋。

大战在即，阿精自然是不愿离去的，这样的差事，随便交给一个普通的将领即可，奈何燕洵却十分郑重地说信不过别人，他不得不满心担忧地前往。

临走前，他来看了一下楚乔，一路走过，所见之人无不是年轻面生的将领，以前的熟面孔大多已经不在，不是去后方征兵，就是带领百姓重建家园，发展农耕畜牧，阿精心里有些不是滋味。楚乔没有见他，看门的平安跟阿精说她去了斥候营分析情报，没准什么时候回来。

阿精道了一声不巧，随即垂头丧气地离去了。

见他走了，平安进了房间，奇怪地问楚乔为什么不去见见阿精将军。楚乔沉默了很久，最后才缓缓说道："我是为他好。"

阿精走后的第二日，八十里之外的熊西坡上发生了一次战斗，战事的规模并不大，打得也实在是冤枉。二百名斥候军遭遇了一百名夏军粮草兵，双方都是突然相遇，谁也没想遇见谁，然而黑暗之中的突逢，让他们大眼瞪小眼地瞪了半天，终于不得不亮出兵器，砍在了一起。

按理说，斥候军在全军的素养那应该是最高的，他们既是探听情报的高手，又是精锐的骑兵，拥有精良的马术和刀术，还要掌握远程射箭法。而押送粮草的军队，却大多是军中的老弱病残。二百名斥候军遇到一百名粮草兵，胜利应该是毫无疑问的。

然而，燕北的这一队斥候军却惨败而归，死里逃生的不过一二十人，楚乔见到他们的时候，几乎惊呆了，听到他们的描述更是胆战心惊。她迅速跑回参谋部，抓过一个作战参谋问道:"燕北此次的后勤总调度是谁?"

那名官员哪里知道这样机密的事情,他的胡子已经斑白,愣愣地看着楚乔,说不出话来。

楚乔怒道:"说!"

"是你我的老熟人,诸葛家四公子,诸葛玥。"低沉的声音在身后响起,楚乔顿时转过身去,却见燕洵站在门口,头顶的风帽上雪花层层。他面色平静,眼神却透着一丝丝寒意。

他目光锐利地盯着楚乔,似乎想从她的脸上找到一丝波动和蛛丝马迹,然而他失败了。楚乔仍旧是那副模样,眉头紧锁地望着他,似乎在说:你为什么会在这里?

这几日,他们一直在冷战。

"说吧,你还想和我冷战到什么时候?"燕洵叹了口气,走上前来,拉过楚乔的手。

楚乔用力一挣,却没挣开。她眉心紧锁,一个剪刀手就想要抽出,却见燕洵反手灵活地跟随着她的动作,仍旧将她握得紧紧的。

"阿楚,别生气了。"

楚乔冷冷道:"属下怎敢对殿下生气?"

燕洵脸色一沉,斥道:"别闹。"

楚乔顿时扬眉,"燕洵,你以为我在和你耍小孩子脾气吗?"

燕洵的面色有些难看,他这样放低身段来赔礼道歉,却得到她这样不咸不淡的两句话,面子上有些过不去,恼火道:"阿楚,是不是我以前太骄纵你了,你平时不是这样的。"

楚乔闻言,只是想笑。骄纵?从小到大,从前世到今生,没想到她也会与这个词有所关联,她冷笑一声,也不知是在嘲讽燕洵,还是在嘲讽自己。我平时不是这样,难道你以前就是这样的吗?到底是谁变了?

"大战在即,正是燕北用人之际,这个时候的头等大事,是如何应对大夏的军队,而不是惦记着你的私怨,你自己好好想想吧!"说罢,燕洵一甩披风就走出了营帐。楚乔站在原地,眼神越来越冷,这几日的满腔怒火都化作了一汪冰水。

正是用人之际吗?那为什么第一军的老将领们都被替换掉了?原本乌先生培养了多年的军官们,都被发配回了燕北本土,跟牧民们去回回山放羊?为什么羽姑娘被投闲置散?为什么阿精被远远调走?而自己,整日面对这些无关痛痒的军事情报分析来分析去,却连诸葛玥是大夏的后勤总调度都不知道?

燕北军终于渐渐地成了一块铁板,但是燕洵,为何你竟连我也不再相信了?

楚乔感到一阵无法言说的心酸,被排挤在外的难过让她十分颓败,坐在椅子上,身上一阵冷过一阵。

诸葛玥也随军而来了吗?那可真不是一个好消息。他的军事素养不在赵彻之下,又是卧龙先生的关门弟子,和乌先生、羽姑娘师出同门,并有诸葛阀强大的财力支撑着,在他的背后,是诸葛一族,更是整个大夏门阀对此事的态度。他的到来,会否就是门阀插手战争的前兆呢?

不过这样也好,最起码说明他不再被家族排挤了。尽管是在战争中,但是真煌城的消息多少还是能够传到她的耳朵里的,况且这也实在算不得是什么机密。诸葛玥在家族失势,因为卞唐一事,被皇室和长老会联合打压,被剥夺了军衔和官职,投闲置散,软禁在皇城之中,严令不准出城半步,而诸葛穆青更是将他软禁在诸葛府内,一时间,他成了大夏上层社会的笑话和谈资。

这些事情，楚乔已经尽力不去想了，自责和内疚完全无济于事，她也无法对他做出任何补偿和回报。她一直是这样一个人，只要坚定地选择了自己的路，哪怕是荆棘满路，哪怕是风雨倾盆，她都绝不会有所动摇。可是偶尔午夜梦回，她也会看到他那双执拗的眸子，听到那炙热沙哑的嗓音，"难道你没感觉到吗？我也需要你。"

但愿他只是做后勤调度，但愿不要与他相遇，但愿，但愿。

楚乔已经很累很累了，她无心再看那些废纸一样的情报，拖着疲倦的身子就想回营帐，只想倒头大睡一觉。然而走到西营的时候，两个守卫的声音突然飘进耳朵里。

"我看殿下就是想让他们死，当初第一军的刘少将，不过在会上多说了一句话，后来就不明不白地在战场上失踪了，他那片是内部战区，根本就没有敌人经过，我们猜，八成是被灭口了。"

"可不是嘛，更何况他们闹得那么凶，若不是参谋部的楚大人护着，估计早就见阎王去了。"

一名老兵叹道："殿下的性子可跟老王爷的不一样，现在看来，还是当初乌先生管事的时候，日子舒坦，就是楚大人也宽厚些。"

"是啊，"有人附和，"长得娇俏俏的，说话也中听，又公正又有本事，难怪那些人那么拥护她。"

楚乔眉头紧锁，轻咳了一声，缓步走了出来。那几人是守夜的士兵，听见有人声，顿时吓得魂飞魄散，连忙站起身来，手足无措地看着她。

"背后议论殿下，是该杀头的。"

"大人，大人，我们知错了，还请大人高抬贵手，放我们一条生路。"

几人扑通一声跪在地上，连声求饶。

楚乔看着他们，缓缓地说道："军中只能有一个统帅，燕北也只能有一个领袖，殿下是燕老王爷的儿子，是我们燕北的主人，你们应该明白自己的效忠对象是谁。这是军队，不是慈善堂，做错了事就要罚，战场上也会死人，这些都不足为奇，以后若是再让我听到你们在背后非议殿下，一个都逃不了军法处置！"

几人跪在地上，连忙答道："是，是，小的遵命。"

"今晚过后，记得去军法部，每人领三十军棍，帮你们长长记性，就说是我让你们去的。"

"是，是。"

楚乔面不改色地转过身去，却并没有回自己的营帐，而是迅速向着西南镇府使的营地走去。

发生了什么事？为什么那些人会这样说？那个程远到底派了他们什么任务？

一切，只要到了就知道了。

"大人？"年轻的士兵见了楚乔顿时一喜，开心地跑上前来说道，"大人怎么有时间来看我们？"

"贺萧呢？叫他来见我。"楚乔急忙说道。

那人顿时一惊，说道："贺统领带着兄弟们出营了。"

"出营？他们干什么去了？"

"斥候营最近吃紧，我们被借调，编入了斥候营。"

楚乔眉心紧锁，沉声说道："谁下的命令？"

士兵的面色顿时变得有几分不屑，冷哼一声道："还不是那个立功心切的程将军。"

"那他们今晚去了哪儿？"

"听说是去了熊西坡。"

果然！楚乔的眼神顿时如利剑般锐利，程远，如果你敢轻举妄动，我保证你看不到明早的太阳。

从西南镇府使的军营里拉出一匹马，楚乔翻身跳了上去，沉声说道："带着剩下的兄弟跟我走。"

冷风飕飕，像是凌厉的刀子，马蹄踏雪，穿梭在黑夜之中。

而此刻，远在八十里之外的熊西坡，已经是一片慌乱喧嚷。

"劫营！"

卫兵高举火把，冲在马阵之间，大声喊道："戒备！全军戒备！"

"谁？来人是谁？"贺萧眼睛通红，说是营，其实不过是一千人组成的马阵，他们刚刚接到命令要在此休息，为何这么快就被敌人探知了行踪？

"不知道，将军。"卫兵大声叫道，"敌人是从我军的西北方过来的，敌我难分，我们该怎么办？"

这句话大有深意，西北方？那就无法分辨对面来的人是大夏的军队，还是燕北的本土军，以西南镇府使目前这种尴尬的身份，两种都大有可能，而后一种的可能性似乎还更大一些，这真是一个绝妙的讽刺。贺萧皱着眉，缓缓地沉声说道："全军兵力收缩，暂时先不要和敌人动手，我们要看看对方的身份。"

"大人，顾长官已经带着前锋将士们冲上去了！"

贺萧腾地冲上高坡，只见到处火光冲天，喊杀声和警报声弥漫全场，前军的将士们各自为战，若不是西南镇府使屡经波折，战斗力超强，此刻可能已经被敌人冲进了内部。

还有机会，还有机会，贺萧皱着眉仔细想，问道："程将军的人马呢？"

"一个时辰前就走了。"

"他妈的！"贺萧破口大骂，怒声道，"给我备马，快！"

然而，就在这时，一支利箭突然破空而来，箭矢带着赫赫风声，像是嗜血的猛兽，向着贺萧的面门呼啸而来！

避无可避，退无可退，快，实在是太快了，浓烈的杀气好似铺天的洪水，奔腾着肆虐席卷，银光闪烁，全场的火把在一瞬间似乎都变暗了，只剩下那一支箭的华彩和光芒，幽黑的夜响彻着动荡的喧嚣，好似一场狰狞的血宴。

贺萧瞳孔放大，目光凌厉，感觉自己前额的肌肤似乎都被刺疼了，他自己也是箭术大师，膂力之强，当世难逢敌手。然而面对这一箭，他却感觉自己好像七八岁的孩子，没有丝毫的还手之力，那就像是一个孔武有力的农夫，面对剑术精妙的剑客一样，他再是笨拙地挥动着自己的拳头，也只能徒劳地打在空气上，而对方只要一个精妙的剑花，就可以将他戳死在祖辈辛苦劳作的田野上。

太快了，身体尚来不及做出什么动作，那箭就已经近在咫尺。他能听到属下的惊呼，也能感觉到周围人尖叫时，瞪大的眼睛，可是他说不出话来了。临死前的最后一刻，他在想，究竟是什么人，拥有可以媲美大人的箭技？能够死在这种人物的手上，也不算是冤枉了。

叮！一声尖锐的厉啸响彻全场，随即，是死亡一样的沉默。

楚乔策马而来，一下跃上高坡，站在贺萧前面，弯弓而立。在她的马下，是两支箭头交叉在一处的弓箭，木屑散开，像是开了两朵花一样。

"大人！"所有西南镇府使的官兵齐声欢呼，"大人来啦！"

而出乎意料地，敌人也停止了攻击，双方很有默契地将兵力缓缓收缩，然后泾渭分明地站立着，火把闪烁，一片灯火通明。

楚乔皱着眉，那一箭她太熟悉了，她的心脏开始怦怦地跳动，眉头也紧锁着，既担忧害怕，又隐隐生出几丝欣喜。如果是真的，如果是真的，那么今晚，也许还可以……全身而退……

对面的人群渐渐散开，一骑白马缓缓从士兵的身后走出来，马上的年轻男子穿着一身紫貂大裘，锦衣华服，没有半点军人的模样。他眼神如冷澈的泉水，懒散地从楚乔等人身上一一划过，脸上是万年不变的高傲和淡漠，终于，他淡淡开口道："不过是一群流民，撤兵。"

"大人！"一名军官闪身而出，连忙说道，"这怎么会是流民？他们战斗力强悍，绝对是燕北一支精锐之师。"

男人闻言，眉梢轻轻一挑，略微低着下巴，以眼角看向他，沉声说道："你对我的判断有意见？"

那人顿时一愣，连忙跪在地上，"属下不敢。"

"那你就是觉得我在通敌叛国？或是脑袋出了问题？"

军官的额头渐渐有汗水流下，他紧张地连续说道："属下糊涂，属下不敢。"

男人抬起头来，看也不看他一眼，淡淡道："既然不敢，那你应该知道如何做了。"

"是，是，属下知道。"那人连忙站起身来，对着身后的士兵们说道，"撤兵，撤兵，后军先撤，其他人按照次序跟上。"

紫貂男子缓缓打马转身，临走前目光淡淡地从楚乔脸上扫过。少女一身白裘，形容消瘦，越发突显出一双大大的眼睛，她握着缰绳看着自己，没有说话，风吹过她的秀发，像是滴入水中的墨一样，舞出完美的弧度。

敌军就这样在他们面前扬长而去，足足有三千多人，徒留下一千多全副武装的"流民"。战事开始得惊异，结束得也惊悚，直到此刻，才有人小声地询问道："他们就这么走了？"

众人都是目瞪口呆，过了许久，才有人小声地接口道："没看到大人来了吗？他们那是吓跑了。"

"贺萧，你先整顿军队，我去去就来。"

眼见楚乔要往敌人撤退的方向追去，贺萧顿时一惊，急忙拉住楚乔的马缰，大声说道："大人，万万不可啊，万一落入敌人手中，我们万死不足以赎罪了。"

"放心，"楚乔微微一笑，"不会有事的，那人……"

话说到这里，她的声音突然一顿，该用什么词来解释两人之间的关系呢？仇人？对头？

抑或是……

"是我的朋友。"

即便是不亲眼看到，楚乔也能猜到对方的身份，普天之下，除了和她一同长大的燕洵，还有谁接得住她的箭？马儿奔跑了不到一炷香的时间，就见远处的一棵大树下站了两人，其中一人见她来了，顿时开心地跑过来，笑道："星儿姑娘来了，少爷说你会来，我还担心着呢。"

月光莹白一片，茫茫雪原上，大树像是一柄大伞，虽然枝叶零落，却异常挺拔。诸葛玥站在树下，静静地望着她不说话，白马在他身边悠闲地散步，见了楚乔也是开心地长嘶，好像见了熟人一样。

月七絮絮叨叨地说着话，很自然地为她牵着缰绳，楚乔跳下马来，对月七笑道："没想到在这里遇见你们，你们还好吧？"

"姑娘这是问谁呢？是想问我月七好不好吗？我挺好的，能吃能睡，前阵子还娶了媳妇。"月七笑眯眯地说。

楚乔有些窘迫，却还是笑着道："那真是要恭喜你了。"

"月七，去前面吩咐于巢走慢些，不要一不小心掉进雪窟里。"

月七转过头去，对着树下的男子说道："少爷，于巢是西北出身的将领，您与其担心他，不如担心我在传信的路上，会不会掉进雪窟。"

诸葛玥闻言，眉梢一扬，眼神中闪过几丝怒色。

月七连忙举起手来，连声道："好吧好吧，属下这就去，就当是表达一下少爷对属下们的关怀也好。"说罢，骑上自己的马，一甩马缰，绝尘而去。

其实，也不过是两个多月不见而已，可是不知为何，楚乔却感觉已经很久很久了。这段日子，发生了太多的事情，和大夏开战之后，林林总总的事情都冒出了头，尤其是和燕洵之间，隔膜日重，诸葛玥曾经的话一一成真。她举步维艰，艰难跋涉，如今再看到他，万千思绪涌上心头，让她一时间理不清自己的心绪。他们的关系太过尴尬，让她不知道该说些什么，只能就那么呆呆地站着，像是荒原上的一株枯树。

"你们内部出了问题吧？"诸葛玥突然开口，却是这样私密的军情。

楚乔一愣，奇怪地看着他，他想说什么？不会是想打听燕北军的情报吧？

"是你们的人引我到这儿的。"诸葛玥缓缓说道，"我猜是有人想借我之手，除掉这支部队，只是没想到是你的人马。"

尽管早就猜到，但是听到这话的时候，楚乔还是觉得怒火中烧。她咬住下唇，紧紧地握着拳头，眼看着地，却并不说话。

"你小心点吧，这次是遇到我，下一次，也许就是赵彻了。"诸葛玥说了一句，牵着马转身就要走。

楚乔一惊，连忙上前两步，道："诸葛玥！"

诸葛玥回过头来，歪着头皱眉看着她。楚乔默想了许久，终于说道："会不会连累你？"

诸葛玥一哂，"你只要不写信给长老会，估计就没什么事。"

楚乔深吸一口气，双眼璀璨如星，定定地望着他，终于沉声说道："谢谢你。"

诸葛玥牵马就走,随意地挥了挥手,说道:"自己下不了手的话,就回去跟燕洵说吧,内部不稳,你们的仗会很难打。"

雪地反射着月亮的光,明晃晃一片,诸葛玥一身紫色长裘,越发显得华美俊朗,他背影修长,一步步踏在雪原上,马儿铿锵,缓步前行。

楚乔一直站在原地,看着他的背影,远了,更远了,终于一闪消失在雪坡之下,再也看不到了。

她喉头郁结,只觉得千言万语哽在脖颈处,却无法吐出。那种复杂的情绪让她的理智险些击溃,她就这么站着,久久不动,直到放心不下的贺萧带兵赶来,她才缓缓地收回神来。

"大人,我们回去吧。"

楚乔点了点头,说道:"回去跟兄弟们说,今晚的事,不准对任何人提起。"

贺萧点头道:"是,大人请放心。"想了想,他又试探地问,"那么这次,我们就这么算了?"

楚乔面色陡然变得冷冽,她冷哼一声,沉声说道:"自然不能就这么算了。"

她利落地翻身上马,战马长嘶一声,打破了黑夜的宁静,萧索的风呼呼地吹起,雪花飞卷,带起一片肃杀的痕迹。楚乔回过头去,望着茫茫的雪原,一片苍白皎洁,像是无尽的海一样,那棵大树静静地矗立在那里,不知道已经独自生活了多少年,又有多少人从它身下经过,眼神脉脉,穿越了漫漫时空。

"回营!"

第十六章
你多保重

风声呜咽，雪花滚滚，夜黑得像是浓浓的墨。西南镇府使的军队站在营门前，前方通报过来，营门缓缓打开，黑洞洞的门口像是野兽的血盆大口一样狰狞。贺萧骑在马上，站在楚乔身边，战刀静静地挂在他的腰上，有淡青色的光含蓄地吞吐着，在月光下尤其显得亮眼。

"大人，我们现在就去向殿下禀报吗？"贺萧沉声问。

楚乔却静静地摇了摇头，冷风吹过她额前的碎发，像是蜿蜒的触须，她微微皱着眉，眼神深邃地望着灯火通明的营地，沉声说道："不必，事情复杂了难免多生波折，倒不如先斩后奏。"

贺萧有些踟蹰，皱眉说道："这样做，殿下会不会生气？"

"不知道。"楚乔淡淡地说道，"先做了再说。"

说罢，她当先打马上前。看守的士兵们齐刷刷地对她行礼，她却好似没看到一样，策马奔入大营，身后跟着一千多名死里逃生的西南镇府使士兵，队伍像龙卷风一样，扫过营地。马蹄阵阵，好似滚滚闷雷，雪花飞舞，在马蹄下弥漫出一片细细的雪雾。

很多熟睡的士兵都被惊醒，还以为是敌人来袭营，赶忙穿好了衣服，拿着武器就冲出各自的营帐。刚一出来就被灌了满头的雪末，眼见西南镇府使的官兵气势汹汹地奔向东营，顿时面露惊异之色。一名四十多岁的老兵衣服还没穿好，裤带系了一半，满是褶子的脸抽搐着，皱着眉道："这帮家伙怎么这么大火气？八成是要出事了，应该赶紧通知殿下。"

"动手！"楚乔冷喝一声，二十多条钩锁顿时如离弦的箭一样，被抛了出去，嗖一下就钩在了帐篷上，士兵们顿时挥鞭抽马，马儿长嘶一声，扬蹄而起，向着四面八方飞奔而去。下一秒，偌大的营帐登时被撕裂成碎片，程远衣服还没穿好，但是仍旧挺胸抬头地站在大帐之中，持剑而立，看到楚乔，怒声喝道："楚大人！你这是什么意思？"

"程将军，你假传军令，私通敌寇，借刀杀人，好狠辣的手段！"贺萧怒声说道，握刀的手骨骼噼啪作响。

程远眉头一皱，故作不知问道："你在说什么？我不明白。"

贺萧还要再说话，楚乔伸手拦住他，冷冷说道："不必和他废话。"

"楚大人，我想这是一场误会，有什么话可不可以……"

然而，话还没有说完，楚乔就突然抽出腰间的长剑来，冷喝道："杀了他！"

此言一出，西南镇府使的官兵们顿时一拥而上。程远的贴身护卫们仓皇迎上前来，一个个铠甲还没披上，站在冷瑟的北风之中面白唇青，举着马刀，却只能刺到战马身上，还没等鲜血喷出来，就已经被人一刀削去了脑袋。尖锐的喊叫打破了全军的寂静，程远高声叫道："增援！增援！西南镇府使又反了！"

最近的卫队已经在全速赶来，脚步声像是肆虐的洪水，沉重地敲击在众人的心上。

第二军第三卫队的侍卫长蒋冲带兵赶来，正要冲进战局，却见楚乔挺拔地站在乱局之中，高声喊道："第二军的战士们，你们要和我楚乔为敌吗？"

蒋冲顿时呆愣住，他如何能不知道楚乔是何人？北朔之战后，楚乔早已家喻户晓，而他更是将曾经能和她并肩战斗引为生平自豪之事，此刻见她站在西南镇府使之前，顿时愣住，连忙整顿卫队，大声喊道："楚大人，这是怎么回事？"

"我在处置叛徒，你等暂且不要轻举妄动，此事一了，我自会给大家一个交代。"

一方是背有背叛大罪的西南镇府使，一边是在北朔之战中逃跑的程远，无论哪一个都是军中的敏感话题，蒋冲默想片刻，立刻传令道："立刻封锁战区，若是任何一方想要逃跑，或是将战火蔓延，立杀无赦！"

眼见蒋冲不再试图冲进来，楚乔顿时放下心来，一把举起长剑，对着贺萧说道："我们上，一炷香内解决不了，以后再难有如此良机。"说罢，西南镇府使的最后一支卫队也冲进战局，霎时间，杀声四起，马蹄轰隆，人潮汹涌，程远的卫队发出绝望的惨叫，偏又无处可躲，江腾持剑护在程远身边，大声喊道："保护将军！保护将军！"

话音刚落，一支利箭陡然射来，瞬间便将他的胸膛射穿了。

不到一百人的卫队齐刷刷地扑倒在地，被马蹄践踏成血沫，巨大的喧嚣和兵器碰撞声交杂在一处，震耳欲聋。西南镇府使将程远等人团团包围住，弓箭一排排地射来，尸首大片地倒在血泊之中。

喊话已经不好使了，程远红了眼睛，在他的设想里，西南镇府使此刻已经不存在了，楚乔就算再怎么气愤，也是一只没牙的老虎，一百多名卫兵完全足以应付这个难缠的女人。只是他却没想到，西南镇府使不但没死，还敢直接冲击他的大帐，这个女人实在太疯狂了，难道他今天就要死在这里了吗？

"殿下有令！所有人即刻罢手，再有私斗者，一律按照军法处置！"

传令兵的声音在外围响起，程远顿时大喜。楚乔却恍若未闻，一剑刺入一名士兵的胸膛，跳下马来，宝剑抽出，鲜血顿时飞溅。她以这样决绝的方式，来显示了她欲除他而后快的决心。

白雪皑皑的营地好似一部巨大的绞肉机，血泥糅杂，满地狼藉，厮杀劈砍声回荡在漆黑的苍穹上，连日来的压抑和愤怒终于爆发而出，西南镇府使的官兵们持剑冲杀，一会儿的工夫，就已经将所有的障碍物全部除去。

"殿下有令！所有人即刻罢手！"

传令兵仍在高喊着，楚乔一脚将程远踢翻在地上，鲜血蜿蜒地流过古朴的长剑，凝成一滴滴血珠，落在白皑皑的雪地上。这一刻，那么多人的脸孔从她的眼前一一闪过，薛致远俊朗的脸孔，北朔城下为了救她而死的年轻战士，因为北朔军逃跑而死在北朔之战中的士兵，还有燕洵那渐渐充满怀疑的眼神……

她一把举起长剑，也不说什么冠冕堂皇的话，眼神猛地一寒，对着男人的脖颈就狠狠地挥下去！

程远瞳孔瞬间放大，惊恐地张大了嘴却没有叫出声来，在这样的一剑之下，他根本就没有逃脱的余地，况且他现在身中数箭，已然失去了战力。

眼看长剑就要刺穿他的咽喉，就在这时，利箭陡然破空而来，速度那般快，几乎要在半空中擦出火花来。尖锐的厉响陡然响起，楚乔手腕一阵酥麻，长剑偏离，死死地插在雪里，只在程远的脖子上划出一道鲜红的血痕。

"殿下！殿下救我！"

楚乔双目几乎喷出火来，一把拔出剑，又再刺去，然而利剑还没出手，又是一箭射来，这一次却不是射她手中的剑，而是向着站在她身边的贺萧而去。贺萧持刀挡格，被那股大力击中，身体连续不停地向后退了七八步，然而还没等他站稳，又是一箭已然射至面门！

楚乔挥剑劈开，但见眼前箭花刁钻，角度诡异，连绵不绝，她持剑抵抗，动作流畅敏捷，如同风中华美的舞蹈。恍惚间，她似乎回到了很多年前，幽幽深宫之中，两个孩子一人弯弓，一人格挡，只是当时那箭头都是断掉了的，而不是今日，箭头闪烁，阴寒彻骨，冷光耀目。

一切归于平静的时候，程远早已逃远了。燕洵一身黑色大裘，高高地坐在马背上，一手拿着金黄色的劲弩，一手还握着一支锐利的弓箭，在他身后，是黑鹰军的禁卫，人人铠甲冰冷，目光寒彻地看着这狼藉的战场。

大风从他们中央吹过，卷起地上的雪花徐徐上旋，发出嗖嗖的声音。

"阿楚，你在做什么？"燕洵的声音很平静，平静到让人不知道他在想什么。他的表情极尽冷漠，好似站在他眼前的不是那个曾经和他一起生活了八年的青梅竹马。一滴血从楚乔的脸颊上滚落，滑进她雪白的脖颈里。她仰头看着他，看着程远恭敬地站在他的身边，大放厥词，歪曲事实，他却并没有呵斥反驳。她只感觉心底正在一寸寸地被大雪覆盖，嘴唇动了动，却根本说不出话来。

她一直以为他们之间是不存在误会的，也从不需要言语的粉饰，可是现在，她突然发现，若是她不去辩驳，不去解释，就真的会成了居心叵测的乱臣贼子。这，真是一个绝妙的讽刺。

贺萧上前一步，将事情的来龙去脉一一道来，只隐去了夏军有意放他们一马的事情，而说成是他们及早发现不妥，杀出重围。

燕洵一直静静地听着，听着贺萧和程远互相攻讦，听着西南镇府使的官兵们愤怒地叫骂，不发一言。四周的兵将越聚越多，夜里的风也越发大，天气那般冷，楚乔站在原地，手脚冷得发麻，她似乎已经听不到周围的声音，只能看到燕洵的眼睛，那么黑，那么亮，只是，却为何被罩上了一层寒霜？

"阿楚，"燕洵低沉的声音缓缓响起，并不如何响亮，可是周围那些嘈杂的声音却顿时全都停住了，只见他深深地望着楚乔，语调平和地问，"是真的吗？"

楚乔静静地看着他，他也看着她，目光穿透了漫长的岁月，追溯着他们的过往，一切都不存在了，似乎只剩下彼此的眼睛。从大夏围猎场的第一眼开始，动荡的年代将他们这两个本该完全没有交集的生命联系在一处，很多时候楚乔都在想，她跨越了千万年的时光，穿越了无法计算的空间，是不是就是为他而来？所以，无论艰辛磨难，无论困境逆境，他们都站在一处，肩并着肩，一路跌跌撞撞，从无背弃，坚定地信任彼此。

她深深地点头，眼神仍旧是冷静的，只是一颗心却渐渐炙热了起来，像是一个押进了全部赌资的赌徒，然后说道："是真的。"

周遭的一切突然间那般宁静，燕洵缓缓地眯起了眼睛，嘴唇动了动，说了一句什么，楚乔却好像听不见了。那声音那般大，在她的耳边轰鸣回荡着，她听得清清楚楚，可是那句话似乎变成了一些没有意义的符号，让她分辨不出那里面究竟是什么意思。

燕洵问道："既然如此，为何西南镇府使伤亡不大？按你们的说法，敌人调动了三千多人，事先得到了程将军的情报，做好了包围，那么你们的伤亡何以会这样小？"

"殿下，属下认为这一切可能是一个误会。属下当初在北朔得罪了楚大人，受奸人蒙蔽，误伤了楚大人的部下，而薛将军是楚大人的好友，他的死，属下也是有责任的，楚大人对我有偏见，也是在所难免的。"

第一军刚刚提拔起的年轻一代将领，也纷纷提出了自己的疑问，为何西南镇府使的战事结束得这样快？敌人若是有三千人，有心算无心之下，也不至于完不成合围，还让他们这样轻易地逃了出来。

喧哗声越来越大，耳边好似聚集了一群苍蝇，楚乔有口难言，难道要她说是诸葛玥顾念旧情，将自己放了吗？人多口杂，一旦这事宣扬出去，诸葛玥会不会受到大夏的惩治？而且，现在的她也失去了辩驳的力气，她看着燕洵，眼神终于一寸寸地死去，声音如同缥缈的云雾，冷冷一笑，不无自嘲地说："你不相信我？"

燕洵道："给我一个合理的解释。"

合理的解释？程远的调兵令，西南镇府使死亡八人，受伤二十余人，这些难道还不是合理的解释？一定要全军覆没才能证明事情的真实性？楚乔哑然失笑，巨大的失望和苦楚如同凌厉的刀锋，一刀一刀地剐在她的心上。她紧咬下唇，心口几乎能滴出血来，反问道："燕洵，你我相识这么多年，我何曾做过一件不利于你的事？"

燕洵眉头紧锁，静静不语。

楚乔继续笑，冷风吹着她的脸孔，嘴角似乎都僵硬了，她的眼睛像是渐渐封冻的寒潭，清影寥落，终化作腐朽的落梅。她的目光在众人身上一一闪过，如秋季萧瑟的冷风拂扫，疑窦嫌隙已生，一切都已改变，燕洵已成了燕王，再也不是当初那个一无所有的落魄世子，如今站在他身边的人那么多，而她，早已不再是昨日的那个唯一。

"我所说的一切，苍天可为证，日月可为鉴，你若是不相信，就以谋反之罪杀了我吧！"说完，她再也不去看周围人的表情，只是疲惫地迈步，身躯微微一个踉跄，险些摔倒，贺萧等人一把扶住她，却被她推开。少女的身材那般单薄瘦弱，脖颈雪白得好似能看到里面的血管。夜里的寒鸦从头顶飞过，发出哀伤的鸣叫，所有的人都被她甩在背后，她静静地走着，似乎在用这样决绝的方式，逼他做一个决定，是挽留喊住？是杀掉叛徒？抑或只是追上来抱住她，告诉她说她错了，他怎么会不相信她？

可是都没有，他只是静静地站在那里，被千万人簇拥在中央，火把的光照在脸颊上，有明硕的光，亮得刺眼。他望着她，目光沉静，并没有追上来，也没有说话，更没有杀人，时光静静地流淌在他们中间，大雪纷扬而下，他们之间越来越远，万水千山拔地而起，一晃眼，似乎就已经走出了近十年的路程。从最初相识，到携手并肩，从相依相偎，到并肩而战，昔日的话语还在耳边飘荡，曾经重逾千金的誓言，今日想起，却已是那般廉价。

燕洵，我们曾经祸福与共，生死相依，我们在一起，走过了生命中那些最艰苦的日子，我们说好了要一起回到故乡，我们说好了要一起重建燕北，我们说好了要一起报仇雪恨，我们说好了要相信彼此，永远不离不弃……

然而，世事终究不能按照你我的构想平稳而行。你曾说过，我是你在这个世界上最后一个相信的人，我知道你没有骗我，只是当时你自己也不知道，经历了那些，你早已忘记该如何去信任，除了你自己，你不再信任任何你无法掌控的东西。这其中，包括大同行会，包括豁达得民心的乌先生，包括惊才绝艳的羽姑娘，包括多年追随你、知道你太多过往的阿精，包括只效忠于我的西南镇府使，当然也包括我，包括这个屡立战功，却又和你有着千丝万缕关联的楚乔。

眼泪一行一行地从楚乔的眼中涌出，她解开了沉重的大氅，任这件贵重的披风落在地上。这一刻，震撼西蒙，令整个大夏皇朝惊惧的名将消失了，她只是一个彷徨失落的少女，脸颊苍白，单薄瘦削，眼眶深陷，曾经挥斥方遒的手臂无力地垂在两侧，眼睛黯然无光，眼泪顺着她苍白瘦削的脸颊滚落，被冷风吹干，生生地疼。

直到这一刻，她才恍然发觉，原来对燕洵的爱，已然这般刻骨。多年的累积，那些情感早已如血液一般，成了她身体的一部分。曾经，在他和赵淳儿定亲的时候，她没有察觉；在她被迫前往卞唐，与他分隔两地的时候，她没有察觉；在生死一线之时，她没有察觉；在独立北朔城头的时候，她也没有察觉。因为那个时候，无论他们离得多远，他们的心都在一处，她知道他爱她，爱得那么深，那么深，哪怕他被迫要留在别人身边，哪怕他们之间隔了万水千山，哪怕死亡在即，就此黄泉碧落，永不相见。

可是此刻，他就站在她身后，看着她踉跄的身影孤独而行，她恍然发觉，原来一切都不及他的怀疑来得剜心！

她对他的爱和忠诚，如同高山沧海，哪怕溅血成灰，也不该有所更改。只要信任仍在，即便是死，她也不会眨一下眼睛。所以，当他在真煌城放弃西南镇府使的时候，她没有愤怒。在他再一次放弃燕北的时候，她也转瞬就完全谅解了他。然后，他杀了西南镇府使的官兵，包庇程远，他在这条路上越走越远，到底是谁的错？是那些不堪的经历？是那滔天的血仇？是多年的压抑和疯狂？还是她，是她没能拉住他？

身影一闪，她走进了一片寂静漆黑的营帐，雪白的帐篷耸立着，像是一座座白色的坟头。

楚乔脚下一晃，整个人摔倒在雪地上，她伸出手臂用力地撑在地上，却没能爬起身来。

低沉压抑的哭声突然迸发而出，她跪在地上，手握着积雪，像是握了一把冰冷的刀子，那么疼。她的肩膀颤抖着，再也忍不住满腔的悲伤，眼泪蜿蜒而下。

燕洵，你怎么可以不相信我？你怎么可以怀疑我？

雪，越发大了，楚乔一身白衣，伏在雪地里，捂着嘴闷声哭泣，雪花落在她的肩头，渐渐堆积了那么高。

第二日，楚乔亲自向燕洵上表请求，离开东部战区，带着西南镇府使官兵返回燕北，前往尚慎回回山一带修建水利，发展农耕，实行早已定好的战后重建工作。

燕洵看着那张恭敬谦顺的奏表，愣了许久，然后默默地签下了一个"诺"字。这个字的笔画并不是很多，他却写了很久。写完之后，外面已然大亮，阳光洒在皑皑的积雪上，却显得这里更加冷清。

楚乔离去的那一天，天空万里无云，已然没有了几日前的阴霾。除了平安，全军没有一个人来送她，燕洵也没有来。她骑在马上，仰头看着蔚蓝的天空，有白色的鹰在上空盘旋，叫声凄厉，久久回荡。

燕洵，我走了，你自己保重。

第十七章

心如桑陌

离开尚慎的那一天,是个非常晴朗的日子,尽管新年将至,天气寒冷,但是天空晴好,蓝澄澄的,如一汪清水,阳光带着温暖,明晃晃的,如洒金的绸缎。白茫茫的雪原上,一行膘肥体健的战马行走在驰道上,蜿蜒绵长,足足有两千多人。

如今,已是白苍历七七六年年末,再有半月就是新年。一路上遇到了许多由内地赶来做买卖的商旅,富贵险中求,如今燕北商贸发达,即便是边境的战火还没停息,也有很多内地的商人取道南疆,由水路进入燕北来做买卖了。

楚乔摘下厚重的风帽,仰着脸望着蔚蓝的天空,眼神清澈如水。转眼间又过了一年,昔日的少女又长高了几分,眉目轮廓也多了几分成熟的韵味,头发被利落地绾起,披着一件青色皮裘,骑在通体火红的战马上。

葛齐从前面打马回来,对她说道:"大人,贺萧统领传回消息说我们今晚就在闽西山脚下扎营,他带着先头部队已经准备好了。"

楚乔点了点头,忽听头顶上战鹰长啸,她顿时抬起头来,目光悠远地望着。

过了闽西山,就是火雷原了,再往前就是燕北新征服的西北屏障,那里曾经是大夏的国土,如今已经没入了燕北版图,而雁鸣关下的战争,也已经持续了整整一年。

这一年,发生了很多事情,七七五年作为西蒙大陆最为动荡和混乱的年份,绝对能在史书上留下重重的一笔。大夏和燕北开战之后,战事刚刚进行到一半,国内相继爆发了北都民乱和七王之乱,极大地限制了西北战事的物资和兵员的投入。无奈之下,赵彻不得不将原定的进攻改为防守,死守雁鸣关,为平息国内战事创造时间。然而刚刚缓过气来,卞唐皇帝陡然驾崩,太子李策在动荡中登上皇位,因为国内阴险势力的反扑挑拨,大夏与卞唐又在边境爆发了小规模的战争。若不是赵飏被派往边境,及时将战火扑灭,大夏就要面对三线开战的尴尬艰难局面了。

世人都已经看到,短短一年之内,大夏这个曾经的军事大国,明显走向了衰败。在西,无力夺回燕北;在北,无力安抚民众;在南,无力慑服卞唐;在东,又要受到怀宋在经济上的钳制。如今的西蒙大地,再也不是当初一家独大的局面了。

半年前,燕洵在落日山正式登位,燕北自立为国,国号燕,改元为初元,除了大夏,卞唐和怀宋两国都没对此提出什么异议。就此,他终于成为燕北这片领土的真正主人,名副其实地坐稳了燕北的王位。

那天楚乔没有去，她挥退了下属，独自一人爬上了回回山。回回山顶是纳达宫，是曾经燕世城为王妃白笙修筑的，以雪白的花鸟石搭建，隐没在嫣红鹅黄的繁花之中，像是一幅水墨画，安静宁和，没有半丝人间烟火。飞檐斗拱，精巧如仙境，水声潺潺，似乎也在诉说那位贤王对妻子的宠爱。

她坐在回回山顶，听到盛夏的牧场上，传来了牧童悠闲的歌声，那声音悠扬婉转，让人心里安宁万分。她望着地平线下落日山铁灰色的影子，微微一笑。即便隔着千山万水，她却似乎也看到了男人一身龙袍，金光璀璨的样子。嘴角微微弯起，轻轻地笑，抬起头来，清风拂面，她青色的衣摆轻轻摇晃，宛若盛开的青莲。

今日的燕北，已不是当初的燕北，怀宋在经济上的支持，燕洵在战略上的优势，还有楚乔这一年来在燕北内地的建设和改革，已经预示了这个帝国必将缓缓崛起。如今的燕北，在军事武器上遥遥领先其他三国，在楚乔的带领下，他们相继建设了大规模的兵工厂，开发了三十多处大型矿区，兴修水利，改变燕北不适农耕的局面，在尚慎回回山一带开发出了大批粮食产地，今年秋天，燕北的粮食出产较往年高出了一倍有余，基本实现了军队的自给自足。他们积极发展医疗机构，开设军事学校，发展和怀宋、卞唐以及关外的商贸联系，繁荣燕北市场，创建商队。

尽管楚乔提出的改革奴隶制的建议始终没被通过，但是在她的管辖范围内，奴隶已经很少见于街市。这样开明的政策和社会制度，吸引了大批百姓和商人，不到一年，回回山一带便建立了大片的城市居住区，曾经的不毛之地，已经隐隐有西北商贸之都的架势了。

西南镇府使的番号被取消了，已不是燕北的正规军，因为在回回山下的秀丽江驻扎，西南镇府使改名为秀丽军，楚乔也被燕北的百姓们称为秀丽大人。秀丽军如今编制为九千人，今日是最后一次向前线军部押送粮草，眼看就要过新年了，战士们也该歇歇了。

天黑之前终于赶到了闽西山，燕北境内多平原，闽西山虽名为山，但是实则不过是一个不到百米的小山包。楚乔他们赶到的时候，贺萧已经带人扎好了帐，煮好了饭菜。楚乔喝了一口热腾腾的肉汤，一日的疲劳终于去了几分。

夜里的燕北总是最美的，今日是十五，月亮又大又圆，雪原白茫茫的一片。山那边是赤水的支流，如今已经冻结了，昨日路过马尾城的时候，城守大人硬要给楚乔送礼，她推托不过，只能从那一大车子里随便拣了一个盒子，如今打开，竟是一件上好的青貂风裘。这件大裘做工精良，全部以貂尾缝制，毛色锃亮，摸起来手感极佳，一看就是难得的上品之物。

大帐里点了四个火盆，很闷，楚乔披上大裘，走出了大帐。一路走到山脚下，但见天地间素白一片，唯有山顶上几株老梅，傲雪怒放，艳丽到了极致，掩映在一片茫茫之中，反倒让人心中多了几分凄凉。楚乔身影寥落，圆月清冷如水，幽幽地笼罩着她的身影。

领路的老乡说这山顶上是燕北女神的神庙，是很多年前由燕北的祖先建造的，历经几百年风雨，犹自守望着燕北大地。

楚乔抬起脚，顺着崎岖的山路往上。道路上积雪甚深，每走一步都没入膝盖，直走了一个多时辰，才到了山顶。

这是一座完全以西兰石构建的石殿，并不是很大，有四人多高，东西各有一门，楚乔站在西门，触目所及，便是一尊高及屋顶的神像，几乎占据了殿内的大半土地。大殿已经十分残破，很多地方都在漏雪，殿内到处都是风干了的蜘蛛网，灰尘遍布，一片狼藉。唯有那神像，纤尘不染，巍峨耸立。女神的脸素淡若莲，看着她，楚乔恍惚间以为自己看到了很多年前九幽台上的燕洵之母，眼神沉静，温柔若水。石刻的轮廓依稀可见那飘飞的裙角，而她的腹部，更是高高地隆起，显然是怀有身孕。

很小的时候，她曾听燕洵说过，燕北以女性为神，神分两面，一面是凌厉的武神，手握战斧，代表征服和杀戮。另一面是温柔的母神，身怀六甲，代表守护和繁衍，今日一见，果然如此。

她正想走到另一面一观，足下一动，却登时听到东面也传来了一阵轻微的脚步声。

大风横贯整个大殿，从西门而入，绕过神像由东门而出，楚乔的身影骤然静止，她眉头微微一皱，纤细的手指缓缓摸上了腰间的破月长剑，然而还没拔出，剑身突然一阵震动，恍若龙吟，在大殿之内低沉地响起。

楚乔心念一动，一股莫名的冲动涌上她的脑海，她不由自主地稍稍移步，走到神像的左侧，然后轻轻地、轻轻地，探出头去。

外面大雪纷飞，寒梅绽放，不经意地抬眸间，绰然身影竟如水波般在眼前浮现。

另一侧女武神的战斧之下，他穿着一身银灰色狐裘斗篷，风帽半掩，萧萧白衫，恰如当年的蕴雅风仪，眼若寒湖深寂，唇似朱丹点漆，仍旧是那样卓尔不群，俊朗出众，穷尽世间词汇，也难以诉其一表。一阵风过，殿外的红梅簌簌而来，打在他的肩头上，暗香萦绕。月光皎洁，霎时穿透了漫漫光阴，投射在这不经意的一瞬。

他似乎也有些愣，没料到会在这里见到她，四目相交的刹那，岁月如流水倒逝，记忆里的身影和眼前的容颜渐渐重叠，流年似水，命运无常，两人相对无言，竟然不知道该说些什么。

一只嫩黄的雏鸟拍打着翅膀进来躲雪，转了一圈，飞落在神像的肩膀上，豆子般漆黑的小眼睛机灵地打量着两人，发出清脆悦耳的鸣叫。

男人望着她，目光穿透了大殿上深深的雾霭，眉心微微蹙起，想说什么，却终究无言。那如温水般的目光扫过她单薄的肩膀，扫过她修长的脖颈，扫过她纤瘦的脸颊，最终定格在她惊讶的眼眸上。良久，他平静地收回目光，淡淡转身，背影萧萧冷寂，斗篷的毛尖扫过地上细碎的灰尘，掀起细小的尘埃，落在雪毡靴子上，脚步沉稳，向着殿外的茫茫雪原举步而去。

"这几日内陆会有大风雪，你走路小心些。"诸葛玥刚走到门口，楚乔的声音就在身后响起，很平静，像是卞唐上好的龙井茶，温润细微，带着甘甜的气息。

诸葛玥不由得停住了脚步，回过头来，轻轻挑眉，"你不担心？"

楚乔很老实地点头，"担心，但我没的选择。"她无奈地耸了耸肩，做出一副很担心的样子，出口的话却带着早春的温和。

诸葛玥的眼里闪过一抹暖意，语调平稳地说道："你放心，我此次乔装进入燕北内陆，与战事无关，不会损害到你们的利益。"

"那就好，"楚乔一笑，"有什么需要我帮忙的吗？"

"有。"诸葛玥很老实地点头。

楚乔一愣，没想到还真有，忙问道："什么事？"

"不要举报我。"

楚乔瞠目，没想到诸葛玥也是会说笑的，她愣了半晌，才恍然道："我怎么会？"

鸟儿突然欢畅地叫了一声，竟是直奔角落里的一处火盆而去，一阵肉香随之溢了出来。楚乔几步走过神像，只见大殿的一角竟放了一个红木雕花矮脚地席，地席上放了一只精致的铜盆，以小火烹调，浓汤滚滚，肉香四溢，几盘鲜肉、蔬菜摆在一旁，一只银质的八角酒壶摆在其侧。

楚乔微微一笑，指着诸葛玥道："你要走了吗？那这些东西就是我的了？"

诸葛玥想了想，竟然几步走到矮几前，拂袍而坐，淡淡地道："想得倒美。"

诸葛玥不愧是出身于世家大族，于金玉锦绣中长大成人，即便是出门在外，又处于这样的环境之中，仍旧不减他平素的行事做派。吃食无不极尽精巧，羊肉切成薄薄的肉片，一圈圈地卷在一起，蔬菜新鲜，上面还有未干的水珠，也不知是如何保存得这么好的，筷子是纯银所铸，上面雕刻着精致繁复的花纹。诸葛玥夹起一筷子羊肉，放在咕嘟着的铜盆里，肉片变色，随着水波上下翻滚，层层白气冒出，弥漫在两人之间，在这样寒冷的天气吃这个，果然是人生的一大享受。

杯子有整整一套，楚乔还记得诸葛玥的习惯，以前在青山院，就算他每次都是一个人吃饭，却总要把全套的餐具放在饭桌上，好像还有很多人和他一起吃一样。

她拿起酒壶，为他倒了杯酒，又为自己倒了一杯。诸葛玥见了，眉头微微一皱，问道："你不是从不喝酒吗？"

楚乔握杯的手微微一颤，他说的是，自己以前是从不喝酒的，可是从什么时候起，她也开始喜欢上这种迷惑人神志的东西了呢？她缓缓抬起头，平静地看向他，举杯道："借花献佛，我敬你一杯。"

诸葛玥眼眸深深，也不去端酒，静静地打量着她。

楚乔仰头饮下，淡然说道："这一杯，是感谢你这些年来屡次的不杀之恩和援手之德。"

一年不见，楚乔似乎又长高了些，清秀的脸颊上有两条细细的眉，眼睛很大，好似被笼上了一层雾气，让人看不通透。一杯酒摆在身前，诸葛玥也不喝，只是拿着筷子静静地往锅里添肉，眼睛也不抬地说道："吃饭就吃饭，哪来的那么多话，唱戏文吗？"

楚乔皱眉道："吃饭都是有开场白的。"

诸葛玥一哂，"应付帝都那些老头子已经够了，没力气在这里陪你说场面话。"

楚乔小声地嘟囔了一句，也拿起筷子夹肉来吃，诸葛玥见她动作太快，嘱咐道："小心烫。"

话音刚落，楚乔就叫了一声，显然被烫了嘴。诸葛玥见了，斜斜地一挑眉，轻声吐出两个字，"活该。"

虽然被烫了舌头，但是味道实在是好。两人坐在那里，开始的时候，还是醉翁之意不在酒地闲聊，渐渐地反而专注于吃，不一会儿，一大锅羊肉就见了底，楚乔意犹未尽地拿筷子在锅里捞着，像只兔子一样，将锅里的菜叶全都吃了。

"听说你升官了？恭喜恭喜。"

诸葛玥淡淡地道："还好，杀了万八千的燕北兵，换了点战功，听说你也升官了？"

"同喜，我拔了你们美林关的残余夏军，也对付了一官半职。"楚乔扫了他一眼，问道，

"听说你当上了大夏的西线兵马都督,如今已不在赵彻之下?"

"承蒙皇上不弃,幺麽功劳,不敢忝为荣耀。"诸葛玥淡淡地说道,"听说西南镇府使被取消了番号,逐出燕北正规军编制,使用的武器规模都受到限制。"

"秀丽军如今隶属于地方治安系统,武器上受到限制,那是理所应当。不过我听说魏阀加派了魏舒烨前来雁鸣关,似乎是在分你的权?"楚乔含笑抬眉。

"愿望总是良好的,能不能达到目的,却是另外一回事。我倒是听说大同领袖乌道崖被禁足落日城,连今冬的阅兵都没有参加。"

"所有组织的内部都是有些小摩擦的,你自己不也是几次起落?更何况,有些东西听说是不准的,就比如,我就听说赵飏目前在南线极力拉拢兵将,拖西线战事的后腿,也不知是真是假。"

"所谓三人成虎,果然不虚。听说你在燕北内陆改革建设,兴文教,重商贸,连大夏的商人也跟你们偷偷做生意,果然不简单。"

"我不过是小打小闹,我却听说你在漕丘、金汇两战中,大破燕北军,俘虏了第二军第八队的一万多人,不然的话,我们也许就可以趁着大夏北方生变的机会,冲进大夏内腹了。"

"大夏建国三百余年,也不是说被人冲垮就被人冲垮的,我听说北方犬戎今冬饿死了成千上万的人,你就不担心他们会在这个时候在北路和燕北开战吗?"

"该来的总是会来的,担心也没有用,倒不如做好准备。况且我也听说大夏东北山区的厉真人正摩拳擦掌地学燕北,搞独立,你说他们会成事吗?"

"听说大同行会的羽姑娘也被架空了。"

"听说上个月大夏长老会将一个空出来的席位给了河西慕容家,真是三十年河东,三十年河西。"

"听说燕北新研制出一种极为坚硬的材料,能够锻造出比钢铁还坚韧的武器,可是出自你手?"

"听说真煌通过了第四十六号锁关牒,限制市场上战斗物资的流通,还要对怀宋用兵,可是由你发起的?"

"听说你此行是要向燕北大本营押运粮草,此粮若是不到,大本营必然断炊。"

"听说你此行是为了探听燕北境内的商贸消息,打探和燕北有贸易往来的势力,一旦坐实,必然遭到大夏的清洗。"

嗡——两声绵长的龙吟声顿时打断了两人的对话,放在地席上的两把宝剑嗡嗡作响,还在轻微地颤动着,似乎就连它们都能体会到空气中那股剑拔弩张的火药味。那只黄色的小鸟早就不知所终,只剩下两人相对而坐,炭火噼啪地燃着,滚滚的水花在铜盆里翻滚,殷红的辣子,像是战士们流下的鲜血。

到底是立场不同,到底是身处敌对的身份,刚刚的他们,似乎是在有意地放纵这种情绪,好来提醒自己:他们不是朋友,更不是其他,他们都有着各自的责任。

"听说,过完年之后,你就要和燕洵大婚了。"诸葛玥终于拿起酒杯送到唇边,貌似不经意地淡淡吐出一句话。

楚乔也抬起头来,平息下胸中紊乱的气息,轻声道:"我也听说,你早就和乐邢将军府上的小姐定了亲。"

诸葛玥点了点头，"嗯，婚期也不远了。"

"蒙将军已经年迈，乐邢将军在朝中势力稳固，你娶他的孩子，对你的仕途大有裨益。"

诸葛玥淡笑道："下次见到你，也许就该称你为燕王妃了。"

楚乔摇头，正色道："燕北已然宣布独立，准确来说，你应该称我为燕皇后。"

诸葛玥一哂，独自饮酒，也不说话。风在两人中间吹过，带着冰冷的寒意，楚乔看着诸葛玥，一切过往恍惚中穿梭而过，她愣愣有些出神，握着酒杯，竟然不知道该说什么了。

"我见到那个人了。"

"谁？"楚乔问道。

"当初引我带兵去杀西南镇府使官兵的人。"诸葛玥抬起头来，缓缓说道，"名叫程远，如今是燕北军的第一军主帅，接替了乌道崖的职位，目前，除了燕洵，他已是燕北第一实权人物了。"

楚乔默默地垂下头，并没有说话。诸葛玥看着她，默想了半晌，点了点头，说道："你退回燕北内陆是对的，燕北军内势力盘根错节，本不是你该待的地方。"

楚乔一笑，"嗯，这一年我过得很好。"

"那就好，"诸葛玥朗朗一笑，"在其位，谋其政，燕北军中势力纷杂，大同行会根深蒂固，若不是有我军威胁，燕洵早已被架空废黜，一两个有识之士良善之辈是没用的，夺权已成必然之局。你能明了这其中的缘由，对你大有好处。"

楚乔点头道："我明白，任何目标的达成都是要付出代价的，一点挫折，还打不倒我。"

诸葛玥笑笑，狐裘斗篷簇拥着他略带青色的下巴。诸葛玥是俊美的，这份俊美之中，甚至还带着一点点的邪气。此刻，他就这样坐在楚乔面前，说着只有两人才能听懂的话，楚乔突然觉得，这个人对自己了解很深。有些东西，燕洵不懂，甚至连她自己都不愿去正视，他却可以通过蛛丝马迹，来探知一切，包括她的梦想、她的信念、她的希望、她的快乐、她的烦恼……

这是个可怕的人，他拥有敏锐的战斗嗅觉，拥有超强的武艺身手，拥有艺术的权谋手段，拥有厚重的家族势力。然而，楚乔却始终看不清，这么多年来，他想要的究竟是什么？

燕洵想要报仇，想要踏平大夏，争霸天下；赵彻想要皇位，想要富国强兵，成为一代英主；李策也想要大夏，想要收复失地，重振卞唐雄风。而诸葛玥，他想要什么呢？没人知道，也没人看得清。看着那双漆黑的眼睛，楚乔觉得自己似乎要陷进去了。他的目光好似一个旋涡，深深地望着她，表面风轻云淡，里面却是一团燃烧的火。

也许，也许他曾经说过他想要什么，在卞唐的烟雨江南中，他抱着她，压抑着自己的骄傲和愤怒，低沉地说："我也需要你。"

这样的话，怎么像是从他嘴里说出来的？然而，那些话终究成了她的魔障，成了一生也无法逾越的梦魇，成了永远也无法回应的戏言。

"诸葛玥，战场上刀剑无眼，朝堂上也是风云莫测，你自己多保重。"

诸葛玥温和一笑，露出少有的温柔表情，眼望着大殿正中的那尊女神像，缓缓道："那些，还伤不了我。"

每个人都有一个死穴，而他的，很快就要覆盖上别人的姓氏了，就此，他再也不会有死穴了。

诸葛玥站起身来，修长的身影在月光之下有着超凡的俊美，整个人如同大理石的雕塑一般，脸颊上闪烁着璀璨的光芒。他静静地仰着头，看着那尊高大的武神神像，女子秀美的面孔闪烁着凌厉逼人的英气，古老的时光细致地雕刻出她身上暗红色的铠甲，整块的红云石上有细细的痕迹，好似有血丝在其中游走一般。她手握锋利的战斧，和孕育女神靠背而立，眼里射出尖锐凌厉的光芒，像是愤怒的火焰和刀子。

诸葛玥的神志一时间有些恍惚，他说不清自己第一眼看到这神像时的感受，恍惚间，他仿佛透过她看到了一个人，那个人也如这坐化的武神一样，拥有坚定的信念和高尚的理想。从前的他，对于这些是嗤之以鼻的，从小游走于家族门阀之中，见惯了尔虞我诈、阴谋陷阱，人性本恶的念头早已深入心底，谋算和揣度已成了生活的必需品。

但是后来，他渐渐明白，人并不是只为自己而活，人可以拥有很伟大的理想，当一个人为理想而努力的时候，才是最美的时候。曾经，他不知道是什么力量在支撑着她，不知道她为什么会那样坚定不移，他从不相信命运，有些时候，他甚至会想，也许天意是站在她那一边的，这样的人，也许连老天都不舍得辜负吧！

有些令他觉得痛恨，甚至觉得羞耻的感情，早已种入了他的心，他厌恶自己的懦弱和疯狂，却无法抗拒心里那股日复一日越发灼热的念头。他已经搞不清是从什么时候开始的了，那时候的他们还那么小，她甚至还没有马腿高，怎会产生这样荒谬不堪的感情？

然而，这其后的多少个夜里，午夜梦回，却总是会想起孩子临走时的那个眼神，坚忍不拔、凌厉不屈，像是一只愤怒的小豹子，永远不会屈服在猎人的皮鞭之下。他想，他一定是被迷惑了，被迷惑了很多年，迷惑在那样坚定的信念之中，迷惑在那样锐利的眼神之内，还有她曾经很多次跟他说过的那句话，"诸葛玥，你看着吧！"

于是他就这样看着，一直看着，看着她破茧成蝶，看着她登上绝顶，看着她满身疲惫，看着她一次次地跌倒，又一次次地爬起，尽管满身伤痛，但从未动摇。

在这个世界上，有谁会在你完全沦入炼狱中时，对你不离不弃？有谁会在你一无所有的时候，与你相依为命？有谁会抛却性命，誓死追随？又有谁，会在受到冷落之后，仍旧从不动摇地站在你身边？

燕洵，你是何其幸运，但你又是何其不懂珍惜。

诸葛玥哂然一笑，转身往外走去。外面大风呼啸，呼的一声吹起他的斗篷，衣角翩翩，他径直离去。得不到，倒不如洒脱放手，他诸葛玥的人生字典里，从无"请求"二字。

"诸葛玥！"楚乔突然大喊一声。诸葛玥身躯一震，停了下来，少女急切地奔来，脚步踏在雪地上，深深地陷了进去。

诸葛玥回过头去，微微皱起眉来，"还有事吗？"

楚乔将腰间的破月剑解下，平举在手中，递交给他，面色郑重地道："一路保重。"

诸葛玥看着她手上的剑，却并没有接过，更没有将腰间的残红剑归还的意思。

楚乔有些尴尬，但是仍旧固执地举着剑，眼神定定地看着他，就像是得不到糖果的孩子，在赌气不吃饭一样。

"这是何意？"

楚乔咬着嘴唇，默想片刻，终于说道："燕北和大夏的全面战争就要爆发，到时候难免沙场相遇，我不会手下留情，你也不必再顾及我了，我们……"

诸葛玥的表情突然就冷了下来，他低着头，微微蹙眉，楚乔被他的目光盯得有些不自在，说话的声音也渐渐小了下去。

"星儿，平心而论，若是沙场相见，你当真会砍下我的项上人头？"

诸葛玥的声音是低沉舒缓的，这一句话，似乎不是由喉间发出，而是隔着厚重的心跳一同传了出来。楚乔的手心很凉，却有细密的汗水流下，她嘴里很干，深深地吸了口气，压下心底的不适，缓缓说道："我不会杀你，但是我会尽我最大的能力击败你。"

一阵低沉的笑声缓缓传来，诸葛玥低着头，轻轻摇了摇，没有说话，只是接过楚乔手中的剑，倒提着一步一步地踏在雪地上，转身而去。

"可惜，我却不能。"

非不能，而是不愿，因为他总是知道，有些时候，对于他们来说，失败就等于死亡。

而他，又怎能剥夺她赖以生存的唯一筹码？

楚乔咬着嘴唇，有些东西在胸腹间压抑着，让她胸口生疼。她看着他笔直的背，冷得那般刺骨，她低着头，一字一顿地说道："人生在世，如身处荆棘之中，心不动，则人不妄动，不动则不伤。如心动，则人妄动，伤其身，痛其骨，身受世间诸般痛苦。"

诸葛玥的脚步就那样生生地顿住了，他还记得这句话，那是那么久那么久之前，久到他还是个阴郁冷漠的少年，她还是个一无所有的孩子，上元夜的灯火闪烁，他试探着让她读出了这段词句。

真可笑啊！诸葛玥冷冷地牵起嘴角，不动则不伤吗？

"我早已被荆棘刺穿了。"沙哑的声音回荡在山顶上，大风呼啦啦地吹过，瞬间就将那声音吹得支离破碎。

雪，又开始下了。

闽西山的东面，一众普通商旅打扮的商队在安营扎寨，想来就是诸葛玥的人马。楚乔站在神庙门前，望着男人的背影渐渐隐没在风雪之中，只觉得身上一片冰冷。她独自走进去，拿起地席上的酒壶，仰头喝了一口，温热的液体顺着喉管流下去，带着辛辣的香醇。

仰头只见武神的双眼凌厉地望着她，像是在责备她的莽撞和不顾大局，而在另一面，母神眼波温柔，又似了解她的一切苦楚。她缓缓地委顿在地，靠着高大的柱子坐下来，抱着膝，那么瘦，宛若一个没长大的孩子。

第二日启程的时候，身后突然传来了一阵急促的马蹄声，但见白茫茫的雪原上，一骑快马急促奔来，马上的女子一身银灰色狐裘斗篷，斗篷穿在她身上略显宽大，她由东而来，看到楚乔的大队也不停歇，径直奔来。

贺萧英挺的剑眉一竖，打马上前，沉声说道："什么人？报上姓名！"

女子扭头看了他一眼，眼梢一挑，粲然一笑，竟然更加用力地挥了两下鞭子，冲上前来。贺萧眉头一皱，就上前去拦阻，却见那女子柳眉竖起，语调清脆地说道："吉祥，踢他！"

她胯下的战马好似能听懂她的话一样，蓦然停住，长嘶一声，在贺萧靠近的刹那顿时人立而起，两只前腿一下踢在贺萧战马的马腹上，贺萧的战马哀鸣一声，倒在了雪地上。

贺萧身手还算敏捷，在地上一个前滚翻就站住了身子，只是头盔脱落，头发上满是积雪，搞得甚是狼狈。

"你是什么人？"男人恼羞成怒，大声叫道。

谁知那女子看也不看他一眼，对着迎面而来的女子微微一笑，说道："你就是楚乔？"

楚乔点了点头，沉目望去，只见女子眉清目秀，肌肤吹弹可破，眼波温润，面容柔和，乍一眼看去，素颜如雪，黑眸如星，好似婉约的水莲，清爽洁白。她的面孔上隐隐透着几分英气，爽朗大方地打量着楚乔，丝毫不忌讳自己也在被人家打量。然而，最吸引楚乔注意的却不是她的长相，而是她身上披的这件斗篷，如果她记性不差的话，这件衣服昨天晚上还穿在诸葛玥的身上。

看到这里，她的眼梢微微一紧，眉心缓缓地皱了起来。

"我家少爷让我把这个交给你。"

是残红剑，楚乔伸手接过，点头谢道："多谢你，不知姑娘高姓大名？"

"我姓蒙，我想我们很快就会再见面的，告辞。"

说罢，姓蒙的女子一拽马缰，战马迅速掉头而去，徒留下气鼓鼓的贺萧大统领站在原地愤愤不平。

"大人，这女人是谁？"

在周围护卫的，都是西南镇府使的精锐班底，都是最值得信任的手下，楚乔也不避讳，淡淡地说道："想来，这就是这半年来威震夏燕战场的蒙枫少将了。"

"蒙枫？蒙阒的那个小孙女？"

楚乔没有说话，低头将残红剑拔出来，锋利的剑锋隐隐可以照出她乌黑的眸子。已有两年未见此剑了，而这两年，她使用破月剑，也已经顺手了。

葛齐在一旁小声地问道："她是蒙阒的孙女？我看着怎么不像？说实在的，我瞧着，却有点像咱们白笙王妃。"

"可别乱说话！"贺萧忙解释道，"她是蒙将军收养的孤女，从小就当成男儿养着，还跟着蒙家的男儿们一起去了尚武堂读书呢。诸葛玥被提拔为兵马都督之后，她也被派往他的手下当差，这半年来在战场上极为活跃，怎么跑到这里来了？大人，我们要不要追上去查问清楚？兴许有诈。"

楚乔没说话，只是静静地看着那把剑出神。贺萧叫了两声，她才回话，面色看起来很平静，淡淡地说："今天的事，大家最好都当没看见。"

此话一说，众人顿时了然，大军继续开拔。

与此同时，蒙枫终于赶上了乔装而行的诸葛玥等人，她偷偷地脱下斗篷，交给诸葛玥的贴身侍卫，然后换好衣服，神态自如地走到诸葛玥身边，说道："东西送去了。"

诸葛玥好像没听着一样，径直走了。蒙枫含笑看着他的背影，脑袋却在使劲地分析着，一般不等人家说完话就走的人有两种，一是对此事根本不感兴趣，二是害怕被人看穿内心的波动。她看着自己这个尚武堂的同窗，悠闲自得地吹着口哨，诸葛大都督在想什么，真是世人皆知啊！

"不虚此行，不虚此行。"

三日之后，楚乔终于到了血葵河下的燕北军营。卸下粮草之后，天已经黑了，楚乔被留吃饭，吃好之后，和一些同僚闲聊了几句，就回了自己的营帐。

一年不见，平安又长了一大截，俨然已经是一个大小伙子了。他乐呵呵地为她烧水，絮絮叨叨地说着话，十足亲热的模样。

燕洵并不在军中，如今比邻血葵河修筑了一座关口，名为龙吟关，和雁鸣关隔着一条河遥遥相望，燕北大军全聚集在关口之后，他已经将军部大本营搬到了关上，平时很少来此地。

在雪地里跋涉了好些日子，好久没舒服地洗个澡了，此刻躺在浴桶里，她舒服得只想睡过去，奈何还有公文要批复处理，只得迅速地洗了一个战斗澡，就拖着疲惫的身子坐在灯下，细细地看了起来。

夜色越发深了，连空气都是军队里所特有的味道，灯火照在楚乔的脸上，有半边瘦削的轮廓被投射在帐篷上，从外面看去，是一个清晰秀丽的影子。

已经有一年没有见过燕洵了，这一年来，除了正常的公文往来，他们几乎没有任何交集，偶尔有书信，也是公事公办的口吻。

直到前阵子，一名老嬷嬷突然来到回回山，找到楚乔，将燕洵吩咐她带来的东西一一放下，然后就满口吉祥话地夸奖楚乔，说了半天，楚乔才弄懂，原来她是燕洵派来说亲的。

说亲？多么滑稽的一件事，两个人要在一起生活一辈子，却要别人来磨这三寸不烂的舌头，他们两人的关系，竟然也到了需要说亲的地步。

嬷嬷名义上是来说亲，其实只是来通知她一下而已。流水般的聘礼摆满了楚乔的房间，顺着走廊一直摆到院子里，全是少见的奇珍，小孩拳头大的东珠、一人多高的成品珊瑚、吹一口气就能飞起来的蝉丝纱衣、整块翠兰西贡玉石雕琢的翡翠玉鞋、明朗山出产的鸡血石坠泪璎珞、南贡的比目七彩搪瓷彩，还有西域的奇珍异宝、珍稀皮草等，好似世间的瑰丽，一瞬间全在眼前了，金光璀璨，刺得人睁不开双目。而且燕洵还放出话来，他会在落日山上修建一座纳达宫，作为她的居所。这时楚乔才知道，原来"纳达"二字于北地胡语之中，意为挚爱。

世人所能想象的一切奢华都摆在眼前，也许她该感动，也许她该热泪盈眶，激动谢恩，然而她心底没有一丝一毫的欢呼雀跃。她坐在竹藤椅上，指尖苍白冰冷。如果是一年前，她也许会高兴得跳起来吧，可是现在，她却总觉得这是燕洵对她的一种变相的安抚和补偿。

燕洵渐渐变了，变得让她认不出了，很多时候，她会怀疑自己所做的一切究竟有什么意义。就算是燕洵胜了，也不过是燕氏取代赵氏，一个王朝取代另一个王朝，所有她曾经的设想，都在朝着另一个轨道前行，而她，还在无耻地欺骗着那些善良的百姓，鼓励他们重建家园，鼓励他们积极从军，鼓励他们奋勇杀敌。他们抛头颅洒热血地血战沙场，以为自己是在为后代子孙建立一个不一样的时代，然而到头来，也许只是白白牺牲。这些淳朴的百姓，他们是在打一场和他们完全没有关系的仗，而他们，毫不知情。

每当想到这里，楚乔就觉得自己是个浑蛋，是一个彻头彻尾的大骗子。

她静静地靠在案头，头抵在书卷上，有些累，烛火幽幽地闪烁着，不时地爆出一丝烛火，一切都是那样安静，恍惚间，她似乎就要睡去。

燕洵已经站在帐外很久了，得知楚乔提前一天到，他连夜骑着马，只带了二十多名侍卫就回到了大本营。在目前这种形势下，这样的做法显然是很不理智的，如今想要他的命的人实在是太多了，不只是大夏和犬戎，甚至还包括燕北，包括他这些表面上忠心耿耿的臣子。然而，想见她一面的心愿太过迫切，迫切到让他难得地失去了一回理智，可是一路狂奔而来，站在她的帐前，却不敢走进去了。

威慑天下的燕北之王，在燕北岌岌可危的情况下，带着人马冲进大夏腹地的燕洵，此刻却畏惧于一座小小的帐篷，连走近都觉得是一种奢求。

尹嬷嬷回来说，阿楚听闻婚事，高兴得喜极而泣，跪在地上大声谢恩。他知道，那是老人家说出来哄他开心的，阿楚这样的人，怎会当着她们的面喜极而泣？怎会跪在地上，对他谢恩？他们在一起这么多年，他几乎都可以想象她听到这一切时的表情，她一定会淡漠地坐在那里，听着老嬷嬷的喋喋不休，静静地不发一言，目光飘忽，好似在听，又好似没在听，然后在嬷嬷说完的时候轻轻地点一下头，说"我知道了"。

对，就是这样。

燕洵在脑海里模拟那个场景，身侧是还没来得及合上的书卷和文牒，桌子上有已然冷掉的茶水，她穿着家常的棉布衫，坐在椅子上，长发披散在两侧，漠然得好似一切都和她没有任何关系。

虽然，那是他们的婚事，是他们在真煌的时候，就幻想过无数次的婚事。

燕洵不知道哪里出了错，他也许知道，却不愿意去正视。他想，他还是信任阿楚的，他知道这个世界上谁背叛他，阿楚都不会。可是正是因为如此，他才更加不想将她留在军中，不想让她和西南镇府使过多地接触。世事总是会变，即便你没有这个想法，其他人、其他事，也会推着你、架着你、驱赶着你去走这条路。他害怕有朝一日，立场将他和她摆在对立的位置，当他们身后都站着一批支持者的时候，他们就无法退却了。

阿楚是一个出色的军事家，却不是一个出色的政治家，政治上有多少黑暗，她是永远也不会明白的。而他要达成所愿，又要蹚多少血河？垒起多少人头铸成的高山？他并不后悔，这一切都是他自愿的，又不是逼良为娼，没人强迫他这样做，他甚至乐在其中，十分享受这种谋算和杀戮的过程。多年来心底堆积的怨恨和仇恨，像是虫子一般，日夜啃噬着他，那些屈辱，是他一生都无法忘却的梦魇。然而，他只是希望，在他做这一切的时候，她不要在旁边看着，不要用她那双黑白分明的眼睛盯着他，然后渐渐失去希望，渐渐走向绝望。

也许她现在会生气，但是时间会抹平一切，他会用一生的时间去弥补，去解释。

燕洵笃定地笑，等到他坐拥天下的那一天，她就会理解他今日所做的一切了。

大帐里的灯火倒映出一个瘦削的影子，眉眼轮廓，那般清晰，让他甚至能分清，哪里是鼻子，哪里是眼睛，哪里是手。

月亮照在他的身上，黑色的大氅显得厚重压抑，男人身形萧索，背后是一片荒芜的白，远处有战士在唱着燕北长调，曲调悠扬婉转，似乎要转到天上去了。

燕洵缓缓伸出手来，月光的照耀之下，一抹淡淡的灰影，投射在帐篷之上。燕洵的手高高地抬起，近了，越来越近了，终于，灰影触碰到黑影的鼻尖、脸颊、额头，虚拟的光影在模拟着帐内女子的轮廓，像是情人的手。

他想要去触碰她的手，然而就在马上要碰到的时候，一片乌云突然飘过来，挡住了月亮，大地瞬间沦入黑暗。燕洵尴尬地站在那里，伸着手，地上的积雪被风吹起，扬在他的大氅上，像是一座雕塑。

在军营待了三日，一直没有遇见燕洵，直到第四天，他才从关上下来。看到燕洵的时候，楚乔正在收拾行囊，燕洵就那么突兀地走进来，也没有士兵通报一声。刺目的光从他的背后射了进来，楚乔逆光看去，一时间被晃花了眼睛。

　　燕洵穿着一身黑色的长袍，衣衫上绣着墨金色的腾龙，眼若深潭，静静地望着她，久久没有说话。

　　光线太刺眼了，细小的灰尘在光束中上下飘忽着，楚乔看着燕洵，依稀间似乎还是很多年前的莺歌院，练功回来的少年满头大汗，总是喜欢悄无声息地站在她的背后，等着她发现。那时的他们那般孤单，身边除了彼此，没有旁人，不像现在，被千万人簇拥着，反而隔得越来越远。

　　楚乔站起身来，想要屈膝行礼，可是那"皇上"两字，却怎么也无法叫出口来。燕洵走上前来，握住了她的手。她并没有躲闪，也没有抬头，身体被人用双臂缓缓地拥住，她的额头抵在他的胸膛上，稳健有力的心跳一声声地传来，让楚乔想起了北朔城上隆隆的战鼓。朝阳如血，大地洒金，大帐的帘子被风吹得起伏伏。楚乔眍着眼睛，似乎能看到盛夏季节青翠的牧草。她的心已经远远地飘走了，走得远远的，唯独不在这里。

　　"阿楚，要走了吗？"燕洵低声问，却久久得不到她的回答。他放开手，就看到她游移没有焦距的眼睛，像是一汪海子，幽深得让人看不透，"阿楚？"

　　楚乔抬起头来，点了点头道："嗯，明天就走。"

　　"快过年了，留下吧。"

　　"不太好，还有些事需要我回去办。"

　　燕洵固执地说道："事情交给别人去办吧，我想和你一起过个年。"

　　"犬戎人在打美林关的主意，我不放心。"

　　"犬戎人也是要过年的，"燕洵看着她，好似他们之间什么也不曾发生一样，固执地说，"你不必亲力亲为，我自会安排别人去料理。"

　　楚乔没有话说，低着头，看着光影在地面上投射出一个个小小的光圈，像是斑驳的格子。燕洵心情突然就好起来，笑着说要带楚乔去犀灵城过年，那是他新建起的城市，是如何如何繁华，如何如何热闹，他准备了舒适的宅院，还亲自为她布置了房间。他反复强调了那里的一种小吃，他说是他小时候吃过的，他收复了燕北之后，在全国寻找那个做小吃的师傅，结果找到的时候，他却已经死在战乱中了，好在他的儿子还活着，并且继承了父亲的手艺，如今就留在犀灵城的别院里。

　　他说了那么多的话，甚至有些啰唆了。

　　楚乔听了许久，突然抬起头来，静静地说："燕洵，我不想留在这儿。"

　　燕洵突然就愣住了，舌头似乎打了结，滔滔不绝的话语戛然而止，他看着楚乔，过了许久，才缓缓说道："你还在怪我？"

　　楚乔摇了摇头，眼神平静无波，"我只是不想留在这里，和你一起粉饰太平，装作什么事都没有发生，什么时候等你想通了，全放下了，不再戒备怀疑了，我再来吧。"

　　燕洵站在那里，表情变得十分淡漠，他深深地看了楚乔一眼，然后转身走了出去，步子迈得很大，一晃就已经看不到身影。

楚乔坐在床榻上，突然觉得很累，这样的冷战让她觉得毫无意义，可是此刻，她却找不到另一条出路给自己。犬戎人还在关外挑衅，过了年就是春汛，她也要提早提防，还有初春的那场贸易对换，事情千头万绪，不过好在她还有事情可做。楚乔无奈地苦笑，继续收拾行装，这座军营太压抑了，她一刻也不愿多待。

燕洵坐在中军大帐里，大将们分立两侧，帐内的气氛有些压抑，将士们垂头丧气，全没有一点新年将至的开心。

"如果开战的话，凭着手上的实力，我们第二军足以应付十万到十五万的夏军，如果再加上一点点运气，我们可以抵抗住大夏的半数兵力连续两天的攻击。但是前提是对面的指挥官不能是诸葛玥，他前阵子在雀书谷歼灭了我们两千多人，士兵们现在对他敬畏很深，我怕到时候士气低落，影响战局。"一个大将分析道。

另一人出列道："有探子回报说，诸葛玥暂时不在军中，好像是回真煌去了，夏皇病危，他作为赵彻的同盟，理应支持赵彻上位，但是目前有传言说，夏皇已经内定了皇位继承人，赵彻榜上无名。"

"就要过年了，大夏军心不稳，诸葛玥还不在，我们若是趁着这个机会冲进雁鸣关，也不是没可能的，陛下，这是我们参谋部制订的作战计划图。"

燕洵冷冷地扫了一眼那张作战计划图，只见上面被画得花花绿绿的，什么骑兵先行，盾兵排后，啰唆了半天，也不过是正面硬攻、侧翼助攻这类的战术。他皱着眉看着那个三十多岁的将领，冷冷道："这就是你们参谋部通宵达旦十几天制订的作战计划？"

那人顿时一惊，额上冷汗涔涔，支吾道："我们分析了两军的强弱对比，研究……"

"行了。"燕洵粗暴地打断他，继续问道，"还有没有什么实质性的东西要汇报？"

眼见燕洵心情如此不好，还有谁敢不识趣地继续说？不一会儿，大帐内的人一一退下，只剩下燕洵一个人坐在那里，脸色很差，皱着眉。

然而不一会儿，一个人影突然走进来，扑通一声跪在地上，压低了声音说道："幸不辱命，属下有重要情报要向陛下汇报。"

午后的光有些刺眼，晃着那人衣角上的一朵红云，那曾经是西南镇府使的军旗标志，如今，已成了秀丽军的标志。

那一天燕洵没有吃晚饭，他连夜召集了自己的心腹，带着五千名禁军离开了大本营，甚至都没有和楚乔打一声招呼。

马蹄踏出营门的时候，放在书案上的残红剑突然发出嗡的一声闷响，楚乔疑惑地转过头去，却只看到香炉里袅袅的青烟。

她隐约间觉得心脏跳得很厉害，端起茶碗喝了一口茶，冰凉的茶水顺着嗓子咽了下去，却没能浇熄心底那抹无端的恐慌。

这是怎么了？她微微皱眉，外面大雪纷飞，天地萧索一片。

第十八章
大战将至

当燕洵收到消息，赶到大坪的时候，战事早已结束，诸葛玥的人马早已离去，徒留下一地的尸首和刀剑。多年来深受燕洵器重的暗杀团全军覆没，五百人无一生还，看着满地的尸首，燕洵只感觉太阳穴在突突跳着。

"陛下，"程远微弓着身子站在他身边，恭敬地说道，"要不要属下马上回去召集人手，人在我们的地盘上，还能让他逃出生天吗？"

燕洵目光深沉，望着那些还没来得及闭上眼睛的尸首。

程远站在旁边，着急地问："陛下？"

"马上召集人马。"

程远见燕洵采纳自己的意见，开心地点头问道："请问陛下要多少？"

"将整编的黑鹰军全部带过来。"

"啊？"即便城府深沉如程远，闻言也不由得大吃一惊，惊讶道，"陛下，黑鹰军刚刚休整招募结束，有十多万人，诸葛玥只带了不到三百人，这，用得着这么多人吗？"

燕洵淡淡地轻哼一声，目光射向白茫茫的雪原里那看不见的敌人，阴郁的眼睛半眯着，冷冷道："杀了他等于砍断了赵彻的半个脑袋，断了大夏的一条手臂，比杀二十万夏军作用还要大。跟将士们说，见到诸葛玥，就地格杀，生死勿论，谁砍下他的脑袋，我就赏谁做将军。"

"是！"程远厉声答应一声，转身策马而去。

马蹄踏在雪原上，掀起白花花的雪浪。燕洵静静而立，很久后才轻声说道："这一次，我要你插翅难飞。"

这一天，燕北东线战局上，兵力调动十分活跃，刚刚整编的黑鹰军被程远全军带了出去，借口野战拉练，实则却是向着燕北内陆而去。负责监控燕北军的大夏官员觉得奇怪，如实上报给了大夏的军机处，军机处的文官们分析了半天，最后得出的结论却是燕北极有可能发生了大风雪，平民伤亡很大，不得已才调动军队，加以镇压救灾。对于这个结论，军机处的官员们报以了热情的掌声，既为燕洵倒了霉，又为东线少了一路大军的威胁，而松了口气，并且及时地将这个喜讯上报给了大夏北伐军中军大营。然而赵彻的军务官却觉得此事实在无关痛痒，就算黑鹰军不在，以北伐军目前的实力，也是无法和第一、第二联合军对抗。大夏的作战计划早已定下，一切要等到明年开春，等北方和卞唐的战事平定下来。

于是，他理所当然地将这份"无关紧要"的消息扣了下来，不想再去打扰已然十分辛苦的赵彻殿下。

很多时候，改变历史的，往往就是这些无关痛痒的人的一个无关痛痒的念头，就比如现在，诸葛玥此行的唯一知情人赵彻失去了这个重要情报，也失去了及时发出通知和增兵掩护的机会。

然而，尽管这样，燕洵的计划进行得却并不顺利，一天之后，战报相继传回来，让在座的诸位将军险些红了眼睛。

黑鹰军轻骑军第一大队第三中队五百人全军覆没，无一生还。

轻骑军第四中队五百人遭人袭击，被乱箭射死，活像一个个人体筛子。

轻骑军第十七斥候队凭空失踪，参谋部分析得出的结论是：这七百人全部在风雪中走丢了。

六个斥候小分队随后也凭空失踪，每队二十人，无一人发出信号，或者回来禀报。

弓弩队进了松露岭，没人知道他们为什么进去，就像同样没人知道为什么他们进去了，就不再出来一样，因为进去找他们的两个步兵队，也同样失踪了。

溃散、战败、覆灭、失踪……战报一条一条地传回来，燕洵的脸色越来越难看，在座的将领们也是如临大敌，一名老军官战战兢兢地说道："要不，我们还是合兵在一处吧，这样分兵太危险了。"

"笑话！"阿精此刻也在大军之中，但是地位明显不如程远，他远远地坐在军官们的队尾，闻言冷声道，"对方只有不到三百人，我们却足足有十万大军，这样悬殊的比重，还要合兵？"

那老将还试图辩解道："可是对方战斗力强，人人以一敌百……"

"我也不赞成合兵。"程远说道，"内陆地广人稀，又是风雪天气，三百人随便往哪里一猫，我们就无计可施。让十万大军合兵在一处，目标更大，对方更容易避开我们。陛下，属下建议围军中困，只要将各条路塞堵死，不怕他们不现身。"

"程大将军是忘了漕丘一战了吧？当时你也是这么说的。"阿精冷眼看了他一眼，嘲讽道，"在各条路塞上设路障，全军出动，连山路小道都不放过，当时将军可是信誓旦旦地说连只老鼠过去，都逃不过你的眼睛的，可是一月之后，诸葛玥好好地坐在雁鸣关里吃饭睡觉，我们却累得像龟孙子一样。"

程远闻言，面色一沉，却没有说话，而是转头看向燕洵。谁都知道漕丘一战是燕洵的禁忌，他程远虽然有责任，但是作为被突袭了营地的主帅燕洵，却更是责无旁贷。然而只见燕洵面不改色，好像没听到一样，眼若寒霜，波澜不惊。

只听呼的一声，阿精一身重铁铠甲，推开小几站起身来，上前两步对着燕洵沉声说道："陛下，诸葛玥只有三百人，伤了我们三千多人不可能全身而退，我们却没看到一具大夏兵的尸首，这就说明所有的伤员都被他带走了。他们人数本就少，如今再加上伤员拖后腿，战斗力必当大打折扣，属下自请带着一千人亲自追击，定然完成任务。"

燕洵的目光如沧海暗波，静静地扫过阿精的脸孔，帐篷外面，狂风卷着雪花在原野上肆虐，却都寒不过燕洵的眼睛。他在细细地权衡着，如同一只心机深沉的狼王。

阿精？阿精能力堪当大用，之前对他的打压也稍稍磨平了他身上的棱角，他此时请战，无外乎是想证明自己。但是也不得不提防，毕竟他和阿楚关系密切，而此事一旦被阿楚得知，又会发生什么变数？

大帐里很安静，所有人都在注视着燕洵，等待着他的指示，时间一分一秒地过去，更漏里的细沙缓缓地落下。突然只听一声战马长鸣，阿精几步跑出去，只见二百多骑战马狂奔而至，领头的将领满身鲜血，大声叫道："已将敌首擒获！"

霎时间，全帐震动，燕洵眉头紧锁，眼若镜湖封冻，暗里波涛翻涌，滚滚如潮。

天地间苍茫一片，鹅毛般的大雪漫天飞舞。轻骑军第一队五百人一同出发，回来的时候却只剩下不到三百，可见战况之惨烈。第一大队大队长陆河满身鲜血，肩头中箭，跳下马来单膝点地，对着燕洵说道："启禀陛下，臣幸不辱命，已将夏国西北兵马元帅诸葛玥擒拿。"

众人闻言，齐声欢呼，这一年来在雁鸣关下，燕北大军已不知吃了诸葛玥多少亏，此人用兵如神，从不按牌理出牌，兼且胆大包天，座下猛将如云，兵士人人效死，以致燕北军十战九败，更何况此人更代表了大夏门阀对燕北的态度和对大夏的支持，身牵数方，他一旦不在，战况登时就要大大扭转。

相比于其他人的开心，燕洵却并没有什么异样的表情，他看着陆河，沉声说道："将人带上来。"

"带上来！"陆河回头吩咐了一声，立刻就有人将捆绑着的男子押了上来，此人一身紫貂长裘，衣衫华贵，但身上多处负伤，右腿上插着五六支劲箭，已然不能站立。

见到燕洵，他缓缓抬起头来，目光冷淡，嘴角微微一笑，不屑地挑了挑眉梢，道："燕世子，好久没见了。"

燕洵的眼角顿时紧抽，声音低沉阴郁，缓缓道："月七？"

"燕世子好记性，难怪能使出那么多卑鄙阴险的招数来对付我家少爷，原来是有一颗这么好的脑袋。"月七嘿嘿一笑，一道刀疤血淋淋地横在脸上，皮开肉绽，已然没有了昔日的英俊和倜傥，笑容如鬼魅邪物一般。

燕洵不为所动，冷冷道："诸葛玥在哪里？"

月七哈哈一笑，好似听到了最好笑的笑话一样，反问道："燕世子是不是疯了？竟然问出这么愚蠢的问题？"

"拖下去，砍了。"

燕洵冷然转过身去，沉声吩咐道。禁卫军顿时上前将月七制住，只听月七的声音在背后轻快地响起，带着不在乎的笑，"燕洵，你不是军人，不过是惯耍阴谋诡计的小人罢了，你不是我家少爷的对手，我会早走一步，在黄泉路上等着你的。"

"是吗？"燕洵的声音冷冽而低沉，好似蒙尘的钟鼓，他缓缓回过头来，眼梢如刀，"那你就等着吧。"

燕洵站在风雪中，脸若寒霜。

"陛下，"陆河紧张地说道，"属下有罪，属下一时大意，竟被他给骗了，不过属下已经知道诸葛狗贼的去向，属下现在就去追。"

燕洵眼梢一瞟，看着他腰间的佩剑道："给我。"

陆河更是大惊，连忙解下腰间的宝剑交给燕洵，满头大汗地说道："这是那小子的佩剑，属下……属下正准备交给陛下的。"

剑身四尺，通体玄青，剑身上隐隐有微微红纹，看起来如血一般，正是诸葛玥的贴身佩剑——破月，对于这把剑，燕洵自然是再熟悉不过了。

"孙才，你马上带着这把剑去拦截楚大人，她此刻应该在回尚慎的路上。就说诸葛玥率兵袭击悦贡的粮草，正好遇到我在悦贡，禁卫军本部受损，我身受剑伤，如今已被围困，让她马上带兵支援悦贡城。记住，你要从南赫山绕道，做出从悦贡逃出偶遇的假象，明白吗？"

年轻的将领顿时跪在地上，沉声说道："属下明白。"

"念卿，你立刻赶往悦贡城，带着我的口谕给悦贡守军，告诉他们必须在一日之内做出频繁调兵，以待围困的模样。"

"是，属下立刻就去。"

"程远，你马上召集黑鹰军，兵分五路赶往悦贡，跟在楚大人身后，偃旗息鼓，做出追击的架势，但不要正面接兵，明白吗？"

"明白。"

"齐治，你随念卿一起前往悦贡，沿途吩咐各个州县，要他们关闭城门，派出兵勇，设防堵截。"

"是。"

"霍安！"

"属下在。"一名身着秀丽军军装的兵勇站在一旁，低着头，看不清眉眼，恭顺地道，"请吩咐。"

"你马上跟着陆河，见到诸葛玥之后，你应该知道怎么说。"

霍安跪在地上，声音低沉地说道："属下明白，定不负圣上所托。"

几路大军相继离去，燕洵犹自站在原地，缓缓道："阿精。"

阿精连忙上前一步，兴奋地说道："属下在，圣上吩咐吧。"

"你去怀宋一趟吧，去查看一下明年春运的军粮。"

阿精顿时一呆，难以置信地扬声道："现在？"

"对，"燕洵转过身来，眼神凌厉，嘴角冷然，一字一顿地说道，"现在。"

风一阵紧过一阵，燕洵身穿一身黑色长裘站立在冷风之中，丝毫不为所动，天上的太阳被阴云覆盖，四下里昏黄一片，隆冬萧瑟，大战将至。

今晚有大暴雪，楚乔刚刚安营扎寨，就听正北方有急促的马蹄声传来，贺萧领兵上前，不一会儿就带回一名年轻的将领。那人满身血污，头发散乱，见到楚乔如遇亲人，一下扑倒在她面前，大声叫道："太好了！楚大人您在这里，请您快带兵去救陛下吧，再晚就来不及了！"

哐啷一声，楚乔手中的残红剑顿时掉在地上，她瞪大了眼睛，上前一步冷然说道："你说什么？再说一遍！"

"夏国诸葛狗贼偷偷潜入燕北，放火烧了悦贡城的过冬粮草，正好陛下就在附近，不知情下只带了两千人马就去救援悦贡，不想被诸葛狗贼围困，身中数剑，已然不能上马。

如今大夏五万大军包围悦贡，陛下就在城中，属下带着三百人冒死突围报讯，其他人中途全死了，只有我一个逃出来。"

楚乔眉头紧锁，沉声说道："大夏五万大军怎么会悄无声息地进入燕北？你给我说清楚！"

年轻的汉子满脸灰尘，红着眼睛悲愤地叫道："属下也不知道，他们好像从天上蹦下来一样，那个诸葛玥剑法精妙，一剑就穿透了陛下的前胸，若不是阿精护卫拼死救护，此刻已然不幸。那个叫月七的将领三次冲击城门，将兄弟们全杀了……"

孙才一边说着一边流下泪来，拿起腰间的长剑，奉上道："对了，这就是诸葛狗贼的宝剑，他就是用这剑刺中陛下的，被陛下的肩胛骨卡住了，才没拔下去。"

楚乔顿时呆住了，缓缓接过长剑，只见剑身古朴，通体血痕，赫然正是破月。她狠狠地握着剑，抑制住自己想要颤抖的欲望，眼神好似盛了雪，几乎要化开雪水来。

诸葛玥，他怎么会？他亲口对自己说过，此次非为战事而来，又怎么会去烧毁悦贡的粮草，暗杀燕洵？

可若不是，这又是什么，这破月剑身上，又是沾了谁的血？

"大人！您快去吧，再不去就来不及了！"

孙才跪在地上，砰砰地磕着头乞求着。楚乔深吸一口气，只觉得心脉俱寒，燕洵此次若是有事，岂不是被她所害？她利落地翻身上马，对着部下们冷然说道："全军拔营！去悦贡！"

大军迅速开拔，不一会儿就消失在茫茫雪原上。很快，又有别的马队的马蹄覆盖上了那片混乱的雪原，这一个晚上，终究不是一个适合安睡的夜晚。

当霍安见到诸葛玥的时候，已然是凌晨，在明西山谷里，原本的三百人，如今只剩下二百不到，却仍旧保持着高度的警惕性和战斗力。明西山谷谷口狭窄，易守难攻，谷内野物丰富，丝毫不必担心粮草，只要他们拖过三日，赵彻必然会发觉雁鸣关下的燕北军人数减少，到时候趁机开战，燕洵就不得不回援，而那时候他诸葛玥也就有了逃跑的良机。

只是打眼一看，霍安就明白了燕洵此计的高明之处，如此地势和兵容，即便强攻，也是要付出巨大的代价的。

"诸葛将军，我是楚大人的部下，秀丽军统领霍安，有要事要向您转告。"

诸葛玥衣衫整洁，仍旧是那副精明冷淡的模样，即便是逃亡之中，也不带半点慌乱。他淡淡地看了霍安一眼，缓缓道："如果我没记错，秀丽军的统领应该是贺萧。"

"贺萧大人已然战死，如今由我来接替他的职务。"霍安目光平静，面色不变地沉声说道。

诸葛玥闻言，眉梢轻轻一挑，却并没有追问，而是双目淡淡地看着他，内含的机锋如刀子一样射在他的身上。霍安稳定心神，镇定地说道："我家大人说将军的行藏已经暴露，不管将军您有什么事，请马上离开。她已在贺兰山为您安排了一条密道，您若是相信她，就可以取道下唐，逃离燕北。您若是有别的出路，也请尽快离开，因为陛下已经派出大军来包围您，再不走，恐怕就没机会了。"

"你家大人出了什么事？贺萧统领为什么会战死？"

霍安面色微微一变，默想了半晌说道："我家大人只交代我说方才的那些话，至于其他，请恕我不能奉告。"

说罢，他转身欲走，诸葛玥道："站住。"

霍安却仍不停步，只听嗡的一声锐响，一名年轻战士一把抽出长剑，剑势凌厉快捷地架在他的脖子上，冷然道："没听到我家少爷在叫你吗？"

霍安转头看过去，却是一个才十八九岁的年轻人，眼神带着剑者独有的寒意。

"月九，别胡来。"

诸葛玥沉声说道，年轻剑士低着头退后，霍安转过头来看向诸葛玥平静的眼神，缓缓道："将军，我的部下里出现了叛徒，害了您，也害了大人，陛下要大人来杀您，大人不肯，还派兵阻截陛下派来追杀您的队伍，已然和军队闹翻。如今，我也没脸回去见大人乞求大人的宽恕，只希望将军能够听我家大人的话，赶快离开，不然我们西南镇府使的九千将士就白白牺牲了，我家大人，也白白牺牲了。"

说罢，霍安一把抽出利剑，对着脖子就抹了下去，诸葛玥手疾眼快，一剑架开，却还是没来得及，只见一道血痕横在男人的脖颈上，鲜血直流。

蒙枫顿时蹲下身去，一会儿抬起头来说道："不必担心，死不了。"

诸葛玥面色阴沉，望着虚无的雪原久久没有说话。他的部下们都望着他，其中一人说道："将军，此人所言不可全信。"

诸葛玥点了点头，说道："探。"

"是！"

天明时分，一名斥候飞奔回来，沉声说道："将军，已经探明，有百姓见到楚大人的军队正火速赶往悦贡城，速度很快，一个时辰前刚刚过去，属下仔细查看过马蹄，他们非常惊慌，蹄印极乱，但是目前还没有接到全燕北通缉楚大人的檄文。"

诸葛玥点了点头，没有说话，大脑却在高速地运转着。

不一会儿，又一名探马回来，说道："将军，已经探明，黑鹰军由程远率领，兵分五路，全跟在楚姑娘的身后在缉拿她，人数在十万以上。"

"少爷，悦贡沿途的各郡县都增兵出来，设了路障，民兵到处稽查，悦贡城也频繁调兵，情况不妙。"

"将军，燕洵也往悦贡去了。"

大风呼呼地吹着，天地间萧索一片。诸葛玥一身灰色狐裘，长身而立，突然走到战马前，低声却有力地说道："去悦贡。"

"将军！"蒙枫一把抓住诸葛玥的马缰，拦在他身前，沉声说道，"你不能去。"

诸葛玥淡淡抬眸，却并没有说话。蒙枫太了解他这个眼神的含义了，难得一本正经地沉声说道："此事疑点颇多，再说就算是真的，以我们目前的实力，也不该轻举妄动。"

"是啊，将军，"诸葛玥的副将名叫沈洳，曾经是他的一名喂马家奴，天赋极高，一路被他脱了奴籍，提拔至军队副统领。

沈洳沉声说道，"属下也觉得此事极为蹊跷，如果是秘密行动，为何这么轻易就能被我们探听到情报？而且时间配合得这样契合？"

月九皱了皱眉，"少爷，属下也觉得事有可疑。"

"将军，此事太过于巧合，如果是真的，那这个霍安是怎么找到我们的？如果他能找到，那是不是说明楚乔一直在跟踪我们？防人之心不可无，我也觉得按照原定计划，马上撤离才是上策。"

"你们说的都对。"诸葛玥点了点头，缓缓说道，众人顿时喜笑颜开，心道他总算是听进去了，可是很快，诸葛玥皱着眉很认真地向他们看来，沉声说道，"但是如果他说的是真的，那该怎么办？"

众人顿时呆愣，是啊，如果是真的，那么看燕洵这个架势，楚乔岂不是必死无疑？如果真的发生了这样的事，那该怎么办？

诸葛玥没有等待众人的回答，而是自顾自地翻身跳上了马背，众人一惊，又是齐齐上前去拦阻。蒙枫苦口婆心地劝道："将军，我觉得这件事十有八九是假，是燕洵故意引你上钩……"

"十有八九是假，那另外的十之一二呢？"

蒙枫顿时目瞪口呆。

"难道就为了这十之一二，就值得你冒生命危险？"

诸葛玥没有回答，只是静静地摇了摇头，轻声道："总还是不能完全肯定……"

他没继续说下去，也没说不能完全肯定什么，男人的表情突然变得有几丝飘忽，他静静地仰起头，看着远方飞扬的大雪，突然扬起嘴角，冷笑道："况且，他燕洵想要我诸葛玥的命，也没那么容易。"

"月九，"诸葛玥目光冰冷，眼中闪过一丝破釜沉舟的狠辣，"通知月大，我们埋在燕北的钉子，可以用了。"

钉子？月九眼神中闪过一丝茫然，可是转瞬，他却顿时精神一振，应了一声，利落上马。

马蹄声渐渐离去，诸葛玥坐在马背上，微微眯起眼睛，目光波澜不惊，却有暗流缓缓涌过。他考虑着所有的一切，设想着最坏的结局，突然间，他仿佛看到了茫茫雪原上有人在对着他遥遥招手。

如果这一切是真的，是不是，是不是就会有一丝希望？她为了自己，不惜和燕洵翻脸，是不是证明他在她心中，并不是毫无地位？

诸葛玥不无阴暗地想着，随即默默摇头失笑，他的死穴，又被别人按住了。

马蹄飞扬，遥遥地向着悦贡城奔去，太阳升起来，却被阴云遮住，天地间都是昏黑的。悦贡，燕北的粮草大城，今日迎来了历史上的又一个喧嚣。

第十九章
心字成灰

这一天，整个燕北都弥漫在漫天的风雪之中，大风像是发狂的疯子，在原野上打着转，肆虐地狂吼着，雪积三尺多厚，打在脸上像是细小的石块般生疼。战马都被皮革裹住了肚子和眼睛，却仍旧在惊慌失措地顾盼，战士们披着皮裘，顶着风帽，被风吹得睁不开眼睛，只能在雪原上艰难地步行跋涉。

行至茉莉江，楚乔突然命令全军停步，孙才着急地上前来询问，却只看到一个冰冷的背脊。年轻的女将军站在一处背风的雪坡上，眺望着远处的茫茫雪海，远方飞鸟惊乱，雪雾迷洒。

走下来的时候，孙才恼怒地推开拉他的战士，愤怒地上前，说道："楚大人，你到底在干什么？军情如火，陛下生死危亡之际，你却还有心思在这里看风景？"

楚乔的目光淡淡地从他身上掠过，像是隆冬的冰凌。

少女还很年轻，可是不知为什么，所有认识她的人，站在她面前，都会不自觉地忽略掉她的年龄，无法抑制地颤抖和恐慌。尽管天气这样冷，但是孙才的额头上还是有汗水缓缓渗出，刚刚察觉到有一丝不妥，楚乔就已经下令道："把他绑起来。"

没有一秒钟的犹豫，秀丽军的战士们迅速上前，几下就将孙才捆绑了个结实。年轻的军官挣扎着大叫道："你们干什么？楚大人，你要造反了吗？"

楚乔冷冷地看着他，眼神锐利地刺入，透过他表面的震惊和愤怒，毫不费力地看到了潜在的惊慌和担忧。她的心渐渐有些发寒，像是冰层下流动着的水，森冷森冷的。

"贺萧，把随身带的所有炸药都拿出来，将茉莉江炸开，留下三百人坚守，明早之前，若是有一个人从对面冲过来，你们就不必来见我了。"

"是！"贺萧冷然答道。

楚乔翻身爬上马背，对着属下说道："我们走。"

"楚大人！你知不知道你现在在干什么？"

楚乔缓缓回过头来，冷冷地看了孙才一眼，很平静地说道："我当然知道。"

"你在阻止我们的人援救陛下，你这是谋逆！"

楚乔微嘲，淡淡一笑，"孙大人，是你们太天真，还是我楚乔在你们眼里真的就这么蠢？你说悦贡城只逃出你一个人，那为什么现在后方有五路大军在追我们？我是顺道返回尚慎，提前一天上路，这才来得及到此，那么那些本部的黑鹰军，为什么这么快也赶到这里？你说诸葛玥带着五万大军神不知鬼不觉地袭击了悦贡的粮草，围困了陛下，那么你来告诉我，如今已到年关，陛下不好好地在本部里待着，跑到这千里之外来做什么？"

孙才被问得哑口无言，瞪大了眼睛，一声不吭。

楚乔冷笑一声，目光越发寒冷，语调阴森地说道："孙大人，如若今日的事是我错怪了你，那么他日我定当当着所有人的面对你磕头赔罪。但是如果是你有意欺骗我，小心你的脑袋。"

"走！"

大军呼啸而过，马蹄敲打在雪原上，像是隆隆的战鼓。不一会儿，后方就传来震天的雷鸣声，炸药虽然制作粗糙，但是足够分量的炸药放在一起，还是足以炸开那些冰层的。茉莉江是赤水的支流，水深浪急，没有一天一夜的时间，休想冻实，有三百名弓弩手在此，黑鹰军就别想轻易过河。不管前面的情况是怎么样，总要去看一看的。

楚乔下定决心，微微眯起眼睛，眼锋锐利，像是一只看到了猎物的豹子。

"大人！"贺萧策马追上前来，并骑奔在楚乔身边，多年的患难与共，让他们既是主仆，又是亲密的战友。俊朗的将军沉声问道："前面是出了什么事？"

寒风呼呼地吹着，从两人之间狠狠地刮过去，雪粒打在脸上十分疼。楚乔沉默良久，终于沉声说道："也许，是程远谋反了。"

贺萧转念一想，将前后事情串联在一起，果然有几分可能，破口骂道："早就知道那孙子不是什么好东西！"

楚乔没有说话，眼神直直地望着前方，使劲地甩了一下鞭子喝令战马，但愿，但愿她的猜测是正确的，因为，她实在不愿意去猜想另外一种可能。

不会的，不会的。燕洵他，总不会这样负我。

"驾！"楚乔厉喝一声，将满腔的担忧都深深地压下去。战马放足狂奔，驰骋在茫茫雪原上，像是一股漆黑的风暴，太阳渐渐被阴云遮住，天地间灰蒙蒙一片，恍若黑夜。

诸葛玥的出现是毫无预兆的。按照原计划，引楚乔前来，派兵随后追击，悦贡积极调兵，都不过是做出的假象，迷惑诸葛玥而已，最终的目的就是将诸葛玥引出明西山谷，再派两万弓弩手于谷前射杀。战事会在明西山谷前结束，绝不会波及燕北内陆，更不会波及悦贡这样的重城。

所以，当诸葛玥突然出现在悦贡城里的时候，全城的第一个反应就是惊慌，只因为燕洵已经带着悦贡最后的军队，前往明西山谷前设伏了。

悦贡城最终还是被诸葛玥一把火烧了，在燕洵得到消息，火速赶回来之际，诸葛玥一身青色大氅，站在城外的歇马坡上，当着燕洵的面，亲手将一支火箭射在了高高的城门上。得到攻击信号之后，三百发火箭齐发，射在全城被浇了桐油的悦贡城中，老天也助了诸葛玥一臂之力，大风肆虐之下，不仅仅是城中的粮草，连带整座城市，都在这场大火中化为一片焦土。

燕洵所率领的两万大军目眦欲裂，这些人中有一半是悦贡的本土军官，见到家园被毁，父母妻儿生死不知，悲愤下勃然大怒，还没待燕洵下令，就汹涌呼啸着冲了上去。

战事发生得十分仓促，没有列队，没有阵形，完全是疯狂冲杀，凭着一股哀兵之痛，燕北战士的速度快得惊人，像是一群嘶吼着的饿狼。然而，还没等他们靠近，几百名月卫的利箭就刺穿了他们的胸膛，箭矢如破天之雨雾，呼啸袭来，任何血肉之躯都无法和这股力量抗衡，大约过了一炷香的时间，两军中央已再无一个站立的活人。

北风吹过鲜血淋漓的战场，滚滚的风声之中，似乎还能听到垂死的人粗重的呼吸。燕洵站在另一侧，在刚刚悦贡守军冲上去的时候，他没有阻拦，实际上他也根本就来不及阻拦，所以他坐视这一万守军死于乱箭之下，像是一批无人理会的秋草。此时此刻，燕洵的贴身禁卫站在他的背后，像是一片幽黑沉默的林子，仍旧是一万人，无声无息，静静地默立着。

这是继卞唐之后，燕洵和诸葛玥的第一次见面，虽然战争持续了一整年，大小交锋无数，诸葛玥还曾带兵冲击过燕洵的大帐，但是他们始终没有碰面。如今，目光如闪电般在半空中沉默地交会，没有什么锋利的火花，一切都像潜藏在暗涌之下的礁石，静静地、悄无声息地、沉重地碰撞在一起，水面微微翻滚，内里却暗流涌动，外人不足以看出那隐藏在其中的锐利和锋芒，只有深谙内情的人，才能领悟这是怎样一种慑人胆魄。

从少时的真煌城外，到长大后的屡次交锋，这对同样惊才绝艳、手掌一方权势的男人，在权力的立场上，他们相对而立，泾渭分明；在军事能力上，他们手段惊艳，势均力敌；在政治的角逐上，他们誓为仇敌，无法调和，而阴错阳差的是，他们竟然爱上了同一个女人。这样的宿命和际遇，让他们这一生都无法坐下来平心静气地欣赏对方的优点和才华，只要碰撞，必然是流着滚烫的血，分个胜败输赢，打个你死我活。

诸葛玥看到燕洵的时候，长久高悬的心突然就放下了，刚刚走出明西山谷，他就知道自己上当受骗，区别只是此事究竟是燕洵一人主导，还是有楚乔参与其中？是燕洵渗透了西南镇府使，还是楚乔亲自暴露了他的行踪？战场上转瞬生死，变幻莫测，在这样的生死关头，这些事情对于别人来说，也许早已无关痛痒，但是对于他，却无法置之度外。他可以很肯定地认为楚乔不是那种人，可以很自信地觉得自己在她心里绝不是无关紧要的路人甲乙，然而，他却无法衡量燕洵在她心目中的地位，无法去评估当自己和燕洵的利益发生冲突的时候，她的眼睛会担忧地看向哪一方。

诸葛玥自嘲地冷笑，就算她不会为了自己背叛燕洵，但是也不会为了燕洵来杀掉自己。这样，也许就可以了。

燕洵看到诸葛玥的时候，却远没有诸葛玥这般镇定，内心的厌恶和憎恨如藤蔓一般滋生爬起。正是眼前这个人，让自己失去了第一次逃离真煌的机会，受了八年猪狗不如的囚禁之苦；在自己匍匐于地，宛若猪狗般垂首苟存的时候，他在享受着帝国门阀贵族的荣耀，锦衣玉食，鲜衣怒马；在自己忍辱偷生，受尽别人欺凌的时候，他在漠然而视，冷眼旁观；在自己家破人亡，零落成泥的时候，他的家族一跃而起，踏着满地的白骨血腥，成为帝国新的声音；在他好不容易创下这巍峨基业之后，又是他亲手毁灭了他不败的神话，给了他重重一击。

而且，还有阿楚……

想到这里，燕洵心底的烈火就熊熊地燃烧了起来，长久压抑着的愤恨和怒火好似喷薄的火山，一发不可收拾。

时至傍晚，夕阳西下，东边的地平线上，隐约可见黑色的轮廓，那是燕北的战马，隔着千山万水，也可以嗅到空气里战马吞吐的气息。灰尘弥漫，足足有三四万人。

诸葛玥静立不动，燕洵也没有说话，战争到了他们面前，侮辱咒骂会显得太过幼稚。

燕洵部下的一名士兵策马奔出阵营，来到诸葛玥队伍之前，高声叫道："不要放箭！"

月卫们静悄悄的，以漠然的眼神望着这个颇有胆色的士兵，士兵紧张地舔了下嘴唇，开始了战前滔滔不绝的讲演，内容十分老套，无非就是一些大夏残暴不仁，燕北兴的乃是正义之师，尔等擅闯我们的土地，侵犯我们的领土，对于此等挑衅，我军誓不会妥协，我们的援兵就在前面，如果你们想要一个逃生的机会，就马上放下兵器投降，跪地求饶云云。

劝降兵义正词严，讲得口干舌燥，然而他的对面，却没能给予他半点回应。见他说完了，诸葛玥轻轻地挥了挥手，毫无感情地说道："干掉他。"

立即，乱箭齐发，英勇的演说家被射成了马蜂窝，身躯直挺挺地倒下去，脚却还套在马镫上，战马受惊，向后跑去，将那人一路拖拽，鲜血染红了一路。

燕北的军人们终于暴怒，愤怒的声音弥漫全场，上万人齐刷刷地拔出战刀，雪亮的刀锋像是狰狞的海洋，一下覆盖住了众人的眼睛。

男人们互相对望，目光穿越了亘古的时空，终于，战斗的号角被隆隆吹响，土灰色的尘土将大军掩盖，有人高呼一声，战马瞬间拔蹄，高耸的枪林刀海肆虐地冲向对方，战争轰然开始，没有一点前兆。

夕阳西垂，天色渐暗，诸葛玥的骑兵队人数虽少，但是好似一柄锐利的宝剑，他们弯箭无双，箭无虚发，可以一边冲击一边射箭，射完了之后，还可以随后补上一刀。他们全是武艺精湛的高手，内力雄厚，招式精妙，无一是普通的士兵。三百人所向披靡，穿营破阵如履平地，丝毫不为对方的人数所惊倒。

而燕洵的部队，也是百里挑一的精锐，人数众多，兵甲齐备，每一个都是久经沙场的老兵，经验丰富，气势如虹。

战斗在刚一开始就显露出可怕的残忍，鲜血飞溅，断臂齐飞，战马以头相撞，四蹄在半空相交，庞大的列阵汹涌推进，如同山洪海啸般势不可当，震得人脊背发寒，头皮发麻。

天空黑沉沉的一片，云层压得极低，几乎要贴在脑门上。以粗布和皮毡搭建的简易帐篷里，燕洵正静静地坐着。火把发出微弱的噼啪声，战士们都很惶恐，眼神越发不安，战马也发出一声声令人心烦的嘶鸣，焦躁地刨着蹄子，空气沉闷，充满了恐惧和压抑的气息。

已经足足有半个时辰了，以一万大军来对抗那不到三百人的孤军弱旅，这样悬殊的比例根本就不是一场正常的战争，就算诸葛玥惊才绝艳，也不该撑到此时。月卫的弓箭早已射光，战刀都已经崩了口子，很多人都已经身受重伤，骑兵的战马全被射死，再也无法发挥机动的灵活性，只能围聚在一起，背靠着背和上万人拼着长矛战刀。

燕北军已将他们团团包围，近身肉搏激烈得惨不忍睹，被鲜血染红了的雪原上，燕北军的前头部队和诸葛玥的人马混战到了一处，两股浪头正面撞击在一起，战刀雪亮，冲杀之间，有大片的鲜血喷涌而出，像是滚烫的岩浆洒在雪泥沃土之上。

风声呼啸，杀声震天，战马的嘶鸣声和战士们重伤倒下时发出的惨叫声混在一起，场面如同被煮沸了的热水，什么计策，什么韬略，都已经派不上用场了。狭路相逢，勇者胜，此时此刻，人人都好似疯了一样，红着眼睛向对方挥出刀剑，断裂的肢体、喷溅的鲜血、砍掉的脑袋，像是一排排秋草一样倒下去。杀人者立刻被人所杀，临死的人却仍旧不忘抱住敌人的大腿，为自己的战友赢得攻击的时间。

燕北军纵然人数上占了上风，却始终冲不散月卫那小小的一团阵营。外围的战士们倒下去了，里面的立刻扑上来。他们摇摇欲坠地挥刀站在那里，看似马上就要在一轮接着一轮的战役中倒下去，却仍旧顽强地挺立着，像是甩不掉的狗皮膏药，败而不溃。哪怕周围的战友都已经倒下，唯有自己一个人，犹各自为战，单个拼杀不息。哪怕血肉模糊，哪怕肢体断裂，哪怕只剩下一口气，仍旧会拼杀，即使挨上一刀，也要张嘴撕下敌人一块肉来！

这些人，都是从小跟随诸葛玥的亲随，作为诸葛家的长房之子，打从四岁开始，家族就为他请了几十个武艺师傅，更配备了五百名贴身死士月卫。十几年来，他们跟随着诸葛玥转战南北，历经上百场战争杀戮，从无退缩胆怯。今日，他们更是在燕北军人面前再一次展示出了所谓帝国花天酒地的"公子哥窝囊废"的热血忠诚。

燕洵的新任禁卫长聂古挥刀厉喝道："杀！杀掉他们！"

月九满身鲜血，一剑刺穿一名燕北军的喉管，脸上再无高手淡定沉着的风范，一把抹去了脸上的血水，高声道："兄弟们！冲出一条血路来！"

到处都是尸首，到处都是战刀，几乎没有了站脚的地方，战士们一边挥刀，一边将绊脚的尸体踢到一边，杀声和惨叫声震耳欲聋，血泥滚着肉酱散了一地。

一名燕北军一刀砍断一名月卫的大腿，那名年轻的月卫非但没叫一声，反而一剑穿透了燕北军的胸膛，燕北的战士在倒下去之前死命抱住月卫的腰，两个重伤垂死的人滚在地上，像是两只野狗一样，撕咬着对方，好像他们之间有着可怕的深仇大恨。然而，还没等他们咬死对方，十多匹战马便奔了过来，马上的士兵仍旧在拼杀，下面的两人登时被马蹄踩碎了脑骨，脑浆喷射出来，溅到了战马的蹄子上。

战场围绕着三百名月卫形成了一个赤红色的旋涡，双方的阵形完全混乱，外面的燕北军冲不进来，就在外围打马吼叫着，不时地冲上去补充阵亡的同伴。就在这时，西北角的月卫突然被冲开了一个口子，聂古欢呼一声，战士们高举着血淋淋的马刀就跟在他后面，如狼似虎般号叫起来。

"保护将军！"月九厉喝一声，年轻的脸孔一片血红，早已看不出本来面目。月卫们眼睛同时红了，齐齐转身欲冲，却被身边的敌人缠住了脚步。

聂古高声叫道："冲！杀了诸葛狗贼！"

唰！话音刚落，一道白亮的刀光猛然袭来，聂古的脖颈间顿时被划了一道血线，下一秒，年轻禁卫长的头颅高高地飞起，身躯一挺，砰的一声倒在了血泊之中。

诸葛玥持刀而立，一身青色长袭越发衬得脸孔光洁如玉，幽深的眼睛好似深潭，炯炯有神地看着一片狼藉的战场，一滴血珠顺着他的额角缓缓流下，蜿蜒地滑过脸侧的轮廓。在他的背后，是上万的累累伏尸，更远处，是冒着黑烟的古老城池，再往后，是炮火连天的燕北大地和满目疮痍的大夏国土。

战争在肆虐，百姓在哀号，西蒙在震荡，天地在流血，他持刀站在狰狞的血泊之中，纵然一身杀戮，却犹自傲然如巍峨雪山。

"将军！"

"好样的！"

如雷的欢呼声紧随其后，诸葛玥站在血泊中央，声音清亮如鸣钟，高声叫道："一个也不准死！全部跟我冲！"

"遵命！"战士们齐声高呼，诸葛玥冲上人前，身先士卒，亲自带队，身手敏捷到令人眼花缭乱，刀锋卷着白雪，如同滚滚白浪，所过之处，人仰马翻，一片狼藉。

月卫最后残存的一百多人士气大振，喊杀声震耳欲聋，纵横燕北、所向无敌的燕北军在这股疯狂的气势下也不由得却步了，战事顿时胶着了起来。后方的军官们气得破口大骂，可是任凭他们怎样叫骂，那处被尸体隆起来的高地就是无法被攻下，无论投入多少兵力，那看起来如雨中树叶般的一百多人，却仍旧如不死的机器一般，挥刀劈砍着。

燕洵脸色不变，眼睛却渐渐眯了起来，诸葛玥终于出来了，他站在厮杀的最前线，青裘雪刀，身姿如矫健的蟠龙。恍惚间，燕洵似乎在他的身上看到了闪烁的金光，如九五之绚烂，灿灿夺目，令人不敢逼视。

一丝阴冷之色从眼底划过，燕洵声音低沉，缓缓说道："拿弓箭来。"

侍卫连忙回身去拿燕洵的黄金大弓，金光璀璨，炫目耀眼，燕洵穿着一身漆黑的长裘，眉眼早无当年的清澈和温和，此刻的他，好似一尊乱世战火中的杀神，周身乌黑都是被血浸染而成。指腹缓缓摩挲着弩箭，四指并拢，拇指扣紧，摸箭，搭弓，弯弩，命运的绳索在这一刻回旋倒转，昔日的画面再一次于脑海中奔腾而过，燕洵双臂发力，弩箭如同弓背的熟虾。

大风呼呼地吹着，吹过那纷飞的战火和渐渐冷却的尸体，天上的乌云翻滚着，雪花漫天飞舞飘零，远处有奔腾的马蹄渐渐由后方逼近。燕洵眼角如霜，脊背挺拔，站在万军围绕之中，以绝对的优势和姿态，轰然松开了握箭的手指！

金光璀璨的弩箭，嗖然离弦，向着那战场之上矫健的身体，猛然掠去！

千万双眼睛霎时间全部凝固其上，在正午昏黄阳光的光晕之下，命运的箭激射而出，向着诸葛玥的胸膛，恍若嗜血的饿狼。

诸葛玥挥刀砍翻了一名燕北军士，猩红的血喷在他的手背上，像是滚烫的油。不用去看，只是用耳朵去听，那箭矢穿透猎猎北风的声响，就传到了耳鼓之上，他身躯如同迅猛绝伦的闪电，凭着感觉急速躲闪，箭锋锐利，顺着他的手臂狠擦而过，带起厚厚的衣料和大片血皮。然而，他还没来得及站起来，另一箭已经转瞬而来。

连珠弩，燕北楚乔的成名绝技！在雪夜国宴上，在西北战场上，他曾多次领教过楚乔的这一手箭技，早已不再陌生。然而此刻此箭出自燕洵之手，却别有一番味道，精妙也许不足，力道却远远过之。

一连七箭，箭箭直向要害，诸葛玥如同游龙，一一躲过，终于身躯一震，于狂风骤雨的利箭之中站起身来。目光对视只是一秒，快如闪电，却好似走过了两人对决为敌的一生。

刹那间，诸葛玥身躯如满月，抡圆臂弯，挥刀掷来，雪亮的刀锋如同白亮的闪电，雷霆般轰然还击。

短促的惊呼声在身后不远处响起，刀锋所指的男人嘴角微微一弯，带出一个令人无法察觉的笑。他并没有躲闪，甚至面无一丝惊慌之色，反而拿起最后一支黄金之箭，蓦然拉弓，凌厉地激射而去。

天地似乎都在一时间安静了，两人之间隔着千军万马，沉默对视，用尽全力发出最后的一击，无人躲闪避让，只等命运对他们的一生做出最后的宣判。

"陛下小心！"

"将军！"

惊呼声尚来不及穿透耳膜，一声战马的长嘶顿时响起，雪亮的剑芒如同暗夜里闪耀的辰星，利剑刺透茫茫雪雾，由燕洵身后呼啸而来，在诸葛玥的战刀刺穿燕洵心脏的最后一刹那，赫然击中了战刀的刀背！

那只是一柄普通的战刀，怎敌这光华浮动的旷世神兵？两股力量交加在一处，战刀轰然碎裂，宝剑却犹自保持之前的速度前行，燕洵的利箭穿过人群射在他的胸口，紧随其后，宝剑猛然插入箭矢的尾部，竖直而下，一剑刺入了诸葛玥的胸膛。鲜血蜿蜒而下，流过剑身斜斜的血浪纹路，一直流到尾端那两个小小的古篆之上，猩红滚烫之间，隐约可见"破月"二字。

诸葛玥口中顿时喷出一股大大的血花，身躯踉跄退后，却强忍着没倒下去。月卫们目眦欲裂地冲上前来，护卫在他四周。月九眼睛通红，跪在他的身前，目洒滚滚热泪，年轻的剑客猛地回过头来，满眼的疯狂和暴怒，遥遥地看向大雪中那一队漆黑的战甲。

楚乔坐在马背上，身侧是两千秀丽军，马蹄踩在雪原上，发出隆隆的声响。她瞳孔大睁，终于看清了那皑皑风雪中的一张脸，整个人如坠冰渊，四肢冷得麻木，心脏似乎被人掏出来扔到了冰天雪地之中。

燕洵淡淡一笑，伸手弹去了衣襟上掉落的一粒雪花，缓步走上前来，对着楚乔伸出手，温言道："你来了。"

诸葛玥满身鲜血，胸前的创口狰狞着，他的眼睛里好似有滚滚黑潮在翻滚着。事实再一次血淋淋地击溃了他的骄傲和自尊，他眉梢眼角一片冷峭，眼睁睁地看着那人，强压住喉间的那抹血腥。

诸葛玥，你还要自轻自贱到什么地步？

男人冷笑一声，声音低沉沙哑如地狱恶鬼，喃喃道："终究，还是我自己一厢情愿。"

他冰冷的目光射在楚乔身上，楚乔只觉得呼吸都变得困难起来，她不能动，不能说话，呼吸沉重地坐在马背上。她已然看不见燕洵那虚伪带笑的脸孔，已然看不见那小山一般高的累累伏尸，已然看不见冒着黑烟的悦贡古城，已然看不见天地间的滚滚风雪，唯有诸葛玥，唯有他青裘之上的猩红鲜血，像是刺目剜心的利箭，赫然正中她的胸口。

岁月似乎在一瞬间倒逝九年。九年前，在真煌外的皑皑雪原上，她义无反顾地选择了和燕洵站在一起，以仇恨的眼神望着当年那个孤傲冷寂的孩子。九年之后，命运再一次给了她同等的机会，然而她仍旧是毫不犹豫地将剑锋对准了他。

风雪依旧，物是人非，天地瞬间变得苍茫而辽阔，唯剩滚滚风声，卷起漫天飞雪，洒在那张已然在睡梦中熟悉的容颜之上。

楚乔手指弯曲，狠狠地握紧了拳头，指甲插入掌心的血肉之中，却感觉不到丝毫疼痛。

月九眼睛通红，看清她的脸孔，愤然怒骂道："你这个狼心狗肺的女人，我们少爷为救你而来，你却下此毒手，今日过后，但凡月卫还有一人仍在，誓要你为今日之举付出代价！"

"大言不惭。"燕洵目光淡淡地飘过，语调清寂地说道，"去，踩死他们。"

"是！"禁卫齐声应和，转身就要冲上前去。就在这时，雪原之下陡然传来一阵轰然的奔腾轰鸣之声，上千匹战马呼啸而来，马背上的汉子衣衫各异，有商人、有牧民、有街头小贩、有儒衫书生，甚至还有穿着燕北官服的官员。他们策马狂奔而至，挥舞着各式战刀，不一会儿，就团团聚拢在了诸葛玥身后。

"少爷！"一名四十多岁的汉子冲上前来，他穿着燕北正五品的文官官服，手拿厚背大刀，跳下马来，猛如疯虎，一边冲杀一边大声叫道，"月大来迟，阿九保护少爷离开！兄弟们跟我冲！"

早在九年前，燕世城死于火雷原，燕洵被困帝都，年少的诸葛玥就精心编织了这张网。不过当年他是预料不到今日的局面的，他只是小心地安插人手，潜伏在燕北境内，以图他日各大门阀对燕北这块肥肉展开争夺的时候，助自己一臂之力。然而燕洵回归，燕北叛变，这些人就成了诸葛玥在燕北的耳目和手掌，上一次漕丘袭营之后，也是靠着这些人，才能得以安然脱身。

大战瞬间开始，鲜血飞溅，杀声震耳欲聋，刀光耀眼夺目。

贺萧小心地靠上前来，低声问道："大人，我们要不要为陛下助战？"

楚乔神情恍惚地看着战场，脑海中万千思绪一一飞腾，诸葛玥的脸、燕洵的脸，一一闪现，她不知道是哪里出了错，不知道自己到底做了什么，软弱铺天盖地地席卷而来，几乎将她整个人淹没。愤怒、痛心、悔恨、心酸，说不清的思绪将她团团包围，蒙住了她的眼睛和口鼻耳朵，她很累很累，累得想要倒地就睡，即刻死去。

"大人？大人？"贺萧的声音在耳边清晰地响起，越发显得迫切。

楚乔身躯一震，登时回过神来，一把拔出贺萧的战刀，跳下战马冲上前去，高声呼道："都跟我来！"

秀丽军紧随其后，战意沸腾如滚烫的水，然而就在他们马上就要攻向夏兵之际，楚乔却一刀劈在了一名燕北军人的胸膛上，鲜血飞溅上她秀丽的脸颊，少女身姿挺拔，如同坚定的巨石高树。

一个、两个、五个、十个……

全场的士兵都安静了下来，楚乔一言不发地攻击所有靠近她的燕北士兵，好似疯魔了一般。诸葛玥的亲随目光游移地盯着她，和她保持了一定的距离，燕北的士兵们也惊异地看着她，不敢靠上前来，就连秀丽军的战士们，也一个个呆愣在地，不知该做何举动。

"阿楚，你在干什么？"燕洵自人后走上前来，目光阴暗如深泉，定定地盯着她，声音低沉地缓缓说道。

楚乔没有说话，只是手握着战刀，站在原地定定地望着他，望着这个她倾尽了全部心力去追随的男人，只觉得人生恍若一场浮华之梦，自己身缠丝线，好似傀儡，却久久懵懂不知。

几名燕北军人小心地试探着上前，谁知还没靠近，楚乔的战刀顿时飞掠，清亮的刀光之中，一道血线飞上高空。在所有人震撼的目光之中，军人的身体扑通一声倒在雪地上，抽搐着，像是垂死的野狗。

没有夸张华丽的招式，没有虚张声势的呼喊，她沉着冷静地将刀锋对准自己的战友，站在茫茫雪原上，身姿单薄，身边没有一个人。

"楚乔！你在干什么？"燕洵的声音越发低沉，一边的月大见了，立刻吩咐属下马上撤离。燕洵眼神一寒，燕北的士兵顿时又追上去，楚乔身形利落，几个起落就挡在最前面，燕北军人们早已杀红了眼，见她对着自己人挥刀，也不管不顾地对她拼杀起来。

贺萧见了顿时大怒，捡起一把战刀怒喝道："弟兄们！保护大人！"

战场上一片混乱，已经分不出敌我，楚乔杀红了眼，自己人的血染红了她的衣衫，她的手在剧烈地颤抖，身体却一步没退。马蹄渐远，昏迷的诸葛玥被人抬走，漆黑的战鹰在高空上挣扎着、叫嚣着，冷风如同冷冽的刀子，寸寸刮在她的肌肤上。

广阔的平原上，血淋淋的尸骸铺满了整片大地，厮杀仍在继续，空气里充满了潮湿冰冷的绝望和死寂。

不知道过了多久，一切渐渐安静了下来，她挂刀站立，脚下是鲜红的血腥，燕洵站在她的对面，目光幽幽地看着她。恍惚间，她突然觉得对面那人是那样陌生，好似从来都没有认识过，她什么也不想说，什么也不想问，拖着疲惫的身子，踉跄地转过身去，只想离开。

"站住。"低沉的声音从后面传来，燕洵缓步上前，士兵们潮水般退却，只有贺萧持刀站在她身前，虎视眈眈地注视着渐渐靠近的燕北之王。

"你让开。"燕洵冷冷地对贺萧说道，年轻的将领抬起头来，丝毫无惧地望着他，以沉默来回应他的命令。

突然，燕洵一把拔出腰间的剑，几乎就在同时，楚乔挥刀而上，多年来的默契让她不用睁开眼睛，就能格挡开他的招式，一阵激烈的火花顿时在刀剑间闪现，亮得炫目。

燕洵冷冷地笑，"怎么？你竟然也能为了他对我拔刀吗？我还以为普天之下，唯有诸葛玥能令你办到此事。"

楚乔抬起头来，双眸望向燕洵，看着他熟悉的眉眼，冷酷的唇，恍然间，怎么也无法将他和记忆中那个温和英俊的少年重合在一起。这一刻，燕洵终于从她的记忆中脱离出来，活生生地站在她面前，现实是如此残酷，她多年执着的执念轰然坍塌，如同碎裂的琉璃，千片万瓣，再也无法拼合。

"燕洵，你骗我。"

燕洵的脸上没有丝毫愧疚之色，淡淡道："不骗你，如何引他上当？"

万箭穿心也不过如此，楚乔苦笑，眼睛依然干涩，眼泪却流不出来，声音里带着说不出的绝望和疲惫。她不解地望着他，摇了摇头，"燕洵，你为什么变成这样了？"

她的声音凄惶如同无枝可依的小鸟，她再不是那个驰骋沙场的常胜将军，再不是那个惊才绝艳的绝世将领，再不是那个凌厉果敢的秀丽大人，此时此刻，她只是一个被欺骗了的女子，多年倾心所付，皆化作汤汤之水，付诸东流。

燕洵沉声道："阿楚，你说我变了，其实何尝不是你变了？大夏将领偷偷潜入燕北，这样重要的军情你都不向我禀报，还要在关键时刻倒戈相向，对我拔剑，我身为燕北之王，杀一个大夏军人有何不妥？若不是早料到你的反应，我又何必大费周章地蒙蔽欺骗你？燕北和我，在你心里难道都及不上一个诸葛玥吗？"

楚乔身躯一震，愣愣地望着他，许久许久，突然神经质地惨笑出声。

"燕洵，如果燕北有朝一日对怀宋开战，你会设计引你怀宋的盟友前来，然后将她杀了吗？"

燕洵顿时一愣，皱眉道："你在说什么？"

"燕洵，你怪我对你不尽不实，可是你告诉我，你相信我吗？"

燕洵眉心微微锁起，沉声说道："我让你回到燕北内陆，不参与战事，是为你好。"

"屠杀我的战友和军队，逼迫我离开为之奋斗了多年的事业，驱逐我远离权力中心，远离我一手开辟的战场，怀疑我，不信任我，监视我，利用我，这，都是为我好？"

楚乔的眼睛亮得怕人，狂风呼啸中，她的声音像是冷冽的刀子，尖锐地射向无边的暗夜，一年来压抑的不甘和悲伤如同潮水般翻滚而出。

"阿楚，你是我的女人，为何不可以好好地留在后方，像别的女人那样等着我凯旋？"

楚乔一愣，随即恍然失笑，她身躯颤抖，笑得眼泪都流下来了，手捂着胸口，苦涩的味道徘徊在舌尖，恍然地摇头道："原来，你想要的是这样的女人。"

少女的眼睛那般亮，像是璀璨的星子，她定定地看着燕洵，声音低沉沙哑，问："既然如此，你为何要来找我？燕洵，你可以杀诸葛玥，但是你不该利用我，更不该以我和他的感情设这个骗局。"

燕洵的眼神中陡然闪过沉重的失望，他沉声说道："程远早就告诉过我，你和诸葛玥关系匪浅，可惜我却一直太过自信，今天你终于自己承认了。"

楚乔听到这句话，几乎想要放声大笑，程远？他现在宁愿相信那个无耻无义的小人，也不愿意相信她？她为他出生入死，鞠躬尽瘁，耗尽心血，多年追随在马后鞍前，最终，还比不上一个终日献媚的小人？她曾经以为他只是一时被迷惑，被仇恨冲昏了头脑，可是现在，她渐渐绝望了。他已经变成了一个完全的政客，什么理想，什么信念，什么要带着她回到燕北过好日子，都比不过他的野心。为了他的霸业，他可以为自己找一切合适的理由，可以相信一切对自己有利的借口，可以铲除一切阻挡在他前进道路上的人，哪怕这个人是他的师长、朋友、战友、部下、爱人……

再说下去已经没有意义了，楚乔冷冷地转过头去，就要离开，手臂却被燕洵一把抓住。男人终于卸下了脸上的冷漠和帝王威仪，怒声喝道："你到底想怎么样？你要去找他吗？你爱上他了吗？"

楚乔默默转过身来，看着燕洵熟悉的轮廓，依稀间，似乎又看到了当年赤水湖畔的青衣少年，她缓缓地摇了摇头，低声说道："燕洵，我不知道这算不算是爱，我只知道我在意你，关心你，我不能忍受别人伤害你，我以你的梦想为梦想，我追随着你的步伐在前进，我做一切事要首先考虑你，你快乐，我就开心，你失落，我就难过。我可以原谅你的错误、你的失败，可以帮你弥补你犯下的一切错误。我最大的梦想就是看到你心愿得偿。我流落异乡，无亲无故，多少年来，你就是我生存的全部意义，是我生命中最重要的人。"

燕洵闻言顿时动容，手心变得很烫，紧紧地抓住楚乔的手臂，微微有些激动和颤抖。

然而楚乔随即说道："可是我现在疑惑了，我所做的一切究竟值不值得？我到底有没有看清你？燕洵，你已经成了权力的奴隶，从回到燕北开始，你就开始怀疑，你怀疑我，怀疑乌先生，怀疑羽姑娘，怀疑西南镇府使，怀疑大同行会，怀疑一切在权力上对你有威胁的人。我不相信你不知道我对你的忠诚，我不相信你不知道乌先生对你的拥护，你只是害怕，觉得我们的存在会威胁到你的地位，所以你千方百计地给自己找借口，将我们排挤在外。你的怨恨，你的担忧，都不过是为你的私心而生，为你的清洗找一个冠冕堂皇的理由，今天就算没有诸葛玥，也会是别人，你总是会给我找各种各样的罪过。燕洵，我不是怪你杀诸葛玥，我只是怪你手段太卑劣，你不该这样践踏我对你的忠心，践踏我们之间的感情，更不该对我使用如此卑鄙的手段。"楚乔爬上战马，临行前深深地看了燕洵一眼，郑重地说道,"如你所愿,我现在要去找他了,我最后一次警告你,如果他死在燕北,这一生我都不会再原谅你。"

大风呼啸一声,吹起楚乔翻飞的大氅,少女低喝一声,战马瞬间奔腾而起,秀丽军的战士们跟在她身后,雪雾狂飞,和漫天风雪卷在一处。

燕洵站在原地,面色冷寂,久久站立,宛若一座石碑。

他觉得,内心有一处突然迸裂了,依稀间似乎可以听到破碎的声响,肆意的杀气奔腾流泻而出,染红了他墨黑的眼睛。

有人悄悄地走到他身后,小声地问道:"陛下,程将军派出斥候来,说被楚大人拦在了茉莉江对岸,我们现在怎么办?"

寒风吹过燕洵的衣角,他恍惚间,似乎看到了他父母的脸,还有九幽台前那些衣衫华丽的王公贵族⋯⋯

"通知程远,马上带兵绕到闽西山下,一定要在赤水冰湖上将诸葛玥拦截住。"

那人微微犹豫,问道:"若是,楚大人也赶到了呢?"

燕洵微微眯起的眼睛里闪过刀锋一般的光,许久,他低沉的声音缓缓吐出几个冷冽的字,"不惜任何代价,务必将诸葛玥击杀。"

战鹰凄厉地鸣叫了一声,阴沉沉的天幕下,泛起一片嗜血的红光。

第二十章

咫尺黄泉

惨烈的厮杀声从前方传来，贺萧眼睛通红地跑回来，大声叫道："大人，程远的大军阻挡在闽西山下，陛下的军队已经过去了，诸葛将军就在千丈湖上。"

冷风一阵紧过一阵，天地间到处都是野兽般苍凉的嘶吼，楚乔抿紧了嘴唇，低头看向满身鲜血的贺萧，缓缓说道："贺萧，可否为我杀出一条路来？"

"大人，"贺萧面容坚韧地单膝跪下去，语调铿锵地说道，"我们的命都是您的，请您放心去吧，西南镇府使两千战士，定不让大人失望。"

强大的感动蓦然间从心口涌出，看着贺萧身后那些目光坚韧的士兵，楚乔只觉得心底好似被滚烫的油煮沸。

她只是曾经救过他们一命，还是因为害怕燕洵会为此失去民心，他们却从此无怨无悔地追随着她，几次救她于绝地。只要她下令，无论是对是错，他们从来都毫不犹豫地执行。他们是她的部下，是她的战刀，是她最忠诚的亲人，无论她做了什么，他们从不会背弃她，永远坚定地站在她的身后，将刀锋对准一切对她不利的敌人。

这份恩情，太过于沉重，压得她喘不过气。楚乔跳下马背，握住贺萧的手，强忍住眼底的泪意，发自肺腑地缓缓说道："贺萧，谢谢你。"

"大人，对我们而言，您的安危，比整个西蒙大陆都要重要，天地覆灭，江山倾倒，只要大人仍在，我们就有信心继续坚持下去，所以，就算是为了我们，请您保重。"

楚乔沉默地点了点头，目光从那些不善言辞的战士的脸上一一掠过，最后，她坚定地望向了闽西山的方向。雪峰高处，耸立着一座巍峨的圣庙，在圣庙之中，两座女神背靠着背站在一处，悠远的目光凝望着整个燕北大地，像是两盏神圣的明灯。

楚乔翻身跳上战马，语调坚韧地抱拳说道："诸位！拜托了！"

士兵们齐声高呼："大人保重！"

苍凉的风吹起他们翻飞的大氅，楚乔厉喝一声，战马瞬间扬蹄而去，贺萧带着士兵们紧随其后，一往无前地冲向那片苍茫的雪地。

号角声回荡在大地上，程远率领着黑鹰军站在千丈湖外的堤坝上，将诸葛玥不到一万人的部队团团围住，密密麻麻的弓箭如同爆发的火山，闪电般射向湖心冰层上的队伍。

那些弩箭都经过了楚乔的加工和改良，力量强大得恐怖，月大率领着月卫们聚拢在主帅身边，站在最前面的人转瞬间就成了千疮百孔的筛子，惨叫声和哀鸣声传遍大地。月九挥剑欲冲上来，嘶声叫战，程远根本不屑一顾，只是不断地下达着射击的命令。

月卫们的身体如同倾倒的稻草，一排一排地倒下去，面对这样的力量，他们根本就没有还击之力，但是尽管如此，战士们还是不断地狂奔过来，没有盾牌，没有掩护，就用自己的身体为他们的主帅赢得生存的时间。

鲜血染红了湖心的雪地，蜿蜒地布满整片冰原。因为霍安的报讯，使得二十万黑鹰军早早地埋伏于此地。这已经不是一场战争，而是一场血淋淋的屠杀，箭雨如蝗虫般飞来，锐利的破空声充溢了整个空间，力量的悬殊对比和地理位置上的劣势，让月卫们彻底失去了还击的能力，死亡的气息如潮水般袭来，尸体渐渐堆积成一座小山，未死的人倒在地上发出惨烈的呻吟，渐渐地，里面的身影被暴露出来，影影绰绰，隐约可见。

程远微微舔了下嘴唇，略略回头，悄悄地看向站在人群之中的燕洵。

滔天战功即在眼前，纵横西北大陆的大夏兵马元帅就要死在自己手上，程远激动得手心微微冒汗。

就在这时，只听一阵尖锐的战马嘶鸣声陡然传来，东南一角出现了一个溃败的缺口，响亮的警钟响彻耳际，有人冲进来，手持战刀，一身墨甲，赫然正是秀丽军的装束。

"西南镇府使！"

军队中，有人惊呼一声，程远的目光顿时冷冽下来，狠狠道："又是他们！"

就在他马上要下令手下的弓弩手去对付秀丽军的时候，一个低沉的声音突然在耳边响起，燕洵不知道什么时候走上前来，缓缓沉声道："将他们围住，不要斩尽杀绝。"

程远心下一动，连忙躬身道："遵命。"

"住手！"清冷尖锐的声音突然响起，众人惊异地抬起头来，只见东南方的上空，一骑战马蓦然扬蹄，从正在交战的士兵们的头顶飞跃而过，轰然落入战场之上，少女身姿凌厉地跳下马背，大步跑到两军之中，大声喊道："住手！"

黑鹰军的战士都认识她，害怕射伤她，一时间齐齐停住了动作，惊惧地转头向燕洵看去。

"燕洵！住手！"楚乔站在中央，双目定定地望着他，大声喊道。

燕洵目光阴沉，过了许久，缓缓说道："阿楚，让开！"

楚乔缓缓张开双臂，目光清冽地望着他，沉声说道："你先杀了我吧。"

"星儿，让开。"

低沉清冷的声音从身后传来，楚乔猛地转过身去，却见诸葛玥站在一片血泊之中，胸前的伤口被白布包扎，却仍旧有赤红色的液体不断渗透而出。他望着她，目光那般平和，没有赴死的慷慨，没有被袭的愤怒，仍旧是冷清清的。他孤傲地站在他的残兵弱旅之中，无畏地望着燕北的军人。

她突然红了眼眶，固执地摇了摇头，低声地说："我对不起你。"

天与地都笼罩在茫茫无际的飞雪里，茫茫的白映衬着惨烈的红，像是炫目妖艳的花，冷冽地开在冰原上。

风声在她耳后响起，箭矢刺透了连绵的雪雾，她仓皇地回过头去，终于看到了燕洵于她身后挽弓的臂膀，黄金之箭急速而来，依稀间甚至可以听到破空的声音。她无处躲闪，无法阻止，冷风吹透了她的衣衫，整颗心都是冰冷的。她眼睁睁地看着他射出这一往无回的命运，像是宿命的手，狠狠地抓在了那个漫天风雪之中的身影上。

画面缓慢地灼伤了她的眼睛，箭矢擦过她的脖颈，带着一道妖异的血痕，正中诸葛玥刚刚包扎好的胸膛，一朵血花瞬间喷涌而出，在半空中爆裂出夺目的光彩，那血珠之上的滚烫温度，甚至能触碰到她冰冷的脸颊，呼吸瞬间停滞了。她愣愣地站在那里，望着诸葛玥在寒风中孤绝的身影，血色弥漫上她的双眼，眼前的一切都变得绯红。

身后再次传来机弩的声响。她猛地回过头去，却只看到燕洵铁青的脸孔，男人的手像是锋利的刀，定定地举在胸前，似乎马上就要用力地挥下。

再也顾不得其他，什么尊严，什么骄傲，都比不上此刻那铺天盖地的惊恐和害怕，她扑通一声跪在地上，对着他疯狂地叩首，不消两下，额头已然满是鲜血。她泪流满面地悲声大叫，双手张开，在半空徒劳地阻挡着。

"燕洵，求求你，求求你，不要，燕洵，求求你……"

燕洵望着她，望着她鲜血淋漓的额头，心是那么痛。

这个女人，是在他孤独绝望、一无所有的时候，唯一跟随他的人，是在帝都那个牢笼里，陪伴他八年的阿楚，他曾经发誓要守护她一生，给予她幸福安乐的生活。可惜，往日的誓言终究要被他自己亲手推翻了。

他微微牵起嘴角，扯出一个淡淡的微笑，就好比很多年前那般，她于外面回来，看到伏在书案上写字的他，他抬起头来，对着站在门口的少女微微一笑，灯下的笑颜温柔如三春暖水。

阿楚，其实我从未改变，只是你从来不知道我真正想要什么。

而如今，我要以这样的方式，将我的信念、我的抱负、我的一切一一告诉你。

"放！"

世界突然间变得那般安静，风雪似乎也止息了，她的耳朵里再也听不到任何声音，唯有苍穹上飞过的鸟儿扑扇着翅膀，从他们的头顶掠过，那样自由。

两万黑鹰军骑在马背上，同时发箭，密密麻麻的弓箭像是云朵一样遮住了阳光，天空瞬间沦入黑夜，金属的瀑布划过半空从天而降，箭尾拴着长长的绳索，箭头闪烁着锋利的倒钩，向着诸葛玥的方向，激射而去。

"保护将军！"月大满身箭矢，一条腿已然被砍断，却好似猛虎一般一跃而起，扑倒在诸葛玥身前。残余的月卫周身鲜血淋漓，即便是只剩下一根手指，也在全力地爬着。

箭矢并未射中他们，而是好像一只只铁手，深深地插入坚硬的冰层，倒钩刺入冰面，死死地抓住。燕洵一声令下，两万匹战马蓦然转身，齐齐昂首长嘶，千万条马鞭急挥而下，战马迅速扬蹄，嘶鸣着向远处奔去。

箭尾的绳索瞬间绷直，砰砰之声不绝于耳，坚硬的冰层顿时瓦解，冰面碎裂，寒冷的水轰然间蔓延而上，楚乔绝望地转过头去，透过眼帘的血污，眼睁睁地看着诸葛玥身影一闪，跌落在寒冷的冰水之中。赤水的坚冰刺入肌肤，带着妖艳的红，他的眼睛望着她，那般平静，没有怨恨，没有仇视，没有欣喜，没有绝望。就像很多年前一样，他面无表情地看着她，看着她一次次远离，看着她一次次背弃，看着她一次次站在他的对面，手持弓弩刀剑，砍向他的额头。

她是他心底一道常年不能愈合的伤，伤口里养着蛊，已然溃烂、腐败、深入骨髓血肉，非死亡不能治愈。

时间那般急促，快得抓不到一个尾巴，楚乔惊恐地睁大双眼，跪伏在地，大滴的眼泪无声地滚落。她颓然爬上前两步，像是一个仓皇失措的玩偶，无能为力地看着眼前的一切。他们的目光交织在一处，缓缓地移动、下沉，冷风如同呼啸的野兽，横扫过地上的白雪，在他们之间扬起大片惨白的雪雾，好似一朵朵亡灵的白幡。

寒冷的水一瞬间就覆盖住他的身影，再也看不到那双清冷淡漠的眼睛，再也看不到那孤高微仰的下颔，就连那乌黑的头发都一闪而逝，消失在这冰天雪地的万丈冰湖之下。

楚乔张大了嘴，想要喊，却发不出声音，冷风灌入她的喉管，她开始大口大口地咳嗽，挣扎着站起身，踉跄着大步跑去，扑通一声跳入了冰冷刺骨的湖水之中。

好冷，冷得像是锋利的冰刺，狠狠地刺入她的脚掌和小腿，刺入了她的腰身和脖颈，她弓身钻了进去，奋力地游着，睁大双眼在水里翻找着。阳光从头顶照入幽深的水下，眼前不断地飘过挣扎的影子，有血腥的味道回荡在水波之间。

不是，不是，仍旧不是，她绝望地大哭，眼泪流下来，和冰水鲜血混在一处，脸色铁青，身体渐渐僵硬，动作也不再灵敏，她感觉有人抓住了她的腰，有人在拉着她向上。

不要，她不要上去，她拔出腰间的匕首，回头就要去砍断那条不知在什么时候缠住她的绳索。然而就在这时，一双冰冷的手突然按住她的手腕，那般有力，比水还要冷，决绝地制止住了她的动作。

楚乔心有灵犀般回首，清俊的容颜猛然映入眼帘，乌黑的眼、惨白的唇、高挺的鼻，他目光灼灼地看着她，手握着她的手，用力地将她往上推，鲜血从他的伤口中不断溢出，涌入了楚乔的口鼻。她喜极而泣，张开双臂想要抱住他，手掌死死地拉住他，想要将他一同拉上去。

诸葛玥抢过她的匕首，拉过她的手，手指摩挲过她的手心，一遍一遍凌乱地书写：活下去……活下去……活下去……

"跟我一起！"她张开嘴虚无地喊，却只能吐出一串破碎的气泡。

他缓缓地摇头，继续写：活下去！

她的眼泪疯狂地掉下来，拼命地摇头，死死地拽住他。

跟我一起！跟我一起！跟我一起活下去！

我不要一个人上去，我不要一辈子生活在对你的亏欠之中，我不要你死，我不要我不要！

腰上的力量不断地将她拖拽上去，她已经被冻僵，只有手指仍旧死死地抓住他。从来不知，原来他的死会让她这样心慌；从来不知，原来他已在不知不觉间这样深入她的心；从来不知，原来所谓的仇恨，不过是她为自己找的一个不去正视的借口；从来不知，看到他的离去，她竟会如此心痛。

诸葛玥、诸葛玥，求求你，求求你不要如此残忍，不要让我一生背负痛苦，如果我无力偿还，那就让我用性命陪着你一同赴死。

光线越来越盛，她无声地痛哭，眼泪模糊了她的视线，只能看到他温和的眼睛，手指绝望地扣着他的臂弯，所有无法出口的话语，都透过那奋力的指腹传递过去，她仍旧在拼命地摇头，在绝望地恳求。恍惚间，她是那样后悔，后悔为什么她要对燕洵说出那些藏在心底一年多的话？为什么要激怒他？为什么不可以早一点低声下气地请求？如果这样，诸葛玥也许就不会死。

痛苦和恐惧如同无止境的深渊，渐渐地将她吞没，她抓着他，不肯放手。

诸葛玥仍旧如此英俊，生平第一次，他如此温柔地望着一个人，多年的愿望如同一个短暂可怜的梦，在一瞬间得到了浅浅的回应。他用力地划水，轻轻向上，伸出双臂拥住她单薄的脊背，然后，在她的嘴角处，留下一个温柔冰冷的吻。

泪水霎时间夺眶而出，混在水中沾在诸葛玥的唇边，绝望似乎在一时间将她的心脏刺破，冷水呼啦啦地涌进来，填满了她心底的隧洞。

她的身体已然完全僵硬，腰腹上的力量不断袭来，她缓缓向上，缓缓向上，手臂渐渐拉直，诸葛玥一点一点地掰开她紧握着他的手指，两只手终于分开，交错，越来越远……楚乔颓然伸着手臂，看着他一点一点地沉下去，一点一点地沉下去，清澈的目光被水波淹没，温暖的嘴唇苍白若纸，四周都是冰冷的漆黑。

心底撕心裂肺地疼痛，天光射入水中，她看不见周遭的一切，唯剩他的眼睛，温柔坚定地望着她，似乎仍旧在一遍遍地诉说：活下去，活下去……

活下去，别忘了，你还有很多心愿。

曾几何时，她也曾这样对别人说过，可是蓦然回首，却恍然发觉竟有另外一双眼睛，默默地注视在她背后。

破水而出的那一刹那，她觉得自己已经死了，阳光照在她的脸上，让她一瞬间那般恍惚。燕洵紧张地抱着她，大声叫着她的名字，可是她完全听不到了，她的一切都死在了下面的那个冰湖中，如今走出来的，只是一具冰冷的血肉了。

雪原上的风静静地吹着，天上飞过苍白的鸟，太阳就要落山了，风雪已经停住，日头像是血一样红，在落日山的方向投下万丈红光，真好看，真漂亮。

可是这一切，他终究再也看不到了。

她突然开始心慌，身体瞬间神迹般有了力量，让她不顾一切地一把推开燕洵，跟跄地向着破冰处奔跑。燕洵大惊，几步追上来紧紧抱住她，她离那个碎冰洞口只有不到五步远，却一步也不能上前。她的绝望和心痛如同潮水般铺天盖地袭来，她终于再也控制不住，跪在地上，悲声嚷道："出来啊！你出来啊！"

一口鲜血蓦然间喷洒而出，落在燕洵的手腕上，她绝望地哭倒在地，身体好似秋风中的树叶，剧烈地颤抖着。

"阿楚！"燕洵在耳边叫着她的名字，她却觉得那声音是那般刺耳。

她猛地回过头去，止住悲泣，目光清冷地望着他。

那是怎样的眼神？

愤怒、憎恨、失望、悲伤，一一划过，最终只剩下死灰一般的绝望和痛心。她望着他，眼泪一行行地流下，多年的希望全部破碎，所有的坚持和梦想化作飞灰。

燕洵之前的担忧、害怕和心疼，终于在这清冷如雪的目光中冷却下来，他讪讪地松开手，站起身子，居高临下地看着她。

大地吹起冷冽的风，苍白的颜色一点一点地蒙上了她的双眼，她的神志渐渐飞走，恍惚间，似乎又看到幽幽深湖下的那双黑眸。

活下去，活下去，活下去……

冥冥中，有低沉的声音在耳边响起，她绝望地闭上双眼，委顿于地，就此沦入无边无际的黑暗之中，只愿大梦一场，再也不要醒来。

　　寒风依旧，雪花被卷起，缓缓覆盖住那破碎的冰面，天地萧索，咫尺黄泉。

第二十一章

爆竹声声

楚乔其实一直是醒着的,她只是不愿意睁开眼睛,她知道有人在她周围走动,有人在轻声地唤她,有人在悲切地哭泣,有人在喂她吃药,还有人默默地看着她,不靠近,也不说话。

她全知道,可是她不愿意醒来,一直在昏昏沉沉地睡着,一颗心像是冰冷的枯柴,干瘪得没有了养分。她在反复地做着一个梦,梦里面冰冷一片,她漂浮在漆黑的冰湖里,四周那样冷,有碎冰不断地轻触她的肌肤,诸葛玥面朝着她,一点一点地沉下去。有幽幽的光闪烁在他身后,映得他的脸色那样苍白,唯有一双眼睛,漆黑明亮,犹若星子,辨不出喜怒,只是那样静静地看着她,缓缓地,一点点沉沦……

生平第一次,楚乔是如此脆弱,疲惫得想要就此睡过去。生命已然无可留恋,那些曾经让她为之疯狂、执着的梦想,瞬间被人敲得粉碎,她不想去想,无力去想,甚至没有勇气睁开眼睛面对现实的一切。她想要逃避,软弱地以为不睁开双眼,一切就没有发生,直到这一刻她才终于知道,原来自己也是一个女人,会痛、会难过、会受伤,更会绝望。她拒绝吃饭,拒绝喝药,滴水不进。

直到有一天,门外突然一片喧哗嘈杂,有人在大声咒骂她,无数怨毒的话语凌厉地飞出来,一句一句地刺入她心底。那声音是如此熟悉,以至于她仓皇地睁眼,从床上爬下来,却只来得及看到朱成被穿透的身体。

年轻并且不会武艺的管家满身伤口,衣衫破碎,满面血污,像是个发狂的疯子,一条手臂已然被斩断,却还在试图疯狂地冲进来。鲜血蜿蜒地洒在院子里的青石板上,他眼睛通红,一边大骂,一边用仅存的手去攻击旁边的侍卫。侍卫们并没有下狠手,只是阻止他靠近屋子,一遍遍地将他击倒,然后再冷漠地看着他一遍遍地狼狈爬起。

"你这个狼心狗肺、忘恩负义的女人!"朱成在嘶声狂吼,他浑身上下全是伤口和冻疮,很多地方化了脓,一看就是在雪地里长久潜伏留下的伤势。

绿柳抱着她,努力地想要以颤抖的手蒙住她的眼睛,然而楚乔站得笔直,像是一杆锐利的枪,一动不动地站在原地,看着朱成不断地被人击倒,再不断地爬起,一次次地向她冲来。

"住手。"楚乔缓缓地低声说,"住手!"她突然大声叫道,踉跄地推开绿柳就跑出去,外面的风那样冷,像是冷冽的刀子,她发狂地跑过去,用力推开前面拦阻的侍卫,大声地叫,"都住手!"

"我杀了你！"

朱成大叫一声，笨拙地挥刀上来。楚乔傻傻地站在原地，此时此刻，她似乎再也不是那个身手矫健的现代特工了，对着迎面的一刀，不闪不避，眼睁睁地看着那柄战刀当头斩来。

然而，就在刀锋刺破她的衣衫的一刹那，一支利箭当空而来，精准地穿透了朱成的心脏，鲜血从年轻管家的嘴里喷射而出，全部洒在了楚乔的脸颊上。男人身体一震，瞳孔瞬间放大，随即膝盖一软，跪在地上。楚乔一把扶住他，只见男人用充满厌恶的眼神望着她，用尽最后一口力气，将一口带血的浓痰吐在楚乔的脸上，冷冷地骂道："贱人！"

砰的一声，朱成倒在地上，灰尘飞起，像是长着翅膀的小虫，沾在楚乔染血的脸颊上，她缓缓地抬起头来，却只看到燕洵冷漠的脸孔。

将弓箭放下，燕洵面色阴郁地走过来，居高临下地看着她，沉声说道："我已经昭告天下，说是你设下圈套，引诸葛玥前来，并将他杀死。这个人是跟随诸葛玥一同来到燕北的，所以来得快了些，我估计再有几天，诸葛家的刺杀死士就会一批批地前来，不过我派了大批人手保护你，你不必担心。"

楚乔看着燕洵，恍惚间，她甚至不知道眼前这个人到底姓甚名谁，她努力地想，睁大眼睛想要看清他，却觉得头发疯地疼，阳光照在他的身上，金灿灿的，令她睁不开眼。

侍卫们拖走了朱成的尸体，鲜血蜿蜒地淌了一路，那双怨毒的眼睛却仍旧睁着，恶狠狠地看着她，似乎想将她吞到肚子里去。

燕洵很快就带人离开了，院子里安静下来，下人们挑来大桶的水，泼在地上，一遍遍地洗刷着地上的鲜血。楚乔站在那里不动，没有人敢来吵她，绿柳小心地靠上前来，颤颤地去拉她的衣角，轻声地叫道："姑娘？姑娘？"

风吹在她的身上，冰寒刺骨，那般冷。绿柳轻摇着她的手臂，声音里渐渐带了哭腔。

门外突然传来年轻男子愤怒的骂声，阿精喝骂着那些拦阻他的侍卫，大步冲进来。看到楚乔的样子，鼻子顿时一酸，他也不管周围还有下人，一把将楚乔扛起来就往屋里走。外面那么冷，楚乔却只穿了一件白色的单衣，侍女们惊慌失措地冲上来，为她搓手搓脸取暖，她呆愣愣地任人摆弄，像是已经死了一样。

"姑娘，你别这样。"阿精红着眼睛对她说，"不怪陛下，一切都是程远那个奸佞小人在谗言惑主，姑娘，你要坚强一些。"

阿精的声音听起来那么远，像是从遥远的天边传来的，楚乔微微转头，疑惑地看着他，过了许久，她才缓缓地沉声问道："贺萧呢？"

楚乔的声音听起来那么沙哑，像是破碎的风箱。阿精微微一愣，好像没听明白她的话一样，傻傻地问道："啊？什么？"

"贺萧呢？秀丽军的士兵呢？他们怎么样？有事吗？"

"没事没事，"阿精连忙答道，"他们什么事都没有，现在就在卫武所里，他们想来看你，只是你还在养病，陛下不许外人来打扰。"

"哦。"楚乔默默地点了点头，神情十分平静，又问道，"诸葛玥的人马，全部死了吗？"

"全部死了，尸体都被打捞上来了，大部分都在，有些太深了，没捞到，不过想来也活不了。"

"诸葛玥呢？他，捞到了吗？"

阿精舔了舔嘴唇，见楚乔表情平静，沉声说道："已经捞到了，被岳将军护送着还给大夏了，赵彻亲自来接的。因为是全尸，我们还换取了诸葛家一百万金的赎金。"

楚乔仍旧是木然的表情，眼睛发直，只是不住地点头。阿精紧张地说道："姑娘，你放心，没人毁坏他的尸体，送回去的时候还是好好的，陛下还给准备了上好的棺木……"

"人都死了，还要棺木做什么。"楚乔淡淡地说道，随即站起身来。她已经六七日没吃东西了，只是在开始的时候被灌了点药，走起路来轻飘飘的，险些摔倒。绿柳想去扶她，却被她推开了，她颤颤巍巍地来到书案前，拿起纸笔，似乎想要写字。

"奴婢给您磨墨。"绿柳连忙跑上前来。

屋子的门此刻还是开着的，风吹进来，满书案的书册哗哗作响，绿柳着急地吩咐丫头："快把门关上啊！"

再低下头的时候，却见楚乔已经写好了，她将书信折好交给阿精，平静地说道："麻烦你把这封信交给贺萧，让他按照上面的吩咐去做，一定要阻止诸葛家的杀手进燕北。"

阿精愣愣地接过，却见楚乔挥手极快地又写了一封，交给他道："这封信交给乌先生，告诉他，个人的力量是有限的，达成信念的方式却有很多种，我已在尚慎撒下了种子，现在我把那里交给他了。"

随后，楚乔又提笔写了封信。

"这封信交给缥缥，跟她说，一切拜托她了。"

阿精心里生出一丝不祥的预感，直爽的男人傻愣愣地问："姑娘，你不是要寻短见吧？"

楚乔抬起眼睛看着他，目光依旧那么清亮，阿精却觉得似乎有什么不一样了。

是的，是不一样了，以前姑娘纵然冷静淡定，但是当她看着你的时候，你会真切地感受到她的情绪，她的喜怒哀乐。而现在，即使她看着你，你也感觉不到她的视线。她的眼神望着你，却似乎也穿透你，越过身体，越过房屋，越过院墙，越过天边的流云远月……

"不会。"楚乔淡淡地说了一句，然后转过头，对绿柳说，"我饿了，拿点东西来吃。"

绿柳顿时愣住了，过了好一会儿，才高兴地答应了一声，飞快地跑了出去。

饭菜是一直准备好的，温着的，绿柳带着下人们手脚麻利地摆了一大桌，站在楚乔的旁边兴奋地说道："这个是陛下派人送来的，姑娘大病初愈，吃这个最好；这个是于大夫开的药膳，补脾胃的，姑娘几天没吃东西，不能吃太荤腥；这是奴婢亲手熬的鸡汤，用文火煨了十一个时辰，您快尝尝……"

绿柳的声音渐渐低了下去，她手足无措地看着楚乔，只见她端着饭碗，只是机械性地将米饭一口一口扒进嘴里，大口大口地咀嚼吞咽，很快就吃了一碗，然后自己起身又盛了一碗，坐下来继续吃。

她的吃相很吓人，像是饿了很久的乞丐一样，拼命地往嘴里扒东西。绿柳被吓坏了，颤巍巍地想去拉她，却见楚乔埋着头，根本就不理会。绿柳咬住嘴唇，眼泪一点一点地落下来，她使劲地拉住楚乔的胳膊，悲声哭道："姑娘，您难受就哭一声吧，别这样憋着，会憋坏的，您难受就哭一声吧！"

楚乔一言不发，仍旧在吃饭，机械性地嚼着，似乎想将心里面的那些痛苦和压抑一同嚼碎咽下去。

屋子里很静，只有绿柳的抽泣声，阿精拿着那三封信，只觉得自己手指冰凉。他想要说什么，却顿时触碰到楚乔寒澈澈的眼神，女子冷冷地抬起头来，淡淡说道："你走吧。"

阿精离去的时候，楚乔已经在吃药了，大夫们一批批地走进来，背着大大的药箱，院子里似乎又有了生气，可是不知道为什么，阿精却觉得更冷了。

刚出门，就看到站在胡杨树下的燕洵。云碧这个地方，名字虽好，却是个地道的穷乡僻壤，穷山恶水的，每年都有大雪灾。在这里生活的百姓，总是填不饱肚子，于是每年都在逃荒，时间长了，除了一些年迈的老人家，就只剩下这些胡杨树了。

见他出来，燕洵也没有回头。阿精将手里的几封信递过去，燕洵一一拆开，仔细地看，三封信都不长，燕洵却足足看了大半个时辰。最后，他将信原封放好，交给阿精道："按照她说的去做。"

阿精面孔通红，好像做贼被人发现了一样，沉默了半晌，终于沉声说道："陛下，姑娘会不会想不开自尽啊？我听她像是在交代遗言一样。"

燕洵面色不变，给了阿精和楚乔一样的答案，"不会。"

"那……"阿精又问道，"为什么要让姑娘背上谋杀诸葛玥的罪名呢？诸葛家的死士会疯狂地报复不说，姑娘也会恨您呀。"

"恨我？"燕洵声调上扬，闻言沉声一笑，淡淡地说，"那也比死了好。"

阿精微微一愣，恍惚间似乎明白了什么，却又不完全明白，他又问道："陛下，我们随便拿一具尸体去骗大夏、骗诸葛家，不会有事吗？我们收了他们的赎金的。"

燕洵没有回答他，只是伸出手来，指着前面茫茫的雪原，缓缓说道："阿精，你知道燕北地图上为什么不标注云碧这个地方吗？"

阿精不知道他为什么会突然问到这个，摇了摇头，"不知道。"

"因为这里没有用，"燕洵语调低沉，冷淡地说道，"这里太小，怪石嶙峋，无法耕种，也不能做牧场，寸草不生，赤水不流经这里，千丈湖离这里也很远，气候恶劣，一到冬天就有雪灾，地理位置偏僻，连犬戎人攻入关都不来这边劫掠，无论是军事上，还是经济上，都是燕北的负担，没有半点作用，所以连地图上都不标注这里了。"他冷冷地笑了一声，声音那般低沉，"如今的诸葛玥对于诸葛家，就是云碧对于燕北，存在只是耻辱和负担。对于一个轻率冒进、肆意妄为，并且不是死在战场上，而是死在对一个女人的迷恋上的帝国将军，你以为等待他的下场是什么？诸葛家的人和他撇清关系还来不及，谁会给他收尸呢？"

阿精恍然大悟，说道："哦，难怪陛下要用姑娘做幌子，原来是志在诸葛家。"

燕洵面无表情地看着远方，缓缓道："诸葛玥的死只是个开始，诸葛阀、赵彻、乐邢将军，还有当初举荐他的蒙阌，都会受到此事的波及，大夏不是正在乱吗？赵齐已死，赵嵩又是个扶不起来的，魏阀和赵飓的势力太软了，我不妨帮他们一把，只有大夏内部不稳，我的江山才能坐稳当。"

阿精愣愣地说不出话来，只是呆呆地站在那里。

"阿精，别总和程远较劲了。"燕洵看着他，皱着眉淡淡道，"你已经不是一个民间组织的刺客杀手了，燕北东征在即，你是我的心腹。玩政治，就要有一个玩政治的手段和态度，很多人是需要被牺牲的，如果你看不开这一点，那么，你永远就只能像大同行会那些不切实际的妄想者一样，做一辈子的黄粱美梦，却一辈子都品尝不到权力的味道。"

燕洵转过头来，不去看阿精呆滞的表情，有句话他没有说出来，狮子虽然凶猛有用，但是难以控制，有些时候，他其实只是需要一群狗。

至于阿楚，她总会明白的，杀诸葛玥势在必行，以她的名义设这个圈套也是无奈之举，一来诸葛玥此人难以对付，若非非常手段，实难掌控，二来他也的确需要这件事情的后续效应，等到大夏因为此事分崩离析的时候，她自然会明白，他才是对的。

至于她对诸葛玥的感情，燕洵嗤之以鼻，当年他活着的时候，他都不害怕，难道还会害怕一个死人？她现在只是像往常一样，发发脾气难过两天罢了，时间会冲淡一切，而他，有的是时间。

阿精沉默着，想了想，突然开口问道："陛下，姑娘很伤心的，您不进去看看她吗？"

"没时间了，我今晚要去关上，赵彻来这里够久了，该让他回家去看看了。"

燕洵说完就离开了，阿精站在原地，看着燕洵骑上马，在禁卫军的护送下越走越远，恍惚间，突然想起了很久之前在盛金宫里，他曾对自己说过的一句话。

自己当时劝他一切要以大局为重，他转过头来反问自己，"若无阿楚，我要燕北何用？"

那句话他记得清清楚楚，直到今天尚在耳边回荡，可是现在，陛下是不是已经将这句话给忘了？或许他没有忘，燕北始终没被他放在眼里，他的心太大，智慧也太高，他的眼睛，是望着整个天下的。

阿精低着头，已然不知是非对错，也许从自己跟随他的那一天起，就已然注定会有今日了。

他转身向卫武所走去，以往挺拔的脊背，不知为何竟有些弯曲，好似有什么东西压在他的身上，让他再也无法挺直地行走了。

楚乔整整休息了五天，精神终于完全恢复过来。这几天楚乔很正常，好好吃饭，好好吃药，平时不睡觉的时候，她还在院子里做些拉伸运动。她之前大病一场，脸颊瘦得脱了相，现在渐渐好起来，只是面色仍旧是苍白的。绿柳很是奇怪，晚上的时候偷偷去看，却发现她虽然躺在那里，却根本没闭上眼睛，常常是睁眼到天明，一夜无眠。

今天是新年，关上的战役三天前就已经结束，盛金宫急下八面金牌召赵彻回京，赵彻无奈下，只得撤兵。燕洵趁机攻打雁鸣关，虽然没能攻下，但是大夏也付出了五万多的伤亡代价，也算是新年前给燕北的一份大礼了。

燕洵提前一天赶了回来，云碧突然间作为燕北皇帝过年的所在，地方官员都激动得好似打了鸡血，到处张灯结彩，一片喜气洋洋。

早上的时候，绿柳拿来了新衣裳，是大红的，上面绣着百朵百合，看起来吉祥喜庆。楚乔看着却不舒服，觉得那颜色像血一样，一点点地蔓延开来，她连指尖都不愿意去触碰。

一切都已经安排好了，消息应该发出去了，尚慎也托付给了乌先生，至于秀丽军，跟着她已经没有前途，乌先生和羽姑娘是大同行会的骨干，被燕洵所忌，不便掌兵，只有托付给同样拥有燕氏血统，并且身为女儿身的缱缱，她是燕北的翁主，又有火云军在手，应该可以给秀丽军一个好前程。

这个地方，也没必要继续待下去了。

燕洵进来的时候，房间已经空了，一切如常，整齐干净。

恍惚间，他想起了当年和赵淳儿定亲的那一晚，一颗心突然就直直地冷了下去。不是没想到，只是却也抱着一丝希望，也许她想通了呢？也许她已经不怪自己了呢？毕竟他们在一起快十年了，她一直是那么包容他，无论他做了什么，她都是可以原谅他的。他曾放弃了西南镇府使，曾放弃了燕北，曾杀了她的部下，曾怀疑她、排挤她，她不是都没有离开他吗？只是一个诸葛玥，只是一个诸葛玥而已，阿楚纵然对他有感恩之情，又怎及得上自己和她十年相守的情谊？

他们也许只需要谈一谈，只要他开诚布公地将自己的想法全部说出来，她应该是可以理解他的。就算生气，也早晚会消气的，大不了再让她回来掌兵，如今大局已定，也没什么可顾忌了。

他不知道为什么自己会这样笃定，这几日，他反复在心里安慰了自己几百遍，可是此刻，看着这整洁干净的屋子，他却猛然间心慌了。他急忙往外跑，行走间衣袖刮掉了书桌上的一块小东西，只听啪的一声，清脆的声响传到耳朵里。燕洵低下头去，却见幽幽的灯火下，一枚纯白的玉石戒指掉在地上，已经被摔成很多瓣，幽幽地反射着烛光，微微有些刺眼。

燕洵愣愣地站在那里，看着那枚戒指，恍然间想起了阿楚当日的话：“如果诸葛玥死在燕北，我将永远也不会原谅你。”

我将永远也不会原谅你……

永远……

"姑娘？"绿柳推开门，开心地跑进来喊道，"出门看花灯去吧！外面可漂亮了呢！"

猛然看到呆愣在原地的燕洵，绿柳吓得急忙跪地叩首，好一阵没听到燕洵的声音，她小心地抬起头来，却见男人直挺挺地站在那里，满脸落寞，好似浓浓的雾霭，挥之不散。

楚乔走在街上，牵着马，穿着一身很普通的青色披风，四周都是欢乐的人群，彩灯高燃，衣衫鲜艳，小孩子们提着花灯来回奔跑。

那些彩灯做得十分精巧，有长龙，有凤凰，有老虎，有鲤鱼，有白梅高树，有东海寿星，有小狗，有雏鸡，有乖巧的猫儿，也有可爱的兔子……

天上放着焰火，整条街上都飘着浓烈的酒香，街边的小贩还在叫卖着，两旁都是成排的彩灯灯谜。远远的冰场上，有驾着旱船花灯的百姓在跳着年舞，喜气洋洋地吹奏着唢呐……

那么多人从楚乔身边经过，却没有人停下来看她一眼。人们手挽着手，丈夫牵着妻子，妻子挽着孩子，孩子回头招呼着奶奶，奶奶还要挽着苍老的爷爷，每个人都是有家有亲人的，在这个喜庆的日子里，他们走出了贫穷的家门，来到热闹的街上，喜笑颜开地欢度这难得的节日。

"阿楚，我从来没有对你说过，这些话我只说一次，你要听好。我要谢谢你，谢谢你在地狱里陪了我这么多年，谢谢你在我人生中最黑暗的日子里没有遗弃我，谢谢你一直站在我身边，若是没有你，燕洵他什么也不是，他早就已经死在八年前的雪夜里了。阿楚，这些话我以后不会再说了，我会用一生来弥补，有些话，我们之间不必说，我们应该互相明白。阿楚是我燕洵的，只是我一个人的，我会护着你，带你离开，我八年前牵了你的手，就再也没打算放开过。"

"燕洵，我从没有家乡，是因为有你在，我就把你的家乡当成自己的家乡了。"

"阿楚，相信我吧。"

相信我吧，我会保护你、照顾你，不让你受到伤害，不让你受一丝委屈，相信我吧，我会让你快乐，相信我吧……

眼泪一行行地从楚乔的眼里涌出，没有声音，就那么无声地滑落，滚过她尖尖的脸孔，滑过瘦瘦的下巴，冷风吹过来，像是薄薄的刀子，她牵着马，缓缓地走着。

过往的一切在眼前凌乱地飘散，那个伟岸高大的身躯终于轰然碎裂，碎成很多块，轻飘飘地飞下，像是轻盈的鹅毛。

突然间，午夜的大钟被敲响，一群孩子猛然跑来，撞在她的身上。一个小女孩一下倒在地上，坐碎了手里的彩灯，那是一只小鱼，做得不是很像，白色的，红红的眼睛，看起来倒像是兔子，肚子上画了一个金元宝。孩子捧着坏了的灯开始哭，越哭越大声，楚乔愣愣地停住脚步，然后蹲下身子，伸手为她抹去眼泪，从怀里掏出一锭银子就要塞给她。

就在这时，一阵震耳欲聋的鞭炮声突然传来，守岁的时辰过了，家家户户都燃起了爆竹。孩子一愣，傻傻地忘记了哭泣，捂住耳朵兴奋地大叫。

楚乔却好似被隐形的巨人猛然打了一拳，脸上霎时间毫无血色。

"你若是死了，我就放一百挂鞭炮，庆祝我再也不用念念不忘地记着要还你人情。"男人展颜一笑，眉目间不掩骄傲之气，"就怕你没这个放鞭炮的机会。"

爆竹声越来越响，噼里啪啦地连成一串，楚乔突然间泪如泉涌，那些潜藏在记忆里，被她努力压制的画面，再一次如山洪般喷薄而出，撕心裂肺的疼痛瞬间袭来，将她的冷静和自持击得粉碎。

"你……你怎么啦？"孩子被她吓坏了，在鞭炮声中大声喊道，"你别哭了，我不用你赔还不行吗？"

鞭炮声渐大，楚乔终于再也忍耐不住，跪坐在热闹喜庆的街头，捂住脸孔，放声大哭。

第二十二章
千帆过尽

  外面的水池突然发出咕嘟一声，风吹进来，吹开了另一扇窗户，楚乔站起身去关窗子，却见房根底下的老梅已经长得有房子高了。她不由得愣住了，伸在半空的手愣愣地就停了下来，月光照射在她的手腕上，斑斑驳驳，影影绰绰。
  一转眼，已经过去两年了，昔日新种的梅树也已经有屋檐高了。
  岁月真是世间最无情的东西，它从不会因为任何喜悦和悲伤而停住脚步，当它匆匆离去之后，任何曾经激烈的情绪，都会渐渐冷却下来。
  那天晚上，她离开了云碧城，一直走了半个月，终于到了北朔。然后在一个清晨，她顺着冷冷清清的北朔大街，走出北朔城门的时候，却看到了成千上万的燕北百姓。
  他们有北朔城的本土居民，也有从远远的内陆赶来的百姓，尚慎、落日山、蓝城、赤渡、回回山、美林，百姓们知道了她要离去的消息，一言不发地结伴而来。一路上她曾遇到过很多这样的队伍，可是她不认识他们，他们也不曾打扰她，只是一路这样悄悄地跟着，直到此时，才聚集在北朔城门口，静静地看着她，送她最后一程。
  人群里有白发耄耋的老人，有年幼稚弱的孩子，有蓝眼睛的关外人，也有东陆前来做生意的商人，有曾经和她并肩抗击过大夏军队的赤渡民兵，更有在她的保护下死里逃生的北朔百姓，有参与过她修路通商的尚慎百姓，更有回回山下那些牧马放羊的牧民。
  这些人一大早就出了城，静静地分列驰道两侧，让出一条空道来，见她出来，全都齐刷刷地向她望来。
  楚乔至今也无法忘记那些眼神，有不舍、有难过、有挽留、有伤心、有担忧、有害怕，可是他们将这千万种眼神全化成了缄默，就连三四岁的孩子都一声不出，只是安静地望着她，安静地望着她。
  那一刻，她难过得想哭。
  她知道她身上的责任，一年来，她走遍了燕北大地，将和平的思想传遍了燕北的每一个角落，她带领着他们建设家园，在战斗后方努力地恢复生产，他们是全心全意地信任拥护着她。这个被压迫了几百年的民族，将对自由的渴望和对美好生活的希望全放在了她的身上，而如今，她就要离开了，就要背弃她对他们的承诺，她要离开他们，再也不过问她曾经用尽全力去争取的梦想了。
  贺萧带着秀丽军的九千官兵站在前面，全副武装，打好了行囊，一副要随她远行的样子。

什么都不必再说了,她只能愣愣地站在那里,像是石铸的雕像。

突然间,一双小小软软的手抱住了她的腰,她低下头去,是一个十多岁的女孩子,她一言不发地望着她,倔强地仰着头,眼泪含在眼圈里,就是不掉下来。平安从后面跑过来,想要拉开自己的妹妹,却怎么也拉不开。

平安那时候在当兵,第一次被燕洵派往燕北内陆的时候,小菁菁就跟着她,一直跟了一年多。

"姐姐,"菁菁终于还是哭了出来,眼泪一行行地流下来,"你不要我了吗?你不要我了吗?"

孩子开始哭,百姓们一排排地站在那里,不知道是谁最先跪下去,渐渐地大片大片的百姓跪在地上,七老八十的老人家哭得老泪纵横,反复地问:"大人,您不要我们了吗?"

"大人,您不在,我又要被抓去做奴隶了。"

"大人,您要去哪儿啊?我跟您一起去行吗?"

……

冷风呼呼地吹来,吹起地上的皑皑积雪,远行的楚乔松开了马缰,仰起头来,眼睛看着明晃晃的太阳,眼泪一行行地顺着眼角流下,落在浓密的鬓发里。

沉甸甸的责任压在她的肩头,让她喘不过气来。

她知道是谁在操纵这一切,却无力逃脱,他太了解她,于是只要施展一个小小的手段,就能将她吃得死死的。

那一天,她似乎流光了一生的眼泪。站在苍茫的雪地上,她只觉得自己像是一只被人握在手里的风筝,连线都没有,想逃都不知道该逃到哪里去。

她就这样窝囊地留了下来,住在回回山的半山腰上,一住,就是两年。

两年间,她眼睁睁地看着他,看着他征兵纳税,看着他攻城略地,看着他施行比大夏还要苛刻的兵役制度,看着他一步步地铲除异己,坐稳了燕北的铁桶江山。

她有时候在想,生命真是一件很奇妙的事情,它总是能在绝望的时候给你希望,让你继续坚持下来,然后再在你马上就要靠近希望的时候,用一盆冷水浇熄你所有的梦想。

燕洵终究还是成功了,大夏在他的打压下抬不起头来。

诸葛玥死后,诸葛阀虽然急忙撇清自己,将诸葛玥逐出族谱,扫出家门,连尸体都没葬进家族陵地。但是尽管这样,他们还是受到了牵连,在长老会中的地位大不如前,诸葛怀也遭贬斥,一降再降,诸葛穆青虽然仍在试图挽回,积极扶植家族的旁系子弟,但是效果明显不好。

而作为诸葛玥的直接上司,赵彻也逃不过被贬的命运。这个几起几落的皇子,再次被贬东北边关,去一个不毛之地监管一项完全没有必要的军事工程建设,就此远离了大夏的政坛。

最让人无法想象的是十四皇子赵飓竟会和魏阀结盟,在魏光的支持下,赵飓一跃成为大夏首屈一指的实权皇子,被封为周王,魏舒烨也水涨船高,统领了雁鸣关的军事大权。

大夏的权力机构被重新洗牌,但是明眼人不难发现,以前的那种霸气已经渐渐远离大夏了,面对燕北的铁骑强兵,他们显得越来越力不从心。虽然魏舒烨也颇有军事才华,奈何燕洵技高一筹,又有国内的政治干扰,不得不渐渐地改攻为守,这一年来,已经越来越明显地露出疲态了。

如今西蒙四分，卞唐李策已经坐稳了皇位，怀宋长公主纳兰红叶主政，燕洵虎踞西北，和大夏隔江相望，再无一家独大之势。

然而尽管这样，燕洵却始终不敢轻易攻破大夏，因为在贺兰山的西南方，一个新的政权很突然地出现在众人的视线之中，无人知道那个政权的来历，甚至无人知道他们的实际人数情况，只是通过过往的商旅和派出去的斥候隐约知道，那个政权的领导者自称为"青海王"。

青海，地处贺兰山以南，翠微山以西，传闻中，那是一片荒无人烟并且酷热贫瘠的地带，野兽横行，寸草不生。早在两千多年以前，就是大陆各大政权对犯人的流放之地，传闻到了那里的人，几乎没有能生存下来的，不是沦为野兽的口食，就是生了各种怪病死去。一直以来，流放青海总是死亡的代名词，甚至有人宁愿死在西蒙，也不愿意踏入青海半步，多年来，自杀在翠微关的犯人已经不知几何。

但是，就是这样一个毒虫遍布、凶兽横行、寸草不生的地方，却突然间流星一般生出一个政权。

七七八年七月十七，燕洵亲自坐镇，指挥大军七万，攻打雁鸣关南门，眼看就要成功，西南后方却突然出现敌人的踪影。他们身手矫健，战斗彪悍，行动如风，迅猛若狼，像是刀子般插入燕北军的左翼，粉碎了燕北军的攻势。然而，就在燕洵急忙掉转马头去还击的时候，他们却如空气般消失了。

直到很久之后，斥候兵才在翠微关找到了他们的踪影，而如今，翠微关已经被一个名为"青海王"的人占领了。

这对燕北来说，真是一个晴天霹雳般的噩耗。因为翠微关位于贺兰山附近，在赤水以西，这就说明，除了美林关外的犬戎人，燕北的后方又出现一个叫作青海王的敌人。而且更糟的是，美林关是掌握在燕北手里的，而翠微关，是人家青海王的。

这就表示，人家青海王想什么时候进燕北转转，就什么时候进燕北转转，你根本拿人家没有一点办法。而且翠微关地处贺兰山和翠微山的交界处，以东是一片平原，没有任何天然屏障，根本无险可守，想要阻挡青海的敌人，就只能沿着翠微关建立起一条长几千公里的长城。

这，简直是一个天大的玩笑。

但是好在，自从那一次以后，那个青海王再也没有出来，似乎他当天就是闲着没事，出门溜达一圈，来告诉燕洵有他这么个邻居的存在一样。燕洵却不敢麻痹大意，一边不断地派人前往青海探听情报，几次前往翠微关，希望和青海王接洽，一边在西南设置防御屏障，安排屯兵。如此，才给了大夏一个喘息之机。

这些事情，都是贺萧他们陆续告诉她的，这两年来，楚乔很少下山。

夜里很静，甚至能听到山下人家的狗叫。所有人都睡下了，楚乔望着天上的星星，一人枯坐，直到天明。

一切都来得毫无预兆，大同行会叛乱的消息像是滚烫的油，一下子就在回回山的阴雨天气里炸出了噼啪的火花。

楚乔看着眼前这个肩头染血的男人，皱眉思索着这耸人听闻的字句。

"大人，请你下山吧，你若不去，大同必定彻底覆灭！"

楚乔静静地看着他，久久没有说话。大同行会造反的消息是早上秋兰城守军刚刚来通报的，可是紧随其后，这个男人就跑来告诉她燕洵要彻底铲除大同行会，已经解除了羽姑娘和乌先生的兵权，并且擒住了夏执、兮睿等大同将领，大同的根据地望城已被夷为一片废墟，现在陛下还要假意召回缥缈郡主的火云军，想要将郡主斩草除根。

对于这样的话，楚乔是不愿意相信的，理智也告诫她，不能这样草率地听信谣言。

燕洵虽然手段狠辣，但并不是没有头脑。在这个时候，铲除大同行会或许还情有可原，除掉乌先生和羽姑娘也勉强可以接受，但是为什么要除掉缥缈？缥缈可是他的亲妹妹，虽然是大同的信徒，由大同抚养长大，但是也未必就会因为大同而和自己的哥哥反目成仇。

"你先下山吧。"

"大人！"男人砰的一声跪在地上，磕头道，"求大人救救大同吧，现在只有你能救我们了。"

磕头的声音那么大，一会儿，他的头上就已经鲜血淋漓，楚乔皱着眉看他，终于还是静静地转过身去，走进了屋子。房门缓缓地关上，徒留男人绝望的眼神悲伤地望着她。

对于大同行会，楚乔原本并没有什么太好的印象，除了乌先生和羽姑娘两位，其余的她向来很少打交道。她曾经以为他们只是一群擅权的居心叵测之徒，可是后来渐渐发现，其实并不全是如此，大部分的大同行会会员，都是一些执着的信徒和战士，他们就好比中国古代的墨家信徒一般，善战、多学，且心地良善。

这样的人，若是好好利用引导，应该是能派上大用场的，杀？燕洵不会。

楚乔这样想着，强压下心头的不安，静静地等待着后续的消息。

然而，事情完全脱离了楚乔的预想，不出两日，战火就在燕北内地相继爆发，诸多行会都被军队围剿，大同的领导者们遭到了灭顶的灾难。杀戮来得这样快，快到之前他们甚至没能听到一丝消息，一切都像是一场酝酿已久的洪水，轰然没顶，谁都来不及做出一点应急的反应。

第二天晚上，求救的使者再一次登上回回山，一行二十人，最后活着上山的只有一人，马上的骑士浑身浴血，一条手臂只有一点皮肉还连在肩膀上，好像随时随地会掉下来。

他看着楚乔，已经说不出话来，只是用一只手费力地解开衣襟的扣子，已被汗水和血污染红的内衫一片污浊，可是仍可看清上面以鲜血写成的清瘦字体：阿楚，帮帮我们，仲羽。

楚乔沉默了半晌，终于缓缓地站起身子，冰冷的夜风吹过她纤瘦的身体，她深吸一口气，然后沉声说道："贺萧，备马，下山！"

骑兵的眼睛里陡然闪过一丝光彩，随后，他大头朝下地倒在地上，脊背上插着一支利箭，深深地没入背心，无人可以想象他是怎样支撑着爬上回回山的。

楚乔只带了二十名护卫，披上披风和雨披，就冲入了茫茫无边的夜色之中。冷雨不断地冲刷着她的眼睛，不祥的预感渐渐将她吞没，她已经不愿意再去想，战马狂奔，夜色浓郁，路途显得那般遥远。

羽姑娘的三千护卫团如今只剩下不到一百人，人人身负重伤，但是看到楚乔等人策马前来的那一刻，他们仍旧如同猛兽般从地上一跃而起，虎视眈眈地看着他们。

飘泼大雨中,羽姑娘躺在一个茅草屋里,推门进去的时候,她正在睡觉。似乎是听到了人声,她缓缓地睁开双眼,苍白的脸色略显乌青,看见是楚乔似乎一点也不意外,静静地笑道:"你来了。"

一支利箭洞穿了她的心口,虽然已经草草地包扎,但是没有伤药,无人敢将箭矢拔出。

平安见了眼睛一红,抽着鼻子说道:"我去找达烈大叔。"说罢,开门就走了出去。

屋子里渐渐安静下来,只剩下两个身着白衣的女子。楚乔半跪在地上,以她的眼力,自然一眼就能看出羽姑娘的伤势有多么严重,她咽下心底的酸楚,轻声说道:"羽姑娘,出了什么事?"

羽姑娘深吸一口气,轻轻地咳了两声,脸上浮起几丝不健康的红润。

"长庆赋税严苛,当地的百姓造了反,会里的几个会首都有参与,事情败露,已然无法回转了。"

"你也参与了?"楚乔眉头紧紧地皱起,沉声说道,"你们怎么这样糊涂?参与百姓造反等于直接造反,燕洵他本就不信任大同,你们为何会如此大意?"

"呵呵,"羽姑娘轻轻一笑,胸口微微起伏着,她的目光那般飘忽,似乎是看着楚乔,又似乎已经越过她,看到了很远,她静静地说,"你没有看到,长庆去年遭了雪灾,今年春天牧草又不好,牲口大批大批地死去,这个时候,还要抢去他们过冬的最后一点粮食,就等于要他们的命。"羽姑娘看了楚乔一眼,继续说道,"陛下在备战,要在入冬之前攻下翠微关,于是就征兵征粮,百姓们已经有人饿死了。我知道会是这样的结果,但是我不得不去做。"

楚乔咬紧嘴唇,鼻子酸楚,紧紧地握住羽姑娘的手,说不出话来。

"阿楚,你是个好孩子,只是生活得太辛苦,我希望你能明白,这个世上并不是一切事情都能按照你的希望前行,很多时候,我们纵然努力了,却并不一定会如愿。你还这么年轻,还有大好的时光等着你。"

羽姑娘温柔地笑着,眼角的鱼尾纹像是柔和的风,笼着眼眸中的两潭清水,声音像是从九天之外飘来。楚乔半跪在干草上,手捂着她的胸口,潺潺的鲜血无声无息地涌出,染红了楚乔洁白的长袍。她紧咬着下唇,眼泪盈在眼圈,脸色凄惶苍白。

"羽姑娘,你坚持住,平安去找大夫了。"

"不成了……"羽姑娘轻轻地摇了摇头,脸色好似雪峰上的白雪,瘦削的肩膀、手臂一片冰冷,她仰着头,视线投向破旧的屋顶,外面狂风呼啸,大雨倾盆,她恍惚间似乎想起了很多事情。

生命的最后一刻,时光在她眼前飞速掠过,她似乎又回到了十五年前,在卧龙山上,相思枫红,落英缤纷,她站在初秋的枫林中,望着那一袭青衫萧萧、黑发如墨的身影。

她似乎还能记起那时的阳光,暖暖地照在她的肩膀上,像是母亲温柔的手。一旁的石桌上放着一把古琴,几片枫叶落在上面,阳光透过树叶,洒下斑驳的影子,留下忽明忽暗的光晕。他自漫天红枫中回过头来,笑容温软,目光如水,柔和地望着她,冲她伸出手,"阿羽,怎么起得这样早?"

从来没有人知道,她其实并不喜欢所谓的权术之道,并不喜欢兵法和韬略,从很小的时候,她就希望能有一个家,可以如寻常女子般,学习女红和诗词,长大后嫁一个体贴的丈夫，春起摘花戴，寒夜听雨声，一生平顺安然，什么救世度人，手掌乾坤，从来就不是她的梦想。

然而，他却是有大志向大抱负的，他心怀苍生，看不过这世间的种种不公，上山求学也只是为了学习济世救人的屠龙之术。于是，他学兵法，她便钻研权术；他学实业，她便研习商道；他学体察民生，她便揣摩上意；他宽厚待人，她便严苛驭下。她废寝忘食地修习兵家诡计和谋算权术，只为他朝有一日可以追随他的脚步，与他共同进退。

师父洞悉世事，只一眼就知晓了她的心思，非但没有阻止，反而倾囊相授。只是在她下山的时候，将一封书信悄悄放在了她的行囊之中，很久之后她才发现，打开之后却只有一个字：痴。

一忽十五载，她戎马一生，呕心沥血，历经多少生死波折，好在，他一直在她身边，无论外面是狂风骤雨，还是冷雪冰霜，他们始终站在一处。岁月流逝，沧桑巨变，世间万物都已容颜不复，为了权力，父子成仇，亲人反目，爱人背弃，唯有他们，始终不改初衷，坚守心底的信念，不曾有半分动摇。

然而，有些潜藏在心底的话却从未吐出口，十几年了，他们就这样聚聚散散，她总是觉得以后还是有机会的。日子一天一天地过，他们在忙碌，在奔波，在为心中的梦想而执着，却从未想过，也许有一天，真的就不再有机会了。那些还没来得及出口的话，那些压抑了近二十年的感情，那些如早春桑陌般婉转沉静的心绪，终于，永远失去了倾吐的机会。

"我知道，我的时间到了。"她轻轻吐出一口气，声音低低地说，"我早就想过会有这一天，只是，没想到会这样快。"

一张温和舒淡的脸孔突然模糊地出现在眼前，羽姑娘轻轻地笑，伤口的鲜血像是蜿蜒的溪水，渗透布帛，缓缓流泻而出。她费力地伸出手，似乎想去触碰那张模糊的脸孔，恍惚间想起很多年前，他们第一次见面时的情景。

那时的他们正当年少，她因为逃跑在街上被主人责罚，被打得体无完肤，却强忍着不哭出来。他跟着师父经过桥头，突然蹲下身来递给她一瓶伤药，然后皱着眉说："早晚各一次，好好养伤。"

笑容在唇边绽放，羽姑娘疲惫地说："阿楚，我想要睡一会儿，道崖若是到了，记得叫醒我。"

楚乔紧咬下唇，拼命地点头。羽姑娘放心地闭上眼睛，眉眼间全是疲惫和困倦，她低声地说："我就睡一小会儿，我太累了，就睡一小会儿。"

长长的睫毛在如莲的素颜上投下淡淡的剪影，心跳越来越慢，越来越慢，终于再也听不到了，手指滑落，沉重地垂下，落在楚乔的臂弯间。

门外的风忽然变大，夹着冷雨吹卷进来，小小的茅屋里，楚乔的身躯渐渐僵硬。她低着头，一滴眼泪落了下来，砸在羽姑娘冰冷的脸颊上，蜿蜒而下，滚落到地上的血泊里，轻柔地化开，融进血水之中。

"大人！"贺萧突然不顾一切地冲进来，看到死去的羽姑娘，饱经风霜的男人猛然愣住了。

楚乔缓缓抬起眼眸，静静地看着他，声音沙哑地问："什么事？"

贺萧沉默许久，才缓缓说道："乌先生到了。"

见到乌先生的时候，天仍在下雨，楚乔披着雨披，在贺萧等人的护卫下，来到了秋兰坪的边缘。一片漆黑苍茫的旷野上，战士们点着浇了桐油的火把，整条驰道上全是被雨水泡得发白的尸体，贺旗撑着一把大伞站在一棵胡杨树下，乌先生就跪在那里，面朝着楚乔等人来路的方向，背上插着三支利箭，其中一支透背穿过来，正好刺中心脏。他面色苍白，嘴角蜿蜒地流下一道殷红，气息全无，却犹自睁着眼睛，好似在凝望什么，虽死仍旧不倒，目光切切，眉头紧锁。

"我们赶到的时候，先生已经去了。"

贺萧的声音在耳边低沉地响起，夜，那么黑，黑得看不到一点光亮。楚乔挺直脊背，坐在马背上，眼睛干涩，流不出一滴眼泪来。

"在这个世界上，还有另一种东西凌驾于爱情和自由之上，值得你为之付出一切去守护。"

依稀间，楚乔甚至听到一年前乌先生在回回山上说的那番话，夜风呼呼地吹，大雨倾盆而下，楚乔闭上眼睛仰起头来，冰冷的雨浇在她的脸孔上，像是一把把锋利的刀子。

羽姑娘，你要等一等，你等的人来了，这一世你们太累了，下一世，不要再扛那么多的责任，你们要在一起，好好生活，什么都别去想了。

天地萧索，狂风卷地，漫长的夜刚刚开始……

夜幕深沉，云层低厚，黑压压的一片，风呼呼地吹着，发出低沉的呜咽声。

"放！"低沉的声音一遍遍地下达着单调的攻击命令，山谷中被围困的军人越来越稀少，鲜血蔓延，无数的箭矢射向穿着红色军装的军人，战场上响起了一片令人绝望的喊杀声。尖锐的鸣钟高声奏响，求救的信号发出了二十多发。此处已是火雷原南坡，距北朔城跑马不到一炷香的时间，他们不明白，为什么北朔的守军仍旧没有出来救他们，难道北朔城被人包围了？这伙来路不明的敌人又是谁？

"究竟是谁？"

小和肩头插着一支利箭，鲜血溪流般自他的体内流出，身旁的战友一个个好似秋收的麦子，相继倒下。他的眼睛已经通红，他不明白，他明明是接到陛下的命令，回北朔接受嘉奖的，为什么会突然遭到不明敌人的伏击？

小和望着眼前疯狂的一切，如同陷入了一个最恐怖的噩梦。局势如同巨石从山巅滚落，无人能够阻止，凡是试图伸出双手的人都将被碾成肉酱。

他们至今仍旧没有同敌人交上手，因为是在燕北本土，又是前来受封，所以根本就没有携带任何远程攻击的利器，没有盾牌，没有弓箭。他们这五千人被困在这个低洼的山谷里，四面八方都是敌人，弓箭如同长了眼睛一样射来，他们避无可避，退无可退，挡无可挡，所有试图冲锋的战士，都被弓箭牢牢地钉在了地表，鲜血肆虐地流淌，尸体堆成了小山，战士们在嘶声狂吼：

"对面是谁？为什么攻击我们？"

"为什么没有人来援救我们？北朔的守军在哪里？"

"他们使用的是连弓弩，是我们自己的军队！"

"究竟是谁？是谁要杀我们？"

小和眼睛通红，他的副将持刀挡在他身前，一遍遍地大叫道："保护将军！保护将军！"然而话刚说完，一支利箭就穿透了他的咽喉，他的声音顿时如同漏气的风箱，鲜血狂喷而出，洒在了小和的脸上。

小和一把抱住了副将的身体，三十多岁的壮汉惊恐地睁大眼睛，双手使劲地攥着他的披风，鲜血从他的嘴里不断地涌出，他断断续续地说道："是谁……是谁……是谁要杀我们……"

残缺不全的尸体覆盖了一层又一层，在小和的脚下渐渐堆积成一片尸海，伤口已经感觉不到疼痛。三更天的时候，开始下雨，大雨浇在地上，和血泥糅杂在一处，战士们深一脚浅一脚地抵抗，以战友的尸体铸成战壕高墙，来抵挡对方那凌厉的弓箭。

到处都是惨叫声，到处都是怒骂声，不知道过了多久，对面的攻势突然一缓，漫天的箭雨都消失不见了，但是他们仍旧静静地包围着，没有人发出半点声音，像是一片沉默的石头。

火云军第二大队几乎死绝，活着的人也只是比死人多一口气，他们已经无力再去冲锋，粗重的呼吸声像是苟延残喘的野狗。

静，太静，死一般寂静。

突然，低沉的机括声缓缓响起，战士们惊恐地睁大眼睛，猛然抬头，却见铺天盖地的远距离强弓弩箭呼啸而来，长度好似一根根锋利的长矛，嗖的一声就穿透了那些以血肉之躯堆积的战壕。

"啊！"

"狗娘养的，老子……"

惨烈的叫骂声再一次响起，然而还没说完就戛然而止。小和身上插着三四支利箭，浑身鲜血淋漓，脸孔已经辨不出本来的面目，他挥剑厮杀着，一支利箭猛然袭来，一下就穿透了他的肩膀，将他死死地钉在了火云军的战旗上。

"将军！"一名士兵见了，跟跄地冲上来，然而眼看他就要冲到小和身边，一支利箭猛地从他的后心穿透，士兵的瞳孔顿时放大。他似乎有些不解地低下头去，伸手摸了摸透体而过的利箭，眉头微微皱起，像是一个单纯的孩子，跪下去，被弓箭撑住，就那样死在了小和面前。

年轻的将军泪如泉涌，嘶声狂吼，像是狰狞的狮子。

"保护将军！"

战士们蜂拥而上，对面的敌人注意到这边的动向，箭雨集中地射了过来。

一名小和从未见过的士兵回头对他一笑，清澈的眼神里带着无忧无虑的清亮，他笑着说："你们救大人，我先走一步了。"

然后他转身就对着迎面而来的箭雨冲了上去，数不清的利箭穿透了他的胸膛、脑袋，他像是一个箭靶一样，就那样站在原地，宁死不倒。

撕心裂肺的疼痛在心头生出，小和嘶吼着猛然奔上前，身体强硬地穿透长长的箭矢。

年轻的将军疯狂地挥剑急冲，弓箭不断地射在他的身上，他犹自冲击不停。隐藏在黑暗中的敌人被震惊了，有士兵微愣着住了手，眼睁睁地看着那名浑身是血的军人狂吼而至。

就在这时，一柄战刀突然飞掠而出，只听唰的一声，战刀砍在了小和的腿上。小和身躯一个踉跄，轰然单膝跪了下去，他望着已然不远的敌人阵营，眼睛里现出血一样的红光。那是怎样的眼神，充满了绝望的不甘和疯狂的愤怒，他的视线如刀子般扫过那些黑衣黑甲的士兵，突然间，一口鲜血从他的嘴里喷出，年轻的将军以惊人的毅力再次站起身来，狂吼着冲过来，大声叫道："究竟是谁？是谁要杀我们？"

铺天盖地的箭矢同时射去，将小和牢牢地钉死在地上，看不清头脸，看不清面容。天地间一片低沉的震荡，冷雨倾盆而下，浇在那些冰冷的尸体上，鲜血顺着雨水蜿蜒地流去，闷雷滚过天际，终于，再也没有一个站立的尸体。

"烧了。"低沉的命令声缓缓响起，战士们提着木桶跑上前去，松油一桶一桶地浇在刚刚死去的战士们的身上，和腥臭的血混合在一处，有令人作呕的味道。火把被抛上去，大火呼啦一声燃起，激烈的雨丝毫不能熄灭其分毫。黑衣战士们站在原地，静静地看着大火吞噬掉一切不甘的思想。

是的，杀戮不能消灭思想，却可以消灭思想的载体。

雨夜仍旧漆黑阴冷，战士们转身向着北朔城而去，再也无人有兴趣对身后的一切看上一眼。

天边的启明星冉冉升起，传讯兵疾奔而至，大声说道："缥缥郡主已经带兵赶到了城门前，陛下命令将军马上带兵前去。"

杀戮还未结束，一切仍在继续。

"大人，前面有人，大约三百，可能是北朔的斥候，全是脚程极快的战马，要不要暂且躲避？"

楚乔皱起眉头，大雨刚停，黑压压的云彩缓缓消散，天地间全是苍白如牛乳的雾气。她皱着眉望去，双眼锐利，如同天空展翅的白鹰。

"大人！是火云军，后面有大批追兵，看样子足足有五千多人！"

探马急速奔回，楚乔眉梢一挑，当机立断，"贺萧，马上带人去援救缥缥郡主，阻挡后面的追兵。"

"是！"

贺萧答应一声，整顿了四千兵马，挥鞭而去。

楚乔带兵跟在后面，马蹄踩在泥泞的驰道上，隐约可见泥水中的丝丝残红。

两军迅速交叉，惨败的火云军被簇拥着，隔得老远，楚乔还是一眼就看到了缥缥那匹通体火红的战马，她急速地打马上前，却顿时被眼前的一切惊呆了。

缥缥衣衫破碎，火红的披风上鲜血淋漓，肺部插着一支利箭，身上受了几处刀伤，正躺在一名三十多岁的女将怀里，微弱地呼吸着。

"怎么回事？"楚乔一下跳下战马，半跪在泥水里，皱眉看着缥缥可怕的伤势，回头大叫道，"军医！军医在哪儿？"

"楚大人！"

女将见了她，眼泪顿时涌出，哭着说道："皇上要杀我们郡主，小和将军已经阵亡，郡主也遭了埋伏……"

"小和……"一个微弱的声音突然响起，随着肺叶的震动，一口血猛地从缥缥的嘴里吐出。女将见了大惊失色,用手使劲地按住她的伤口,却怎么也堵不住那鲜红的液体。

"小和……"缧缧痛苦地皱紧了眉头,低低地叫道,脸色苍白,已然神志不清。

恍惚间,她似乎在做着一个又一个的梦,她依稀间看到了小和快乐爽朗的笑脸,看到了十里烽火,看到了小和背着她跋涉在苍茫的雪原上,不停地给背上哭泣的她讲着笑话,一遍遍地安慰她说:"缧缧,你不会死的,你不会死的,谁敢来杀你,我就咬死他。"

"小和,小和……"眼泪从缧缧染血的眼角大滴大滴地溢出,随着她沉重的呼吸,鲜血如同止不住的泉水一般冒出来。她于昏迷中悲声地哭泣,小和死了,小和死了,小和被他杀死了!

"郡主!郡主!"女将抱着她大哭,声音呜咽,如同死了崽子的母兽。

"缧缧,你说打完了仗咱们干什么去啊?"

"打完了仗?我哥哥是皇帝,那我就是公主了,到时候我就可以全天下地选驸马,找最有才华的男人做我的丈夫,哈哈!"

"花痴!没良心的,找你的男人去吧!"

尖锐的疼痛一丝丝地袭来,心肺似乎被人狠狠地捏住了,她呼吸不上来,血沫堵塞了她的喉管,她张大嘴,却吐出更多的血来。她迷迷糊糊地睁开眼睛,迷茫地四望,看到了苍茫的天、艳红的花,还有天上洁白的鹰。

燕北、燕北……

我一生在为你奋斗,可是为什么,你却抛弃我了呢?

年轻的少女不解地皱起眉头,缓缓地转头,然后看到了楚乔。她的神色蓦然一凛,费力地伸出手,似乎想要抓住什么。楚乔强忍着眼泪,急忙握住她的手,哽咽地说:"缧缧,你要挺住,大夫会救你的。"

缧缧握着楚乔的手,那么用力,那么用力,突然间,她猛地低下头,恶狠狠地咬在楚乔的手腕上,鲜血瞬间弥漫在牙齿之间。两侧的下属惊恐地叫着,楚乔麻木地望着她,却只看到缧缧眼底那铺天盖地的恨意。

"为什么?为什么?"缧缧撕心裂肺地嘶吼,满口鲜血,眼睛通红,厉声冲她叫道,"为什么要杀我们?为什么要杀我们?"

"郡主!郡主!那是楚大人啊!"

女将抱着她,大声地叫着,可是她已经听不到了。缧缧目眦欲裂,疯狂地嚷:"我们做错了什么?为什么要杀我们?忘恩负义!狼心狗肺!"

楚乔愣愣地看着她,手腕上的伤口尖锐地疼,她的脸色一片苍白,隐约想起第一次见到缧缧时的样子。少女依偎在她身旁,很慷慨地将马王送给她,挥舞着小拳头说打胜了仗就要楚乔陪她去卞唐,还指着名叫阿图的马说要它做证,模样娇憨,爽朗得如同燕北高原上常年游弋的风。

"我恨你们!"一口鲜血猛地喷洒而出,缧缧大哭出声,然后声音越来越低,"小和,小和……"

小和,缧缧想要嫁给你,可是你去哪里了呢?

小和,我想来找你了,你要慢点走,我的腿受伤了,你要背着我。

小和,我还没吃早饭,你做烤羊腿给我吃好吗?

小和，小和，小和……

缥缈的声音终于消逝，她躺在冰冷的地面上，火红的裙子像是妖艳的花。她还那么年轻，只有二十岁，年轻的眼睛永远是亮晶晶的，肤色白得像是马奶，她就这样睡去，永远长眠在她为之付出了一生的土地上。

楚乔的心已然麻木欲死，一波又一波的冲击，将她割得破碎不堪，她咬着嘴唇站在那里，看着缥缈的尸首，整个人像是被投入了冰渊之中。

燕洵，你都干了什么？

"大人！"贺萧沉着地走过来，面无表情地沉声说道，"他到了。"

他已然不愿再称一声陛下，楚乔微微转头，大军如潮水般让开一条路。清晨的阳光照射在对面那雄壮若海的军队身上，像是一片漆黑的海洋。年轻的帝王被军队簇拥在中央，一身金线纹龙墨黑袍，墨发束起，眼若寒霜，鼻梁高挺，半眯着眼睛，目光幽幽地望过来。

两年了，她终于又见到了他，可是为什么，楚乔却觉得自己似乎从来没有认识过他，眼前的这个人是这样陌生，他的相貌、他的身份、他的行为、他的气息，无一不是陌生的。恍然间，她陡然明白，眼前的这个人，已是燕北的皇帝，再也不是真煌城内那个一无所有、和她相依为命的少年了。

"阿楚。"低沉的声音从寂静的荒原上传来，伴随着冷冽的风，吹进了楚乔的耳里。

燕洵望着她，眼神如古井深潭，两年的时光在两人之间穿梭而过，世事推移，他们终于再一次相见，却是在这样的场合里。

也许，无关命运，无关世事，他们心内对人性的执着，对生命的态度，早已注定他们有朝一日会走上这样对立的道路。燕洵的心突然变成一片空荡荡的旷野，有大风呼啦啦地在里面吹着，他看着楚乔，想说什么，却终究一一吞没，只是以帝王的威仪缓缓问道："你又要为了这些不相干的人与我为敌吗？"

不相干的人？

楚乔的嘴角扯出淡淡的冷笑和嘲讽。

没有乌先生，你如何能在被囚禁在真煌的时候，就得到燕北财力的全力支持，八年来谋定而动，培养出属于自己的势力？

没有羽姑娘，你如何能逃出真煌城，从那个冰冷的牢房中一跃而出，坐拥燕北大地，成为如今权倾天下的一方王者？

而缥缈，那是你在这世上最后一个血亲，她多年信赖你、跟随你，是你最亲的妹妹。

是不是有朝一日，我楚乔站在你面前，也会变成这样不相干的人？

冷笑，除了冷笑，她不知道自己还能作何反应，她像是一个被人撕碎了心脏的娃娃，目光冰冷地望着他，望着这个自己曾经用尽了心血去爱、去拥护的男人，只觉得前尘往事如同一场大梦般，水月镜花，不切实际。

她用自己的忠诚和爱，换来了如今的局面，那个曾经信誓旦旦要一生爱她、护她的男人，如今已经将屠刀举在了她的头上。

监视、怀疑、利用、排挤，这就是他给她的全部报答。他抛出所谓的富贵荣华，像赏赐一只狗一样诱惑她，却不知道在她眼里，那些不过是粪土草芥而已。她为之奋斗追求的事业和信仰，在他的眼里，不过是一个不屑一顾的迷梦，是他用来蒙蔽那些愚昧无知百姓的借口和骗局。

皇帝又怎样？万人之上的九五之尊又怎样？在她眼里，他永远只是一个曾经倾心以对，如今却将自己完全辜负的男人。

他怪她移情别恋，心有他属，却不知道，若是没有他的逼迫和设计，她永远会是爱他、敬他的阿楚，是他亲手一步步地将她抛出去，逼她认清他的嘴脸和面目，又何来背叛一说？

燕洵，我用十年的时间认清了你，也认清了我自己，前尘过往，都已如东风飘散，对你，我再无半点眷顾，唯剩下，数不尽的痛心和悔恨。

"阿楚，你忘了你曾经的誓言吗？"

燕洵冷冽的声音在耳边响起，楚乔冷冷地笑，不屑地扬起眉梢，淡淡道："既然你已经背弃了我们曾经的梦想，那我为什么还要坚守我对你的誓言？"

恍若一支利箭猛然刺入燕洵的心口，冷风嗖嗖地吹进去，带起丝丝的疼痛。

终于，她还是说出了这样的话。曾经，即便有不甘，有怨愤，但是她永远将这些情绪藏在心中，沉默地面对他的一切，如今，天地萧索，一片凄迷，她终于当着他的面，说出了这样的话。

"燕洵，从今以后，你我分道扬镳，再无半点瓜葛，你是死是活，是成王还是败寇，都与我再无一丝关系。同样，我的事，也再轮不到你来置喙。"

大风呼啦一声吹来，扬起楚乔翻飞的衣角，她面色冷然，俏脸如霜，眼神好似雪峰之上的皑皑积雪，冷漠地反射着世间的一切爱恨情仇，更将一切不该有的情绪，远远地隔绝在千里之外。

那一刻，燕洵恍然发觉，也许他就要永远失去她了。这个念头让他心慌，他语调低沉地说道："阿楚，你这般绝情？"

"燕洵，不要再说情字。"楚乔淡漠地望着他，平静地说道，"你不配。"

时光那般急促，岁月的沧桑在眼神交会中激荡出命运的火花。十一年，足以让一株树木成材，让一个时代覆没，让一个帝王崛起。时间那般无情，如同冷冽的刀子斩断了他们之间的所有过往，在记忆的脑海里刮下一道幽深的鸿沟。

苍穹上掠过苍白的战鹰，那翅膀狰狞着漫过天际，遮住了金灿灿的太阳。

两万玄铁战甲的禁卫军缓缓地抽刀出鞘，九千严阵以待的秀丽军面无表情地望着他们，长风从平地上卷起，恍若低声吟唱的古老祭调。

天地肃杀一片，飞鸟也不忍再看，呼啦一声，扇动着翅膀齐齐离去，只剩下狰狞的秃鹫盘旋在上空，似乎在等待着血腥过后的一场盛宴。

燕北，你终究不是我的安眠之所，我为了你奔走奋斗，耗尽心血，最终却只是将你从一个火坑推进了另一个火坑。

大风呼啸而来，吹起了少女额前的碎发，一切都变得虚无且模糊，天地那般大，何必将视线凝聚在一处？心是冷的，那还有什么人能伤害到你？

阿楚，我会保护你啊……

曾几何时，有人在她的耳边低声呢喃？

阿楚，相信我吧……

她闭上双眼，忍住最后一滴泪，再睁开眼时，已是一片清明。苍穹寥落，苍鹰飞掠，十年光阴转瞬即逝，谁在其中艰难跋涉？谁又在冥冥中冷眼旁观？

　　燕洵，再见。

（本卷完）